아빠의 감성 편지 500편 ────────

니
뭐
하
고
사
노

글_박대수

참좋은

들어가며 Prologue

이 책은 두 아들의 평범한 아버지로 1950년 6월 25일 새벽 4시에 북한군이 무방비 상태의 남한에 전면 남침하여 대한민국을 적화 통일하기 위한 전쟁으로 113일 차 되는 날 한창 전쟁 중에 부산에서 태어나 전쟁으로 인해 어려운 여건 속에 자랐으며, 우리나라의 제1차 경제개발(1962~1966년) 5개년 계획을 성공적으로 수행하고 제2차 경제개발(1967~1971년)이 한창 진행되고 있는 시점 1969년도에 부산에 있는 공고를 졸업하자마자 산업 전선에서 손바닥과 손등에는 기름 독과 땀띠가 날 정도로 하루 12시간씩 정신없이 일을 해야만 했고 또한 야간대학을 다니면서 자기 스스로 인생을 개척해 나아가야 하는 시절이었다.

그리고 직장을 다니면서 좀 더 나은 직장을 위해 열심히 노력한 결과 그 시절 공기업에 합격하여, 장가도 가고 두 아들도 얻게 되었다.

그러나 두 아들의 어린 시절에 바쁘다는 핑계로 아버지로서 해야 할 역할을 제대로 하지 못한 것 같고, 사랑으로 양육하지 못한 것에 대한 죄책감에 늦게나마 아이들과 E-Mail로 대화를 나누고자 보냈던 메일의 내용과 빈공간을 활용해서 6.25 전쟁에 관련된 내용과 하나님의 말씀 중에 가슴에 와 닿는 구절들을 수록 하였다.

"보라 자식들은 여호와의 기업이요 태의 열매는 그의 상급이 로다"

(시편 127편 3절)

사랑하는 두 아들 중 큰아들이 대학 졸업을 앞둔 4학년 2학기 때에 교수님의 추천을 받아 취업하게 되어 갑자기 서울로 올라가 생활을 시작하게 되었다. 그때가 12월 말경이었는데 매우 추운 날씨였다. 큰아들과 아내는 함박눈이 내리는 날 방을 구하기 위해 지리도 낯설고 길도 미끄러웠으나 하루 온종일 열심히 찾아다녔지만 마땅한 곳을 찾지 못하였다. 그야 돈에 맞추랴, 교통이 편리한 곳, 기타, 등등 이것저것 맞추다 보니 당연히 찾기가 어려웠다. 아들과 아내는 손과 발이 꽁꽁 얼어 온몸이 마비가 될 것 같아 우선 서울에 계시는 외갓집 작은 어머니께 연락을 하니 날씨가 추우니 흔쾌히 집으로 오라고 하셨다.

작은어머니 댁은 장위동 이였는데 가서 자초지종(自初至終) 이야기를 하니 조금 불편할지 모르겠지만 당분간 있으라고 하여 그곳에서 좁은 방이지만 외사촌 형과 함께 있기로 하였다.

아들은 사회생활을 시작과 동시에 부모 곁을 떠나 적응하기가 어려울 것이라 무척 걱정을 했는데 외할머니와 외할아버지의 따뜻한 사랑과 외사촌 형과 친구처럼 잘 지내며 직장과 서울 생활에 조금씩 적응을 잘해 나아간듯 하다.

큰아들이 서울 생활을 한지 얼마 되지 않아 둘째도 대학을 졸업하게 되었고 그동안 열심히 저축해서 모은 돈으로 작은 아버지 집 근처 신축하는 조그마한 빌라 2층을 구입하게 되었다.

큰 아들은 직장을 다니면서 공부도 하며 대학원을 졸업해 석사가 되었고. 이제 서울 생활도 조금 익숙해질 즘에 이직을 하게 되었는데 얼마 지나지 않아 같은 계열의 언론사 공채시험에 합격해서 직장을 옮기게 되었다.

그러나 어느날 갑자기 사업을 하겠다고 하며 직장을 그만두게 되었다. 이미 직장을 그만두고 난 뒤에 알게 되어 무엇 때문에 직장을 그만두었는지 무슨 사업을 하려는지 궁금하였다. 그러나 서로 바빠서 만나서 상세히 대화를 나누지 못하고 전화로 대화를 나누었는데 음악 관련 직종이라고 한다.

그런데 전공도 아니고 아들의 행동이 도무지 이해가 되지 않았다. 이미 직장에는 벌써 사직서가 수리된 상태이고 자기 스스로 뭔가해 보겠다고 하니 어떻게 되돌릴 수도 없었다.

아직은 젊으니깐 열심히 해 보아라고 하였으나 마음속으로는 너무나 걱정이 많이 되었다.

가까이 있지 않아 많은 대화를 나눌 수 있는 여건이 되지 않고 그때가 큰아들이 서른한 살이 되는 해이고 둘째도 군 제대하고 졸업 후에 서울 생활을 하게 되었어 큰아들과 함께 지내게 되었다,

큰아들은 이제 정착해서 결혼도 해야 할 나이인데 나는 점점 아들의 삶이 걱정이 되기 시작했다.

그래서 나는 시간 나는 대로 두 아들에게 메일을 보내기 시작하였다. 어린 시절에 아이들하고 함께 한 시간이 너무 없었고 그 시절(1980년~2000년)은 모두들 바쁜 시절이었지만 그 핑계로 아이들과 함께 보낸 시간이 부족해서 아들이 무슨 생각을 하며 자랐는지 어떤 꿈이 있었는지 잘 알지도 못했는 것을 뒤늦게나마 깨닫게 되어 메일로라도 어린 시절 아이들과 함께 하지 못한 것을 메꾸어 볼까 하여 사랑하는 두 아들에게 라는 제목으로(424회까지) 메일을 지속적으로 보내기 시작하게 되었고. 425회부터는 하나님께 기쁨을 드리는 두 아들에게라는 제목으로 500회까지 보내게 되었다. 내가 메일을 보내는 것은 아이들에게 강요하거나 스트레스를 받게 하려고 보내기 시작한 것은 결코 아니였지만 가능한 부담 없이 보게 하려고 나름대로 노력은 하였으나 가끔은 내가 잔소리를 하였던 것 같았다.

그래서 보기가 싫을지도 모르겠다 싶어 시중에 나도는 유머를 함께 보내기도 하고 일상생활에 필요한 상식이나, 고사 성어(古事成語)나, 좋은 글 등

을 함께 보내 주면 그래도 아들이 시간이 나면 가끔은 답장이라도 보내주겠지 하고 보낸 메일이 500회까지 이어지게 되었다. 내가 보낸 메일에 대한 답은 거의 없어서 그때는 섭섭한 마음이 있었지만 이제 이 글을 정리하는 내 나이가 칠십이 넘어 이제 철이 들어가는지 지금 생각해 보면 섭섭한 것도 없다. 내가 부모에게 한 것을 생각하면 오히려 감사할 따름이다.

우리 옛말에 내리사랑이란 말이 있는 것이 딱 맞는 말인 것 같다.

내가 부모님께 아무 조건 없이 받은 사랑을 내 자식에게 아낌없이 주는 것을 의미하는 것을 늦게나마 깨닫게 됨을 …

또한 내 자식들이 내 나이쯤 이면 나와 같은 생각을 할지 …

이 책을 통하여 두 아들과 이 책을 접하는 모든 독자들이 다시 한 번 뒤돌아보고 남은 삶을 더욱더 밝고 의미 있는 삶을 살아가기를 바래 본다. 요즈음 젊은이들은 너무 안일하고 스스로의 힘 보다는 남에게 의지하려는 경향이 우리들 세대에서 보다 심한 것 같다. 이는 부모 세대가 격은 고난을 체득하지 못한다면 다시 고난이 되풀이될지도 모른다는 생각을 해본다.

자녀들이 제대로 교육이 되어 모든 것을 스스로 할 수 있는 능력을 길러야 할 텐데 아마도 격동의 시기를 겪은 부모들이 자녀들에게 너무 많은 것을 해주려 하는 것 같다.

그래서 요사이 아이들은 부모들의 과잉보호로 인하여 혼자서 자기 앞날을 헤쳐 나가야 할 의지력이 부족한 것 같다.

좀 더 사회에 필요한 인재가 될 수 있도록 다양한 경쟁 속에서 힘든 일을 잘 감당할 수 있는 정신력을 갖출 수 있길 응원한다.

난 내 주위 사람들에 비해 재테크에 능하지 못해서 비록 물질적인 것을 자식에게 해준 것이 없지만 살아가면서 스스로 하나 하나 해결해가며 조금씩 나아가는 즐거움을 느낄 수 있지 않을까 생각한다. 큰아들이 어느 정도 자라서 하는 말이 나는 자식을 낳으면 아빠처럼 키우지 않는다고 가끔 말을 한다. 즉 부모가 자식들의 진정한 롤 모델(Role Model)이 되어 줄 수 있는 부모라면 자식들에게 훌륭한 가르침을 몸소 실행하면서 교육을 제대로 시켰다고 할 수 있을 것 같다. 그러나 나는 우리 아이들에게 제대로 가르쳐 준 것이 없어 지금 돌이켜 보건대 너무나 미안한 마음뿐이다.

그러나 다행스럽게도 하나님의 자녀로 잘 자라줘서 감사할 따름이다. 상처 없는 인생이 어디 있겠는가 그러나 그 상처를 되도록 적게 받고 미리 예방할 수 있다면 얼마나 좋을까? 간접적인 경험과 자기의 노력으로 조금이라도 사전에 예방할 수 있는 능력이 갖추어진 우리 자식들 이라면 얼마나 좋을까 하는 생각을 해본다.

인생을 살다 보면 이 모양 저 모양 많은 일들을 격어면서 살아가지만 나에게 해를 끼치는 사람은 누굴까? 아마도 잘 모르는 사람보다 나와 잘 알고 지내는 사람이 아닐까 싶다. 나의 경험상, 나만이라도 내 주위에 해를 끼치지 않고 살기를 바라며 또한 나를 어렵게 한 자를 용서하는 것이 나 자신을 위하는 길이라고 생각한다. 시대의 변화가 너무나 빠르게 변해가는 이 시대의 젊은이들에게 조금이라도 보탬이 될 수 있다면 더할 나위 없이 좋으련만 그들이 꿈꿔왔던 모든 일들이 이루어지길 간절히 바란다.

이렇게 책으로 나올 수 있도록 도와주신 여러분에게 감사드리며 어려운 여건 속에서 묵묵히 아이들과 남편 뒷바라지 하느라 고생한 아내에게 감사드리며, 이 책이 나오는데 많은 기여를한 두 아들과 며느리에게 감사하게 생각한다. 지금까지 이 풍요롭고 아름다운 강산 대한민국에서 살 수 있게 해준 하나님께 감사하며 모든 영광을 올리고자 한다.

일러두기 Introduction

1. 이 책은 평범한 한 가정의 두 아들의 아버지로서 자식들의 어린 시절 바쁘다는 핑계로 사랑으로 양육하지 못한 후회스러움에 두 아들이 대학을 졸업하고 사회 초년생이 될 때부터 아빠가 두 아들에게 보낸 E-mail 내용을 다루었다.

2. 이 책을 쓴 아버지는 1950년 9월(음력) 생으로 6.25전쟁이 발발한 후 113일 차에 태어났다.

3. 시진핑의 전쟁 70주년 기념식에서 항미원조(抗美援朝 : 미국에 맞서 북한을 도움)라는 역사왜곡 등

4. 젊은이들이 6.25전쟁에 대한 인식이 너무나 부족하고 잘못된 생각을 하고 있는 젊은이들이 있어 여백을 활용해 6.25 전쟁 발발 후 전황과 국내. 외 정세, 전시 사회, 민간 생활상 등을 수록하여 그 시대의 상황을 제대로 알려 올바른 역사관을 갖게 하는데 조금이라도 보탬이 되었으면 한다.

5. E-mail 내용 중 그 시절 시중에 떠도는 유머와 일반 상식, 고사성어 등 또한 하나님의 말씀 성경 구절도 수록하고자 한다.

6. 6.25 전쟁 일자별 상황은 ※로, 중요 전투와 그 당시에 일어났던 증언 및 실화는 ◆로, 성경구절은 ★로 표기하였다.

7. 이 책을 발간하기 위해 참고한 자료와 관련 자료의 출처는 다음과 같다.
   - 대한민국사 연표(大韓民國史年表) 상 : 1984년도 판, 국사편찬 위원회
   - 6.25전쟁 1129일 : 이중근(李重根)편저
   - 6.25 한국전쟁일지
   - 김진홍 목사 아침 묵상
   - 군사편찬연구소
   - 두산백과사전
   - 다음 백과사전

- 자유 백과사전, 위키 백과
- 한국민족문화 대백과 사전
- 영천 향토문화백과
- 네이버 지식 백과
- 바토의 한국전쟁사 블로그 네이버
- 세계 명문가의 독서교육 : 지은이 최효찬
- 고도원의 아침편지
- 쿠션 : 지은이 조신영
- 긍정의 힘 : 지은이 조엘 오스틴
- 실행이 답이다 : 지은이 이민규
- 감성의 리더십 : 다니엘 골먼, 리처드 보이애치슨, 애니 맥키 지음, 장성훈 옮김
- 잠깐 멈춤 : 지은이 고도원
- 한국전쟁 유엔군 참전일지, 6.25한국전쟁연표 : 인터넷블로그 걸의 노트
- 6.25 전쟁 이야기 장순휘 정치학박사 : 인터넷
- 6.25전쟁 관련 기록 : 나무위키
- 이승만의 분노 : 전광훈 지음
- 그때는 전쟁 지금은 휴전 6.25 : 김철수 지음
- 국방일보
- (사)6.25 진실 알리기 본부

올바른 역사관 Philosophy

6.25전쟁(한국전쟁)은 1950년 6월25일 일요일 새벽 4시경 북한의 암호명 "폭풍 224"라는 사전 계획에 따라 북위 38도선 전역에 걸쳐 남한을 선전포고 없이 기습 침공하면서 발발한 전쟁으로 유엔군과 중국 인민지원군 등이 참전한 국제 전쟁으로 비화 되어 1953년 7월27일 정전 협정이 체결되기까지 3년 1개월 간 교전이 이어졌다. 103세 되신 할머니(감리교 장로)의 증언에 할머니의 삶 중에 고난에대한 이야기 중 누구든지 한평생 삶 중에 고난은 있게 마련이고 그 고난을 극복하며 살아간다면서 그러나 6.25 전쟁 중에 일어난 고난은 두 번 다시 일어나는 일은 있어서는 안된다고 강조하셨다. 그들의 생생한 증언도 얼마 안 있어 역사의 뒤안으로 사라져 갈 것이다. 6.25 전쟁의 참상을 우리 젊은이들이 제대로 이해하고 올바른 역사관을 정립하여, 두 번 다시 이런 전쟁이 일어나지 않도록 경제와 국방을 튼튼히 하였으면 하는 바람이다. 6.25 전쟁 시 유엔한국재건단의 많은 원조로 한국 재건의 기초를 마련하고 국민들의 굶주림을 해소하는데 많은 기여를 하였다. 그러나 아직도 북한은 굶주림에서 완전히 벗어나질 못하고 있는 상태이다. 올바른 역사관이 얼마나 중요한 것인지 새삼 느껴진다. 역사는 끊임없이 흘러 사람들은 잊어가고 있다. 이젠 세월이 흘러 그때의 목격자, 경험한 이들이 점점 줄어가는 현실에서 특히 학생들에게 바른 가치관과 바른 역사관을 가르치지 않고 자기 주관적인 관점에서 역사를 왜곡(歪曲) 하여 가르치는 자들이 있어 젊은이들의 삐뚤어진 역사관이 많은 문제가 있는 것이 아닌가 하는 생각이 들어 안타까운 마음에 6.25 한국전쟁의 진실을 알리는 것은 모든 이들에게 더없이 중요한 일이라고 생각하여 여백을 활용하여 6.25 전쟁에 관련한 내용을 일자별, 전투별로 그내의 진황과 국 내외 정세를 간략하게 전하고자 한다. 또한 6.25 당시 이승만 대통령의 나라와 국민을 위한 노력에 관한 사항을 수록하였다. 우리나라에 관련된 국제적인 회담 및 협약에 관한 사항을 요약하여 빈 공간을 활용해 수록하였다.

수록내용 Contents

보낸 날짜 : 2009년 1월 05일 월요일 오전 11시 00분 05초
받는 사람 : 사랑하는 아들(1회)

사랑하는 아들에게

요사이 추운 날씨에 회사 일하랴 사업 준비하느라 정신이 없겠구나 또한 회사에 마음에 드는 아가씨랑 잘되어 가는지? 배우자는 인생의 중대사 중에 하나란다. 무척 바쁜데 도와주지도 못하고 귀찮게 해서 미안해 그렇지만 엄마, 아빠는 인생의 선배로서 조언을 할 따름이지 결정은 우리 큰아들이 하는 거라 생각해. 시간 나는 대로 만나서 대화하고, 식사도 하면서 한 평생 함께 살아갈 수 있을 사람인지를 보고 결정했으면 좋겠구나, 그런데 너무 깊이 생각하다 보면, 너 마음에 꼭 드는 사람이 없을 수도 있다는 것을 기억하고 마음에 문을 열고 진실 된 교제를 하다 보면 조금씩 더 가까워질지도 모르지. 배우자를 결정할 때는 위로 받는 것보다 너가 위로하고, 이해 받기 보다 너가 이해해주고 싶고 사랑 받기 보다는 너가 사랑하는 사람, 상대도 너와 같은 마음이면 금상첨화 일 것이다. 추운데 감기 조심하고 식사는 제때 꼭 챙겨서 먹고 …

2009년 1월 5일 부산에서

★ 태초에 하나님이 천지를 창조하시니라(창세기 1장1절) : 성경책 첫 장 첫 구절

※ 6.25전쟁은 1950년 6월25일 새벽 4시, 242대의 탱크와 170대의 전투기를 앞세운 북한군이 무방비 상태의 남한에 선전포고 없는 북한의 전면 남침을 개시한 전쟁이다. 6월27일 UN창립 후 최초로 침략당한 대한민국을 돕기 위한 UN안전보장 이시회 결의로 UN군이 한국선생에 잠전하게 되었다.

보낸 날짜 : 2009년 1월 08일 목요일 오후 16시 46분 17초
받는 사람 : 사랑하는 아들(1-1회)

사랑하는 둘째에게

추운 날씨에 학생들 가리키느라 고생이 많겠구나 또한 미래를 위한 자기개발도 열심히 할 줄로 믿는다. 바쁘겠지만 둘째에게 부탁 한 가지하려고 하는데 시간이 되면 한번 알아봐줄래 아빠 색소폰 반주기 관련해서 어떤 것이 좋은 것인지 가격도 좀 싸게 살 수 있는지 설치는 어떻게 하는지에 대해 알아봐 줄 수 있을까? 좋은 것 있으면 아빠 한데 연락줘 나중에 사두었다가 구정에 올라갈 때 가지고 내려오면 될 것 같은데 가능할지 모르겠구나 악기점 한곳을 알려 줄 테니 참고하고

악기○○ : 서울 송파구 8호선 송파역 1번 출구 ○○○
 1. 가요 팝 14,000곡 수록 2. 찬송가 518장, 찬양 버전 종합(복음성가), 신곡 포함 1,2항 포함해서 470,000원
한 가지만 더 부탁해 매일 아침 일어나면 하루를 기도로 시작했으면한다.
이미하고 있을 것이라 생각되지만 …

오늘도 멋진 하루되기를 …

★ 내게 능력 주시는 자 안에서 내가 모든 것을 할 수 있느니라.(빌립보서 4장13절)

※ 6.25전쟁 시 UN군의 일원으로 참가한 국가는 전투참가 16개국, 의료지원 5개국, 물자 및 재정지원국 39개국, 지원 의사 표명 국 3개국으로 63개국이었다.

보낸 날짜　：2009년 1월 20일 화요일 오전 10시 49분 40초
받는 사람　：사랑하는 두 아들(2회)

큰아들, 작은아들 잘 살고 있지? 좋은 글이 있어 보내어 본다. 머리도 식힐 겸 부담 없이 읽어 보면 좋겠네

도움이 되는 충고들(1)

★ 매력적인 사람이 되기 위한 10가지 충고의 말
1. 꿈을 향해 노력하고 최선을 다하는 사람이 되어라.
2. 항상 명랑하고 밝은 얼굴과 유머를 잃지 말아라.
3. 남의 말을 잘 듣도록 하여라.
4. 남에게 늘 감사하는 마음을 전하고 칭찬을 아끼지 말아라.
5. 사람을 너무 가려 사귀지 말아라.
6. 약속은 생명처럼 잘 지키라.
7. 말을 골라 할 줄 알아야 한다.
8. 필요할 때 망설이지 말고 필요한 행동을 취하여라.
9. 외모를 단정하게 하고 몸을 깨끗하게 하라.
10. 남에게 인색하게 굴지 말아라.
그럼 너희들은 분명히 매력적인 사람이 되어 있을 것이다.

오늘도 멋진 하루 되어라

※ 1950.6.25. 새벽4시 남침암호 "폭풍"을 전군에 하달 38도선 전역에 걸쳐 북한군이 11개 시섬에서 일제히 국경을 넘어 침공, 이승만대통령 유엔한국위원회와 긴급회의(1일차), 미국UN안보회의 즉시 소집을 요구.

보낸 날짜 : 2009년 1월 21일 수요일 오전 10시 17분 20초
받는 사람 : 사랑하는 두 아들(2-1회)

우리 큰아들 작은아들 여러모로 힘들지? 스트레스를 잘 다스려야 몸도 마음도 건강해질 수 있다고 해서 아빠가 정리해 봤으니까 꼭 한번 읽어 보고 실천에 옮겨서 생활화 하면 좋겠다.

스트레스에서 벗어나기 위한 9가지 충고

1. 걱정거리를 머리로만 생각하지 말고 구체적으로 종이에 써 보아라
   걱정 안 해도 될 것이 대부분이다.
2. 아침에 10분만 더 일찍 일어나라. (여유 있는 하루가 시작된다)
3. 하루의 시간 계획을 가능한 짜서 행동하라.
4. 하기 싫은 일을 미루지 말고 먼저 하도록 하자.
5. 핸드폰 보는 시간을 줄이고 책을 시간 나는 대로 읽자.
6. 어려움이 생기면 가까운 지인과 의논하자.
7. 용모에 항상 신경을 쓰고. 나만의 공간과 시간을 가끔 가져라.
8. 목욕을 하고 충분한 수면을 취하자. (일찍 자고 일찍 일어나라)
9. 땀이 날 만큼 정기적으로 운동을 하자.

오늘도 활기찬 하루되길 바라면서 …

※ 1950년 6월 27일 3일 차 : 미국 트루먼 대통령 전쟁 사흘 만에 맥아더 장군에게 한국을 도우라는 명령, 북한군 소양강 도하, 미 극동군 전방지휘소(ADCOM) 수원에 설치, 미국 극동 해군 공군 참전 3개 군단과 9개 사단, 정부 대전으로 수도 이전, 유엔 한국위원회 도쿄로 이전, 미 국무부 맥아더 원수를 한국 작전의 최고사령관에 임명, 트루먼 대통령 "6.25전쟁은 공산 세력이 대한민국을 공산화하기 위해 도발한 불법 남침이다"라는 성명 발표, 유엔 안보리가 한국 원조 권고 결의안을 채택.

보낸 날짜 : 2009년 1월 22일 목요일 오전 10시 59분 28초
받는 사람 : 사랑하는 두 아들(3회)

아들아 요즘 너 일하느라 많이 힘들텐데 아빠가 보내는 메일이 도움이 되었으면 좋겠구나

자신의 일을 이루기 위한 9가지 충고

1. 당장 변화가 없다고 쉽게 포기하지 말아라.
2. 하고 싶은 일보다 꼭 해야 하는 일, 하기 싫은 일을 먼저 하라.
3. 일이 끝날 때까지 시간과 관심을 최대한 집중하여라.
4. 나쁜 상황이 되어도 기대하는 마음을 버리지 말아라.
5. 실패했으면 다시 시도하라. 또 실패하면 원인을 찾아라.
6. 같은 목표를 가진 사람들과 만나 의견을 나누어라.
7. 날마다 그 일의 진행 상황을 기록하고 확인하여라.
8. 자신이 얻은 정보와 지식을 최대한 활용하여라.
9. 옳다고 생각한 일은 끝까지 고수하여라.

오늘도 좋은 하루되길 바라면서 …

※ 1950년 6월30일 6일 차 : 미군 전방지휘소 수원에서 대전으로 이전, 정일권 소장 육. 해. 공군 총사령관 임명, 수원에서 비상 학도대 조직(약 500명 학생), 32개국 유엔 안보리에서 한국 무력 원조 결의안 지지 표명 맥아더 미 극동군 사령관 주일 미군 제24사단 사용 권한 및 38선 이북에 대한 미 공군 공격권 수령, 미 지상군 참전 결정 - 맥아더 장군이 25일 21시 35분(한국시간) 제출한 상황 보고서와 트루먼 대통령이 참여한 26일 21시(워싱턴 현지시간) 제2차 미 국가 안보회의(NSC)의 결정이 빠르게 이루어짐, 6.25전쟁 시 미군의 지상군 참전 결정이 개전 6일 만에 기적처럼 신속하게 이루어졌다.

보낸 날짜 : 2009년 1월 23일 금요일 오전 09시 47분 13초
받는 사람 : 사랑하는 두 아들(4회)

인생을 살면서 누군가를 설득해야만 하는 상황이 있을 꺼야 그때 도움이 될 수 있을까 해서 보내니 한번 읽어 봐줄래?

설득을 위한 7가지 충고

1. 상대방의 존재가 중요하다고 느낄 수 있도록 하여라.
2. 누구에게나 진실로 다가가면 설득은 가능하다고 생각하라.
3. 질문의 힘을 잘 사용하여라.
4. 판단은 상대방이 스스로 결정할 수 있게 맡겨두자.
5. 나의 입장이 아니라 상대방의 입장에서만 말하자.
6. 상대방의 행동에 스스로 개입시키도록 하라.
7. 큰 것을 위해서는 작은 것을 아낌없이 양보하자.

오늘도 보람된 하루 되길 바라면서 …

※ 1950년 7월 1일 7일차 : 육군 총참모장 겸 육 해 공 3군 총사령관에 정일권 소장 임명, 북한군 한강 도하 개시, 미 제24보병 사단장 딘 소장 주 한 미군 총사령관에 임명, 미 지상군 선발대 스미스 특수임무 부대 부산 도착, 부산 지역 은행 예금 지불 한도를 1인당 일주일에 1만 원으로 제한, 부산 철도국 화물 취급 중지 발표, 외신 중공군 부대가 압록강 연안에 집결 중이라고 보도. 유엔 인도대표 한국문제의 평화적 해결위해 미 소 회담 제안, 호주 해군 공군 참전.
※ 1950년 7월 3일 9일 차 : 미국 영국 함대 한국의 동서 해안에서 작전 임무 수행, 평양 야간 폭격, 육군본부 평택으로 이전, 부산 체신국 우체국을 통한 각종 현금 지불을 주당(週當) 일만 원 이하로 제한, 장개석 총통 한국전쟁의 도발자는 소련이라고 통렬히 비판

보낸 날짜 : 2009년 1월 28일 수요일 오후 15시 14분 22초
받는 사람 : 사랑하는 두 아들(4-1회)

이번 설날(구정) 연휴 때 사랑하는 두 아들을 보니까 너무 좋더라 앞으로도 자주 보면 너무 좋을꺼 같구나, 요즘 뉴스를 보니까 왕따가 이슈더라 사람들에게 소외 당하는 건 주변의 잘못일 수도 있지만 내안에 뭔가 잘못된 부분이 없는지 먼저 점검해 보면 좋을 거 같구나 우리 사랑하는 두 아들도 너무나 기본적인 이야기 일 수도 있겠지만 한번쯤 점검해 보면 좋겠구나

소외당하지 않기 위한 쉬운 10가지 충고

1. 항상 상대보다는 자신이 더 중요하다고 느끼게 하지 말아라.
2. 그의 관심보다는 자신의 관심에만 초점을 맞추어 말하지 말자.
3. 그가 없을 때 그를 비웃는 일을 하지 말자.
4. 모든 대화에서 당신만 계속 말하지 말아라.
5. 그가 말하고 있을 때 끼어들어 자기의 자랑을 시작하지 말라.
6. 자신의 생각과 다른 말을 할 때 그 사람의 말을 무시한다면.
7. 그의 단점을 지적하고 꼭 수정하게 하려고 하지 말아라.
8. 그를 있으나 마나 한 존재로 여기지 말자.
9. 만나면 말로 싸워서 꼭 이기려고 하지 말아라.
10. 다른 사람에게 자신의 잘못이 있을 때 바로 사과하여라.

아빠가 글을 쓰다 보니 아빠도 고쳐야 할 부분들이 많은 것 같더라 다음에 만날 때는 변화된 아빠가 되도록 노력해 볼게 그리고 우리 둘째 배탈 난 것은 이제 괜 찮은지 모르겠네 빨리 회복되지 않으면 병원에 가서 신료 받고 아빠한데 꼭 연락해

오늘도 보람된 하루 되길 바라면서 …

보낸 날짜 : 2009년 1월 29일 목요일 오전 10시 34분 53초
받는 사람 : 사랑하는 두 아들(5회)

우와!! 우리 큰아들 글 솜씨가 대단한 걸 이제야 알았네 책도 안 읽고 컴퓨터만 할 줄 아는 걸로만 생각했더니 국어 문법도 알고 있고 새삼 우리 큰아들이 다시 보이네 … 이번 기회에 자주 메일 보내서 큰아들한테 많이 배워야 할 것 같구나!! 메일로 아빠한테 보냈던 거처럼 어쩔 수 없이 아빠를 닮을 수밖에 없지만 자신이 알고 있다면 다 같이 함께 고치려고 노력은 해 보자꾸나!! 그리고 영숙이 결혼관에 관한 답변은 큰아들 생각하고 조금은 달리한다. 보통 여자들의 생각은 심플하기도 하거든, 모든 일을 너무 복잡하게 생각하는 여자는 우리 아들이랑 잘 맞지 않다고 생각되는데 큰아들 생각은 어떤지 모르겠네? 진정한 사랑이 있다면 믿음, 신뢰, 희생 이런 것들이 어떠한 상황 속에서도 이겨 나아갈 수 있는 힘이 있다고 아빠는 생각해 본다. 그래도 아빠는 뭐니뭐니 해도 우리 아들 편이고 우리 아들이 있어서 행복하단다. 부모는 결국은 내 자식이 최고란다. 너희들도 결혼해서 아빠의 마음을 느껴보면 좋을텐데 자녀의 축복을 누릴수 있는 우리 아들들이 될수있기를 … 그리고 아빠가 부탁한 반주기는 시간이 나면 다시 한 번 시장 조사 부탁해 둘째가 본 제품은 모니터, 마이크 2개, 핀마이크 1개가 포함된 가격이면 싼 편이더라 요사이 경제가 나빠 판매가 잘 안되므로 가격 협상 잘하면 싸게 살 수도 있을지 모르겠구나, 아빠가 더욱더 열심히 연습해서 멋진 찬송 부르도록 해볼게, 그리고 둘째한테 아빠가 미안하다고 한다고 전해주럼.

오늘도 목표가 달성되는 날이 되기를 …

★ 예수는 지혜와 키가 자라가며 하나님과 사람에게 더욱 사랑스러워 가시더라.(누가복음 2장52절)

보낸 날짜 : 2009년 1월 30일 금요일 오후 13시 46분 51초
받는 사람 : 사랑하는 두 아들(6회)

요사이 경제난 때문에 모두 어려워서 학원에 학생들이 준다고 하는데 둘째 학원
은 괜찮은지 이런 기회에 둘째는 학원에서 하는 강의는 인터넷으로 하면 어떨는
지? 누구나 어려울땐 남들과 다른 독창성이 경쟁력있지 않을까 싶구나 아빠가
정리를 해봤는데 우리 둘째에게 도움이 되었으면 좋겠다.

독창성을 기르기 위한 8가지 방법

1. 이제까지 가진 고정관념을 깨버리자(백지상태로 받아들여라)
2. 시대의 흐름과 미래의 흐름을 잘 파악해 보자.
3. 다양한 정보를 얻기 위해 다방면으로 노력해 보자.
4. 반문해 보자(왜, 어떻게)
5. 자신을 객관적으로 보자.
6. 늘 목표를 확인하고 끈기를 갖고 자신 있게 앞으로 나아가라.
7. 눈치를 보거나 위축되지 말고 자유로운 마음을 가지라.
8. 소설이나 예술 분야에서 영감이나 힌트를 얻기 위해 노력하라.

　　　　　　　　　　　　　　항상 범사에 감사하는 마음으로 …

※ 1950년 7월 3일 9일 차 : 미국 영국 함대 한국의 동서 해안에서 작전 임무 수
행, 평양 야간 폭격, 육군본부 평택으로 이전, 부산 체신국 우체국을 통한 각종 현
금 지불을 주당(週當) 일만원 이하로 제한, 장개석 총통 한국전쟁의 도발자는 소
련이 라고 통렬히 비판
※ 1950년 7월 8일 14일 차 : 정일권 계엄사령관 「비상계엄령 포고 제1호」공포,
유엔군 전차부대 한국 도착, 유엔기 사용 한국에 국한. 중국 화북과 만주에 병력
증원 남방의 중공군 북방으로 이동.

보낸 날짜 : 2009년 2월 02일 월요일 오전 09시 58분 37초
받는 사람 : 사랑하는 두 아들(7회)

벌써 2009년도 1월이 훌쩍 지나고 2월이구나 이번 한 달도 보람된 달이 되었으면 좋겠구나 그리고 의미 있는 하루를 만들기 위한 좋은 글이 있어 보낸다 시간이 될 때 꼭 한번 읽어 보길

만족스러운 하루를 위한 10가지 방법

1. 자기가 하는 일을 즐겨보자.
2. 무슨 일이든 단순하게 생각하자.
3. 어떤 결과에 대해 지나치게 두려워하지 말자.
4. 사람들과 자주 만나 유쾌하고 긍정적으로 말하자.
5. 건전한 취미를 한두 가지는 가져보자.
6. 현재 생활에 만족할 줄 알아야 한다.
7. 어떤 문제가 생기면 피하지 말고 해결하려고 노력하자.
8. 오늘 이 순간을 최선을 다해 성공으로 장식하자.
9. 항상 계획된 일상 속에서 생활하자.
10. 좋지 않은 것들은 가능한 한 빨리 잊어버리도록 노력하자.

뜻있고 기분 좋은 하루되길 …

※ 1950년 7월 14일 20일 차 : 한국 국군의 작전 통제권 유엔군 사령관에게 이양, 미 제8군 사령부 대구에 지휘소 개소, 영국 함대 서해안에서 작전에 가담, 이승만 대통령 38도선으로 북진하여 한국 통일한다고 기자 회견, 정부 대전에서 대구로 이동, 이승만 대통령 맥아더 원수에게 한국군 작전 지휘권 이양 서한 전달(대전협정), 리 유엔 사무총장 유엔 회원국에 대하여 한국에 지상부대 파견 요청. 유고 정부 불가리아군의 유고 영토에 대한 침입 발포에 항의

보낸 날짜 : 2009년 2월 04일 수요일 오전 11시 18분 21초
받는 사람 : 사랑하는 두 아들(8회)

인생을 살다 보면 사람들과 대화할 일도 생기고 그 과정 속에서 아마 자존심이 상처받을 때가 있을 수도 있을 기야 그럴 때 도움이 될 좋은 내용이니 한번 읽어 보렴

자존심이 상처받지 않기 위한 8가지 방법

1. 자신의 생각에 확신을 가지고 바른 자세로 말하자.
2. 행동할 때 허락받지 말고 자신감을 갖고 선언하자.
3. 상대방의 눈을 바라보며 이야기 하자.
4. 거절할 것은 주저하지 말고 단호하게 거절하자.
5. 무의미한 말은 하지 말자.
6. 내 의견을 듣지 않으려는 사람과는 더 이상 대화치 말고 일단 피하자.
7. 나를 이용하려는 사람에게는 냉정하고 확실한 태도를 취하자.
8. 자신을 강한 사람으로 느낄 수 있도록 여기고 말하자.

오늘도 멋진 하루 되길 바라며 …

※ 1950년 7월 17일 23일 차 : 북한군 일부 영양, 평해, 영덕에 진출, 이선근 국방부 정훈 국장 국외 탈출 기도자나 부유층 유력자층의 방관적 태도에 대한 경고 담화, 그로미코 소련 외무차관 영국의 평화 제안에 대하여 평화 해결에서 최선의 길은 중국이 참가한 유엔안보리 소집이라고 회답

※ 1950년 7월 20일 26일 차 : 대전 상실, 미 제24사단장 딘 소장 대전 전투에서 실종, 김일성 수안보에서 북한군 전선 사령관 김책에게 8월 15일 이내에 부산 점령하라는 명령, 새 화폐 1,000원권 및 100원권 발행

보낸 날짜 : 2009년 2월 06일 금요일 오후 13시 49분 15초
받는 사람 : 사랑하는 두 아들(9회)

반주기 보내주어 고맙다. 더욱더 열심히 하여 첫째와 둘째가 바라는 멋진 찬송 부르도록 열심히 노력할게. 우리 첫째 아들 생일이 며칠 남지 않았구나 둘째야 미역국 끓여서 형 생일 축하할 건지? 아니면 케이크라도? 계획을 잘 세워 행복한 하루 보내길 바란다. 그리고 아빠가 의사소통에 도움이 될만한 걸 우리 아들에게 알려주고 싶어서 정리를 해봤는데 사람들과의 의사소통만 잘 되어도 사회생활의 절반이라고 하더라 그래서 혹시나 의사소통에 도움이 될까 싶어 보낸다. 참고하여라.

의사소통을 위한 7가지 노하우

1. 상대방의 말을 이해하려고 노력하고 관심을 갖고 들어보자.
2. 상대방의 말을 경청하고 반응하려고 노력하자.
3. 그의 비밀을 가볍게 아무에게나 전하지 말자.
4. 상대방을 격려하고 긍정적으로 말하자.
5. 자기의 감정, 느낌, 마음의 상처를 표현할 줄 알아야 한다.
6. 상대방을 내 마음대로 넘겨짚어 생각하지 말자.
7. 상대방 말을 잘 듣고 있음을 표현하자.(메모, 질문, 감사 등)

※ 1950년 7월 22일 28일 차 : 유엔 해군 영덕 포격 오후 국군이 영덕 탈환 미 제1기병 사단 제7연대 포항 상륙, 비상시 향토 방위령(대통령령 긴급명령 제7호) 공포, 북한군 게릴라가 피난민을 가장하여 전선 후방에 침투함에 따라 이를 색출하기 위해 조병옥 내무부 장관과 워커 미 제8군 사령관이 합의하여 한국 경찰 1만 5,000명이 미군에 배속 운용되었다. 타임 라이프 특파원 윌슨 힐다 기자 종군 중 대전 철수 작전에서 순직, 볼리비아·벨기에 한국 원조 신청

보낸 날짜 : 2009년 2월 09일 월요일 오후 16시 01분 00초
받는 사람 : 사랑하는 두 아들(10회)

주말은 잘 보냈는지? 한 주간이 시작되는 월요일 이구나 혹시 삶 가운데 압박감이 있다면 아빠가 적은 압박감 탈출하기를 한번 읽어봐! 그럼 이번 주도 목표를 향해 열심히 뛰어 보자.

압박감으로부터 자유롭기 위한 10가지 방법

1. 삶의 기준을 정하고 가능한 타협하지 말아라.
2. 긍정적인 정신자세로 보고 해결하려고 노력하여라.
3. 할 일과 생각나는 것을 메모하여 시각화 하라.
4. 이기적인 생활에서 남을 위한 의미 있는 일을 찾아보아라
5. 목표(장기, 단기)를 항목별로 구체적으로 세우라.
6. 그 방면에 노련한 멘토를 찾으라.
7. 체력과 능력에 맞추어 계획을 세워라.
8. 내일 일에 대해 하루 일과 후에 우선순위를 정해 메모해 두라.
9. 주위 사람들에게 가능한 사랑과 긍정을 전하라.
10. 어떤 절망 앞에도 자신감과 희망을 버리지 말라. (압박감은 더욱 커지게 되기 때문이다.)

오늘도 보람된 하루가 되길 바라며 …

※ 1950녀 7월 27일 33일 차 : 채병덕 소장 하동에서 전사, 북한군 제4사단 안의 점령, 북한군 계속 전진 전주 함양 도로 연결까지 도달, 북한군 3개 사단 영동 동쪽에서 대공세, 미군 영동터널 폭격으로 북한군 대부대 궤멸, 낙동강 방어선을 제외한 남한의 90%를 점령, 제8회 임시국회 대구에서 개회 유엔에 대한 감사문 결의안 가결, 임금 대신 현물로 쌀 지급

보낸 날짜 : 2009년 2월 10일 화요일 오전 09시 45분 09초
받는 사람 : 사랑하는 두 아들(11회)

큰아들 생일 축하한다.
오늘 아침 아빠는 큰아들 덕택에 미역국 먹었는데 …
메일로 미역국 한 그릇 보낸다. 아침은 제대로 먹고 출근했는지?
친구들과 좋은 시간 보내고 오늘 마음의 양식이 되는 글은 큰아들 생일을 기념
해서 사랑하는 두 아들에게 "당신 멋져"라는 4행시를 보낸다.

당은 : "당당하게"살아라 이다.
신은 : "신나게"살아라 이다.
멋은 : "멋지게" 살자 이고.
져는 : "때로는 상대에게 져 주자"이다.

매일 이러한 삶을 산다면 후회 없는 인생이 될지도 모르겠구나.

                          오늘은 신나고 멋진 하루 되길 바라면서 …

★ 나 여호와가 너를 항상 인도하여 마른 곳에서도 네 영혼을 만족하며 네 뼈를
견고케 하리니 너는 물 댄 동산 같겠고 물이 끊어지지 아니하는 샘 같을 것이라.
(이사야서 58장 11절)

※ 1950년 7월 31일 37일 차 : 국군과 미군 제25사단이 북한 제1사단과 상주 전
투에서 후퇴, 국군 제1·6사단 함창에서 후퇴, 미 증원부대인 제2보병사단 제1기
병사단 제5전투단의 한국 상륙 개시, 육군중앙훈련소 창설, 윌리엄 무어 AP통신
특파원 부상당한 전차병 간호 중 순직, 일본방송 미국의 소리(VOA) 북한방송 모
니터 한 분석 보고서를 국무회의에 제출, 유엔한국위원회 전체 공개회의 개최, 유
엔 안보리 한국인 비상 구호 계획에 관한 결의안 채택

보낸 날짜 : 2009년 2월 13일 금요일 오전 10시 29분 37초
받는 사람 : 사랑하는 두 아들(12회)

두 아들 벌써 금요일 이구나 한 주간 잘 마무리하고
주말 교회에서 기쁜 마음으로 주님 만나기를 …
오늘부터 날로 좋아지는 사람에 대한 좋은 글이 있어
3일간에 걸쳐 보낼 테니 부담 없이 읽어 보면 좋겠다.

날로 좋아지는 사람(Ⅰ)

1. 조그마한 일이나, 호의에도 고맙다는 인사를 할 줄 아는 사람,
2. 언제나 마음이 따스하여 대하기가 편한 사람.
3. 만날 때마다 먼저 미소짓고 따뜻한 인사를 하는 사람.
4. 핸드폰 보다는 틈날 때마다 책을 읽는 사람.
5. 전화를 잘못 걸었을 때 미안하다고 사과할 줄 아는 사람.

오늘도 기쁜 하루 되길 …

★ 나는 참 포도나무요. 내 아버지는 농부시라. (요한복음 15장 1절)

※ 1950년 8월 3일 40일 차 : 유엔군 마산-왜관-영덕을 연결하는 신방위선(워커라인) 구축, 낙동강 철교 폭파, 북한군 낙동강 도하, 국군 제12연대 북한군 제13사단 선발대를 낙동강에서 섬멸, 김훈 상공부 장관 전쟁 발발 후 무역은 일본 경유하여 이뤄지고 있다고 담화, 대구 방위 사령부 전황 악화에 따라 사이렌 신호 실시, 북한 남한 침략 지역에서 1만 8000개 농민위원회 조직, 일본(우편선 회사) 유엔군에 화물선 5척 제공, 필리핀 1개 여단 병력 파한(탱크 17대 포함)

보낸 날짜 : 2009년 2월 16일 월요일 오전 09시 29분 34초
받는 사람 : 사랑하는 두 아들(13회)

한 주간이 시작되는 월요일 아침이구나 이번 한 주도
활기찬 한 주간이 되길 바라며 날씨가 갑자기 추워지니 감기 조심하고
첫째는 추위에 강하다고 방심 말고 늘 조심 하고
둘째는 추위에 약한 편이니 더욱 조심하길 바란다.

날로 좋아지는 사람(Ⅱ)

6. 잘못한 것을 알게 되면 잘못을 바로 솔직히 시인하는 사람.
7. 얼굴에서 항상 훈훈한 미소가 떠나지 않는 사람.
8. 잘못 걸린 전화에도 친절히 응답하여 상대방을 배려하는 사람.
9. 자기보다 어린 사람 앞에서도 목에 힘주지 않는 사람.
10. 때로는 손해를 보고도 생색 내 거나 소문 내지 않는 사람.

오늘도 활기찬 하루 되길 바라면서 …

※ 1950년 8월 7일 44일 차 : 유엔군 및 국군 오전 6시 30분을 기해 개전 이래 최대 공격 개시, 킨 특수임무부대(미 제25사단 제5연대 전투단 제1해병여단으로 임시 편성) 진주 탈환작전 전개, 이승만 대통령 해리만 미 대통령 특별보좌관과 회담, 부산시 농림과 피란 공무원과 가족에게 식량 특별배급 실시, 목포 방송국 중요 방송 기재 어선에 설치하고 서해안 일대 해상 이동방송 실시(지휘 이태구 출력 50w)

※ 1950년 8월 9일 46일 차 : B26 전폭기·F82 전투기 금산·제천·여수·광주·대전·군산의 북한군 보급 차량 야간 폭격, B29 전폭기 흥남·영흥 지구 통신망 폭격

보낸 날짜 : 2009년 2월 18일 수요일 오전 11시 29분 15초
받는 사람 : 사랑하는 두 아들(14회)

두 아들 벌써 금요일 이구나 한 주간 잘 마무리하고 주말은 교회에서 기쁜 마음
으로 주님 만나기를 …

날로 좋아지는 사람(Ⅲ)

11. 어느 자리에서나 맡은 일에 마음을 다해 열심히 하는 사람.
12. 늙어도 나이 들어가는 모습이 추하지 않고 깨끗한 사람.
13. 비싼 옷이 아니더라도 늘 깨끗하고 단정한 사람.
14. 남에게 말한 대로 자기도 그렇게 살려고 노력하는 사람.
15. 한 포기의 들풀, 한 송이의 야생화도 소중히 여기며 내 삶의 은혜에
    항상 감사하는 사람.

오늘도 보람된 하루 되길

※ 1950년 8월 12일 49일 차 : 유엔군 전차 포항의 북한군 소탕전 전개, 국군 도
이원 북방 10Km에 위치한 북한군 대대 섬멸, 국군 제1유격대 434고지 564고지
확보하고 남하하는 북한군 섬멸, 북한군 현풍 점령 고성 점령, 이선근 국방부 정
훈국장 매점 매석 자들을 공산군과 동일하게 취급하겠다고 경고 담화, 육군본부
비행기와 통신 위해 주요 부대에 호출부호 부여, 런던타임스 특파원 아이언 모리
스 런던 데일리 텔레 그래프 특파원 크롤 토피어 버클레이 종군 중 낙동강 전선
에서 순직, 유엔군 사령부 작전 계획 100-B 발표 상륙작전과 상륙부대 신징, 유
엔한국 위원회 인도대표 나알 대령 낙동강 전선 시찰 중 순직, 중국 호치 민 정권
지원 개시, 미 공군부에서 장교급 소집 대위·중위급 1,762명 현역 복귀, 군의·수
의관 1,532명 복귀

보낸 날짜 : 2009년 2월 20일 금요일 오전 10시 04분 20초
받는 사람 : 사랑하는 두 아들(15회)

한 주간을 마무리하는 금요일이구나 후회 없는 한 주간 마무리를 위해 오늘도 열심히 하루를 시작해 보자꾸나. 그리고 "용기 있는 자가 미인을 얻는다"란 말처럼 너무 당연해서 이 평범한 진리를 우리는 대수롭지 않게 생각할지도 모르지만, 인생의 중요한 전환점인 배우자를 선택할 때 그냥 가만히 있으면 좋은 배필을 얻을 수 없다는 말과 일맥상통한다고 볼 수 있지 않을까 싶다. 시간과 물질을 투자하고, 이모저모로 노력해야 좋은 사람을 얻을 수 있다고 아빠는 생각한다. 서로 이해타산을 따져 교제를 한다면 진정한 사랑이 아니겠지, 인연이 되면 되겠지 하는 소극적인 자세는 인생의 동반자인 배우자를 얻을 수 없다고 생각된다. 바쁜 와중에 아빠 메일 잘 읽어 주어서 고맙구나 이번 주도 잘 마무리하고 주말 멋지게 잘 보내길 바란다.

오늘의 고사성어(古事成語)
함흥차사 (咸興差使) : 심부름 간 사람이 돌아오지도 않고, 아무런 소식도 없는 것을 비유하는 말이다

오늘도 보람된 하루 되길 …

★ 모든 산 동물은 너희의 먹을 것이 되리라 채소같이 내가 이것을 다 너희에게 주리라. (창세기 9장 3절)

※ 1950년 8월 14일 51일 차 : 국군 제1사단 낙동강 일대 328고지 재탈환, 국군 300 고지에서 북한군 30명 사살, 국군 제18연대 기갑부대 입암 탈환, 미 제24사단 낙동강의 북한군 격파 90m 진격, 부산시 시내 자위대 결성식 거행, 육군사관학교 및 보병학교 육군보병학교로 통합, 유엔 경제사회 한국 피란민 구제안 가결, 미국 대표 리 유엔 사무총장에게 서한 발송 포로 및 일반 억류자에 대한 북한 측 취급 방법 조사 위해 적십자 대표 북한 파견 요청.

보낸 날짜 : 2009년 2월 23일 월요일 오전 09시 58분 26초
받는 사람 : 사랑하는 두 아들(16회)

오늘도 목표를 향해 힘차게! 파이팅!!!
인생이라는 게임에서 승리하는 비결이라 해서 몇자 적어 본다.

게임의 법칙

일을 잘하는 사람은 게임에서도 강하다. 운이 있는 사람일수록 눈에 보이지 않는
힘을 평소에 자기 것으로 만든다. 너무 논리적으로 따지는 사람일수록 자기한테
오는 운을 놓칠 가능성이 높다.

오늘도 활기찬 하루가 되긴 …

※ 1950년 8월 15일 52일차 : 유엔 해군 육전대 청진 부근 상륙 후 터널 폭파하고
귀환, 유엔군 포병 대구 남서쪽 32Km 낙동강 동안에서 북한군의 신 교두보 진지
3개 대대에 맹폭격, 국군은 1950년 8월 15일 이승만 대통령과 맥아더 원수의 합
의에 따라 미 지상군의 병력 보충을 위해 카투사(KATUSA, Korea Augmenta-
tion to the U.S Army) 제도 시행, 육군본부는 8,600여명의 카투사(경계, 정찰, 진
지 구축, 방어진지 위장 등의 보조 임무수행)를 1차 선발하여 미 극동사령부에 보
냄, 김일성 "모든 것을 전선으로" 명령 하달, 국난극복 국민총궐기대회 개최(부
산), 이승만 대통령 공보 처장 김활란 임명, 8·15 광복절(건국2주년)기념식 대구
문화극장에서 거행, 맥아더 유엔군 사령관 유엔에 지상군 부대의 즉시 증원 촉구
보고서 제출, 김일성 북한주재 중국대사 니즈량을 처음으로 접견.
※ 1950년 8월 18일 55일 차 : 국군 제1군단 포항과 기계 완전 탈환, 북한군 4개
사단 17일 공격 개시 후 대구 북방에 도달, 시민 소개령, 국군 제1사단과 미 제27
연대 대구 북방의 북한군 저지, 국군 해병대 통영에 침입한 북한군 주력 섬멸, 해
군 덕적도 상륙, 정부 대구에서 부산으로 이동.

보낸 날짜 : 2009년 2월 25일 수요일 오전 10시 31분 59초
받는 사람 : 사랑하는 두 아들(17회)

이번 주일도 벌써 수요일 이구나 좋은 소식이 있어 전한다. 경범이 외삼촌이 일식집 "강"에 대한 기사가 인천일보 2월 16일(월요일) 자"맛 & 멋"16면에 잘 소개되어 있으니 한번 보고 외삼촌에게 전화나 문자 라도 해서 좋은 일이니 같이 나누면 기쁨이 더욱 배가 되지 않을까 싶다 …

다들 말과 행동이 일치하는 언행일치의 사람을 리더쉽이 있는 사람이라 한다.

영어의 LEADER를 풀이 한 글이다.

L : Listen 남의 이야기를 잘 듣는 사람이다.
E : Explain 설명을 잘 하는 사람이다.
A : Assist 남이 일을 잘 할 수 있도록 도와주는 사람이다.
D : Discuss 토의를 잘하는 사람이다.
E : Evaluate 평가를 잘해 주는 사람이다.
R : Respond 응대를 잘해 주는 사람이다.

오늘도 멋진 하루 되길 바라며 …

※ 1950년 8월 22일 59일 차 : 극동공군 B29 전폭기 70대가 북한 군사시설에 227Kg 폭탄 700톤 투하, 국군 포항 북방 28Km 지점에 진출, 국군 사단 증편 계획에 따라 민 부대와 독립 유격 제1,2대대를 기간으로 하여 제7사단이 다시 창설됨(8월 20일), 윤영선 농림부 장관 식량배급과 추곡 매상 등에 대해 기자회견, 이스라엘 의료 보급품 6만 3,000달러 원조 제공.

보낸 날짜 : 2009년 2월 27일 금요일 오후 13시 52분 16초
받는 사람 : 사랑하는 두 아들(18회)

삶은 무엇인가?

– 테레사 수녀 어록 –

Life is an opportunity, benefit form it.
삶은 기회입니다, 이 기회를 통하여 은혜를 받으십시오.

Life is beauty, admire it.
삶은 아름다움입니다, 이 아름다움을 찬미하십시오.

Life is bliss, taste it.
삶은 더없는 기쁨입니다, 이 기쁨을 맛보십시오.

Life is dream, realize it.
삶은 꿈입니다, 이 꿈을 실현하십시오.

Life is challenge, meet it.
삶은 도전입니다, 이 도전에 직면하십시오.

Life is dute, complete it.
삶은 의무입니다, 이 의무를 완수하십시오.

오늘도 보람된 하루 되길 …

★ 내가 죽지 않고 살아서 여호와께서 하시는 일을 선포하리로다.
(시편 118편 17절)

보낸 날짜 ： 2009년 3월 02일 월요일 오전 11시 17분 56초
받는 사람 ： 사랑하는 두 아들(19회)

봄을 알리는 3월 첫 주 월요일이구나 이번 달도 파이팅!! 나쁜 습관을 바꾸면 인생을 바꿀 수도 있다. 나쁜 습관을 바꾸는 것은 자기와의 싸움이다. 큰아들, 작은아들 목표를 향해 열심히 노력하는 것도 좋지만 모든 것이 건강이 뒷받침이 되어야 목표를 달성하는 지름길이라는 것을 생각하고 먹는 것 제대로 잘 챙겨 먹고 적당한 운동을 지속적으로 하고, 적당한 휴식도 필요할 것이다.

오늘의 고사성어(古事成語)
마이동풍 (馬耳東風) : 남의 말을 새겨듣지 않고 귓등으로 흘리는 것을 비유하는 말이다.

오늘도 즐거운 하루 되길 …

★ 일을 행하시는 여호와 그것을 만들며 성취하시는 여호와 그의 이름을 여호와라 하는 이가 이와 같이 이르시도다 너는 네게 부르짖으라 내가 네게 응답하겠고 네가 알지 못하는 크고 은밀한 일을 네게 보이리라.
(예레미야 33장 2·3절)

※ 1950년 8월 28일 65일 차 : 오스트레일리아 공군·미 제5공군·미 해병대소속기 250대 출격 평양비행장 등 폭격, 미 공군 폭격기대 성진 금속공장에 폭탄 326톤, 진남포 공장지대에 폭탄 284톤 각각 투하, 극동공군 폭격기 550대 출격 북한군 기지에 폭탄 500톤 투하, "육군보충장교령"(대통령령 제382호) 공포, "조선은행권의 유통 및 교환에 관한 건"(대통령 긴급명령 제10호) 공포, 부산지구 계엄사령관에 김종원 대령 임명, 유엔사무국 중국 측의 만주 폭격 항의 수리, 유엔안보비밀회담, 유엔총회에 제출할 유엔안보리의 연차보고에 관하여 토의.

보낸 날짜 : 2009년 3월 04일 수요일 오전 10시 42분 07초
받는 사람 : 사랑하는 두 아들(20회)

주는 사람의 즐거움

세상에서 누릴 수 있는 가장 큰 즐거움 중의 하나가 다른 사람들에게 베풀고, 나누고, 사랑을 실천할 때에 누리게 되는 즐거움이다. 성경에는 "주는 자가 받는 자보다 복이 있다" 하였고 "주는 즐거움이 받는 즐거움보다 더욱 크다" 라고 하였다. 사람들이 굳이 좋은 길을 두고 나쁜 길을 선택하게 되는 이유들 중의 하나는 좋은 길을 선택하였을 때에 누리게 되는 즐거움을 알지 못하기 때문이다.

오늘도 멋진 하루 되길 바라면서 …

★ 우리는 그리스도 안에서 그의 은혜의 풍성함에 따라 그의 피로 말미암아 속량 곧 죄 사함을 받았느니라. (에베소서 1장 7절)

※ 1950년 8월 30일 67일차 : 유엔 제77기동 부대 함재기 진남포 대공습, 국군 신녕 북방 국군 진지에 침투한 북한군과 교전, 미 제2·25사단 지구에 북한군 정찰대 공격, 백낙준 문교부 장관 전시 학교 임시운영 조치 대책 발표, 존슨 미 국방장관 공산군의 한국 침공은 모든 자유국가 정복 의도의 일환이라고 언명, 애치슨 미 국무장관 북한군 철수하면 유엔군이 38도 선 북진하지 않을 것이라고 공개 언명,
※ 1950년 8월 31일 68일 차 : B29 전폭기 진남포 화학공장 정련소조차장에 폭탄 600여 톤 투하, 낙동강 돌출부 및 영산강지구 2차 전투, 정부 한국 배제한 국제회의의 한국 문제 처리에 반대 성명, 정부 부산 수영비행장을 임시 국제공항으로 지정, 유엔 안보리 미 공군의 만주 국경지대 폭겨 둘러싸고 논란.

보낸 날짜 : 2009년 3월 06일 금요일 오전 10시 00분 32초
받는 사람 : 사랑하는 두 아들(21회)

두 아들 건강 들은 괜찮은지 환절기에 몸조심 하고 먹는 것 잘 챙겨 먹고 이번 주일도 잘 마무리하여라

유치원에서 배우는 일찍 자고 일찍 일어나야 한다는 것이 잘 지켜지지 않을 것이다. 일찍 일어나는 습관이 얼마나 중요한지 알게 해주는 좋은 글이 있어 보낸다.

새벽을 지배하는 자가 성공한다

1. 습관적으로 늦게 잠자리에 드는 버릇은 즉시 고쳐라.
2. 수면시간은 밤 11시부터 새벽 6시까지가 좋다.(세포재생)
3. 아무리 밤이 즐거워도 아침과 바꾸지 말라.
4. 아침에 습관적으로 할 일을 만들어라.
5. 하루가 힘이 들수록 일찍 일어나는 버릇을 들여라.
6. 야행성 생활은 중독성이 강하다. 아침 생활을 행동에 옮겨라.

오늘도 보람된 하루 되길 바라며 …

★ 네 의를 빛같이 나타내시며 네 공의를 정오의 빛같이 하시리로다.
(시편 37편 6절)

※ 1950년 9월 3일 71일 차 : 유엔군 낙동강까지 반격 유엔 함재기 마산 방면에서 지상군 엄호, 북한군 경주 방면에 침투, 북한군 대구 북방에서 최후의 총공격 감행, B29 전폭기 낙동강 서쪽의 북한군 시설에 480톤 폭탄 투하, 이승만 대통령 청년들의 궐기를 촉구하는 담화 발표, 조병옥 내무부 장관 미국 제품 부정매매 금지 발언, 부산 지구 징병 책임자 징병 소집 대상자의 거주지로 즉시 귀환하도록 촉구

보낸 날짜 : 2009년 3월 09일 월요일 오전 09시 44분 37초
받는 사람 : 사랑하는 두 아들(22회)

한 주간이 시작되는 월요일 이번 주도 우리 가족 모두 힘차게 시작하자 구나!! 둘째 아들 강의는 잘 끝났는지 반응은 좋았는지 궁금하구나 아마 멋지게 알차게 잘했을 걸로 믿는다 큰아들 말대로 둘째의 음악성은 천재적이니깐 목표를 향해 열심히 노력하는 것이 믿음직스럽구나, 파이팅!!!!!

인터넷 카페에 피아노 반주법, 신디 강의 등이 있는데 우리 두 아들이 준비하는 것과 어떻게 다른지 궁금하고 시간이 있으면 설명 좀 해주면 좋겠는데…

오늘의 고사성어(古事成語)
오합지졸 (烏合之卒) : 까마귀 떼아 같이 조직도 안되고 훈련도 없이 모인 무리라는 뜻으로, 어중이 떠중이를 비유하는 말이다.

오늘도 힘찬 하루 되길 …

★ 기약이 이르면하나님이 그의 나타나심을 보이시리니 하나님은 복되시고 유일하신 주권자이시며 만왕의 왕이시며 만주의 주시오
(디모데전서 6장15절)

※ 1950년 9월 6일 74일 차 : 유엔 공군 동부전선에 연 360대 이상 집중 공격해 북한군 전차 41대 격파, 국군 경주에 대한 북한군 공격 저지 국군 제8사단 영천전투 전개, 미 제1기병사단 대구에 대한 북한군 진출 방지, 육군보병학교를 9월7일에 육군종합학교로 개칭하여 매주 250명의 초급장교를 배출. 장택상 국회 미 사절단 대표 방미 소감 발표, 신규식 관재처장 귀속 주택 징발 담화, 여자의용군 교육대 창설(행정 지원, 공산군 여군 포로 심문, 선무공작, 공비 귀순 전향유도 등의 임무수행), 주유엔 미국·영국·프랑스 3국 대사 한국문제에 대한 유엔총회와 유엔 안보리 대책 협의, 유엔 안보리 미국 측 대표 북한을 침략자로 비난, 소련 제44차 거부권 행사.

보낸 날짜 : 2009년 3월 11일 수요일 오전 11시 05분 22초
받는 사람 : 사랑하는 두 아들(23회)

아직도 날씨가 쌀쌀하구나 환절기 몸조심 하고 오늘부터 직장 생활에서의 마음 가짐 15가지 가르침을 다섯 가지 씩 보내니 참고하여라! 이미 다 알고 있는 사항 들이지만 되새겨 보는 것도 괜찮을 것 같아서 보낸다.

직장 생활에서의 마음가짐(Ⅰ)

1. 인 사 : 먼저 인사, 밝은 얼굴, 상대방 칭찬
2. 복 장 : 항상 단정하고, 깨끗하게, 넥타이를 잘 활용
3. 안 전 : 출퇴근이나, 회사 내에서 행동은 안전을 최우선으로
         생각 본인과 가정, 사회를 위함
4. 교 육 : 죽을 때까지 교육은 이루어진다. (자기개발)
5. 작업 방법 : 가능한 절차화 해서 절차대로 시행하고 절차서를 만들어두면
           교육 등, 후임자가 일하기 쉬움 …

오늘도 멋진 하루 되길 바라면서 …

★ 바울아 두려워하지 말라 하나님께서 너와 함께 항해하는 자를 다 네게 주셨 다 (사도행전 27장24절)

※ 1950년 9월9일 77일 차 : 유엔 해군 포항·진해지구의 북한군에 함포 사격, 데이비슨(Davidson) 특수임무부대 동부전선에 투입, 장흥군 대덕면 가학리에 서 단지 경찰 집안이라는 이유로 일가족 6명을 인민위원회에서 처형시킴, 국회 의 유엔 한국 대표단 파견 결정을 둘러싼 대통령과 국회 갈등 확대, 국회 6.25 남 침 수습 비상경비예산안(9월분)통과, 트루먼 대통령 군수품 증산을 국민에게 요 망 방송.

보낸 날짜 : 2009년 3월 12일 목요일 오전 09시 40분 15초
받는 사람 : 사랑하는 두 아들(24회)

두 아들이 하고자 하는 모든 일들이 생각 되로 잘 되어 가고 있는
지 가끔 시간을 내어 점검을 하여라,
기도도 열심히 하고 무슨 일 이든 공짜는 없다는 것을 기억하여라. 요사이 엄마,
아빠는 화요일부터 치과에 다니고 있다.
치아 관리를 지금부터라도 잘 하여라.
돈 들고, 시간 허비하고, 고생하고 좋을 것이 하나도 없다.
잠자기 직전과 음식 먹고 3분 이내에 양치를 5분 이상 꼭 하여라 그리고 칫솔은
컵에 천연소금 3~4스푼 정도 타서 소금물에 담가 두고 사용하면 칫솔에 세균은
해결될 것이다.
이것만 지속적으로 하여도 관리가 될 것 같구나
치아는 건강의 기본이다.
자기 몸도 스스로 관리를 잘하여야 오랫동안 문제없이 사용할 수 있을 것이다.
시간 나면 치과에 가서 점검도 하고 스케일 제거도 해주면 나중에 고생하지 않
아도 될 것이다.

오늘의 고사성어(古事成語)
배수진 (背水陣) : 물을 등지고 치는 군진. 목숨을 걸고 일을 도모하는 결연한 자
세를 비유하는 말이다.

오늘도 보람된 하루 되길 바라면서 …

★ 내가 또 너희에게 이르노니 구하라 그러면 너희에게 주실 것이요 찾으라 그러
면 찾아낼 것이요 문을 두드리라 그러면 너희에 열릴 것이니.
(누가복음 11장 9절)

보낸 날짜 : 2009년 3월 13일 금요일 오전 10시 04분 12초
받는 사람 : 사랑하는 두 아들(25회)

오늘 아침 출근하면서 라디오 방송에서 목사님께서 하신 말씀이 마음에 와닿아 보낸다.
"하나님을 제대로 아는 사람은 잘못된 일들을 남의 탓으로 돌리 지 않고 내 탓으로 안다"

직장 생활에서의 마음가짐(Ⅱ)

6. 5S 운동 : 정리, 정돈, 청소, 청결, 습관화의 다섯 가지 요소 가정이나, 직장이나 정리 정돈으로 시작해서 정리 정돈으로 끝난다고 할 수 있음.
7. 품질 : 사용자의 니즈를 만족시키는 제품을 만들거나, 불량이 안나오도록 최선을 다한다.
8. 위생 : 손만 깨끗이 씻어도 질병 예방으로 생명을 연장한다.
9. 회의 : 회의자료 사전 배부 및 사전 준비를 철저히 하여 효과적인 회의 진행
10. 휴식 : 적당한 휴식은 다음 일을 위해 꼭 필요하다.

한 주간 잘 마무리하길 바라며 …

★ 모든 것을 품위 있게 하고 질서 있게 하라.(고린도전서 14장 40절)

※ 1950년 9월 12일 80일 차 : 해병사령부·해병 제1연대 신무기로 완전 무장하고 인천 상륙작전 위해 부산 출항, 해병대 수송선단 부산 출항, 미 제1군단 미 제1기병사단·미 제24보병사단·국군 제1사단 등으로 새로 편성, 국회 본회의 "피란민 구호 대책 건의안" 가결, 외무부 일본인 귀국 희망자 서류 접수 개시. 부여 지역에서 인민 재판하여 250여 명 학살.

보낸 날짜 : 2009년 3월 16일 월요일 오전 10시 34분 12초
받는 사람 : 사랑하는 두 아들(26회)

이번 주일도 활기찬 하루하루가 될 수 있도록 노력해 보자
이번 봄철에 황사가 심하다고 하니 외출 시 마스크를 꼭 쓰도록 하여라.
너희 둘 다 기관지는 좋은 편이 아니니 봄철 호흡기 질환 조심…

직장 생활에서의 마음가짐(Ⅲ)

11. 방 재 : 긴급 시 대처 방법 숙지, 비상시 대비 연락처 메모
12. 출, 퇴근 : 10분 일찍 출발 마음에 여유
13. 건 강 : 스스로 관리, 피곤이 누적되지 않도록 적당한 휴식
14. 관리자 : 솔선수범, 배려
15. 행 동 : 3현(현장, 현실, 현물)
　　　　　 현장에 가서 현물을 잘 보고 현실의 상황을 직접 확인
　　　　　 3즉(즉시, 즉좌, 즉응)
　　　　　 어떤 일이 발생 시 즉시 그곳에서 조치한다.
　　　　　 3철(철두, 철미, 철저)

　　　　　　　　　　　　　오늘도 즐거운 하루 되길 바라며 …

★ 내가 또 너희에게 이르노니 구하라 그러면 너희에게 주실 것이오 찾으라 그러면 찾아낼 것이요 문을 두드리라 그러면 너희에게 열릴 것이니.

　　　　　　　　　　　　　　　　　　　　　　(누가복음 11장 9절)

※ 1950년 9월 14일 82일 차 : 학도병 위주의 육군본부 독립 제1유격대 772명은 문산호를 타고 인천상륙작전 하루 전 새벽 5시에 영덕 장사리 해변에 상륙, 국군 안동 서방 8.5Km 지점에서 공격 개시 B29 전폭기 철도 폭격, 미군 아침 일찍 낙동강 도하 정오까지 1Km 전진, 최순주 재무부 장관 조선은행권 100원권 한국 은행권으로 교환할 것과 사용 중지 담화.

보낸 날짜 : 2009년 3월 20일 금요일 오전 10시 11분 19초
받는 사람 : 사랑하는 두 아들(27회)

세월이 정말 빨리 가는 것 같구나, 이제 60이 되니 더욱 빨라지는 것이 세월이 바람 스쳐 지나가듯 지나가 버리는구나, 벌써 한 주간을 마무리할 금요일 이내 오늘은 성경을 읽고 있는 중인데 좋은 말씀이 있어 보낸다.

어리석음에 대한 경고(잠언 6장 6절 ~ 11절)

6절 : 게으른 자여 개미에게 가서 그가 하는 것을 보고 지혜를 얻으라.

7절 : 개미는 두령도 없고 감독자도 없고 통치자도 없으되.

8절 : 먹을 것을 여름 동안에 예비하며 추수 때에 양식을 모으느니라.

9절 : 게으른 자여 네가 어느 때까지 누워 있겠느냐

　　　네가 어느 때에 잠이 깨어 일어나겠느냐.

10절 : 좀 더 자자, 좀 더 졸자, 손을 모으고 좀 더 누워 있자 하면

11절 : 네 빈궁이 강도같이 오며 네 곤핍이 군사같이 이르리라.

둘째가 개인 레슨도 시작한다고 하니 좋은 소식이구나,
열심히 하면 안 되는 것이 없겠지 파이팅!!!

　　　　　　　　　　　　　　　　　　　오늘도 멋진 하루 되길 …

★ 오직 위에 있는 예루살렘은 자유자니 곧 우리 어머니라.
　　　　　　　　　　　　　　　　　　　(갈라디아서 4장 26절)

보낸 날짜 : 2009년 3월 24일 화요일 오전 10시 22분 28초
받는 사람 : 사랑하는 두 아들(28회)

날씨가 갑자기 쌀쌀 해졌구나 감기 조심하고 몸들은 괜찮은지, 먹는 것 제대로 먹고 이삐는 이금니 2개 뽑고, 턱뼈가 얇아서 뼈 이식을 하였다. 한 달 뒤에 치과에 갈 예정이고, 엄마는 다음 주쯤 이면 치료가 거의 끝날 예정이다. 목적지까지 가는 길이 꼭 하나일 수는 없지만 가능하면 가까운 길이 있다면 그길로 가면 좋겠지만 혹 조금 다른 길로 가고 있더라도 너무 실망하지 말고 조금 더 노력하면 바른길로 갈수 있을 것이라 믿네 주님께서 믿는 것만큼 받는다고 하였으니 목표를 세워서 노력하면 이루어진다고 믿고 열심히 하여보자

오늘의 고사성어(古事成語)
이전투구 (泥田鬪狗) : 명분이 서지 않는 일로 싸우거나 체면을 돌보지 않고 이익을 위해 볼썽사납게 싸우는 것을 비유하는 말.

오늘도 멋진 하루 되길 …

★ 심령이 가난한 자는 복이 있나니 천국이 그들의 것임이요.
(마태복음 5장 3절)

※ 1950년 9월 15일 83일 차 : 유엔 해병대 인천 상륙 개시, 월미도 탈환 오후 5시30분에 주력 공격 개시, 월미도 상륙은 미 제1해병사단 주력부대는 미 제10군단 상륙전 지휘는 도일(Doyle) 소장 맥아더 원수도 진두지휘, 유엔군 병력 약 7만 명 유엔군 전함 260여 척과 공군의 지원하에 상륙삭선, 국군 동·서양 해안의 협공 작전으로 아침 일찍 영덕 남방 장사동에 상륙, 국회 본회의 국회 위문단 구성과 준 전투원 조치 법안 심의, 국군 해병대 인천상륙작전과 동시에 해안 상륙.

보낸 날짜 : 2009년 3월 26일 목요일 오전 10시 42분 02초
받는 사람 : 사랑하는 두 아들(29회)

올해도 어김없이 꽃샘추위가 기승을 부리는 구나 이 추위가 끝나면 만물이 생동
하고 새싹이 얼굴을 내미는 본격적인 봄이 시작될 것 같구나 우리 몸도, 마음도
봄을 맞을 준비를 해야 하지 않을까 생각한다. 목표 달성도 중요하지만 인생을 즐
길 줄도 알아야 한다. 세상 구경도 가끔 하고 친구들과 어울려 세상 돌아가는 이
야기도 하고 놀기도 하여라. 지금의 나이 때가 지나가면 다시 오지 않는다. 가끔
휴식도 중요한 에너지가 될 수 있다.

오늘의 고사성어(古事成語)
일거수일투족 (一擧手一投足) : 손 한 번 들고 발 한 번 옮겨놓다. 사소한 동작
하나하나까지를 이르는 말이다. 우리 일상 속에서도 사소한 행동 하나하나가 큰
의미를 지닐 수 있음을 시사하고 행동 하나하나가 결국은 큰 결과를 이루어낼 수
있다는 깊은 통찰을 담고 있는 말.

오늘도 즐거운 하루 되길 바라며 …

★ 내가 너희에게 분부한 모든 것을 가르쳐 지키게 하라 볼지어다 내가 세상 끝
날까지 너희와 항상 함께 있으리라 하시니라.(마태복음 28장 20절)

※ 1950년 9월 18일 86일 차 : 유엔 해병대 서울 서북방 한강에서 진격 다른 해병
대는 경인가도로 전진, 서울에서 역습해온 북한군 전차 16대 격파, 국군 선발대
영등포 돌입, 인천에 전범 법정 설치, 지방장관회의 개최, 국회 "사형 금지법"가
결, 호찌민군 인도지나와 중국 국경의 통케 점령, 북대서양조약기구 이사회 최종
회의"유럽통합군(NATO)"창설 승인, 주워싱턴 콜롬비아 공사 콜롬비아가 순양
함(2000톤 급)을 유엔의 한국 지원 활동에 제공한다고 발표.

보낸 날짜 : 2009년 3월 27일 금요일 오전 09시 48분 58초
받는 사람 : 사랑하는 두 아들(30회)

3월도 벌써 막바지에 왔구나 잘 마무리하고 4월을 맞이하자 구나 둘째 아들 축하한다. 드디어 직급봉장을 갖게 되었구나 아마 봉장에 조금씩 쌓여가는 재미도 괜찮을 것이다. 티끌 모아 태산이라는 말이 실감 나게 될 것 같구나. 두 아들 열심히 사는 모습이 자랑스럽구나 또한 십일조 생활은 꼭 하도록 하여라. 세상의 곡간을 채우는 것은 일시적이고 하늘나라의 곡간을 채우는 것은 영원한 것이니 꼭 실행하도록 하여라. 주말에는 삼겹살 파티라도 해서 체력을 유지하면 좋을 텐데 …

오늘도 즐거운 하루 되길 바라며 …

★ 예수께서 대답하여 이르시되 기록되었으되 사람이 떡으로만 살 것이 아니라 하였느니라.(누가복음 4장4절)

※ 1950년 9월 20일 88일 차 ; 국군 해병대와 미 해병 제5연대 한강 도하 수색으로 진격, 군경 및 피란민 국회 위문단 방문 지역으로 출발, 인민군 퇴각하기 직전 고양·파주 지역 태극단원을 팔과 다리를 자르고 창으로 찔렀으며 입을 찢어서 처참하게 학살함(38명).

※ 1950년 9월 23일 91일 차 : 김일성 북한군(인민군) 총 후퇴 명령 하달, 유엔 해병대 이화여대 뒤 고지 점령, 최선주 재무부 장관 인플레 억제 대책과 화폐증발 방지 문제 언명, 경부선 복구 개시, 낙동강 교량 긴급 가설공사 착공, 유엔총회 침략 저지를 위한 유엔 부대를 조직하려는 미국 동의 제안 가결, 영국 유엔군의 38선 돌파 문제와 통일 대한민국 정부 수립 문제에 대해 미국에 입장 전달

보낸 날짜 : 2009년 3월 30일 월요일 오전 10시 16분 51초
받는 사람 : 사랑하는 두 아들(31회)

한 주간이 시작되는 월요일 아침이 구나
3월도 이틀밖에 남지 않았내 이번 주도 활기차게 시작하자.
큰아들 외국인 합동 예배 반주는 멋지게 했을 걸로 믿는다.
큰아들 왈 천재니깐 …
그 큰 교회 본당에서 반주를 할 수 있다는 게 자랑스럽구나,
둘째(형님이 인정하는 음악 천재)도 요사이 반주 잘하고 있을 것이라 믿는다.
혹시 큰아들과 둘째 아들이 없으면 교회 예배 시 찬송 못 부르는 것 아닌가?
열심히 봉사하면 하나님께서 귀히 쓰시겠지,
엄마, 아빠는 이번 부활절 연합 예배시 삼성여고 체육관에서 찬송 부를 예정이다.
또 CBS 방송 50주년 기념 초청 찬양 대회에 나가려고 매주 연습 중에 있다.
큰아들, 작은아들이 보내준 색소포니아로 처음 녹음한 찬송 두 곡(나 같은 죄인
살리신, 사명 : 첨부 파일 참조) 보내니 시간 있을 때 듣고 강평 부탁한다.
우리 가족이 함께 찬송을 멋지게 부를 수 있는 날이 오기를 기대하며 …

★붙임 : 나 같은 죄인 살리신 찬송가, 사명 복음성가 색소폰 연주

오늘도 힘찬 하루 되길 …

★ 욕심이 잉태한즉 죄를 낳고 죄가 장성한즉 사망을 낳느니라.
(야고보서 1장15절)

보낸 날짜 : 2009년 4월 06일 월요일 오전 10시 19분 04초
받는 사람 : 사랑하는 두 아들(32회)

지난주에는 메일을 한번 밖에 보내지 못하였구나 너희들한테는 감기 조심하라고 하고 나는 감기가 들었으니 이제 체력이 따라가지 못하는 것 같구나 조심한다고 했는데 감기가 걸려버렸내 이제 많이 나아진 것 같구나 엄마도 이빨 치료를 계속하는 관계로 입술이 부르트고 감기 몸살기가 있어 서울을 못 가게 되어 큰 아들 한테 부탁하게 되었구나, 꼭 참석하도록 하여라 반지는 너희 회사 가까운 데서 점심시간을 이용해서 미리 준비해 두었다가 퇴근 후 바쁘게 움직이지 말고 여유 있게 움직이도록 하여라 둘째도 함께 참석할 수 있으면 좋을 텐데 오늘 저녁 즐겁게 먹고, 우리 첫째, 둘째도 언제쯤 애 돌잔치 할 수 있을지 기다려지는구나, 아빠 엄마는 그 날이 빠른 시일 내 올 것이라 믿는다.

오늘도 즐거운 하루 되길…

※ 1950년 9월 25일 93일 차 : 북한군 시울에서 개진 이래 최대 저항 해병대 670m 진격, 미 제1기병사단 조치원 돌입 천안 탈환, 육군본부 민간인에 대한 사적인 가해를 금지하는 훈령 하달.

※ 1950년 9월 27일 95일 차 : 오전 6시 10분에 6중대 1소대장 박정모 소위가 중앙청에 태극기를 다시 게양했다. 미 해병대 서울시 2/3 탈환 오후 3시 미 대사관에 성조기 게양, 국군 수도 사단·제3사단 울진·춘양 탈환, 서천지역 좌익 세력 들이 창고에 감금 불을 질러 250여 명 학살, 김제 내무서 앞 야산과 우물 방공호 등 소호리 공동묘지 화포리 창자 마을 등에서 200여 명 학살, 「재무부령 특제3호 전재 지역의 국고 금 특별 조치에 관한 건」공포, 김종원 경남지구 계엄사령관 전재민 복귀 등에 대해 담화.

보낸 날짜 : 2009년 4월 08일 수요일 오전 10시 23분 08초
받는 사람 : 사랑하는 두 아들(33회)

이제 완연한 봄기운이구나 몸이 나른해지는 계절이 왔구나 이런 때에 안전사고
가 많이 나므로 출, 퇴근 시나 집에서도 무엇을 할 때(목욕할 때, 못박을 때 등)항
상 조심하여라, 적당한 운동과 영양을 제대로 섭취해야 하므로 먹는데 너무 아
끼지 말고 잘 먹도록 하고, 방 안에서 맨손체조라도 해 보아라 인체의 신비는 무
궁무진하다는 것을 스스로 느끼고 깨달아야 하는데 무엇인가 시도해서 느껴야
하는데 …
인생을 쉽게 살아가려고 생각하면 몸은 편할지 모르지만 마음은 편하지 않을 것
이다. 좋은 사진과 글이 있어 보내니 시간 있을 때 보아라 첨부 내용을 볼 시간이
없을 정도로 바쁘니 한편으로는 좋지만 가끔 쉬어가면서 하시게나 …

★ 붙임 : 용서는 모래에 새기고 은혜는 돌에 새겨라

오늘의 고사성어(古事成語)
주마등 (走馬燈) : 두 겹으로 된 틀의 안쪽에 갖가지 그림을 붙여 놓고 등을
켠 후 틀을 돌려 그림이 바깥쪽에 비치게 만든 등을 말한다. 여기에서 유래하
여 사물이 덧없이 빨리변하거나 쏜살같이 지나간 세월을 떠올릴 때 자주 사용
하는 말,

오늘도 보람된 하루 되길 바라며 …

★ 내가 너희에게 분부한 모든 것을 가르쳐 지키게 하라 볼지어다 내가 세상 끝
날 까지 너희와 항상 함께 있으리라 하시니라.
(마태복음 28장 20절)

보낸 날짜 : 2009년 4월 10일 금요일 오전 10시 24분 28초
받는 사람 : 사랑하는 두 아들(34회)

열심히 노력해야 할 이유

삶은 외견상 수평인 것처럼 보이지만 엄연히 수직적인 관계들이 만들어지게 된다. 열심히 노력을 하든, 하지 않든 간에 너희들이 선택할 문제다. 그러나 열심히 노력해서 스스로를 더 높은 곳을 향해 나아가도록 만들 수 없다면 그 비용은 평생을 두고 톡톡히 지불해야 한다. 세상에 귀한 것이라면 당연히 그것을 얻기 위해서 비용을 지불해야 얻어질 것이다. 그런데 그 비용 가운데 가장 큰 것이 꾸준한 열정으로 노력을 지속적으로 해야 할 부분이 아닌가 생각이 든다. 1년 고생은 3년이 편안하고 2년 고생은 5년이 편안하고 5년 고생은 20년이 편안하고 10년 고생은 40년이 편안 해진다고 생각이 된다. 이는 아빠가 60년을 살아오면서 느낀 것이다…
오늘은 조금 무거운 이야기를 했구나, 첫째와 둘째는 열심히들 하고 있으니 좋은 결과가 있을 것이라 믿는다. 벌써 4일 중순으로 접어들구나 …

오늘의 고사성어(古事成語)
화룡점정 (畵龍點睛) : 용을 그리고 눈동자를 찍다. 사물의 가장 중요한 부분을 완성 시키거나 끝손질을 하는 것을 비유하는 말이다.

오늘도 즐거운 하루 보내기를 바라며 …

★ 보라 자식들은 여호와의 기업이요 태의 열매는 그의 상급이로다.
(시편 126장3절)

보낸 날짜 : 2009년 4월 13일 월요일 오전 10시 01분 47초
받는 사람 : 사랑하는 두 아들(35회)

한 주일이 시작되는 월요일 아침이구나. 이번 한 주일도 주님 말씀 가운데 살아가는 한 주간이 되도록 노력하며 힘차게 시작해 보자꾸나. 어저께는 사하지역 부활절 연합예배 찬양에 참석하기 위해 새벽 3시 40분에 일어나서 바쁜 하루였다. 삼성여고 강당에서 하단 교회 찬양대(120명)가 찬송을 하는 은혜스러운 예배를 드렸다. 사하지역 교인 1500명 정도가 모여 부활절 연합예배를 드리고, 또 하단 교회에서 예배를 드렸다. 너희들은 부활절 예배는 잘 드렸는지

이한 주간도 보람된 나날이 되기를 바라며 …

★ 내가 복음을 부끄러워하지 아니하노니 이 복음은 모든 믿는 자 에게 구원을 주시는 하나님의 능력이 됨이라 먼저는 유대인에게요 그리고 헬라인에게 로다.
(로마서 1장 16절)

※ 1950년 9월 29일 97일 차 : 국군 제3사단 삼척 점령 국군 제8사단 단양 탈환, 유엔군 남원·담양 탈환 후 광주로 진격, 이승만 대통령 맥아더 원수 동반 항공편으로 서울 귀환 이승만 대통령 주관으로 중앙청에서 서울 환도식 및 특별성명. 강화지역 양사면 중외산 중턱에서 인민군 내무서원에 의해 48명 학살 당 함, 전남 법성포 교회 김종인 목사와 그의 가족 4명, 교인 24명 학살당함, 유엔 8개국 38선 이북 진격 여부 권한을 맥아더 원수에게 부여하도록 유엔에 제안, 미국 유엔군의 북진 계획 승인 영국 외무장관 38선 돌파 주장.
※ 1950년 10월 3일 101일 차 : 국군 제2군단 서울 입성, 국군 제3사단 선두 부대 고성에 도달, 미 제1기병사단 의정부 돌입, 국군 제6사단 춘천 남방에서 북상 38선 돌파 준비, 서울시내 각 은행 업무 재개(시중은행 및 금융조합) 원주지구 철도 기관 수복, 이준식 경인지구 계엄사령관 전시범죄 처벌에 대한 포고문 발표.

보낸 날짜 : 2009년 4월 15일 수요일 오후 16시 59분 10초
받는 사람 : 사랑하는 두 아들(36회)

둘째 아들 감기는 좀 나아졌는지. 큰아들은 괜찮은지 걱정이 되네
아빠는 비타민C 하루 1개에서 3개(아침, 점심, 저녁)로 늘이고 우루사를 아침, 저녁으로 먹고 나았다.
우선 비타민C를 먹도록 하고, 큰아들도 먹고 영양 보충을 잘하여야 한다. 첫째야 바쁘겠지만 퇴근 시 동생이 먹고 싶은 것 물어보고 사가지고 가서 같이 많이 먹도록 해라
감기가 심하면 병원부터 가보도록 하고 견딜만하면 먹는 것을 많이 먹어야 한다. 잘못하면 첫째도 감기 걸릴 확률이 높으니 미리미리 대비하고 비타민C 먹고 첫째도 건강!!
둘째도 건강 알 것제!!

오늘도 보람된 하루되길 바라며 …

★ 믿음의 주요 또 온전하게 하시는 이인 예수를 바라보자 그는 그 앞에 있는 기쁨을 위하여 십자가를 잡으사 부끄러움을 개의치 아니하시더니 하나님 보좌 우편에 앉으셨느니라. (히브리서 12장 2절)

※ 1950년 10월 5일 103일 차 : 국군 구만리(九萬里)발전소 탈환, 북한군 포로 200명, 유엔 해군 한국 해역 부유기뢰 폭파 작업에 전력 경주, 남로당원들이 신안군 임자도 임자 진리 교회 이관인 장로 이판성 집사 두 가족 포함하여 교인 48명 백사장에서 칼과 죽창으로 살해함, 서울시 쌀 1일 1인당 1홉 4작씩 무상배급 개시 서울시 수돗물 공급 재개.
※ 1950년 10월 7일 105일 차 : 유엔총회에서 "통일한국 결의안" 47대5(기권 7)로 결의안 가결, 한국군 4개 사단 38도 선 통과 북진 계속, 미군부대 오후 5시 14분 38도선 넘어 북진, 미 제1기병사단 개성 점령

보낸 날짜 : 2009년 4월 22일 수요일 오전 11시 52분 40초
받는 사람 : 사랑하는 두 아들(37회)

이번 주일도 벌써 수요일이 되어 버렸구나 월, 화요일은 무척 바쁘게 보내느라 연락을 할 시간이 없었고, 이틀이 어떻게 지나갔는지 모르겠구나. 월요일은 아빠가 새로 시작한 직장이 계약이 만료('90.4.30) 되어 직원들과 다시 계약과 임금 협상을 하느라 정신없이 지나간 것 같구나,

아빠가 직장 생활을 37년 정도 하는 중에 가장 어려운 일을 한 것 같구나, 전체 금액이 정해진 상태에서 임금 협상을 한다는 것이? 이 어려운 시기에 건강과 기술력 때문에 한 직원과 계약을 못하고 그만두게 하는데 관여하게 되어 가슴이 무척 아프구나, 큰아들, 작은 아들아 너희들이 살아가야 할 시대는 아빠 시대보다도 더욱더 다양하고 복잡하고 경쟁이 치열할 것이라 생각된다. 그 경쟁에서 살아남는 방법은 자기 스스로 건강을 챙기고, 실력을 쌓아가야 살아남는다는 것을 잘 알고 있겠지만 노파심에서 다시 한 번 강조한다. 삶에서 인간관계도 큰 비중을 차지하니 많은 사람을 사귀고 그들과 어우러져 살아가도록 노력하여라. 오늘 너무 무거운 이야기를 한 것 같네, 우리 두 아들은 주님 말씀 가운데 잘해 낼 줄 믿는다.

오늘도 보람된 하루되길 바라며 …

★ 애통하는 자는 복이 있나니 그들이 위로를 받을 것임이요.
(마태복음 5장 4절)

보낸 날짜 : 2009년 4월 23일 목요일 오전 14시 53분 37초
받는 사람 : 사랑하는 두 아들(38회)

어저께 엄마, 아빠는 수요예배 마치고 CBS 창사 50주년 기념 찬양 대회 참가를
위한 찬양 연습을 마지막으로 하였는데 마음에 별로 흡족하지 못하구나,
이런 기회가 아니면 엄마 아빠가 어떻게 문화회관 대강당에서 찬송을 부를 기회
가 주어지겠는가를 생각해 보니 감사할 따름이다.
하나님께 감사하며 또한 우리 두 아들이 교회에서 열심히 봉사하고 엄마, 아빠를
위해 기도한 덕택에 이런 기회가 오지 않았나 생각이 드는구나,
함께하는 찬양 대원 모두가 많은 은혜 받기를 기도하며.
하나님께서 기뻐하시는 좋은 찬양 올릴 수 있길 바란다.

찬양 대회 일정

일 시 : 4.25(토요일) 저녁 7시 30분
장 소 : 부산문화회관 대강당
참가팀 : 10개 팀(하단 교회, 쏘노원 교회, 부산엉덕 교회 등)

오늘도 많이 웃는 일이 생기기를 바라며 …

★ 누구든지 그리스도 안에 있으면 새로운 피조물이라 이전 것은 지나갔으나 보
라 새것이 되었도다. (고린도후서 5장 17절)

※ 1950년 10월 10일 108일 차 : 국군 해병대 제1·2육전대 순천·고흥 점령, 국군
제3사단 오전 원산 및 명사십리 비행장 점령, 국무회의 유엔총회의 10월 7일 한
국에 대한 결의안 일치 승인, 대한민국 정부 미국에 행정 복구 전문 요원 지원요
청, 중국·소련 협상 중국 출병에 따른 소련 공군 지원 문제 협의, 트루먼 대통령 맥
아더 원수와 회견을 앞두고 "통일 민주 한국" 건설하겠다고 성명 발표

보낸 날짜 : 2009년 4월 24일 금요일 오전 10시 33분 44초
받는 사람 : 사랑하는 두 아들(39회)

내 서른 살은 어디로 갔 나

그대 서른 살은 아름답다. 가볍 지도 않고 무겁 지도 않다. 어리지도 않고 늙은 것
도 아니다. 불안정 속에 안정을 찾아가는 그대는 뜨겁다. 서른 살을 어떻게 보내
느냐가 남은 인생을 결정한다.

신현림의〈내 서른 살은 어디로 갔나〉중에서

삼십대가 얼마나 중요한지를 잘 함축된 글 같아서 보낸다. 인생에서 가장 혈기왕
성한 나이대가 아닌가 생각한다. 우물쭈물하다 보면 30대가 훌쩍 지나가 버린다.
인생의 스승은 여러 가지가 있겠지만 가장 큰 스승은 자기가 스스로 체험해서 얻
어지는 것들이 아니겠느냐, 여러 가지들을 접해볼 수 있는데 까지는 접해 보는 것
이 어떨지, 또한 기회가 주어질 때 놓치지 않을려면 항상 준비된 마음가짐과 능력
을 평소에 차곡차곡 쌓아야 잡을 수 있을 것이라 생각이 되어 지는구나. 어떤 상
황이든 가슴 뛰는 삶을 살기위해 젊음의 용기를 잃지 않았으면 하는 바램 이다.

오늘의 고사성어(古事成語)
유지경성 (有志竟成) : 의지를 가지고 있으면 마침내 이룬다. 뜻이 있는 사람은
반드시 성공한다는 말이다.

오늘도 활기찬 하루가 되기를 바라며 …

★ 우리가 사방으로 우겨 쌈을 당하여도 싸이지 아니하며 답답한 일을 당하여도
낙심하지 아니하며 박해를 받아도 버린바 되지 아니하며 거꾸러뜨림을 당하여
도 망하지 아니하고. (고린도후서 4장 8,9절)

보낸 날짜 : 2009년 4월 27일 월요일 오전 10시 06분 42초
받는 사람 : 사랑하는 두 아들(40회)

우리 두 아들 주말은 잘 보내었는지
오늘은 4월 마지막 주일이며 한 주간이 시작되는 월요일이구나
엄마, 아빠는 요사이 바쁜 주말을 보내고 있다.
토요일은 CBS 초청 찬양 연습에 일요일 오전에는 2부 예배 찬양
연습 오후에도 찬양 연습과 오후 예배,
주말이 어떻게 지나가는지 훌쩍 지나가는구나
큰아들, 둘째 아들 기도 덕택에 CBS 창사 기념 초청 찬양 대회를 무사히 마치게
되었다.
이제 하단 교회도 부산에서는 제법 크고 알찬 교회로 발돋움 하는 것 같구나 아
빠는 부산문화회관에서 전시회(서예)도 한번 참가하고 이번에는 대강당 무대에
도 서게 되어 무척 기쁘구나 …
첫째야 둘째야 주일 예배는 잘 보았는지 가능한 주일 예배는 꼭 참석하고 십일조
생활은 하나님의 자녀로 가장 기본이 되는 믿음으로 철저하게 빠뜨리지 말고 잘
하도록 하여라 잘하고 있겠지만 다시 한 번 더 강조한다.
둘째는 적금통장이 불어 가고 있다면서 그러나 욕심내지 말고 조금씩 조금씩 모
아가는 과정도 중요할 것이라고 생각한다.
둘째 아들 감기는 다 나았는지 돼지 독감 문제가 대두되고 있구나 하여튼 감기
조심하고 밖에 나갔다 들어오면 씻는 것 철저히 하도록 하여라 …

이번 한 주간도 활기차고 보람된 한 주간이 되길 바라면서 …

★ 우리는 그리스도 안에서 그의 은혜의 풍성함을 따라 그의 피로 말미암아 속량
곧 죄 사함을 받았느니라. (에베소서 1장 7절)

보낸 날짜 : 2009년 4월 30일 목요일 오후 18시 13분 25초
받는 사람 : 사랑하는 두 아들(41회)

이번 주는 아빠가 무척 바쁜 한주였다. 회사가 바뀌므로 처리하여야 할 일들이 많아서 메일 보낼 시간이 없었구나 그러나 외할머니께서 소개하는 아가씨 전화번호는 알려주어야 할 것 같아서 연락한다.이번 연휴에 시간을 내어 한번 만나 보도록 하면 좋을 것 같은데. 가능하면 두세 번 정도는 만나 서로를 알아보는 시간이 되면 좋을 텐데 어떨지 모르겠구나

011-2X4-84XX 문 X 숙

연휴 멋지게 보내어라 …

※ 1950년 10월 15일 113일 차(글쓴이 태어난 날) : 국군 수도 사단 영흥 진출, 국군 제8사단 곡산 진출, 미 제1기병사단 남천점 점령, 함경남도 함흥에서 방공호, 지하실에서 집단 무차별 총살 등 우물에 생매장 등 퇴각하는 김일성의 지시에 의해 12,000여 명이 학살당함, 정부 "공무원 임시 등록 법"(법률 제148호) 공포, 조병옥 내무부 장관 전시 중 재산침탈 행위 엄중 경고.

※ 1950년 10월 19일 117일 차 : 중공군 본대 압록강 도하 개시, 국군 수도사단 흥원 탈환, 유엔군과 국군(국군 제1사단·미군 제1기병사단) 평양 점령, 비행장 재개시, 윤영선 농림부 장관 농지개혁은 계속 실시하라는 담화 발표, 금융통화위원회 임시 부흥 본부의 설치 승인, 한강 가교 준공식 거행 계통, 공산주의에 대해서 비판적인 설교를 했다고 정읍 두암교회 신도들 집을 불지르고 교인 28명을 칼로 찌르고 둔기로 때려죽였다.

◆ 중공군이 개입한 이유
　- 중국의 안전 도모　　　　- 중국과 소련의 우호관계 유지
　- 북한과 동지적 이해관계　- 미국의 동북아 영향력 감소

보낸 날짜 : 2009년 5월 02일 토요일 오후 13시 50분 52초
받는 사람 : 사랑하는 두 아들(42회)

오늘은 계획예방정비 공사 기간 중이라 직원들이 모두 출근을 해서 휴일 날인데도 출근을 하게 되었구나

여자들이 남편감을 구할 때 외모가 출중하거나 경제력이 보장되거나 지나치게 똑똑한 사람을 구하는 것도 한 가지 대안이 될 수 있겠지만 가장 중요한 의사 결정에는 "충직함"과 "성실함"이란 단어가 배어 있는 남성을 구하는 것이 오랜 결혼 생활을 성공적으로 유지할 수 있는 비결이라고 말들을 하고 있단다.

부가적으로 능력, 좋은 직장, 등등 있겠지만 하여튼 가능한 결혼 적령기에 가는 것이 인생을 살아가는데 도움이 될 것이라 생각이 된다. 큰아들, 작은아들아 좋은 배우자를 만난다는 것이 얼마나 중요한 것인지는 잘 알고 있겠지?

그렇다면 많은 사람을 만나 보고 사귀어 보아야 그중에서 진주를 고를 수 있지 않겠나, 집에만 있지 말고 밖에 나가서 많은 것을 보고 느끼고 아가씨들과 데이트도 하고 혹시 데이트 비용이 없어서 못한다면 아빠한테 청구하면 보내 줄 테니 재미있고 활기차게 생활을 하였으면 하는 바램이다.

오늘의 고사성어(古事成語)
상선약수 (上善若水) : 가장 좋은 것은 물과 같다. 몸을 낮추어 겸손하며 남에게 이로움을 주는 삶을 비유하는 말이다.

오늘도 멋진 하루 되길 바라며 …

★ 누구든지 그리스도 안에 있으면 새로운 피조물이라 이전 것은 지나갔으나 보라 새것이 되었도다. (고린도후서 5장 17절)

니 뭐하고 사노 · 61

보낸 날짜 : 2009년 5월 08일 금요일 오전 09시 59분 30초
받는 사람 : 사랑하는 두 아들(43회)

며칠 동안 메일을 보내지 못하였네, 회사가 바뀌게 되어 사무집기들(PC, Printer, Fax 등)교체하느라 바빴구나 오늘 아침 출근하면서 CBS 방송 듣는 중에 목사님께서 하나님의 기업으로 주신 자식이 얼마나 중요한 것인지 지구 덩어리 만한 금덩어리를 준다고 해도 바꾸지 못할 것이라고 말씀하시는 것이 공감이 가는구나 이는 어떤 무엇과도 바꿀 수 없다는 이야기겠지, 우리 두 아들 어린 시절에 아빠가 삶에 바쁘다는 핑계로 많은 사랑으로 양육하는 일에 소홀함이 있었든 것을 미안하게 생각한다. 그런데도 이렇게 반듯하게 자라주어서 고맙게 생각한다. 이 어려운 세파 속에서 큰 문제없이 열심히 살아감을 항상 감사 하며 살아가고 있단다. 그 또한 엄마의 매일 새벽에 너희들을 위한 기도도 한 몫을 하고 있다는 것을 잊지 말아라 …

오늘의 고사성어(古事成語)
순망치한 (脣亡齒寒) : 입술이 없어지면 이가 시리다. 서로 밀접한 관계에 있는 것을 비유하는 말이다.

오늘도 멋진 하루 되길 바라며 …

★ 예수께서 그들에게 이르시되 내 아버지께서 이제까지 일하시니 나도 일한다. (요한복음 5장 17절)

※ 1950년 10월 23일 121일 차 : 미 제1기병사단 사령부 엘모 베스 대령을 평양시 군정관에 임명, 미 제1군단 청천강 도착, 이승만 대통령 외신 회견에서 대한민국이 북한 통치 실시 중이라고 언명, 한강교(A선) 가선 복구 개통, "조선일보"속간 조간 2면 타블로이드판 발행 임시 정가 1부 30원.

보낸 날짜 : 2009년 5월 11일 월요일 오전 10시 00분 59초
받는 사람 : 사랑하는 두 아들(44회)

신록에 계절 5월도 어느덧 중반으로 접어드는구나, 주말은 잘 보내었는지, 우리 두 아들이 엄마 생일 선물로 보내준 돈으로 아빠 와이셔츠와 엄마 신발 사고 몇 개월 만에 돼지고기 수육 해서 맛있게 먹고 엄마와 함께 즐거운 시간을 보내었다. 고맙다!!
날씨가 더워지는데 건강 조심하고 먹는 것은 아끼지 말고 잘 챙겨 먹도록 하여라.

오늘도 좋은 하루 되길 바라며 …

★ 이르시되 너희가 너희 하나님 나 여호와의 말을 들어 순종하고 내가 보기에 의를 행하며 내 계명에 귀를 기울이며 내 모든 규례를 지키면 내가 애굽 사람에게 내린 모든 질병 중 하나도 너희에게 내리지 아니하리니 나는 너희를 치료하는 여호와임이라. (출애굽기 15장 26절)

※ 1950년 10월 25일 123일 자 : 국군 제8사단 구장동 진입, 국군 박천·서천 점령, 영연방 제27여단 청천강 도하 완료, 이승만 대통령 평양 방문 환영 시민대회 개최 대통령 불참, 전쟁으로 서울 인구 24만 3,532명(17%) 6만 2,987가구 감소, 평양에 교통부 파견대 설치.

※ 1950년 10월 27일 125일 차 : 미 제1기병연대 마천령 점령, 국군 수도 사단 황수원리 점령, 미 제24사단 일부 태천으로 진격, 유엔군 평양 북방 80Km 박천에서 대령강 도하, 국군이 안주에서 잡은 중공군 포로 2만 명 입 북설, 정부 행정 관서 서울로 복귀, 평양 탈환 경축대회, 유엔군사령부 각국 군대는 북한군을 소탕하기 위하여 필요한 모든 지역에 진격할 것이라고 언명, 마오쩌둥 인민해방군 제9병단 한국전 투입 비준.

보낸 날짜 : 2009년 5월 13일 수요일 오전 11시 57분 12초
받는 사람 : 사랑하는 두 아들(45회)

젊은 날은 아주 그것도 아주 짧은 것이다. 봄날의 꽃 같아서 금방 시들어 버린다. 인생을 90년으로 보면 젊은 날은 정말 짧은 시기이다. 후회는 늘 늦게 오기 마련이다. 그리고 인생에서 건너뛰는 법은 없다. 언젠가 비용을 지불하게 된다. 젊은 날부터 착실히 계획을 세워 자신의 앞날을 차근차근 개척 해가야 한다.(우리 두 아들이야 잘하고 있는 줄로 믿는다. 노파심에서 다시 한 번 강조한다고 생각하여라) 한마디로 야무지게 살아야한다 그것은 선택 사항이 아니라 필수이다. 왜냐하면 자신과 가족을 책임질 수 있어야 하기 때문이다. 이 세상의 모든 이치가 때가 있는 법이다. 시기를 놓쳐버리면 더욱더 많은 대가를 지불하여야 하기 때문이다. 기회가 주어지면 그 기회를 놓치지 않아야 한다. 그렇게 하려면 항상 준비하고 주어 졌을 때 자신감을 갖고 적극적으로 잡아야 할 것이다.
그로 인해 행복한 삶을 누릴 수 있을 것이라 생각되는구나 …

오늘의 고사성어(古事成語)
청출어람 (靑出於藍) : 푸른 물감은 쪽에서 나왔다. 제자가 스승보다 더 나음을 비유하여 이르는 말이다.

오늘도 멋지고 보람된 하루 되길 바라면서 …

★ 그가 나를 푸른 풀밭에 누이시며 쉴만한 물가로 인도하시는 도다.
(시편23장 2절)

※ 1950년 10월 29일 127일 차 : 영국군과 호주군이 평안북도 정주전투에서 북한군과 전투 북한군 압록강 쪽으로 퇴각. 미 제7사단 원산 북방 280Km의 이원 상륙, 영월·당인리 두 발전소와 화천발전소 확보 전력난 해소.

보낸 날짜 : 2009년 5월 15일 금요일 오전 10시 05분 08초
받는 사람 : 사랑하는 두 아들(46회)

하나님과 함께 배우자 선택 기준

우리들의 인생에서 결혼 상대자 곧 배우자를 선택하는 문제는 삶의 행복과 불행을 결정짓는 극히 중요한 문제이다. 훌륭한 배우자를 선택한다면 삶이 행복하겠지만 나쁜 선택은 말할 수 없는 불행과 고통을 가져 다 준다. 믿는 자들은 결혼하기 전 데이트할 때부터 하나님을 포함시켜 생각해야 한다는 것은. 큰아들의 생각에 전적으로 동감하는 바이다 우리 큰아들의 믿음이 마음 든든하게 생각되어지는구나 -첫째야, 둘째야 험한 세상을 살아가는 데는 언제나 내편이 되어 줄 수 있는 반려자가 옆에 있는 것이 얼마나 든든한지, 혼자 보다는 둘이 훨씬 좋다 그러므로 결혼은 해야지!!
너무 급히 서둘러서 일을 그릇 치면 안 되지만 항상 생활 속에 기억하고 노력하고 기도 열심히 하길 바란다.
한 주간 잘 마무리하고 건강 잘 챙기고 …

오늘도 기분 좋은 하루 되길 바라며 …

★ 아무것도 염려하지 말고 다만 모든 일에 기도와 간구로 너희 구할 것을 감사함으로 하나님께 아뢰라 그리하면 모든 지각에 뛰어난 하나님의 평강이 그리스도 예수 안에서 너희 마음과 생각을 지키시리라.

(빌립보서 4장 6,7절)

※ 1950년 10월 30일 128일 차 : 평양시청(평양시 인민위원회)에서 이승만 대통령이 참석한 가운데 평양 입성 환영행사 실시, 국군 제6사단 온정·운산지구에서 북한군 1개 사단의 완강한 저항으로 후퇴, 국군 제7사단 태천 동쪽의 창동 탈환, 옹진 지구에서 북한군 및 북한 정권이 학살한 인명 피해 약 4,500명으로 판명.

보낸 날짜 : 2009년 5월 16일 토요일 오전 09시 44분 01초
받는 사람 : 사랑하는 두 아들(47회)

우리는 지금 지식산업시대, 지식경영시대를 살고 있다. 자원이나 인구가 많은 나라가 선진국도 아니다. 지식이 많은 나라가 선진국이다. 지식이 많은 나라가 강국이다. 고로 개인도 마찬가지이다. 지식을 많이 가지고 있어야 한다. 그런데 그 지식이 바른 지식, 질적인 지식이어야 한다. 또한 그 지식을 제대로 올바르게 잘 활용을 하여야 할 것이다. 구약성경의 잠언에서는 "여호와를 아는 것이 모든 지식의 근본이다" 라고 했다. 첫째야 둘째야 바쁜 와중에도 조그마한 시간이 허락된다면 성경도 가끔 읽어 보아라(이미 읽고 있다면 좀 더 열심히 읽었으면 한다) 엄마, 아빠는 올해 1독을 하고 다시 성경을 읽기 시작하였다. 아침 5시쯤 일어나서 기도하고 엄마는 아침 준비와 성경을 읽고 아빠는 동궁초등학교 운동장 20바퀴 정도 돌고 와서 아침 먹고 출근한다.

나이가 들어가니 몸도 이제 마음대로 잘 안 되는구나 아빠는 목, 어깨 부위가 좋지 않아 지압원에서 지압을 받고 있다. 젊을 때부터 몸 관리를 잘하여야 나이가 들어도 병원 신세를 많이 지지 않고 노년을 잘 보낼 수 있을 텐데 좋은 계절에 가능하면 아침에 일찍 일어나 맨손체조라도 하면 어떨까 한다. 요사이 계획 예방 정비공사 중이라 직원들이 토요일 일요일 모두 출근을 해서 토요일 오전에는 출근을 한단다.

        큰아들, 작은 아들 주일 하나님 잘 만나기를 바라며 …

★ 너희는 그 은혜에 의하여 믿음으로 말미암아 구원을 받았으니 이것은 너희에게서 난 것이 아니요 하나님의 선물이라 행위에서 난 것이 아니니 이는 누구든지 자랑하지 못하게 함이라. (에베소서 2장 8~9절)

보낸 날짜 : 2009년 5월 18일 월요일 오후 15시 58분 29초
받는 사람 : 사랑하는 두 아들(48회)

어려운 말 3가지

쉬운 말이면서도 하기 어려운 말 3가지가 있다
첫 번째 : 나는 모릅니다.
두 번째 : 나는 도움이 필요합니다.
세 번째 : 내 잘못이였습니다.

사람들은 "나는 모릅니다" 는 말하기를 두려워한다.
자신이 모르는 것을 서슴없이 모른다고 말할 수 있는 것이 용기이고 인격이다.
"나는 도움이 필요합니다"는 말 역시 마찬가지이다.
세상은 어차피 서로 돕고 사는 세상이다 도움이 필요할 때에 기꺼이 도움을 요청하고 또 도울 수 있을 때는 서슴없이 도와주는 것이 세상 살아가는 이치다.
"내 잘못입니다" 말도 그러하다 자신이 하는 일에 실수나 히몰이 없다고 유능한 사람은 아니다 보다 나은 삶을 추구하노라면 도전은 있기 마련이고, 도전은 계속되어져야 한다.
그 도전을 극복하여 나가노라면 시행착오가 있기 마련이다. 그런 착오가 있게 되었을 때에 기꺼이 인정하는 것이 참된 용기이다.

이번 주일도 힘차게 출발하자

※ 1950년 11월 1일 130일 차 : 미 제7사단·제10군단 계속 북진 국경선 61Km 지점 도달, 국회 제41차 본회의 계엄령 해제 요구안 심사에서 보류 결정, 담뱃값 인상 백학 500원 공작 300원, 유엔총회 리 유엔 사무총장 임기 3년 연장 15개국 제안 가결

보낸 날짜 : 2009년 5월 19일 화요일 오전 11시 22분 21초
받는 사람 : 사랑하는 두 아들(49회)

책이 제일이다

정리된 지식을 얻는 데는 책이 제일이다. 독서는 정신적 식사다. 독서를 하지 않으면 정신이 죽은 것이나 다름없다. 자신이 읽을 책 정도는 스스로 골라 스스로 사고 늘 곁에 두면서 원하는 시간에 원하는 방식으로 읽어야 한다. 책을 읽는다고 모두 위대한 사람이 되는 것은 아니지만 위대한 사람들은 한결 같이 모두 책을 읽는 사람들이 다는 것을 잊어서는 안된다.

오늘도 건강하고 복된 하루 되길 바라며 …

★ 너희는 이 세대를 본받지 말고 오직 마음을 새롭게 함으로 변화를 받아 하나님의 선하시고 기뻐하시고 온전하신 뜻이 무엇인지 분별하도록 하라. (로마서 12장 2절)

※ 1950년 11월 6일 135일 차 : 국군 제6사단 제7연대 초산에서 개천으로 철수 완료, 소련제 신형 전투기 최초로 한·만 국경 넘어 참전, 이승만 대통령 중공군 참전은 "소련의 사주"라고 기자회견에서 언급, 오스틴 유엔 미 대표 중국의 한국 전쟁 참전을 유엔에 공식 통고. 중공군의 서부지역 공세는 유엔군의 북진을 저지하는 것에는 성공했지만 국군 주력 섬멸 및 동 서의 연결 차단에 실패
※ 1950년 11월 8일 137일 차 : 미 제2사단 덕천 점령, 미 제24사단·제27보병 연대 박천 진격, 국군 명천 북방에서 20Km 진격, 이승만 대통령 전 국민에 "전민족의 정신 통일 요구" 경고, 장두관 경남지구 계엄 민사부장 무기 불법 소지 엄단 경고, 유엔 안보리 한국전 개입에 관해 중국 대표 설명 듣자는 영국 제안 가결, 미 의원선거 중간 결과 민주당 세력 대폭 감퇴, 유엔 경제 사회 이사회 미개지 토지개혁안 가결.

보낸 날짜 : 2009년 5월 20일 수요일 오후 17시 07분 53초
받는 사람 : 사랑하는 두 아들(50회)

가진 것 없이 줄 수 있는 삶

사람들은 흔히 남으로부터 무언가 받을 때의 기쁨은 알고 있어도
배 풀 때에 누리는 더 큰 기쁨을 알지 못한다.
재산이 없는 빈털터리 일 지라도 남에게 줄 수 있는 것이 누구에게나 일곱 가지
가 있다 하였다.
첫째는 얼굴에 화색을 띄우고 부드럽고 정다운 얼굴로 남을 대하는 것이다.
둘째는 칭찬의 말, 고운 말, 격려의 말로 남을 위로하고 기쁘게 하는 것이다.
셋째는 마음의 문을 활짝 열고 상대방에게 친절한 마음을 베푸는 것이다.
넷째는 사랑과 호의가 깃들인 눈으로 상대방을 바라보는 것이다.
다섯째는 몸으로 섬기거나 수고하여 다른 사람을 위해 힘껏 돕는 것이다.
여섯째는 때와 장소에 알맞게 자리를 양보하는 친절한 마음이다.
일곱째는 상대방에게 묻지 않고 상대의 마음을 미리 헤아려 스스로 도와주는 것
이다.
사랑은 받는 것이 아니라 주는 것이란 말도 있거니와 남에게 베풀며 살아갈 때에
보람을 누리고 행복을 누릴 수 있도록 하나님께서 사람답게 사는 기본 도리를 입
력해 놓으셨다고 하는 구나.

오늘도 보람 있고 즐거운 하루 되길 바라며 …

★ 보라 처녀가 잉태하여 아들을 낳을 것이요 그의 이름은 임마누엘이라 하리라
하셨으니 이를 번역한즉 하나님이 우리와 함께 계시다 함이라.

(마태복음 1장 23절)

보낸 날짜 : 2009년 5월 21일 목요일 오후 14시 00분 07초
받는 사람 : 사랑하는 두 아들(51회)

프랭클린의 생활수칙 10가지

벤자민 프랭클린은 미국 건국 초기에 활약하였던 인물이다.
학력이라곤 불과 1년이 못 되는 사람이였지만 평생을 독서생활로
식견을 높였던 인물이다.

1. 절제를 실천하라!
   과식을 피한다 음식과 사물에 대한 욕심은 건강과 지혜를 앗아간다.
2. 마음의 평정을 잃지 말라!
   사소한 일에 얽매이면 판단력이 흐려진다.
3. 불필요한 대화를 줄여라! 잡담은 사람의 인격을 무너뜨린다.
4. 시간을 헛되이 낭비하지 말라!
   한번 지나간 시간은 영원히 돌아오지 않는다.
5. 극단적인 말과 행동을 피하라!
   극단적인 것은 송곳과 같아서 남에게 상처를 준다.
6. 주위를 항상 청결히 하라!
   몸, 옷, 집, 사무실 등을 깨끗이 하면 마음도 밝아진다.
7. 돈을 함부로 낭비하지 말라! 선한 일을 위해서만 사용하라.
8. 자신이 본받을 만한 인물을 정하여 그를 본받으려 힘쓰라!
   훗날 그 사람과 닮은 자신의 모습을 보게 될 것이다.
9. 한번 결심한 것은 반드시 지켜라!
   그에 대한 적절한 보상을 받게 될 것이다.
10. 정욕에 빠지지 말라!
    숱한 사람들이 순간적인 쾌락으로 인하여 인생 전부를 실패하였다.

오늘도 복된 하루 되길 바라며 …

보낸 날짜 : 2009년 5월 22일 금요일 오후 14시 50분 37초
받는 사람 : 사랑하는 두 아들(52회)

여성들은 청각, 촉감이 많이 발달되어있다고 하는구나, 즉 여성들은 상대가 자기를 위해 말로 표현해 주기를 바라고 있다. 또한 자기를 좋아한다거나 칭찬해주는 것에 무척 약한 면이 있다. 또한 스킨십도 대부분 좋아한다. 그렇다고 처음부터 잘 알지도 못하는데 그러면 안 되겠지 잘못하면 성추행으로 오해 받을 수 있다. 남성은 시각을 우선으로 한다. 눈으로 보고 즐기는 것을 좋아하는 습성을 가지고 있다고 한다. 이런 이야기들은 잘 알고 있으면서도 실전에서는 제대로 잘 활용을 못 하는 것 같다. 첫째야, 둘째야 목표를 향해 가는 길이 바쁘겠지만 청춘사업도 무지하게 중요하거 들랑 …

주말에 멋진 계획 만들어 보기를 바라며 …

★ 이러므로 남자가 부모를 떠나 그의 아내와 합하여 둘이 한 몸을 이룰지 로다.
(창세기 1장 24절)

※ 1950년 11월 12일 141일 차 : 공군 참모부장 박범준 준장 함흥 부근 상공에서 작전 지휘 중 전사, 국군 철원·김화에서 패잔 북한군 부대 섬멸, 서울~대동강 열차 이 날부터 개통, 서울~평남 대동 간 열차 개통
※ 1950년 11월 16일 145일 차 : 유엔군 혹한을 무릅쓰고 총공격 중공군 한·만주 국경지대로 후퇴, 정일권 총참모장 민성함(民聲函 : 사회 여론을 듣기 위하여 설치한 함)과 관련하여 경고, 동대문에서 종로 사거리 화신 앞까지 전차 운행 부분재개, 트루먼 대통령 미국은 전쟁 의사가 없고 극동의 평화는 중국 태도 여하로 결정된다고 언명.

보낸 날짜 : 2009년 5월 26일 화요일 오전 11시 52분 59초
받는 사람 : 사랑하는 두 아들(53회)

둘째 아들 기침 때문에 어려움이 많겠구나

강의하는데도 지장이 많겠구나

청소는 잘하고 있다고 하니 계속 그렇게 하면 되고 가능한 찬 음식은 피하여라 그리고 일찍 자고 일찍 일어나서 몸을 피곤하게 하지 말아라.

감기는 먹는 것을 잘 먹어야 하는데 옆에서 해줄 사람도 없고 멀리서 엄마는 걱정이 많구나, 비타민 씨 계속 복용하고 아빠는 이번 수, 목, 금 (3일) 퇴직자 교육이 있어 충남 태안에 갔다 올 예정이다.

엄마는 작은아버지 생신과 칠순 관련해서 부안에 다녀올 예정이다 아빠도 내려오면서 부안 들려서 토요일 엄마와 같이 올 예정으로 있다.

첫째야 신경을 쓰고 있겠지만 동생 기침 나을 수 있도록 옆에서 도와주도록 하여라. 다음 주에는 나았다는 소식을 들을 수 있도록 모두 노력해보자.

기도도 열심히 하고 …

오늘도 즐겁고 보람된 하루 되길 바라며 …

※ 1950년 11월 19일 148일 차 : 미 제7사단 갑산을 지나 국경선까지 20Km 지점에 육박, 동해안 방면의 국군 수도사단 소련 국경 향해 진격, 정부 산림보호 포고, "금융기관 예금 대불에 관한 특별 조치령" 대통령령 긴급명령 제4호 공포 시행, 엘살바도르 대표 중공군의 티베트 침공을 탄핵하라고 유엔에 요청, 영국 적십자사 한국의 민간 구제사업 원조 위해 한국에 적십자군 파견 결정.

보낸 날짜 : 2009년 6월 01일 월요일 오후 15시 01분 59초
받는 사람 : 사랑하는 두 아들(54회)

오늘이 벌써 6월이 구나!

올해도 벌써 반이 지나는 6월이 시작되는 구나 올해 각자 목표한 계획들을 다시 한 번 점검하고 미진한 것이 있으면 보완하고 목표 달성을 위해 노력하여 보자.

우리 두 아들 염려 덕택에 무사히 아빠는 교육을 잘 다녀왔다.

내려오는 길에 부안 들려서 엄마와 같이 집으로 왔다.

아빠는 6월 3일(수) 임플란트를 하기 위한 잇몸 뼈 이식 수술을 할 계획이다.

그런데 이번 교육 중에 감기가 조금 걸려서 할 수 있을지 모르겠구나,

둘째야 기침은 요사이 좀 어떠하냐 원영이는 요사이 농촌 일이 바쁘다고 주말에 내려와서 소밥도 주고 모내기하는 일도 도와주는 것을 보니 듬직하게 보기가 좋더 구나!

시간이 되면 연락하면서 지내도록 하여라.

오늘도 좋은 하루 되길 비리며 …

★ 이새의 줄기에서 한 싹이 나며 그 뿌리에서 한 가지가 나서 결실할 것이요.
(이사야 11장 1절)

※ 1950년 11월 23일 152일 차 ; 경찰 거창군 북산 위천 지구 게릴라 소탕작전에서 사살 119명 생포 7명, 태국 육군 유엔군으로 참전, 이승만 대통령 미국 추수감사절에 즈음하여 메시지 전달, 국회 장면 국무총리 인준, 유엔 타이완 국민정부 측의 소련 비난 안 소총회에 회부 결정, 미 경제협조처 처장 경제협조처 원조로 공신주의 침공에 놓인 아시아를 보호할 것이라고 언명, 베빈 영국 외무장관 유엔군은 중국 정권을 보장할 것이니 한국 침범 군 조속히 철수하라 라고 중국 외교부장 저우언라이에게 메시지.

보낸 날짜 : 2009년 6월 03일 수요일 오전 10시 05분 37초
받는 사람 : 사랑하는 두 아들(55회)

나의 본업 이외의 일

두 번째 일에 해당하는 것을 가지고 있다면 이 또한 인생에서 여러 가지 면으로 보탬이 될 것이라 생각된다.

아빠는 색소폰을 시작한 것이 얼마나 잘했는지 모르겠구나.

나이가 들었다 해도 무언가 할 수 있다는 것을 알게 해 주었으므로, 요사이는 회사일이 바빠 자주 연습을 하지 못하고 토요일이나 일요일 잠깐 짬나는 데로 연습을 하고 있다.

첫째는 벌써 두 가지 일을 하고 있으니 얼마나 대견스러운지 모르겠구나.

둘째도 한번 본업 말고 무엇인가 다른 것 한 가지라도 시작해볼 생각이 없는지?

즐겁고 격조 있는 취미는 그 자체만으로도 삶을 풍요롭게 하고 사 람을 더욱 빛나게 하는구나

인간의 능력은 자기 스스로 갈고 닦는다면 무한정이라고 생각된다. 인체의 신비는 무궁무진한 잠재력과 함께 동시에 모든 기능은 지속적인 훈련과 단련을 시키면 좋아지게 되어 있는 것 같구나

건강한 삶을 위해서는 자기 인체의 취약한 부위를 본인이 잘 알고 있으므로 운동으로서 해결할 수 있는 것들이 많이 있고,

미리미리 단련을 시킨다면 훨씬 편한 삶을 살아가는데 도움이 될 것이라 생각되어 진다.

오늘 아빠는 임플란트 심기 위해 잇몸에 뼈 이식 수술을 할 예정이다.

오늘도 좋은 하루 되길 바라며 …

보낸 날짜 : 2009년 6월 08일 월요일 오후 16시 08분 42초
받는 사람 : 사랑하는 두 아들(56회)

80/20 법칙(1)

지은이 : 리처드 코치

80/20 법칙이란 노력, 투입량, 원인의 작은 부분이 대부분의 성과, 산출량, 결과를 이루어낸다는 법칙을 말한다.

이를테면 원인과 결과, 투입량과 산출량, 노력과 성과 사이에 일정한 불균형이 존재하여, 투입량 20%가 산출량 80%를 만들고 전체 제품 중 20%의 품목에서 전체 매출액의 80%가 나오며, 전체 운전자의 20%가 80%의 교통사고를 일으키며, 내연기관 엔진도 전체 에너지의 80%는 연소되어 쓸모없이 버려지고 20%의 에너지만이 자동차를 움직이는 데 사용된다.

무작정 열심히 노력한다고 해서 좋은 결실을 얻는 것이 아니라 어떻게 노력해야 할 것인가 고민하는 사람이 더 좋은 결실을 얻을 수 있다는 것이다.

사람들은 분주하게 살아가지만 의외로 낳은 사람들이 쓸데없고 가치 없는 일에 수많은 시간과 많은 노력을 자신도 모르는 사이에 투자하고 있는 경우가 많다.

그래서 저자는 노력과 보상은 비례하지 않는다는 발상의 전환과 80%의 가치를 창조하는 20%의 시간을 파악하고 여기에 집중적으로 투자할 것을 권하고 있다.

인생에서 전형적인 개인의 행복이나 성취의 80%는 인생의 아주 작은 부분에서 생긴다.

많은 사람들이 공통적으로 시간이 부족하다고 말하지만 사실상 시간을 낭비하고 있는 것이다.

한 주간이 시작되는 월요일 힘찬 하루 되길 바라며 …

보낸 날짜 : 2009년 6월 09일 화요일 오전 09시 52분 54초
받는 사람 : 사랑하는 두 아들(57회)

우리 두 아들 준비하고 있는 일들은 잘 진행되고 있는지 궁금하구나? 요사이도 첫째는 중국어 예배를 보는지? 이제 중국어 실력도 보통이 아니겠구먼 시간이 허락한다면 가족 모두 중국 여행 갈 생각은 없는지?

혹시 준비하고 있는 사업을 중국에도 할 수 있다면 시장이 보통이 아닐 텐데 중국에 기독교의 확산 속도가 가속도가 붙는다면 악기 수요가 급속도로 늘어날 것 같은데 …

그런데 아빠는 아직도 무엇을 어떻게 준비하는지 잘 몰라 항상 궁금하게 어렴풋이 상상만 하고 있구나 회사 그만둘때에 사업계획을 설명 부탁했는데 아무런 연락이 없어서 인터넷에서 검색을 하여보아도 실력이 없어서 그런지 찾지를 못하겠구나 음악이나 악기 관련해서 강의나 카페 등은 많이들 있는데 바빠서 설명하기가 힘들면 인터넷 주소라도 가르쳐주면 안 될까?

둘째는 이제 기침은 다나 았는지 아직도 기침이 나는지 궁금하구나, 경숙이 이모 집에 가서 촌에서 가져온 고추장 된장은 가져왔는지 준현이 형님하고는 요사이 가끔 연락이라도 하고 있는지 지난번 준현이가 부산 볼일이 있어 내려와 연락이 왔는데 집에 아무도 없어 보지 못하고 올라가서 전화를 한번 해주려고 하니 전화번호 좀 가르쳐 주게나 이제 날씨가 더워지니 음식물 상하지 않도록 조심하고 건강 잘 챙기고 …

오늘도 즐겁고 보람된 하루 되길 바라며 …

★ 모든 성경은 하나님의 감동으로 된 것으로 교훈과 책망과 바르게 함과 의로 교육 하기에 유익하니(디모데후서 3장 16절)

보낸 날짜 : 2009년 6월 10일 수요일 오전 09시 58분 15초
받는 사람 : 사랑하는 두 아들(58회)

80/20 법칙(2)

지은이 : 리처드 코치

법칙은 카오스 이론에서 확인한 피드백 순환고리와 일치하며 이러한 작용 때문에 상위 20% 이내에 드는 부자일수록 더욱 부유해지는데, 이는 그가 가진 능력 때문이 아니라 부가 부를 낳는 피드백 순환 고리 때문이다.

이 책에서는 경험은 객관적인 외부의 현실 그 자체가 아니라 우리가 외부의 현실을 받아들이는 방식에 따라 스스로 쌓아온 구조물 속에 갇혀 지극히 상식적인 사고방식에서 탈피하지 못하고 자신이 별로 하고 싶지 않은 일들에 많은 시간들을 보내고 있다.

이런 사고방식으로는 큰일을 성취하지 못할 뿐 아니라 쓸데없는 일에 정력을 낭비 하고 있다.

대부분의 사람들은 전자 중요한 것이 어떤 일인지 고민하지 않고 여러 가지 일들을 한꺼번에 많이 하기 때문에 좋은 결과를 얻어내기란 힘들다.

80/20 사고방식에 의하면 80%의 결과를 산출하는 20%의 원인에 시간을 더 늘리고 20%의 결과를 산출하는 80%의 활동을 없애는 것으로 시간을 더 효율적으로 사용할 수 있다.

오늘도 즐겁고 유익한 하루 되기를 바라며 …

※ 1950년 11월 25일 154일 차 ; 수도 사단은 청진 제3사단은 백암 점령, 중공군 서부 빛 중부선선에서 미 제8군 대 공세에 60만 병력의 인해전술로 총 반격전 개시, 정부 추가경정 예산안(2,438억) 통과, 포로심사위원회 규정(대통령령 제486호) 공포, 유엔 한국 통일 재건위원단 단장에 파키스탄의 지아우딘 임명.

보낸 날짜 : 2009년 6월 11일 목요일 오전 09시 41분 34초
받는 사람 : 사랑하는 두 아들(59회)

80/20 법칙(3)

최악의 시간 활용법 10가지
지은이 : 리처드 코치

1. 타인으로부터 부탁받은 일을 한다.
2. 항상 같은 일을 같은 방법으로 한다.
3. 특별히 소질이 없는 일을 한다.
4. 재미없는 일을 한다.
5. 항상 방해받는 일을 한다.
6. 타인은 거의 관심을 보이지 않는 일을 한다.
7. 원래 예상한 시간보다 2배나 더 걸린 일을 계속한다.
8. 신뢰할 수 없는 사람, 능력이 떨어지는 사람과 일한다.
9. 사이클을 예상할 수 있는 일을 한다.
10. 전화를 받았기 때문에 일을 한다.

* 카오스의 이론
무질서하게 보이는 혼돈상태에도 논리적 법칙이 존재한다는 이론

오늘도 밝고 명랑한 하루 되길 바라며 …

★ 하나님이 이르시되 내가 지면의 온 씨 맺는 모든 채소와 씨 가 진열매 맺는 모든 나무를 너희에게 주노니 먹을거리가 되리라. (창세기 1장 29절)

※ 1950년 11월 27일 156일 차 ; 미 제25 2사단 서부전선의 미 제8군에 대한 중공군의 반격 저지, 공산군 영원(寧遠) 점령, 국군 제2군단의 영원 방어선 붕괴, 이승만 대통령 신임 보건부 장관 오한영 공보처장 이철원 임명.

보낸 날짜 ： 2009년 6월 12일 금요일 오전 11시 07분 02초
받는 사람 ： 사랑하는 두 아들(60회)

80/20 법칙(4)

최상의 시간 활용법 10가지

지은이 : 리처드 코치

1. 인생 목표에 맞는 일을 한다.

2. 항상 하고 싶었던 일을 한다.

3. 80%의 성과를 만들어내는 20%의 일을 한다.

4. 최소의 시간으로 최대의 성과를 거둘 수 있는 혁신적인 방법을 생각한다.

5. 다른 사람이 "넌 할 수 없어"라고 말한 일을 한다.

6. 다른 분야에서 누군가가 큰 성공을 거둔 일을 한다.

7. 자기만의 창의성을 살리는 일을 한다.

8. 다른 사람에게 맡기면서, 나는 비교적 즐겁게 할 수 있는 일을 한다.

9. 상식을 벗어난 시간 활용법을 이힌 유능한 사람과 함께 일힌디.

10. 지금이 아니면 평생 할 수 없는 절호의 기회라고 생각하는 일을 한다.

반복되는 일상생활 속에서 얼마나 자신의 시간을 잘 활용하며 살아 가는지 한번 쯤 생각해볼 항목들이다.

한 주간 잘 마무리하고 주일날 기쁜 마음으로 하나님 만나기를…

오늘도 복되고 멋진 하루 되길 기원하며…

★ 땅이 싹을 내며 동산이 거기 뿌린 것을 움돋게 함같이 주 여호와께서 공의와 찬송을 모든 나라 앞에 솟아나게 하시리라. (이사야 61장 11절)

보낸 날짜 : 2009년 6월 13일 토요일 오전 09시 19분 21초
받는 사람 : 사랑하는 두 아들(61회)

80/20 법칙(5)

지은이 : 리처드 코치

80/20 사고방식에 의하면 "무엇을 위해 살 것인가" 그것을 위해 무엇을 버릴 것인가에 대한 고민이 있어야 할 것이다. 또 이 책에서는 인생에서 성공하려면 여러 가지를 피상적으로 알기보다는 한 분야에서 뛰어나게 잘 아는 것이 중요하다고 말하고 있다. 현대사회는 자기 분야에서 일인자 1위의 회사가 모든 열매를 다 차지하는 경향으로 흐르고 있다. 일인자가 되려면 자기가 좋아하는 분야를 선택해야만 남보다 더 잘할 수 있을 것이다. 현재 하고 있는 일에 열정이 없다면 그 직업을 포기하고 자신이 좋아하는 것을 나열하여, 그중에서 어느 것이 직업이 될 수 있는가를 살펴보고 그중 가장 열정을 가지고 있는 것을 선택하여야 할 것이다.

오늘은 주말 좋은 친구와 주말 보낼 수 있기를 바라며 …

★ 온전하게 행하는 자가 의인이라 그의 후손에게 복이 있느니라.
(잠언 20장 7절)

※ 1950년 11월 29일 158일 차 ; 한국 지원 유엔 파견국 지상군 13개국 해군 10개국 항공부대 4개국 수송부대 7개국, 중공군 장진호 서북 안변 일대에서 미 해병대를 야습했으나 실패, 조병옥 내무부장관 유엔 신한국 위원회와의 협의는 "주권 회복이 주제"였다고 발표, 유엔군사령부 한국경제원조 국장 역병·기아 및 불안 제거 위해 원조물자 계속 수송 중이라고 언명, 임병직 외무장관 유엔 안보리에 참석 중국의 침입은 침략 행동 철수 요구, 오틴 미 유엔대표 6개국 결의안 토의 요청, 영국 미국 프랑스와 협조하여 한국문제 해결에 노력하기로 입장 표명.

보낸 날짜 : 2009년 6월 15일 월요일 오전 09시 48분 12초
받는 사람 : 사랑하는 두 아들(62회)

80/20 법칙(6)

지은이 : 리처드 코치

사람은 누구나 행복해지길 원하고 또 행복을 추구한다.

80/20 사고방식에 의하면 행복하다고 느꼈을 때를 파악하여 그런 시간을 최대한 늘리고 불행하다고 느꼈을 때를 파악하여 그런 시간을 최대한 줄여서 행복을 만들어 갈 수 있다. 행복으로 가는 7가지 습관으로는

1. 육체적 운동

행복한 하루의 필수 요소는 육체적 운동이 다는 것에는 누구나 다 공감을 할 것이다. 매일 운동하는 것을 습관화해야 할 것이지만 습관이 되지 않으면 실제 해야 하는 양보다 훨씬 적게 하여 습관화시켜야 할 것이다.(습관화는 하고자 하는 의지가 있으면 가능하다)

환경이나 시간 등에 어려움이 있겠지만 그런 어려움을 극복하고 한번 시작을 해서 그것에 대한 좋고 나쁨을 스스로 느껴보면 어떨까.(한두 번 해서야 알 수 없겠지만)

2. 정신적 자극

정신적 자극 또한 중요한 요소이다.

정신적 자극을 위해서는 신문이나 책 등 특정 주제를 놓고 친구와 적어도 20분 이상 토론을 하는 것과 짧은 글 또는 일기를 쓰는 등 스스로 적극적 사고를 하도록 요구하는 그 어떤 것이라도 좋다. 큰아들 작은 아들은 둘만 함께 있으니 사업 이야기나, 교회나 아니면 직장 이야기 등 가끔 대화를 하고 있는 줄로 알고 있지만 좀 더 진지하게 사주 대화를 나누었으면 하는 바람이다. (내일 계속)

오늘은 한 주간이 시작되는 월요일 이 구나 이번 한 주간도 매일매일 주님 말씀 가운데 복된 나날 되기를 기원하면서 …

※ 1950년 12월 1일 160일 차 : 미 제8군 제24사단 제5연대 영국 연방군 1개 대대의 지원으로 청천강 교두보에서 철수, 동북부 전선의 미 제10군단 장진호 철수 작전 개시, 사형 금지법(법률 제156호) 공포, 전차 이용료 20원에서 50원으로 인상, 트루먼 대통령의 원자탄 사용 언명.

◆ 6·25 전쟁 직전의 남·북한군 상황

– 한국군

1950년 6월 24일에 사단 보직 병력의 약 1/3은 휴가, 나머지 병력의 1/3 범위 내에서 외출과 외박 실시, 총병력의 57%가 부대를 떠난 상태이었으며 제12연대의 경우 80여 Km에 이르는 방어 정면에 배치된 병력은 800여 명에 지나지 않았다. 경계임무를 수행하는 초소간의 간격이 너무 넓어 횡적 연락과 상호지원이 불가능한 상태였으며 제11연대의 경우에는 60mm 및 81mm 박격포를 비롯한 대부분의 공용화기를 부평의 병기대대로 후송한 실정

– 북한군

북한군은 38도 선상의 감제 지형을 따라 진지를 편성하고 특히 지역 내의 개성 시가지를 완전히 감제할 수 있는 송악산과 그 주변 고지에 강력한 방어 진지(방카)를 구축하여 남침의 발판을 굳히는 한편 제1, 제2, 제3 경비여단을 엄호하듯 그 후방에는 제1사단이 위치하며 그 예하에 제1, 제2, 제3연대와 포병연대를 두고 있었다. 제1사단 및 제6사단의 병력은 도합 21,000명 내외이며 장비 122mm 유탄포 24문 76mm 유탄포 72문 45mm 대전차포 168문 그밖에 그들의 총사령부 직할의 제105 기갑 여단에서 지원된 제203전차 연대의 전차 40대와 기타 자주포 32문이 이 들 사단의 지원 거리 내에 집결된 것으로 추정

⊙ 감제 지형(瞰制地形) : 지형의 높이, 크기, 위치, 시계, 사계로써 주위의 지형을 제압할 수 있는 지형 즉 적의 활동을 살피기에 적합하도록 주변이 두루내려다보이는 지형.

보낸 날짜 : 2009년 6월 15일 월요일 오전 09시 48분 12초
받는 사람 : 사랑하는 두 아들(63회)

80/20 법칙(7)

지은이 : 리처드 코치

3. 영혼 혹은 예술적 자극과 명상

영혼 혹은 예술적 자극과 명상에서는 연주회나 미술관, 공연장이나 영화관에 가거나, 시를 읽거나 해가 뜨고 지는 것을 보거나, 명상 등이 좋은 방법 일 것이다.

4. 선행

다른 사람에게 좋은 일을 하는 것인데 남을 돕는 행위는 자신의 행복에 커다란 도움이 될 것이다.

5. 친구와의 즐거운 휴식시간

친구와 함께 즐거운 휴식시간을 보내는 것이다.

흉금을 털어놓을 수 있는 친구가 한 둘은 있어야 할 것이다.

6. 자신을 슬기기

매일 스스로를 격려하기 위해서 자신이 즐겁게 할 수 있는 일들의 목록을 작성하여 매일 적어도 한 가지는 할 수 있도록 한다.

7. 스스로에 대한 칭찬

마지막 습관은 하루를 마감하면서 일상적인 행복습관을 실천한 일들을 스스로 칭찬하여 뭔가 중요한 것을 성취했다는 것을 스스로 느끼는 것이다.

이 책을 통해 여러 가지 피상적으로 알기보다는 몇 가지 또는 한 가지 분야에서 뛰어나게 알아야지 만 일등이 모든 것을 다 가져가는 시대에서 살아남을 수 있다는 것과 행복을 위한 중기 전략인 실현 가능한 목표를 세우는 것이 많은 성취를 얻을수 있다는 것이 중요하다. 현재의 시간이 중요하다 나 자신을 위한 시간을 배려할 줄 알아야 한다.

오늘도 보람되고 멋진 하루 되길 바라며 …

※ 1950년 12월 4일 163일 차 ; 서북전선의 우익에 대한 중공군의 침투 계속, B26 경폭기 유엔군의 철수 옹호 공산군 포격, 맥아더 유엔군사령관 중국이 북한에 100만 대군 집결 중이라고 언명, 유엔 신한국위원회 정부위원과 비공식 회의 인천항에 적재된 구호양곡 창고 내 외국쌀 2,519톤·압맥 1,358톤·야적분 3,152톤, 인도 대표 중국 대표 간에 회담 계속, 일본 수상 한국에 의용군 파견 불허한다고 언명.

◆ 문산 전투

수색에 주둔하고 있던 제11연대는 6월 25일 08:30에 출동하였으며 이때 행군한 병력은 980명에 지나지 않았다. 적전리(赤田理)에 전술지휘소를 설치한 제11연대를 임진강 철교 부근 마정리(馬井理)의 제1호 국도 좌우측에 제1대대를 임진강 나루터 남쪽에 제2대대를 배치하고 제3대대를 예비로 작전리에 집결 연대가 방어 배치하는 동안에 휴가 외출 장병이 줄을 이어 귀대하였으므로 연대병력은 1,500명으로 증가되었다. 제11연대장은 개성지구의 제12연대 일부 병력이 임진강 철교를 통해 철수한 상황을 확인한 후 백선엽 사단장에게 철교 폭파를 건의하여 사단 공병이 폭약을 장전하고 점화하였지만 불발로 그쳐 실패하고 말았다. 이로써 북한군은 평양-개성-서울로 연결된 가장 양호한 경의 도로를 주병참선으로 이용할 수 있게 되었다. 이 시점까지도 북한군 전차는 임진강 돌출부에 나타나지 않았다. 북한군은 남침계획을 수립하면서 한국군이 반드시 임진강 철교를 폭파 할 것 이라고 판단한 듯 전차를 국도 제1호선에는 투입하지 않았던 것이다. 한국군이 주 저항선을 거의 점령했을 때인 17:00경 철교 북쪽에서 전술행군대형으로 국도 제1호선을 따라 남하하는 대규모 북한군과 치열한 총격전이 벌어졌으며 북한군은 임진강 철교 부근에서 격퇴되었다. 북한군 제6사단 제15연대는 수차에 걸쳐 임진강 철교를 확보하기 위한 공격을 반복하였으나 매번 실패하자 공격을 중단하고 한국군이 철교를 폭파하지 못하도록 방해하는데 주력하였다.

보낸 날짜 : 2009년 6월 17일 수요일 오전 11시 12분 39초
받는 사람 : 사랑하는 두 아들(64회)

행복한 하루

살아보니 행복이란 별난 게 아니고 나를 진심으로 이해해주고 아껴주는 누군가와 기분 좋은 아침을 맞는 것, 이것이 진짜 행복이다. 기분 좋은 아침을 시작하라! 행복한 아침은 행복한 하루가 된다.

첫째, 둘째야 옆에 있을 때는 모르지만 언젠가는 떨어져 살아가야 하겠지 형제간에 서로 믿고 사랑하고 의지하고 무언가 스스로 해주고 싶은 생각이 없다면 어떻게 모르는 사람에게 사랑을 베풀어 질까?

요사이 청소도 깨끗이 하고 시간 나는 데로 미루지 않고 잘하고 있다면서 특히 여름철에는 청결에 신경을 쓰도록 하여라

아침에 일어나서 맨 처음 갖는 느낌 맨 처음 눈을 마주친 사람에게 어떤 말을 하느냐에 따라 그날 하루가 달라진다. 인생이 달라 진다.

엄마 아빠는 아침에 눈을 뜨면 "좋은 아침" 혹은 "할렐루야" 등 좋은 말을 건네고 있다.

우리 두 아들도 아침에는 서로 좋은 말 주고받기로 해보면 어떨까 누가 먼저라 할 것 없이 행복한 하루가 시작될 것이다.

붙임 : 둘째아들 군대 있을 때 인천일보 게재된 내용을 보내니 경력에 필요하면 사용하여라.

오늘도 멋진 하루 보내길 바라면서…

★ 그의 위에 여호와의 영 곧 지혜와 총명의 영이요 모략과 재능의 영이요 지식과 여호와를 경외하는 영이 강림하시리니. (이사야 11장 2절)

보낸 날짜 : 2009년 6월 20일 토요일 오전 09시 17분 22초
받는 사람 : 사랑하는 두 아들(65회)

사람답게 사는 길

사람이 한 세상을 살아가면서 "사람답게 산다"는 것이 참으로 중요하다. 사람이 사람답지 못한 삶을 산다면 그의 삶에 무슨 가치나 보람이 있겠는가?

그렇다면 어떻게 사는 것이 사람답게 사는 길이며 그 길은 어떻게 찾을 수 있을까?

하나님으로부터 부여받은 태어날 때의 현실을 소중히 여기고 긍정적이고 적극적으로 살아가는 마음가짐이다.

열심히 노력해서 나보다 어려운 사람을 위해 몸과 마음으로 나 또는 물질로나 미약하나마 봉사할 수 있어야 하고, 이사회에 보탬이 되는 활동을 하며, 내 주위에 있는 사람들에게 베풀 수 있는 위치에 있다면 그런대로 사람답게 사는 길이라 고 생각이 드는데 큰아들 작은 아들 생각은 어떠한지?

부모님께 걱정까지 안 끼치게 하면 금상첨화겠지?

이번 주 잘 마무리하고

오늘도 즐겁고 보람된 하루 되길 바라면서 …

※ 1950년 12월 6일 165일 차 ; 곡산 재탈환, 장진호 부근의 유엔군 중공군의 포위망 돌파 후방 전선과 연결 성공, 콜린스 미 육군 참모총장 이승만 대통령 방문, 순국열사 유가족에 대한 국가 부조 재개, 유엔총회에서 미국 등 각국 대표 중국의 불법 침략 규탄, 유엔정치위원회 중국의 즉시 철퇴 요구 포함한 6개국 신 결의안 상정, 옛 삼 파샤 유럽연맹 사무총장 한국의 정전 명령 선포를 리 유엔 사무총장에게 제출, 트루먼 대통령·애틀리 수상 중국 유화정책은 불가라고 언명.

보낸 날짜 : 2009년 6월 23일 화요일 오전 09시 59분 14초
받는 사람 : 사랑하는 두 아들(66회)

죽는 날까지 꿈꾸기를 포기하지 마라 하루하루 생활을 별 의미 없이 그럭저럭 보내다 보면 어느 날 정신이 버쩍 들어 자신을 돌아보면 아무것도 했는 것도, 남는 것도 없이 나이만 들어있는 나를 보게 될 것이다.

세상의 모든 것은 변하고 있다. 이 변화에 다른 사람보다 좀 더 빨리 적응하려고 노력하여야 한다.

우리 두 아들은 이미 오래전에 큰 꿈을 품고 열심히 노력하고 있는 것으로 알고 있지만 노파심에서 다시 한 번 이야기하고자 한다. 과연 그 꿈을 이루기 위해 지금 무엇을 하고 있는지를 한번점검을 해보아야 할 시기가 아닌가 싶구나,

또한 기도도 열심히 하여리!!

둘째가 음악 분야에 최고가 되겠다던 꿈을 이루기를 바라며…

오늘도 즐겁고 보람된 하루 되길 바라며…

★ 사무엘이 이르되 온 이스라엘은 미스바로 모이라 내가 너희를 위하여 여호와께 기도하리라 하매 그들이 미스바에 모여 물을 길어 여호와 앞에 붓고 종일 금식하고 거기에서 이르되 우리가 여호와께 범죄 하였나 이다 하니라 사무엘이 미스바에서 이스라엘 자손을 다스리니라.

(사무엘상 7장 5,6절)

※ 1950년 12월 9일 168일 차 ; 혜산진에 돌입한 미 제7사단 소속 제17연대와 국군 소속 부대 중공군에게 포위, 맥아더 유엔군사령관 흥남에서 미 제10군단 해상 철수 부산·마산·울산으로 부대 이동시켜 미 제8군 사령관 지휘 하에 편입하라고 명령, 서울시 경찰국 초비상 경계 실시, 워커 미 제8군 사령관 "서울을 포기하지 않는다"라고 서울 방위 언명, 임병직 외무장관 유엔정치위원회에서 유엔의 중국에 대한 유화책 내지 굴복은 부당하다고 연설.

보낸 날짜 : 2009년 6월 25일 목요일 오전 10시 30분 59초
받는 사람 : 사랑하는 두 아들(67회)

옛날 생각

사랑하는 우리 두 아들에게 아빠 중학교 다닐 때 도시락 반찬 이야기해줄게 도시락에 계란말이나 계란 후라이가 들어 있는 날은 아주 특별한 날였지, 그만큼 일 년에 한두번 있을까 말까 한 반찬이었고, 대부분 김치, 콩자반, 단무지, 고추장, 장아치 등 이고.

그나마 좀 괜찮은 반찬은 멸치볶음, 구운김 등은 정말 좋은 반찬 이였지 …

어느 날 도시락 뚜껑을 열어보니 된장만 들어있던 날도 있었다.

그것도 요즘 된장처럼 맛있는 황토색도 아니고 색깔이 거무튀튀한 것이여서 순간 부끄러워서 도시락을 책상에 올려놓지 못하고 밥을 한 입 넣고 된장을 얼른 넣어 다른 아이들이 보기 전에 도시락을 얼른 먹은 기억이 난다.

그러나 지금 생각해보면 그 시절 도시락을 가져갈 수 있었다는 것만 해도 행복한 건데, 그 도시락을 만들어 주시는 어머님의 마음은 어떠했을까 하는 생각을 하니 어머님에게 불효한 것들이 주마등처럼 지나 가는 구나 우리 두 아들은 왜 아빠가 이런 이야기를 하는지 잘 모르겠지 그래도 그때는 정신의 궁핍, 마음의 궁핍은 그때보다 지금이 더한 듯 하구나, 순박함과 인정은 사라지고 마음들이 더 각박해지지는 않았는지 형제간에 서로 위하고 우애 있게 살고 있는지를 다시 한 번 돌이켜 보게 되네 …

오늘도 보람된 하루되길 바라며 …

★ 내 아들아 네 아비의 훈계를 들으며 네 어미의 법을 떠나지 말라 이는 네 머리의 아름다운 관이요 네 목의 금사슬 이니라. (잠언 1장8,9절)

보낸 날짜 : 2009년 6월 26일 금요일 오전 10시 32분 51초
받는 사람 : 사랑하는 두 아들(68회)

잠은 오늘을 내일로 이어주는 가교 역할을 한다.

오늘 하루를 마무리하고 내일을 준비하는 시간이다.

잠은 우리 인체의 세포가 재생할 수 있는 시간(23:00 ~ 03:00)에 자야만 건강도 유지하고 목표를 향해 열심히 일 할 수 있는 에너지가 축척될 것이다.

우리 몸의 세포 수가 약 60조 개라고 하는데(성인 25세 기준) 이세포가 일부 죽어면서 또다시 생성되고 하는 반복적으로 이루어지다가 생성되는 숫자가 줄어들면서 인간은 늙어가는 것이라고 하니 제시간에 숙면을 취한다는 것이 얼마나 중요한 것인지, 또한 잠들기 전에 그날 있었던 일을 정리하고 하나님께 감사 기도하는 습관을 가지는 것과 아침에 눈을 뜨자마자 오늘을 위해 기도하는 습관이 된다면(우리 두 아들은 이미 습관이 되어 있을 것이라 믿는다)

꿈을 이루는데 무리 없이 이루어질 것이라 생각이 되는구나.

오늘 하루도 열정적으로 일하고 행복한 주말 되길 바라며 …

★ 네 길을 여호와께 맡기라 그를 의지하면 그가 이루시고(시편 37편 5절)

★ 악을 떠나는 것은 정직한 사람의 대로이니 자기의 길을 지키는 자는 자기의 영혼을 보전하느니라.(잠언 16장 17절)

※ 1950년 12월 13일 172일 차 ; B29전폭기 평양 폭격, 이천·신계 방면의 공산군 유격대와 합류하여 남진 기도, 국군 화천·사창리·양구 방면의 공산군 제 25 27 35 연대의 공격 저지, 상공부 전력요금 면제·경감 징수 지시, 사회부 비 전투원 소개 방침 발표, 마오쩌둥 "인민지원군은 반드시 38선 이남으로 전진하라"라고 펑더화이에게 답신 전보.

보낸 날짜 : 2009년 6월 27일 금요일 오전 09시 45분 09초
받는 사람 : 사랑하는 두 아들(69회)

이 세상 길가기

엄마 다람쥐가 아기 다람쥐를 데리고 잎이 지고 없는 참나무 숲으로 나왔다. 엄마 다람쥐가 아기 다람쥐에게 말했다.

"자 선비의 걸음걸이를 흉내 내어보아라"

아기 다람쥐는 어깨를 곧게 하고 가슴을 펴고 턱을 당기고 당당히 걸었다.

엄마 다람쥐는 아기 다람쥐에게 또 주문했다.

"맹열히 달리는 호랑이 흉내를 내 보아라"

아기 다람쥐는 옆도 뒤도 돌아보지 않고 씽씽 소리가 나게 달렸다. 다시 주문하려는 엄마 다람쥐에게 아기 다람쥐가 말했다.

"엄마, 저한테 술주정뱅이 흉내를 시켜보아요 아주 배꼽 빠지게 웃길 수 있어요"

엄마 다람쥐가 고개를 저었다. 아니다 독사를 흉내 내면 독사가 되는 법이다. 그런 나쁜 짓은 흉내라도 내어선 안 된다.

엄마 다람쥐가 아기 다람쥐에게 죽은 나무 위로 오르라고 말했다.

아기 다람쥐가 조심조심 가지 끝에 올랐을 때였다.

나무 끝이 갑자기 뚝 소리를 내며 부러지는 것이 아닌가. 아기 다람쥐는 재빨리 옆 가지로 뛰어서 살아났다.

아기 다람쥐가 무사히 밑 둥 가까이 내려왔을 때였다.

가지가 부러졌을 때도 아무 말 없든 엄마 다람쥐가 소리를 질렀다. "조심해" 그러나 아기 다람쥐는 이제 무슨 일이 있으랴 싶어 훌쩍 뛰어내렸다.

이때 아기 다람쥐는 땅에 발을 잘못 디뎌 발목을 삐고 말았다.

엄마 다람쥐는 아기 다람쥐를 업고 가면서 말했다.

"실수란 이젠 끝났다는 곳에서 많이 일어난다. 어려운 길에서보다도 쉬운 길에서 조심 하거라"

"정채봉 님의 맑고 고운 생각" 중에서

위험이나 어려움을 미리 알고 대처를 하면 사고가 오히려 일어나지 않고 쉬운 것이라고 방심하면 사고가 일어난다는 것을 설명한 글이겠지만 이글의 내용은 비단 사고뿐 만이 아니라 우리 인생살이도 똑같은 이치가 아닐까 하는 생각이 드는구나.

월요일 아침 파이팅!!
이번 주도 매일매일 활기차고 보람된 날 되길 바라며 …

★ 너희는 이 세대를 본받지 말고 오직 마음을 새롭게 함으로 변화를 받아 하나님의 선하시고 기뻐하시고 온전하신 뜻이 무엇인지 분별하노독 하라.
(로마서 12장 2절)

※ 1950년 12월 16일 175일 차 ; 서부전선에서 유엔군과 북한군 접전, 미 제10군단 흥남 교두보 방어 및 해상 철수 작전, 「국민방위군 설치법안」국회 수정안대로 통과, 니카라과 쌀 100톤 주정 5톤 원조 제공.

※ 1950년 12월 19일 178일 차 ; 서해안~양양 간 전 방위선 완성, 유엔군 흥남 교두보 방위진지 강화 중 공산군 공격이 점차 증가하여 포격으로 저지, 유엔 해군 공군 화력 공산군 진출 저지 미조리·렌트 쏠·로체스터 함선 참가, 조병옥 내무부 장관 방공 훈련에 각계 협력 요망, 거제도에 피란민 수용소 건축, 부산시내에 천연두 발생, 맥아더 유엔군사령관 콜롬비아의 보병대대 한국 파병 승인, 유엔평화감시 위원회 미국 대표 그로스 대사 임명.

보낸 날짜 : 2009년 7월 02일 목요일 오전 09시 53분 53초
받는 사람 : 사랑하는 두 아들(70회)

좋은 아침 할렐루야

보는 각도를 달리함으로써 사람이나 사물이 지닌 새로운 면을 찾아낼 수 있을 것이다. 선입견에서 벗어나라 맑고 따뜻한 열린 눈으로 바라본다면 아주 싫던 사람과 그렇게도 밉던 사람조차도 마치 다른 사람을 보듯 사랑스럽게 보이기도 하겠지 큰아들과 둘째 아들도 열린 눈으로 서로를 바라보고 마음도 주고받고 서로 양보하면 어떨까. 많은 친구도 사귀고 이 세상을 살아가는 영역을 넓혀나가야 할 것이라 생각되어지는 구나 친구들도 여러 계통의 친구들과 격의 없이 사귈 수 있어야 한다. 내 마음에 꼭 들고 나를 좋아하고 이해해주는 친구만 사귀려고 한다면 아마 그런 친구를 구하기란 여간 어렵지 않을 것이다. 항상 내가 조금 손해 본다는 마음과 내가 먼저 이해하고 다가가야만 내 주위에 친구가 있다는 것을 깨달아야 할 것이다. 어떨 때는 친구가 부모나 형제보다 더 가깝고 필요할 때가 있을 때도 있다는 것을 …

오늘도 멋진 하루 되길 바라며 …

★ 겸손한 자와 함께 하여 마음을 낮추는 것이 교만한 자와 함께하여 탈취물을 나누는 것보다 나으니라. (잠언 16장 19절)

※ 1950년 12월 21일 180일 차 ; 동부전선의 유엔군 교두보 북쪽에 대한 북한군 (2개 사단 배후에 중공군 3개 사단 존재) 공격 계속, 미 해군 로켓함 최초로 행동 개시, 북한군 3개 대대 춘천 북방에서 공격, 정부 「국회의원 재적수에 관한 특별 조치법」(법률 제173호) 공표, 북한군 평양방송 재개, 마오쩌둥 한국전쟁 정세와 작전 부대에 관하여 펑더화이에게 전문.

보낸 날짜 : 2009년 7월 03일 금요일 오후 17시 17분 28초
받는 사람 : 사랑하는 두 아들(71회)

조그마한 변화가 그야말로 인생의 대전환이 이루어지기도 한다.

신성한 변화는 마음과 행동을 함께 조금씩만 조정하는 변화를 통해오는 것일지도 모른다. 진정한 변화는 큰 변화가 아니라 작은 변화에서 시작된다.

조그마한 변화, 예를 들면 아침에 평소에 일어나는 시간보다 10분 일찍 일어나서 무언가를 지속적으로 한다면 …

자신도 모르게 1년 혹은 5년쯤 뒤에 큰 변화가 와 있는 것을 느끼게 될지 모른다.

오늘부터 아침 기상 알람을 10분 앞 당겨 울릴 수 있도록 고쳐 두고 당장 실천에 옮겨야 인생이 바뀔 것이다.

한 순간에 모든 것을 바꾸는 것이 아니라 아주 사소 한 것부터 바꾸어 가는 노력 그것들이 쌓여 인격을 만들고 인생을 변화시켜 나간다는 것을 명심하길 바란다.

이번 주일도 잘 마무리하고 멋진 주일 되길 바라며 …

★ 영혼 없는 몸이 죽은 것같이 행함이 없는 믿음은 죽은 것이니라.

(야고보서 2장 26절)

※ 1950년 12월 23일 182일 차 ; 연천·김화·화천 지대에 상당수 중공군 집결, 미제 8군 사령관 워커 중장 전선 시찰 도중 의정부 남쪽에서 지프 차사고로 전사, 이승만 대통령 주한 유엔군에 감사 표시, 경남북 지구 계엄 민사부장 미군 군속 통역관 범죄는 한국 헌병이 취급한다고 발표, 미국 월남 군사원조 동맹 체결 동시에 라오스·캄보디아와도 동맹 체결.

※ 1950년 12월 26일 185 차 : 연천 부근 중공군 집결 춘천 방면에서 북한군괴 교전 미 제8군보고 – 중공군 서울을 목표로 38도선 이남으로 진격 기도.

보낸 날짜 : 2009년 7월 06일 월요일 오전 10시 18분 15초
받는 사람 : 사랑하는 두 아들(72회)

큰아들, 둘째 아들 안녕*!!!* 좋은 아침*!!!*
주일 교회에서 열심히 봉사하고 친구들과 교제도 하고 좋은 말씀 많이 들었을
줄 믿는다.
하단 교회는 오후 예배 시간에 포도원 교회 김문헌 목사 초청 예배를 드렸다.
많은 은혜로운 말씀 듣고 은혜도 많이 받았다.
한 주일 시작되는 월요일 아침 힘차게 시작 하자꾸나 파이팅*!!!*
아빠는 아침에 일어나 동궁초등학교 운동장을 빠른 걸음으로 20바퀴 정도 걷고
엄마는 아침 준비와 성경 읽기로 월요일 아침을 힘차게 시작했다.
요사이 엄마 아빠는 매일 아침 이렇게 시작하고 있단다,
우리 가족에게 건강함을 허락하신 하나님께 항상 감사드린다.
건강은 건강할 때 지켜야 한다는 것을 명심하여라.
첫째, 둘째도 아침 기상 시간을 10분 정도 일찍 일어나 맨손체조나, 팔 굽혀 펴기
라도 시작했을 줄 믿는다.
매일 열심히 운동을 하고 있는데 또 잔소리를 했는지 모르겠구나
우리 두 아들의 하루 생활을 잘 몰라서 그렇구나
가끔 시간 나는 데로 메일로 근황을 알려주면 아빠 잔소리도 줄어 들 것 같은 디
여하튼 매일매일 일정하게 운동은 지속적으로 하여 습관화가 되도록 하여라

이번 주일도 보람되고 즐거운 나날이 되기를 바라며 …

★ 내 형제들아 너희가 여러 가지 시험을 당하거든 온전히 기쁘게 여기라.
(야보고서 1장 2절)

보낸 날짜 : 2009년 7월 07일 화요일 오전 11시 19분 01초
받는 사람 : 사랑하는 두 아들(73회)

우리들은 너무나도 멀리서 행복을 찾아 헤매고 있는 것 같다.

행복은 마치 안경과 같은 것 같다.

우리는 안경을 보지 않습니다.

그렇지만 안경은 나의 코 위에 놓여 있다.

그렇게도 가까이! 바로 자기 코 위에 걸려있는 안경, 분신처럼 늘 가까이 있는데도 무심할 때가 많다.

내 부모, 내 집, 내 손과 발, 친구와 형제, 지금 만나는 사람, 모두가 그렇게도 가까이 있는 "안경" 들이다.

떠나거나 잃어버린 다음에야 비로소 그 소중함을 깨닫게 된다.

또한 자신의 능력을 과소평가할 수도 있다.

첫째가 가끔 이야기하는 것 중에서 나는 천재다. 동생의 음악성도 천재다 라고 하는 것처럼 무궁한 가능성을 가지고 있다는 것을 생각하고 열심히 노력한다면 그 분야에서 최고가 될 수 있을 것이라 생각이 되어신나.

우리 두 아들이 천재적인 능력을 갖고 있다는 것을 아래 붙임을 보면 알 수 있을 것이다.(둘째가 쓴 논제는 내일 보낼 예정, 용량초과)

오늘 서울에도 비가 많이 오는지 부산에는 출근 시간에 비가 많이

와서 차도 밀리고 옷도 다 버리면서 출근하였다. 우산 쓰고 길 다닐 때 조심하여라,(평등 관련 논제 별첨 참조)

오늘도 즐겁고 보람된 하루 되길 바라며 …

★ 여호와의 말씀이니라 너희를 향한 나의 생각을 내가 아나니 평안이요 재앙이 아니니라 너희에게 미래와 희망을 주는 것이니라.

(예레미야 29장 11절)

첫째가 16살이 되던 때에 아빠가 제시한 모든 인간은 평등하다는 논제를 가지고 반론을 제시하는 서론, 본론, 결론으로 형식을 갖추어 쓴 글이다.

제목 : 모든 인간은 평등하다는 것은 모순이다.

서론 : 민주주의 국가는 국가의 주인은 국민이고 모든 사람들은 법 앞에서는 평등하다고 법으로 정해져 있다. 자 그렇다면 이제 민주주의 국가에서는 어떻게 평등을 실천하고 있는지 살펴보자.

본론 : 아무래도 가장 민주주의적인 나라를 뽑으라 하면 미국이지 않을까 싶다. 그러나 과연 미국이라는 나라는 평등의 의미를 잘 이해하고 있을까? 자본주의 경제를 바탕으로 하는 나라들 대부분 비슷하겠지만 특히 미국은 돈이면 다 이루어지는 나라 아닌가? 여기서 모든 공평성과 평등이 깨어진다. 한 예로 간혹 아무 죄 없는 정직한 사람은 돈이 없어서 유죄로 판결 나고 어떤 사람은 죄가 있지만 돈으로 해결하여 무죄 판결 나는 걸 심심찮게 뉴스로 접하곤 한다. 그리고 취직할 때도 누구에게나 모두에게 평등해야 하는데 어떤 사람은 붙고 어떤 사람은 떨어지는데 과연 평등이라면 이런 일이 있을 수 있을까? 그러나 이런 취직에 대한 부분은 억지 주장 일 수도 있다. 그 이유는 자본주의 경제는 능력에 따라 대우를 받기 때문이다. 그러나 이런 경우도 있다. 어떤 영화를 보니 한 여인이 텔런트가 되고 싶어 했다. 그렇지만 그녀는 외모가 그리 화려하지 않았지만 그녀는 아주 똑똑한 사람이었다. 어느 날 어떤 회사에서 광고 모델을 뽑는다고 광고가 붙어 있어서 지원하게 되었는데 그녀는 필기시험은 만점을 받았지만 실기 시험은 시험 자체를 치를 수 없었다. 이유는 그녀가 단지 뚱뚱하고 못생겼다는 이유로 실기시험을 칠 수가 없었던 것이다. 즉 자격 미달이라는 의미이다. 이것을 보면서 무엇을 느끼는가? 과연 우리 사회는 평등한가? 비록 영화의 이야기지만 실제로도 이런 일들이 있다는 것은 우리 모두가 다 잘 알고 있는 이야기이다.

결론 : 위의 내용처럼 우리의 사회는 재력과 외모등등 평등과 거리가 멀지만 평등하다고 한다. 그래서 이건 모순이다. 그래서 이제 부터라도 우리 모두가 의식이 바뀌어야 한다고 생각한다.

보낸 날짜 : 2009년 7월 08일 수요일 오전 11시 32분 43초
받는 사람 : 사랑하는 두 아들(74회)

자신이 받은 것에 대해 깊이 감사하고 자신이 누리는 것을 훨씬 더 많이 사회를 위해 되돌려줄 수 있도록 해야 합니다.

그리고 어디에서 무엇을 하든 간에 적당히 대충 하지 마세요

열 가지를 해야 하면 스무 가지를, 스무 개를 해야 한다면 마흔 개를 할 수 있도록 정성을 들여서 최선을 다하기 바랍니다.

자신이 들이는 정성은 훗날 반드시 표가 나게 마련입니다.

누구에게나 배움을 청한다는 겸손한 마음과 자세를 갖고 사람을 만나기를 바랍니다.

자신감을 갖고 살아가는 것은 좋지만 오만함이나 자만심에 휘둘리지 않도록 주의에 주의를 더하기 바랍니다.

세상에는 공짜가 없답니다.

젊은 날 좀 더 열심히 하고, 좀 더 도전하고 좀 더 실험하기 바랍니다. 안정은 열심히 한 결과로 손에 넣을 수 있는 것이지 그것 자체로 추구하는 것은 아니랍니다.

편안하게 살 생각을 젊은 날부터 하지 마세요.

〈 어떤 고등학교 졸업식장에서 권면한 내용 일부〉

오늘도 건강 조심하고 보람된 하루 되길 바라면서 …

※ 1950년 12월 29일 188일 차 ; 유엔군 동쪽 전선에서 전략적 전진하고 중공군 동쪽으로 이동 개시, 중공군 임진강에 가교 설치기도, 춘천 동북쪽에 공산군 패잔병 재집결 유엔군 전초부대 38선 북방 8Km까지 진출, 장면 국무총리 리 유엔 사무총장에게 메시지 전달, 유엔한국통일부흥위원회 부산으로 이전.

보낸 날짜 : 2009년 7월 13일 월요일 오전 10시 09분 07초
받는 사람 : 사랑하는 두 아들(75회)

주말은 잘 보내었는지?

서울에 비가 많이 왔다고 하는데 집에는 괜찮은지 전에 벽에 물 새는 곳은 괜찮
은지 모르겠구나,

오늘도 비가 계속 온다고 하니 창문으로 비 들어오지 않도록 조심하고, 방에 습기
가 많으면 보일러를 한번 틀어서 건조하는 것도 좋다. 여름철 음식 조심하고, 음
식 쓰레기는 자주 버리고 반찬은 요사이 무얼 해 먹는지 모르겠네?

엄마가 한번 올라가서 냉장고도 정리하고 밑반찬도 좀 해주고 와야 할 텐데 하고
걱정을 하던데 언제 한번 올라가라고 할까?

장마철에 건강 조심하여라

이번 주일도 주님 안에서 승리하길 바라면서 …

★ 여호와의 말씀이니라 너희를 향한 나의 생각을 내가 아나니 평안이요 재앙이
아니니라 너희에게 미래와 희망을 주는 것이니라.

(예레미야 29장 11절)

※ 1951년 1월 1일 191일 차 ; 중공군 6개군 38선 넘어 총공격 개시, 춘천 서북방
에서 중공군 및 북한군 중포·박격포·구포(臼砲) 엄호 아래 공격 전진, 이승만 대
통령 신년사 발표, 이승만 대통령 미 제5공군사령관에게 훈장 수여, 계엄사령부
전시 물가 통제와 모리 행위 단속에 관한 통첩 발송.

※ 1951년 1월 4일 194일 차 ; 국군·유엔군 서울 철수, 개성-서울 연천-서울 간
도로를 진격 중인 중공군 부대 유엔군에 근접, 중공군 정찰대 서울 서남지구에
서 한강 도하 유엔군 반격으로 격퇴, 전국에 계엄령 선포, 정부 및 각 기관 부산
으로 이전, 서울 중앙방송국 철수단 조직, 연희 송신소 시설 사용 못하도록 조치.

보낸 날짜 : 2009년 7월 16일 목요일 오전 10시 58분 20초
받는 사람 : 사랑하는 두 아들(76회)

오늘도 눈을 뜨자마자 비 오는 소리가 들리는구나
이번 장마는 비가 짧은 시간에 많이 오는 게릴라성 폭우다.
아파트 앞산에서는 갑자기 폭포가 여러 개가 생겼다.
오늘은 지금도 비가 계속 내리고 있네
오늘 오후에는 또 장마 구름이 위로 올라간다고 하니 우산 쓰고 다닐 때 조심하여
라 밖에 볼일이 있을 때는 조금 일찍 출발해서 느긋하게 움직여라 바쁘다 보면 주
위를 잘 살피지 못하여 안전사고 일어날 확률이 높아지므로 항상 여유를 갖고 움
직이도록 하여라. 우리 두 아들이 보내준 색소포니아 잘 이용하고 있다.
또한 MP3 두 요사이 출퇴근 시 유용하게 사용하고 있다.
고맙구나 또한 큰아들이 매달 붙여주는 용돈도 유익하게 쓰고 있다 자랑스러
운 두 아들 엄마 아빠는 든든하게 생각하며 항상 마음 뿌듯하게 생각하고 있다.

　　　　　　　장마에 진짓 조심하고 오늘도 밋진 하루 되길 바라며…

★ 여자들과 예수의 어머니 마리아와 예수의 아우들과 더불어 마음을 같이하여
오로지 기도에 힘쓰더라. (사도행전 1장 14절)

※ 1951년 1월 7일 197일 차 ; 국군과 유엔군 충주-삼척선에서 공산군 저지, 중
공군 충주 32Km 지점에 진출, 이승만 대통령 미국에 한국 청년 무장시킬 총기 50
만정 요청했다고 언명, 허정 사회부 장관 피란민 구호책 언급,
※ 1951년 1월 10일 200일 차 ; 미 제2사단 정찰대 원주 돌입 후 귀래, 오산-원주
긴 120Km 진신의 중공군 총병력 28만 명 추신, 시회부 피란민 위히여 부산에 우
유 보급소 설치 노약자 및 영양 부족자에게 우유죽 무료 제공, 교통부 장관·차관
유엔군 철도 사령부 협의, 식량수송에 대한 완전 합의.

보낸 날짜 : 2009년 7월 17일 금요일 오전 10시 24분 26초
받는 사람 : 사랑하는 두 아들(77회)

'참자' 라는 이름을 가진 갈매기가 있었다.

그런데 그도 세상을 살아보니 참기 어려운 일이 종종 일어났다.

참자 갈매기는 더 이상 참을 수 없다고 생각했다.

그는 마지막으로 이름을 지어준 스승 갈매기를 찾아갔다.

참자 갈매기의 하소연을 묵묵히 듣고 있던 스승 갈매기가 앞서 날면서 말했다. "

나를 따라 오너라" 바닷가의 바위 위에 스승 갈매기가 사뿐히 내려앉았다.

'참자' 갈매기도 그 곁에 사뿐히 내려앉았다.

스승 갈매기가 말했다.

"이 바위에 폭풍우가 무섭게 몰려들던 날을 기억하지? " "네"

"그 사나운 파도들이 계속 덤벼들 때에 이 바위는 어떻게 하더냐? 맞 대항을 하

더냐? " "아닙니다. 침묵을 지키고 있었습니다."

"그리고 폭풍우가 지나간 뒤 이 바위를 본 적이 있을 테지?

폭풍우 속의 파도들이 바위를 깨끗이 씻어주었던 것을 오히려 바다가 조용해져

있었던 날에 끼어들었던 온갖 쓰레기들을 그 파도들이 치워가지 않았더냐"

스승 갈매기가 말했다.

"참을 수 없는 캄캄한 때일수록 더욱 참아라.

조개가 아플 때일수록 진주가 자라는 법이다."

〈정채봉 님의 밝고 좋은 생각 중에〉

오늘도 비가 많이 온다고 하니 잠 잘때 창문 잘 닫고 습도가 너무 높으면 보일러

를 잠간 돌리면 좋아진다.

한 주간 잘 마무리하고 주일 교회에 가서 열심히 봉사하고 기도하는 멋진 주일

되길 바라면서 …

보낸 날짜 ： 2009년 7월 20일 월요일 오전 10시 10분 26초
받는 사람 ： 사랑하는 두 아들(78회)

끊고 맺음이 분명한 사람

끊고 맺음이 분명한 사람은 바쁜 것처럼 보여도 마음속으로는 항상 여유 있는 생활을 한다. 우물쭈물 결단을 내리지 못하는 사람은 한가한 것처럼 보여도 마음속으로는 항상 바쁘게 산다. 매사 우왕좌왕하고 우유부단하면 본인은 물론이고 주변에 있는 사람까지도 힘들어진다 자기 "삶"이 중심이 잡혀 있어야 한다. 그래야 매일 매 순간 끊고 맺음을 분명히 할 수 있다. 벌써 7월 하순이구나 세월이 너무 빨리 지나가는구나 올해도 반년이 훌쩍 지나고 7월도 얼마 남지 않았네 월요일 이침 이번 주일도 하나님 말씀 가운데 열심히 모든 일에 노력하고 힘차게 시작하여 보자꾸나 큰아들, 작은아들 "파이팅"!!

오늘도 활기찬 하루 되길 바라며 …

★ 항상 우리와 함께 다니던 사람 중에 하나를 세워 우리와 더불어 예수께서 부활하심을 증언할 사람이 되게 하여야 하리라 하거늘.

(사도행전 1장 22절)

※ 1951년 1월 14일 204일 차 ; 국군과 유엔군 평택-삼척의 신 방어선 구축, 공산군 30만 병력으로 중부·서부에서 공격 개시, 유엔군 북위 37도선의 중서부전선에서 30만 중공군과 대치, 국방·내무 소관 507억 원 추가 예산안 국회에 제출, 조병옥 내무부장관 공보처 통하여 부산·대구 등의 피란민 지방으로 분산한다는 견절 발표, 제1차 피란민 제주도 소개 실시, 콜린스 미 육군 참모총장 외 미군 수뇌 3명 도쿄에서 맥아더 원수와 중공군의 행동 병력 검토 중이라고 언명, 미국 남부의 해외 전쟁 귀환병 단체 미국 내 공산주의자 5,500명 구금 요구.

보낸 날짜 : 2009년 7월 21일 화요일 오전 10시 12분 40초
받는 사람 : 사랑하는 두 아들(79회)

우리 사는 동안에

인생은 왕복표는 발행하지 않습니다.
한 번 출발하면 다시 돌아올 수 없다는 얘깁니다.
그러므로 우리는 순간순간 최선을 다해 살아가지 않으면 안됩니다.
한 번밖에 없는 나의 생 지금부터라도 좀 더 소중히 살아야겠습니다.

〈이정하의 "우리 사는 동안에" 중에서〉

결코 쉬운 길은 아닌 인생이지만 한번 살아볼 만하다고, 긍정적인 생각을 같고 노력한다면 아니 멋지고 보람되게 살려고 마음을 먹는다면 멋지고 보람된 인생이 될 수 있다고 생각된다. 오늘은 단 하루뿐이고 다시 돌아올 수 없다는 것을 알면서도 솔직히 하루하루가 마음대로 잘 움직여지지 않는 것이다. 그러나 매끼 밥을 먹는 것처럼 하루하루를 소중히 여기고 습관처럼 조금씩 조금씩 쌓아 간다면 어느 날 무언가 뿌듯한 만족감이 들 때가 있을 것이라 믿는다.

오늘도 즐겁고 보람된 하루 되길 바라며 …

★ 모든 기도와 간구를 하되 항상 성령 안에서 기도하고 이를 위하여 깨어 구하기를 항상 힘쓰며 여러 성도를 위하여 구하라. (에베소서 6장 18절)

※ 1951년 1월 17일 207일 차 ; 유엔공군 공산군 562명 살상, 제77기동함대 함재기 단양 근교 계곡에서 공산군 3,000여 명 발견 2,200명 살상, 유엔군 정찰대 원주 돌입, 이승만 대통령 대구에서 미 육군 참모총장 콜린스 대장과 회견, 국회 본회의 피란민 문제 등 논의, 육군본부 적 유격대 상황 및 대응작전 태세 확립 지시.

보낸 날짜 : 2009년 7월 22일 수요일 오전 09시 46분 44초
받는 사람 : 사랑하는 두 아들(80회)

작은 변화

한 번에 모든 문제를 해결하려고 한다면 오히려 더 어려워질 수도 있을 것이다. 많은 문제들이 산재해 있더라도 한방에 해결하려고 하지 말고 차근차근 순서대로 해결하고 조그마한 변화면 족한 것이다.

오늘의 할 일은 그것이 다이다.

세상에 변하지 않는 것이 있다면 나 자신의 바람이자 망상이다 그러므로 머물러 있지 말고 변하는 세상을 잘 따라 가야 할 것이다.

그어나 너무 홈런만을 좋아하지 말아라 1루타, 2루타 치다 보면 언젠가 홈런도 치게 마련이다.

꿈은 크고 원대하되 그 시작은 작은 것부터 시작된다.

오늘 바로 시작한 작은 변화가 훗날 인생의 홈런으로 이어진다.

오늘도 웃을 수 있는 하루가 되기를 바라며 …

※ 1951년 1월 20일 210일 차 ; 공산군 원주를 세 방면에서 공격 시내 전투 공산군 병력 1개 연대, 공산군 강릉 점령, 맥아더 원수 제8차전선 시찰("아무도 우리를 해중(海中)으로 몰아넣을 수 없다.") 왜관철교 복구공사 재착수, 국회 중국 침략자 규정 결의안 가결, 미국 유엔에 중국 침략자 규정 안 제출.

※ 1951년 1월 22일 212일 차 ; 북한군 안동 근교에서 돌연 공격 개시, 육군 제1훈련소 대구에서 제주도 모슬포로 부대 이동, - 최초 육군본부 직할로 창설(1950.7.11.) 육군 중앙 훈련소로 편입(8월 14일), 정부「상이군인 의료대책위원회 규정」(대통령령 제444호) 마련, 양곡 배급 가격 인상 쌀 Kg당 278원 찹쌀 Kg당 299원 보리쌀 Kg당 251원 밀가루 Kg당 330원.

보낸 날짜 : 2009년 7월 23일 목요일 오전 10시 23분 54초
받는 사람 : 사랑하는 두 아들(81회)

하버드 졸업생들

1937년에 Harvard 대학 2학년이었던 268명에 대한 인생 추적 연구 보고서가 있다. 1967년부터 268명 한 사람 한 사람에 대하여 심층 연구한 연구보고서에 의하면 그들 중의 1/3이 정신질환에 걸렸다고 나온다. 아무리 명문 대학을 나오고 천재일지라도 정신질환에 걸리는 삶이라면 차라리 노동자나 농민일지라도 평범한 보통 사람으로 건강하게 행복하게 사는 편이 훨씬 나을 것이라 생각되어진다.

그 보고서에 의하면 나이 들어가면서 행복하게 사는 7가지 요소를 적었다.

첫번째는 고통에 적응하는 성숙한 자세

두번째는 안정된 결혼

세번째는 금주

네번째는 금연

다섯번째는 운동

여섯번째는 적절한 체중

일곱번째는 계속하는 교육, 자기 계발이다.

그들 268명 중에서 80세 이상을 살면서 행복한 삶을 누린 사람들은 위의 7가지 요소들 중에서 5가지 이상의 요소를 갖춘 사람들이었다. 그러나 그들 중 3가지 이하의 요소를 갖춘 사람들이 불행한 삶을 살거나 50세 이전에 죽은 사람들이었다. 이런 자료들을 대하노라면 인생 한평생에 중요한 것은 명문대학 가는 것도 아니고 보통사람으로 살더라도 건전한 가치관을 지니고 건강하게 행복을 누리고, 나누며 사는 삶이 중요함을 실감케 된다.

첫째와 둘째는 벌써 위 7가지 중 대부분 실행하는 것으로 보지만 그중에서도 조금 부족한 것이 있을 것이라 생각되는 부분은 노력한다면 잘 될 것이라 믿는다.

오늘도 즐겁고 보람된 하루가 되길 바라면서 …

※ 1951년 1월 26일 216일 차 ; 유엔군 서울 24Km 지점까지 육박 중공군 477명을 총검으로 자살(刺殺), 유엔군 수원·김양장 탈환, 이승만 대통령 미국의 대일 강화 지지 기자회견, 조선전업 사장 서민호 사임의사 표명, 유엔 국제 아동 구호 기금 피복 20만 달러 제공.

◆ 파평산 전투(요약)

제1사단의 우 전방으로서 개성부터 장단군 장남면 원당리까지 20Km에 이르는 38선을 경비하고 있던 제13연대는 제1,2의 2개 대대를 파평면 파평산에 투입하여 북한군이 백학면 노곡리 가여울 ~ 적성면 ~ 문산 도로를 따라 진출하게 될 것에 대비하여 방어태세를 갖추어 나갔다. 그러던 중 1개 내내 규보의 북한군이 고라포 자하리로 공격하다가 국군의 살상 지대에서 격멸되었다. 날이 바뀐 6월 26일 전날 밤 부디 내리딘 비가 그치사 파병산 북쏙 320번 도로상에 북한군의 전차부대가 출현하였으며 그 중 선두 5대가 파평산 북단으로 육박하였다. 이에 맞선 국군은 2.36인치 로켓포를 사격하였지만 전차의 특성도 모르는 데다가 사격술마저 미숙하여 한 대의 전차도 파괴하지 못하였다. 제1대 대장 김진위 소령은 18명을 선발하여 대전차 특공조 2개 조를 편성하였다. 득공내원들은 81mm 박격 포탄과 수류탄을 전선줄로 묶어 만든 급조 폭탄을 안고 적 전차의 무한궤도 밑으로 앞을 다투어 뛰어들었다. 아군의 팔사적인 육탄공격에 겁을 먹은 듯 적 전차 5대는 진출을 포기하고 도로변의 초가 옆에 정지하였다. 그런데 뜻밖에도 예광탄에 의해 초가집에 불이 나고 그 화염이 전차에 옮겨 붙었고 이 광경을 지켜본 후속 전차대는 적성으로 되돌아갔다. 얼마 후에 북한군 1개 연대규모가 공격을 개시하였으나 국군은 치열한 근접전을 펼치면서 끝까지 방어진지를 고수하였으며 그 후 전장은 소강상태로 접어든 가운데 밤이 깊어갔다.

보낸 날짜 : 2009년 7월 24일 금요일 오전 10시 31분 04초
받는 사람 : 사랑하는 두 아들(82회)

젊었을 적의 내 몸은

젊었을 적의 내 몸은
나하고 가장 친하고 만만한 벗이더니
나이 들면서 차차 내 몸은 나에게 삐치기 시작했고,
늘그막의 내 몸은 내가 한평생 모시고 길들여온
나의 가장 무서운 상전이 되었다.
-박완서의 〈호미〉 중에서-

늘그막에 몸이 자꾸 고장 나는 바람에 대다수의 사람이 가던 길을 멈추거나 꿈을
접는 사람들이 너무 많습니다. 남의 얘기가 아니다. 나이 들어 뒤늦게 땅을 치는
이가 너무나 많이 있기 때문이다. 요사이는 나이에 관계없이 갑자기 무서운(성
인병) 병들이 예고도 없이 찾아온다. 면역성을 기르기 위해서는 내 몸은 스스로
꾸준히 단련을 시키고 적당한 휴식도 병행되어야 할 것이다.
머지않아 곧 몸을 "상전"으로 모셔야 할지도 모른다
몸이 더 삐치기 전에 챙겨보고 어떤 병도 물릴 칠 수 있는 저항력을 키우기 위해
꾸준히 단련시켜야 할 것이다.
벌써 한 주간이 훌쩍 지나가는구나 한 주간 잘 마무리하고

즐거운 주말되길 바라면서 …

★ 오직 성령이 너희에게 임하시면 너희가 권능을 받고 예루살렘과 온 유대와 사
마리아와 땅 끝까지 이르러 내 증인이 되리라 하시니라.
(사도행전 1장 8절)

보낸 날짜 ： 2009년 7월 27일 월요일 오전 10시 24분 17초
받는 사람 ： 사랑하는 두 아들(83회)

나는 이렇게 나이 들고 싶다

일본의 작가 소노 아야꼬 가 쓴 "나는 이렇게 나이 들고 싶다" 는 책이 있다. 나이가 들어가면서 경계하여야 할 조목들을 적어 놓은 내용이다.

첫째 "가족들이라고 무슨 말이든지 해도 된다고 생각하면 안 된다" 가정이란 사회생활에서 받은 스트레스와 상처를 회복하여 생동감을 얻고 다시 사회로 나가서 일할 수 있는 원동력이 될 수 있는 '회복실' 같은 곳이다. 가장 가까운 사람들인 가족들에게 상처를 주는 일이 없어야 한다. 가족을 소중히 여겨야 한다. 평상시 곁에 있다하여 가장 소중한 것의 가치를 보지 못하는 실수를 범하지 말아야 할 것이다.

둘째 "푸념을 해서 좋은 점 한 가지도 없다"

인간관계에서 다툼이 있었거나 마음이 상하게 되었을 때에 누군가에게 넋두리 삼아 푸념을 늘어놓게 된다. 그러나 그런 푸념은 상처를 주고, 들은 사람과의 관계를 바르게 회복하는 것이 아니다. 인간관계에서 새로운 앙금만 더 남기게 된다.

셋째 "무조건 명랑할 것이다"

무슨 일로 우울하여 있거나 심각해 있으면 주위 사람들이 힘들어 한다. 속상한 일이 있을지라도 무조건 명랑하여야 한다. 나이 들어가면서 그럴 마음이 아닐지라도 주위 사람들을 위하여 명랑한 척하는 것이 큰 덕선이 된다. 이런 노력은 자신의 마음을 열어 보이는 열린 마음과도 통한다.

넷째 "무슨 일이든지 스스로 하려고 노력하라"

나이 들어가면서 몸에 부담이 되니까 가까운 사람들이나 가족들에게 심부름을 시키게 된다. 그러나 스스로 하려고 애쓰는 것이 자기 자신에게나 가족들이나 주변의 인간관계에서 큰 도움이 된다.

한 주간이 시작되는 월요일 아침 이곳은 오래간 만에 아침부터 화창한 여름 날씨구나 서울 날씨도 맑은지 날씨가 좋으면 문도 활짝 열어 공기도 바꾸고 말릴 것도 말리면 좋을 텐데 바빠서 시간이 될런지?

이번 한 주간도 주님 말씀 가운데서 승리하길 바라며 …

◆ 유엔군의 탄생

- UN은 1950년 6월 26일 04:00시(뉴욕, 25일 14:00시) 안전보장 이사회(이하 안보리)를 소집했고, 이때 소련을 제외한 영국, 프랑스, 인도 등이 참석하여 미국이 제출한 〈북한군의 침략 중지 및 38도선 이북으로의 철수〉를 요구하는 결의안(決意案)이 만장일치(滿場一致)로 채택되었다.

- 6월 27일 11:00시(뉴욕, 26일 21:00시)에 백악관에서 열린 제2차 안보회의에서 미 해 공군 참전이 우선 결정되었고, 지상전의 참전 여부에 관한 문제는 추후에 결정하기로 했다.

- 6월 28일(뉴욕, 27일) 제2차 UN 안보리에서는 표결을 통하여 북한을 '침략자'로 규정하고 회원국들에게 대한민국을 지원하여 무력 공격을 격퇴할 것을 권고' 하는 결의안이 채택되었다. 이와 같은 두 차례의 안보리 결정에 따라 UN회원국들은 UN군을 창설(創設)할 수 있는 국제법적(國際法的) 정당성(正當性)' 을 부여(附與) 받았다.

- 미국동군사령관 맥아더 원수는 6월 28일 한반도 전선 시찰을 위하여 전용기인 바탄호(C-54)를 타고 수원 비행장에 착륙하여 영등포 방면의 한강 방어선을 시찰한 후 지상군 투입이 필수적이 다는 결심을 굳히고, 6월 30일 03:00시(뉴욕, 29일 13:00시) 트루먼 대통령에게 지상군 투입을 건의한다. 보고를 접한 트루먼 대통령은 지상군 투입을 2시간 만에 전격적으로 승인했다.

- 7월 1일에는 미국 정부 주도하에 UN군 사령부를 창설하고 UN 회원국이 무력 지원을 하자는 '통합군(統合軍) 사령부(司令部) 설치에 대한 결의안(決意案)' 이 영국과 프랑스에 의해 공동으로 제출되어 7월 7일 채택됨으로써, 역사상 초유로 UN(United Nations Command)이 탄생되었다.

보낸 날짜 : 2009년 7월 28일 화요일 오전 09시 55분 41초
받는 사람 : 사랑하는 두 아들(84회)

불편하지 않은 진실

낙제생이었던 천재 과학자 아인슈타인,
실력이 형편없다고 팀에서 쫓겨난 농구 황제 마이클 조던,
회사로부터 해고당한 상상력의 천재 월트 디즈니,
그들이 수많은 난간을 뚫고 성공을 할 수 있었던 것은 무엇일까요?
이들은 강했다.
아닙니다.
그들은 끈질겼다입니다.
끈기는 성공의 대단한 비결입니다.
만일 끝까지 큰소리로 문을 두드린다면
당신은 분명히 어떤 사람을 깨우게 될 것입니다.

– 구지선의 〈지는 것도 인생이다〉 중에서–

원예사들이 모래판에 꺾꽂이를 하는 이유가 있다고 한다.
영양소가 풍부한 땅에서는 식물의 자생력이 퇴화되지만
모래밭에서는 자생력이 살아나 부족한 영양소를 가진 것이 오히려 불행을 자초
할 때가 없지 않다는 것이다.
우리의 삶도 이와 비슷한 것일지도 모른다.
역설적이지만 진정한 결핍은 때론 삶의 원동력이기도 한다.

오늘도 자생력을 기를 수 있는 보람된 하루 되길 바라며 …

보낸 날짜 : 2009년 7월 29일 수요일 오전 09시 54분 42초
받는 사람 : 사랑하는 두 아들(85회)

벌써 이번 주일도 수요일이 구나! 세월이 가면 갈수록 빠른 것 같구나!
동궁초등학교 교정에는 벌써 가을을 맞이하기 위해 국화 모종이 새파랗게 자라
고 있구나 요사이 아빠는 아침에 학교 운동장을 30분 이상 빠른 걸음으로 걷고
있다. 그래서 그런지 목, 어깨 쪽 아픈 것은 해결되었는것 같다.
엄마는 일주일에 책 한 권씩 읽기 시작한 것이 벌써 두 달이 넘었 구나, 또한 매일
성경도 10장씩 계속 읽고 있다. 우리 두 아들도 틈이 나면 성경도 가끔 읽어 보아
라 이제 장마도 끝나 가는 것 같구나
우리 두 아들은 여름휴가 계획은 없는지 혹시 교회 수련회라도 참석할 수 있으면
좋을 텐데 시간들이 허락하는지 모르겠구나?
가능하면 가까운데 라도 친구들과 다녀와라
혹시 휴가비가 없으면 휴가계획서(계좌번호)를 만들어 메일로 보내면 아빠가 보
고 보내줄 테니 가볼 생각은 없는지?

오늘도 즐겁고 보람된 하루 되길 바라며 …

★ 하나님이여 내 마음이 확정되었고 확정되었사오니 내가 노래하고 찬송 하리
이다 내 영광이 깰지어다 비파야, 수금아, 깰지어다 내가 새벽을 깨우리로다. (시
편 57편 7,8절)

※ 1951년 2월 1일 222일 차 ; 여주 북방에서 백병전으로 공산군 3개 연대 격퇴, 유
엔군 지평에서 세 방향으로 내습한 공산군 저지, 이승만 대통령 방위사령부 시찰 및
미 제10군단 사령부 방문, 김준연 법무부 장관 군수·구호·원조 물자 절취범 엄벌 방
침 발표, 미 경제협조처 한국에 부선(艀船) 70여척 원조 결정, 유엔총회에서 중국
을 침략자로 선언했다.

보낸 날짜 : 2009년 7월 30일 목요일 오전 09시 34분 10초
받는 사람 : 사랑하는 두 아들(86회)

27번의 실패와 1번의 성공

아브라함 링컨을 미국 역대 대통령들 중 최고의 대통령으로 손꼽는다. 그의 성공은 쉽사리 얻은 성공이 아니다. 그의 일생은 실패의 연속이었다. 그가 공식적인 실패만 27번 되풀이하였다고 한다. 그의 성공은 남다른 실패에 실패가 밑거름이 되어 이루어진 성공 이었다. 그는 가난한 구두 수선공의 아들이었다.

가난으로 인해 그는 학교는 9개월밖에 다니지 못하였다.

그가 9살이었을 때에 어머니가 세상을 떠났다.

22살에 사업을 시작하였으나 여지없이 실패하였다.

23살에 주 의회에 출마하였으나 낙선하였다.

24살에 다시 사업을 시작하였으나 실패하여 17년 동안이나 빚을 갚아야 했다.

29살에 의회 의장직 낙선, 31살에 대통령 선거위원 실패,

34살에 국회의원에 출마 낙선, 37살에 국회이원 당선되었으나

39세에 다시 낙선, 46세에 상원의원으로 출마 낙선,

51살에 미국의 16대 대통령에 출마하여 드디어 당선되었다.

그리고 최고의 대통령이 되었다.

우리는 실패가 이어지면 기가 죽는다. 실패가 이어지면 급기야는 포기하고 하루하루를 살아간다. 그러나 링컨은 그렇지를 않았다. 실패에 정면으로 맞섰다. 그는 실패할 때마다 꿈을 더 높이 가졌다. 좌절할 때마다 더 높은 목표에 도전하였다. 우리도 링컨 같은 용기를 지닌다면 실패를 디딤돌로 삼아 성공의 언덕으로 나아갈 수 있다고 생각되어지는데 우리 두 아들도 실패 에 대한 두려움을 떨쳐 비리고 도전해 보기를 바란다. 파이팅 우리 두 아들!!!

오늘도 즐겁고 보람된 하루 되길 바라며 …

★ 하나님의 전신 갑주를 취하라 이는 악한 날에 너희가 능히 대적하고 모든 일을 행한 후에 서기 위함이라 그런즉 서서 진리로 너희 허리띠를 띠고 의의 호심경을 붙이고 평안의 복음이 준비한 것으로 신을 신고 모든 것 위에 믿음의 방폐를 가지고 이로써 능히 악한 자의 모든 불화살을 소멸하고 구원의 투구와성령의 검 곧 하나님의 말씀을 가져라.

(에베소서 6장 13~17장)

※ 1951년 2월 3일 224일 차 ; 미군 평창 탈환, 유엔군 횡성에 수차 돌입했으나 미 탈환, 터키군 서울 남방 27Km의 고지 재탈환, 이승만 대통령 제7함대사령관 스트루블 중장에게 은성훈장 수여, 국회「반 민법 폐지 안」통과, 정훈국 부산분실 군민 상담소 설치, 대구시 천연두 만연으로 예방주사 접종 계획 수립.

◆ 주문진항 해전(요약)

- 1950년 7월 1일 영국 해군의 크라운 콜로니급 경순양함 HMS 자메이카, 블랙 스완급 초계함 HMS 블랙스완과 미 해군의 주노급 경순양함 USS 주노 CL-119) 총 3척으로 구성된 함대가 주문진항 앞바다를 항해 중이던 북한 해군 수송선과 북한 해군 2어뢰정대 소속 G-5급 어뢰정 등 16척을 발견하였다. 북한 어뢰정 대도 유엔군 함대를 발견하고 어뢰정 대장 김군옥의 지휘 하에 돌격 하며 어뢰 공격을 시도하였으나 21호 어뢰정을 제외한 전부가 HMS자메이카와 HMS블랙 스완의 포격으로격침되었다. 이후 살아남은 북한 수송선들은 모두 도망쳤으나 USS주노가 계속 추격해 모두 격침시켰다. 그러나 북한이 실제 전투 자체 보다는 북한의 선전으로 중요해졌다. 북한이 해전에서 미군을 대파했다는 내부 허위 선전으로 가능하게 된다. 허위 전과를 내부적으로 잘 써먹고 외부적 으로는 창피당하는 경우다. 주문진항 해전에서 생존한 유일한 어뢰정인 21호 어뢰정은 현재 평양의 "조국 해방전쟁 승리기념관"에 전시되고 있다.

보낸 날짜 : 2009년 7월 31일 금요일 오전 09시 55분 52초
받는 사람 : 사랑하는 두 아들(87회)

장마가 끝날 것 같더니
다음 주 화요일 다시 비가 온다고 하는구나
장마철 습기로 인해 집안 구석구석 곰팡이가 많이 생기고 세균도 잘 번식되므로
집안 청소도 잘해야 되는데, 요사이 어떻게 살고 있는지?
냉장고에도 세균이 번식할 수 있으니 시간이 나는 데로 냉장고 내부에도 오래된
음식은 버리고 깨끗이 청소를 해주어서 음식물 상하지 않도록 조심하여라.
이번 주말에 날씨가 괜찮으면 시간을 내어 집안 대청소 한번 하는 것도 좋을 텐
데, 장마철 건강 조심하여라.

　　　　　　　　　　　　　　　　주말 멋지고 보람되게 보내어라 …

★ 그가 세상에 계셨으며 세상은 그로 말미암아 지은 바 되었으되 세상이 그를 알
지 못하였고 자기 땅에 오매 자기 백성이 영접하지 아니하였으나 영접하는 자 곧
그의 이름을 믿는 자들에게는 하나님의 자녀가 되는 권세를 주셨으니.

　　　　　　　　　　　　　　　　　　　(요한복음 1장 10,11,12절)

※ 1951년 2월 5일 226일 차 ; 개전 후 최대의 탱크대 서울 남쪽 8Km의 공산군
진영에 돌입, 소해정 1척 강릉 연해에서 기뢰 접촉으로 침몰 전사 4명 행방불명 4
명 부상 9명, 국군 제3군단과 미 제10군단 홍천 포위공격 개시.

※ 1951년 2월 8일 229일 차 ; 국군·미군 횡성 북쪽 8Km 진격 평창 동북쪽 창평
탈환, 미 전차부대 서울 포격, 경북지구 계엄 민사 부장 이순영 대령 무허가 요정·
음식점 및 유흥 경고 단속 담화, 식량 배급 실시 일반 1.5홉, 공무원 2.5홉, 특수 공
무원 5홉, 김일성 북한군 건군 3주년 기념일에 전군에 격문, 유엔총회 미군기의
중국 영토 폭격 결의안 부결.

보낸 날짜 : 2009년 8월 03일 월요일 오전 11시 06분 29초
받는 사람 : 사랑하는 두 아들(88회)

늙어서 공부하기

사람에게는 약 130억의 뇌세포가 있다.

문제는 이렇게 나 많은 뇌세포 중에 우리가 사용하고 있는 세포는 너무나 적다는 점이다.

그런데 뇌세포들이 25세를 꼭짓점으로 하여 하루에 10만여 개씩 줄어든다.

특히 술을 마시면 뇌세포의 줄어드는 속도가 빨라져 두 배 이상으로 늘어난다.

우리 두 아들은 술을 마시지 않으니 이런 걱정은 안 해도 되겠네

줄어드는 뇌세포는 "사용치 않는 뇌세포" 이다.

뇌세포가 그렇게 줄어든다면 나이 들어가면 공부를 할 수 없게 되는 것이나 아닐까 하는 염려가 된다.

이점에 대하여 '하버드 메디칼 리뷰' 에서 발표한 한 실험 보고서가 있다.

그 결과는 "나이 들어가면서 뇌력이 줄어들게 된다"는 통념을 허물어지게 하는 결과였다.

나이가 들어가면서 머리가 굳어지는 것이 아니라 공부를 하게 되면서 오히려 더 좋아졌다는 보고였다.

나이가 들어도 공부를 계속하는 사람은 뇌세포의 연결 다발인 시냅스가 새롭게 쑥쑥 자라게 되어 머리가 좋아지는 결과가 나왔다는 것이다.

요즘 많은 사람들이 나이 들어 치매에 걸릴 가능성을 다른 병보다 더 많이 염려하곤 한다.

아빠, 엄마도 요사이 머리를 계속 쓰기 위해 성경도 읽고, 쓰고, 책도 일주일에 한 권 정도 읽고 있다. 나이 들어 치매에 걸릴 가능성을 줄이려면 건강한 뇌를 계속 유지 해 나가기 위해 노력을 해야 할 것 같다.

오늘도 즐겁고 활기찬 하루 되길 바라며…

※ 1951년 2월 11일 232일 차 ; 국군 수도사단 38선 돌파하고 양양 탈환, 이승만 대통령 전염병 만연에 대한 담화 발표, 해군 본부 인천에 해병대 상륙 발표, 거창 양민학살 사건 발생 양민 500여 명 공비 혐의로 집단 학살.

◆ 춘천 및 홍천 전투(요약)
 – 춘천, 홍천 전투는 6.25 전쟁 초기 조선인민군 육군이 침공해 들어오는 것을 중 동부전선인 춘천지역에서 대한민국 육군 제6보병사단이 성공적으로 차단한 전투이다. 이 전투로 인민군은 단기간 내에 남한을 점령하는 것을 실패하게 되었고 국군이 군을 재편하여 작전을 수행할 수 있는 계기를 마련한 전투 중 가장 전과가 높은 전투이다. 북한군은 인암리 및 지암리에 격렬한 포격을 퍼부었고 가랑비와 지척을 분간할 수 없는 안개 속를 뚫고 추전리–청평리–고탄리–인람리–지암리의 각 도로를 따라 노도와 같이 침공하기 시작하였다. 우리 군은 춘천 시민과 학생들의 도움으로 9개소에 진지를 구축하고 북한군의 남침을 저지하기 시작하였다. 북한군은 포대를 앞세워 2개 연대가 시야를 메우고 올라왔다. 이들을 목격한 대대장은 「진전 200m로 접근할 때까지 사격하지 말라」고 명령하여 침묵을 지키고 있었다. 북한군은 북한기를 앞세우고 물밀 듯이 밀려들어 드디어 최후 저지 사격권 내에 들었고 대대장의 사격 개시 호령이 떨어지자마자 일제히 전 포구는 불을 토하고 집중 강타하니 전장은 순식간에 도륙장으로 변화하여 북한 군인들의 비명은 하늘을 찔렀다. 또한 큰 말고개 일대에 방어선을 구축한 국군 2연대와 19연대 3대대는 육탄 11용사의 활약으로 적 자주포(SU-76), 전차(T-34) 10대를 격파 또는 노획하는 전과를 올렸다, 육탄11용사의 활약은 길가에 쓰러져 죽은 시체로 위장하고 있다가 우선 1번 조인 19연대 3대대 소속 조달진 일병이 선두 전차의 해치를 열고 81mm 박격포탄과 수류탄을 같이 까 넣어 기동 불능으로 만들어 후속 전차들 까지 멈추게 만들어 후미의 전차장이 고개를 내밀어 무슨 일인지 확인하려는 순간 아군의 기관총에 맞아 죽었다. 인민군의 악랄한 수법으로 모진교에 지뢰가 매설된 것을 미리 알고 있었음에도 불구하고 지뢰의 매설 량과 그 파괴력을 알아보기위해 민간인 노인을 통과시킨 비인간적이고 불법적인 만행을 저질렀다.

보낸 날짜 : 2009년 8월 04일 화요일 오전 10시 43분 47초
받는 사람 : 사랑하는 두 아들(89회)

길이 울퉁불퉁하기 때문에

아무리 멀고 긴 길도 걷다 보면 다다르게 되어 있다.

사람들은 저마다 높은 이상을 품고 있으며 누구나 한때 꿈을 좇아 힘든 여행을 떠나본 경험이 있을 것이다.

그러나 대부분은 길이 울퉁불퉁하다는 이유로 결국 포기하고 만다. 인생이 순풍에 돛 단 듯 마냥 순조로울 수만은 없다.

꿈을 좇는 우리의 여행도 마찬가지이다.

– 천빙량의 〈나를 이끄는 목적의 힘〉 중에서–

인생의 길은 멀고 순탄하지 않기 때문에 힘이 들게 마련이다. 그러나 그렇기 때문에 더 조심하고, 더 천천히, 더 즐기면서 인생을 헤쳐 나가야 할 것이다. 그 전에는 보이지 않던 것들이 비로소 보이게 되고, 그때 보이는 모든 것들이 더 감사하고 더 소중하게 여겨질지도 모른다. 시간의 가치는 늙어 갈수록 줄어든다. 젊을 때 시간을 잘 관리하고 유용하게 활용하여야 할 것이다. 그러므로 지금 이 시간이 얼마나 중요한지 지나가버리면 다시 오지 않는 시간이기 때문이다.

휴가 계획은 잡혔는지 소식이 없구나?

오늘도 보람되고 즐거운 하루 되길 바라며 …

★ 보라 형제가 연합하여 동거함이 어찌 그리 선하고 아름다운고 머리에 있는 보배로운 기름이 수염 곧 아론의 수염에 흘러서 그의 옷깃까지 내림 같고 헐몬의 이슬이 시온의 산들에 내림 같도다 거기서 여호와께서 복을 명령하셨나니 곧 영생이로다. (시편 133편 1~3절)

보낸 날짜 : 2009년 8월 05일 수요일 오전 10시 48분 37초
받는 사람 : 사랑하는 두 아들(90회)

성공하는 사람과 실패하는 사람의 차이(Ⅰ)

성공하는 사람들과 실패하는 사람들 사이에 차이점이 있다.

멀리 보면서, 가까운 일이나 사소한 일부터 차근차근 처리하는 사람이 성공할 확률이 높다.

그렇지 못한 사람은 실패할 확률이 더 높다는 것이다.

멀리만 보면서 사소한 일이나 가까운 일을 소홀히 하는 사람들은 성공에 이르지 못한다.

멀리 보면 볼수록 가까운 하나하나에서부터 차근차근 처리하여나가는 습관을 지닌 사람들이 성공할 가능성을 지닌 사람들이 더욱더 많다는 것이다.

그래서 사회생활을 안정되게 하는 기본이 가정이라고 생각한다.

아빠가 지금까지 살아온 경험으로는 가정이 가장 먼저 안정되어야 직장 생활이든, 사업이든 마음 놓고 밖에서 일을 할 수 있고 꿈을 펼쳐 나가는데 큰 도움이 될 것이라 생각되어진다.

가정의 조그마한 일이라도 소홀히 다루지 말고 그때그때 처리하는 버릇이 얼마나 중요한지 모른다.

그것이 가장 가까운 일이 아닐지?

우리 두 아들은 형제간에 둘이서 함께 살아가면서 누가 먼저랄 것도 없이 서로 이해하고, 양보하고, 서로 의지하며, 도우면서 살아가는 것이 얼마나 좋은 것인지 스스로 느끼면서 살 수 있으니 얼마나 좋은가.

내가 조금 더 움직이고 상대를 이해 한 다면 오히려 내가 더 마음이 즐겁고 보람된 느낌이 들것이다.

첫째와, 둘째는 벌써 그런 것을 느끼고, 체험하고, 해서 실행하고 있을 것이라 믿는다.

엄마, 아빠는 얼마나 든든한지 멀리 떨어져 있어도 걱정이 훨씬 덜 되는 것 같구나 둘째는 몸무게가 좀 늘었는지? ? 첫째는 혹시 배가 더 안나 왔는지 자기 전에 인스턴트 식품은 되도록 먹지 말고 둘째는 좀 먹어도 괜찮을 것 같은데 하여튼 몸 관리 잘하여라 …

오늘도 멋진 하루 되길 바라며 …

※ 1951년 2월 14일 235일 차 ; 국군 해병대·미 해병대 원산상륙을 미 제8군에서 확인 원산항 2개 도서(호도 虎島, 여도 麗島) 점령, 공산군 이른 아침에 지평(砥平)을 포위하고 전차 및 자동포로 공격, 국회부의장 38선 돌파는 결정 사항이라고 언명, 「반민족 행위 처단 법 폐지에 관한 법률」(법률 제176호) 공포, 대구시 유흥업소와 일반 시민에게 건국 국채 배당.

◆ 대한해협 해전(요약)

- 1950년 6월 25일 동해로 출동 중이던 우리 해군의 백두산 함(PC-701)이 20시경에 울산 앞바다에서 남진하는 정체불명의 수송선을 발견하였다. 여러 시간 동안 야간 추적을 감행하던 백두산 함은 남진하는 수송선이 후방 교란을 목적으로 600여 명의 북한군과 화포 탄약 그리고 식량을 적재한 북한의 선박임을 확인하고 곧바로 3인치 고사포와 50 구경 기관총 등으로 6월 26일 오전 1시 무렵에 부산과 쓰시마 섬 사이의 대한해협에서 북한 수송선을 격침시켰다.

대한해협 해전은 한국전쟁 당시 우리 해군의 최초 단독 해상 작전으로써 이 전투에서 한국 해군은 부산으로 침투해오던 북한군 588부대 특수부대원 600여 명을 적선과 함께 모두 몰살시키는 전과를 올렸다.

또한 한국전쟁에서 부산은 유엔군 병력과 물자가 들어오는 통로이자 대한민국 정부의 임시수도 역할도 담당했던 중요한 거점이었다. 따라서 전쟁 초기에 계획대로 북한군 특수부대가 부산에 침투하는 데 성공했다면 전쟁의 양상은 완전히 달라졌을 것이다. 때문에 대한해협 해전은 규모가 그리 크지 않지만 한국전쟁의 전개 양상에 매우 큰 영향을 끼친 중요한 전투라고 할 수 있다.

보낸 날짜 : 2009년 8월 06일 목요일 오전 10시 17분 46초
받는 사람 : 사랑하는 두 아들(91회)

성공하는 사람과 실패하는 사람의 차이(Ⅱ)

넓게 보면서 작은 일부터 성실히 감당하는 사람들은 성공한다.

그렇지 못한 사람은 실패한다.

우리들 주위에는 남다른 넓은 안목을 지닌 탁월한 사람이나 작은 일에 불성실하여 남에게 인정을 받지 못하고 자신의 넓은 안목과 식견을 펼쳐 나갈 기회를 잡지 못하는 사람들이 있다.

반면에 작은 일 하나에 꼼꼼히 챙기나 넓게 보지를 못하여 다람쥐 쳇바퀴 돌 듯이 제자리를 맴도는 사람들도 있다.

넓게 보면 볼수록 작은 일에서부터 철저하게 챙길 줄 아는 사람,

마치 벽돌 한 장 한 장을 쌓아 집을 짓듯이 작은 일을 성실히 챙길 줄 아는 사람들에게 성공으로 가는 길이 열린다는 것이다.

깊이 생각하면서 사소하게 하여야 할 일들을 미루지 않는 사람들이 성공한다.

그렇지 못한 사람들은 실패한다.

독일의 철학자 칸트는 결혼을 하여야 할지 하지 않아야 할지 깊이깊이 오래도록 생각하였다.

47세에 이르러 결혼을 하는 게 좋겠다는 결론을 내렸으나 이미 나이 들어 시집오겠다는 여자가 없어 결혼을 하지 못하였다는 말이 있다.

깊은 생각과 과감한 실천력을 함께 지닌 사람들에게 성공으로 가는 길이 열린다는 것이다.

또한 용감하고 적극인 자가 미인(마음, 몸)을 얻게 된다는 것을 명심하여라.

오늘도 모든 일들이 생각대로 이루어지길 바라며 …

보낸 날짜 : 2009년 8월 07일 금요일 오전 10시 08분 56초
받는 사람 : 사랑하는 두 아들(92회)

오늘이 금요일 이구나 한 주간이 또 지나가고 있구나

이번 주일도 보람되게 보내었는지 항상 바쁜 것도 좋지만 가끔 쉬어 가는 것도 중요한 일이다.

8월 14일 대전 현충원에서 외할아버지, 외할머니 기일을 맞아 모두 모일 계획인데 우리 두 아들은 시간이 어떨지 모르겠구나, 이럴 때 만나서 얼굴도 보고 이야기도 나누고 엄마 아빠도 우리 두 아들이 보고 싶은데…

내려온다면 아빠가 올라가면서 대전역으로 가서 함께 가면 좋을 텐데 어떨지 모르겠구나?

시간이 허락하면 연락하여라.

이번 주일도 잘 마무리 하고 주일 기쁜 마음으로 주님 만나기를 바라며 좋은 소식 바란다.

오늘도 즐거운 하루 되길 바라며 …

※ 1951년 2월 16일 237일 차 ; 중공군 1,000명 지평 서방의 248 고지 공격을 유엔군이 격퇴, 공군 B29전폭기 함흥·원산에 폭탄 120톤 투하, 후방에 대기 중인 피란민 약 200만 명으로 추산, 정부 매월 25일 "국난극복일"로 제정, 정부「매수 농지 대가 보상 체감률 규정」공포, 치안국 정보수사과 아편 밀매 조직 검거.

※ 1951년 2월 18일 239일 차 ; 공산군 중부전선에서 총퇴각 개시, 동부전선에서 전투 없음, 유엔군 주문진 확보, 북한군 1개 사단 제천 6.4Km 이내 공격, 장면 국무총리 대구에서 기자회견(① 한국은 절대 안전, ② 38선 월북 공격에 관한 지난 10월의 유엔 결정 여전히 유효, ③ 한국의 인적 자원 풍부하나 현재 한국군 11만 명은 공산군과 전투하는데 충분한 무기가 없다.), 국군 전선정리 위해 강릉 철수, 유엔군 원주 동남방의 중공군 3개 사단 격퇴.

보낸 날짜 ： 2009년 8월 10일 월요일 오전 11시 22분 04초
받는 사람 ： 사랑하는 두 아들(93회)

주말은 잘 보내었는지?

일주일이 시작되는 월요일이구나

시작한다는 것은 희망을 함축하고 있는 말이 아닌지 …

이 한주간도 희망을 갖고 힘차게 출발해보자꾸나.

지난 토요일 하단 교회에서 큰아들 친구인 동성이 결혼식이 있었는데 한동대학 동창들의 축하노래와 신랑이 신부에게 보내는 노래가 인상적 이였다.

모든 일은 너무 급히 서둘 필요는 없겠지만 그러나 노력은 지속적으로 해나가야 한다는 것을 잊어서는 안되는것이다.

우리 두 아들도 빠른 시일 내에 좋은짝 만나기를 아빠, 엄마의 첫 번째 기도가 이루어지길 바란다.

8월 14일 시간이 되는지 첫째와, 둘째가 의논은 한번 해보았는지 연락이 없어 궁금하구나

혹시 내려오는데 필요한 경비가 부족하면 아빠가 줄수도 있는데 연락히어라.

오늘도 활기차고 복된 하루 되길 바라며 …

※ 1951년 2월 21일 242일 차 ; 미 제9군단 및 제10군단 킬러 작전 개시 중부전선 양평·횡성·평창을 목표로 2개 전선에서 총공격, 리지웨이 미 제8군 사령관 진두지휘 하에 중부전선 총공격 개시, 오드닐 미 육군 훈련 감찰관 전선 시찰("재 한 공산군사령부는 스탈린과 그의 정치국이다"라고 언명), 국방부 정훈 국장 학도 의용대 총동원 수 18만 명이라고 언급.

※ 1951년 2월 23일 244일 차 : 미 제5공군 연 300대 출격, 미 순양함 맨체스터호 등 원산지구 본토 및 신포 포격, 중공군 서울에서 총퇴각 북한군 약간 잔존, 중국 상하이 시민 북한 난민 구제금 114억 7,824만 원 북한 송달.

보낸 날짜 : 2009년 8월 11일 화요일 오전 09시 59분 22초
받는 사람 : 사랑하는 두 아들(94회)

세상에는 돌이킬 수 없는 것들이 3가지가 있다.

첫째는 입 밖으로 나간 말이다.

한번 해버린 말은 다시는 담을 수가 없다.

둘째는 쏘아버린 화살이다.

시위를 떠난 화살은 거둬들일 수가 없다.

셋째는 흘러간 세월이다.

지난 세월을 무슨 수로 돌이킬 수 있겠는가?

그런데 흘러간 세월을 붙잡을 수 있는 한 길이 있다.

반성이라는 방법을 사용하는 길이다.

지난 세월에 무엇을 잃었는지를 반성을 통하여 낱낱이 살피는 것이다.

그리하여 얻은 것에 감사를 드리고 잃은 것을 고쳐 나갈 때에 세월을 붙잡는 것이 된다.

2009년도 이미 절반이 지나고 8월도 중순에 접어드는구나 나이에 따라 세월의 빠름을 느끼는 체감속도가 다른 것이어서, 20대에는 20km, 40대에는 40km, 60대에는 60km로 달린다.

나도 이제 60대로 들어서니 세월의 빠르기가 정말 실감 나게 느껴진다.

지난날들에 세월을 낭비한 일들을 생각하면 가슴이 시려온다.

이제나마 반성하며 어리석은 낭비를 되풀이하지 않기를 다짐하고 이남은 세월을 건지는 현명함이 아닌가 생각이 되어 지는구나.

우리 두 아들은 지금부터라도 세월을 낭비하지 않기를 바라며 …

오늘도 멋진 하루 되길…

보낸 날짜 : 2009년 8월 17일 월요일 오전 11시 05분 22초
받는 사람 : 사랑하는 두 아들(95회)

좋은 아침!!! 월요일 아침이구나,

우리 두 아들 염려 덕텍에 무사히 잘 도착하였다.

이번에는 오래간만에 갔는데도 깨끗하게 잘 지내고 있구나

이제 서서히 홀로서기가 자리 잡혀 가는 것 같구나 엄마, 아빠가 너희들에게 남겨 주고 갈 것은 스스로 자생할 수 있는 능력을 만들어 주는 것이 가장 큰 선물이 아닐까 하는 생각이 드는구나,

항상 첫째와 둘째에게 부탁하지만 형님은 형님의 위치에서 동생은 동생으로서의 역할을 잘함으로서 서로 이해하고 우애 있게 잘 지내길 바란다.

오늘 아침 엄마와 아빠는 동궁초등학교 운동장을 빠른 걸음으로 걸으면서 월요일 아침을 힘차게 시작하였다.

운동장을 돌던 할머니 한분이 요 며칠 더위에 꽃잎이 시들었는 것을 보시고 물을 주시는 것을 보았다.

과연 요사이 젊은이들이 한 20~30년이 지난 후에 저런 모습을 볼 수 있을까? 세대 차이겠지 그러나 그때에도 사회는 나쁜 사람보다 좋은 사람이 더 많겠지 우리 두 아들을 보면 희망이 있다고 생각이 드는구나.

세상살이가 각박하고 힘들겠지만 하나님의 자녀들로서 사회를 위한 것이나 나보다 못한 사람이나 어려운 사람들에게 베풀면서 살아가는 것이 행복을 느낄 수 있는지도 모르겠구나 이미 다 알고 있는 일이지만 실천 한다는게 쉽지는 안을 것이다.

또 잔소리만 늘어놓았구나

이빈 주일도 하루하루가 보람되고 즐거운 날들이 되길 바라며 …

보낸 날짜 : 2009년 8월 20일 목요일 오후 14시 10분 12초
받는 사람 : 사랑하는 두 아들(96회)

더욱더 나은 삶을 위해서

가끔 내가 지나온 과거를 돌이켜 생각해 보면 점점 더 많은 것을 가지고 점점 더 좋은 것을 가지고 살아가려고 한다.

그러나 돌이켜 보면 그땐 이거 없이도 행복했는데 … 라고 회한에 잠길 필요는 없지 않을까?

내가 차를 언제부터 몰았지? 휴대폰은 언제부터 썼지?

이 집으로 이사 오기 전엔, 그전에, 그전에는 어떠했지 이런 생각이 들 때가 있다.

문득 아빠가 부모님 그늘을 떠나 독립하면서 이사를 다녔던 것이 생각이 나네 … 맨 처음 시작 한 곳이 경로당 앞(당감동 피난민 촌) 방 1칸, 부엌은 방으로 들어가는 입구에 간이로 만들어 쓰고 화장실은 60m 정도 떨어진 공동화장실을 사용하는 달셋방에서 시작 했었단다.

가구라고는 이불 넣는 단수(농) 하나 마루 옆에 조그마한 찬장이 전부였고. 또한 그때가 겨울이라 입구도 미닫이 창이고 방문도 방풍과 방음이 되지 않아 방안 온도가 영하 이하일 때가 대부분이었다. 방에 물그릇이 아침이 되면 살얼음이 얼어있었다.

얼마 후 개성중학교 하천 옆으로 이사를 하였다.

그래도 그나마 조금은 나은곳이었지. 화장실은 주인집과 같이 사용할 수 있고 부엌도 작지만 부엌 모양을 갖추고 있었다.

그곳에서 좀 더 발전하여 곗돈을 타서 회사랑 가까운 괴정(현재 대티역 근처)으로 이사를 하였다.

이곳이 3번째 보금자리가 되는구나 … (97)에 계속

오늘도 즐겁고 멋진 하루 되길 바라면서 …

세 번째 보금자리는 그런 데로 깨끗한 주택 집으로 정원도 있고 방도 좀 크고, 부엌도 괜찮은 곳이었단다. 우리 첫째 아들이 세 번째 이사를 한곳에서 태어났는데. 날씨는 꽃샘추위로 좀 쌀쌀했던 그날 성배드로병원(서대신동)에서 1979년, 2월 둘째 주 23시40분(자시)에 태어났단다. 우리 첫째 아들은 평균적으로 다른 아이들보다 몸무게가 많이 나가서 그 병원에서는 보기 드물게 크게 태어났다고 간호원들이 이야기를 했던 기억이 나는구나 그로 인해 낳는데 시간도 오래 걸리고 고생을 좀 많이 했었던 그날이 한편의 영화 같은 추억이구나, 그리고 네 번째 보금자리는 회사 더 가까운 곳으로 이사를 하고 싶기도 했고, 첫째도 크고 둘째도 배속에 있어 방2개 부엌 1개인 곳으로 이사를 했단다. 그곳이 괴정 성당 뒤 주택 집이었다. 그때 우리 둘째 아들이 1980년 12월 마지막 주 오전 8시 47분(진시)에 위생병원에서 태어났단다. 몸무게도 첫째보다 작고 두번째라서 그런지 출산은 쉽게 했지만. 그때는 한겨울이라 무척 추운 날씨였단다. 우리 둘째는 갓난아이 일 때 너무 얌전해서 잠을 많이 잤었는데 다른 아이들은 잠도 잘 안자고 보채는 거에 비해 하여튼 둘째 아들은 얌전했던터라, 연년생이라도 키우는데 많은 도움이 되었단다. 그런데 아빠가 우리 둘째를 자주 안아주지 못하고 사랑을 듬뿍 주지 못해 늘 미안할 따름이다. 그리고 이곳에서 우리 첫째와 둘째가 무럭무럭 잘 자라 주었단다. 비록 화장실이 밖에있어서 겨울에 춥고 대청마루까지 높이가 있어서 우리아이들이 올라가서 방으로 가기에 높았지만 꼬물꼬물 기어 올라가는 모습이 정말 사랑스럽고 귀여웠단다. 우리 첫째가 유치원갈 시점에 다섯 번째 보금자리로 옮겨 가게 되었는데,(98)에 계속

오늘도 밝고, 맑은, 마음으로 한 주간 시작을 해보자꾸나…

보낸 날짜 : 2009년 8월 26일 수요일 오후 16시 33분 33초
받는 사람 : 사랑하는 두 아들(98회)

다섯 번째 보금자리는 하단오거리(을숙도 방향) 개천 옆 파스텔톤의 주택 2층에 출입문은 단독으로 되어 있는 집으로 이사를 하였단다. 그집은 을숙도랑 가까워서 그런지 석양이 참으로 아름다운 집이였단다. 그곳에서 큰아이는 새싹유치원에 다니기 시작하고 동생을 세발 자전거 뒤에 태우고 다니기도 하였는데 그래서 그런지 어린이날 행사 일환으로 청년회에서 실시하는 어린이 자전거 대회에서 상도(트로피) 받았지, 여섯 번째 보금자리는 에덴공원 옆 연립 삼부아파트1층으로 이사를 하였단다. 전셋집이지만 단독으로 내 집같이 쓰게 되어 얼마나 좋았는지 모른다. 그곳에서 아빠는 몸이 좋지 않아 무척 고생을 한 것이 생각나는구나 허리가 아파서 약 한 달간 누워 있었던 기억이 나는구나 여름에 반듯이 누워 홑이불을 끌어당기면 엄지발가락 끝을 통해 통증을 느낄 정도였다. 복음병원에서는 수술을 하라고 하는데 수술하지 않고 물리치료를 하면서 허리에 좋다는 이약 저 약을 먹었던 기억이 나는구나, 그땐 어른들이 시키는 조약(옛 어른들로부터 내려오는 치료법) 예를 들면 말총머리로 만든 갓(모자)이 좋다 해서 그것을 삶아먹고 접시꽃 뿌리도 삶아 먹고 이름도 잘 모르는 약초도 많이 먹었단다. 또한 약에만 의지 하지 않고 지속적인 운동과 의지로 이겨 낼 수 있었던 것이 지금 생각해 보면 얼마나 다행인 줄 모르겠다. 그때는 지금과 같이 수술 장비가 발달되지 못해 아빠 친구중에 한분은 수술을 잘못해서 하반신이 마비되었단다. 그래서 인체의 자연 치유력은 무한정이라고 생각이 되어지는구나? 살면서 아픈 곳도 많지만 본인의 의지로나 자신도 모르게 치유되는 것들이 많이 있단다. 그러므로 자신의 몸은 자신이 단련시키는 데에 따라 강인해질 수도 있고 약해질 수도 있다고 생각 되는구나. 자신과의 싸움에서 이기면 병도 이겨낼 수 있을 것이라 믿는…(99에 계속)

나로호 발사 실패가 아쉽구나, 내년 5월에는 꼭 성공하길 빌면서 …

오늘도 보람되고 즐거운 하루 되길 바라며 …

★ 너희는 그 은혜에 의하여 믿음으로 말미암아 구원을 받았으니 이것은 너희에게서 난 것이 아니요 하나님의 선물이라 (에베소서 2장 8절)

※ 1951년 2월 25일 246일 차 : 국군 해군 진남포 지구의 용호도를 탈취하려는 공산군 강습, 국군 해병대 원산지구의 신도(新島) 및 진도(秦島) 상륙, 정부 금 매입 가격을 1g에 32원으로 개정, 경북지구 계엄 민사부 대구·포항·김천 지역 야간 통행시간 연장, 경남 경찰 공보(대표 경남경찰국장) 등록.

◆ 미아리 전투(요약)

– 북한군의 기습적인 남침으로 38도선 분계선에 연한 전 선선이 무너지자 육군본부는 38도 분계선으로부터 45Km에 불과한 수도 서울을 이응준 소장이 이끄는 국군 제5시단과 유재흥 준장이 이끄는 제7사단이 미아리고개에서 치른 최후의 서울 방어 전투이다. 창동 전투에서 방어선이 무너지고 철수 병력이 미아리 일대로 모여들어 미아리~회기동 방어선에 배치된 국군 병력은 3,000명 정도지만 패전과 철수를 거듭한 충격과 굶주림 및 탄약 부족 또한 적의 전차에 대한 공포증과 지휘체계의 문란으로 전투의지를 잃고 있었나. 국군이 방어 진지 편성을 완료하고 길음교와 중량교의 폭파 준비를 끝 마쳤을 즈음 서울시 애국부인회와 여학생 위문단이 미아리 전선을 방문하여 장병들을 위로 격려하였다. 김한주 소령이 이끄는 제20 연대 1대대는 20대의 북한군 전차와 트럭 및 기마대로 편성된 기갑부대를 저지시켰다. 그러나 북한군은 재정비하여 전차를 앞세워 다시 공격하여 국군 방어 진지를 차례로 돌파하여 제15연대 5중대장 김순 대위가 지휘하는 결사대가 육탄공격을 감행하다가 전원이 전사 하였다. 폭우 속에서 북한군 전차는 미아리 고개를 넘어 돈암동으로 진입하였다. 국군은 광파와 같이 밀어닥치는 북한군을 극력 저지하려 하였으나 북한군의 전차 앞에는 속수무책이 되어 개전 3일 만인 6월 28일 수도 서울을 북한군에게 넘기고 한강 선에서 다시 대진케 되었다.

보낸 날짜 : 2009년 8월 27일 목요일 오전 10시 12분 08초
받는 사람 : 사랑하는 두 아들(99회)

일곱 번째 보금자리는 드디어 내 집 마련을 하게 되었단다.

그곳이 하단오거리 우체국 맞은편 영진 맨션이다. 지금은 그 자리에 큰 빌딩이 들어서 있구나 그곳에서 첫째, 둘째 학교도 다니고, 둘째 아들은 피아노 학원, 첫째 아들은 컴퓨터 학원에도 다녔던 곳인데. 너희들이 청소년 시절을 그곳에서 다 보내었다고 생각하면 될 것 같구나.

아빠가 가장 고마운 것이 첫째, 둘째 모두가 교회에 열심히 다녀서 주님의 자녀가 된 것이 얼마나 고맙고 다행인지 모르겠구나.

첫째, 둘째 어린 시절 이사 다니랴, 아빠는 회사 다니며 공부하랴, 아이들 어린 시절에 아빠로서 해야 할 일들을 너무하지 못한것이 아쉽고 미안할 따름이다.

그러나 우리 두 아들이 훌륭하게 자란 것이 고맙고 기특하다.

큰아들과 작은아들은 결혼해서 한가정의 가장으로서 아빠처럼 후회하지 않게 지금부터라도 차근차근 준비 했으면 좋겠구나,

현재 살고 있는 엄궁 한신2차 아파트가 여덟 번째 보금자리가 돼는 구나.

다음에는 멋진 전원주택을 한번 지을 수 있을지 모르겠네 … 모든사람이 후회 없는 삶을 살아온 사람이 얼마나 될까싶다.

아빠는 후회되는 일도 있었지만 보람되게 산 것도 있는 것 같구나. 지금부터라도 우리 모두 후회 없는 삶을 위해 열심히 노력 해 보자! 화이팅!! 요사이 큰아들 전화가 없다고 엄마가 무척 걱정을 하고 있던데 혹시 무슨 고민거리라도 생겼는지 혼자서 고민 말고 엄마와 의논하는 것도 나쁘진 않을 텐데 …

오늘도 보람되고 즐거운 하루 되길 바라며 …

보낸 날짜 : 2009년 9월 01일 화요일 오전 10시 15분 07초
받는 사람 : 사랑하는 두 아들(100회)

지난주는 하단 집 페인트칠과 청소하느라 정신없이 보내게 되었구나. 9월 4일 새로운 사람이 이사 들어오기로 하였다. 엄마, 아빠와 함께 일하면서 점심을 빵과 김밥으로 해결 했는데 땀을 흘리며 일한 후의 먹는 음식은 무엇이라도 정말 맛이 더 있는 것 같더라. 페인트 묻은 팔, 다리를 보며 엄마, 아빠는 서로를 쳐다보며 웃으면서 애들 신혼방 하면 좋을 텐데라고 서로 이야기 했었는데 벌써 우리 두 아들이 장가갈 나이가 되었다는 생각을 하며 몸을 움직여 돈을 번다는 게 쉬운 일이 아니라는 게 다시 한 번 체험을 하게 되는구나. 그래도 이틀간 엄마 아빠가 노력한 결과 80만 원 정도는 벌었는 것 같구나. 옛날 생각이 나는구나 하단 집 살다 문들이 낡아 우리 가족 넷이서 페인트 칠 할 때가 어저께 같은데 우리 두 아들이 장가갈 나이가 되었으니.. 우리 두 아들에게 다시 한 번 간곡히 부탁한다. 인생은 딱 한번뿐이단다. 행하지 못해서 찾아오는 후회가 행한 후에 찾아오는 후회보다 더 크다는 것을 명심하길 바란다.
잠자는 시간은 (22시~05시) 꼭 지켜라 이것은 잔소리가 아니고 과학적인 근거에 의한 것이니 세포가 재생할 수 있는 시간을 주어야겠지 …
메일 100회 기념으로 아빠 색소폰 연주 2곡 보낸다.
100회 기념 답장이라도 보내 주면 좋을 텐데?

오늘도 하고자 하는 일들이 잘 이루어지길 바라며 …

보낸 날짜 : 2009년 9월 01일 화요일 오전 10시 15분 07초
받는 사람 : 사랑하는 두 아들(101회)

요사이 건강은 괜찮은지, 먹는 것은 제대로 해 먹는지 걱정이 되는구나 신종 인플루엔자의 확산 속도가 빨라지는 것 같구나

현재 상태로는 각자 개인이 조심하는 수밖에 없을 것 같다.

백신도 11월 중에 나온다는데 양이 작아 맞을 수도 없고 계절이 바뀌면서 감기 환자들이 많이 발생되고 하면 치료제(타미플루)도 모자랄 것 같구나.

비타민C 지속적으로(하루 한 알) 먹고 피곤하지 않게 조심하는 수밖에 없을 것 같구나.

신종 인플루엔자 의심 증상은 발열(37.8도)과 함께 호흡기 증상(콧물 혹은 코 막힘, 인후 통, 기침 중 하나)이 있는 경우 이니 이와 비슷한 증상이 있으면 지역별로 지정된 병원이 있으니 즉시 병원에 가보도록 하여라

타미플루 처방도 초기에 해야 효과가 있다고 하니 특히 손 씻기를 생활화하고 기침하는 사람 가까이 가지 말고 많은 사람이 모이는 곳은 되도록 안 가도록 하여라 교회는 가야지⋯⋯

추운 날씨에는 마스크를 쓰면 방한도 되고 감기 예방에 좋을 것이다. 신종인플루엔자 관련 자료 홈페이지(travelinfo.cdc.go.kr) 에 들어가서 한번 읽어 보아라

오늘도 몸과 마음이 건강한 하루가 되길 바라며 …

※ 1951년 3월 1일 250일 차 ; 미 제1해병사단 횡성 동쪽에서 백병전으로 중공군 88명 사살, 미 국방부 발표 미군 손실 5만765명(전사7,636명), 3·1절 기념식 처별로 거행, 이승만 대통령 동래 중앙 상이군인 정양원 방문, 『대동신문』부산에서 속간, 종자용 양곡 정부 판매 가격 결정(1통 1만300원), 한국은행 국고 통할점제(國庫統轄店制)실시.

보낸 날짜 : 2009년 9월 08일 화요일 오전 09시 46분 14초
받는 사람 : 사랑하는 두 아들(102회)

이제 여름이 서서히 물러나는 것 같구나 환절기에 특히 감기 조심하여라 토종 유정란의 노른자 속에 신종 인플루엔자 백신의 효과가 있다고 하니 유기농 파는 곳이나 하나로 마트에 가면 유정란을 살 수 있다고 하니 사서 먹도록 하여라 벌써 가격이 폭등한다고 하니 빨리 가서 사야 할 것 같다.

오늘도 건강하고 즐거운 하루 되길 바라며 …

◆ 중남미 유일 6.25 전쟁 참전국 콜롬비아
 – 콜롬비아는 1950년 7월 UN에서 53개 회원국에 한국으로 파병을 요청했을 때 한국과 그 어떤 외교관계가 없었지만 자유와 평화를 수호하기 위해 남아메리카에서 유일하게 파병을 결정하였다.
 – 콜롬비아군은 '승리와 영광' 이라는 뜻을 담은 바따욘 용사로 불리며 1951년 5월 1차 파병을 시작으로 1953년 정전협정이 있기 지전까지 연인원 4300여 명 과 5차에 걸쳐 '파딜라' 등 프리깃함 3척이 참전해 전사 143명, 실종 69명, 포로 30명, 부상 567명의 희생을 치렀다.
 – 콜롬비아는 열대성 기후의 나라로 겨울이 없기 때문에 한국에서 겪은 영하 40도 추위는 견디기 어려운 고통이었을 것이라 짐작됩니다. 전쟁에서의 싸움뿐 아니라 추위와 그리움과 싸웠을 콜롬비아군.
 – 그들은 금성 진격 전을 시작으로 중공군의 방어 거점인 400 고지를 기습 공격, 견고하게 구축된 진지 11개를 파괴하고, 28명 사살, 2명을 생포하는 전과를 올리기도 했고 중공군의 전초인 180 고지를 공격, 25분 만에 적의 개인호와 화기 진지를 모두 파괴하고 150명 이상의 직을 사살하는 선과를 올리기도 했다. 불모 고지 전투 등에서 중공군이 점령했던 세 개의 고지를 탈환하였고 '절대 후퇴하지 않는다' 라는 전설을 남기며 한국전쟁 역사에 굵직한 한 획을 그었습니다.

보낸 날짜 : 2009년 9월 10일 목요일 오전 09시 52분 29초
받는 사람 : 사랑하는 두 아들(103회)

창조적인 삶

개인도 국가도 창조 없이 미래가 없다.

적당히 어벌쩡하게 해서는 살아 나갈 수 없는 시대이다.

사회생활이나 직장생활 모두 창조적인 삶을 살아가야 할 것이다.

남북이 통일되면 지금 내가 하고 있는 일들이 어떻게 변화 될 것인가 사회와 경제는 또한 정치는 어떻게 변화될 것인가에 대해서도 한번 생각해보아야 할 시점이 아닌가 생각되어지는구나?

첫째는 요사이 회사 일이 무척 바쁘다고 하는데 고생이 많겠구나 둘째는 신종 인플루엔자 때문에 학원에 학생들 숫자가 줄어드는지 어떠한지 궁금하구나 어려울수록 열심히 노력하고 새로운 것을 위해 창조할 수 있는 자가 앞서 나갈 수 있을 것이다. 첫째는 회사의 경영에 큰 영향을 미치는 일을 맡았는지 앞으로 첫째가 하는 일이 회사에 어떠한 영향을 미칠 것인지를 잘 생각해보고 한번에 모든 것을 해결하려고 하지 말고 어떤 것이 미래를 위해서 좋은 것인지를 잘 판단하여야 한다. 중요한 일을 결정할 때는 주위 사람의 조언도 받고 의견도 물어 보고 신중히 결정 하여라 타이틀도 중요하지만 내실이 있어야 한다. 또한 조직 생활은 형평성도 고려하고 함께 살아가야 한다는 것도 잊어서는 안된다.

모든 사람들이 나를 인정해 줄 때가 가장 어려운 때라 생각하고 더욱 열심히 실력을 쌓아야 하고 지속적인 창조정신으로 아이디어 창출이 필요한 것이다.

어떤 일이든 목표가 있고 희망이 있어야 성공할수 있는 것이다.

오늘도 건강하고 멋진 하루 되길 바라며 …

보낸 날짜 : 2009년 9월 15일 화요일 오전 10시 35분 35초
받는 사람 : 사랑하는 두 아들(104회)

큰아들, 작은아들 몸은 괜찮은지
신종인플루엔자 감염자 수기 점점 늘어나는 것 같구나
자기 몸은 자기 스스로 관리하고 책임을 져야 하므로 스스로 잘 관리하여라
지금 까지 무거운 이야기만 하였는데 이번 주는 가벼운 이야기로 시작 할까 한다.
웃음으로 시작되면 좋을 텐데 억지로라도 웃으면 엔도르핀이 생긴다고 하니 웃
어주면 좋을 것 같은데

팬티 입은 개구리

어느 연못에서 물뱀이 헤엄쳐 가고 있었다.
연못 여기저기서 개구리들이 놀고 있는데
모두 벌거벗고 있었다.
물뱀이 연못 맞은편에 도달해 보니 바위 위에
개구리 한 마리가 앉아 있는데 그놈만 팬티를 입고 있었다.
물뱀은 은근히 화가 나서 그 개구리에게 물었다
"인마! 너는 뭔데 너만 팬티를 입고 있어? "
팬티 입은 개구리는 수줍은 듯이 대답했다.
"저요? 저는 때밀이인데요"

오늘도 웃음이 가득한 하루가 되길 바라며 …

★ 의에 주리고 목마른 자는 복이 있나니 그들이 배부를 것임이요.
(마태복음 5장 6절)

보낸 날짜 : 2009년 9월 17일 목요일 오전 09시 50분 55초
받는 사람 : 사랑하는 두 아들(105회)

성수대교 붕괴사고(유머)

우리는 성수대교 붕괴사고를 기억하기도 싫다. 1994년 10월21일 한강에 위치한 성수대교의 중간부분이 갑자기 무너져내리며 현장을 지나던 시내버스와 차량들이 추락하면서 큰 인명피해를 낸 사건이었다. 이를 비유해서 시중에 나도는 유머를 보낸다.

성수대교가 붕괴될 때 버스 한 대가 다리 밑으로 떨어졌다.

버스 속에는 많은 사람들이 타고 있었는데 그중에서도 정말 재수 없었던 세 사람이 있었다. <첫 번째 재수 없는 사람> 성수대교 직전의 정류장에서 내려야 하는데 졸다가 정류장을 지나쳐 성수대교까지 타고 간 사람. <두 번째 재수 없는 사람> 성수대교 직전의 정류장에서 이미 떠나는 버스를 쫓아와서 겨우 버스에 올라탄 사람. <세 번째 재수 없는 사람> 성수대교 직전의 정류장에서 친구와 잡담하다가 번호를 잘못 보고 엉뚱한 버스에 올라탄 사람.

오늘도 즐겁고 멋진 하루 되길 바라며…

★ 너는 베드로라 내가 이 반석 위에 내 교회를 세우리니 음부의 권세가 이기지 못하리라 (마태복음 16장 18절)

※ 1951년 3월 3일 252일 차 ; 유엔군 서울 폭격, 유엔 지상군 공산군 2,371명 살상 40명 생포, 미 해병대 횡성 북방 321 고지의 공산군 참호 공격, 경상북도 일본 가요 및 음반 사용 금지 촉구 담화, 상공부 전기국 파견단 영월발전소 피해상황 보고, 「고등학교 입학자격검정고시 규정」공포, 부산시 연탄제조업 조합 상공부에 연탄 가격 인상 신청으로 생산량 감소, 유엔 한위 조정위 스웨덴 공사 통하여 대중국 타진, 인도네시아·인도·파키스탄 간 우호조약 체결

보낸 날짜 : 2009년 9월 21일 월요일 오전 10시 43분 18초
받는 사람 : 사랑하는 두 아들(106회)

한 주간이 시작되는 월요일 아침이구나
주말은 멋지게 잘 보내있는지?
이번 주일도 가볍게 웃으면서 출발하자!!

할머니, 할아버지와 기사(유머)

어느 할머니가 택시를 탔다.
요금이 만 원 나왔다.
할머니가 요금을 오천 원만 냈다.
택시 기사가 말했다.
할머니, 요금이 만 원입니다.
할머니가 말했다.
"야 이놈아! 너는 안 타고 왔어?"
(기사와 같이 타고 왔으니 반반씩 요금을 내야 하니깐)

어느 할아버지가 택시를 탔다.
요금이 만 원 나왔다.
할아버지가 요금을 7,700원만 냈다.
택시기사가 말했다.
할아버지 요금이 만원입니다.
할아버지가 씩 웃으면서 말했다.
"이놈아! 너 2,300원부터 시작한 거 다 안다 잉!" (할아버지가 기본요금을 몰랐음)

오늘도 즐겁고 여유가 있는 하루가 되길 바라며…

보낸 날짜 : 2009년 9월 22일 화요일 오후 05시 06분
받는 사람 : 사랑하는 두 아들(107회)

시간 관리의 원칙

모든 사람들에게 동일하게 주어지는 24시간을 어떻게 관리를 해야 효율적으로 사용할수 있을까? 첫 번째로 가능한 모든 일을 빨리 마무리하자! 일을 미루지 않고 가능한 한 빨리 일을 하려고 노력해야 한다. 이는 스트레스 관리 측면에서도 좋단다. 일을 빨리하기 위해 대충대충 하라는 것 아니다. 두 번째로 싫어하는 일을 먼저 하자! 내가 즐거운 일을 하기 이전에 싫어하는 일을 먼저 한다면 일은 좀 더 빨리 마무리되고 스트레스도 적게 받게 될 것이라는 의미이다. 시간을 낭비하는 일에 원칙을 지키지 못함으로 일이 차질이 생겼을 때 본인 스스로 책망하고 엄격하게 자신을 관리한다면 자기가 세운 목표에 도달 하는 데는 큰 어려움 없이 달성될 것이라 믿어진다.

오늘도 잘 마무리하고 내일을 위해 일찍 잠자리에 …

※ 1951년 3월 5일 254일 차 ; 국군 제7사단 38선에서 40Km 떨어진 하진부에 도달, 미 제2·7사단 프랑스군 중부전선 산악지대에서 북한군 6,000명 추격, 정부 발표 토지 개혁법에 따라 지난해 120만 소작인에게 토지 분배, 국회 제39차 「교육법 중 개정안」상정, 국민방위군 설치법에 따라 정규군에 준하는 상비 방위군 편성, 유엔 직원 6명 한국 이재민과 피란민 구호 위해 입국.

◆ 얄타 회담
– 1945년 2월 4일부터 11일까지 흑해 연안에 있는 소련의 휴양도시 얄타에서 연합군(영국, 미국, 소련)의 수뇌부가 모여 세계 2차 대전의 전후처리를 논의한 회담 중에서 나온 이야기 "회담은 비밀로 해둡시다. 전 세계의 많은 사람들이 오늘 이 자리에서 우리 맘대로 자기들의 운명을 재단했다는 것을 알게 되면 매우 불쾌해할 테니 말이오." – 윈스턴 처칠, 1945년 2월 10일–

보낸 날짜 : 2009년 9월 23일 수요일 오전 11시 44분
받는 사람 : 사랑하는 두 아들(108회)

우리 두 아들 요사이 건강은 괜찮은지 먹는 것은 잘 챙겨 먹고 있는지 궁금하구나? 어저께 작은아들한테 전화 왔는데 진동으로 해두고 옷에 그대로 두었더니 받지를 못했구나. 며칠 있으면 보게 되는구나. 목요일 내려왔다가 토요일 올라간 다면서 며칠 같이 있지도 못 하겠네 너희들 내려오면 함께 할아버지, 할머니 산소에 들리고 당감동 큰집, 큰집에 큰집, 작은할머니(동원아파트)께 인사 드리려 갈 예정이다.

엄마는 둘째가 옷을 어떻게 입을 것인가 궁금한 모양인데 그래도 오래간만에 어른들께 인사 가는데 정장을 입는 것이 예의가 아닌 가 생각되는데 양복이 꼭 불편하다면 편한 데로 입고 와라 그래도 괜찮다. 차표는 준비되었는지 모르겠구나 내려오기 전에 작은 외할아버지, 외할머니께 꼭 인사드리고 내려오고 사랑하는 우리 두아들!! 조만간 보자!!.

오늘도 보람되고 멋진 하루 되길 바라며 …

★ 예수께서 대답하여 이르시되 너희가 가서 듣고 보는 것을 요한 에게 알리되 맹인이 보며 못 걷는 사람이 걸으며 나병환자가 깨끗함을 받으며 못 듣는 자가 들으며 죽은 자가 살아나며 가난한 자에게 복음이 전파된다 하라 누구든지 나로 말미암아 실족하지 아니하는 자는 복이 있도다 하시니라. (마태복음 11장 4,5,6절)

※ 1951년 3월 7일 256일 차 ; 국군 제7사단 공산군의 압력으로 아미동 근방에서 후퇴, 미 제25사단 서울 동남방에서 한강 도하 교두보 진지 구축, 미 제24사단 양평 북방 153고지 공산군 백병전으로 격퇴, 국회 본회의 부역 국회의원·교육법 개정안 등 논의 교육법 개성안(6-3-3-4년제) 가결 학년 초 9월안 폐기, 트루먼 대통령 백선엽 준장에게 표창장 및 최고훈장 수여.

보낸 날짜 : 2009년 9월 24일 목요일 오전 10시 06분
받는 사람 : 사랑하는 두 아들(109회)

둘째 아들 메일 잘 받아 보았다.

어저께 둘째 아들 전화 받고 집에 오니 형님이 벌써 엄마한테 전화해서 이번 추석에 둘째가 가방 해준다고 이야기를 하였더구나

엄마는 둘째가 가방 사준다는 소식을 듣고 좋아서 벌써 인터넷 들어가서 가방보고 야단인데 …

돈이 문제가 아니라 둘째가 명품 가방을 사준다는 그 자체만으로도 엄마는 좋아하니깐 너무 비싼 것이 아니라도 괜찮다고 생각되는데 내려와서 함께 생각해보자 꾸나

아직 표도 못 구했다고 하던데 어떻게 내려올는지

너무 급히 서둘지 말고 차근차근하게 준비해서 조심해서 내려오도록 하여라.

한 주간 잘 마무리하고 다음 주에 만나자

오늘도 즐겁고 유익한 하루 되길 바라며 …

★ 또 어려서부터 성경을 알았나니 성경은 능히 너로 하여금 그리스도 예수 안에 있는 믿음으로 말미암아 구원에 이르는 지혜가 있게 하느니라(디모데후서 3장 15절)

※ 1951년 3월 11일 260일 차 ; 방림 지역의 중공군 완강히 저항, 홍천지구 중공군 유엔군 공격으로 후퇴, 맨체스터호 성진 포격, 이승만 대통령 도로 교량 수축·교통도덕 준수하자는 요지의 담화, 정부 피란민 구호 위해 복표 발행, 록 미 향군 사령관 및 트루먼 대통령 한국전선 특사 두우 소장 전선 시찰 후 도쿄로 귀환, 덴마크 병원선 부산 입항, 중국 전 타이완 국민정부 기관원 45명(국민정부군 장교 포함) 집단학살, 중군 한국전선에 20만 명(류보청 휘하 제2야전군 등) 증파 지령설.

보낸 날짜 : 2009년 9월 25일 금요일 오전 10시 14분
받는 사람 : 사랑하는 두 아들(110회)

보석은 어디 갖다 놓아도 보석으로서 그 영롱한 빛이 변치 않는다. 사람이 실력을 키운다는 것은 몸속에 보석을 품는 것이나 다름없다. 우리가 궁할 때 보석이 돈이 되듯 우리가 곤경에 처할 때 실력은 힘이 된다.

세상의 모든 것은 변하고 있다. 이 변화에 다른 사람보다 좀 더 빨리 적응하려고 노력하여야 한다.

세상에 변하지 않는 것이 있다면 나 자신의 바람이자 망상이다 그러므로 머물러 있지 말고 변하는 세상을 잘 따라 가야 할 것이다.

사람들은 자기 삶을 살기에 바쁘다 나에게 관심을 보이지 않는다고 섭섭해 할 것은 없다.

다른 사람들은 내가 어떻게 사는지 큰 관심이 없다.

남의 눈 신경 쓰지 말고 내 삶을 살아야 한다.

혹시 엄마 기방 때문에 둘이서 디격대격하지는 않는지? 엄마 아빠는 니희들한테 선물 받는 것보다 사이좋게 지내는 모습이 가장 큰 선물이라고 생각한다 그럴리야 없겠지만 혹시나 해서 이야기 한다. 한 주간 잘 마무리하고 주말 뜻깊게 보내고 주일날 기쁜 마음으로 주님 만나고 친구들도 만나기를 바란다.

오늘도 즐겁고 보람된 하루 되길 바라며 …

★ 하나님이 그들에게 복을 주시며 하나님이 그들에게 이르시되 생육하고 번성하여 땅에 충만하라, 땅을 정복하라 바다의 물고기와 하늘의 새와 땅에 움직이는 모든 생물을 다스리라 하시니라. (창세기 1장 28절)

보낸 날짜 : 2009년 10월 05일 월요일 오후 4시 28분
받는 사람 : 사랑하는 두 아들(111회)

짧은 만남을 뒤로하고 오늘부터 일상생활로 돌아와서 각자 맡은 바 일들을 잘 해
내기 위해 열심히 노력하는 사랑하는 우리 두 아들이 되길 바라며…
이번 만남은 짧은 만남이었지만 아빠는 유익하고 보람된 만남 이었다고 생각되
어 지는구나
첫째와, 둘째의 어린 시절 아빠로서의 많은 잘못이 있었다는 것이 항상 마음이 아
팠는데 실제로 아빠가 생각하는 것보다 너희들에게는 더 큰 상처가 되었는 모양
이 구나 그러나 과거보다는 미래가 더욱 중요한 것은 이미 잘 알고 있겠지, 어린
시절 상처를 쉽게 떨쳐버리기는 어렵겠지만 아빠를 용서하고 가능한 떨쳐버리
도록 노력해 준다면 고맙겠구나
인간관계는 상대적이기 때문에 상대방에게 내가 먼저 베풀고 잘해준다면 그렇게
어려운 일이 아니라고 생각이 되어 지는구나,
너무 움츠려 들지 말고 여러 사람을 만나고 교제도 하여 보아라 이 세상에는 좋은
사람이 훨씬 많다고 생각된다.

                              오늘도 즐겁고 보람된 하루 되길 바라며…

★ 시험을 참는 자는 복이 있나니 이는 시련을 견디어 낸 자가 주께서 자기를 사
랑하는 자들에게 약속하신 생명의 면류관을 얻을 것이기 때문이라.
                                              (야고보서 1장 12절)

※ 1951년 3월 12일 261일 차 ; 중공군 서울에서 퇴각 개시, 유엔군 선발대 홍천
8Km 지점에 도달, 이승만 대통령 영월 방면 전선 시찰, 허정 사회부 장관 구호양곡
긴급 수송과 귀향 피란민 도중 구호 등에 대한 담화, 해군본부 서해 일부 특정해역
제외한 전 해역에 자유 어로 및 자유 운항 허가.

보낸 날짜 : 2009년 10월 06일 화요일 오전 11시 35분
받는 사람 : 사랑하는 두 아들(112회)

충청도에선 돌려 말하기 화법을 많이 쓰는 것은 다른 지역보다 직접적인 언어를
피하기 때문이라고 한다. 시중에 나도는 충청도 사람들의 화법을 비유한 유머이
니 읽어보아라

충청도 사람들은 '저하고 춤 한번 추실래요?'를 단 두 글자로 끝낸다. "출텨?"

충청도 사람들이 말이 느리다고들 하는데 사실이 아니다.

'저 콩깍지는 깐 콩깍지냐, 안 깐 콩깍지냐?'를 어느 지방 사람들이 제일 빨리
말할 수 있을까? 단연 충청도 사람들이다.

"깐겨, 안 깐겨?"

충청도 청년이 군대를 갔다.

어느 날 밤에 충청도 청년이 화장실에 가는 중이다.

그날 밤 암호는 '열쇠'였다.

보초를 서고 있던 서울 청년이 충청도 청년에게 소리쳤다.

"암호!"

충청도 청년이 엉겁결에 대답했다. "쇄때!"

서울 청년은 암호가 틀리기 때문에 충청도 청년을 총으로 쐈다.

충청도 청년이 총에 맞고 쓰러지면서 말했다.

"얼래, 쇄때도 맞는디," 설렁!!!!!!!

오늘도 보람되고 멋진 하루되길 바라면서…

★ 너희는 내가 일러준 말로 이미 깨끗하여졌으니 내 안에 거하라 나도 너희 안
에 거 하리라 가지가 포도나무에 붙어있지 아니하면 스스로 열내를 맺을 수 없음
같이 너희도 내 안에 있지 아니하면 그러하리라. (요한복음 15장 3,4절)

보낸 날짜 : 2009년 10월 07일 수요일 오전 11시 24분
받는 사람 : 사랑하는 두 아들(113회)

코리언의 단점

한국에서 11년 동안 기자생활을 하였던 한 외국인 기자가
한국을 떠날 때 한국인의 단점을 4가지로 이야기한 것이다.
첫째로 한국인들은 "미래 지향적"이지를 못하고 " 과거 지향적"이란 지적이다.
한국인들이 모이면 앞으로의 설계와 계획에 대한 이야기는 없고 군대 이야기,
지나간 정치사건 이야기, 과거의 동창 이야기 등으로 시간을 보낸다는 것이다.
둘째는 한국인들은 핑계를 너무 내세운다는 지적이다.
무슨 일이 잘못되었을 때에 솔직한 자기반성과 실패에 대한 인정이 없이 윗사람,
아랫사람에게 핑계를 대거나, 형편에 핑계대기를 잘한다는 지적이다.
셋째는 한국인은 인간관계에서 질 줄을 모른다는 지적이다.
타협을 모르고 양보를 패배로 생각하며 흑백논리에 젖어든다는 지적이다.
넷째로 한국인들은 심지 않고 거두려는 공짜 심리가 강하다는 지적이다.
우리들이 어린 시절에 듣고 자란 말 중에는 "한국인들은 공짜라면 양잿물도 마
신다"는 말이 있었다.
외국인이 우정의 마음을 품고 일러 준 말에서 우리 스스로가 교훈을 얻었으면 하
는 마음이 깊다.

오늘도 모든 일이 잘 이루어지길 바라며 …

보낸 날짜 : 2009년 10월 07일 수요일 오전 11시 24분
받는 사람 : 사랑하는 두 아들(114회)

즉흥적으로 일을 처리하지 말라

모든 일을 처리할 때 그일이 불러일으킬 모든 일을 생각하고 즉흥적인 처리는 하지 말거라 미래가 보이지 않을 경우 대답과 행동을 유보하고 깊이 생각한 후 대답이나 행동에 옮겨라.

지나치게 너에게 갑자기 호의를 베푼 다면 그 호의에 대해 곰곰이 생각하고 왜 그런 가를 따져 보아야 한 것이다.

상대방은 그 호의를 이용해 너에게 더 큰 요구를 해올지 모른다.

오늘의 고사성어(古事成語)

격세지감(隔世之感) : 많은 변화가 있어 다른 세대인 것처럼 느끼게 됨을 비유하는 말

오늘도 웃음 가득하고 즐거운 하루 되길 바라며 …

★ 그가 왼쪽에서 일하시나 내가 만날 수 없고 그가 오른쪽으로 돌이키시나 뵈올 수 없구나 그러나 내가 가는길을 그가 아시나니 그가 나를 단련하신 후에는 내가 순금같이 되어 나오리라. (욥기 23장 9,10절)

※ 1951년 3월 13일 262일 차 ; 공산군 전 전선에서 유엔과 접촉 끊고 후퇴 개시, 동부전선의 공산군 전면 퇴각, 미 제10군단장 최영희 준장에게 은성장 수여, 국방부 「회계감사규정」공포, 유엔 구호미 3만7,000가마니 부산항 도착, 미 극동 공군 라존 폭탄(무선유도장치) 사용 발표, 린뱌오 휘하 15만 및 서남 국경지대 2만 중공군 한국 파견 명령으로 북향설.

보낸 날짜 : 2009년 10월 09일 금요일 오전 10시 59분
받는 사람 : 사랑하는 두 아들(115회)

내가 나를 어떻게 생각하고 있느냐가 중요하다. 자기의 자화상은 자기 주위나 형편에 맞추게 마련이다. 자기가 그린 자화상에 따라 나의 능력은 무한정이 될 수도 있다. 꿈과 목표를 갖고 자기의 자화상을 가꾸어 나간다면 자기 생각되로 이루어질 것이라 믿는다.

한 주간 잘 마무리하고 주말 멋지게 보내길 바라며 …

※ 1951년 3월 14일 263일 차 ; 국군 해병대 북한군 제10사단과 교전, 미 전차부대 홍천 통과 38선 29Km까지 진출, 공보처 해외 구호물자 도입 상황 발표, 유엔으로부터 880만 명분의 의료품 입하.

◆ 한강 방어선 전투(요약)

− 한강방어선 전투는 북한군 제105 전차사단 및 제1,3,4,6사단과 한국군이 흩어진 국군 병력을 재편성하며 미군이 참전할 시간을 벌기 위해 시흥 전투사령부 예하 혼성 사단 간의 전투로 북한군을 한강 이북에 6일간이나 묶어둔 6.25 전쟁사에서 대단히 의미 있는 전투였다. 육군본부는 서울이 피탈되자마자 "시흥 지구 전투 사령부"(김홍일 소장)를 설치하고 한강을 도하하는 장병들을 임시방편으로 500명 단위의 혼성대로 편성한 후 혼성 수도사단(여의도 포함 영등포 방면), 혼성제7사단(노량진 방면), 혼성 제2사단(신사리 방면), 제3,5사단(전방부대 보강)으로 재편하여 한강 남쪽의 방어선에 배치, 이들 사단은 화포가 없는 것은 물론 이고 공용화기로는 박격포 2~3문과 기관총 5~6정이 고작이었다. 한국군 부대들은 임시 편제된 상황에서도 사력 을 다하여 6월 28일부터 전차가 도강한 7월 3일 까지 목표한 3일을 넘어 6일간 이나 한강 방어선을 지켜 내었다. 서울을 점령한 북한군은 체포된 모든 국군 장 교는 무조건 현장에서 즉결 처형 당 했고 나머지는 인민재판으로 억울한 죽음을 당했다. 부상 국군 장병들이 후송된 서울대학교 병원에서는 군인과 일반인 구분 없이 학살극이 벌어졌다.

보낸 날짜 : 2009년 10월 12일 월요일 오전 10시 06분
받는 사람 : 사랑하는 두 아들(116회)

우리 두 아들 잘 알고 있겠지만 우리는 내 힘으로 내 실력으로 만 살아가는 것이 아니고 하나님의 능력으로 살아가는 것을 믿고 더욱더 하나님께 사랑 받을 수 있는 행동과 겸손과 자신의 능력을 키운다면 하나님은 결단코 우리를 버리지는 않을 것이다.

하나님께서는 우리의 마음속에 많은 병을 채울 소도 있고 병을 없앨 수도 있는 분이다. 약점 때문에 괴로워 하지 말고 그 약점을 보완 하고, 가진 것이 없다고 움추러들지 말아라, 우리 두 아들은 마음속에 성경과 찬송으로 가득 채운다면 모든 문제들이 해결될 줄로 믿는다.

한 주일이 시작되는 월요일이 구나 이번 한 주간도 하고자 하는 일들이 하나님 말씀 가운데서 모두 이루어지길 바라면서…

오늘의 고사성어(古事成語)
(천고마비) : 하늘은 높고 말이 살찐다.
(가을철을 일컫는 말)

★ 보라 형제가 연합하여 동거함이 어찌 그리 선하고 아름다운고 머리에 있는 보배로운 기름이 수염 곧 아론의 수염에 흘러서 그의 옷깃까지 내림 같고 헐몬의 이슬이 시온의 산들에 내림 같도다 거기서 여호와께서 복을 명령하셨나니 곧 영생이로다.(시편 133편 1~3절)

※ 1951년 3월 16일 265일 차 ; 국군 제1사단 계속 서울 입성, 미 해병대 홍천 확보 중, 경찰 고창지구 잔비 토벌작전 사살 194명 생포 61명 소총 노획 51정, 맥아더 원수 이승만 대통령에게 서울 환도 보류하도록 서한, 신성모 국방부 장관38선 월경 문제에 관하여 성명 발표,

유엔 미 대표부 부대표 국무부 장관에게 북한과의 직접 협상 보고, 중공군 제3군단 사령관 조직 편성 북한으로 들어가 작전 돌입.

◆ 맥아더 장군의 한강방어선 시찰
 － 1950년 6월 29일 아침 전용기 바탄으로 수원 비행장에 도착하여 육군본부로 가서 채병덕 장군의 보고를 듣고 나서 직접 한강 전선을 시찰 이때 참모장 김종갑 대령이 통역을 겸한 안내를 맡고 헌병사령관 송요찬 대령과 공군 헌병대장 김득용 중령의 경호 아래 맥아더 원수 일행은 한강 방어선 시찰, 당시에 안내했던 김종갑 대령이 전하는 바에 의하면 맥아더 장군의 면모는 이러하였다고 전 한다. 운전병 옆의 앞 좌석에는 미 고문단장 라이트 대령 뒷 자석에는 맥아더 원수와 미극동참모장 알몬드 소장 그리고 내가(김종갑 대령) 자리를 잡았다. 그리하여 시흥에서 영등포로 북향 하여 고개를 넘어 동양맥주공장 부근에 이르니 적의 120mm 박격포탄이 난무하기 시작하였는데 길옆에 서있는 버스 1대가 포탄에 맞아 박살이 났다. 이에 라이트 대령이 『위험하니 돌아가는 것이 어떻겠습니까? 』하고 맥아더 원수에게 권유하였으나 단호히 아니 나는 한강을 보아야겠다(No I want to see Han river)하고 한강 행을 감행하였다. 그러나 포탄의 집중으로 더 이상 차량의 진행은 위험하여 부득이 차에서 내려 옆의 맥주공장으로 잠시 대피 하다가 적의 박격포탄 사격이 뜸하여진 틈을 타서 제8연대의 일부가 진지를 점령 중인 공장 옆의 언덕 위에 올라가 쌍안경으로 한강을 관찰하였다. 이때 맥아더 원수는 그곳의 개인호 속에서 진지를 지키고 있던 일등중사의 계급장을 단 어느 병사를 보자 가까이 다가가서『자네는 언제까지 그 호 속에 있을 셈인가? 』하고 물었다. 이에 그 중사가 대답하기를『각하께서도 군인이시고 저 또한 군인 입니다 군인이란 모름지기 명령에 따를 뿐입니다. 저의 상사로부터 철수명령이 내려지든가 아니면 제가 죽는 그 순간까지 지킬 것입니다』라고 하였다. 이 대답을 나의 통역으로 들은 맥아더 원수는 그 기개에 크게 감동한 듯 어깨를 두드리며 격려하고 나에게 다시『그에게 말해다오 내가 곧 동경으로 돌아가서 지원 병력을 보내줄 터이니 안심하고 싸우라고』이렇게 말하는 것이었다.

보낸 날짜 : 2009년 10월 13일 화요일 오전 10시 16분 11초
받는 사람 : 사랑하는 두 아들(117회)

일기일회(一期一會)

누구나 세상을 살다 보면 어려운 일을 겪지 않을 수 없습니다.

그런 경우 혼자 해결하려고 하지 마십시오.

혼자서는 일방적인 고정관념 때문에 그 늪에서 헤어나기 어렵습니다. 생각이 맴돌기 때문에 거기서 벗어나기 힘듭니다.

가까운 친구를 만나서, 그런 친구가 없다면 가까운 教회를 찾아가서 자신이 홀로 짊어진 짐을 부려 놓아야 합니다.

教회의 문은 항상 열려 있습니다.

종교는 힘들어하는 이들의 자문 역할을 하는 사회적인 존재입니다. 우리는 지금 살아있다는 사실에 참으로 감사할 줄 알아야 합니다. 이 삶을 당연하게 생각하지 마십시오,

모든 것이 일기일회(期 ·會) 한 번의 기회 한 번의 만남입니다.

이 고마움을 세상과 함께 나누기 위해서 우리는 지금 이렇게 살아가고 있습니다.

<일기일회(一期一會)>, 문학의 숲

오늘의 사자성어

오비이락(烏飛梨落) : 까마귀 날자 배 떨어진다.(우연의 일치를 의도적인 것으로 남에게 의심을 받았을 때 하는 말)

오늘도 즐거운 하루 되길 바라며…

★ 나는 너희의 하나님이 되려고 너희를 애급 땅에서 인도하여 낸 여호와라 내가 거룩하니 너희도 거룩할지어다.(레위기 12장 45절)

보낸 날짜　:　2009년 10월 14일 수요일 오전 10시 21분 18초
받는 사람　:　사랑하는 두 아들(118회)

삼국지

유비, 관우, 장비 셋이서 극장엘 갔다.

"친구"라는 영화를 상영하고 있었다.

줄이 너무 길었다. 유비가 장비에게 말했다.

"장비야, 너 극장표 좀 사 오너라"

유비와 관우는 장비가 극장표 사 오기를 기다렸다.

아무리 기다려도 장비가 오지 않았다.

유비와 관우는 기다리다 못해 매표소 있는 곳으로 가 보았다.

유비와 관우는 깜짝 놀랐다.

포악한 장비가 매표소를 다 때려 부숴버렸다.

유비가 장비에게 물었다.

"장비야!" 어찌 된 일이냐? "

장비가 화가 나서 코를 씩 씩 불면서 말했다.

"이런 개새끼들이 조조에게만 할인을 해주고

우리들에게는 할인을 안 해준다고 하잖아요! "

(극장에는 조조할인이라 쓰여 있다. 아침 이른 시간에는 값을 깎아 준다는 뜻이다. 삼국지에서 유비, 관우, 장비 삼 형제와 조조는 앙숙이다.)

오늘의 고사성어(古事成語)

각골난망(刻骨難忘) : 은혜를 입은 고마움이 뼛속 깊이 새겨져 잊기 어려움

오늘도 보람되고 즐거운 하루 되길 바라면서 …

보낸 날짜 : 2009년 10월 15일 목요일 오전 09시 35분 32초
받는 사람 : 사랑하는 두 아들(119회)

치킨 집 아르바이트생

손님이 "여기 튀김 반마리요!" 라고 주문하자 아르바이트생이
"손님 어떻게 닭을 잔인하게 반으로 가릅니까? "
그냥 한 마리 시키세요
다른 손님이
"튀김 반 양념 반 주세요!"라고
주문하자 아르바이트생이
"손님 맨날 똑 같이 드시지 마시고 이번엔 바꿔 드세요 양념 반, 튀김 반으로 요!"

이 아르바이트생은 지혜로움과 애드리브로 손님들에게 인기가 있어 주인이 아르
바이트 비도 더 올려 주었다고 한다.

오늘의 고사성어(古事成語)
가렴주구(苛斂誅求) : 세금을 가혹하게 거두어들이고 강압적 으로 요구하는 것
(폭정으로 인해 살기 어려움을 상징한다)

오늘도 즐겁고 복된 하루 되길 바라면서 …

★ 우리가 사방으로 우겨쌈을 당하여도 싸이지 아니하며 답답한 일을 당하여도
낙심하지 아니하며 박해를 받아도 버린바 되지 아니하며 거꾸러뜨림을 당하여
도 망하지 아니하고. (고린도후서 4장8,9절)

★ 보라 내가 새 일을 행하리니 이제 나타낼 것이라 너희가 그것을 알지 못하겠느냐
반드시 내가 광야에 길을 사막에 강을 내리니. (이사야 43장 19절)

◆ 동락리 전투(요약)

– 동락전투는 충주시 신니면 동락초등학교에서 있었던 전투로 6.25 전쟁 중 국군 최초의 승전 전투이다. 남침해오는 북한군을 저지하고자 국군 6사단의 7연대 2대대(대대장 김종수 소령)가 300여 명의 소총병의 병력으로 포병대대가 증강된 적 제15사단 48연대를 섬멸하였다. 북한군이 동락초등학교에 임시 주둔하고 국군이 철수했다는 주민의 말을 듣고 경계를 소홀히 하고 휴식을 취했는데 당시 동락초등학교 여교사이던 김재옥 씨(19세)가 이러한 북한군의 동태를 학교 뒷문을 빠져나와 부용산까지 달려와 상세한 정보를 제공하여 기습 공격을 감행해 승리를 거두게 되었다. 최초의 승리로 국군의 사기를 크게 높였으며 노획된 무기에서 소련재 무기가 발견되어 소련이 전쟁에 관련되었음을 알게 된 큰 의미를 가지고 있기도 하다. 제6사단장 김종오 대령은 북한군이 그대로 남진할 경우 서부 전선이 위급하게 될 것임을 직감하고 제7연대장에게 「장호원을 즉각 탈취하라」고 명령하였다. 대대장 김종수 소령은 부대를 고지로 이동시켜 사주방어와 경계가 용이하도록 배치하였으나 그의 표정은 침통하였다. 그가 이곳에 당도 하기전에 피난민이 많이 모여 있던 어느 암자 앞을 지날 때 「어찌하여 국군이 적을 보고도 싸우지 않고 도망치는가 우리는 누구를 믿고 살아야 하며 어린 학생들은 어디로 가라는 말인가」고 한 여자의 울부짖던 소리가 마음에 걸렸던 까닭 이다. 김소령은 쌍안경으로 몇 번을 확인한 다음 중대장들을 집합시키고 재확인케 하였다. 북한군이 완전히 무방비 상태에서 휴식을 취하고 있음을 재확인 김종수소령은 당시의 심정을 토로하기를 우리는 소총병이고 그들은 5~6배가 넘는 대병력에 중장비를 갖추고 있기 때문에 신중을 기하지 않을 수가 없었다 만일 잘못될 경우 병력의 손상이 너무 커지기 때문이다. 그러나 이절호의 기회를 놓칠 수가 없어 드디어 공격명령을 하달 각 중대는 3개 방향으로 이동하여 적의 200~300m까지 접근하였을 때에 17:00 정각 제6중대로부터 총성이 울려 퍼졌다. 대대에서는 박격포 반장 신용관 중위는 직접 포 각이나 조준경을 설치할 겨를도 없이 포신을 포판 위에 올려 팔로 고저를 조정하면서 1발을 날렸다 그들 포탄에 명중되어 연쇄 폭발이 일어났다. 기습 공격으로 북한군 연대가 섬멸 되었다.

보낸 날짜 : 2009년 10월 16일 금요일 오전 09시 58분 54초
받는 사람 : 사랑하는 두 아들(120회)

내가 세상에 남기는 것

특히 오늘 할아버지께서 하신 말씀에서 저는 문득 잠에서 깨어난듯한 느낌을 받았어요

"일생을 마친 다음에 남는 것은 우리가 모은 것이 아니라 우리가 남에게 준 것이다.

재미있는 일이야, 악착스레 모은 돈이나 재산은 그 누구의 마음에도 남지 않지만 숨은 적선, 진실한 충고, 따뜻한 격려의 말 같은 것은 언제까지나 남게 되니 말이야."

– 미우라 아야코의 〈속 빙점〉 중에서–

많은 사람들이 "나는 남보다 시간이, 재산이, 여유가 없나" 고 말들을 하고 있다.

하지만 이 세상엔 나보다 더 어렵고 힘들게 살아가는 사람들이 훨씬 더 많이 있다.

지위, 재산, 명예가 있어야 무언가를 남길 수 있는 것은 아니다. 나의 도움이 필요한 주변의 이웃을 한 번 더 돌아보는 마음,

내가 노력해서 벌었는 것 중 10% 정도는 나보다 못한 이들에게 나누어 줄 수 있는 마음에 여유와 따뜻한 마음만 있으면 우리의 삶은 더욱 풍요롭고 빛날 것이다

벌써 금요일 이 구나 한 주간 마무리 잘하고 주일 교회에서 열심히 봉사하고 기도와 찬양 많이 하여라.

오늘도 멋진 하루 되길 바라며 …

보낸 날짜 : 2009년 10월 19일 월요일 오전 09시 59분 52초
받는 사람 : 사랑하는 두 아들(121회)

월요일 아침이구나!!! 이번 한 주간도 하나님 사랑 듬뿍 받길 바라면서… 월요일 가벼운 마음으로 출발하여 보자

오늘도 즐겁고 보람된 하루 되길 바라며 …

※ 1951년 3월 19일 268일 차 ; 미 장갑 탐색대 의정부 남방에서 야포·박격포 엄호 받는 공산군 1개 소대와 교전 후 철수, 공산군 38선 이북으로 패주, 정부 선발대 112명 서울로 출발 수도 재건은 당분간 보류, 약 20만 명의 제2 국민병 훈련시설 부족으로 소집 해제 발표, 유엔군 서울 잔류 시민에게 6만 명분 식량 배급, 중국 서울시민 5만 8,000명 납치 인정 발표(서울시민이 중공군 철수와 함께 북상했다 고 방송).

◆ 구암산 전투(요약)

– 구암산 전투는 포항 북부 구암산 지역에서 조선인민유격대와의 전투로 구암산을 거점으로 출몰하던 유격대 부대로 이들은 경주와 포항으로 진출을 기도하면서 죽장면과 기계면의 각지에 출몰하여 부녀자와 양곡 농우들을 약탈하여 갔다 이에 따라 포항 경비부에서는 기지 근무인원으로 중대규모의 육전대인 정창룡 중위가 이끄는 용호대를 편성하고 진해에서 증원 병력이 도착함에 따라 대대 규모의 강기천 소령이 이끄는 강호대를 편성하여 경주 포항 근방으로 침투하는 조선인민유격대를 격멸하게 된다. 이적들은 산맥을 타고 남쪽으로 이동하면서 후방교란을 시도하려는 임무를 띠고 있었다 산악지대로 도피한 적들은 점차 병력을 증가하여 500여명이 잠복 중 인근 마을에서 노획하여온 가축소리 때문에 그들의 위치를 노출하고 말았다. 유격대를 격멸하기 위하여 해군 육전대는 정찰병력 40명과 함께 포위 작전을 전개 군경 합동부대는 전면과 좌우의 3면으로부터 적을 포위한 다음 일제히 공격을 개시 완전히 소탕하게 되었다. 이 유격대들은 정규부대가 아닌 게릴라 집단으로 무기도 빈약하였으며 일부 포로들은 칼 도끼 등을 무기로 소지한 자도 있었다.

보낸 날짜 : 2009년 10월 20일 화요일 오전 09시 41분 56초
받는 사람 : 사랑하는 두 아들(122회)

오늘 아침 날씨가 제법 쌀쌀 하구나 먹는 것 제대로 챙겨 먹고, 감기 조심하고, 옷도 따뜻하게 입고 다니도록 하여라

슬슬 잔소리 같은 이야기를 해볼까 한다.

인간에게 가장 큰 기쁨이라는 것은 내 손으로 뭔가를 일구어 내 었을 때가 아닌가 싶다.

이런 달성 감, 성취감 등 이보다 더 큰 기쁨은 없을 것이다.

나를 위해 누군가가 무엇이든지 다해준다면 일시적으로 편하고 좋을지 모르지만 뭔가를 이루어낼 수 있는 의욕도, 이루어내는 기쁨도 없어지고 살아가면서 참 기쁨을 누릴 수가 없을 것이다.

그래서 자식에게 물려주는 것 중 가장 소중한 것이 아마도 스스로 뭔가를 이루어 낼 수 있는 능력의 기초가 되는 이상(理想)을 물려주는 것이라고 생각되어지는데 아빠는 우리 두 아들에게 정신적으로 뭔가를 심어 준게 없는 것 같구나

그러나 우리 두 아들은 하나님을 의지하며 하나님의 자녀로서 열심히 살아길 것이라 믿는다.

몸과 마음을 스스로 단련시킬 수 있는 큰아들, 작은아들 되기를 기도하며…

아빠가 해줄 수 있는 것은 기도밖에 없는 것 같구나

기도라도 할 수 있도록 하여주신 하나님께 감사드리며…

오늘도 주님 말씀 안에서 승리하는 하루 되길 바라면서…

※ 1951년 3월 20일 269일 차 ; 서울 북방에서 국군 정찰대와 공산군 2개 소대 교전, 영국 육군 교육총감 케일 중장 전선 시찰 "중국의 주도권 재 장악이 없을 것"이라고 언명, 부산특별시 승격 안 국회 제출, 경상남도 경찰국장 "굿을 하지 말라"라고 경고.

보낸 날짜 : 2009년 10월 21일 수요일 오전 09시 50분 44초
받는 사람 : 사랑하는 두 아들(123회)

소년과 소녀의 다툼

어떤 마을에 소년과 소녀가 살고 있었다. 소년은 금수저였고, 소녀는 흑수저였다. 그러나 소년과 소녀의 차이는 소년은 만년 꼴등이었고 반장이었던 소녀는 지혜롭고 성품이 착했다. 그에 반해 소년은 성품이 이기적이고 자기 자랑밖에 몰랐다. 어느 날 소년이 소녀에게 다가와 이번에 새로 산 손목시계를 자랑하고 싶었다. 소년은 말했다. "이거 우리 아빠가 사줬어!! 이거 미국에서 사가지고 온 거래! 넌 이런거 없지? 소녀는 이번에 소년의 자랑을 멈추게 해줘야 되겠다는 결심으로 소년에게 말을 건넸다. "미국 짝퉁인 거 같은데 그게 그렇게 좋아? 시계 뒷면을 봐봐 마데인 유사(MADE IN USA)라고 적혀 있잖아!! 이거 유사품이야!!" 소년은 깜짝 놀라 너무 부끄러워 앞으로 자랑을 하지 않게 되었다는 이야기이다. 자랑은 내가 하는 게 아니라 다른 사람이 박수로 맞아줄 때 그게 진짜이다. 인생을 살다 보면 자신을 과시하고 자랑하고 싶을 때가 있겠지만 그건 제일 안 좋은 인간관계의 결과를 만들어 낸단다.

오늘의 고사성어(古事成語)
감지덕지(感之德之) : 감사합니다, 덕분입니다, 몹시 고맙게 여기는 말, 또는 그렇게 여길만한 일

오늘도 즐겁고 보람된 하루 되길 바라면서…

★ 모든 사람이 죄를 범하였으매 하나님의 영광에 이르지 못하였더니 그리스도 예수 안에 있는 속량으로 말미암아 하나님의 은혜로 값없이 의(義)롭다 하심을 얻은 자 되었느니라 (로마서 3장 23절, 24절)

※ 1951년 3월 23일 272일 차 ; 미 제187 공정부대(VOA보도 3,000명) 북한 제1군 단의 퇴로 차단 위해 문산 지구에 낙하, 이승만 대통령 유엔군이 국경 진격 후 철수 하더라도 50만 국군이 국토보전 가능하다는 특별 성명, 재무부장관 세무관리 들에 게 조세 완전 징수 요망하는 격문 발표, 전남방직공장 발전소 완전 복구.

◆ 포항 상륙작전(요약)

– 한국전쟁 최초의 유엔군 상륙작전으로 비교적 소규모의 상륙작전이었지만 그 계획, 준비, 실시단계에 있어서 완전한 상륙작전의 표본이었다. 1950년 7월 18일 부 터 19일까지 경북 포항의 영일만에서 유엔군이 66척의 함선을 동원해 미 제1기병 사단과 제25보병사단 제27연대의 병력이 한반도로 건너와 한국전쟁에 투입되었 다. 상륙작전은 미 해군 제90 특임대 사령관인 도일(James Henry Doyle)소장이 계 획 했고 7월 10일 맥아더의 승인을 받았다. 포항의 영일만 일대에는 상륙에 용이한 넓은 해안이 분포할 뿐 아니라 영일 비행장이 있어서 군수품과 병력의 이동에도 용 이했다. 또한 부산방어에도 유리했으며 대구를 거쳐 대전 방면으로 병력을 신속히 이동 시킬 수 있는 지리적 장점도 있었다. 상륙 작전이 결정되자 미군은 포항 일대 를 정찰하며 정보를 수집했고 소해정(掃海艇) 7척을 보내 기뢰 등을 탐지하며 상 륙작전을 위한 사전 작업을 벌였다. 7월 15일 일본의 요코스카 항을 출발한 상륙부 대는 7월 18일 포항해역에 도착해 상륙을 개시했다. 상륙은 7월18일~7월19일까지 이틀 동안 계속되었고 상륙작전이 진행되는 동안 미제7함대의 항공부대는 원산과 흥남을 공습하여 작전을 지원했다. C터너조이(C Tuner Joy) 제독이「제1기갑사단 의 포항상륙작전이 없었더라면 부산 주변을 적의 수중에 넘겨주는 위험을 초래하 였을 것이다」라고 술회할 정도로 부산 지역의 방어 그리고 후의 인천 상륙 작전 등 에 많은 영향을 미쳤던 작전이다.

보낸 날짜 : 2009년 10월 26일 월요일 오전 09시 45분 08초
받는 사람 : 사랑하는 두 아들(124회)

사랑하는 두 아들의 기도 덕택에 제주 여행 무사히 마치고 돌아왔다. 주말은 잘 보내었는지 여행도 체력이 있을 때 많이 다녀야 할 것 같다.

첫째야, 둘째야 열심히 살아가는 것도 중요하지만 지나고 나면 짧은 인생이다. 바쁜 와중에 시간을 내어 많은 것을 보고, 듣는 것도 인생에 보탬이 되고 삶의 활력소도 될 것 같구나, 이번 한 주간도 몸과 마음을 스스로 단련시키는 하루하루가 되길 바라며…

오늘의 고사성어(古事成語)
갑남을녀(甲男乙女) : 보통의 평범한 사람을 이르는 말

※ 1951년 3월 28일 277일 차 ; 중국 춘천 북방에 약 9만 명의 대규모 부대 병력 집결, 유엔 기동부대 원산(38일째) 성진(19일째)에 함포 사격, 공산군 평양 - 숙천 간 대형 차량부대 이동, 「군속령 개정」공포(대통령령 제466호, 1951년 1월분부터 적용), 김석관 교통부 장관 열차 증편에 즈음하여 담화, 사회부 전재주택 재건 5개 년 계획안 수립과 함께 전재주택 재건부흥위원회 설치 방침.

◆ 북한군의 3일 만에 서울 점령
 - 6월 28일 12시경 서울을 점령한 김일성은 방송을 통해 축하연설을 하고 서울 인민위원회를 설치하여 북한의 사법상 이승엽(李承燁)을 위원장으로 임명했다.
 - 북한군은 중앙청, 서울시청, 대사관, 신문사, 방송국, 통신시설 등을 장악했고 정부요인 및 지도층 인사들을 체포하고 사유재산을 몰수하는 등 미리 준비한 점령 계획대로 대한민국의 수도를 유린했다.
 - 마포, 서대문 형무소와 각 경찰서에 수감 중인 죄수들에게 "인민의 영웅" 칭호를 붙여 주면서 공무원, 경찰 및 군인가족 지도층 인사들을 색출하는데 앞장서도록 했다.

보낸 날짜 : 2009년 10월 29일 목요일 오전 10시 12분 24초
받는 사람 : 사랑하는 두 아들(125회)

인간의 감정은 생각보다 예민하다.

사람의 감정은 아주 예민하다. 하루에도 몇 번씩 널뛰지 기분이 좋다가도 금세 나빠지지 누구의 말 한마디에 기분이 좋아지기도 하고 나빠지기도 하지 그렇게 자신의 감정대로 살려는 지칠 수밖에 없다. 대부분의 감정은 그저 자신이 어리석고 인내가 부족하기 때문이다. 자신의 감정을 적절히 통제 할 줄 알아야 한다. 기쁨에는 크기에 따라 다르지만 슬플 때는 그이 무게가 같다. 그러니 슬픔 아픔 고통에는 무뎌지는 연습을 하는 것이 좋다.

첫째야! 둘째야! 자신의 감정을 컨트롤 한다는 것이 무척이나 어렵다는 것은 누구나 알고 있는 것이지만 그래도 지속적인 노력으로 내 마음을 조금이나마 컨트롤 할 수 있도록 노력해 보자꾸나.

 몸과 마음을 스스로 단련시키는 첫째와, 둘째가 되길 기도하며!!

오늘의 고사성어(古事成語)

개과천선(改過遷善) : 지나간 잘못을 고치고 착하게 됨

오늘도 멋지고 보람된 하루 되길 바라면서…

★ 너희 마음에 그리스도를 주로 삼아 거룩하게 하고 너희 속에 있는 소망에 관한 이유를 묻는 자들에게 대답할 준비하되 온유와 두려움으로 하고 선한 양심을 가지라 이는 그리스도 안에있는 너희의 선행을 욕하는 자들로 그 비방하는 일에 부끄러움을 당하게 하려 함이라 (베드로전서 3장 15,16절)

보낸 날짜 : 2009년 10월 30일 금요일 오전 10시 05분 02초
받는 사람 : 사랑하는 두 아들(126회)

크리스천다운 삶의 다섯 가지

크리스천으로서 살아가는 나날의 삶에서 마음에 꼭 간직하여야 할 다섯 가지 마음가짐이 있다.

첫째는 꿈을 지니고 희망을 품고 사는 일이다.
우리의 마음속에 희망과 꿈을 품고 하늘을 보며 사는 삶이 인간다운 삶의 본질이다.

둘째는 적은 일이나마 오늘 시작하는 일이다.
뜸을 들이다가 귀한 세월을 낭비하는 사람들이 많다.
시작도 하지 않고 실패하는 것보다 출발하였다가 실패하는 것이 훨씬 좋다.
시작하였다가 실패하게 되면 경험과 교훈을 얻게 되지만
시작하지 않고 실패하면 아무것도 얻는 바가 없다는 것이다.

셋째는 무슨 일이든지 자신이 하는 일에 전력투구 하여야 한다.
우리들 각 자가 맡은 바 사명을 받아 이 땅에 왔다.
자신의 사명을 이루어 나감에 성심을 다하여야 한다.

넷째는 대가를 치를 줄 아는 마음이다.
예수는 우리를 구원하기 위하여 자신의 목숨을 대가로 치렀다.
희생을 하지 않고 대가를 치르지 않고 누리려만 들어서는
참된 은혜의 세계도 나아갈 수 없다.

다섯째는 적극적이고도 긍정적인 삶의 자세이다.

돈키호테 같은 적극성이 아니다. 내게 능력 주시는 자 안에서 할 수 있다는 적극성이다.

한 주간 잘 마무리하고 주일 가벼운 마음으로 주님 만나길 바란다.

오늘도 웃는 일이 많이 생기기를 바라며…

※ 1951년 3월 31일 280일 차 ; 국군 38선 이북 16Km 지점 도달, 미 전차부대 의정부 北방에서 38선 돌파 후 귀환, 조선 석탄 배급회사 등 8개 회사 국영기업체로 지정 공포, 한국전쟁 수습비 『특별회계법』공포, 북한지역 수복 위한 행정요원(123명) 강습회 종료, 오리올 프랑스 대통령 유엔본부 방문.

◆ 공주, 대평리 전투(요약)

- 미 제24사단은 제34연대가 천안전투에서 패하여 공주방향으로 철수하고 미 제21연대는 전의-조치원 전투에서 큰 손실을 입고 대평리 방향으로 금강을 연하는 방어선에서 북한군 제3,4사단의 공격을 저지하기 위한 금강방어선 전투이다. 7월 14일 공주방향에서 제4사단이 7월 16일 대평리 방향에서 제3사단이 공격을 개시 하였다. 미 제24사단은 금강방어선을 편지 4일 만에 대전 부근으로 철수 되었거니와 신예로 자부한 제19 연대까지 제34, 21연대에 이어 참담한 패배를 기록하게 되었을 뿐 아니라 제63, 제52 양 포병대대가 입은 손실은 화력의 열세를 면치 못한 사단에가 일층 타격을 안겨주었다. 사단장 딘 소장은 금강선이 무너져 방어를 시도할 곳이 없다는 판단 아래 경부 본도를 싸우면서 물러서는 축차지연을 펴기로 하고 대전비행장에서 부대를 수송중인 제19연대를 영동으로 뽑아내려 그곳에 지연진지를 구축하도록 하였다. 뒷날 사로잡은 한 적병의 진술에 의하면 제63포병 대대를 공격한 부대는 적 제4사단 17연대로 삼교리 부근에서 86명의 미군을 포로로 잡고 103mm 곡사포 10문과 기타 총화기류 17정 그리고 차량 86대와 포탄 다수를 노획하였다는 것이니 이로써 대대가 입은 손실 정도를 헤아려 볼 수 있을 것이다

보낸 날짜 : 2009년 11월 02일 월요일 오전 10시 42분 30초
받는 사람 : 사랑하는 두 아들(127회)

오늘 날씨가 갑자기 추워졌구나?
서울은 오늘 아침 온도가 영하로 떨어지고
체감 온도는 영하 5도 정도 된다고 하니 옷을 따뜻하게 입었는지, 갑자기 추워지
면 몸이 움츠려 들어 감기도 조심해야 되겠지만 안전사고도 조심하여라
신종 인플루엔자가 걱정이 되는구나 우선 적으로 몸을 피곤하게 하지 말고 몸이
좀 안 좋은 느낌이 들면 그때그때 쉬어서 풀고 가능한 일찍 자고 충분한 영양 섭
취도 하고 적당한 운동을 지속적으로 하는 방법밖에는 없는 것 같구나,
큰아들 무슨 발표회인지 강의 인지는 모르겠지만 잘했을 줄로 믿는다. 가능하면
가족들은 무엇을 어떻게 하는지
좋은 일이든 나쁜 일이든 구체적이지 아니라도 대강이라도
미리 알았으면 어떨까 하는데 알아도 특별히 도와줄 수는
없겠지만 기도라도 열심히 할 수 있을 텐데 하고 엄마가 아쉬워 하는구나….
무슨 일이든 소신을 갖고 열심히 한다면 잘 될것이라 믿는다.
또한 큰아들의 능력도 믿고, 파이팅!!!
오늘도 한 주일이 시작 되구나 날씨는 춥지만 움츠려 들지
말고 힘차게 시작해 보자 꾸나, 파이팅! 파이팅!

                              오늘도 즐겁고 보람된 하루되길 바라며…

★ 수고하고 무거운 짐 진 자들아 다 내게로 오라 내가 너희를 쉬게 하리라.(마
태복음 11장 28절)

보낸 날짜 : 2009년 11월 03일 화요일 오전 10시 54분 44초
받는 사람 : 사랑하는 두 아들(128회)

가족을 통한 마음의 평화

세상이 유지되기 위해서는 그 구성원이 필요하며 그러기 위해 결혼하고 자식을 낳고 가족을 이루어야 한다는 것이다. 가족을 지키며 마음의 평화를 얻는 것이야말로 진정한 마음의 평화이다. 마음의 평화를 얻기 위해 더욱 많은 배움을 얻기를 바란다. 경험을 통해, 책을 통해 그리고 여러 방식으로 마음의 평화를 얻는 방법을 배우도록 노력하여라.

오늘의 고사성어(古事成語)
감언이설(甘言利說) : 달콤한 말과 날카로운 말.(갖은소리를 다해가며 남을 꼬이는 것을 말한다.)

거두절미(去頭截尾) : 머리를 없애고, 꼬리도 자른다, 앞뒤의 간설을 빼놓고 요점만을 말하는 것을 뜻한다.

오늘도 웃을 수 있는 일이 많이 생기길 바라며…

※ 1951년 4월 1일 281일 차 ; 중공군 4 야전군 중공군 3군과 교대, 피란민 서울로 귀환, 체신부 부산 – 경주, 부산 - 마산, 부산 - 천안, 용산 - 의정부 간 직통전화 개통, 4종 새 우표(5, 20, 50, 100원) 발행, 부산시 물가 1월 1일의 약2배 한국 전쟁 직전의 6.3배, 동독 판료 180명 3월 중 서독으로 탈출.

◆ 전주, 임실, 남원지구 전투(요약)

 – 호남으로 진출한 적 제4사단(사단장 이권부 소장)은 월등한 화력과 병력으로 경찰과 새로 편성된 부대로 구성된 서해안 지구 전투사령부(사령관 신태영 소장)가 지키고 있는 전라북도 전주 임실 남원지구로 침입해 들어왔다. 열악한 장비와 병력으로 전차를 앞세운 적의 막강한 화력을 막아내지 못하고 퇴각할 수밖에 없었다. 7월 20일 적군은 전주시내에 돌입하여 강점하였는데 전황을 알지 못한 채로 시내에 진출한 대부분의 시민들은 적에 의하여 구금상태에 빠지는 비운 상태를 맞이하게 되었다. 7월 24일에 남원이 다음날인 25일에는 구례와 순천을 그리고 26일에는 여수를 차례로 상실하게 되어 적선은 경남지역으로 물러나게 되었다. 적들은 장갑차를 앞세워 진격하는데 훈련도 제대로 되지 않은 교육생 경찰들로 구성된 이들에게는 적을 저지한다는 것이 역부족 이었다. 북한군은 서 남부 전선에서 호남과 영남의 지경을 이루는 덕유산(1508 고지) 지리산(1918 고지) 백운산(1218 고지)선으로 진출하였다. 북한군은 낙동강 북쪽과 서쪽지역 으로 진출하기 위한 제4차 작전을 완수코자 제4사단, 제6사단의 호남지역 석권을 전개하고 마산, 부산으로의 침공에 획책하기에 이르렀다.

성공한 사람들의 공통점으로 인생 전체를 단거리로 보지 않고 장거리 마라톤으로 뛰있다는 사실이나.

많은 고난을 겪으면서도 스스로 포기하지 않았던 것,

나이가 30을 넘으면 부모나, 친지나, 주위 사람을 탓할 것이 아니라 자기 스스로가 인생을 헤쳐 나 갈려고,

마라톤 선수와 같이 꾸준히, 열심히 노력해가야 할 것이다.

20, 30대 젊은 나이 때 시장 통에서 꿀꿀이죽을 먹어 가면서 땀 흘려 아르바이트를 해서 그 돈으로 일류 호텔에 가서 가장 비싼 요리를 시켜 느긋하게 먹고 나올 때 웨이터에게 팁까지 주는 여유를 한번 부려 볼 수 있는 특권을 누릴 수 있는 나이가 20, 30대가 아닌가 생각이 드는구나…？？？

그러나 그 호기는 일시적이고 돈의 힘이 어떤 것인지 어떻게 쓰여져야 하는 것 인지를 느껴보는 것도 나쁘지는 안겠지

우리 두 아들도 요사이 돈 벌기가 얼마나 어려운기를 조금은 느끼고 있을 줄도 믿는다.

아빠가 고등학교를 졸업하고 취직을 하였을 때 아마 그때 그 회사의 공채 1기생인 것 같구나?

일을 얼마나 많이 했는지 지금 생각이 나는구나, 손에 땀띠가 날 정도로 일을 하면서도 불평불만 없이 열심히 했던 것 같다.

근무시간이 하루 12시간씩 하고 교대근무를 할 때는 막 교대(주 간 : 12시간, 야간 : 12시간)를 하면서도 묵묵히 일하면서 여기 보다는 좀 더 좋은 곳으로 가기 위해 열심히 노력하였다.

아마 지금 젊은이늘이 그렇게 일을 한다면 대부분 견뎌내지 못할 것이다.

그러나 요사이도 그보다는 좀 났지만 젊은이 중에는 열심히 하는 젊은이가 많다.

그러나 결코 돈이 인생의 목적일 수는 없다. 돈은 사람이 이사회를 살아가는 수단의 일부분이다.

인간이 이사회의 한 구성원으로 노력해서 얻은 돈으로 삶을 윤   택하게 하여 주
는 것은 틀림이 없지만.

돈의 노예가 되지말고 네 삶의 주인이 되어라,

지금 현재에 너무 길들여지면 다른 것을 못하고 세상의 변화에 빨리 변화되어 따
라가야만 네 삶에 주인이 되어야 한다.

지금 현재에 너무 길들여져 있다면 다른 새로운 것에 대한 도전이 어렵단다. 그
리고 세상의 변화에 빨리 변화되어 따라가야만 네 삶에 주인이 될 것이다. 즉 현
재에 너무 안주하지 말고 지속적으로 변화해 나가야 할 것이다.

어떻게 되겠지 하는 안일한 생각은 지금 현재에서 조금도 벗어 날 수 없다는 것
을 명심하여라.

우리 두 아들은 부단히 노력하고 있을 줄로 믿는다!!

 오늘의 고사성어(高事成語)

결자해지(結者解之) : 맺은 사람이 그것을 푼다. 일을 시작한 사람이 끝맺는다.
혹은 원인을 제공한 사람이 해결을 해야 한다는 뜻으로 쓰인다.

                    오늘도 건강하고 보람된 하루 되길 바라면서…

★ 그러므로 때가 이르기 전 곧 주께서 오시기까지 아무것도 판단하지 말라 그가
어둠에 감추인 것들을 드러내고 마음의 뜻을 나타내시리니 그때에 각 사람에게
하나님으로부터 칭찬이 있으리라.(고린도전서 4장5절)

※ 1951년 4월 3일 283일 차 ; 유엔군 대거 38선 월경 중공군 추격, 국군 임진강 도
하 하여 공산군 수 개 중대와 교전, 국회 완충지대 설정·중국과 평화교섭 설에 반대
결의문 채택, 장면 국무총리 한국의 통일만이 세계 평화를 이룰 수 있다고 담화, 교
통부 4,800척 선박 건조 계획 수립.

보낸 날짜 : 2009년 11월 06일 금요일 오전 11시 12분 04초
받는 사람 : 사랑하는 두 아들(130회)

고칠 수 있는 문제는 자신에게 있다

우리네 인생은 살면서 많은 것이 너를 힘들게 할 것이다.

힘들게 하는 원인은 외적 요인도 있고 내적 요인도 있을거야 이중 외적요인들은 고치기가 힘 든다.

그것은 너 혼자서는 고치기가 힘들고 고쳐지기 까지 많은 세월이 지나야 하므로 너 자신의 내면에서 기인하는 내적 요인을 고치는 것이 세상을 고치는 것보다 훨씬 쉬우니깐 다른 이가 이기적이라고 해도 그런 자 들은 그이 대부분 대게 위선자들이라고 생각하면 된다.

삶이란 내 한 몸 챙기기도 버거운 세상이거든! 삶에 큰 영향이 없는 사소한 일에 집착하지 말거라

쓸데없는 일들에 사람이 순간의 욕심이나 분노를 이기지 못해 그동안 힘들게 쌓아온 탑을 순식간에 무너진 다는 사실을 알아야 할 것이다.

오늘의 고사성어(高事成語)

결초보은(結草報恩) : 죽어 혼령이 되어도 은혜를 잊지 않고 갚음.

한주일 잘 마무리하고 스스로 몸과 마음을 단련시킬 수 있는 큰아들, 작은아들 되길 바라며…

★ 하나님께로부터 난 자마다 죄를 짓지 아니하나니 이는 하나님의 씨가 그의 속에 거함이요 그도 범죄 하지 못하는 것은 하나님께로부디 났음이라.

(요한일서 3장 9절)

※ 1951년 4월 6일 286일 차 ; 백선엽 준장(1 사단장) 소장 승진해 1 군단장으로 영전 1 사단장에는 강문봉 준장 신임, 미군 한계-인제 간 고지의 공산군 소탕, 미군 용동 서방·북방에서 진격, 신성모 국방부 장관 학도 용의대 정식 근무자 외의 정훈 공작대 해산 언급, 금융통화위원회 금융기관의 예금 대출금리 재할인 금리 등 인상 결정, 시리아 유엔안보리에 이스라엘의 폭격 사건 심의 요구.

◆ 영덕 지구 전투(요약)
 - 동해안의 포항 북쪽 영덕읍 강구면에서 수행된 지역 작전으로 국군 제3사단이 1950년 7월 16일부터 8월 17일 까지 유엔 해군과 공군의 지원을 받아 북한군 제5사단의 침공을 저지하는 마지막 방어전이었다. 북한군 제5사단은 7월 16일 야간을 이용해 공격을 개시했으며 국군 제23연대는 제대로 된 교전도 못한채 영덕을 북한군에게 빼앗겼다. 포항 방어를 위한 마지막 보루였던 영덕이 피탈 되자 큰 충격을 받은 미 제8군은 동해안의 해군력을 증강하고 오천(포항)비행장의 미 제35전술 비행단 제40전투 비행대대로 하여금 국군 제23연대를 직접 지원하게 하였다. 유엔 해공군의 적극적인 지원 하에 국군 제23연대는 7월 17일 반격을 감행하여 영덕을 일시 탈환을 하였으나 그 뒤에 다시 빼앗기고 빼앗는 혈전을 반복하게 되었다. 격전이 반복되는 동안 26일 에는 개전 초기 수도권에 투입되었던 제22연대가 원대복귀로 전투력이 배가된 국군 제3사단은 유엔 해공군의 근접지원을 받으면서 영덕 강구 일대에서 북한군의 남하를 저지 하였다. 그러나 안동지역으로 남하한 북한군 제12사단이 동남진하여 8월 10일 홍해를 점령하고 8월 11일 포항을 점령함에 따라 국군 제23연대는 적중에 고립이 되었다. 국군 제23연대는 이와 같이 포위된 가운데에서도 구계동~월포동 일대에서 북한군 제5사단의 남하를 성공적으로 저지한 후 8월 17일 유엔 해군의 지원 하에 독석동에서 해상 철수를 단행하여 구룡포로 이동하였다. 영덕 지구 전투는 유엔군이 낙동강 방어선을 형성하는데 결정적으로 기여한 것은 물론 7월 하순 까지 포항을 점령하려던 북한군 제2군단의 계획을 좌절시키는 결과를 낳았다. 이 전투에서 북한군 제5사단은 40% 이상의 전투력을 잃어 이를 회복하기 위해 부대정비를 하지 않을 수 없었다.

보낸 날짜 ： 2009년 11월 10일 화요일 오전 11시 07분 00초
받는 사람 ： 사랑하는 두 아들(131회)

세계 여러 곳을 가봐라

처음에는 이국의 낯선 모습에 취하지만 결국 느끼게 되는 것은 세상 사람들 사는
게 다 똑같구나 하는 생각과 내가있는 곳이 가장 좋은 곳 이라는 사실을 그 깨달
음은 직접가보지 않고는 얻을 수 없는 것이란다.

오늘의 고사성어(古事成語)
경국지색(傾國之色) : 나라의 운명을 위태롭게 할 만한 절세의 미인

오늘도 건강 유의하고 보람된 하루 되길 바라며…

★ 복음에는 하나님의 의가 나타나서 믿음으로 믿음에 이르게 하나니 기록된 바
오직 의인은 믿음으로 말미암아 살리라 함과 같으니라. (로마서 1장 17절)

※ 1951년 4월 8일 288일 차 ; 유엔군 춘천 북방에서 공산군의 완강한 저항으로 일
시 후퇴, 옹진반도 상륙 국군 해병대 송림면으로 계속 진격, F80제트기 숙천에서 석
유 탱크에 명중탄, 신성모 국방부 장관 비상계엄령 해제 담화 - 경남·북 충남·북(충
주군 외 2개군 제외) 전남·북 지역의 비상계엄 해제 경비 계엄령 실시, 조선운수에
대한 전재복구자금으로 74억 원 정부보증으로 융자, 서울 인구 32만 명
※ 1951년 4월 10일 290일 차 ; 유엔군 고랑포 탈환 후 계속 진격, 철원-김화 간 공
산군 집결지에 포격 세례, 신의주 상공에서 공중전, 정부 유엔 대상금과 이자를 유엔
측에 청구하기로 결정, 한강변에 피란민 10만여 명 장사진, 미 해군 제7함대 타이완
해협에서 4일간 군사훈련 실시, 세계연합정부 회의 한국전쟁 종식 등 토의

보낸 날짜 ： 2009년 11월 11일 수요일 오전 10시 59분 36초
받는 사람 ： 사랑하는 두 아들(132회)

목표가 있다면 조직적으로 접근하자

각자 사회적, 정신적, 육체적, 종교적, 재정적

그밖에 여러 가지 중요하다고 생각되는 목표를 가지고 있을 것이다.

목표는 손에 잡힐 듯 잡히지 않고 가끔은

"내가 과연 이것들을 성취할 수 있을까?" 라는 의구심이 들 때도 있을 것이다.

이러한 목표를 달성하기 위해 일반적인 법칙 중 소소한 것까지

메모하는 습관이 중요하다.

목표의 모든 것은 시간이 필요하고 노력이 필요하기 때문이다.

목표를 달성한 사람들 중 공통점이 2가지가 있다는 통계가 있다.

첫째는 역경을 이겨낸 경험이 있다.

둘째는 진취적이고 긍정적인 사고를 가지고 있다.

조그마한 것도 놓치지 않고 메모하는 습관은 아주 사소한 것 같지만 목표 달성이

훨씬 빨라질 것이라 확신한다.

오늘의 고사성어(古事成語)

고량진미(膏粱珍味) : 살찐 고기와 좋은 곡식으로 만든 맛있는 음식

오늘도 힘 있게 살기 바라며 …

★ 예수께서 대답하여 이르시되 기록되었으되 사람이 떡으로 만 살 것이 아니
요 하나님의 입으로부터 나오는 모든 말씀으로 살것이라 하였느니라 하시니(마
태복음 4장 4절)

보낸 날짜 : 2009년 11월 12일 목요일 오전 11시 33분 00초
받는 사람 : 사랑하는 두 아들(133회)

사람을 모질게 대하지 마라

살다보면 참다양한 사람들을 만날 것이다 나와 생각을 달리하거나 좋은 사람은 좋은 데로 약이 되고 나쁜 사람은 나쁜 대로 약이된다. 세상 모든 사람이 나와 같은 모습이라면 이 또한 재미없는 세상일거야 다른 사람들에게 모질게 대하지 말고 둥글둥글하게 웃으며 지내면서 좋은 관계를 유지하여야 할 것이다.

오늘의 고사성어(古事成語)
고진감래(苦盡甘來) : 괴로움이 다하면 즐거움이 온다.

오늘도 많이 웃고 보람된 하루 되길 바라며 …

★ 너는 전략으로 싸우라 승리는 지략이 많음에 있느니라. (잠언24장6절)

◆ 북한군의 부산 점령을 위한 네 가지 작전 방안
 – 낙동강 방어선을 돌파하기 위해 북한군은 네 가지 작전 방안을 수립하고 총력전을 펼쳐 어느 한 곳만 돌파하면 승리한다는 확신을 가지고 공격했다.
첫째 : 대구를 돌파하여 부산을 점령한다.
둘째 : 낙동강 돌출부(창녕-영산)를 통해 밀양에서 철도와 육로를 이용한다.
셋째 : 남강과 낙동강의 합류지점에서 마산을 돌파하여 부산으로 진출한다.
넷째 : 경주를 점령한 후 동해안 도로를 따라 부산을 점령한다.
 – 그러나 북한군은 진투력 수준은 개선 초기에 비해 현저하게 감소되었고 병력 및 장비의 보충과 식량 및 탄약의 보급까지 제때에 이루어지지 않아 사기 또 한 매우 떨어진 상태였다.

보낸 날짜 : 2009년 11월 13일 금요일 오전 10시 35분 11초
받는 사람 : 사랑하는 두 아들(134회)

눈에서 멀어진다고 해서 마음도 멀어지는 것은 참사랑이 아니다.
참사랑이라면 눈에서 멀어질수록 마음은 그만큼 더 가까워져야
할 것이다.
눈에서 멀어졌다고 마음까지 멀어지는 것은 참 우정이 아니다.
참 우정이라면 눈에서 멀어지면 마음은 그만큼 더
가까워져야 하는 것이 아니겠는가.

– 최인호의 〈산중일기〉 중에서–

가족을 소중히 여겨야 한다. 평상시 곁에 있다하여 가장 소중한 것의 가치를 보지
못하는 실수를 범하지 말아야 할 것이다.

오늘의 고사성어(古事成語)
골육상잔(骨肉相殘) : 같은 혈족끼리 서로 다투고 해 하는 것
= 골육상쟁(骨肉相爭)

오늘도 한 주간 마무리 잘하고 즐겁고 좋은 주말 되길 바라며 …

★ 혹 내가 하늘을 닫고 비를 내리지 아니하거나 혹 메뚜기들에게 토산을 먹게 하
거나 혹 전염병이 내 백성 가운데에 유행하게 할 때에 내 이름으로 일컫는 내 백
성이 그들의 악한 길에서 떠나 스스로 낮추고 기도하여 내 얼굴을 찾으면 내가 하
늘에서 듣고 그들의 죄를 사하고 그들의 땅을 고칠지라.(역대하 7장 13절, 14절)

보낸 날짜 : 2009년 11월 16일 월요일 오전 11시 16분 22초
받는 사람 : 사랑하는 두 아들(135회)

죽기 전까지 삶의 무게는 내려 놓을 수 없다

산다는 것은 삶이라는 짐을 메고 산에 오르는 것과 같다. 짐 하나의 무게가 덜어진듯하면 다른 짐의 무게가 더해지지 그 짐무게가 덜어진듯하면 또 다른 짐의 무게가 더해지고 그러니 삶의 짐이 없어질 것이라는 꿈은 버려야 할 것이다.

날씨가 이제 본격적으로 추워지는 것 같구나, 큰 아들은 추위에 좀 강하지만 둘째는 따뜻하게 입고 다녀라 첫째도 방심 말고 따뜻하게 입고 무조건 감기 들리지 않도록 조심, 피곤하면 비타민C 늘려서 먹고 피로회복제 우루사도 미리 먹어서 면역성을 길러야 신종인플루엔자에 이길 수 있다,

오늘의 고사성어(古事成語)
과유불급(過猶不及) : 지나친 것은 오히려 그 정도에 미치지 못한 것과 같다.

웃으면서 한 주간을 또 시작해보자 꾸나 …

★ 여호와께서 유다와 예루살렘 사람에게 이와 같이 이르노라 너희 묵은 땅을 갈고 가시덤불에 파종하지 말라 유다인과 예루살렘 주민들아 너희는 스스로 할례를 행하여 너희 마음 가죽을 베고 나 여호와께 속하라 그리하지 아니하면 너희 악행으로 말미암아 나의 분노가 불 같이 일어나 사르리니 그것을 끌 자가 없으리라.(예레미야 4장 3절, 4절)

◆ 낙동강 방어선 전투(요약)

 - 개전 후 국군은 북한군 기습공격의 충격에서 벗어나지 못한 채 유엔군의 참전 지원에도 불구하고 상대적인 전력의 열세로 낙동강까지 후퇴하게 되었다.

 - 낙동강 방어선 전투는 국가 운명을 결정짓는 중요한 국면에서 국군과 유엔군 북한군 사이에 벌어진 치열한 전투로 1950년 8월 4일부터 9월 18일 까지 벌어진 전투로 남쪽에 구축된 140Km의 방어선 마산 대구 경주 축 선을 고수하여 국토의 약 10%에 불과한 부산 교두보를 간신히 확보한 선에서 북한군의 전쟁 목표 를 저지하여야 할 절체절명의 순간이었다.

 - 낙동강 방어선을 지탱하지 못하면 한국 정부는 제주도로 이전하여 제2의 대만이 되거나 아니면 해외에 망명정부를 수립해야 될 상황이었다. 또 당시 맥아더 원수가 구상하고 있는 인천 상륙작전도 낙동강 방어선이 유지될 때에야 성립될 수 있는 것이었다.

 - 국군과 유엔군은 낙동강이라는 천연 장애물을 활용하고 모든 역량을 집중하여 공세 이전의 전기를 마련함으로써 방어에서 공격으로, 수세에서 공세로, 후퇴에서 반격으로의 대전환을 이루게 하였다.

 - 유엔군은 부산항을 통해 병력 장비 등을 압도적으로 보유할 수 있었고 전투 동안 해군과 공군은 북한군의 공세를 저지하는데 기여했다. 북한군은 보급품 부족과 병력의 손실로 낙동강 방어선에서 유엔군이 반격할 시 쉽게 무너질 가능성이 있었다.

 - 북한군은 인천 상륙작전으로 인해 북한군의 보급로가 일시적으로 차단되어 북한군은 낙동강 지역에서 공세를 할 수 없게 되었고 국군과 유엔군은 전세 역전의 기회를 잡을 수 있었다.

 - 그 당시 낙동강 방어선은 더 이상 물러설 곳이 없는 최후의 저지선이었다. 이승만 대통령을 정점으로 한 정부와 국민들은 강한 국가 수호의 의지를 보여 주었으며 또한 미국을 비롯한 자유세계의 지원은 국민으로 하여금 전의를 고취하는 데 중요한 역할을 하였다.

보낸 날짜 : 2009년 11월 17일 화요일 오전 11시 28분 16초
받는 사람 : 사랑하는 두 아들(136회)

비가 내리지 않는 하늘이란 없다. 운명이란 그런 것이다. 강인한 사람과 나약한 사람을 구별하는 기준은 간단하다.

강인한 사람은 운명이 도전해올 때

"난 절대 포기하지 않아!" 라고 외치며 맞선다.

이 한마디가 바로 그 사람의 성공의 기본이 되는 것이다.

– 천빙랑의 〈나를 이끄는 목적의 힘〉 중에서 –

진정으로 강인한 사람은 포기하지 않는 것을 넘어 더 큰 희망과 긍정의 마음을 가진 자이다. 비가 내리고 바람이 몰아쳐도 포기는커녕 "더 좋은 일이 있을 거야!" 라고 외치는 긍정적인 사람이 성공할 수 있다는 것이다.

사랑하는 우리 두 아들 긍정의 힘이 넘쳐나길 바라며…

오늘의

군계일학(群鷄一鶴) : 닭 무리 속에 끼어 있는 한 마리의 학이란 뜻으로 평범한 사람 가운데서 뛰어난 사람을 일컫는 말

오늘도 즐겁고 보람된 하루되길 바라며…

※ 1951년 4월 16일 296일 차 ; 서해안에서 국군 함대 대공사격으로 공산군 기 1대 격추 1대 격파, 유엔군 전차부대 화천 저수지 동단 양구에 돌입, 지지웨이 장군 히키(Hickey)중장을 참모장에 임명, 변영태 외무장관 취임, 사용기일 경과한 수출 계정 외국환 한국은행에서 매상하기로 결정, 고령 인민재판 사건 주모자에게 사형선고, 광주 합성고무공장 3동 전소 피해액 1억 1,000만 원, 미 방첩대 남한 내 활동 중인 북한 간첩에 대해 보고, 애국지사 라인협 사망.

보낸 날짜 : 2009년 11월 18일 수요일 오후 14시 04분 48초
받는 사람 : 사랑하는 두 아들(137회)

정치인의 유머(1)

의회에 참석했던 처칠이 급한 볼일로 화장실엘 갔다. 마침 걸핏하면 그를 물고 늘어지던 노동당 당수가 먼저 와서 일을 보고 있었다. 처칠은 그를 피해 멀찌감치 떨어진 곳으로 가서 섰다.

노동당수가 "총리, 왜 날 그렇게 피하시오? " 하고 물었다.

이 말에 처칠 왈…

"당신네들은 큰 것만 보면 무조건 국유화해야 한다고 하잖소" 정계에서 은퇴한 후 여유로운 노년을 보내던 처칠이 어느 날 파티에 초대받아 참석했다.

한 부인이 반갑게 짓궂은 질문을 던졌다.

"총리님 남대문이 열렸어요 어떻게 해결하실 거죠? "

처칠은 짐짓 아무것도 아니라는 듯 이렇게 말했다.

"굳이 해결하지 않아도 별 문제없을 겁니다. 이미 죽은 새는새장 문이 열렸어도 밖으로 나오지는 못할 테니까요.."

교통 체증으로 처칠은 의회에 30여분 늦게 도착하였다.

한 야당 의원이 처칠에게 "총리님, 조금만 더 부지런하시면 안될까요… 총리는 게으름뱅인가요…" 이에 처칠은,

"나처럼 아름다운 부인이 있는 사람은 침상에서 일찍 일어나기가 쉽지 않다는 것을 이해해 주시기 바랍니다.."

　　　　　　　　오늘 하루도 입가에 미소가 가득한 하루 되길 바라며…

오늘의 고사성어(古事成語)

군웅할거(軍雄割據) : 여러 영웅이 세력을 다투어 땅을 갈라 버티고 있는 형세

★ 다만 네 승낙이 없이는 내가 아무것도 하기를 원하지 아니하노니 이는 너희 선한 일이 억지 같이 되지 아니하고 자의로 되게 하려 함이라 (빌레몬서 14절)

※ 1951년 4월 18일 298일 차 ; 유엔군 화천과 화천 저수지 탈환, 미 전차기동부대 연천 북방에서 공산군 탄약차 폭격, 미 최신식 잠수함 한국 수역에서 활동, 국회 본회의 지주 전업대책 토의, 국회 거창사건 보고 비공개회의, 정부 「서남지구 전투 경찰대 설치법」제정 공포, 왜관 낙동강 철교 개통식 거행, 공무원의 자격 전형 고등 전형위원회 방침 결정, 『정치신문』창간 (대표 한창완).

◆ 의성 용기동 전투(요약)

– 제6사단은 문경과 상주 함창지구에서 전차를 동반한 적 제13사단과 대치했다. 제6사단은 16일 동안이나 적의 작전을 지연시키면서 쇄도해오는 적의 공격을 방어했다. 아군의 강력한 방어 작전으로 적의 야욕이 거센 저항에 부딪치자 적은 전의를 많이 상실했다. 적은 8월5일 해방 기념일을 대구에서 거행하여야 한 다는 김일성의 강요로 부대를 증원하여 일거에 낙동강을 도하한 다음 대구를 점 령할 계획이었다. 제6사단은 지연전을 계속하는 동안 김종오 사단장은 약 12Km 남쪽에 용봉산과 산운동 사이를 연하는 선에서 방어진지를 준비하여 적을 최대한 저지할 결심으로 부대를 이동 배치하는 한편 2개 대대의 예비대를 확보하는 부대 재편성을 단행했다. 아군 제6사단은 계속되는 후퇴작전으로 개전 초기에는 사기가 저하되었으나 악전고투에서 체험한 전투 경험과 유엔군의 공중 지원 등으로 점차 전투에 대한 적응력이 높아지고 자신감을 갖기 시작했다. 국군은 함창지역 방어선을 물러서서 낙동강 방어선의 일부인 용기동 지역으로 이동하여 낙동강의 천연적 장애물과 우세한 공군력을 이용 지연작전에 착수했다. 제6사단의 의성 용기동 지구 전투의 중요성은 유엔군으로 히여금 낙동강 방어선 구축을 통한 인천 상륙작전이 가능하도록 시간을 벌어주었다는 것이다.

보낸 날짜 : 2009년 11월 19일 목요일 오전 11시 19분 06초
받는 사람 : 사랑하는 두 아들(138회)

정치인의 유머(2)

매우 딱딱해 보이는 "철의 여인" 대처 총리도 600명의 지도자들이 모인 한 만찬
장을 조크 한 마디로 웃음바다로 만들었다.

"홰를 치며 우는 건 수탉이지만 알을 낳는 건 암탉입니다."

1984년 재선에 도전한 레이건 대통령은 73세의 고령이 시빗거리였다.

경쟁자인 먼데일 민주당 후보가 TV 토론에서 이 문제를 건드렸다.

M : 대통령의 나이에 대해 어떻게 생각합니까?

R : 나는 이번 선거에서 나이를 문제 삼을 생각은 없습니다.

M : 그게 무슨 뜻입니까?

R : 당신이 너무 젊고 경험이 없다는 사실을 정치적 목적으로 이용하지는 않겠
다는 뜻입니다.

모든 청중이 박장대소했다. 먼데일도 결국 함께 웃었다.

먼데일은 다시는 나이 갖고 문제 삼지 않았다.

미국 사람들이 가장 존경하는 대통령인 링컨은 사실 그렇게 호감이 가는 얼굴
은 아니었다.

의회에서 어느 야당 의원이 링컨에게 악의적인 비난을 퍼부었다.

링컨은 두 얼굴을 가진 이중인격 자 라는 것이었다.

"만일 나에게 두 얼굴이 있었다면 이런 중요한 자리에 하필 왜 이 얼굴을 가지고
나왔겠습니까?

사랑하는 두 아들아 사회생활을 하면서 임기응변이 필요할 때가 많이 있을 것이
다 그것도 큰 능력일 것이다.

오늘도 몸과 마음을 스스로 단련시키는 큰 아들, 작은 아들이 되길 바라며…

※ 1951년 4월 20일 300일 차 ; 유엔군 철원 포격 권내에 도달, 이승만 대통령 파 종전에 수전(水田)의 토탄 채굴 및 화목 사용금지 각 도지사에게 지시, 미국 산업별 노동조합회의가 세계 기독교 구제회를 통하여 보내온 3,600달러분의 구호물자 전달식 거행식후 가두전재(街頭戰災) 노동자에게 분배, 서울~부산 가 철도 전화 재개, 소련 신장성 이리에 원폭 공장 건설 설 언급,

◆ 다부동 전투(요약)

– 낙동강 방어선을 공격하는 북한군은 가용 부대의 절반에 해당하는 5개 사단을 대구 북방에 배치했다. 반면 그 지역의 아군 방어병력은 총 3개 사단뿐이었으며 그나마 인접 사단들 서로 연결되지 못한 상태였다. 북한군의 작전개념은 첫째 경부 도로를 따라 대구를 공격, 둘째 동해안 도로를 따라 포항~경주 방향으로 공격 셋째 창녕 서쪽의 낙동강 돌출부를 공격해 유엔군의 병참선 차단 넷째 남해안을 따라 마산~부산 방향으로의 공격 등이었다. 이는 4개의 공격 축선에서의 동시 공격으로 낙동강 방어선을 돌파하고 부산을 점령한다는 것이다. 이를 저지하기 위해 유엔군 B-29 폭격기 98대가 왜관 서북쪽 낙동강 변 일대 지역에 960톤의 폭탄을 투하하였다 융단 폭격에도 불구하고 8월 16일에는 가산으로 침투하려는 북한군이 741 고지에서 다부동 바로 서측 466 고지를 공격해옴으로써 국군 제1사단은 돌파되느냐 고수하느냐의 기로에서 놓여있었다. 이에 제8군은 사단병력만으로는 방어선을 유지할 수 없다고 판단하고 군 예비인 미 제25 사단 제27연대를 다부동으로 투입하였다. 제12연대는 8차례의 공격 끝에 야간 기습을 시도하여 마침내 유학산 탈환에 성공하였다. 북한인민군 제13사단은 유학산 에서 만 1,500명이 전사 하고 총 3,000명의 손실을 입었다. 이처럼 제1사 단은 적 3개 사단의 집요한 공격에도 불구하고 유학산~다부동~가산선 에서 북 한군을 끝까지 저지 격퇴함으로써 방어선을 확보하고 다부동~대구 접근로를 방 어하여 대구 고수에 결정적으로 기여하였다.

보낸 날짜 : 2009년 11월 25일 수요일 오전 10시 25분 17초
받는 사람 : 사랑하는 두 아들(139회)

우화(寓話)

비둘기 한 마리(수컷)가 암컷에게 구애(청혼)를 하였는데 암컷이 들어주지 않았다. 그래서 숫 컷이 다른 친구에게 청혼 이야기를 했다.

벌써 11번째나 찾아가서 구애를 하였는데 암컷이 들어주지 않는다고 넋두리를 하였다. 그 친구 비둘기가 하는 말…

내가 눈이 오는 날 나뭇가지에 앉아서 있으니 나뭇가지에 눈이 차곡차곡 쌓여가는 것을 보니 너무 재미가 있어 그것을 세고 있는데 팔십팔만 팔천 팔백십 일곱 송이가 내렸는데 나뭇가지는 괜찮았는데 팔십팔만 팔천 팔백팔십 여덟 송이가 내려앉자

나뭇가지가 뚝 하면서 부러졌다고 하면서 눈 한 송이가 얼마나 무거운 것인지 알게 되었다고 하였다.

그 이야기를 듣고 있던 친구비둘기(수컷)가 옳거니 바로 그것이야 하면서 암컷 비둘기를 찾아가서 구애(청혼)를 하였는데 12번만에 성공을 하였다고 하는 서양 우화가 있다고 한다.

"열 번 찍어 안 넘어가는 나무 없다"라는 우리 속담과 비슷한 이야기라고 생각되어지는구나…

오늘의 고사성어(古事成語)
권모술수(權謀術數) : 목적 달성을 위해 인정이나 도덕을 가리지 않고 권세와 모략중상 등 갖은 방법과 수단을 쓰는 술책

오늘도 스스로 몸과 마음을 다스리는 하루 되길 바라며 …

※ 1951년 4월 23일 303일 차 ; 유엔군 철원 남방 6.4Km 지점까지 진출했다 구진지로 철수, 유엔 공병대 한탄강 교량 1기와 주교(舟橋) 폭파, 미 극동공군사령관 "만주 폭격 않고는 적 공군 대공세 막을 수 없다"라는 입장 피력, 서울시 구호미 3,600 돈 긱 구에 배정 완료.

◆ 마산 전투(요약)

– 마산 전투는 1950년 8월 2일에 시작되어 9월 14일 까지 계속된 전투로 낙동강 전선의 최남단에 속한다. 마산과 당시 임시수도였던 부산이 얼마나 가까운 지를 생각해보면 상황의 심각성을 이해할 수 있다. 당시 조선인민군 제6사단장 방호산 소장이 마산을 점령하면 적의 숨통을 조르는 것이다. 라고 하며 북한군을 독려했다. 한편 미 제8군은 후퇴 과정 도중 북한군 제4,6사단의 행방을 놓친 상태 였다. 미군은 포로 심문과 감청을 통해 6사단의 마산 점령 기도를 포착했다. 미 8군은 마산으로의 우회를 전혀 예상하지 못했으며 당장 마산에 투입할 예비대가 없어 전선에서 병력을 빼와야 할 판이다. 불행 중 다행이라면 북한군 6사단이 여수와 목포를 점령하느라 2일을 지체했다는 점이다. 워커 장군이 말했듯이 "만일 북한군이 호남의 항구를 점령하는 우회 공격을 선택하지 않고 모두 전력을 집중해 부산을 향해 쇄도해 왔다면 적을 저지하기 위한 병력을 투입할 시간적인 여유조차 갖지 못했을 것이라고 말했다." 미제8군은 상주에 주둔해 있던 제25사단을 마산 방면으로 이동 명령을 하달했다. 이 당시 마산에는 미제24사단 예하 3개 연대 미군병력과 국군 민기식 대령, 김성은 중령이 이끄는 부대들이 지연전을 전개하고 있었지만 전력이 약화된 상태였다. 미제25사단은 약 240Km의 이동을 차량과 철도를 이용하여 36시간 만에 완료한 것이다. "유사 이래 가장 극적인 이동으로 부산을 구했다고 했다. 서남부전선의 전력이 강화되자 마산~진주 축선에서 사단 급 반격작전을 계획했다. 25 사단장 킨 소장의 이름을 딴 킨 특수임무 부대가 편성되고 제5해병연대가 진주남동쪽을, 제24연대(민부대, 김성은부내 경찰 배속)는 힘인도로를 확보 미제35연대는 항공지원을 등에 업고 공격을 개시했다. 북한군은 수천 명의 사상자와 포로 3천여 명 등 큰 피해를 입었다. 아군의 피해도 컸다 포병의 피해를 포함해 1천여 명의 전사자와 3천여 명의 부상자가 발생했고 20명이 실종되었다.

보낸 날짜 : 2009년 11월 26일 목요일 오전 10시 51분 41초
받는 사람 : 사랑하는 두 아들(140회)

내 인생에 절망이란 없다

한 회사원이 퇴근하다 아이들이 야구하는 모습을 보고 차를 세워서 구경하게 되었다. 옛날 생각도 나고 재미가 있었다.

구경을 하는데 스코어가 궁금해서 "얘들아 지금 몇 대 몇이냐? "

라고 물으니 수비를 하고 있는 한 아이가 14대 0으로 우리가 지고 있어요! 했다.

그런데 그 아이는 싱글벙글 좋아하고 있었다.

너는 지고 있는데 뭐가 그리 신이 났니? 라고 물었더니

우린 아직 한 번도 공격을 안 했어요!

이 아이가 우리에게 어떤 모습으로 살아가야 하는가를 가르쳐 주고 있는 것이다.

지금 이 야구는 1회 초, 1회 말이 되면 우리가 점수를 낼 수 있는 기대, 15점, 16점을 내면 된다는 것이다.

난 내 인생에서 지금까지 제대로 된 공격을 한 적이 없다.

아직은 내 인생은 1회 말이다! 라고 생각하고 진취적인 도전이 필요할 것이다…

오늘의 일반상식

세자 책봉의 세 가지 기준(세종대왕은 셋째 아들)

1. 문(文) : 무엇보다 공부를 잘 해야 한다.

2. 무(武) : 기본적으로 무술을 갖추고 있어야 한다

3. 예(禮) : 붓글씨와 인격이 원만해야 한다.

(세종은 무에서는 기준 탈락이었으나 문이 뛰어나 임금이 되었다)

오늘도 즐겁고 보람된 하루 되길 바라며…

맹모삼천지교(孟母三遷之敎)

맹자가 어렸을 때 묘지 가까이 살았더니
장사 지내는 흉내를 내기에 맹자 어머니가
집을 시장 근처로 옮겼더니
이번에는 물건 파는 흉내를 내므로,
다시 글방이 있는 곳으로 옮겨 공부를 시켰다는 것으로,
맹자의 어머니가 아들을 가르치기 위하여 세 번이나 이사를 하였음을 이르는 말.
그러나 다르게 해석하는 자도 있다.
자식 교육을 위해 알려진 어머니로 손꼽을 정도로 훌륭한 맹자 어머니는 더 깊은
뜻이 있었지 않았는가 하는 해석이다.
맹자 어머니는 애초 아들 교육을 위해 묘지 가까이 살았던 것은 어릴 때부터 죽음
이라는 것을 가르쳤다는 것이다.
그다음은 시장에서 삶에 대한 것을 배우게 하였다는 것이다.
인생에서 가장 중요한 삶과 죽음을 먼저 깨달을 수 있게 하고 글방 근처에 가서
배움을 얻게 하였다는 것이다.

오늘의 일반상식(一般常識)
맹자(孟子) : 중국 전국시대의 사상가(BC372 - 289) 자는 자여 (子與), 자거(
子車) 공자의 인(仁) 사상을 발전시켜 "성선설(性善說)"을 주장하였으며 인의
의 정치를 권하였다.
유학의 정통으로 숭앙되며 "아성(亞聖)" 이라 불린다.

한 주간 잘 마무리하고 교회에서 멋지게 봉사하여라…

※ 1951년 4월 26일 306일 차 ; 유엔군 중부전선에서 급속히 철수, 유엔군 서울 서북방 27.3Km에서 공산군 공격 저지, 유엔군 서울 동북방에서 반격 3.2Km 진출, 이승만 대통령 김해공항에서 스미스 미 제1해병 사단장에게 은성 2등 무공훈장 수여, 사회부 피란민 총수 535만 675명으로 집계, 정치공작대원으로 남파되어 체포된 전 김일성대학 교수에게 징역 2년 선고.

◆ 통영 전투(요약)

– 1950년 8월 16일에 고성으로부터 통영으로 향한 북한군 제7사단 제51연대와 제104 치안 연대의 650명이 1950년 8월 17일 새벽 1시 통영시내로 침입해왔다. 해병대 김성은 부대는 즉시 거제도에 상륙하여 통영으로부터 거제도에 침입하려는 적을 격멸하라는 명령을 받고 해군함정 512 호정과 평택호에 나누어 타고 통영반도 동북방 1Km 지점에 있는 지도에 도착하였다. 김성은 부대장은 거제도서 해안을 방어하는 것보다 통영반도에 상륙하여 적을 섬멸하는 것이 작전상 유리하다고 판단전 병력을 장평리에 상륙시킨 후 일부 병력을 원문고개로 진출시켜 적의 후속 부대를 저지하고 주 전력은 통영시내에 침입한 적을 공격하는 계획을 세웠다. 통영 근해를 경비하던 해군 함정 및 평택호 등의 지원 엄호 하에 통영반도 동북방에 있는 장평리에 상륙을 개시하였다. 이때 적은 해병대 가 통영항구 정면으로 상륙할 것으로 판단하고 고지에 배치하였던 병력을 통영 남해안 일대에 집결시켜 해안선에 배치 시켰으므로 접전 없이 상륙할 수 있었다. 해병대는 밤을 새워가며 맹렬한 공격 작전을 감행하여 8월 18일 새벽 2중대가 원문고개로 진격하여 방어진을 구축하였고 제7중대는 통영 전투에서 관건이 되는 매일봉(망일봉)을 점령하였다. 또한 목선 3척을 이용해 달아나는 적을 해상을 경비하던 504, 512호정이 격침하였다. 통영 상륙작전을 성공리에 완수한 해병대는 적의 유일한 공격로이며 통영 공격의 전술상 요지인 원문고개에 강력한 방어진을 구축하여 빈번히 습격해오는 적의 대부대를 치열한 육박전을 감행하면서 격퇴시켰다. 이 통영 전투는 우리 해군 해병들이 최초로 성공시킨 단독 상륙작전이었을 뿐만 아니라 유엔군을 방어하기 위한 철수작전 중 유일한 공격 작전이었다는 점에서 높이 평가되고 있다.

보낸 날짜 : 2009년 12월 01일 화요일 오전 10시 57분 33초
받는 사람 : 사랑하는 두 아들(142회)

3가지 수준의 삶

사람들에게는 각자가 자기 수준에 걸맞은 삶에의 수준이 있기 마련이다.

경제적인 차이의 수준을 일컫는 것이 아니라 정신적인, 영적인 차이의 수준이다.

겉보기에는 부귀영화로 살아가는 것 같아도 인격은 천한 수준으로 살아가고 있는 삶이 있는가 하면 가난 속에 살아도 품위와 고결한 인격을 지니고 사는 사람도 있다.

덴마크의 철학자 키르케고르(1813~1855)는 인간의 삶의 수준을 3가지로 구분하여 설명하었나.

심미적인 삶, 윤리적인 삶, 종교적인 삶이다.

이들 3가지의 삶을 그는 bi-level house에 비유하였다.

bi-level house란 지하실이 있고, 1층에 거실이 있고, 2층에는 침실 있는 집의 구조다

첫째 어떤 이는 지하실 창고와 같은 삶의 수준이다.

지하실에는 잡동사니들로 채워져 있고 거미줄도 있다.

이를 인생에 비유하자면 마음속에 미움과 나태와 정욕을 품고 아무렇게나 살아가는 수준이다.

육체의 쾌락을 찾으면서 삶의 의미나 목적을 잊은 채로 살아간다.

둘째 어떤 이는 거실의 수준이다.

대체로 잘 정돈되어 있어 손님이 와도 보여줄 만하다.

이런 삶은 남이 나를 어떻게 생각하느냐에 관심이 많다.

이런 삶은 윤리적이고 도덕적인 삶이다.

셋째는 2층 침실 수준의 삶이다.

키르케고르가 길지 않은 생애에 독신으로 살았기에 그가 말하는 침실이란 혼자만의 침실이란 전제가 깔려 있다.

이 수준의 삶에는 남이 문제가 아니다.

하나님 앞에서 자기 자신의 적나라한 모습 그대로를 살아가는 삶이다.

바로 종교적인 삶의 수준이다.

오늘은 좀 길어졌구나 끝까지 읽어 주어 고맙구나

오늘도 재미있고 웃음이 넘쳐나는 하루되길 바라며…

◆ 귀신 잡는 해병대의 유래

통영 상륙작전에서 귀신 잡는 해병대라는 말이 유래하였다. 통영 상륙작전에 대한 취재차 원문고개로 김성은 부대를 방문한 미국 뉴욕 해럴드 트리뷴 기자 마가렛 하킨스는 해병대가 통영에서 기습적인 작전으로 우세한 적군을 공격해서 적의 점령지를 탈환한 예는 일찍이 없었다는 사실을 높이 평가하고 한국 해병의 감투정신을 두고 "귀신이라도 잡겠다"는 기사를 널리 보도함으로써 귀신 잡는 해병대라는 말의 씨를 뿌려놓은 계기가 되었다.

※ 1951년 4월 30일 310일차 ; 인제 동방 지구의 유엔군 부대 공산군 1개 연대의 공격으로 1Km 후퇴, 우이동 근교까지 압도한 중공군 제19병단 주력 유엔군의 강력한 반격으로 12Km 총퇴각, 국회 본회의 국민방위군과 향토방위대 폐지안 둘러 싸고 격투 국민방위군 및 향토 방위대 해체 가결, 문교부 초등학교 상용한자(1,000자) 교육 결정, 사회부 경상남도 경상북도에 피란민 입도 제지령, 구황실 아악부 국영 안 국회 통과 국립국악원 발족, 소련연방 해군기술자 산터우항 기뢰 부설 지도설, 트루먼 대통령 606억 7,941만 4,690달러의 군사비 국회에 요청.

행복하기를 원한다면…

미국의 사회심리학자 Gordon W Allport(1897~1967)는 건강한 사람의 4가지 특징을 지적하였다.

1. 과거에 매이지 않는다.
2. 항상 앞을 내다보며 현재의 자리에서 미래를 향한다.
3. 변화와 도전에 대한 끊임없는 요구가 있다.
4. 새로운 경험과 모험을 즐겨한다.

한마디로 줄여서 말하자면 건강한 사람이란 미래지향적인 목표에 초점을 두는 사람이다.

그렇지 못한 사람은 과거에 매이거나 현실에 주저앉는다.

미래에 이루어질 목표를 세우고 열심히 살아가는 사람들에게 행 복이 주어진다. 행복이란 내일을 바라보며 과거를 털어버리고 오늘을 열심히 살아기는 사람에게 자연스레 따라오는 것이기 때문이다.

그러기에 누구나 행복한 삶을 원한다면 과거의 아쉬움에 매이지를 말고 내일에 이루어질 목표를 향하여 오늘 하루에 최선을 다하여야 할 것이다. 기회는 언제나 조용히 그리고 아주 살며시 다가온다. 그것이 기회라는 것을 분명히 알아차릴 수 있도록 늘 깨어 있어야 하고 그것이 기회라고 판단되면 그것을 꽉 잡아야 한다. 혼신의 힘을 다해 그것이 인생에서 오지 않을 것처럼 절박하게 잡아라. 이번이 아니면 다음에 오겠지 라고 절대 생각해서는 안 된다. 어떤 순간에든지 기회를 만날 수도 있을 것이다.

항상 진지하게 예의 주시하면서 삶을 만들어 가야만 한다.

항상 깨어 있으라는 것은 기회를 잡기 위한 준비를 지속적으로 노력하여 실력을 쌓고 항상 준비가 되어 있어야 한다는 것이다.

오늘도 잔소리가 너무 길어졌구나, 미안!!

오늘도 스스로 몸과 마음을 단련시키고 보람된 하루 되길 바라며

※ 1951년 5월 3일 313일 차 ; 유엔군 춘천 동남지구에서 병력 불명의 공산군과 교전, 유엔 포병 및 지상부대 인제 주변 침공 공산군 격퇴, 이승만 대통령 대구에서 국군 장병에게 "최후의 승리는 우리의 것" 이라고 훈시, 변영태 외무부 장관 "대 소 강경책 시급하다" 라고 기자회견, 금융위원회 금리 및 대금업 규정에 관한 법 제정 정부에 건의, 그로스 미국 대표 집단 대책에서 대중국 무기금수 제안, 대한민국 유엔경제사회이사회에 북한(단독 또는 소련, 중국과 합력)의 대량 살육 행위 제소.

◆ 영천 신녕 전투(요약)

– 영천 신녕 전투는 1950년 9월 낙동강 방어선 영천 북방의 신녕 지역을 방어하고 있던 국군 제6사단이 영천지역으로 진출하기 위한 북한군 제8사단의 공격을 저지시킨 방어전투이다. 국군 제6사단은 후퇴하여 558 고지~637 고지~화산을 연결하는 전선에 방어 진지를 형성하고 북한군 저지작전을 수립했다. 북한군 제2군단은 그들의 주공이 지향된 다부동~효령 일대에서 돌파 계획이 좌절되자 의흥~신녕 축선에 투입된 적 제8사단에 전차부대를 증원하였다. 이에 고무된 북한군은 대대적인 돌파 및 침투작전을 전개하였지만 연일 계속되는 국군 및 유엔군의 지상 작전과 공중폭격으로 상당한 병력과 장비의 손실을 입었다. 국군 제6사단의 공세적인 방어 작전으로 전투력의 대부분을 상실한 북한군 제8사단은 조림산~화수동 일대로 물러나 방어태세로 전환하였다. 이 전투로 북한군 제 8사단은 신녕을 거쳐 영천을 우회 공격하려던 기도가 좌절되었고 이는 영천을 점령하기 위해 공격에 나섰던 북한군 제15사단이 영천지역애서 고립된 채 각개격파 당하는 결과를 가져왔다. 반면에 국군6사단은 대구외각선인 신녕 지구의 방어에 성공함으로써 대구를 점령하려던 적의 기도를 좌절시키는 한편 낙동강 방어선에서 국군 및 유엔군의 총반격을 위한 토대를 마련하였다.

보낸 날짜 : 2009년 12월 02일 수요일 오후 14시 56분 36초
받는 사람 : 사랑하는 두 아들(144회)

사는 재미

부하가 상사에게 물었다. "요즈음 약주는 많이 하시나요? "

상사가 부하에게 말했다.

"나, 술 끊었네!"

부하가 상사에게 다시 물었다. "그럼, 담배도 끊으셨겠네요? "

상사가 부하에게 말했다.

"담배야 당연히 끊었지!"

부하가 상사에게 다시 물었다 "그럼 여자도 끊으셨나요? "

상사가 부하에게 말했다.

"여자도 끊어버렸네!"

부하가 상사에게 놀라는 표정으로 다시 물었다.

"아니! 그럼 무슨 재미로 사십니까? "

상사가 부하에게 말했다.

"나? 거짓말하는 재미로 사네!"

오늘의 고사성어(古事成語)

권토중래(捲土重來) : 흙먼지를 날리며 다시 온다.

한 번 패한 자가 힘을 돌이켜 전력을 다하여 다시 쳐들어옴. 한번 실패에 굴하지
않고 몇 번이고 다시 일어남을 뜻하는 말로도 쓰인다.

요사이 몸들은 괜찮은지 건강은 스스로 잘 챙겨라!!

오늘도 많이 웃을 수 있는 하루 되길 바라며 …

보낸 날짜 : 2009년 12월 04일 금요일 오전 11시 00분 34초
받는 사람 : 사랑하는 두 아들(145회)

준비가 안 된 채로 큰물에 나가서는 안 된다

항상 너 자신을 냉정하게 평가 하여라 네가 그곳에 살아남을 수 있을지를 객관적으로 엄격하게 판단 해보아야한다.

준비가 제대로 안 되었다면 큰물에는 나중에 나가도 좋다. 기회는 계속 찾아올 것이다.

그전 까지는 큰물에서 버틸만한 배를 잘 만들어서 네가 그곳에서 살아남을 수 있다는 확신이 들면 나가는 것이다.

기다림이란 마음을 들뜨게도 하지만 빨리 가는 세월을 조금이라도 느리게 하는 것도 있다.

오늘의 일반상식(一般常識)

산업혁명(産業革命) : 농업과 수공업 위주의 경제에서 공업과 기계를 사용하는 제조업 위주의 경제로 변화하는 과정.

18세기 영국에서 시작되어 세계 여러 지역으로 확산되었다.

한 주간 잘 마무리하고 즐겁고 보람된 주말 되길 바라며 …

★ 사랑하는 자들아 하나님이 이같이 우리를 사랑 하셨은즉 우리도 서로 사랑하는 것이 마땅하도다 어느 때나 하나님을 본 사람이 없으되 만일 우리가 서로 사랑하면 하나님이 우리 안에 거하시고 그의 사랑이 우리 안에 온전히 이루어지느니라.(요한일서 4장11,12절)

보낸 날짜 : 2009년 12월 07일 월요일 오전 10시 42분 08초
받는 사람 : 사랑하는 두 아들(146회)

당황과 황당의 차이

당황과 황당의 의미는 정확하게 어떻게 다른가?

어느 남자가 길을 가다가 갑자기 오줌이 마려워 참을 수가 없었다

남자는 기사식당 앞에 세워져 있는 대형 트럭 뒤에 숨어서 오줌을 누고 있었다.

트럭의 기사가 식당에서 나와 트럭을 운전하고 떠나려고 하는데 갑자기 트럭이 뒤로 밀렸다.

이때 남자는 "당황" 한다.

트럭 기사가 트럭을 운전하여 떠나버린 뒤 숨어서 오줌을 누던 남자의 모습이 훤하게 드러났다.

이때 남자는 "황당" 하다.

용기와 오기의 의미는 정확하게 어떻게 다른가?

트럭이 떠나버린 뒤 앞이 훤하게 드러났는데도 남자가 계속해서 오줌을 눈다.

이때 사람들은 남자가 "용기" 있다고 한다.

트럭이 떠나자 남자가 트럭을 쫓아가면서 오줌을 눈다.

이때 사람들은 남자가 "오기" 있다고 한다.

〈단어의 정확한 의미를 알고 사용해야 한다.〉

오늘의 고사성어(古事成語)

금과옥조(金科玉條) : 금이나 옥같이 귀중한 법칙이나 규정

잘 정비된 나라의 법칙과 제도 기틀을 이르는 말로 쓰인다.

한 주간이 시작되는 월요일 아침이 구나 서울은 제법 쌀쌀한 날씨 겠구나 감기 조심하고, 주님 말씀 가운데 한 주간도 승리하는 삶이되길 바라며 …

보낸 날짜 : 2009년 12월 08일 화요일 오전 11시 00분 15초
받는 사람 : 사랑하는 두 아들(147회)

이 세상에 살아가는 많고 많은 사람들 중에는 세 가지 유의 사람들이 있다. 매미와 같이 사는 사람들, 개미와 같이 사는 사람들, 그리고 꿀벌과 같이 사는 사람들이다.

매미는 여름 한 철 시원한 멋을 풍기며 살아간다. 퍽이나 멋있게 보인다. 그러나 자기 자신에게도 이웃에게도 별 소용이 없는 삶이다. 개미는 옆을 돌아보지 않은 채 열심히 일하며 살아간다.

그러나 그렇게 부지런한 삶이 자기 자신에게만 유용한 삶이다.

그런데 꿀벌은 다르다. 자기 자신만이 아니라 남에게 도움을 주는 삶을 산다. 이웃이 필요로 하는 것을 공급하여 주는 삶을 산다.

사람들은 이들 세 가지 종류의 삶에서 어느 한쪽에 속하여 살아간다. 남에게 해를 끼치며 사는 사람들이 있고 남에게 해를 끼치지는 않으나 도움도 주지를 않고 자기 자신만을 위하여 사는 사람들이 있다. 그런가 하면 사람들 중에는 남에게 도움을 주며 사는 삶을 낙으로, 행복으로 알고 사는 사람들도 있다.

자신이 사는 자리에서 이웃에 피해를 주며 사는 사람, 차라리 세상에 태어나지 않았으면 좋았을 성싶은 사람들이 있고, 있어도 그만, 없어도 그만인 사람들이 있다.

그런 중에서도 자기 자리에 꼭 있어야 할 사람,

세상에 꼭 필요한 사람들도 있다.

그런 사람들은 자신이 행복을 누리고 자신이 누리는 행복을 이웃과 나누며 사는 사람들이다.

크리스천의 삶이란 두 말할 것도 없이 꿀벌과 같은 삶을 사는 사람들이다.

자신이 누리는 행복을 이웃과 누릴 줄 아는 사람들이다.

그렇게 사는 삶을 보람으로 사명으로 알고 살아가는 사람들이다.

오늘도 즐겁고 보람된 하루 되길 바라며 …

※ 1951년 5월 5일 315일 차 ; 유엔군 탐색대 인제에 돌입 공산군 255명 살상 57명 생포, 리지웨이 유엔군사령관 유엔군 한국전선에서 주도권 회복하겠다고 담화, 경제부흥위원회 조직(원장 국무총리, 위원 기획·내무·재무·농림·상공·사회·교통·체신부 장관), 유엔한국통일부흥위원회 부산 동아극장에서 개최,

◆ 영산 전투(요약)

– 낙동강 전투에서 미군이 방어한 지역 중 가장 치열한 전투가 벌어졌던 곳이 영산 전투이다. 이곳은 영산 돌출부 또는 낙동강 돌출부라고도 불리 운다 북한군 입장에서는 이곳에서 동시 도하할 경우 포위공격이 가능한데 비해 미군 입장에서는 방어면이 37Km에 이르는 불리한 지형이었다. 인민군 4사단은 서울을 점령 하는데 수훈을 세웠다고 하여 "서울 사단"이라는 칭호까지 수여 받은 기세 등등한 상태였다. 북한군은 뗏목을 이용한 도하 기재 준비는 물론이고 지상 및 공중정찰이 제한되면서 중장비 도하가 가능한 수중교도 가설했다. 미군도 다양한 방법으로 수중 교를 제거하고자 노력 했고 미2사단과 25사단 지역에서 식별 된 수중 교 3개를 공중 폭격했다 그러나 야간을 이용해 재 가설하는 북한군을 모두 막을 수 없었다. 북한군 제9사단은 구산리 율산리 박진 포구 등 6곳에서 낙동강을 야간 도하한 후 1연대와 2연대가 강 북쪽과 남쪽에서 공격하여 명리와 영산 일대를 점령하였다. 미 제1해병 임시 여단을 제2사단에 배속시켜 제2사단과 협조된 공격으로 반드시 낙동강 선을 확보하도록 명령을 받아 해병대가 중앙에서 영산 서쪽으로 공격하며 해병대 북쪽에서는 제9연대가 북서방으로 진출하여 제23연대와 연결하고 남쪽에서는 제9연대 1대대 잔존 병력, 공병대대, 제 72전차대대가 공격하여 제25사단과 연결하기로 공격 계획을 세워 공군기 편대와 포병의 지원사격을 받으면서 공격을 개시하였다. 해병 제2대대는 영산 서측 116 고지를 장악하였고 제1대대는 적 제9사단 사령부가 설치되었던 시익을 탈환하고 해병대는 오봉리 능선을 점령하고 곧이어 제9연대가 클로버 고지까지 전진하였다. 작전이 거의 마무리되자 해병대는 인천 상륙작전에 투입하기 위해 부산으로 이동하였다.

보낸 날짜 : 2009년 12월 09일 수요일 오전 10시 47분 29초
받는 사람 : 사랑하는 두 아들(148회)

과식, 과로, 과욕

하나님께서는 우리들의 기도를 들어주시기를 기뻐하시지만 하나님께서 들어주실 수 없는 기도가 3가지가 있다.

첫째, 과식(過食)하는 사람의 위장을 지켜 주실 수 없다.

성경에 절제(節制, Self Control)를 거듭거듭 분부하셨는데 마음대로 먹고서는 소화되게 해 달라고 기도하는 사람들의 위장을 하나님이 지켜주실 수 없다. 특히 저녁에는 가능한 과식을 안 하도록 하여야 한다.

둘째, 과로(過勞)하는 사람들의 건강을 지켜주실 수 없다.

우리 사회의 일꾼들은 너 나 할 것 없이 과로가 너무 심하다. 사회 구조와 통념(通念)이 과로를 피할 수 없게 되어 있는 듯하다.

요사이 젊은이들의 과로는 일을 많이 해서 오는 과로도 있지만 생활 습관에 의한 과로가 더 큰 문제라고 생각된다. 자야 할 시간에 자고 깨어있어야 할 때 깨어 있는 것이 과로를 막는데 지름길이 아닌지?

셋째, 과욕(過慾)을 부리는 사람의 지갑을 하나님께서 지켜주실 수 없다.

욕심에 절제가 필요하다. 절제 없는 욕심은 마치 브레이크 없는 자동차와 같다. 사고를 일으켜 자신과 가까이 있는 사람들에게 손해를 끼치기 마련이다. 그러기에 과식, 과로, 과욕, 삼과(三過)를 절제할 수 있는 사람이 성공할 수 있는 자격을 갖춘 사람이라 일컫는다.

여기는 겨울비가 조금씩 내리고 있구나 서울은 날씨가 어떤지
비는 안 맞도록 하여라 감기 걸릴 수도 있으니 건강 잘 챙겨라

오늘도 많이 웃고 즐거운 하 루되길 바라며…

※ 1951년 5월 7일 317일 차 ; 유엔군 탐색대 인제 근교 38선 돌파, 춘천 돌파, 국군 의정부 서북방 5Km 지점 진출, 정부 4각료 신임(국방부 장관 이기붕, 내무부 장관 이순용, 사법부 장관 조진만, 농림부 장관 임문환), 국회 국민방위군 사건 진상 조사 보고, 중국·소련비밀 군사협정설(중국은 병력 60만 명 한국에 투입, 소련은 소련식 장비 갖춘 국제 의용군 10개 사단 편성).

◆ 장사동 상륙작전(요약)

– 1950년 9월 15일 인천 상륙작전 실시에 맞추어 북한군을 교란하기 위한 기만 작전의 일환으로 서해안 정반대 방향인 동해안 포항 북쪽에 위치한 영덕군 남정면 장사리 일대 북한군 점령지역에서 전개된 상륙작전으로 원래는 제8군의 임무였으나 유엔군의 상륙지점 교란을 위해 인민군 복장을 입고 특수작전을 해야 하는 사정상 북한군과 외모가 비슷한 남한 출신 학생들인 학도병에게 작전명 174를 맡긴 것이다. 이 시기에는 정규군을 보충하기에도 벅찬 지경이었다. 유격대를 별도의 경로로 모병이 필요한 상황으로 이명흠 대위는 대구역 광장 등 대구 시내로 나가 직접 모병 운동을 시작하여 예상보다 많은 청년들이 자원했다. 이렇게 모인 총 760명의 병력으로 제1독립 유격대대 이른바 명(明)부대가 3개 중대 편제로 편성되었다. 정식 군번도 받지 못하고 유격대원이라는 대원증을 발급 받고 훈련을 받기 시작했다. 인천 상륙작전이 결정되자 작전명령 제174호로 명령을 받고 출동 전날 부대 재편성이 있었다 이 부대는 대대 급임에도 사단 급으로 위장했다. 미군까지 참여하는 인상을 심어주기 위해 문산호 탑승 시 미군까지 동원을 하였다. 9월 14일 상륙부대를 싣고 부산항을 출발한 문산호는 새벽 5시 30분경 접안을 시도하지만 태풍 영향으로 높은 파도로 인해 닻이 끊어져 좌초되었다. 북한군이 문산호를 먼저 포착하고 공격을 시작했다. 악천후로 기습 상륙이 실패하자 이명흠은 7명의 특공대를 보내 여러 번의 시도 끝에 4개의 밧줄을 해안가 소나무에 연결하는데 성공하여 밧줄을 붙잡고 상륙을 개시하였다. 제일 먼저 상륙한 1중대 대원들이 상륙을 직접적으로 방해하던 북한군의 해안 토치카 3곳을 파괴하는 데 성공한다. 2중대도 상륙하여 이 일대 구축된 북한군의 해안 방어진지를 차례로 무력화시켰다.

보낸 날짜 : 2009년 12월 10일 목요일 오전 10시 17분 54초
받는 사람 : 사랑하는 두 아들(149회)

아주머니와 처녀

아주머니와 처녀가 다른 점이 많다.

첫째, 길을 가다가 뒤에서 누군가가 '아주머니?' 하고 부를 때,

처녀는 부른 사람을 힐끗 돌아보고 그냥 가지만 아주머니는 부른 사람을 째려본다.

둘째, 전철 안에서 빈자리가 났을 때, 처녀는 먼저 주위를 둘러본 뒤에 자리에 앉지만 아주머니는 먼저 자리에 앉은 뒤에 주변을 둘러본다.

셋째, 미장원에 가서 파마를 할 때,

처녀는 예쁘게 해 달라고 하지만 아주머니는 오래 가게 해 달라고 한다.

넷째, 야한 이야기를 들을 때 처녀는 무관심을 가장하고 아주머니는 관심을 적극적으로 보인다.

다섯째 목욕탕에 가서 목욕을 할 때,

처녀는 수건으로 앞을 가리고 다니지만 아주머니는 수건을 머리에 쓰고 다닌다.

오늘의 고사성어(古事成語)

금지옥엽(金枝玉葉) : 임금의 자손이나 집안 또는 귀여운 자손을 소중하게 일컫는 말

오늘도 활짝 웃을 수 있는 하루 되길 바라며 …

※ 1951년 5월 9일 319일 차 ; 국군 간성에 돌입, 유엔군 공군 신의주 비행장 대폭격 신의주 상공에서 최대 공중전 공산군 기 38대 격파, 이승만 대통령 청평·가평 일대 전선 시찰, 이시영 부통령 거창사건 ·국민방위군 사건 규탄하고 사표 제출, 한·일·홍콩 간 소포우편 교환협정 성립.

보낸 날짜 : 2009년 12월 10일 목요일 오전 10시 17분 54초
받는 사람 : 사랑하는 두 아들(150회)

꿈을 위해 돌을 던집니다. 질문을 받았다.

"꿈을 위해 무엇을 하고 있습니까?"

그 질문에 갑자기 가슴이 턱 막히는 느낌이었다.

'글쎄, 아무것도 없는 듯…'라고 중얼거렸다.

그러다 다윗을 생각했다. 골리앗을 이긴 작은 소년을 생각했다.

장성해서 이스라엘의 왕이 되지만 그때까지 그는 그저 양치는 목 동이었다.

그러나 양을 지키는 일이라면 누구보다 잘해서 그의 돌팔매질은 완벽했다.

양을 해치러 온 늑대들을 물리쳐야 했으니까.

다윗은 돌팔매질로 골리앗을 이겼디.

'지금 여기 나에게 주어진 일을 다윗의 돌팔매질처럼 열심히 하 는 것이 꿈을 위해 내가 하는 일입니다'라고 대답하면 좀 게으른 자의 대답인 것일까?

〈광고대행사 더 브리지 대표 박소원〉

자기가 맡은 분야를 열심히 하여야 현대 사회에서 살아갈 수가 있으며 재능이 있고 인내하는 자가 도약할 수 있을 것이라 생각되어지는 말인 것 같구나.

오늘의 고사성어(古事成語)

기고만장(氣高萬丈) : 씩씩한 기운이 크게 떨침

벌써 이번 주도 마무리하여야 할 금요일이 구나 이번 한 주간도 몸과 마음을 잘 단련시키는 한 주간이 되었는지 모르겠구나,

찬송가 : 복의 근원 강림하사와, 복음성가 : 사랑(Saxophone연주)을 보낸다. 음악 전문가들의 고견을 부탁하며 …

오늘도 즐겁고 복된 하루 되길 바라며 …

※ 1951년 5월 11일 321일 차 ; 중부전선의 공산군 가평 부근으로 남하, 미 제1군 단장 밀번 중장 국군 제1사단 용전에 격려문 전달, 국회 이시영 부통령 사표 반환 115 대 1로 가결, 대통령 관저에서 국방장관·농림장관·주영 특명 공사 임명식, 이승만 대통령 대통령 선거 재출마할 의사 없다고 회견

◆ 인천 상륙작전(요약)

– 인천 상륙작전은 1950년 9월 15일 유엔군 사령관 더글러스 맥아더의 주도로 진행된 상륙작전이다. 이 작전에는 7만 5천여 명의 병력과 261척의 해군 함정이 투입되었다. 2주후 유엔군은 서울을 점령하게 된다. 작전 암호명은 크로마이트 작전(Operation Chromite)이었다. 상륙지역 선정을 위해 미국 합동 전략 기획 및 작전 단에서 연구를 시작했다. 주요 상륙지로는 총 3개 지역을 최종적으로 선정했다. 인천, 군산, 주문진이 그것이다. 일본 도쿄에 있는 미국극동군사령부의 참모부에서 상륙지역을 인천으로 결정하여 관련 부대에 하달, 미 합동참모부의 인천 반대는 인천의 조수간만, 수로 해안 조건을 반대 이유로 들었다. 맥 아더가 상륙 지역을 인천으로 주장한 것은 조선인민군의 전투부대는 모두 낙동강 방어선에서 미8군과 정면으로 맞서고 있고 병참선이 길게 늘어져 있어 후방인 서울에서 이를 차단할 수 있다. 그래서 서울과 가장 가까운 인천이 상륙지역이 되어야 한다. 서울은 전략적, 정치적, 심리적 이유에서 신속히 탈환해야 한다고 하여 미 합동참모 본부의 최종 결정이 되었다. 사전 작전으로 삼척 동해에서 미 군함 미주리호를 상륙작전 준비로 오인시키기 위한 공습, 군산에 상륙 작전과 비슷한 수준의 포격을 수차례 실시하는 등의 기만작전, 상륙지점인 인천을 고립시키기 위한 공습을 상륙 당일 까지 계속, 9월 15일에 영덕 장사 상륙작전 실시 등 드디어 9월 15일 더글러스 맥아더 유엔군 총사령관의 명령에 의해 인천 상륙작전이 개시되었다. 00시 06분 유진클라크 미 해군 대위와 KLO부대 그리고 한국 육군 및 해군 장교들로 구성된 연합 작전 팀이 팔미도의 등대를 무혈점령 하고 등대를 수리하여 불을 켜서 상륙부대들의 중요한 길잡이가 되었다. 미국의 제임스 도일 해군 소장이 유엔군 해군사령관으로서 작전을 지휘했다. 대한민국의 백인엽 대령이 합동으로 상륙작전을 수행하면서 유엔군과 대한민국 국군이 인천에 진입하였다.

보낸 날짜 : 2009년 12월 14일 월요일 오전 10시 38분 11초
받는 사람 : 사랑하는 두 아들(151회)

또 날씨가 추워지는구나 옷은 따뜻하게 입어라 둘째는 추위에 약하니 내의나 타이즈 같은 것을 입고 학생들 앞에 설 때 움츠려 들지 않게, 첫째도 따뜻하게 입어야 어깨를 쫙 펴고 걸어갈 수 있다. 어디서든지 우리 두 아들이 당당한 모습으로 살아가길 바란다.

          월요일 아침 하나님의 자녀로서 힘차게 시작하여보자 꾸나…

★ 온유한 자는 복이 있나니 그들이 땅을 기업으로 받을 것임이요(마태복음 5장 5절)

※ 1951년 5월 13일 323일 차 : 공산군 소양강 남안 교두보를 향해 대거 남하, 국군 인제 부근에서 8회에 달하는 공산군 반격 격퇴, 국회 본회의 미국 시민권자인 이순용 신임 내무부장관의 국적 문제로 논란, 미 병원선 헤이븐 호 '어머니날' 행사로 한국 고아 400명 헤이븐 호에 초대.

◆ 가산 팔공산 청주 진격전투(요약)
– 인천 상륙작전과 아울러 낙동강선의 아군은 9월 16일 09:00을 기하여 일제히 반격을 시작하게 되었다. 이때의 주공은 대구 정면의 미 1군단이 담당하여 대구-수원의 경부선을 따라 적을 격파하면서 진격하고, 경인지방에서 남하하는 미 10군단과 연결하도록 계획되었으며 미 1군단의 우익 사단인 아군 1사단은 팔공산에서 가산을 공격하여 적 1사단을 격파하고, 그리고 미 1기병사단과 호응하여 낙동강 부근에서 도하를 행한 다음 상주를 향하여 공격, 그리고 미 10 고사포 단은 사단의 공격을 직접 지원하라는 임무에 따라 지원하면서 1사단은 가산, 팔공산 지역에서부터 진격하여 10월 5일 12 연대는 청주에 진출하여 사단 정훈부와 군악대가 합동으로 청주 시장에서 군경 및 시민위안 연주회를 개최하고 시가행진도 하였다..

보낸 날짜 : 2009년 12월 15일 화요일 오전 10시 43분 06초
받는 사람 : 사랑하는 두 아들(152회)

동반자

동반자와 함께 출발하려면 동반자의 선택에 신중해야 한다. 찡찡대는 사람, 습관적인 염세주의자, 무원칙한 동정주의자, 자의식이 강한 사람 유행을 좇는 사람은 동반자로 적합하지 않다.
이런 사람들은 여행을 지루한 고행으로 전락시켜 버린다.
현실적이고 열린 가슴을 지닌 사람을 동반자로 택하라.
현실적이면서도 열린 가슴!
이는 당신도 꾸준히 키워가야 할 미덕이다.

– 롤프 포츠의 〈떠나고 싶을 때 떠나라〉 중에서–

인생의 동반자도 선택이 중요하다.
누구와 함께 벗하며 가느냐에 따라 인생 전체가 천국도 되고 지옥도 될 테니, 하지만 '동반자 선택'에 앞서 먼저 해야 할 중요한 일이 있다.
상대방이 좋은 동반자이기를 바라기 전에 내가 먼저 좋은 동반자가 되는 것이 우선이다.

오늘의 일반상식(一般常識)
염세주의(厭世主義) : 세계나 인생을 불행하고 비참한 것으로 보며, 개혁이나 진보는 불가능 하다고 보는 경향이나 태도.

오늘도 활짝 웃을 수 있는 일이 많이 생기길 바라며…

보낸 날짜 : 2009년 12월 16일 수요일 오전 11시 42분 36초
받는 사람 : 사랑하는 두 아들(153회)

시간 약속

약속 시간에 늦는 사람하고는 동업하지 말거라
시간 약속을 지키지 않는 사람은 모든 약속을 지키지 않는다.

– 김승호의 〈좋은 아빠〉 중에서 –

"시간약속"
약속의 시작이며 믿음의 출발이다.
소홀하거나 사소하게 생각하면 큰일을 그르칠 수 있다.
시간 약속을 지키지 않는다는 것은 아직 "기본"이 안 되어 있다는 표시이며, 상대방의 시간을 중요하게 생각하지 않는 사람은 믿음을 얻지 못해 큰일도 맡겨지지 않는다.
사회생활의 가장 기본적인 요소이다.
약속 시간을 철저하게 지키는 습관을 가져라.

추운 날씨에 몸조심하고 오늘도 멋진 하루 되길…

※ 1951년 5월 18일 328일 차 : 유엔군 국군 38선 전 전선에서 남방으로 후퇴 완료, 인제 서남방 진지의 국군 예정 방어선으로 후퇴 공산군 1만 명 침투, 공산군 의정부 침입, 김성수 부통령 국회에서 취임인사 첫 등청, 국회 부의장 동의로 이순용 내무부장관 국적문제 불문 처리하기로 가결, 민간 무역업자·공공단체국내 생산 가능 물품 등 사치품 대량 수입 물의, 유엔총회 중국과 북한에 대한 전략 물자 금수 안 통과, 네덜란드 육군 당국 금년 말 지원병 170명 한국에 증파 하겠다고 발표

힘이 있어야 산다

개인에게 힘이란 것이 얼마만큼 중요한 것인가.

조직에게 힘이란 것이 얼마만큼 대단한 것인가.

국가에게 힘이란 것이 얼마만큼 필수적인 것인가.

사람 사는 세상이나 동물들이 사는 자연계나 거의 비슷하다.

경쟁을 통해 힘이 있는 자들이 살아남고 그렇지 못한 것들이 사라지는 것이 자연계이다.

젊은 날에 힘을 갖추지 못하면 길고 긴 인생을 어떻게 살아가게 될 것인가? 삶은 늘 평탄한 길만 이어지지는 않는다.

비 오는 날, 바람 부는 날, 눈 오는 날, 따뜻한 날, 추운 날, 태풍이 몰아치는 날도 있다. 예기치 못한 앞날이 기다리고 있다.

준비할 수 있는 여력이 있을 때 스스로 힘을 키우고, 힘을 만들고 미래를 위해서 대비하는 시간을 꼭 만들어 가야 할 것이다.

어영부영하다 보면 어느새 젊음은 지나가 버리고 만다.

늦었다고 생각들 때가 가장 빠른 시점 일지도 모른다.

자신의 모습을 쓸모 있는 사람으로 만드는데 최선을 다하여야 한다.

오늘의 고사성어(古事成語)

난상토의(爛商討議) : 낱낱이 들어 잘 토의함.

오늘도 많이 웃고 더 많이 사랑하는 하루가 되었으면 한다.

★누구든지 자기 유익을 구하지 말고 남의 유익을 구하라 (고린도전서 10장 24절)

보낸 날짜 : 2009년 12월 18일 금요일 오전 10시 33분 40초
받는 사람 : 사랑하는 두 아들(155회)

평범한 그들의 특별한 노력

최근 가장 인기 있고 대중의 관심을 받는 사람으로 피겨 요정 김연아다. 그를 보고 너무 귀엽고 예쁘고 아름다운 모습에 사람들은 어쩌면 저렇게 이쁘고 잘할까 복도 많지라고 하지만 이면의 아픔이나 고통이 따르고 있다는 것을 알아야 한다. 그는 명성을 얻기 위해 지독한 연습벌레 라고 한다.

하루 점프 300회, 일 년에 300일 연습, 1년 동안 점프 회수 9만번, 트리플 점프 연습 27만 번, 이렇게 연습하는 중 점프 회전 실패율이 20% 정도 된다고 한다. 실패 시 그 딱딱한 얼음판 위기 때문에 엉덩이는 항상 멍이 들어 있다고 한다.

1만 8천 번의 고통과 아픔을 견디면서 화려한 연기 꽃을 피워낸다. 하나의 아름다운 예술을 창조하기 위해 반복적인 연습과 노력이 필요하다.

간절히 원하는 것을 이루기 위해서는 지속적으로 반복하는 습관, 바로 인생이 되고 삶이 된다.

오늘의 고사성어(古事成語)

난형난제(難兄難弟) : 누구를 형이라 하고 누구를 동생이라 할지 분간하기 어렵다. 사물의 우열이 없다. 곧 비슷하다는 말.

오늘이 가장 추운 날씨 같구나 혹시 얼어터진 곳은 없는지 길이 미끄러울지 모르니 조심해서 다니고 옷을 따뜻하게 입어라

한 주긴 질 마무리하고 주말 교회에서 봉사와 기도 열심히 하여라

보낸 날짜 : 2009년 12월 21일 월요일 오전 10시 10분 14초
받는 사람 : 사랑하는 두 아들(156회)

음악 감상실

어느 음악 감상실의 DJ(Disc Jockey)에게 밖으로부터 손님 찾는 전화가 걸려왔다.
"손님 중에 언청이가 한 사람 있을 거요. 그 손님 좀 바꿔 주세요. 아마 좌석 맨 앞
줄에 앉아 있을 거요."
실내가 너무 어두워서 누가 누구인지 보이지 않았다.
DJ는 난감했다. 그렇다고 언청이 나오라고 소리칠 수는 없었다.
DJ는 마이크에 대고 이렇게 불렀다.
"혹시 손님 중에 입술에 가르마 타신 분 있으면 여기로
나오세요. 여기 손님 찾는 전화가 와 있습니다."
〈언청이는 입술이 갈라져 있다.〉

　　　　　　　　　　이번 한 주일도 많이 웃고 복된 나날 되길 바라며…

◆ 호주 종군(從軍) 간호원(看護員)
 – 호주 공군 간호 부대(RAAFNS)와 호주 육군 간호 부대(RAANS)의 153명의 간
호사들이 서울의 영연방군 의료지구 이동외과병원에서 근무하였다.
 – 그들의 임무는 그곳에서 부상병과 질병에 걸린 병사들을 간호하는 것이었다.
 간호사들은 부상병들 외에도 뜨거운 여름, 모진 겨울, 외진 산속에서의 전투 및 참
호전으로 인해 발생한 다양한 질병들도 치료하였다.
 – 한국에서 '논 발병' (rice-paddy feet)으로 불리는 참호 발병은 전선의 많은 병사
들을 무력하게 만들었고 대수롭지 않은 피부병이라도 이런 악조건 속에서 심각한
병이 될 수 있었다. 간호사들은 환자의 개인위생 및 환자들을 위한 신선한 식음료품
공급을 크게 강조했다.

보낸 날짜 : 2009년 12월 22일 화요일 오전 10시 54분 34초
받는 사람 : 사랑하는 두 아들(157회)

구축함과 등대

깜깜한 밤중에 바다에서 배 두 척이 서로 마주 보고 달려오고 있었다. 이대로 가다가는 서로 충돌할 것 같았다.

이쪽에서 마주 오는 배를 향하여 불빛으로 신호를 보냈다.

"나는 함장인데 너는 누구냐? "

저 쪽에서 불빛으로 신호를 보내왔다.

"저는 수병입니다." 이쪽에서 신호를 보냈다.

"이대로 가다가는 부딪치게 생겼으니 내가 빨리 비켜라."

저 쪽에서 신호가 왔다. "저는 못 비킵니다."

이쪽에서 신호를 보냈다.

"안 비키면 너는 영창이야! 빨리 비켜!"

저 쪽에서 신호가 왔다 "저는 죽어도 못 비킵니다."

이쪽에서 신호를 보냈다.

"이 쪽은 구축함이야. 너는 부딪치면 박살 나!"

저 쪽에서 신호가 왔다.

"알아서 하십시오. 이쪽은 등 댑니다."

〈등대는 움직일 수가 없으니 죽어도 못 비킨다.〉

오늘의 고사성어(古事成語)

내조지공(內助之功) : 안에서 돕는 공, 아내가 집안일을 잘 다스려 남편을 돕는 일을 말한다.

오늘도 많이 웃고 즐거운 하루 되길 바라며…

보낸 날짜 : 2009년 12월 24일 목요일 오전 11시 18분 45초
받는 사람 : 사랑하는 두 아들(158회)

인생에서 시간의 가치는 똑같지 않다

시간의 가치는 늙어 갈수록 줄어들고 태어나서 걷고 말하며 세상의 기본적인 것들을 배우는 어린 시절은 자신을 통제할 수 없기에 모든 것이 부모에 있지만 학생시기가 가장 중요할 것이다. 학생시절의 시간의 가치는 인생의 80년을 좌우하는 시간이 될 것이다. 학생시절을 헛되이 보내지 말고 배우기를 즐겁게 하고 인내를 알아가며 자신의 모습을 쓸모 있는 사람으로 만드는데 최선을 다하여야 한다는 것을 뒤늦게 알았어도 늦지 않았다고 생각되는 구나.
이제 100세 시대로 인생에서의 시간 가치는 학생 시절 보다도 30대, 40대가 더 중요할지도 모른다.

오늘의 일반상식(一般常識)
몽고반점(蒙古斑點) : 몽골계 인종이 지닌 특징의 하나로 신생아나 유아의 등 또는 궁둥이에 생기는 청색반점.

사랑하는 사람과 더 큰 사랑을 약속하고 함께 행복을 나눌수 있는 따뜻한 성탄절이 되길 바라면서 …

★ 백성이 다 세례를 받을새 예수도 세례를 받으시고 기도하실 때에 하늘이 열리며 성령이 비둘기 같은 형체로 그의 위에 강림 하시더니 하늘로 부터 소리가 나기를 너는 내 사랑하는 아들이라 내가 너를 기뻐하노라 하시니라.
(누가복음 3장 21, 22장)

보낸 날짜 : 2009년 12월 29일 화요일 오후 16시 07분 00초
받는 사람 : 사랑하는 두 아들(159회)

나로 존재하는 것

배움을 얻는다는 것은 자신의 인생을 사는 것을 의미한다.
갑자기 더 행복해지거나 강해지는 것이 아니라,
세상을 더 이해하고 자기 자신과 더 평화로워지는 것을 의미한다.
아무도 당신이 배워야 할 것이 무엇인지 알려줄 수 있는 사람은 없다.
그것을 발견하는 것은 당신만의 여행이다

– 엘리자베스 퀘플러 로스의 〈인생수업〉 중에서–

내 인생은 내가 살아야 한다.
아무도 대신해 살아줄 수 없다.
아무리 좋은 글과 말이 있어도 내기 받아들이고사 하는
마음이 없으면 아무런 소용이 없다.
나 자신 만이 나를 나로 존재하게 하는, 나의 삶을 위해
스스로 노력하여 쟁취하여야 참 행복을 누릴 수 있을 것이라 생각되어지는구나.
요사이 큰아들은 무척 바쁜 모양인데 날씨도 춥고, 눈도 오고 해서 길이 미끄러
우니 바쁠수록 조심하여라
아들들아 올해도 며칠 안 남았구나 잘 마무리하고,

새해에는 더욱더 주님께 사랑 받는 자들 되도록 노력하자꾸나 …

★ 복음이 너희에게 말로만 이른 것이 아니라 또한 능력과 성령과 큰 확신으로 된
것임이라(데살로니가전서 1장 5절)

보낸 날짜 : 2009년 12월 31일 목요일 오전 10시 01분 06초
받는 사람 : 사랑하는 두 아들(160회)

한 해 동안 고생들이 많았구나

한 해를 보내면서 우리 두 아들도 가슴 깊은 곳에서는 아쉬움과 감회가 있을 것이다.

그러나 다가오는 새해라는 새로운 희망이 있다는 것이 얼마나 좋고, 중요한가…

또 새해에도 작심삼일이 될 찌라도 계획을 세워보는 것이 안 세우는 것보다 나을 것 같구나.

새해에 엄마, 아빠가 가장 기다리는 것은 큰 아들과 작은아들이 평생 같이 할 수 있는 동반자를 데려 오는 것인데 아니 후보자라도 좀 데려오면 좋을 텐데..

열심히 기도 하고 있으니 그렇게 될 줄 믿는다.

추운 날씨에 몸조심하고 연휴 멋지게 보내기 바란다.

★ 너희가 내 이름으로 무엇을 구하든지 내가 행하리니 이는 아버지로 하여금 아들로 말미암아 영광을 받으시게 하려 함이라.(요한복음 14장 13절)

※ 1951년 5월 20일 330일 차 : 동해안 국군 38선 이남으로 철수, 공산군 3사단 한계·풍암 간 아군 방어선 돌파, 국방부 병무관계조사위원회 설치, 한국전쟁 전상자에게 제1차 상이기장수여, 부산시장 과도한 방세 요구와 퇴거 강요 행위 엄단 경고.

※ 1951년 5월 21일 331일 차 ; 중동부 전선 중공군이 미 제2사단 동방 풍암 북방 향해 4개 병단 투입, 공산군 제4차 공세 6일 만에 좌절 북한강 남안의 교두보에서 후퇴 개시, 국회 전재긴급시책에 관한 건의안 가결, 정부 유엔군 대상금(貸上金) 중간상환 미 당국에 요청, 백낙준 문교부장관 군사용 일부 학교 반환 통첩 시달, 킹슬리 유엔한국재건단 단장 한국전 피해액 5~10억 달러 민간인 사상자 100만 명 언급.

보낸 날짜 : 2010년 01월 04일 월요일 오전 10시 27분 14초
받는 사람 : 사랑하는 두 아들(161회)

새해 복 많이 받고, 건강하고, 몸과 마음을 스스로 단련시켜 행복한 삶을 누릴 수 있는 한 해가 되었으면 한다.
복 받기를 기다리지 말고 내가 스스로 복을 많이 만들어 받도록 하여야 한다고 생각된다.
그리하여 다른 사람에게도 나누어 줄 수 있는 여유가 되기를 기도드린다.
올 한 해도 주님 잘 섬기며 주님 말씀 가운데 하고자 하는 일이 이루어지길 바라면서…
2010년 경인년 백호가 포효하듯이 힘차게 시작하여 보자.
아사!! 아사!! 퐈이팅!! 퐈이팅!!

사랑하는 두 아들에게 …

오늘의 고사성어(古事成語)
노심초사(勞心焦思) : 몹시 마음을 졸이고 애태우며 생각함
어떤 일에 걱정과 고민을 심하게 많이 하는 것을 일컫는다.

★ 그가 찔림은 우리의 허물 때문이요 그가 상함은 우리의 죄악 때문이라 그가 징계를 받으므로 우리는 평화를 누리고 그가 채찍에 맞으므로 우리는 나음을 받았도다(이사야서 53장 5절)

※ 1951년 5월 22일 332일 차 ; 중공군 청평 근방의 교두보 포기 북방으로 후퇴, 공산군 서울 북방 15Km 지점에서 저항 강화, 국회 본회의 남한 출신 포로 4만여 명 석방 건의, 정부 「애국복권 발행 법」및 동 「특별 회계법」공포 시행, 세관 행정 협조 기관으로 세관통관협회 결성, 포로 우편취급 개시, 중국 대중국 금수 안 반박 성명.

기다림은 시간을 더디 가게 한다

인생은 짧다 하지만 그런 인생이라 할지라도 시간을 더디 가게 하는 마법 같은 것이 기다림이란다. 소풍전날 조바심에 지새우는 긴 밤, 사랑하는 사람과의 만남을 기다리는 시간, 기다리는 소식들을 만들고, 기다릴 것을 많이 만들어라 그렇게 짧은 삶을 길게 살거라, 나이가 들어가면 세월의 속도는 나이에 비례해서 빨리 지나간다고들 한다. 실제 나이가 들어가니 그 보다 더 빨리 세월이 지나가는 것이 느껴지는구나..

서울에 눈이 가장 많이 왔다고 하는데 출퇴근 길 조심해서 다니고 먹는 것 제대로 챙겨 먹는지 걱정이구나??
요사이 엄마 아빠는 신년 특별 새벽 기도회에 나가 열심히 기도 하고 있다.

오늘의 고사성어(古事成語)
노심초사(勞心焦思) : 몹시 마음을 졸이고 애태우며 생각함
어떤 일에 걱정과 고민을 심하게 많이 하는 것을 일컫는다.

오늘도 즐겁고 보람된 하루 되길 바라며 …

★ 자기 아들을 아끼지 아니하시고 우리 모든 사람을 위하여 내주신 이가 어찌 그 아들과 함께 모든 것을 우리에게 주시지 아니 하겠느냐.(로마서 8장32절)

보낸 날짜 : 2010년 01월 06일 수요일 오전 11시 44분 00초
받는 사람 : 사랑하는 두 아들(163회)

날로 좋아지는 사람

– 언제나 마음이 따스하고 온화하여 대하기 편한 사람

– 조그마한 호의에도 고맙다는 인사를 할 줄 아는 사람

– 만날 때마다 먼저 반갑게 인사를 하는 사람

– 잘못 걸린 전화에도 친절히 설명하고 응답하는 사람

– 틈날 때마다 책을 가까이하는 사람

– 전화를 잘못 걸고 미안하다고 사과할 줄 아는 사람

– 늙어도 나이 들어가는 모습이 멋있고 깨끗한 사람

– 얼굴에서 훈훈한 미소가 항상 떠나지 않는 사람

– 잘못한 것을 알게 되면 잘못을 솔직히 시인하는 사람

– 자기보다 어린 사람 앞에서도 목에 힘주지 않는 사람

– 때로는 손해를 보고도 생색내거나 소문내지 않는 사람

– 남에게 말한 대로 자기도 그렇게 살려고 애쓰는 사람

– 비싼 옷이 아니더라도 늘 깨끗하고 단정한 사람

– 어느 자리에서나 맡은 일에 열중하는 사람

– 한 포기의 들풀, 한 송이의 야생화도 소중히 여기며 모든
은혜에 항상 감사하는 사람

오늘의 고사성어(古事成語)

논공행상(論功行賞) : 공로의 크고 작음을 조사하여 상을 줌

오늘도 건강하고 즐거운 하루 되길 바라며 …

보낸 날짜 : 2010년 01월 07일 목요일 오전 10시 19분 00초
받는 사람 : 사랑하는 두 아들(164회)

몸을 부지런히 놀려라
몸을 부지런히 놀리는 데서 지혜와 순결이 온다.
나태로 부터는 무지와 관능이 온다.
공부하는 사람에게 관능은 마음의 게으른 습성이다.
깨끗지 못한 사람은 열이면 열 게으른 사람이며,
난로 옆에 웅크리고 있는 사람이며, 해가 떠 있는데도 누워
있는 사람이며, 피곤하지도 않은데 휴식을 취하는 사람이다.

– 헨리 데이비드 소로우의 〈월든〉 중에서–

게으름이 만병의 근원이다. 주위가 정리정돈이 되지 않으면.
몸만 불결해지는 것이 아니고 온갖 잡동사니가 쌓여 마음도 머리도 혼탁해진다.
피곤하지도 않는데 휴식을 취해 버릇하면, 정작 휴식이 필요할 때 갈 길이 없다.
해가 떴는데도 일어나지 않으면 몸도 마음도 건강하지 못하다.

오늘도 몸과 마음을 스스로 단련시키는 하루가 되길 바라며 …

※ 1951년 5월 26일 336일 차 ; 국군 양양 점령, 미군·프랑스군 홍천·인제 도로급 진격 38선 이북의 유엔군 교두보 진지 강화, 이승만 대통령 미 장병에게 무공훈장 수여, 정부 한국전쟁 정전 절대 반대 담화, 무장유격대 100여 명 청주시 습격, 육군본부 참모부장에 유재흥 소장 행정참모부장에 양국진 준장 작전참모부장에 이준식 준장 신임, 유엔 3인 조정위원회 스웨덴 대표 한국전쟁의 평화적 해결 위한 교섭에 응할 용의 있다는 소련 메시지 접수 언명.

보낸 날짜 : 2010년 01월 08일 금요일 오전 11시 30분 00초
받는 사람 : 사랑하는 두 아들(165회)

개미 형 사람과 거미 형사람

개미 형 사람이 되지 말고 거미 형 사람이 되라는 말이 있다.
개미 형 사람은 부지런히 일은 하지만 혼자 열심히 하는 사람이다.
거미 형 사람은 마치 거미가 거미줄을 쳐 놓듯이 곳곳에 자신의 지기(知己)와 동지(同志)들을 심어 놓는 사람이다.
이 세상은 혼자서 살아갈 수 없다. 어차피 더불어 사는 사회이다.
서로 의지하고 서로 도움을 주고받으며 살아가야 한다.
투자 중에 최고의 투자는 사람에 대한 투자이다.
사람에 대한 투자의
첫째는 상대가 어려울 때에 정성을 다하여 돌보아 주는 것이다.
둘째는 이해관계를 넘어서서 상대에게 성심을 다하는 마음이다.
셋째는 부지런히 관리하여 신뢰를 쌓아 나가는 것이다.
인간관계는 새롭게 사귀는 것보다 유지하는 것이 더욱 중요하다.

오늘의 고사성어(古事成語)
다문박식(多聞博識) : 많이 듣고 넓게 공부함. 견문이 넓고 학식이 많음을 말한다.

한 주간 잘 마무리하고 주말 즐거운 마음으로 하나님 만나기를 바라고 금년도 계획 이루어질 수 있도록 열심히 기도하자

오늘도 즐겁고 보람된 하루 되길 바라며 …

보낸 날짜 : 2010년 01월 11일 월요일 오전 10시 28분 00초
받는 사람 : 사랑하는 두 아들(166회)

건강한 자기 계발의 10개조

1. 작은 일에도 관심과 정성 어린 사랑을 기울여라.
2. 살아가는 생활 속에서 스스로 얻은 지혜가 참다운 지혜이다.
3. 오늘을 충실히 사는데서 최고의 인생을 살 수 있다.
4. 정직하고 당당하게 살겠다는 마음가짐을 항상 가지라.
5. 사람들의 생각에 휘둘리지 말고 자신의 생각의 삶을 살아라.
   다만 독단과 편견에는 빠져들지를 말고 객관적이어야 한다.
6. 남에 대한 작지만 따뜻한 배려를 잊지 말아라.
7. 지식은 풍부하게 하고, 행동은 겸손하도록 노력하여라.
8. 좋은 친구는 자기 자신을 보여 주는 거울이다.
9. 내 주위 사람들로부터 신뢰받는 인간관계를 맺으라.
10. 건강의 소중함을 알고 강인한 육체를 가꾸기 위하여 건강할때 미리미리 관리하고 투자하여라.

오늘의 고사성어(古事成語)
단도직입(單刀直入) : 홀몸으로 칼을 휘두르며 적진으로 거침 없이 쳐들어 감. 요점을 바로 풀이해간다는 말로 쓰인다.

벌써 2010년 1월도 중순으로 접어들기 시작하는구나 계획들은 조금씩 진행되어 가는지, 엄마, 아빠는 지난주 특별 새벽 기도는 우리 두 아들 염려 덕택에 무사히 잘 마쳤다. 올해는 첫째와, 둘째가 바라는 모든 일이 다 이루어지길 바라면서 열심히 노력하고, 기도도 열심히 하여보자…

　　　　　　　　　오늘도 활기차게 시작하여 멋진 하루 되길 바라며 …

보낸 날짜 : 2010년 01월 12일 화요일 오전 09시 57분 00초
받는 사람 : 사랑하는 두 아들(167회)

날씨가 또 추워지는구나 날씨가 추워지면 몸이 자꾸만 움추려들고 고 칼로리의 음식을 찾게된다고 하는구나 몸이 추위를 막기위해 열을 생성하려고 더 많은 에너지를 사용하게 되어 이로 인해 칼로리 소모량이 증가할 수도 있다고 하니 적정한 운동과 옷차림을 따뜻하게 하여 에너지소비를 줄이고 먹는 것 잘 챙겨먹도록 하여라

오늘도 멋진 하루 되길…

※ 1951년 5월 28일 338일 차 ; 공산군 하천에서 패주, 한국에 온 최초의 유엔군 장병 어머니 영국에서 한국행(부상당한 아들 마틴 소위를 부산항 병원선에서 면회), 이기붕 국방부장관 "장병재소집에 솔선입대 기대한다"라고 담화, 조선민주당 정전 반대 성명.

◆ 왜관 - 대전 진격전투(요약)
– 1950년 9월 15일 인천상륙작전의 성공으로 북한군의 기세를 제압한 한국군과 유엔군은 드디어 전 전선에 걸쳐 총반격 작전을 개시하였다. 왜관 대전 진격전은 낙동강을 사이에 둔 치열한 공방전 끝에 적의 교두보를 분쇄한 미 제24사단이 영국군 27여단과 함께 대전을 탈환한 전투를 말한다. 9월 20일 미 제19연대가 낙동강을 도하한 다음에 김제 고지를 전진기지로 점령확보하고 9월 22일 미군 공병 들은 낙동강에 M-2 주교 가설 작업을 완성, 영국군 27여단이 참여 하게 되었다. 9월 23일 비교적 전투경험이 많은 미 제21연대를 전위부대로 하여 2월 25일 김천시 탈환, 9월 26일 영동에 돌입하여 형무소를 탈환 미군포로 3명 구출하고, 9월28일 드디어 대전시를 탈환 하게 되었다.

보낸 날짜 : 2010년 01월 13일 수요일 오전 10시 23분 44초
받는 사람 : 사랑하는 두 아들(168회)

오늘은 6년 만에 최고 추운 날씨라고 하는데 내의는 입었는지
하여튼 챙겨줄 사람 없으니 스스로 잘 챙겨라
추운 날씨 건강관리 여섯 가지를 보내니 실천하여 올 겨울도 우리함께 이겨 보자.
첫째 옷을 따뜻하게 입자.
둘째 삼시세끼를 잘 챙겨 먹자.
셋째 물을 충분히 마시자.
넷째 적절한 실내온도와 습도관리
 – 실내온도 : 18도 ~ 20도 – 실내습도 : 40% ~ 60%
다섯째 잠을 충분히 자자.
여섯째 스트레스는 바로바로 해소 하자.

오늘의 고사성어(古事成語)
대동소이(大同小異) : 크게 보면 다를 게 없다.
혜시(惠施)의 소동이(小同異) 대동이(大同異) 론(論)에서 비롯된 말이다.
혜시(惠施) : 중국 전국시대 송(宋)나라의 철학자 혜자(惠子)라고도 한다.
중국고대 철학의 한 유파인 명가(名家)의 대표자.

오늘도 웃을 수 있는 일이 많이 있길 바라며 …

★ 내가 사망의 음침한 골짜기로 다닐지라도 해를 두려워하지 않을 것은 주께서
나와 함께 하심이라 주의 지팡이와 막대기가 나를 안위하시나이다.

(시편 23장 4절)

보낸 날짜 : 2010년 01월 14일 목요일 오전 09시 18분 00초
받는 사람 : 사랑하는 두 아들(169회)

협력

신념이 있는 사람이라면 어디서나 똑같은 신념으로 협력을 하려들 것이며,
신념이 없는 사람은 그가 누구와 함께 일하든지 대충 살아가려고 할 것이다.
협조한다는 것은 가장 높은 의미에서든 생을 같이하는 것을 뜻 한다.
– 헨리 데이비드 소로우의 〈월든〉 중에서–

협력은 함께 어우러져 가는 것이다.
사기를 내세우면 함께 갈 수 없다.
'나'를 내려놓고, 비워야, 진정한 협력이 가능하다.
그런 점에서 협력은 최고의 인격 훈련이기도 한 것이다.
협력할 줄 알아야 인격이 완성되는 것이며
그래야 사람 앞에도 설 수 있고, 미래를 보장받을 수 있다.
지금 당장의 이익에만 치우치지 말고 내가하는 일에
자신이 있다면 좀 더 멀리 보는 안목이 필요할 것이다.

오늘의 고사성어(古事成語)
대서특필(大書特筆) : 특히 드러나게 큰 글자로 적어 표시함.

오늘도 주님 말씀 안에서 승리하길 바라며…

★ 충성된 사자는 그를 보낸 이에게 마치 추수하는 날에 얼음냉수 같아서 능히 그
주인의 마음을 시원하게 하느니라. (잠언 25장13절)

※ 1951년 5월 30일 340일 차 ; 유엔 공군 김화 동북방의 공산군 보급품 대 집적소 격파, 농림부 하곡 40만 석으로 가마당 2만 3,000원으로 수집 결정, 미국·일본 간 최초 신 특수 계약 성립 일립제작소(日立製作所)와 미 정부 간 500만 달러(18억 원) 계약 조인.

◆ 서울 수복 전투(요약)

– 1950년 9월 15일 인천상륙작전을 통해 인천 월미도에 상륙한 국군과 유엔군은 인천과 여러 섬들을 장악하고 경인가도를 통해 서울로 진격하였다. 김일성은 경북 김천까지 남하했던 북한군 9사단을 다시 인천으로 보냈지만 소수정예부대만 보내는 착오를 하게 되어 병력이나 무기 면에서 국군과 유엔군에 대항하지 못했다. 미 해병대 1사단은 영등포 쪽으로 대한민국 육군과 해병대 및 미 해병대는 서울의 북서쪽인 김포와 행주산성 쪽으로 나뉘어 서울 수복을 위한 총공세를 펼치기 시작했다. 9월 20일 미 해병대1사단 1연대가 북괴군의 강력한 저항을 하게 되어 미 해병대와 북한군은 영등포에서 시가전을 벌이게 된다. 1연대의 에이블 중대는 영등포의 중심으로 진격해서 북한군의 탄약고를 폭파하고 영등포를 점령하게 돼었다. 경인가도를 따라 서울의 북서쪽으로 진격했던 한국해병대와 미 해병대는 김포비행장과 행주산성을 점령한 후 본격적인 서벽전투가 시작된다. 미국의 항공모함에서 출격한 전투기 편대의 공중지원을 받은 연합군은 구로 관악일대를 점령하고 서빙고와 남산일대를 점령, 9월 25일 북한군의 서벽 방어선은 토치카의 무력화 참호격파를 통해 점점 무너지기 시작했다. 서울 시가전은 바리케이드 전투라고 할 수 있는데 바리케이드가 300m에 하나씩 있고 그 옆에 수많은 지뢰가 매설되어 있었다고 한다. 연합군은 주변 적을 소탕하면서 지뢰를 제거하고 전차가 지나가는 방법으로 진격했다. 평균 1개의 바리케이드를 지나는데 1시간 이상 걸렸다고 한다. 9월 27일 국군 해병 제2대대 박정모 소위가 지휘하는 제6중대 1소대는 중앙청을 수복하고자 심야에 태극기를 지참 한 채 중앙청으로 진격했다. 치열한 교전 끝에 중앙청에 진입한 박 소위와 양병수 이등병 조(현 하사) 최국방 정영검 수습 수병 등 4명은 오전6시 10분께 서울이 북한군에 의해 피탈 된지 92일 만에 중앙청 난간에 태극기를 게양했다. 국군은 다음날 수도 서울을 완전 탈환했다.

보낸 날짜 : 2010년 01월 15일 금요일 오전 09시 35분 00초
받는 사람 : 사랑하는 두 아들(170회)

널 무시하는 사람과 담판을 지어라

너를 무시하는 사람은 네가 잘못한 것이 없음에도 너를 깎아내리면서 존중하지
않는 것이다.
그런 사람과는 담판을 지어야한다.
상대방이 너에게 어떻게 했는데 네가 그런 행동 때문에 기분이 좋지 않다고 이야
기하고 그리고 앞으로는 그러지 않기를 바라는데 어떻게 할 것이냐고 상대방의
사를 물어라 상대방이 앞으로 그러지 않겠다고 하면 그걸로 된 것이다

오늘의 고사성어(古事成語)
대의명분(大義名分) : 인류의 큰 의를 밝히고 맡은 바 분수를 지키어 정도에 어
긋나지 않도록 하는 깃을 말한디.

한 주간 마무리하는 금요일이 구나 한 주간 생활을 잠깐 생각
할 수 있는 시간 갖고 잘 마무리하고 날씨가 조금 풀려서 다행이
구나 얼마 안 있으면 얼굴 한번 보게 되겠구나 …

오늘도 좋은 일 많이 있길 바라면서 …

★ 내가 진실로 진실로 너희에게 이르노니 한 알의 밀이 땅에 떨어져 죽지 아
니하면 한 알 그대로 있고 죽으면 많은 열매를 맺느니라. (요한복음 12장 24절)

보낸 날짜 : 2010년 01월 18일 월요일 오전 09시 42분 09초
받는 사람 : 사랑하는 두 아들(171회)

사랑하는 사람, 주는 사람

심리학자 에릭프롬이 현대사회를 규정하기를 '물건을 사랑하고 사람을 사용하는 시대'라 하였다. 우리 시대의 온갖 병폐가 여기서 비롯된다고 지적하였다. 이런 시대의 병폐가 치료되어지려면

첫째는 사람에 대한 관심이다.

둘째는 그 사람에 대한 책임이다.

셋째는 존경하는 마음이요

넷째는 이해하는 마음이다.

다섯째는 자신을 주는 것이다.

사랑을 나눌 때에 배가 되고 슬픔은 나눌 때에 반감이 된다.

위대한 교육자 페스탈로치의 묘비에 다음같이 쓰여 있다.

"모든 것을 주고 하나도 가져가지 않은 사람의 묘"

누가복음 6장에 아낌없이 주는 사람이 받는 복에 대하여 다음같이 일러준다.

"주라 그리하면 너희에게 줄 것이니 곧 후히 누르고 흔들어

넘치도록 하여 너희에게 안겨 주리라."(누가복음 6장 38절)

오늘의 일반상식(一般常識)

페스탈로치 : 스위스 출생(1746.1 ~ 1827.2) 취리히대학 졸업전 생애를 통해 온갖 역경을 참으며 언제나 교사로서의 의지를 굽히지 않고 교육을 위해 헌신 '고아의 아버지' '사랑의 교육자'라는 칭송을 받음.

월요일 아침 이번 한 주간도 주님 말씀 가운데 승리하는 한 주간되길 바라면서 …

보낸 날짜 : 2010년 01월 19일 화요일 오전 10시 54분 04초
받는 사람 : 사랑하는 두 아들(172회)

승학산 등반

지난주 토요일 오래간만에 시간을 내어 승학산 정상에 올라가 낙동강 하구와 감천만 바다를 동시에 볼 수 있는 호사를 누리게 되었구나 집을 출발해 약수터까지 오를 때는 무척 힘들었지만 조금 지나고 나니 몸이 나름대로 적응이 되어 올라가는 데는 아직 까지 큰 무리는 없는 것 같구나 아마 우리나라 산중에 바다와 강을 한눈에 볼 수 있는 산우 그리 많지 않을 것 같은데…

우리 두 아들과 함께 산행한 것도 별로 없는 것 같아 미안하구나 어린 시절 많은 것을 보여주고, 느끼게 하지 못한 것이 아쉬움이 남고 미안 하구나 너희들은 아이들과 함께할 수 있는 시간을 많이 가졌으면 한다. 아빠는 승학산의 사계절을 여러 번 지나면서 느낀 것이 우리인생사도 비슷함을 느끼게 하는구나 이제 아빠 나이로 보면 벌써 겨울 초입에 들어선 것 같구나 가을이 지나 낙엽이 하나 둘 떨어져 앙상한 가시만 남는 계절이구나 낙엽 중에도 먼저 떨어지는 놈 떨어질 것 같으면서도 떨어지지 않고 버티며 겨울을 맞이하는 놈 떨어지다 거미줄에 걸려 대롱대롱 매달려 버티는 놈, 우리의 삶도 낙엽처럼 나이가 들어가면서 앞서거니 뒷서거니 나의 주위에서 떠나가며, 아픈 몸으로 겨우겨우 버티는 이들도 있는 것 같구나 이 세상 살아가는 동안 건강한 몸으로 살다 주님 만날 수 있으면 하는 희망적인 생각을 해본다.

오늘의 고사성어(古事成語)
도탄지고(塗炭之苦) : 진구렁이나 숯불에 빠진 고통, 몹시 고생스러움, 백성들이 매우 고생함.

오늘도 즐겁고 보람된 하루되길 바라며 …

보낸 날짜 : 2010년 01월 20일 수요일 오후 15시 59분 24초
받는 사람 : 사랑하는 두 아들(173회)

건강

건강에 대하여는 군이 설명할 필요가 없을 것 같다.

건강은 우리가 살아가는데 필수적이다.

숱한 사람들이 그렇게 중요한 건강을 잃으려고 애를 쓰는 행동을 되풀이하고 있는 점이다.

과식을 하고 과로를 하고 과욕을 부린다.

그리고 운동에는 하루에 30분도 투자하지 않는다.

하나님은 사람을 지으실 때에 땀 흘리지 않고 사는 사람들은 병들게 되도록 해 놓으셨다. 그럼에도 사람들은 싶게 살려고 만 한다.

자신의 뜻을 이루고 꿈을 성취하기 위하여 땀을 흘리고 사는 사람들은 자연히 건강하고 아름다워진다.

오늘의 일반상식(一般常識)

캥거루족 : 학교를 졸업 후 자립할 나이가 되었는데도 취직을 하지 않고 부모에게 경제적으로 의존한 20~30대 젊은이들을 일컫는 용어

자라족 : 부모라는 단단한 껍질 속에 숨어버린다 는 것

오늘도 즐겁고 멋진 하루 되길 바라며 …

※ 1951년 6월 1일 342일 차 ; 화천 서북·서방에서 공산군의 저항 분쇄, 중공군 신정예부대 전선 돌입 철원·김화·평강지구 방어강화 기도, 유엔군 연천 서방·적성 북방·임진강 북안에 교두보 구축, 이승만 대통령 중요한 공업 금융관계 귀속 기업체 42개 국유화 발표, 조광섭 의원 구타 사건 발생, 외자관리청 구호물자 취급 방침 결정.

보낸 날짜 : 2010년 01월 25일 월요일 오전 10시 00분 43초
받는 사람 : 사랑하는 두 아들(174회)

충고

젊은 부부가 백화점에서 어떤 도자기 그릇을 살지 궁리하고 있었다.
마침 곁에서 바라다보던 노인이 남편을 살짝 끌고 가더니 말했다.
"젊은이, 형편 닿는 대로 제일 비싼 걸로 사야 하오.
40년 이상 결혼 생활을 해본 사람의 충고요 당신에게 설거지를 시키는 일은 절대
없을 터이니, 투자할 가치가 충분하잖소? "

오늘의 일반상식(一般常識)
실용주의 : 1. 인간의 사유 관념 대신 사람의 경험 생활을 으뜸으로 삼는다.
2. 지식, 학문도 유용하고 실용적인 것 이어야 한다.
3. 진리도 인간 생활을 가능케 하고 증진 시키는 것이어야 한다.
4. 실세직인 효과외 효능의 행동 결과를 최우선의 가치로 삼았다

벌써 1월 마지막 주간이 구나 올해 계획 중 조금이라도 진행이 되었는지 한번 점
검해보는 주간이 되었으면 …
스스로 몸과 마음을 단련시키는 한 주간이 되도록 다 함께 노력 하자.

오늘도 멋진 하루 되길 바라면서…

보낸 날짜 : 2010년 01월 26일 화요일 오전 11시 06분 43초
받는 사람 : 사랑하는 두 아들(175회)

6.25 전쟁에 함께 참전한 부자(父子)

6.25 전쟁 당시 우리나라를 위해 참전한 나라 중 미국에서 참전한 필드 해리스 중장과 윌리엄 프레데릭 해리스 중령은 부자(父子)지간으로 미 해병대 소속으로 이들 부자는 1950년 11월~12월 함경남도 장진에서 벌어진 장진호 전투에 참전했다.

필드 해리스 중장은 미 제1해병항공단장으로 인천상륙작전, 서울수복 작전, 원산지구 전투 등에 참전했다.

윌리엄 프레데릭 해리스 중령은 미 제1해병사단 제7연대 3대대장으로 장진호에서 철수하는 부대를 엄호해 수많은 장병을 구했다.

그러나 1950년 12월7일 직접 소총을 들고 최전방에서 지휘를 하던 중 실종되었다.

이와 같이 부자(父子)가 먼 타국 땅에 와서 목숨을 걸고 지킨 이 대한민국을 우리는 잘 지켜내고 우리도 자유를 위해 다른 나라를 적극적인 자세로 도움을 줄 수 있는 나라가 되어야 할 것이다.

오늘도 많이 웃을 수 있는 일이 많이 생기길 바라며 …

※ 1951년 6월 2일 343일 차 ; 국군 고성 확보, 유엔군 중부전선에서 맹공으로 공산군의 저항 격퇴하고 3.2Km 전진, 국회 복수환율제 도입 희망, 민사처 구호물자에 대해 관세 부과 방침, 신임 미 제5공군사령관 무초 대사 안내로 이승만 대통령 예방, 트루먼 대통령 「대공산권 전략물자수출국에 대한 미국 경제원조 중지법」 서명.

※ 1951년 6월 4일 345일 차 ; 인제지구 공산군 유엔 공군의 공격으로 진지 포기, 유엔군 영평 동북방 고지 탈환, 육군총참모장 유재흥 소장 임명, 백두진 재무부 장관 복수환율제 채택 언명, 김태선 치안국장 춘천이남 각 서(署) 복구 언명.

◆ 6.25 전쟁 시 병력 파병 국 및 피해자 현황

파병국가	파병 인원 (원)	전사자 (명)	실종자(명)	부상자(명)	포로(명)
미국	1,789,000	36,940	3,737	92,134	4,439
영국	56,000	1,078	179	2,674	997
캐나다	25,687	312	1	1,212	32
터키	14,936	741	163	2,068	244
호주	8,407	339	3	1,216	26
필리핀	7,420	112	16	229	41
태국	6,326	129	5	1,139	-
네덜란드	5,322	120	-	645	3
콜롬비아	5,100	163	-	448	28
그리스	4,992	192	-	543	3
뉴질랜드	3,794	23	1	79	-
에디오피아	3,518	121	-	536	-
벨기에	3,498	99	4	336	1
프랑스	3,421	262	7	1,008	12
남아프리카	826	34	-	-	9
룩셈부르크	83	2	-	13	-

보낸 날짜 : 2010년 01월 28일 목요일 오전 10시 09분 28초
받는 사람 : 사랑하는 두 아들(176회)

마음속의 쿠션(1)

헤라클레스가 어느 날 아주 좁은 길을 가고 있었는데, 사과 크기의 이상한 물건이 떨어져 있었지. 별생각 없이 그 물건을 발로 툭 찼는데. 그러자 그 물건이 어느새 수박처럼 커져 버렸지 뭔가.

'어, 이게 뭐야, 나를 놀리네?'

흥분한 헤라클레스는 그것을 다시 힘껏 찼지. 이번에는 그것이 바위만큼 커졌다네. '오호? 천하의 헤라클레스를 이겨 보겠다고? 어림도 없다. 이놈!' 열이 오른 헤라클레스는 이번에는 들고 있던 커다란 쇠몽둥이로 그것을 내리쳤다네. 놀랍게도 그것은 아까보다 두 배나 더 커져 마침내 좁은 길을 꽉 막아 버렸지. 헤라클레스는 너무 화가 났죠. 그래서 웃통을 벗어 버린 채 한참 동안 그 물건을 들어올려 집어던지려고 끙끙거렸대요.

하지만 노력하면 할수록 그것이 더욱 커져서 마침내 산더미만 해 지고 말았다. 잠시 후에 씩씩거리고 있는 헤라클레스 앞에 아테네 여신이나타 났다. <177에 계속>

오늘의 고사성어(古事成語)
동문서답(東問西答) : 동쪽에서 묻는데 서쪽에다 대답한다.
묻는 말에 대하여 전혀 엉뚱한 대답을 하는 것을 의미한다.

사랑하는 우리 두 아들 만날 날이 가까이 다가오는구나 이번에는 오래간만에 보게 되는 것 같구나 둘째는 살은 좀 찌고 몸무게도 늘었는지 첫째는 배도 좀 넣고 어깨는 좀 벌어졌는지 궁금하구나.

오늘도 몸과 마음을 스스로 단련시키는 보람된 하루 되길…

※ 1951년 6월 6일 347일 차 ; 공산군 양구 동방·동북방에서 강경 저항, 공산군 서부 전선에서 국한된 퇴각 후위전투 계속 수행, 부산-서울 간 전화 취급 개시, 청량리-춘천 간 철도 완전 개통, 미국 정부 빈에서 미군 사살한 소련 군인 2명 처벌을 소련에 요구.

◆ 6.25 전쟁 시 대한민국 지원국

지원국가	지원액($)	지원물품	지원국가	지원액($)	지원물품
오스트리아	3,616,446	재정,미곡	아이슬란드	45,400	식용유
대만	634,782	석탄,미곡,연료	이집트	28,716	묵자
아르헨티나	500,000	식량,의약품,비누	캄보디아	27,419	재정,미국
파키스탄	378,285	재정,소맥	지메이카	25,167	미곡
멕시코	348,821	식량	사우디아라비아	20,000	재정
스위스	313,954	재정,물자	라이베리아	15,000	생고무
도미니카공화국	275,200	재정	베트남	11,943	재정,물자
쿠바	270,962	미곡,의약품	바티칸	10,000	재정
우루과이	250,780	재정	파라과이	10,000	재정
칠레	250,000	재정	과테말라	7,704	재정,목재
베네수엘라	180,842	재정,이약품	이란	3,900	미곡,직물
인도네시아	143,706	재정	시리아	3,650	재정,물자
에콰도르	99,441	미곡	아이티	3,000	물자
이스라엘	96,600	재정	파나마	3,000	재정
헝가리	58,877	물자	온두라스	2,500	재정
페루	58,723	군화	코스타리카	1,400	물자
레바논	50,000	재정	모나코	1,144	재정,물자
일본	50,000	물자,재정	엘살바드로	500	제정
버어마	49,934	식량	리히텐슈타인	485	재정
서독	47,619	물자			

보낸 날짜 : 2010년 01월 29일 금요일 오전 11시 17분 55초
받는 사람 : 사랑하는 두 아들(177회)

마음속의 쿠션(2)

아테네 여신이 산더미만 한 그 물건에 대고 그녀는 아름다운 노래를 들려주었죠.
그 물건은 순식간에 작은 사과 크기로 되돌아가 길 한 모퉁이에 툭 떨어졌답니다.
"깜짝 놀란 헤라클레스에게 아테네 여신이 이렇게 말했다."
그것을 더 이상 건드리지 마세요.
그건 당신 마음속에 있는 분노와 같아서 건드리지 않고 내버려 두면 작아지지만
건드릴수록 더 커지는 거랍니다.
이렇게 말하고 떠나 버렸다.
"분노라는 게 조금만 참으면 금방 마음속에서 사라지고 마는데 그 순간을 이기지
못해 밖으로 쏟아내면 점점 더 커지는 것이다"
인간은 끝없이 이어지는 외부의 자극에 노출되어 있고,
사람들은 외부의 자극에 대해 즉각 즉 인 반응을 보이게 된다.
쿠션은 우리가 편안하게 소파에 기댈 수 있도록 완충 역할을 해주고 있지 우리 내
면에도 이런 쿠션이 존재한다는 것이다.
외부의 자극에 대해 우리의 내면이 즉각적으로 대응하는 것이 아니라, 쿠션의 푹
신함 같은 완충 공간이 있어서 그곳을 통과하면서 외부의 자극이 걸러지고 순
화되어 우리 내면이 올바른 반응을 선택할 수 있는 진정한 자유를 준다는 거다.
내면의 쿠션이라는 것이 곧 자극과 반응 사이의 공간을 뜻하는 것이다. 또한 자
신의 내면과 외부에서 어떤 일이 벌어져도 거의 영향을 받지 않고 자신을 지킬
수 있을 뿐 아니라,
주위 사람들을 안전하게 보살펴 주기 까지 하는 단계에 이를 수 있다는 것이다.

오늘의 일반상식(一般常識)

헤라클레스 : 그리스 신화에 나오는 영웅이다. 그리스의 가장 위대한 영웅으로 칭송 받으며 사내다움의 모범, 막강한 힘과 용기 재치 그리고 성적인 매력이 전형적인 특징이다.

몽둥이를 들고 사자 가죽을 쓴 모습으로 묘사 된다.

2010년도 1월 잘 마무리 하고 주말 교회 가서 봉사와 기도 열심히 하여라.

오늘도 즐겁고 보람된 하루 되길 바라며 …

※ 1951년 6월 8일 349일 차 ; 국군 제7사단 군량현 전투 개시, 공산군 중동부에서 지연작전 약화로 북방으로 되각, 이승만 대통령 38도선에시의 휴진에 빈대 싱명, 대통령·국방부장관·해군총참모장 거제도 피란민 수용 상황 시찰, 미 제8군 서울 시민을 제외한 한강 이북 주민 철거 명령.

◆ 6.25선쟁 시 묵한지원국
 – 소비에트연방(소련) : 물자 지원 비공식 파병, 개전 이전부터 북한에 전차(T-34)와 자주포(SU-76)를 지원하였으며 당시 최신예기 였던 MIG-15 운용부대 파병
 – 중화인민공화국(중국) : 파병
 – 폴란드 인민공화국 : 의료지원
 – 체코슬로바키아 사회주의 공화국 : 의료지원
 – 헝가리 인민공화국 : 의료지원(남한, 북한 동시 지원)
 – 독일 : 의료지원
 – 몽골 인민공화국 : 물지지원
 – 불가리아 인민공화국 : 의료지원
 – 루마니아 인민공화국 : 의료지원
 – 인도 자치령 : 유엔 측 의료지원국이면서 공산군 물자도 지원했다.

보낸 날짜 ： 2010년 02월 01일 월요일 오전 10시 42분 15초
받는 사람 ： 사랑하는 두 아들(178회)

마음속의 쿠션(3)

강에 돌을 던지면, 돌은 강바닥에 가라앉을 것이다.

어떤 돌도 꽃처럼 물 위에 뜰 수 없다. 하지만 만일 그대가 배를 갖고 있다면, 그 배는 수십 킬로그램의 돌을 실어도 물 위에 뜰 것이다. 마찬가지로 그 정도의 고통이 그대 안에 있어도 배만 갖고 있다면 그대는 여전히 뜰 수 있다.

그대는 즐거운 마음으로 배를 저으며 강이나 호수를 가로지를 수 있다. 깨어 있는 마음에서 에너지를 얻는 법을 배우라.

깨어 있는 마음이란, 감싸 안고, 실어 나르고, 변화시킬 수 있는 배다. 우리 안에 있는 고통과 슬픔, 어려움에 대해 너무 걱정하지 말라. 우리가 배를 가지고 있다면 고통이 우리 안에 있어도 우리는 여전히 행복하게 살아갈 수 있다.

〈우리의 마음속에 얼마나 큰 배를 품고 사느냐에 따라서 행복을 느끼며 살아가는 크기도 달라지지 않을까? 〉

오늘의 고사성어(古事成語)

동병상련(同病相憐) : 처지가 서로 비슷한 사람끼리 서로 동정하고 도움.

벌써 한 달이 훌쩍 지나가고 새로운 달이 시작되는구나 힘차게 시작하여 보자꾸나 아까운 시간들을 허비하지 말고 무엇인가 몸과 마음에 남는 하루하루가 되길 바라며 …

오늘도 즐겁고 보람된 하루 되길 바라면서 …

마음의 쿠션을 키우는 첫 번째 지혜

자극과 반응 그 틈새에는 새로운 가능성의 공간이 있다.

1. 삶에서 객관적인 사실은 10%에 불과하고 나머지 90%는 그 일에 대한 자신의 반응이다.

   우리는 상황에 대해 자신의 반응을 선택할 자유를 가진 존재이다.

2. 자극과 반응 사이의 공간에서 우리의 선택이 이루어진다.

3. 자극과 반응 사이의 공간을 발견하지 못한 사람은 상황에 떠밀려 만성적인 수동성에 길들여진 채 주어진 자극에 반사적으로 반응하며 살아간다.

4. 반면에 선택할 자유를 발견한 사람은 불쾌하거나 절망 스러운 상황이 닥쳤을 때에도 선택을 통해 그 상황을 주도할 수 있다.

오늘의 고사성어(古事成語)

동분서주(東奔西走) : 동쪽으로 뛰고 서쪽으로 달린다.

사방으로 이리저리 부산하게 돌아다님을 뜻한다.

이번 주가 마지막 추위인 것 같은데 요사이 기상이변이 많아 또 추위가 있을지 모르겠구나 감기 조심하고 먹는 것 제대로 챙겨먹고, 춥다고 너무 움츠려 들지 말고 집안에서 맨손 체조라도 하여라.

오늘도 웃을 수 있는 일이 많이 생기길 바라며 …

마음의 쿠션을 키우는 두 번째 지혜

공간내부의 불순물을 지속적으로 제거하고 고결함으로 가득 채우자.

1. 자극과 반응 사이의 공간에 남아 있는 과거의 상처나 분노의 뿌리와 같은 불순물을 제거하면 마음의 쿠션은 더욱 탄력 있게 된다.

2. 공간내부의 불순물을 제거하는 방법은 독서와 기도, 묵상을 통해 평소에 꾸준히 내면의 힘을 키우는 것이다.

3. 어떤 문제가 닥쳐와도, 어떤 어려움이 몰려와도 그 문제에 휩쓸리지 말고 그 문제 밖으로 자신을 분리시켜 스스로를 한 단계 위로 끌어올리는 노력을 하여야 한다.

마음의 쿠션을 키우는 세 번째 지혜

매 순간 올바른 반응의 선택능력을 키워 진정한 자유를 누리자.

1. 우리의 하루를 좌지우지하는 감정은 생각을 통해 나오며 우리가 생각을 선택하면 감정도 통제할 수 있다.

내가 내 생각을 선택하는 것이 자유의 핵심이다.

2. 내면에서 시작된 이 작은 변화는 나비효과처럼 우리의 주변 상황을 바꾸는 마법의 힘을 갖는다.

아주 작은 변화에서부터 출발하자.

3. 우리는 더 이상 외부의 환경에 지배를 받지 않고 스스로 독립적으로 반응을 선택할 수 있는 힘을 갖게 되며 이는 자신의 인생에 책임을 지는, 진정 자유로운 삶이다.

오늘의 일반상식(一般常識)

나비효과(Butterfly Effect) : 기상 관측한 데이터를 통해 처음 야기된 효과로 어떤 일이 시작될 때 있었던 아주 작은 양의 차이가 결과에서는 매우 큰 차이를 만들 수 있다는 이론이다. 이 개념은 후에 카오스 이론의 토대가 되었다. 브라질에 있는 나비의 날갯짓이 미국 텍사스에 토네이도를 발생시킬 수도 있다는 과학이론이다.

오늘도 즐겁고 보람된 하루 되길 바라면서…

※ 1951년 6월 10일 351일 차 ; 밴 플리트 미 세8군 사령관 철원·김화 점령 완료 발표, 국군 공산군의 반격제지 후 간성 확보, 양구·화천지구에서 공산군의 강력한 저항 계속, 서울-수원 간 전화 개통, 미 제8군 헌병사령부 미군 5명과 국군 중위 1명 포함한 군수물자절도단 체포 군법재판에 회부 처벌 발표.

◆ 북한강 전투 요약(9월 28일~10월 7일)

 – 1950년 9월 28일 수도 서울을 탈환한 후 한국 해병대가 수도권 안전 확보를 위하여 10월 7일까지 망우리고개에서 경춘가도를 따라 북한강 방향으로 공격을 실시하여 재침공 준비 중인 북괴군 1개 연대와 치열한 격전으로 9월 29일 0시를 기해 미 해병대 배속으로부터 원대에 복귀한 한국해병 제1대대와 제2대대는 서울시 치안을 담당하고 있었으며 10월1일 미 해병 제7연대에 배속되었던 제5 대대도 원대 복귀하였다. 10월 2일 미 7사단 1개 대대로부터 지역을 인계받아 신현준 대령이 지휘하는 한국해병대의 제2대대와 제5대대의 목표는 한강과 북한강이 합류하는 양수리와 한강 및 북한강 교차지역 그리고 마석우리(磨石偶里) 5Km 동쪽의 경춘 가도와 한강 연안을 따라 남오로 형성된 두 루 부근 일대의 적을 섬멸하는 것이다. 사살된 자가 200명, 포로가 50명에 달하였다. 이 작전은 상당한 격전이었으므로 아군에도 16명의 전사자와 63명의 부상자 손실을 보게 되었으나 서울 외각 방어선을 확보 서울을 향한 적의 재침공을 사전에 분쇄하였다.

보낸 날짜 : 2010년 02월 08일 월요일 오전 09시 57분 08초
받는 사람 : 사랑하는 두 아들(181회)

마음의 쿠션을 키우는 네 번째 지혜

보이는 가치, 즉 물질보다 보이지 않는 가치가 훨씬 더 중요하다
1. 현상 유지를 위해서는 인생의 운전대를 붙잡으면 되지만 아름다운 자유를 누리기 위해서는 인생의 운전대를 오른쪽으로 돌려야 한다.
2. 인생의 운전대는 보이지 않는 영혼의 방, 즉 생각을 주관하는
사고계에서 출발하는 것이 가장 중요하다.
3. 인생의 방향타를 계속 오른쪽으로 돌리면 마음의 쿠션이 자라, 결함에 이르고 그 결과로 사람의 언어가 바뀌게 된다.
4. 언어계가 바뀌면 연쇄적으로 그 언어들은 보이는 물질계를 지배하게 되고 자석처럼 인생의 좋은 것들을 모으게 된다.

오늘의 일반상식(一般常識)
카오스 이론(Chaos Theory) : 겉으로 보기에는 불안정하고 불규칙적으로 보이면서도 나름대로 질서와 규칙성을 지니고 있는 현상들을 설명하려는 이론이다. 이것은 작은 변화가 예측할 수 없는 엄청난 결과를 낳는 것처럼 안정적으로 보이면서도 안정적이지 않고 안정적이지 않은 것처럼 보이면서도 안정적인 여러 현상을 설명하려는 이론이다.

벌써 봄이 온다는 입춘(2월 4일)이 지나고 아침에 부슬부슬 비가 내리는구나 오히려 지금부터 더욱 감기에 조심하여야 한다.
3일 뒤에는 멋진 두 아들 보게 되겠구나…

오늘도 즐겁고 보람된 하루 되길 바라며…

유모어 & 난센스퀴즈

1. 일 더하기 일은? :

2. 이 더하기 이는? :

3. 사람들이 거짓말을 해도 되는 날은 일 년 중 며칠? :

4. 용산은 용산구, 동대문은 동대문구로 들어갑니다.

그럼 서울역은 어디로 들어갈까요? :

5. 물에 소금을 타면 녹습니다. 그럼 물에 참기름을 타면 어떻게 될까요? :

6. 미국에서 효도 관광으로 노인들이 많이 가는 폭포는? :

7. 국수는 밀가루로 만들고 국시는 밀기루로 만듭니다.

그럼 학교는 다니는 곳이고 핵교는? :

8. 세계에서 가장 많이 팔린 책은? :

9. 전화번호 모두 삽하면? :

10. 세상에서 가장 무서운 사람? :

이번 구정 때 열차 타고 오면서 이런저런 이야기 나누면서 혹시 지루하면 유모어
와 난센스 퀴즈를 둘이서 함께 풀면서 내려와라.

(난센스 퀴즈 답 185회 참고)

첫째 아들 내일 생일이 구나 축하한다.

이번 생일 파티는 집에 와서 가족 모두 함께 할 수 있어 좋구나 둘째 아들 생일도
지난지 얼마 안 되니 함께하자.

오늘도 스스로 몸과 마음을 단련시키는 하루 되길 비라며 …

보낸 날짜 : 2010년 02월 10일 수요일 오전 11시 02분 31초
받는 사람 : 사랑하는 두 아들(183회)

마음 쿠션을 키우는 5가지 결심

1. 고결함에 이르는 의식을 계발하라.

자신의 반응을 선택하는 힘을 키우는 것은 고도의 주도성을 요구하는 일이다. 이를 위해 날마다 스스로를 살피고 고결함에 이르도록 훈련하는 시간이 필요하다. 새벽이거나 밤중이거나 규칙적으로 정한 시간에 자신의 내면을 한껏 고양시킬 수 있는 자신만의 특별한 시간을 가지는 버릇을 만들기로 결심하여라.

2. 풍부한 독서와 묵상으로 영혼을 살찌우라.

이 의식은 주로 독서와 묵상으로 채워지게 될 것이다.

선인들의 지혜가 담긴 글들을 읽고 깊은 묵상으로 그 지혜를 자신의 내면에 채워 감으로써 우리 마음의 쿠션은 점점 더 부드럽고 포근하게 채워지는 것이다.

3. 날마다 겸손의 우물을 깊게 파라.

강과 바다가 온갖 시냇물의 왕이 될 수 있는 것은 자기를 낮추고 무한정 받아들이기 때문이다. 마음 쿠션을 키우는 일은 겸손이라는 인생의 우물을 날마다 파내려가는 고된 영혼의 노동이다. 세상에서 가치 있는 것들은 겸손의 우물이 깊은 쪽으로 모이게 되어 있음을 명심하여라.

오늘의 고사성어(古事成語)

동상이몽(同床異夢) : 한 침상에 누워 다른 꿈을 꿈같은 처지와 입장에서 저마다 다른 생각을 하는 것을 비유한다.

큰아들 생일 축하! 축하! 축하! 조심해서 내려와라 …

오늘은 더욱더 즐겁고 보람된 하루 되길 바라며 …

보낸 날짜 : 2010년 02월 16일 화요일 오후 14시 12분 39초
받는 사람 : 사랑하는 두 아들(184회)

마음 쿠션을 키우는 5가지 결심

4. 호흡을 느낄 때마다 마음 쿠션을 생각하라

마음을 키우는 작업은 정원을 가꾸는 것과 흡사하다. 한순간이라도 돌보지 않으면 잡초가 무성해지기 쉽다. 깨어있는 동안, 자신의 호흡을 의식해 보라. 숨소리가 느껴질 때마다 내 마음의 쿠션을 생각하고 이 쿠션이 더욱 부드러워지도록 기도하고 결심하라.

5. 부정적인 말을 입 밖에 내지 않기로 결심하라

마음 쿠션의 품질은 그 사람의 '언어'로 평가된다. 내 마음에 쿠션이 자라고 있다면 내 말이 변화되는 것을 느낄 수 있어야 한다. 비난과 부정의 말은 세상의 악을 불러들이는 문고리와 같다. 반면 감사와 긍정의 말은 세상의 모든 선을 우리의 인생으로 불러오는 문고리다.

〈조신영 "쿠션" 중에서〉

오늘의 고사성어(古事成語)

두문불출(杜門不出) : 세상과 인연을 끊고 출입을 하지 않음.

만나기 전에는 만난다는 기대감으로 좋더니 벌써 연휴가 끝나고 일상생활로 돌아왔구나 만나서 헤어짐이란 언제나 섭섭함과 마음 한 구석에 텅 빈 것 같은 느낌이 들지만 이 세상살이가 항상 만남과 헤어짐은 일직선상에 공존한다고 봐야 될 것이다. 그래도 아직까지는 또 만날 수 있다는 기대가 남아 있지만 언젠가는 헤어져야 할 것이다. 지금부터라도 멋진 헤어짐을 위해 더 욱더 열심히 살고 서로 사랑하고, 베풀며 살아가야 할 것이다.

오늘도 스스로 몸과 마음을 단련시키는 하루가 되길 바라며 …

보낸 날짜 : 2010년 02월 17일 수요일 오전 11시 03분 23초
받는 사람 : 사랑하는 두 아들(185회)

비상할 날

잎 져 버린 나뭇가지에 달려 있는 고치를 본다.

비상할 날을 기다리며 애벌레는 지금 묵상하고 있는 것이다.

그러나 저들보다 우월한 우리 인간들은 어떤 가더러는 살아가고 있는 것이 아니라 굳어 가고 있지는 않은지, 저 미물조차도 저 고치 모습이 마지막이 아니라는 것을 안다. 거들은 언젠가 저 성으로부터 탈출하여 창공을 날 나비의 꿈을 가지고 있는 것이다. 소유가 아니라 삶이며, 무거워져 감이 아니라 가벼워져 가기 위해서는 우리들 저 안쪽의 눈과 귀를 열어야 할 것이다.

〈정채봉 님의 "스무 살의 어머니" 중에서〉

오늘의 고사성어(古事成語)

등화가친(燈火可親) : 가을이 되어 서늘하면 밤에 불을 가까이 하여 글 읽기에 좋다는 말이다.

퀴즈(182) 답

1. 중노동   2. 덧니   3. 365일
4. 개찰구   5. 엄마한테 혼난다   6. 나이아가라 폭포
7. 댕기는 곳   8. 공책   9. 0
10. 딱 책 한 권 읽은 사람

오늘도 즐겁고 보람된 하루 되길 바라면서…

★ 우리는 다 양 같아서 그릇 행하여 각기 제 길로 갔거늘 여호와께서는 우리 모두의 죄악을 그에게 담당시키셨도다(이사야서 53장 6절)

보낸 날짜 : 2010년 02월 19일 금요일 오후 15시 41분 25초
받는 사람 : 사랑하는 두 아들(186회)

한 주간 마무리하는 금요일이 구나 한 주간 생활을 잠깐 생각 할 수 있는 시간 갖고 잘 마무리하고 날씨가 조금 풀려서 다행이 구나 얼마 안 있으면 얼굴 한번 보게 되겠구나…

한 주간 잘 마무리하고 교회 가서 열심히 봉사하고 친구들과 함께 웃을 일들이 많이 있기를 바라며 …

※ 1951년 6월 11일 352일 차 : 미 제9군단 와이오밍 선 후반부 점령. 화천 북방 및 양구 북방 공산군 저항 점차 소멸.「국회의원보궐선거 무기연기에 관한 건 공포. 장면 국무총리 부산에서 콜터 중장(미 8군 사령관)과 한강 이북 농민 복귀문제 검토. 변영태 외무부장관 국회에서 38선 정전 설 사실무근이라고 증언.

◆ 캔자스 - 와이오밍 선
 – 이승만 대통령과 맥아더 유엔군 총사령관은 1951년 3월 말 38선을 넘어 그대로 북진을 밀어붙이고자 했지만 워싱턴과 다른 연합군은 38선으로 전선을 고착화 하는데 더 관심을 기울이고 있었다 1951년 1.4 후퇴 이후 캔자스-와이오밍선을 제한으로 제한 전을 유엔군이 함으로 북진할 기회를 잃어버림. 리지웨이 장군은 캔자스 라인을 중심으로 방어거점을 확보하되 불가피할 경우 와이오밍 라인까지 진격할 수 있으나 반드시 사령부에 먼저 보고해야 한다고 강조했다.
o 캔자스 선 : 38선 20Km 북방에 설정한 임진강~화천~양양 방어선
o 와이오밍 선 : 캔자스 선 조금 북쪽 경기도 전곡~연천~철원~화천저수지로 잇는 선, 캔자스와 와이오밍 선 이란 미국 주명(州名)을 붙인 네에는 특별한 이유가 없다. 단지 와이오밍이 캔자스보다 위도 상 북쪽에 있을 뿐이다.

보낸 날짜 : 2010년 02월 22일 월요일 오전 11시 09분 00초
받는 사람 : 사랑하는 두 아들(187회)

매년 연 초가 되면 승학산 정상에 올라가 낙동강과 더 넓은 바다를 보며 올해도 우리 가족들의 건강과 각자 맡은 일에 대해 열심히 살아가길 바라는 마음으로 지난주 토요일 집을 나와 한 발짝 한 발짝 옮기다 보니 승학산 정상에 올라와 있구나 올해는 조금 늦었구나 벌써 1월이 지나고 2월 달도 며칠 남지않았구나.

등산은 올라 올 때에는 숨이 차고 힘들지만 정상에서 아래로 내려다 볼 때의 느낌은 가슴이 뻥 뚫리는 기분과 맑은 공기를 들여 마시면 스트레스가 확 날라 가는 기분을 느낄 수 있다.

등산은 여가 활동 중 가장 진입 장벽이 낮아 요사이 많은 사람들이 주말만 되면 근교 산으로 또는 둘레 길을 걷는 사람들을 많이 볼 수 있다.

아마 자신의 건강을 위하여 걷는 것이 여러모로 좋다는 것이 알려져 가장 손쉽게 건강을 챙길 수 있는 운동이라 많은 사람들이 선호하는 것 같구나,

두 아들에게도 시간이 나는 데로 친구들이나 아니면 둘이서 가까운 산에 올라가 자연에서 신선한 공기를 마시고 자연경관의 아름다움을 즐기고 또한 자연의 햇빛에 노출시켜 건강에 필수적인 비타민D를 생산 할 수 있는 기회도 만들고 심혈관 운동으로 폐 기능도 좋게하며 전반적인 체력과 지구력 향상에도 좋은 등산을 추천하고자 한다. 그래서 등산을 할 때 주의하여야 할 사항에 대해서 알아보기로 하자.

오늘의 일반상식(一般常識)
스키니 맘 : 아이를 낳았는데도 스키니 진을 입을 수 있는 만큼 날씬한 엄마
(2009년도 유행어)

Skinny(스키니) : 깡마른 비쩍 여윈 몸에 딱 붙게 디자인 된 옷

오늘의 고사성어(古事成語)
도탄지고(塗炭之苦) : 진구렁이나 숯불에 빠진 고통, 몹시 고생스러움, 몹시 곤란한 경우를 일컫는 말이다.

오늘은 서울도 따뜻한 날씨가 될 것 같구나 환절기에 더욱 몸 조심하여야 한다. 먹는 것은 가능한 일정한 시간에 빠트리지 말고 먹도록 하여라,

오늘도 즐겁고 보람된 하루 되길 바라며 …

★ 만일 형제나 자매기 헐벗고 일용할 양식이 없는데 너희 중에 누구든지 그에게 이르되 평안히 가라, 덥게 하라, 배부르게 하라 하며 그 몸에 쓸 것을 주지 아니하면 무슨 유익이 있으리오.(야고보서 2장 15,16절)

◆ 행주 한강도하 작전(요약)
– 국군 해병대 1 연대와 2 연대, 미 해병대 5 연대는 행주 방면에서 한강을 도하 하라는 명령을 받고 9월 19일 14명의 수영 도하반을 편성하여 강을 건너 125고지(행주산성)정찰을 하고 후속으로 9대의 LTV(Landing Vchicle Trac-tor 수륙양용 장갑차)을 투입했으나 적의 완강한 저항에 직면하게 되어 도하를 단념 하고 그 이튿날인 9월 20일 06:45부터 제1중대를 선봉으로 적전(敵前) 강습(强襲) 도하를 개시하여 09:40에 고지를 점령했고 능곡(陵谷) 쪽으로 진격하여 경의선 철로를 장악하고 수색 쪽으로 적을 압박해 들어갔다. 어느 지역을 확보하 면 제일 먼저 주변 고지부터 점령하는 전술 원칙에 철저한 해병대는 9월 28일 수도 탈환이 마무리될 때까지 연희 104 고지(연희동), 296 고지(안산)등 악전고 투 끝에 서울의 서북 외각을 차례로 무너뜨렸다.

보낸 날짜 : 2010년 02월 25일 목요일 오후 13시 47분 21초
받는 사람 : 사랑하는 두 아들(188회)

등산 할 때 주의하여야 할 사항(1)

1. 적절한 준비
등산을 하기 전에는 반드시 적절한 준비가 필요하다. 적절한 의류와 신발, 물과 간식 비상용품 등을 준비해야 한다.

2. 적절한 코스 선택
등산을 할 때는 적절한 코스 선택이 중요하다. 등산의 난이도에 따라서 힘든 코스나 위험한 코스는 피하고 본인의 체력과 실력에 맞는 코스를 선택해야 한다.

3. 날씨 파악
날씨는 등산의 안전에 큰 영향을 미치므로, 등산을 하기 전에는 반드시 날씨를 파악하고, 갑작스러운 기상변화에 대비할 수 있도록 준비해야 한다.

4. 수분 보충 음료
등산을 하면서 많은 땀을 흘리기 때문에 수분 보충이 필요하다. 물이나 전분이 들어간 음료, 요거트 드링크 등 수분 보충에 좋은 음료를 준비하는 것이 좋다.

오늘의 일반상식(一般常識)
보이톡스 : 중년의 아저씨가 보톡스를 맞아 젊음을 유지하는 것. 이번 주에는 아빠가 조금 바쁘구나,

오늘도 즐겁고 보람된 하루 되길 바라며 …

※ 1951년 6월 13일 354일 차 : 밴플리트 미 제8군 사령관 전선 상황 언명 "유엔군은 승리 가능한 군사력 보유하고 있다. 적은 서울 침범능력 상실했다. 임진강 북안의 적은 상당히 견고한 진지를 구축했을 것이다."이승만 대통령 서울 복구 후 즉시 환도 천명 일선장병의 사기에 만족 서울 환도는 식량 등 준비 후 실행, 조 중국 소련 전략회담(6.13~14) 38도선에서 정전전략 합의.

◆ 도솔산 전투 요약

– 한국 해병대 제1연대가 북한공산군 제5군단 예하의 제12사단 및 제32사단이 점령 중이던 강원도 양구군 해안면 칠정리의 도솔산(1,148m)을 혈전 끝에 탈환한 전투로 전투기간은 1951년 6월 4일부터 19일끼지이다. 강원도 태백산맥의 험준한 산악지역으로 1,000m를 오르내리는 높은 봉우리가 연이어 있으며 기암절벽과 험하고 깊은 골짜기로 형성되어 있어 양구와 인세에서 북상하는 도로를 끼고 있으므로 만약 이 지역을 확보하지 못하면 좌우편에서 북상 중인 한국군의 전선부대가 한걸음도 진격하지 못하게 되므로 전술적으로 매우 중요한 지역이었다. 이 도솔산지구 전투는 처음에 미 해병대 제1사단의 5 연대가 맡았으나 많은 손실만 입고 탈환하지 못하자 한국해병대 제1연대(연대장 내령 김대식)가 공격임무를 인수하여 6월 4일 첫 공격을 시작하였다. 북한공산군은 약 4,200명의 병력으로 무수히 많은 지뢰를 매설하고 수류탄과 자동화기를 퍼부으며 완강히 저항 하였으나 한국해병대는 치열한 육박전과 강력한 야간 기습공격을 감행하여 24개 고지를 하나하나 점령하면서 전진하였다. 하나의 고지를 점령하면 적의 공격을 받아 다시 빼앗기고 또 빼앗는 가운데 불가능하다고 판단되었던 24개 목표 고지를 6월 19일 완전 탈환하는데 성공하였다. 이 전투에서 2,263명의 북한 공산군을 사살하고 44명을 생포했으며 개인 및 공용화기 등 198점을 빼앗는 큰 전과를 올린 반면 아군 또한 700여 명의 사상자가 발생한 산악전사상 유례없는 대 공방 전으로서 해병대 5대 작전의 하나로 기록되고 있다. 그 뒤 해병대에서는 「도솔산의 노래」라는 군가를 제정하여 그날의 용전의 기백을 후배 해병들에게 알리고 있다.

보낸 날짜 : 2010년 02월 26일 금요일 오전 09시 57분 55초
받는 사람 : 사랑하는 두 아들(189회)

등산 할 때 주의하여야 할 사항(2)

5. 등산 도중에 주의할 점
– 경치(풍경)에 너무 매료되어 먼 곳만 바라보고 걷다가 나무뿌리나 돌멩이에 걸려 넘어질 수도 있으니 경치를 감상하거나 주위를 둘러 볼 때는 잠시 정지하여 감상을 하고 걷는 방법을 추천한다.
– 등산로에 낙엽이 많이 쌓여 바닥의 높낮이를 제대로 파악이 되지 않아 너머 질 수도 있으니 조심하여야 한다.
– 등산로가 길이 좁거나 낙엽이 많이 쌓여 길의 가장자리를 잘못 밟으면 실족 할 수도 있고 낭떨어지로 떨어질 위험도 있으니 가능한 등산로 중앙으로 다니도록 하여라.
– 비온 뒷날이나 습기가 많은 곳에는 될 수 있으면 나무뿌리는 밟지 말거라 미끄러질 우려가 있다.

오늘의 고사성어(古事成語)
– 익자삼우(益者三友) : 곁에 두면 이로운 친구 세 사람을 뜻하는 말, 정직한 사람, 신의가 있는 사람, 지식이 많은 사람을 뜻 한다.

벌써 2월 마지막 주일도 얼마 남지 않았구나 년 초에 계획한 것들을 다시 한 번 점검하고 부족한 것이 있다면 좀 더 노력하자꾸나.

멋진 주말 되고 좋은 추억도 만들어 보아라 …

보낸 날짜 : 2010년 02월 26일 금요일 오전 09시 57분 55초
받는 사람 : 사랑하는 두 아들(190회)

아름다운 경쟁

무리한 방법으로 따라붙으려고 하지 말라. 상대방이 하는 일과는 전혀 다른 분야에서 능력을 발휘할 수 있도록 노력하라. 나태하지 않고 평소에 준비해 두면 마지막 순간에 치고 나갈 수 있는 힘이 될 것이다.

– 엔도 슈사쿠의 〈나를 사랑하는 법〉 중에서–

상대방을 이기는 것만이 능사가 아니다. 상대방이 하는 일을 소리 소문 없이 도와 그가 성공하고 그의 도움을 받아 나도 함께 성공하는 것도 능력이다. 앞서가는 사람을 붙잡거나 따라잡는 경쟁이 아니라 서로 도와 각자 자기 분야에서 앞서갈 수 있도록 협력하는 것, 그것이 진정 아름다운 21세기형 경쟁이다.

오늘의 일반상식(一般常識)
시니컬하다 사전적 의미(Cynical) : "냉소적인, 빈정대는" 의미
– 쓰임 : 보통 다른 사람의 말에 별 반응이 없거나 대수롭지 않게 여길 경우에 많이 쓰임 남은 진지하게 말하는데 "그 까짓것 하는 태도" 등도 포함됨.

이제 봄이 오는 소리가 들려오는 것 같구나 아무리 바쁘더라도 세상 구경도 좀 하고 여자 친구들과 데이트도 하고 좋은 시절에   즐길 줄도 알아야제 데이트 비용이 없으면 아빠가 적극적으로 밀어 줄끼게 시간이 없다는 것은 핑계일 뿐 바쁜 와중에도 시간은 만들면 된다.

오늘도 웃을 수 있는 일이 많이 있길 바라면서 …

보낸 날짜 : 2010년 03월 04일 목요일 오전 10시 25분 02초
받는 사람 : 사랑하는 두 아들(191회)

신앙의 세계, 종교에서도 세 부류가 있다

하신(下信), 중신(中信), 상신(上信)으로 표현할 수 있는 삼신이다.
하신이란 사이비 신앙 사이비 종교를 일컫는다. 신앙의 이름으로 인간의 영혼을
좀먹는 사이비 신앙은 생각 외로 흔하다. 중신은 신앙생활을 열심히 하되 자신
의 병 낫기를 구하거나 자신이 복 받는 수준에 머물러 있는 수준이다. 상신은 안
심입명(安心立命)과 경세제민(經世濟民)이란 종교의 기본이 되는 신앙의 양
면을 균형 있게 갖춘 신앙생활을 일컫는다. 안심입명이란 다른 말로 표현하자면
개인 구원이라 할 수 있겠고 경세제민은 사회구원 혹은 역사구원이라 할 수 있
을 것이다.

– 김진홍 목사 아침묵상 중에서 –

오늘도 부산은 비가 내리고 있구나 서울도 비가 오는지 환절기 몸조심하고 기쁜
소식 하나 전하게 되었구나 광양에 외삼촌이 장로로 피택 되었다고 하는구나 시
간이 나면 전화(011-X14-15XX)로 라도 축하 해주면 좋아할 텐데 …

오늘도 즐겁고 보람된 하루되길 바라며 …

★ 내 평생에 선하심과 인자하심이 반드시 나를 따르리니 내가 여호와의 집에 영
원히 살리로다.(시편 23장 6절)

※ 1951년 6월 16일 357일 차 : 금성 남방 진격하는 국군 완강한 공산군 저항에 부
딪힘, 유엔군 연천 서북방에서 산발적인 전투, 교통부 38선 이남 철도 복구 완료 발
표, 국내 철도 문산-동두천-춘천까지 운행, 중국공산당 중앙위원회 북한 파견 위
문단 지도와 협조 지시.

보낸 날짜 : 2010년 03월 05일 금요일 오전 11시 16분 00초
받는 사람 : 사랑하는 두 아들(192회)

사랑하는 까닭

내가 당신을 사랑하는 것은 까닭이 없는 것이 아닙니다.
다른 사람들은 나의 홍안(紅顔)만을 사랑하지마는
당신은 나의 백발(白髮)도 사랑하는 까닭입니다.

내가 당신을 그리워하는 것은 까닭이 없는 것이 아닙니다.
다른 사람들은 나의 미소만을 사랑하지마는
당신은 나의 눈물도 사랑하는 까닭입니다.

내가 당신을 기다리는 것은 까닭이 없는 것이 아닙니다.
다른 사람들은 나의 건강만을 사랑하지마는
당신은 나의 죽음도 사랑하는 까닭입니다.

– 한용운 시 –

한 주간 잘 마무리하고 멋진 주말 보내어라 …

★ 하나님 아버지 앞에서 정결하고 더러움이 없는 경건은 곧 고아와 과부를 그 환난 중에 돌보고 또 자기를 지켜 세속에 물들지 아니하는 그것 이니라. (야고보서 1장 27절)

※ 1951년 6월 18일 359일 차 : 간성 서부 침습한 공산군 공군 육군 합동으로 격퇴, 유엔군 고랑포지구에서 38선 월북, 경북도내 전염병 환자 급증, 부산의 소매 물가 지수 1947년의 21.5배 한국전쟁 직전의 6.5배.

보낸 날짜 : 2010년 03월 08일 월요일 오전 10시 53분 00초
받는 사람 : 사랑하는 두 아들(193회)

변하지 않는 것

성경으로 말하자면 세상에서 변하지 않는 것이 3가지가 있다.
하나님이 변하지 않고, 하나님의 말씀이 변하지 않고,
하나님의 말씀을 따라 사는 성도(聖徒)가 변하지 않는다.
우리는 평소에 너무나 일시적인 것들, 변하는 것들에 매여 살아간다. 그림자처럼
지나가는 것들을 쫓느라 인생을 허비한다.
그렇게 변하는 것들에 매이는 삶에서 변하지 않는 영원한 것을
찾아가는 삶이 신앙생활이다.
우리도 쉬임 없이 변하는 세상에서 변하는 것들 속에 살아가면서도 변하지 않는
영원한 것,
하나님께 속한 것들을 추구하는 하루가 되었으면 한다.

오늘의 고사성어(古事成語)
만경창파(萬頃蒼波) : 한없이 넓고 푸른 바다

오늘도 힘차게 한 주일을 시작해 보자꾸나 큰아들! 둘째아들! 파이팅!!!
엄마가 요사이 기분이 좋아서 싱글벙글하기에 무엇 때문에 그러냐고 물었더니
둘째 아들이 약속을 지켜서 그렇다고, 보험료 10만원을 보내왔다고 자랑이 대단
하더군 둘째아들아 고맙다.

                              오늘도 즐겁고 멋진 하루되길 바라며 …

★ 시몬 베드로가 대답하여 이르되 주는 그리스도시오 살아계신 하나님의 아들
이시니이다. (마태복음 16장16절)

보낸 날짜 : 2010년 03월 09일 화요일 오전 10시 42분 00초
받는 사람 : 사랑하는 두 아들(194회)

미워하기에는 너무 짧다

절대 내놓지 못하겠다며 움켜쥐고 있는 것은 없을까?
절대 용서할 수 없다며 미워하는 사람은 없을까?
한 여름 밤에 꾸는 짧은 꿈일지도 모르는 생.
미워하기에는 너무 짧다. 욕심만 채우며 질투하고 경쟁만 하며 살기에는 너무 짧다.

– 송정림의 〈명작에게 길을 묻다〉 중에서–

살면서 어찌 미움이 없겠는가?
문제는 정작 사랑해야 할 대상을 미워하는 것이다.
미움은, 상대는 물론 자신의 몸과 마음과 영혼까지를 통째로 병 들게 하는 무서운 독성 바이러스다.
내 마음속에 미움의 싹이 자라지 않게하자.
우리의 삶, 미워하기에는 너무 짧고 사랑하기에는 더욱 짧다.
용서와 사랑은 상대를 위하는 것보다 나 자신을 위해서 하는 것 이다.

오늘의 고사성어(古事成語)
만고풍상(萬古風霜) : 사는 동안에 겪은 온갖 가지 많은 고생

오늘도 스스로 몸과 마음을 단련시키는 하루가 되길 바라며 …

★ 엘리아는 우리와 성정이 같은 사람이로되 그가 비가 오지 않기를 간절히 기도한 즉 삼 년 육 개월 동안 땅에 비가 오지 아니하고 다시 기도하니 하늘이 비를 주고 땅이 열매를 맺었느니라. (야고보서 5장 17,18장)

보낸 날짜 : 2010년 03월 10일 수요일 오전 10시 36분 00초
받는 사람 : 사랑하는 두 아들(195회)

진리 안에서의 자유

크리스천이 된다는 것은 자유인이 된다는 것을 의미한다.

인류의 기나긴 역사는 자유를 얻어 누리기 위한 투쟁의 역사라 하겠다.

미국의 루스벨트 대통령은 자유에 대하여 4가지로 말했다.

첫째는 어디에서나 말할 수 있는 자유

둘째는 어디에서나 예배할 수 있는 자유

셋째는 결핍으로부터 해방받을 자유

넷째는 공포로부터 안전을 보장받을 자유

그러나 이들 모두를 가진다 하여 진정한 자유를 누리는 것이 아니다.

흔히 자유에는 두 가지 차원이 있다고 한다.

첫째는 '무엇으로부터의 자유(Freedom from)' 이다.

둘째는 '무엇을 향한 자유(Freedom for)' 이다.

첫째 번의 자유가 소극적인 의미의 자유라면

둘째 번의 자유는 훨씬 적극적인 자유이다.

자유는 단순히 예속과 억압의 상태로부터 벗어나는 것이 아니다.

자기 스스로 자유 함을 누릴 수 있어야 진정한 자유이다.

그런 차원의 자유는 진리를 소유할 때에 누릴 수 있다.

또한 내가 노력하고 열심히 하여 경제적으로도 안정되어야 하고 내가 해야 할 의무를 스스로 행할 때 진정한 자유를 누릴 수가 있을 것 같다고 생각된다.

오늘은 부산에 눈이 많이 와서 완전 도로가 엉망이 구나 아침에 차들이 조금만 경사진 곳은 다니지 못해 괴정에서 회사까지 걸어가다 미끄러져 엉덩방아를 찧었는데 다행히 다친 곳은 없구나, 서울에도 눈이 많이 왔다고 하는데 조심하여라.

엄마 아빠는 (3/12~3/17) 동남아 (하롱베이, 앙코르와트) 여행 다녀 올 계획이다. 큰아들, 둘째 아들 기도 부탁한다.

눈 오는 날 좋은 추억 만들 수 있길 바라며 …

※ 1951년 6월 22일 363일 차 : 인제 북방 공산군의 2차에 걸친 반격 견제, 노르웨이 의료지원부대 도착, 김훈 상공부 장관 당인리 수색발전소 복구 추진 중 전력 대상 물자 분실설 낭설로 발표, 한국파병 16개국 "6.25에 공동성명" 발표하지 않기로 결정, 이탈리아 대중국 북한 금수에 대하여 유엔의 서유럽 제국과 합류.

◆ 6.25 전쟁에서 일어난 기적(1)

1. 유엔군의 신속한 참전

– 유엔안전보장위원회에는 상임이사국 5개국으로 상임이사국 결정은 진원 협의제여서 5개국 중 한나라라도 반대하면 결정할 수 없는 규정으로 6.25 전쟁이 일어나자 상임이사국 회의가 소집되었는데 회의가 시작되면 소련이 당연히 반대하게 되어 있었는데 소련이 참석하지 않았습니다. 그날회의에서 소련이 거부권을 행사했나던 유엔군은 6.25 선생에 참선할 수 없었습니다. 그 회의에 소련 대표 말리크가 왜 불참하였을까 하는 문제는 아직도 풀리지 않은 수수께끼 입니다.

2. 북한 인민군의 서울에서 3일간 지체

– 서울을 점령한 인민군의 3일간 서울에서 머물며 국군에게 3일간의 시간을 주어 국군이 전열을 정비하고 유엔군의 파병을 결의하게 되어 그 기간 동안에 일본에 주둔하고 있던 미국의 첫 선발대가 파병될 수 있게 되었다. 그때 인민군이 왜 3일을 서울에서 허비하였는지에 대하여는 논란이 많다.

3. 인천상륙작전의 성공

– 맥아더 장군의 인천상륙작전의 구상은 모두 반대하였습니다. 인천의 지형지 세가 그 대규모 상륙작전을 감당할 수 없다는 것이었습니다. 인민군 측에서도 그렇게 판단하였기에 인천항의 방어태세가 허술하였습니다. 군사작전의 천재인 맥아더 장군은 그렇게 말했다 합니다. "그러니까 성공하는 거다. 김일성 측에서 인천상륙은 불가능하다 생각할 것이기에 작전이 성공할 것이다."

보낸 날짜 : 2010년 03월 18일 목요일 오전 10시 09분 00초
받는 사람 : 사랑하는 두 아들(196회)

성공을 향한 핵심 포인트

태산불사토양, 하해불택세류(泰山不辭土壤, 河海不擇細流)
태산은 한 줌의 흙도 소홀히 하지 않았기에 태산이 될 수 있었고,
큰 강은 작은 세류도 가리지 않았기에 큰 강을 이루었다.
성공으로 도약하기 위해서는 사람과의 관계를 소중히 생각하고 너그럽게 포용해야 한다.
1937년 하버드 대학 출신 268명의 인생을 72년 동안 연구, 추적해서 조사한 결과 인생에서 가장 중요한 것이 "인간관계였다" 는 결론이다. 어떤 사람이라도 소홀이 대해서는 아니 될 것이다.
큰아들 작은아들 기도 덕택에 무사히 여행 잘 다녀왔다.
어저께 엄마한테 이야기 들었다. 큰아들이 새로운 것에 도전 해 보려고 하는데 엄마는 여간 걱정이 아니구나, 여러 직업이 있지만 가장 어려운 직업 중에 하나가 보험세일즈라고 생각된다.
그러나 젊은 시절 한번 해보는 것도 인생을 살아가는데 커다란 도움이 될 수 있을 것이라 생각된다.
특히 주위에 많은 인맥이 있다고 생각하지 말고 다시 시작한다는 특별한 각오가 있어야 할 것이다.
이야기를 들어보니 이미 마음을 정했는 것 같으나 신중히 생각하여라, 둘째 하고도 의논하고, 첫째와 둘째는 무엇을 하든지 잘해 낼 줄 믿는다. 든든한 하나님 백이 있으니깐…
성공을 향한 핵심 포인트는 사람과의 관계, 사람에 대한 배려 사람을 사귀는 능력이 좌우된다는 것이다.

오늘도 즐겁고 보람된 하루 되길 바라며…

메일 196회 관련 답장(이직 관련)

드디어 이렇게 이멜을 쓰게 되다니 감격입니다.

우리 아버지 그동안 항상 메일 보내셨는데 답변이 없어서 얼마나 심심(?) 하셨을지 예상이 됩니다.

암튼, 이번에 제가 이직을 하려고 합니다.

이유는 엄마한테 들어서 알겠지만 지금 다니고 있는 회사가 재정 상태가 좋지 못합니다. 아무래도 회사가 회복이 어려울까 싶습니다.

부서장들이나 이사님 이야기를 들어 봐도 그렇고 우리 회사뿐만 아니라 언론에 관련된 모든 회사들 사정 다 마찬 가지이고, 정부가 미디어법을 만드는 이유도 그만큼 언론의 자금 사정이 좋지 않기 때문에 큰 대기업들의 자금을 뛰어 주려고 할 만큼 그만큼 언론이 어렵답니다. (물론 장점도 있으면 단점도 있지만 암튼) 이런 때인수록 옆에서 회사를 돕고 그러고 싶은데 …

또한 다들 가족처럼 너무너무 잘해주시고. 정도 많이 들었지만, 아시다시피 제가 그럴 상황이 아니기 때문에 빨리 자리 잡아서 안정을 찾아서 결혼을 해야 하지 않을까요?

참고로, 이번에 이직하는 회사는 외국계 보험회사인데,

다른 생명보험 회사들 M&A 할 만큼 지금은 국내 들어온 회사들 중에서 가장 큰 규모를 가지고 있다고 합니다.

그리고 국내/외 보험 회사 통 털어 자녀학자금 지원이 되는 곳은 유일하게 여기만 해주더군요. 또한 4대 보험까지 …

물론 본사로 들어가야만 가능하긴 하지만, 저는 처음 신입이라 지점으로 들어가게 됩니다.

지점에서 열심히 해서 본사로 들어가도록 해야겠지요.

참고로 외국 계열 회사라 다른데처럼 쉽게 들어가는 게 아니라 수많은 면접과 시험을 통해 입사가 가능하다고 합니다.

국내 들어온 지는 얼마 되지 않았지만 그만큼 개척할 수 있는 여지가 많지 않나 싶습니다.

음…

이번에 면접을 보면서 지점에서 매니저, 지점장, 본부에서 본부장 이렇게 무려 3번이나 봤는데, 이렇게 까다롭고 복잡 복잡한 데는 처음 이었다는…

아무래도, 회사 입장에서는 열심히 일 할수 있는 사람 혹은 성격 이런 것들을 까다롭게 보는거 같더라구요.

성과가 없어도 생계가 가능하도록 회사에서 급여가 지급이 되구요.

그렇다 보니 더더욱 면접을 깐깐하게 할 수밖에 없겠거니 하지만, 암튼…

이미 합격 통지도 받았고, 이젠 결정만 하면 됩니다.

내일(화) 최종 결정 내려서 회사에다가 이야기하려고요.

제가 하는 일은 영업이라…

앞으로 제가 살아가는데도 도움이 많이 될 것 같아서 인데,

아시겠지만 영업하는 사람들은 워낙 자기 관리 잘하는 사람들이라…

스스로를 꾸미는 부분이나 건강관리나 시간관리 등에 있어서 많이 배울 점이 많은 것 같습니다.

또한 사람들에게 이야기를 하거나 뭔가 의견을 전달하는 부분에 있어서도 도움이 될 것 같고 지금의 인맥보다는 훨씬 더 넓은 인맥을 확보할 수 있겠고, 금융에 관련된 일이다 보니 금융시장에 대한 정보도 빨리 알 수 있어서 재테크하는 부분에도 도움이 될 것 같고, 무엇보다도 일 년에 2번 정도는 해외에 나간다고 하네요. 물론 실적에 따라서 이긴 하지만, 외국 계열 회사다 보니 박람회가 각 나라에서 열리는데 지점별로 가곤 한다고 합니다.

물론 실적에 따른 보수도 상한선이 없고, 각종 금융 관련된 시험을 치를 수 있는 자격도 주워지고, 종종 이 직종에 일하다가 경력직으로 은행으로 가시는 분들도 있으시다네요.

어쨌든, 영업 중에 가장 어려운 게 보험이라고 합니다.

보이지 않는 상품을 팔아야 하는 영업이기 때문에 그만큼 아주 어렵다고 하네요. 그렇지만 회사에서 신입 교육 시스템이 있기에 무턱대고 그냥 영업하는 건 아니다고 합니다.

또한 윗 선배들도 있고 서로 물어보면서 가족처럼 일 할 수 있는 환경 이어서 나름 즐겁게 일할 수 있지 않나 싶습니다.

지점에서 함께 일할 팀원들이랑 간단히 인사도 했고 다들 인상도 좋아 보이시고(물론 영업하시는 분이시다 보니 인상 좋겠지만) 함께 입사할 동기들 중에 돈 많이 벌어서 선교사가 되고 싶다고 자기소개한 동기가 있어서 쫌 독특하긴 했지만, 암튼 교회 다니시는 분들도 많으시고, 아직은 잘 모르지만 제가 최종학력이 교육 쪽 이어서 학교 선생님들 위주로 영업을 하게 될 거라고 매니저가 이야기하더군요~

그래서 거친 사람들 만나는 것도 아니고 나름 괜찮은 거 같습니다.

출근은 아침 8시부터 이고 퇴근은 자유롭게 합니다.

월말 결산 때 실적이 중요하기 때문에 퇴근에 대한 부분은 자유롭고요 이 일은 1년이면 결판이 나는 일이라

회사에서 기준한 억대 연봉으로 돌입하기 위한 건수나 금액이 매겨져 있거든요~ 1년 안에 억대 연봉 기준 안으로 들어가기만 하면 되는데 한 지점의 30%가 대부분 억대 연봉자라서 살아 있는 증인들이 있기에 충분히 해볼 만한 가치가 있는 거 같아요.

아무튼 젊을 때에 열심히 해서 빨리 결혼 해야죠, 에효~~~~

이제 내 나이 32살 만나이로 31살~ ㅋㅋ

고등학교 졸업이 엊그제 같은데, 세월이 참으로 빠르다는 ㅠㅠ

내가 나이가 드는 건 괜찮은데, 아무튼 좋은 하루 보내시길요

(아참!! 동생은 잘 지내고 있음 열심히 돈을 잘 모아서 학원 하려고 하는 거 같은데. 아직 통장을 못 봐서 과연 잘 모으고 있는지는 잘 모르겠지만)

여기까지 쓸게요~ 좋은 하루 되세요!!

★ 기브온에서 밤에 여호와께서 솔로몬의 꿈에 나타나시니라 하나님이 이르시되 내가 네게 무엇을 줄꼬 너는 구하라, 솔로몬이 이르되 주의 종 내 아버지 다윗이 성실과 공의와 정직한 마음으로 주와 함께 주 앞에서 행함으로 주께서 그에게 큰 은혜를 베푸셨고 주께서 그를 위하여 이 큰 은혜를 항상 주사 오늘과 같이 그의 자리에 앉을 아들을 그에게 주셨나이다. (열왕기상 3장 5,6절)

★ 유다 족속 중에 피하여 남은 자는 다시 아래로 뿌리를 박고 위로 열매를 맺으리니. (이사야 38장31절)

보낸 날짜 : 2010년 03월 22일 월요일 오후 15시 02분 00초
받는 사람 : 사랑하는 두 아들(197회)

아들 메일 잘 보았다.
메일 답장 없어서 심심했는데 오늘 우리 첫째 아들 이메일보고 심심한 것이 한방에 다 날라 가버렸다.
주위 여건과 각오가 그렇다면 한번 해보아야지 무슨 일 이든 열심히 한다면 안 될 것이 없지,
엄마, 아빠가 도와줄 일은 열심히 기도하는 일이구나 모두 함께 열심히 해보자구나 큰아들 파이팅!!!
둘째도 학원 원장을 목표로 열심히 파이팅!!!
좋은 직업이란 남은 할 수 없는 희소성이 있는 직업이나 세상에서 오직 너만 할 수 있는 일이라면 더욱 좋겠지만 너희들이 맡은 분야에서 남다른 실력을 발휘하면 될 것이다.
좋은 소식 하나 전할게 3월 19일 부산에서 선아누나가 블랙야크 등산복 대리점을 오픈하였다.
부산에서는 제일 큰 매장이다.
영아누나도 중국에서 나와서 서울에서 살고 있다고 이번에 내려 왔드구나 큰아들, 둘째 아들 전화번호 알려 달라고 해서 알려 주었으니 전화 갈지도 모른다.
시간 나면 만나 보도록 하여라 큰아들과 작은 아들도 십일조 천만 원 목표를 향해서 열심히 하여보자 안 될 것도 없지!!

오늘도 즐겁고 보람된 하루 되길 바라며 …

※ 1951년 6월 25일 : 공산군 전 전선에서 소규모 정찰공격 치열, 서부전선에서 아군 탐색대 별다른 전투 상황 없음, 6.25 발발 1주년 기념식 각처에서 거행, 부산 충무로 광장에서 6.25 반공 총궐기대회 거행.

보낸 날짜 : 2010년 03월 23일 화요일 오후 15시 01분 00초
받는 사람 : 사랑하는 두 아들(198회)

세상은 노력한 만큼 돌려주지 않는다

세상은 완전하지 않아 그렇기에 노력한 만큼 돌려주지 않는다 어떤 이에게는 노력한 이상을 돌려주고 어떤 사람들에게는 노력한
것보다 적게 돌려주고 너의 노력에 대해 세상이 적절한 보상을 주지 않더라도 너무 슬퍼하거나 노하지 말아라.

서러움은 세상 그 어떤 것보다도 두려운 것이다

돈 없는 서러움 무시당하는 서러움 차별받는 서러움 이모든 서러움은 무서운 것이다. 이는 우울함을 거쳐 분노로 변학 쉽다. 서러움을 느낄 수 없도록 노력을 하여야 할 것이다.

아침, 저녁으로 아직도 쌀쌀하구나 환절기 감기 걸리지 않도록   조심하여라 …

오늘도 즐겁고 보람된 하루 되길 바라며 …

★ 하늘에 속한 형체도 있고 땅에 속한 형체도 있으나 하늘에 속한 것의 영광이 따로 있고 땅에 속한 것의 영광이 따로 있으니. (고린도전서 15장 40절)

※ 1951년 6월 28일 369일 차 : 간성 서남방에 내침한 공산군 격퇴, 양구지구 경미한 교전, 민국당 38선 정전반대 성명 발표, "평양방송 38선의 회복" 이라는 조건 하에 휴전을 수용할 의사가 있다고 보도

보낸 날짜 : 2010년 03월 24일 수요일 오후 16시 49분 00초
받는 사람 : 사랑하는 두 아들(199회)

아름다운 도전

도전은 새로운 길을 내는 것과 같다. 무(無)에서 유(有)를 만드는 창조 작업이기도 하다. 온갖 위험과 시련이 뒤따르지만 "열심히 하면 된다" 는 믿음과 흔들리지 않는 용기로써 한 걸음 한 걸음 앞으로 나아가면 어둡고 습한 절망의 땅에도 희망의 새 길이 조금 씩 조금씩 넓게 열릴 것이다. 꼭 만족할 만한 성과를 얻기 위해 도전하는 것은 아니다. 최선을 다한다면 얻을 수도 있고 얻지 못할 수도 있다. 하지만 도전은 반드시 자신의 세계를 넓히게 마련이다. 무엇이든지 새로운 도전이란 두렵기 마련이다. 그런데 큰아들이 그런 결정을 한 데는 많은 생각을 하였을 줄 믿는다. 아빠는 용기가 대단하다고 생각되는구나 이제 우리 큰아들이 장가 갈 때가 되었는 모양이다. 장가가도 가족을 책임질 줄 아는 진정한 가장이 될 수 있을 것 같구나 든든하게 생각한다.

오늘의 고사성어(古事成語)
망년지교(忘年之交) : 나이 차이를 잊고 사귀는 친한 벗 늘그막에 얻는 어린 친구와의 사귐을 일컫기도 한다.

오늘도 웃을 수 있는 일이 많이 있기를 바라며 …

※ 1951년 6월 30일 371일 차 : 유엔군 김화 동북방에서 고지 철수 후 재탈환, 이승만 대통령 정전협상 반대 성명 발표, 정부 소련의 화평제안에 긴급 국무회의 소집, 유엔군사령부 각서 발표 "미군 관계자들은 말리크 제안을 신중하게 취급 하고 있는 중이며 38선에서 군대의 철수는 이적행위다", 영국 고위관계자 유엔군이 38선에 항구적 진지 건설 중에 있다고 언명.

보낸 날짜 : 2010년 03월 26일 금요일 오후 15시 03분 00초
받는 사람 : 사랑하는 두 아들(200회)

큰아들 새로운 직장은 언제부터 출근을 하는지 언론사는 이번 에도 잘 마무리하고, 떠난다고 함부로 하지 말고 좋은 이미지를 남겨놓고, 사람은 만날 때 보다 헤어질 때가 더욱 중요하다는 것이다. 만날 때는 잘못한 것이 있으면 고치고 사과하면 되지만 헤어짐 이란 그렇게 할 수가 없으니깐 또 언제 어디서 만날지 모르는 게 인간관계이다.

새로 나가는 곳은 집에서 가까운지 모르겠구나, 아침출근 시간도 빨라질 것 같은데 하여튼 각오를 단단히 하여라 둘째는 지금도 형님을 잘 도와주고 있지만 당분간 새로운 것에 적응할 동안 많이 도와주어라.

오늘의 고사성어(古事成語)
망운지정(望雲之情) : 구름을 바라보는 심정, 자식이 타향에서 고향의 부모를 그리는 정을 말한다.

오늘의 일반상식(一般常識)
시크하다 (유행어)
- 사전적 의미(Chic) : 스타일 복장 등이 우아한, 세련된, 맵시 있는, 의미
- 쓰임 : 행동이나 복장 등이 세련된 사람을 두고 주로 사용함

오늘도 한 주간 잘 마무리하고 웃을 수 있는 일이 많이 있길 바라면서 …

★ 바울아 두려워하지 말라 하나님께서 너와 함께 항해하는 자를 다 네게 주셨다
(사도행전 27장 24절)

※ 1951년 7월 2일 373일 차 : 유엔군 김화 동북방의 공산군 1개 소대 3시간 전투 끝에 격퇴, 선남 경찰국 제트기 지원 하에 공비 소굴 백아산 일대에 소탕선 전개 77명 사살, 이승만 대통령 임시관저에서 긴급 국무회의 개최 공산 측의 정전회담 수락 성명문제 사태 진전 검토, 국회 38선 정전에 항의 차 유엔에 대표단 파견 하자는 대정부 건의안 가결.

◆ 6.25전쟁에서 일어난 기적(2)

4. 흥남 철수 작전

– 1950년 12월 15일에서 24일 사이에 진행되었던 철수작전에서 기적 같은 사례가 메러디스 빅토리호의 경우입니다. 빅토리호는 탈 수 있는 정원이 고작 60명인 작은 배였습니다. 당시 알몬드 장군의 군사고문으로 있던 현봉학씨의 간청에 따라 라루 선장과 47명의 선원들은 배에 실려 있던 무기와 짐을 바다에 버리고 피난민을 한 명이라도 더 대우려 혼신의 힘을 다했습니다. 그 작은 배에 정원의 230배가 넘는 14,005명의 피난민을 태우고 흥남항을 떠났습니다. 한 사람의 희생자도 없이 3일 만에 거제도 장승포항에 도착하였습니다. 항해 중에 아기 5명이 출생하기까지 하였습니다. 온 세계에 널리 알려진 기적 중의 기적이었습니다. 빅토리호의 라투 선장은 당시를 회고하며 말했습니다. "어떻게 그 작은 배가 그렇게 많은 사람을 태울 수 있었는지 어떻게 한 사람도 잃지 않고 그 끝없는 위험을 극복할 수 있었는지… 그해 성탄절에 황량하고 차가운 코리아의 바다 위에서 하나님의 손길이 우리 배의 키를 잡고 계심을 나는 확신할 수 있었습니다."라고 하였다.

보낸 날짜 : 2010년 03월 30일 화요일 오후 14시 09분 00초
받는 사람 : 사랑하는 두 아들(201회)

출근 시간이 빨라 아침 일찍 일어나야 겠구나 집에서 거리는 가까운지? 아침에 바쁘더라도 아침식사는 가능한 먹고 다니고 교육은 합숙교육이면 내의와 운동복 세면도구 등을 챙겨야 하는데 미리 준비를 하여라, 엄마가 가까이 있으면 챙겨 줄 텐데 …

교육받는것은 언제나 피곤하고 잠도 오고 몸도 뒤틀리고 어렵겠지만 첫째가 받는 교육은 자격을 취득하여야 하는 교육이니 좋은 결과가 있을 것이라 믿는다.

둘째가 당분간 많이 도와주어야 할 것 같구나

오늘의 고사성어(古事成語)

맹자정문(盲者正門) : 장님이 문을 바로 들어갔다. 우연히 요행수로 성공을 거두었음을 뜻한다.

오늘도 많이 웃을 수 있는 날이 되길 바라며 …

★ 너는 밀과 보리와 콩과 팥과 조와 귀리를 가져다가 한 그릇에 담고 너를 위하여 떡을 만들어 네가 옆으로 눕는 날수 곧 삼백구십일 동안 먹되 너는 음식물을 달아서 하루 이십 세겔씩 때 를 따라 먹고 물도 육분의 일 힌씩 되어서 때를 따라 마시라.(에스겔 4장9절~11절)

※ 1951년 7월 5일 376일 차 : 중부전선 철의 삼각지대 북단(평강 남방 1.2Km에서 유엔군 기동부대 철수 개시), 리지웨이 유엔군사령관 8일 휴전예비회담에 동의 연락관(연락장교 3명, 통역 2명)의 보호요구, 국회 정전문제 둘러싸고 질의 전 활발하게 전개, 7월 3일 이승만 대통령 기자회견에서 "한국인은 평화를 앙망하지만 유화적인 38선 정전은 절대 허용하지 않는다"라고 언명 후 미국대통령에게 휴전 협상 반대 전문 전송, 신익희 국회의장 정전 설에 현혹되지 말라고 마산에서 시국강연.

보낸 날짜 ： 2010년 03월 31일 수요일 오후 15시 04분 00초
받는 사람 ： 사랑하는 두 아들(202회)

'지금' 행복한 사람이 '나중에도' 행복하다

현재 진행형이 중요하다.

지금 재미없는 사람이 나중에 재미있기 힘들고 오늘 창의성이 없으면서 내일의 창의성을 기대하기 어렵다.

내일의 행복을 위해 오늘 고통의 길을 갈 수 있지만 그 고통의 길에서조차 재미와 창의성을 찾아내는 사람이 진짜 행복한 사람,

진짜 재미있는 사람이다.

이 세상을 살아가면서 진정한 공감과 소통을 위해서는 오감(五感) 만으로는 부족하다. 십감(十感)이어야 한다.

시각, 촉각, 미각, 후각, 청각의 오감은 기본이고 보지 않고도 마음을 보고, 듣지 않고도 소리를 듣고, 손대지 않아도, 맛보지 않아도, 그의 기쁨과 슬픔을 알 수 있는 좋은 친구, 행운의 친구를 얻는다는 것은 이렇게 안에 숨겨진 십감 까지를 동원하는 일이며 전 인격을 거는 것이다.

오늘의 고사성어(古事成語)

명경지수(明鏡止水) : 거울과 같이 맑고 잔잔한 물, 마음이 고요하고 잡념이나 가식, 허욕이 없이 아주 맑고 깨끗함.

둘째는 요사이 학원 차릴 준비는 열심히 하고 있을 줄로 믿는다. 형님이 도와준다고 하니 열심히 준비 하여라 엄마 아빠는 고난주일 특별 새벽기도회에 나가 열심히 기도 하고 있다.

모든 일이 주님 말씀 가운데 이루어 질것이라 믿는다.

오늘도 즐겁고 멋진 하루되길 바라며 …

보낸 날짜 : 2010년 04월 02일 금요일 오전 11시 40분 00초
받는 사람 : 사랑하는 두 아들(203회)

안개 입자처럼 무수한 감사

뉴욕의 일곱 블록을 30cm 높이 안개로 채우는데 물 반 컵이면 충분하다고 한다.
우리는 늘 근심을 안개처럼 수많은 입자로 쪼개서 생각한다.
너무 많은 걱정과 근심거리가 우리 앞에 펼쳐져 있어서 한 치 앞도 볼 수 없다고 말한다.
감사 일기를 써보자고 작정하고 한 해를 지냈는데 감사는 언제나 물 반 컵을 바라보는 냉정함에 머문다.
겨우 반 컵밖에 없는걸 뭐.
감사를 안개 입자처럼 쪼개보면 어떨까?
한 걸음 한 걸음 뗄 때마다 우리에게 일어나고 있는 수백수천가지의 기적을 돌아볼 일이다.
매 순간 이렇게 살아가고 있다는 것이 감사며 기적이니까.

〈광고대행사 더 브리지 대표 박소원〉

오늘의 고사성어(古事成語)
명실상부(名實相符) : 이름과 실제가 서로 부합함.

첫째야, 둘째야 항상 감사하는 마음으로 살아가야 한다.
매일매일 감사가 넘치는 삶을 살아간다면 행복한 삶이 될 것이라 믿는다. 벌써 4월이 구나 4월 달은 더욱더 생기 있고 보람되고 즐거운 달이 되길 기원한다.

오늘도 즐겁고 멋진 하루 되길 바란다.

보낸 날짜 : 2010년 04월 07일 수요일 오후 16시 15분 00초
받는 사람 : 사랑하는 두 아들(204회)

매미한테서 배우기

매미의 수명은 보통 6년이다. 그 6년 중 5년 하고도 열한 달은 땅 속에서 애벌레로 지난다. 결국 매미의 일생은 4주를 보내려고 6년 세월을 인내하며 기다리는 것이다. 5번에 걸친 껍질을 벗으며 그늘진 곳에 묻혀 세월을 기다리는 것이다. 여름에 매미가 노래를 부르는 것은 한가로이 노래 부르는 것이 아니라 종족을 이어가려는 처절한 몸부림이다.

암컷을 부르는 사랑의 몸부림이다. 4주로 제한된 기간 안에 암컷을 불러 후손을 이어가야 하는 절박함이 있어 노래를 부르는 것이다. 매미의 일생을 생각하면서 서정주 시인의 "국화 앞에서"의 서두가 떠오른다.

"한 송이 국화꽃을 피우기 위하여 봄부터 소쩍새는 그렇게 울었나 보다." 우리들 인생도 자신의 고귀한 꿈과 비전을 펼치기 위하여서라면 한 달간의 노래하는 시절을 위하여 6년간을 땅 속에서 애벌레로 기다리는 매미의 삶에서 배울 수 있어야 할 것이다.

각자에게 주어진 일이라면 즐거운 마음으로 끈기 있게 이겨나간다면 인생은 밝게 펼쳐질 것이라 생각된다.

그렇게 인내의 세월을 견디지 못하면 이루어짐도 없을 것이다.

매미가 우리들에게 가르쳐 주는 교훈이다.

오늘의 고사성어(古事成語)

명약관화(明若觀火) : 불을 보는 듯이 환하게 분명히 알 수 있음.

오늘도 즐겁고 복된 하루 되길 바라며…

★ 그가 왼쪽에서 일하시나 내가 만날 수 없고 그가 오른쪽으로 돌이키시나 뵈올 수 없구나 그러나 내가 가는 길을 그가 아시나니 그가 나를 단련하신 후에는 내가 순금같이 되어 나오리라(욥기 23장 9, 10절)

※ 1951년 7월 8일 379일 차 : 휴전예비회담 종료
– 내봉장에서 연락장교와 회합(유엔 측 연락장교 : 수석 앤드루 키니 미 공군대령, 제임스 머리 해병대령, 이수영 한국군 중령, 공산 측 연락장교 : 장춘산 북한군 대좌(위장계급), 차이청원 중공군 중좌, 김일파 북한군 중좌)
– 7월 10일 개성에서의 본회담 개최 동의

◆ 6.25 전쟁에서 일어난 기적(3)

5. 반공포로 석방

– 6.25 전쟁의 휴전회담이 시작되자 가장 뜨거운 감자가 포로 석방 문제였다. 전쟁 포로를 처리함에 있어 자유송환이냐 강제송환이냐가 문제였습니다. 유엔군 측은 자유송환 공산군 측은 강제송환을 주장하였다. 포로들 중에서 자기 나라로 돌아가기를 원하지 않은 반공포로들이 전체포로들 중에서 절반이 넘었기 때문이다. 휴전협정에 대한 이승만 대통령의 입장은 투철하였습니다. "국토 통일이 이루어지지 못하는 휴전이라면 차라리 한국군이 작전 지휘권을 되찾아 독자적으로 북진 통일을 이루겠다. 통일이 아니면 죽음을 달라"는 강경한 입장을 취하였다. 휴전회담이 대한민국의 의도와는 다르게 진행되자 이승만 대통령은 세계가 놀라는 결단을 단행하였습니다. 바로〈반공포로석방〉이었습니다. 유엔군 관리아래 있는 전국 7개 포로수용소에 한국헌병을 보내 26,930명의 반공포로들을 석방시켰습니다. 포로들이 탈출 도중 유엔군의 총격으로 61명이 사망하고 116명이 부상하였습니다. 세계가 이승만 대통령의 결단에 찬사를 보내었고 국민들은 높은 자부심을 품게 하였다. 이런 결단의 결과로 한미군사동맹이 체결되게 되었습니다. 이대통령이 휴전을 깨고 북진통일 하겠노라는 고집을 달래느라 아이젠하워 미국대통령이 한미군사동맹을 맺어 공산군의 재침을 막아 줄 테니 휴전회담에 반대만 하지 말고 가만히만 있어 달라하며 한미군사동맹을 맺을 것을 합의하였다. 이로써 대한민국은 공산주의 침략의 위협에서 벗어나 국가발전에 전념할 수 있게 되었다.

보낸 날짜 : 2010년 04월 09일 금요일 오전 10시 58분 00초
받는 사람 : 사랑하는 두 아들(205회)

4월도 벌써 중순에 접어드는구나 아직도 아침과 낮의 기온차가 많으니 감기조심
하고 먹는 것 잘 챙겨 먹어라 엄마는 이번에 너무 오래 동안 가보지 못해서 어떻
게 사는지 걱정이 많구나 큰아들은 요사이 아침은 먹고 가는지 당분간 둘째가 좀
신경을 써야 할 것 같구나 …
큰아들아 새로운 직장에 적응하려면 시간이 좀 걸리겠지 가능한
빨리 적응하도록 하여라 아빠는 잘 해낼 줄 믿는다.(천재니깐)
둘째야 형님 적응되는 기간 동안 많이 도와주어라, 옷도 많이 신경을 써야 할 것
이다. 와이셔츠와 양복은 세탁소에 맡겨서 항상 깨끗하고 단정하게 입어야 할 것
이다. 몸도 깨끗이 히고 향수도 좋은 것 싸서 뿌리고 모르는 사람을 만난다는 것
은 첫인상이 매우 중요한 것이다.

오늘의 고사성어(古事成語)
명철보신(明哲保身) : 사리에 통하여 무리들에 앞서 알고, 사리에 따라 나옴과
물러남을 어긋나지 않게 함, 요령 있게 처세를 잘하는 것.

　　　　　　　　한 주간 잘 마무리하고 교회 가서 봉사 열심히 하여라 …

★ 내가 진실로 진실로 너희에게 이르노니 한 알의 밀이 땅에 떨어져 죽지 아
니하면 한 알 그대로 있고 죽으면 많은 열매를 맺느니라 (요한복음 12장 24절)

보낸 날짜 : 2010년 04월 12일 월요일 오전 11시 03분 00초
받는 사람 : 사랑하는 두 아들(206회)

진정한 사랑

사랑은 상대방을 먼저 살피고 무엇을 해줄 것 인가를 생각하고 실천하는 것이 사랑이다. 그가 지금 무엇을 원하며 무엇을 찾고 있는지 지금 어디가 가장 가렵고 왜 아파하는지를 조용히 살펴 조금 더 가까이 먼저 다가가는 것이다.
"나에게 이렇게 해주길 바래" 가 아니라
"당신에게 이렇게 해주고 싶은 마음" 이어야 진정한 사랑 이겠지 받기 위한 배품은 진정한 사랑이 아니고 어떤 목적을 위한 행 동일뿐이라고 보면 될 것이다.
부모, 자식 간의 사랑, 형제간의 사랑, 연인 간의 사랑, 친구 간의 사랑 기타 등등 이모든 사랑의 진정한 의미는 "먼저 주는 사랑"
이것이야 말로 성공하는 사랑이 될 것이다.

오늘의 고사성어(古事成語)
목불인견(目不忍見) : 차마 눈 뜨고 볼 수 없는 참상이나 꼴불견.

월요일 아침 이 한 주간도 몸과 마음을 스스로 단련시키는 한 주간을 위해 힘차게 시작하여 보자 꾸나.
큰아들, 둘째 아들 파이팅!!!

※ 1951년 7월 10일 381일 차 : 각 전선에서 산발적인 소규모 충돌, 공산군 측 대표(남일) 휴전 기본조건 전 외국군 철수 38선을 군사경계선으로 남북 10Km에 비무장지대 설치 포로교환, 마산 애국단체연합회 주최 정전반대국민 대회 개최, 부산시내 도처 통일 없는 정전반대시위, 중국계 「대공보」공산군의 유엔군에 대한 38선 이남 철수와 38선상 비무장지대 설정 요구 보도.

보낸 날짜 : 2010년 04월 14일 수요일 오전 11시 14분 00초
받는 사람 : 사랑하는 두 아들(207회)

둘째가 요사이 형님 아침 일찍 출근한다고 신경을 많이 쓰는 모양이구나, 형님도 우리 둘째 같이 자기 몸과 옷을 관리하는 것을 둘째 반반이라도 닮았으면 하는 생각이 드는구나 그러면 둘째가 챙기지 않아도 형님이 알아서 잘 챙겨서 입을 텐데 말이다.

형제간에 서로 위하며 오순도순 사는 게 보기 좋구나

오늘의 고사성어(古事成語)
몽매지간(夢寐之間) : 자는 동안, 꿈을 꾸는 동안, 즉 자나 깨나,

오늘도 많이 웃을 수 있는 일이 있고 보람된 하루 되길 바라며…

※ 1951년 7월 14일 385일 차 : 유엔군 유성과 양구지구에서 적의 반격 격퇴, 미 해병 함대 동해안의 공산군 4개 연대시위소 격피, 부산시에서 비상 국민 총궐기대회 개최 38선 정전반대결의문 채택, 유엔 한국 재건단 연간 2억 5,000만 달러의 한국 재건계획에 대해 언명.

◆ 6.25 전쟁 직전에 일어난 기적(1)
1. 박헌영의 위조지폐 사건으로 북한으로 도피
– 박헌영이 이끄는 조선공산당 당원이 백만에 이르는 당을 관리 운영하기 위해 위조지폐를 찍었습니다. 두 가지 목표를 달성하기 위하여 선택한 악수였습니다. 첫째는 공산당 운영자금 확보 둘째는 경제를 혼란에 빠뜨려 공산주의에 유리한 정국으로 조성하려는 의도였습니다. 군정하의 경찰이 조사에 착수 박헌영에 대한 체포령이 내려지자 그는 관속에 시체로 위장하여 서울을 벗어나 북한으로 도피하였습니다.

5분의 여유로움

아침에 조금만 일찍 일어나서 움직이면 하루가 여유로워진다.

집에서 출발을 5분 일찍 출발한다면 얼마나 여유로운 하루가 되는지 가끔 느껴질 수 있을 것이다.

운전하여 출근하는 사람은 운전이 여유로워져 내 앞에 끼어들어도, 짜증보다는 양보하는 마음으로 즐거움을 얻게 되고 주위 간판이나, 지나가는 사람들 옷의 변화와 가로수의 나뭇잎이 속속 내미는 것들이 여유롭게 눈에 들어오면서 봄이 오는 것을 느끼며 출근을 하게 되는 것을 나도 모르게 느껴질 것이다.

그러나 5분 늦게 출발하면 이모든 것들이 눈에 들어오지 않고 속도를 내고, 꼬리물기도하고, 끼어들기도 하게 된다.

허겁지겁 도착하다 보면 업무준비도 바쁘게 마련이다.

그러면 하루 종일 바쁜 것 같다. 이와 같이 인생도 남보다 조금 일찍 무엇이든 시작한다면 여유로운 인생이 될 것이라 믿는다.

남들이 늦었다고 할 때가 빠른지도 모른다.

모든 일을 조금만 일찍 시작한다면 삶의 여유로움을 느끼며 살아갈 수 있을 것이라 생각되어지는구나,

오늘의 고사성어(古事成語)

무릉도원(武陵桃源) : 신선이 살았다는 전설적인 중국의 명승지를 일컫는 말로 곧 속세를 떠난 별천지를 뜻함.

오늘도 즐겁고 보람된 하루 되길 바라며…

보낸 날짜 : 2010년 05월 11일 화요일 오전 09시 54분 00초
받는 사람 : 사랑하는 두 아들(209회)

큰아들, 둘째 아들 오래간 만이구나.

아빠가 요사이 조금 바빠서 메일 보낼 시간이 없어 보내지 못하였나. 이제 바쁜 일들이 거이 마무리되어 간다.

아빠가 정년을 하고 벌써 새로운 직장에서 회사 이름이 세번째 바뀌는구나. 회사 이름이 바뀔 때마다 직원들과 임금협상, 준공처리, 착공계 제출 등 업무가 많아져 약 한 달간 업무가 바빠 너희들에게 보내는 메일도 보내지 못했구나.

큰아들은 무사히 교육을 마치고 새로운 직장에 잘 적응하고 있다니 반갑구나, 둘째 아들 또한 형님 교육받는 동안 뒷바라지 하느라 수고 많이 하였다.

5월 15일(토요일) 아침에 구포에서 7시 45분에 출발해서 예식장으로 바로 갈 계획이다.

가능하면 둘째 아들도 예식에 참석 할 수 있도록 하고 첫째는 자동차 도로주행 연수를 받도록 하여라 상세한 이야기는 천천히 하도록 하자.

오늘도 즐겁고 보람된 하루 되길 바라면서 …

★ 인내를 온전히 이루라 이는 너희로 온전하고 구비하여 조금도 부족함이 없게 하려 함이라.(야고보서 1장 4절)

※ 1951년 7월 17일 388일 차 : 유엔함대 계속적으로 원산항 포격, 개성 제5차 휴전 회담, 국내 각지 정전배격 국민대회 개최, 거제도 피란민 총궐기하여 정전 반대, 이란 정부 대중국 전략물자금수 실시를 유엔에 통고, 필리핀 최고회의 대일강화 위원회의 대일강화조약안 거부 결의지지 결정

보낸 날짜 : 2010년 07월 12일 월요일 오후 16시 43분 00초
받는 사람 : 사랑하는 두 아들(210회)

큰아들 작은아들 오래간 만이구나
5/11 메일 보내고 두 달(7/12)만에 메일을 보내게 되는구나.
그동안 회사 업무가 바쁜 데다 여직원이 갑자기 그만두는 바람에
두 달간 무척 바빠서 너희들한테 메일 보낼 시간도 없었다.
혹시 아빠 메일이 기다려졌을지도 모르겠구나!!
지겹고, 잔소리 같게 느껴질지 모르겠지만 자주 오던 메일이 오지 않으면 궁금하
기도 할 텐데 아무런 이야기가 없는 것 보니 별관심이 없었는 모양이구나,
그러나 큰아들 작은아들은 너무 바빠서 책을 읽을 여유가 없을 것 같아 아빠라도
책에 있는 좋은 마음의 비타민을 요약해서 시간이허락하는 데로 너희에게 보내
어서 큰아들 작은 아들의 마음의 양식이 차곡차곡 쌓여 조금이라도 인생에 보탬
이 되었으면 하는 마음으로, 내일부터 다시 시작할까 한다.
PC를 열 때 3분 정도만 시간을 내어 주면 될 것 같구나…

오늘도 즐겁고 보람된 하루 되길 바라면서…

★ 모세가 그의 손을 들어 그의 지팡이로 반석을 두 번 치니 물이 많이 솟아 나 오
므로 회중과 그들의 짐승이 마시니라.(민수기 20장 11절)

※ 1951년 7월 20일 391일 차 : 양구 인제 간성 등 지구에서 유엔군 정찰기가 공
산군과 장시간 교전, B29전폭기대 고원의 철도 시설과 함흥의 보급 중심지를 레
이더로 폭격, 국방부 및 내무부 합동으로 경상남 북도 전역에 국도보수공사 착수,
국방부본부 및 각 군 분실 부산 수정국민학교에 집결 이전, 유엔 한국 파견 10개
국 애치슨 미 국무장관의 19일 외국군 철퇴문제 토의 거부 성명지지, 미국 영국
양국 소련 등 49개국 대일강화조약 조인식 초청장 발송.

보낸 날짜 : 2010년 07월 13일 화요일 오전 10시 12분 00초
받는 사람 : 사랑하는 두 아들(211회)

오늘 부터 긍정의 힘(지은이: 조엘 오스틴)이란 책을 읽으면서 마음의 비타민이 될 만한 것을 보내고자 한다.

비전을 키우라(1)

마음에 품지 않은 복은 절대 현실로 나타나지 않는다. 마음으로 믿지 않으면 좋은 일은 결코 일어나지 않는다. 우리의 적은 마음속에 있다는 것을 알아야 한다. 하나님의 자원이나 우리의 재능이 부족해서 성공하지 못하는가? 아니다 하나님이 주신 복을 제대로 누리지 못하는 원인은 바로 우리의 잘못된 생각이다. 머리와 가슴으로 하나님의 은혜를 상상해야 하고 기도하므로 실제로 그것을 받을 수 있다. 하나님은 "보라, 내가 새 일을 행하리니 이제 나타낼 것이라 너희가 그것을 알지 못하겠느냐? "(사.43:19)라고 말씀하신다. 하나님은 우리 삶을 통해 새로운 일을 행하시기 위해 언제나 만반의 준비를 하고 계신다. 단 조건이 있다. "너희가 그것을 알지 못하겠느냐? " 이 말은 이렇게 바꿀 수 있다. "마음에 충분한 그릇을 준비해 놓았느냐? 성장을 믿느냐? 직장에서 두각을 나타 낼 줄 믿느냐? 뛰어난 리더가 되리라 확신하느냐? " 커다란 비전을 품으라는 말씀이다. 의심의 토양 위에서는 하나님이 주신 기회의 씨앗이 뿌리를 내리지 못한다.

큰아들은 년 봉 12억을 받을 수 있다고 믿고 열심히 한다면 안될 것이 없다고 생각된다. 또한 둘째도 마찬가지다. 외제차 못살 것도 없지 목표를 세워 열심히 한다면 이루어질 것이다. 요사이 감기가 유행한다고 하니 조심들 하고,

오늘도 멋진 하루 되길 바라며 …

※ 1951년 7월 24일 395일 차 : 개성 서남방에서 격전, 유엔군 동부 중동부 전선에서 공산군의 8회에 걸친 탐색공격 분쇄, 이기붕 국방부장관 변영태 외무부장관 회담 재개 앞두고 항공편으로 서울 도착, 평양방송 "외국군 철수문제를 의제에 포함해야 한다"라고 주장.

◆ 6.25 전쟁 직전에 일어난 기적(2)

2. 남로당 서울시 당 위원장 홍민표의 자수

- 1949년, 50년 김일성과 박헌영이 스탈린을 만나 남한을 무력 침공하는 허락을 받으려는 만남에서 말하였다. "남한을 공격하여 부산까지 진격함에 일주일이면 충분합니다. 서울을 점령하고 나면 20만 남로당 당원들이 폭동을 일으켜 혁명을 성공시킬 것입니다"라고 하였다. 북한으로 도피한 박헌영의 뒤를 이어 남로당 서울시 당 위원장으로 홍민표가 남로당 총책이 되자 1949년 4월 홍민표에게 2천만 원을 주어 수류탄 일 만개로 서울시 6만 당원으로 폭동을 일으켜 서울시를 불바다로 만들라는 박헌영의 지령이 있었으나 무장폭동은 계속 지연되어 수류탄 6천 개를 압수당하는 차질이 생겼다. 그는 계획이 완전히 무산되자 평양으로 부터 소환장을 받게 되었다. 홍민표는 평양으로 가면 죽을 것이 뻔하고 자수를 해도 남로당 특수부대에 잡혀 살해될 것이 뻔하므로 잔꾀를 써서 을지로 4가에서 무교동 까지 나를 잡아가시오 하는 식으로 걸어가다가 수사본부 요원에 의해 즉시 체포 되었다. 홍민표는 오제도 검사에게 모든 것을 순순히 대답하고 부탁하기를 시경 회의실에서 남로당 상임위원회를 열게 해주시오라고 하였다. 홍민표는 남로당 위원들을 두 시간에 걸쳐 설득하여 서울시당 소속 16명의 핵심 간부들을 설득 전향케 하였습니다. 이승만 정부는 전국에 남로당원들에게 자수할 기회를 주었습니다. 결과로 무려 33만 당원이 자수하였습니다. 이처럼 홍민표와 남로당원의 자수가 없었더라면 박헌영이 김일성에게 큰소리쳤던 대로 6.25 전쟁 때 실제 일어날 뻔했던 남로당의 봉기를 미리 차단하지 못했다면 큰 혼잡이 뒤따랐을 것입니다.

보낸 날짜 ： 2010년 07월 14일 수요일 오전 09시 32분 00초
받는 사람 ： 사랑하는 두 아들(212회)

기대 수준을 높이라(2)

하나님이 당신을 위해 놀라운 선물을 준비하고 계신다.

자리를 박차고 일어나 열정 속에서 매일 아침을 맞으라.

"기대"를 따라 간다 기대한 만큼 이룬다.

긍정적 생각을 품은 인생은 긍정적인 방향으로 흘러간다.

부정적 생각에 사로잡혀 있는 인생은 꼬이게 마련이다.

패배와 실패, 삼류 인생을 기대하면 잠재의식은 우리를 그 쪽으로 몰아가 평범한 수준 이상의 어떤 시도도 못하게 만든다.

그렇기 때문에 비전을 확장하려면 기대 수준을 높여야 한다.

삶의 변화는 바로 생각의 변화에서 출발 한다.

아침에 눈을 뜨자마자 가장 먼저 해야 할 일은 우리 마음을 올바른 방향에 맞추는 것이다.

희망찬 말로 하루를 시작하라 "오늘은 멋진 날이 될 거야,

하나님이 내 발걸음을 인도해 주실 테니까, 하나님의 은혜가 나를 감싸고 있어 하나님의 선하심과 인자하심이 나를 따르고 있어

오늘 하루가 정말 기대되는군!" 아자!! 아자!! 아자!!, 또는 오예스!! 오예스!! 오예스!! 등을 외치면서 시작하는 습관도 성공의 지름길이 될 수 있다.

예수님은 "너희 믿음대로 되리라" (마 9:29)고 말씀하셨다.

"네 믿음이 기대한 만큼 주겠다는 뜻이다."

아침에 일어나서 오늘도 멋진 하루 아자!! 아자!! 외쳐보면 힘이

저절로 생기는 것을 느낄 것이다. 실행에 옮겨보면 어떨까.

오늘도 목표가 달성되는 날이 되길 바라며 …

보낸 날짜 : 2010년 07월 15일 목요일 오전 09시 29분 00초
받는 사람 : 사랑하는 두 아들(213회)

하나님의 창고는 보화로 가득하다(3)

우리 속에서 용솟음치는 열정의 크기에 따라 하나님이 행하시는 일의 크기도 달라진다.

"작은 믿음과 기대를 가진 사람은 작은 복밖에 받지 못한다."

시골에서 흔히 볼 수 있는 조그마한 우물에서 태어난 작은 개구리는 대대로 이 우물에서 살면서 마음껏 헤엄치고 놀았다. 더할 나위 없이 만족스러운 삶이었다. '이보다 더 좋은 삶은 없을 거야 내게 부족한 것은 하나도 없어' 그러던 어느 날이었다

고개를 들어보니 우물 꼭대기에서 한 줄기 빛이 흘러 들어왔다, 개구리는 문득 호기심이 일었다.

'저 위에는 뭐가 있을까?' 개구리는 우물 벽을 타고 천천히 기어올랐다. 그리고 꼭대기에 이르러 조심스레 주위를 둘러보았다.

이럴 수가! 제일 먼저 눈에 들어온 것은 연못이었다. 도무지 믿어지지 않았다. 연못은 자신이 살던 우물보다 수백 배나 크지 않은가! 과감히 앞으로 더 나아갔더니 이번에는 커다란 호수가 보였다. 개구리는 놀라움에 입을 떡 벌리고 호수를 바라보았다.

세상에 사방이 온통 물 천지였다. 개구리는 엄청난 충격을 받았다.

자기가 얼마나 비좁은 생각 속에서 살아왔는지 한심하기까지 했다. 하나님이 준비하신 복에 비하면 자기가 우물 안에서 누렸던 모든 즐거움은 양동이 속의 물 한 방울에 지나지 않았다.

이 이야기는 우리나라 속담에 우물 안의 개구리와 같은 이치로 이미 알고 있는 것들이다. 우리 큰아들 작은 아들은 부산에서 더 넓은 서울에 와 이미 생활하고 있지만 더 넓은 시야를 넓혀야 할 것이다.

우리 삶을 향하신 하나님의 비전은 우리가 생각한 것보다 훨씬 크고 광대하다. 하나님은 더 좋은 선물을 예비해놓고 계신다. 단 이 선물을 받으려면 먼저 과거의 장벽을 깨야 한다.

오늘도 웃음이 가득한 복된 하루 되길 바라며…

※ 1951년 7월 26일 397일 차 : 유엔 공군 강동 순천 평양 원산 등 비행장과 고사포 진지 8개소 폭격, 개성회담(제10차)의사일정에서 5개 항목 의견 일치 의제 선택과 의사일정 채택 적대행위 정지의 기본조건 아래 양군 사이의 비무장지대 설정하기 위한 군사적 경계선 설정하는 문제 정전 실현 위한 구체적 조치 여기에는 정전 및 휴전 위한 제 사항을 실현할 감시기관의 구성 권한 및 기능 문세 포힘 ④ 포로 교환에 대한 제반 조치 ⑤ 외국군대철수와 한반도 문제의 평화적 해결에 관한 쌍방 관련 국가들의 정부에 권고하는 문제, 평양방송 철병문제 토의 필요 강조.

◆ 양구 대우산 전투(요약)

– 공산군 측이 휴전회담이 개시된 지 10일 만인 7월 2일 유엔공군의 오폭을 트집 잡이 회담장을 떠나 버렸다. 유엔군은 공산 측의 회담장 복귀를 유도하기 위하여 양구 북쪽의 미 제2사단에 대우산을 공격하도록 하였다. 이때 미 제2사단에 배속되어 도솔산을 방어 중인 네덜란드대대는 정찰을 완료한 후 7월 26일 대우산 공격을 개시하였다. 그러나 인민군 제27사단이 도솔산에서 대우산으로 연결 된 능선상의 중간지점인 대머리고지에 지뢰와 각종장애물로 보강된 강력한 방어 거점을 구축하고 완강하게 저항하여 네덜란드대대의 공격이 저지되었다. 적의저항이 강력하자 미 제38연대 주력은 7월 29일 저녁 내내 대우산 정상에 각종 포탄 115톤을 퍼부은 다음 네덜란드대대의 엄호 하에 대우산을 공격하였으나 인민군의 저항이 완강하여 제38연대의 공격마저 저지되었다. 2차에 걸친 공격실패를 만회하기 위하여 이번에는 네덜란드대대와 세38연대 주력이 협조된 포위공격을 펼친 끝에 7월 30일 오후에 인민군을 몰아내고 대우산을 점령하였다. 이 전투에서 아군은 전사 185명, 부상 741명, 실종 20명의 피해를 입었지만 적군은 사살 3,690명, 포로 55명의 피해를 입고 괴멸되었다.

보낸 날짜 : 2010년 07월 16일 금요일 오전 09시 47분 00초
받는 사람 : 사랑하는 두 아들(214회)

과거의 장벽을 깨라(4)

마음속의 견고한 잔을 부수라

이제 새로운 비전을 품고 새로운 단계로 나아갈 때다.

자기 마음에 있는 장벽은 어느 누구도 깨뜨리지 못한다.

어떤 일을 할 수 없다고 생각하면 절대 할 수 없는 법이다.

그러므로 가장 무서운 적은 마음에 있는 셈이다.

마음속에서 패한 사람은 현실에서도 여지없이 패한다.

마음으로 믿지 않으면 꿈은 절대 이루어지지 않는다는 말이다.

스스로 충분한 능력이 있다고 생각하지 않는 한,

새로운 지평을 여는 헛된 꿈이 되어 버린다.

장벽은 바로 마음에 있다.

오늘은 새로운 날이고 새로운 희망의 날이다.

과거에 어떤 일을 겪었는지, 얼마나 많은 실패를 경험 했는지는 중요하지 않다.

어떤 사람이나 사건 때문에 번번이 앞길이 가로막혔어도 상관없다. 과거야 어쨌든 오늘은 새로운 날이다.

오늘 하나님은 우리를 통해 새로운 일을 행하고자 하신다. 하나님이 우리를 위해 큰 계획을 세워 놓고 계시니 과거의 잣대로 미래를 판단하지 말라

어렸을 적 누군가에게 학대받았는가? 아니면 누군가에게 버림받았는가? 누군가에게 크게 당한 적이 있는가?

어떤 경우든 과거의 상처에 연연하면 하나님의 놀라운 미래가 펼쳐지는데 큰 걸림돌이 된다.

"우리가 먼저 생각을 바꿔야 하나님이 우리인생을 바꿔 주신다"

단 조건이 있다. 생각을 바꾸겠는가?

하나님의 능력이 무한하다는 것을 인정하겠는가?

크고 놀라운 일을 행하시는 하나님을 믿겠는가?

변화는 마음에서 시작된다.

"하나님께 용기를 달라고 기도하라"

우리 둘째 아들도 새로운 것에 도전 해 보려는 생각이 있는 모양인데 못 할 것도 없지

그러나 사업이란 사전에 철저한 준비가 필요하다.

자금은 어떻게 조달할 것인지 시작을 한다면 어떤 방법으로 운영 할 것인지 현재 주인이 왜 장사가 잘 되는데 넘기려고 하는지, 앞으로 비전은 있는지

또한 현재 시점에서의 시장조사 등 치밀한 사전 준비를 하고 온 몸과 징싱을 다 해 열심히 하겠다는 마음의 각오가 있다면 형님과 도 상의 하고 아빠, 엄마도 함께 생각을 해보는 것이 어떨까 싶다.

둘째 아들이 사업을 한번 해볼 생각이 있다는 것은 자금을 많이 모아 두었는 모양이 구나 아빠, 엄마는 기대가 되는구나 …

오늘도 하루를 기도로 시작하는 첫째와 둘째가 되길 바라며…

★ 하나님이 자기 형상 곧 하나님의 형상대로 사람을 창조하시되 남자와 여자를 창조하시고 하나님이 그들에게 복을 주시며 하나님이 그들에게 이르시되 생육하고 번성하여 땅에 충만 하라, 땅을 정복하라, 바다의 물고기와 하늘의 새와 땅에 움직이는 모든 생물을 다스리라 하시니라.(창세기 1장 27,28절)

※ 1951년 7월 30일 401일 차 : 개성 제14차 회담, 비무장지대 설치문제에 관하여 남측 대표 쌍방의 주장 견지, 김동성의원 등 강화도 피란민수용소 설치 정부에 건의, 전국애국단체대표자협의회 대일강화조약 초안 수정 요청 국민총궐기대회를 부산에서 거행, 유엔특별위원회(포로문제 관계) 제1회 회합 행방불명 포로문제 검토 개시, 유엔경제사회이사회 제13차 회의 제네바에서 개막.

보낸 날짜 : 2010년 07월 19일 월요일 오전 09시 38분 00초
받는 사람 : 사랑하는 두 아들(215회)

은혜 속에서 성장하라(5)

매일 아침 일어나 하나님의 은혜를 선포하라
이미 은혜를 받았노라고 과감하게 선포하라.
매일 아침에 집을 나서기 전에 이렇게 말하라.
"하나님 아버지, 제게 은혜를 주셔서 감사합니다.
하나님의 은혜로 기회의 문이 열리고 있습니다.
성공이 제게 다가오고 남들이 자청해서 저를 도울 줄 믿습니다."
그리고 나서 자신 있게 밖으로 나가 좋은 일이 일어나길 기대하며 자신감을
갖고 살라,
좀처럼 열리지 않는 기회의 문이 특별히 우리를 위해 열리길 기대하여라,
우리에게는 뭔가 특별한 것이 있다.
그것은 바로 하나님의 은혜다. 원하던 일이 이루어지든 그렇지 않든 상관없이
항상 하나님의 은혜를 기대하라.
원하던 일이 이루어지지 않는 것은 또 다른 깊은 뜻이 있다고 생각하고
지속적으로 노력하라.
은혜를 사모하는 마음으로 살아라
매일 아침에 하나님의 은혜를 기대하고 선포하라,
지속적으로 목표를 향해 꾸준히 노력하여라.
수동적인 태도에서 벗어나라 우리가 먼저 은혜받을 그릇이 되어야 하나님은
은혜를 차고 넘치도록 부어 주신다.

오늘도 하나님의 은혜가 넘치는 하루 되길 바라며 …

보낸 날짜 ： 2010년 07월 20일 화요일 오전 10시 53분 00초
받는 사람 ： 사랑하는 두 아들(216회)

은혜를 사모하라(6)

우리가 은혜를 사모하면 어디를 바라보나 우리를 도우려는 사람들로 가득하다.
하나님은 큰 문제만이 아니라 삶의 모든 측면에서 도움을 주고자 하신다.
은혜를 사모하는 마음으로 살면 일상 속에서 하나님의 선하심이 눈에 보이기
시작한다.
차가 꽉 막힌 도로에서 옆 차선이 잘 빠진다고 하자 도대체 틈이 없어서 끼어들
지 못하고 있는데 갑자기 누군가가 아무런 이유 없이 속도를 줄이고 들어오라고
손짓한다,
이것이 하나님의 은혜다.
정말 바쁜 일이 있는데 식료품 상점의 계산대 앞에 줄이 끝이 보이지 않는다.
그런데 다른 직원이 어깨를 살짝 치며 자기를 따라오라고 한다.
"이 쪽으로 오세요, 지금부터 여기서노 세신을 할 기예요"
이것이 우리를 도우시는 하나님의 은혜다.
하나님의 은혜가 임하면 예기치 않은 곳에서 특별한 도움의 손길이 찾아온다.
하나님의 은혜를 당연하게 받아들이지 말라 우리가 은혜를 사모하면 어디를
가나 우리에게 유리한 쪽으로 상황이 바뀐다.
어디를 바라보나 우리에게 베풀려는 사람은 어디서나 많이 있다.
어떤 식으로든 우리를 도우려는 사람들로 가득하다.
그들 대부분은 그 이유를 알지 못한다. 하지만 우리는 안다.
많은 군중 속에서 우리를 빛나게 만드는 것이 하나님의 은혜 덕분 임을,
그러므로 늘 하나님의 은혜를 선포하는 습관을 가지라

우리 자신의 삶뿐 아니라 가족이나 우리 주위에 모든 이에게도 하나님의 은혜가 임하길 기도하라

판매 일을 하는 사람이라면 하루도 빠짐없이 좋은 고객 관계를 선포해야 한다. "아버지" 제 고객들이 저를 믿고 저와 거래하게 해 주시니 감사합니다."

남을 가리키는 선생이라면 학생들에게 성심성의껏 가리킬 수 있도록 해달라고 기도 하여야 할 것이다.

하나님의 은혜를 포기하지 말라, 이런 은혜가 우리에게 있음을 온전히 이해하면 자신감 있는 삶이 펼쳐진다.

그럴 때 감히 요구하지 못할 은혜를 사모하는 삶이 가능 해진다.

오늘도 하나님 은혜를 사모하는 하루가 되길 바라며…

★ 감추인 것이 드러나지 않을 것이 없고 숨긴 것이 알려지지 않을 것이 없나니 이러므로 너희가 어두운 데서 말한 모든 것이 광명한 데서 들리고 너희가 골방에서 귀에 대고 말한 것이 지붕 위에서 전파되리라. (누가복음 12장 2,3절)

★ 하나님은 한 분이시오 또 하나님과 사람 사이에 중보자도 한분이시니 곧 사람이신 그리스도 예수라. (디모데전서 2장 5절)

※ 1951년 8월 1일 403일 차 : 양측 대표의 기본적 견해에 변화 없음, 조이 대표 공정한 현실적 비무장지대 설치 재차 주장 군사적 휴전에 관한 헤이그조약을 인용하고 38도선 경계선 안에 반박, 이기붕 국방부장관 백선엽 한국휴전회담대표의 퇴장 설부인, 킹슬리 재건국장 휴전회담 성공하면 유엔한국부흥기관에 의한 한국부흥계획 본격 실시될 것이라고 언명, 『상하이신문』중국이 아직도 북한의 의사 간호사를 계속 파견 중이라고 보도, 미 정부 전략물자구매 기관으로서 국방 물자 조달국 설치.

보낸 날짜 ： 2010년 07월 21일 수요일 오전 09시 36분 00초
받는 사람 ： 사랑하는 두 아들(217회)

자신을 누구라고 생각하는가? (7)

"메뚜기 정신"을 버리고 "할 수 있다."는 마음을 품으라.

약점을 보지 말고 하나님을 바라보라

"나는 제대로 할 줄 아는 게 하나도 없어" "왜 하필 나야?"

"나는 대단한 사람이 될 수 없어"

지이상이 약한 사람의 대화 속에는 늘 이런 문구가 따라다닌다.

반면 하나님과 같은 시각으로 자신을 바라보는 사람은 만족한 삶을 살아간다.

사아상을 바꾸라 누구나 자아상을 바꿀 수 있다는 믿음을 가져라.

그 방법은 이렇다.

먼저 하나님의 의견에 동의하라 하나님이 우리를 강하고 용감한 사람으로

큰 영광과 용기가 있는 우리 두 아들로 보신다는 사실을 명심하라.

약속에 땅 가나안 땅으로 가기 위해 모세는 진두에 앞서 적을 알고 파악하기

위해 12명의 정탐꾼을 가나안 땅으로 보냈다.

6주 후에 정탐꾼들이 정보를 입수하여 돌아왔다.

그중 10명은 우리가 듣던 그대로 정말 훌륭한 땅입니다.

"정말 젖과 꿀이 흐르는 땅입니다.

"하지만 그 땅에는 거인들이 있더군요 그들에 비하면 우리는 메뚜기 떼에

지나지 않습니다."

계속해서 정탐꾼 열 명이, "젖과 꿀이 흐르는 땅이지만 우리에겐

그림의 떡일 뿐입니다.

이 열 명의 부정적인 보고를 한 이유는 겉으로 보이는 상황에만 초점을

맞췄기 때문이다.

나머지 정탐꾼, 여호수아와 갈렙의 보고는 완전히 달랐다.

"모세, 우리는 충분히 그 땅을 차지할 수 있습니다.

물론 거기에 무시무시한 거인들이 사는 것은 사실입니다.

하지만 하나님은 그들보다 훨씬 크십니다.

하나님이 계시기에 우리는 할 수 있습니다.

어서 가서 그 땅을 차지합시다.

이 얼마나 위대한 믿음인가?

우리가 강해서가 아니라 우리 하나님이 지극히 강하시기 때문이다.

하나님은 우리를 충분한 능력의 소유자로 보신다.

상황을 좋은 방향으로 되돌리고 싶다면 먼저 믿음의 눈으로 새로운 미래를
꿈꿔야 한다.

언젠가 한 젊은이가 내게 이렇게 말했다.

"목사님 우리 부모님은 가난하셨고 조 부모님은 그 보다 더 가난했어요,

원래 집안이 이 모양인데 저라고 크게 달라지겠어요? "

이것이 메뚜기 정신이다.

먼저 가난한 정신을 깨버리고 부정적인 자아상을 바꿔야 한다.

과거가 당신의 운명을 결정하거나 당신의 운명을 결정하거나

당신의 자아상을 망치도록 내버려 두지 마세요,

하나님이 보시는 데로 자신을 보십시오

하나님이 예비하신 놀라운 일을 경험하는 자신의 모습을 상상 하여 보아라.

오늘도 즐겁고 보람된 하루 되길 바라며 …

★ 예수께서 이르시되 내가 곧 길이요 진리요 생명이니 나로 말미 암지 않고는 아
버지께로 올 자가 없느니라. (요한복음 14장 6절)

보낸 날짜 : 2010년 07월 22일 목요일 오전 09시 34분 00초
받는 사람 : 사랑하는 두 아들(218회)

자신의 가치를 제대로 알라(8)

돈은 구겨져도 돈이다.

내가 실수하고 넘어져도 하나님은 내 가치를 변함없이 인정하신다.

하나님이 창조하신 그대로 자신을 사랑하라.

자신을 사랑할 줄 모르는 사람은 남도 사랑하지 못한다.

그러므로 남을 사랑하기 위한 출발점은 하나님의 창조하신 그대로

자신을 사랑하는 것이다.

최근 The Tale of Three Trees(세 나무 이야기) 라는 멋진 책을 읽었다.

올리브나무와 떡갈나무, 소나무의 원대한 꿈을 이야기하고 있는 동화다.

이들 나무는 각자 특별한 존재가 되겠다는 큰 꿈을 품고 있었다.

올리브나무는 정교하고 화려한 보석 상자가 되어 그 안에 온갖 보물을

담는 꿈을 꾸었다.

어느 날 나무꾼이 숲의 수많은 나무 중에서 그 올리브나무를 선택하여 베었다.

올리브나무는 아름다운 보석상자가 될 기대에 부풀었지만

더럽고 냄새나는 짐승의 먹이를 담는 구유가 되었다.

가슴이 무너져 내리고 꿈이 산산조각 났다.

자신은 가치가 없고 천한 존재라는 느낌이 들었다.

떡갈나무도 위대한 왕을 싣고 바다를 건널 거대한 배의 일부가 되겠다는 꿈에 부풀어 있었다. 그래서 나무꾼이 자신을 베었을 때 흥분을 감추지 못했다.

그러나 시간이 갈수록 나무꾼이 자신으로 조그만 낚싯배를 만들고 있음을 알았다.

떡갈나무는 슬픔의 눈물을 흘렸다.

높은 산의 꼭대기에 사는 소나무의 유일한 꿈은 언제까지나 높은 곳에 버티고 서서 사람들에게 하나님의 위대한 창조 섭리를 일깨워 주는 것이었다.

그런데 순식간에 번개가 치더니 소나무를 쓰러뜨리면서 그 꿈을 빼앗아 버렸다.

얼마 후에 나무꾼이 쓰러진 소나무를 가져다가 쓰레기 더미에 던져 버렸다.

세 나무는 모두 자신의 가치를 상실했다는 생각에 크게 실망했다.

세 나무의 꿈은 모두 사라졌다.

하지만 하나님은 다른 계획을 갖고 계셨다.

오랜 세월이 흘러 마리아와 요셉이 아이를 낳을 곳을 찾지 못해 헤매고 있었다.

그들은 마침내 마구간을 발견했고, 아기 예수가 태어나자 구유에 누였다.

이 구유는 바로 그 올리브나무로 만든 것이었다.

올리브나무는 귀중한 보석을 담고 싶었으나 하나님은 더 좋은 계획을
갖고 계셨다.

올리브나무는 이 세상에서 가장 귀한 보물인 하나님의 아들을 담게 되었다.

어느 날 예수님은 호수 건너편으로 건너가기 위해 크고
멋진 배가 아닌 작고 초라한 낚싯배를 선택하셨다.

이 낚싯배는 그 떡갈나무로 만든 것이었다.

이제 떡갈나무는 만왕의 왕을 태우게 되었다.

또 몇 년이 흘렀다. 몇몇 로마 병사들이 그 소나무가
버려진 쓰레기더미에서 뭔가를 부지런히 찾고 있었다.

놀랍게도 병사들은 소나무를 작은 두 조각으로 쪼개 십자가를 만들었다.

그리하여 그 소나무에 예수님이 매달리게 되었다.

이 소나무는 오늘날 까지도 사람들에게 하나님의 사랑과 연민을 보여 주고 있다.

이 이야기의 핵심은 이렇다.

세 나무는 모두 자신의 가치를 상실했다고 여기서 끝났다고 생각했다.

그러나 결국 이 나무들은 이 세상에서 가장 놀라운 이야기의 중요한 부분이 되었다.

하나님이 우리를 절대 포기하지 않으시니 스스로 자기 자신을 포기하지 말라는 것이다.

오늘도 하나님의 복을 받을 준비하는 하루가 되길 바라며…

★ 만군의 여호와가 이르노라 보라 내가 내 사자를 보내리니 그가 내 앞에서 길을 준비할 것이요 또 너희가 구하는 바 주가 갑자기 그의 성전에 임하시리니 곧 너희가 사모하는 바 언약의 사자가 임하실 것이라. (말라기 3장 1절)

※ 1951년 8월 4일 406일 차 : 유엔군 금성(金城) 남방에서 공산군이 반격 격퇴, 한국결핵협회 발족, 유엔구호물자(모포 비누 의류 소금 등) 부산항에 도착, 미국 한국 부흥 물자는 일본에서 조달할 방침, 칠레 대 공산국 전략물자금수 발표.

※ 1951년 8월 7일 409일 차 : 유엔군 철원 서쪽에서 공산군의 반격 격퇴, 일부 징용 대상자 점호 시 국채소화 증명서 요구, 공보 처장 일본 출판물 수입에 대하여 엄중 단속 의법처리 방침 발표, 병무사령관 김종원 대령 거창사건 현장 조사시 국회 합동 조사단에 대한 발포 명령시인, 공군사관학교 제1기 졸업식 대통령 임석하여 진해에서 거행(1951년 8월 5일)

보낸 날짜 : 2010년 07월 23일 금요일 오전 09시 34분 00초
받는 사람 : 사랑하는 두 아들(219회)

믿음대로 될지어다(9)

우리 인생에 기적을 일으키는 원동력은 남의 믿음이 아닌 자신의 믿음이다.

복을 받기에 마땅한 태도를 유지하면 하나님은 우리의 모든 좌절과 부서진 꿈, 상처와 고통을 치유해 주신다.

우리를 괴롭히던 고통과 슬픔을 빠짐없이 기억하셨다가 그것보다 두 배나 큰 평화와 기쁨, 행복, 성공으로 갚아 주신다.

하나님을 믿고 하나님께 소망을 두면 과거의 고통보다 훨씬 큰 복이 찾아온다.

하나님은 당신 안에 새로운 일을 행하길 원하신다.

하나님을 우리의 조그만 생각 안에 가두지 말라.

인생에 대해 큰 비전을 품고 더 큰 꿈을 꾸라 믿음과 기대 속에서 살아가라, 믿는 그대로 반드시 될 것이다.

하나님은 아브라함과 그 아내 사라가 백 살이 가까웠는 데도 아들을 낳을 것이라 말씀하셨다.

그러나 사라는 너무 늙었다고 믿지 않았을 것이다.

세월이 유수처럼 흘러가는데도 여전히 아이는 생기지 않았다.

하나님의 약속은 조금도 변함이 없었다.

그보다는 사라의 믿음과 시각이 변했을 것이다.

하나님이 약속의 말씀을 주신지 거의 20년이 지나서야 아브라함과 사라에게서 이삭이 태어났다.

이삭이 더 빨리 태어나지 못한 주원인, 즉 약속의 실현이 그토록 오래 지연된 이유가 사라의 믿음에 있었다고 생각한다.

우리는 사라처럼 하나님의 약속을 지연시키는 경우가 너무 많다.

우리의 작은 생각 때문에 하나님의 은혜가 우리에게 다가오는데 시간이 걸린다.

마음 상태가 복을 받기에 적합하지 않다.

온통 의심으로 가득 차 있다.

두려운 사실은 우리가 마음을 바꾸지 않으면 자칫 하나님이 예비하신 놀라운 복을 평생 받지 못할 수도 있다.

오늘도 하나님이 주시는 복을 받을 준비를 하는 하루가 되길 바라며 …

※ 1951년 8월 10일 412일 차 : 국군 해군의 압록호 연안 부근 공산군 시설 반복 공격, 공산군 측 38도선 이외의 선을 군사경계선으로 토의하는 안 거부 현 전선을 휴전선으로 설정하는 데 강력히 반대, 케이시 오스트리아 외무장관 귀국 전 한국인의 애국심 발휘 격찬, 제8차 상이군인 명예제대식 육군 제839부대에서 이승만 대통령 임석하여 거행

◆ 향로봉 전투(요약)

　1951년 8월 14일부터 동부전선의 미 제10군단과 국군 제1군단이 함께 진행한 '포복작전(Operation Creeper)' 중의 한 전투였다. 포복작전은 방어선 개선을 목표로 한 작전으로 해안분지 동측의 '낚시 바늘 형상의 능선(J Ridg)'을 탈취하여 해안분지공격의 발판을 마련한다는 것이었다. 국군 제1군단은 8월 18일 924 고지(향로봉 서북쪽 7Km)를 목표로 수도 사단을 884고지(924고지 북쪽 3Km)를 목표로 제11사단을 각각 공격에 투입하였다. 수도사단과 제11사단은 155밀리 야포사격에도 견딜 만큼 견고하게 진지를 구축해 놓고 저항하는 북한군을 공격하는 동안 많은 사상자를 낳았다 그럼에도 불구하고 양 사단은 유엔 해군의 함포 지원까지 받아가며 지속적인 공격을 감행하여 북한군을 격멸하였다. 수도 사단은 23일 08시경에 공격 목표인 924 고지를 점령하였으며 제11사단은 4번에 걸친 뺏고 빼앗기는 격전 끝에 8월27일 884고지 일대를 완전히 장악 하는 데 성공하였다.(그때의 치열한 전투를 생생하게 느낄 수 있는 참전 수기를 참고 하시길 바랍니다 : 바토의 한국전쟁사 블로그 네이버)

성공하는 마음 자세를 가지라(10)

"비참한 어제의 자리"를 박차고 일어나라 오늘부터는 '하나님의 식탁'에 앉아 하나님의 복을 누리라.

성경에 보면 "하나님은 모든 신령한 복으로 우리에게 복 주셨다" 라고 기록되어 있다.

하나님은 이미 성공에 필요한 모든 것을 우리 안에 넣어 두셨다.

이미 소유한 것을 어떻게 활용하는지는 우리 자신들의 몫이다.

오래전에 대서양 항공편이 흔하지 않았을 때, 한 남자가 유럽에서 미국으로 여행하고 싶었다.

이 남자는 열심히 일하고 아껴서 돈을 모아 마침내 순항함 승선권을 살 수 있었다.

당시 배로 대서양을 횡단하려면 2~3주가 걸렸다.

그래서 그는 여행 가방을 사서 치즈와 비스킷으로 가득 채웠고 돈은 바닥났다.

배에 오르자 모든 승객은 크고 화려한 식당에 모여 맛난 음식을 먹는데 그 혼자만 한쪽 구석으로 가서 자신이 싸 온 치즈와 비스킷을 먹었다.

식당 안에 있는 사람들이 배를 쓰다듬으면서 이번 여행이 끝나면 다이어트를 해야겠다는 말을 할 때 마다 정말 견디기 어려웠다.

그도 식당에 가서 맛있는 음식을 먹고 싶었지만 돈이 없었다.

항해가 끝나갈 무렵에 한 사람이 그에게 다가와 말했다.

선생님 식사 시간마다 저기에서 치즈와 비스킷을 드시던데 이유가 뭡니까?

왜 연회장에 들어와서 우리랑 같이 드시지 않습니까?

이 말에 남자는 얼굴이 빨개졌다.

"솔직히 말씀드리면 저는 승선권도 겨우 샀습니다."

좋은 음식을 먹을 여유가 안 됩니다.

그러자 상대편의 눈이 놀라움으로 동그래졌다.

"선생님, 승선권에 음식 값까지 포함된 것을 정말 모르십니까? 음식 값은 이미 다 지불되었습니다."

이 이야기를 처음 들었을 때 문득 많은 사람이 이 순진한 여행객과 같다는 생각이 들었다.

많은 사람이 인생의 좋은 일에 대한 값을 이미 치렀다는 사실을 몰라서 하나님이 주신 복을 제대로 누리지 못한다.

이들은 천국으로 향하는 순항함에 탔지만 복에 대한 값이 승선권에 포함되어 있다는 사실을 모른다.

"하나님은 자녀가 영적으로 육체적으로 또 물질적으로 번영할 때 크게 기뻐하신다."

" 하늘에 계신 당신의 아버지를 기쁘게 해드리고 싶은가? "

그렇다면 하나님의 식탁에 앉아 하나님의 복을 누리라 치즈와 비스킷을 내려놓고 연회장으로 들어오라 이제부터는 죄책감과 수치심 속에서 살 필요가 없다.

값은 이미 치렀다.

하나님이 주신 왕의 권리를 마음껏 누리라.

오늘도 하나님이 주신 권리를 마음껏 누리는 하루가 되길 바라며.

★ 여러분이여 안심하라 나는 내게 말씀하신 그대로 되리라고 하나님을 믿노라 (사도행전 27장 25절)

※ 1951년 8월 13일 415일 차 : 유엔 공군 폭격기대가 평양 서북방 대동강 서쪽의 적 집결지 폭격, 국군공군 성진 부근에 막사 및 포진지 공격, 충주 제천 단양 3군의 비상계엄 해제 경비계엄 선포,

보낸 날짜　：　2010년 07월 27일 화요일 오전 09시 33분 00초
받는 사람　：　사랑하는 두 아들(221회)

있는 그대로 자신을 사랑하라(11)

하나님은 당신이 다른 사람의 복사판이길 원하지 않으신다.

당신 그대로의 원판 인생을 원하신다.

우리는 단점 까지도 포함하여 현재 자신의 모습을 사랑하고 인정해야 한다.

이 점을 깨닫지 못한 사람이 많다.

하나님이 창조하신 그대로 자신을 사랑해야지 달라지기를 바라지 말라.

하나님이 우리를 패션모델이나 영화배우, 유명한 운동선수 등으로 삼으실 작정이셨다면 그에 맞는 외모와 재능을 주셨을 것이다.

그러니 자신을 남과 비교하지 말고 하나님이 만들어 주신 그대로 만족하는 법을 배우라 모든 사람을 내가 만든 조그만 상자에 쑤셔 넣으려는 것은 옳지 않다.

남을 내 스타일에 억지로 꿰맞추려 하지 말라 물론 다른 사람의 차이에서 배울 수도 있고 때로는 변할 필요도 있다.

하지만 남이 가진 육체적, 정서적, 지적 특징이 내게 없다고 해서 자신감을 잃을 필요는 없다.

하나님이 창조하신 그대로 자신을 사랑하라 많은 사람이 만족하지 못하는 주된 이유는 자신을 남과 비교하기 때문이다.

아침에 기분이 좋았는데 직장 동료가 새 차를 몰고 출근하는 것을 본 순간 기분이 확 잡친다.

'나도 새 차를 갖고 싶어, 이런 똥차를 몰고 다니는 내 신세가 참 처량하군' 갑자기 힘이 쭉 빠지고 만사가 귀찮아진다.

자기 재능이나 능력, 교육 수준을 남과 비교하는 것은 자기 배우자나,

형제간을 남의 배우자나 형제간을 비교하는 것처럼 어리석은 행동이다.

어려운 결정이나 불확실한 선택의 기로에 섰을 때는 존경하는 사람에게 조언을 구하는 것도 좋다.

무조건 혼자서 끙끙 앓는 것은 어리석은 행동이다.

우리는 항상 조언을 받아들일 자세를 갖춰야 한다.

하지만 모든 조언을 충분히 고려한 후에도 마음이 내키지 않을 때는 자신에게 옳은 결정을 과감하게 밀고 나가라 하나님은 우리를 변화시키고 완성해 나가고 계신다.

하나님이 지으신 그대로 만족하고 그 안에서 최선을 다하기로 결심할 때 하나님이 부어 주시는 놀라운 복을 받고 하나님이 예비하고 성공의 삶을 살게 될 것이다.

오늘도 자신을 사랑하는 하루가 되길 바라며 …

★ 내 형제들아 만일 사람이 믿음이 있노라 하고 행함이 없으면 무슨 유익이 있으리요 그 믿음이 능히 자기를 구원하겠느냐. (야고보서 2장 14절)

※ 1951년 8월 15일 417일 차 : 동부전선 간성에서 공산군 격퇴, 이승만 대통령 광복절 기념식을 국회의사당에서 거행, 국민방위군 사건 관련사 김대운 체포, 광복절 서울시민 총궐기대회 서울시청에서 거행, 중국 외교부장 저우언라이 미 * 영 대일 강화조약 초안 및 샌프란시스코회의에 대한 성명 발표, 미 정부「대일 강화조약」전문 발표.

※ 1951년 8월 17일 419일 차 : 국군 공군 야간에 신안주 평양 강동 덕천 성천 지역의 보급로 및 중요 군사목표 폭격, 미 국무부 지난 일주일간 미군 손실 20명 개전 이래 최저 주간손실 기록, 유엔 공군 공산군 수송망을 24시간 연속 폭격, 정부 유엔 한국 재건 단에 부흥물동계획 명세서 제출, 주미 한국 무관부 설치, 이승만 대통령 제주도 순시, 일반인 200여명을 학살한 강화도사건 피고 김병식 외 7명에 대한 공판 8월16일에 개시.

보낸 날짜 : 2010년 07월 28일 수요일 오전 09시 19분 00초
받는 사람 : 사랑하는 두 아들(222회)

올바른 생각을 품으라(12)

항상 긍정적이고 행복하고 기쁜 생각을 하면 주위에 행복하고 기쁘고 긍정적인 사람이 모여든다.

자기 행동에 스스로 책임을 져라 가문이나 환경 또는 다른 사람들과의 묵은 원한 관계나 자신의 처지만 탓하고 하나님이나 사탄, 또는 다른 사람에게 비난의 화살을 돌리는 한,

우리는 결코 진정한 자유와 정신적 건강을 얻을 수 없다.

운명의 큰 줄기를 통제하는 주체가 자신임을 깨달아야 한다.

많은 사람이 이렇게 말한다.

"상황이 바뀌기만 하면 금세 힘이 솟을 텐데 이문제만 해결되면 좋은 태도를 가질 거야."

아쉽지만 이런 사람에게는 상황이 바뀌지도 문제가 해결되지도 않는다.

일의 순서가 잘못되었기 때문이다.

우리가 먼저 무언가 하려고 하고 힘을 내야 하나님은 상황을 바로 잡아 주신다.

부정적인 시각에 머무는 한 우리는 부정적인 삶에서 영원히 벗어날 수 없다.

아침에 일어나자마자 이렇게 기도하라

"아버지, 오늘 무슨 일이 일어날지 무척 기대됩니다. 오늘은 아버지께서 만드신 날입니다. 이날을 기뻐하고 제대로 누리겠습니다.

하나님 당신을 찾는 자에게 복을 주실 줄 믿습니다.

그래서 당신이 오늘 제 삶을 통해 주실 복과 은혜와 승리에 미리 감사드립니다."

그리고 나서 자신 있게 삶 속으로 뛰어들어 기대와 믿음으로 살라.

우리 마음속의 원수는 우리에게 능력이 없다고 말하지만 하나님은 그렇지 않다고 말씀하신다.

누구 말을 믿겠는가? 사탄은 우리가 성공할 수 없다고 말하지만 하나님은 우리가 그리스도를 통해 무엇이든 할 수 있다고 말씀하신다.

사탄은 우리가 빚에서 헤어 나올 수 없다고 말하지만, 하나님은 우리가 빚에서 벗어날 뿐 아니라 남에게 꿔 줄 수도 있다고 말씀하신다.

마귀는 우리가 나을 수 없다고 속삭이지만 하나님은 우리의 건강을 회복시켜 주시겠다고 약속하신다.

우리 속에 믿음과 희망과 승리를 가득 채워주며 우리를 칭찬하고 격려해 준다.

하나님의 생각은 선한 싸움을 완성할 힘을 주며, 할 수 있다는 마음을 심어준다.

오늘도 긍정적이고 행복한 삶이 이루어지는 하루가 되길 바라며 …

★ 그들에게 이르기를 여호와의 말씀에 내 삶을 두고 맹세하노라 너희 말이 내 귀에 들린 대로 내가 너희에게 행하리니.(민수기14장 28절)

※ 1951년 8월 20일 422일 차 : 유엔군 공군 야간에 신안주 영미동 맹중동의 철도 조차장 폭격, 개성휴전회담 제4차 합동분과위원회 개최, 도강 금지로 한강 주변 피란민들 곤경, 김태선 서울시장 시민 복귀는 시기상조라고 재차 경고, 유엔한국재건단 2억 5,000만 달러 한국재건계획 기초가 될 제 사업개시 계획, 주한유엔민사처(UNCACK)사령관 코일 대령 "CAC사업은 굶주린 전재민을 구제한다."라고 언급.

보낸 날짜 : 2010년 07월 29일 목요일 오전 09시 14분 00초
받는 사람 : 사랑하는 두 아들(223회)

마음의 프로그램을 다시 짜라(13)

하나님은 우리가 태어나기도 전에 풍요롭고 행복하고 온전한 삶을 살도록 우리를 만드셨다.

우리 마음은 컴퓨터와 비슷하다.

마음은 우리가 프로그램한 대로 움직이기 때문이다.

다음과 같은 불평은 어리석기 짝이 없다.

"나는 이 컴퓨터가 정말 맘에 안 들어 올바른 답이 나오지 않는다고 내가 시키는 대로 도무지 말을 듣지 않아." 생각해 보라 우리에게 세상에서 가장 강력한 컴퓨터가 있지만 싸구려 소프트웨어를 깔거나 잘못된 정보를 입력하면 컴퓨터가 제대로 기능할 수 있겠는가? 우리 인간의 두뇌는 가장 우수한 컴퓨터이다.

모든 것은 생각의 문제다.

상처 받는 것이나 온갖 실수를 한 것들을 더는 생각하지 말아라 이제부터 어떤 식으로든 행복하고 긍정적인 삶을 기대하고. 과거를 떨쳐 버리고 하나님께서 예비하고 놀라운 미래에 마음을 두어라 하나님은 새로운 출발을 원한다.

상황을 바로 잡아 주시고 문제를 오히려 유익하게 사용하시겠다는 하나님의 약속에 시선을 고정하고 좋은 측면을 생각하여라.

마음의 프로그램을 다시 짜면 감정은 저절로 제자리를 찾을 것이다. 엄청난 곤경에 빠져 있을 때는 부정적 생각에 굴복하기가 참으로 쉽다.

그러나 우리는 무엇보다도 먼저 마음의 전쟁에서 승리해야 한다.

믿음의 반석 위에 굳게 서야 하며 부정적인 생각이 침입해 와도 즉시 그것을 몰아내고 하나님의 생각으로 마음을 채워야 한다.

두려움과 걱정, 의심을 낳는 부정적인 생각은 떠오르는 즉시 제거 하고 오직 승리와 전진에만 마음을 두어야 한다.

나는 후퇴하지 않을 거야 오직 하나님과 함께 앞으로 나아갈 거야 하나님이 원하시는 사람이 될 거야, 반드시 내 꿈을 이루겠어 우리가 이런 생각을 품을 때 하나님은 우리의 삶을 위해 쉬지 않고 역사하신다.

오늘도 전진하는 하루가 되길 바라며…

※ 1951년 8월 24일 426일 차 : 유엔 공군 야간에 북한 각 도로상에서 적 차량 약400대 격파, 공산군사령관 휴전회담 및 합동분과위원회의 중지를 정식 통고.

◆ 피의 능선 전투(요약)

– 피의 능선 전투는 국군과 유엔군이 캔자스–와이오밍 선으로 진출한 후 주 저항선 전방의 전초기지 확보를 위해 제한된 공격작전을 실시하고 있을 때 미 제2사단과 국군 제5사단 제36연대가 양구 북방의 피의 능선을 공격하여 북한군 제12사단과 제24사단을 격퇴하고 목표를 점령한 공격진투다. "피의 능선전투"란 명칭의 유래는 많은 사상자가 발생해 능선이 피로 넘쳐흘러 종군기자들이 이 능선을 피의 능선이란 이름으로 보도하면서 붙여졌다. 8월 18일 대한민국 육군의 황엽 36 보병 연대장과 그의 부대의 선제공격으로 시작되었다, 미군의 지원을 받았지만 중화인민지원군과 조선인민군 12사단의 완강한 저항에 부딪혔는데 특히 미리 조선인민군이 매설해둔 지뢰 때문에 진격이 어려웠다. 그러나 8월 25일 10여 일에 달하는 공격으로 능선을 점령했으나 다음날에 탈취당하고 말았다. 이때 한국군 제36연대는 1,000명 이상의 사상자를 내었다. 그 뒤 미군은 제24사단의 4개 포병대대, 중형포 2개 대대, 1개의 105mm 대대, 2개의 중박격포대대, 2개의 연대 전차중대 그리고 중형 전차대대 1개 중대 등을 투입하여 피의 능선에 공격을 감행했다. 8월 27일 940 고지에 있던 미 제9연대 제2대대가 983고지를 공격 하였고 28일에는 제3대대가 동쪽에서 긴 능선을 공격했으나 실패하였다. 30일에는 제1대대 및 제2대대가 북쪽 940고지에 대한 정면 공격을 감행하였으나 능선 정상의 수백 미터 전방까지 진출했다가 적의 사격으로 저지당하고 말았다. 이후 9월 3일까지 제1대대는 포병 및 공중의 지원을 받으며 이 능선을 수차례에 걸쳐 공격하여 결국 견고히 구축된 적의 방어진지를 점령하기에 이르러 3주일 동안 지속된 한 미 양군의 공격은 종지부를 찍었다.

보낸 날짜 : 2010년 08월 02일 월요일 오후 14시 10분 00초
받는 사람 : 사랑하는 두 아들(224회)

말을 바꾸면 세상이 바뀐다(14)

산이 너무 크다고 하나님께 불평하지 말고 산을 향해 하나님이 얼마나 크신지 선포하여라.

조그마한 방향키가 배 전체의 방향을 통제하듯 우리의 혀도 우리 삶의 방향을 좌지우지한다.

습관적으로 실패의 말을 내뱉는 사람은 불행한 삶을 살 수밖에 없다.

"나는 할 수 없어, 나는 능력이 없어" 같은 부정적인 말을 자주 하면 우리는 차츰 실패를 향해 나아가게 된다.

부정적인 말은 우리가 하나님이 원하시는 사람이 되지 못하도록 막는 커다란 장애물이다. 말의 힘을 잘 아는 의사가 있었다고 한다.

한번은 그가 환자에게 다른 처방은 내리지 않고 적어도 하루 한 번씩 "나의 몸 구석구석이 매일 좋아지고 있어"라고 선포하도록 했다. 그런데 놀랍게도 그 환자는 다른 의사들의 환자들보다 훨씬 빠른 회복세를 보였다.

간절한 맘으로 뭔가를 끊임없이 말하면 우리는 그 말을 이루기 위해 무의식적으로 노력하기 시작한다.

아침에 눈을 뜨자마자 거울을 보고 이렇게 말하라,

"나는 소중한 존재야, 나는 사랑받고 있어 하나님은 내 삶을 위해 원대한 계획을 세우셨어, 나는 어디를 가든지 은혜를 입을 거야 차고 넘치는 하나님의 복이 나를 따르고 있어 나는 뭘 하든 번영하고 성공할 거야, 멋진 미래가 나를 기다리고 있어!"

이런 긍정적인 말을 하면 오래지 않아 한층 더 큰 번영과 성공과 승리를 맛보게 된다. 말에는 정말 강한 힘이 있다. 우리가 인생의 고난에 어떻게 대처하고 시련의 도가니 속에서 어떤 말을 하느냐에 따라 고통은 곧 끝나기도 하고, 평생 지속되기도 한다.

죽고 사는 것이 혀의 권세에 달렸나니 혀를 쓰기 좋아하는 자는 그 열매를 먹으리라 (잠 18:21)

우리는 말로 환경을 좋게도, 나쁘게도 만든다.

오늘도 긍정적인 말만 할 수 있는 하루가 되길 바라며 …

※ 1951년 8월 27일 429일 차 : 국군 제11사단 884 고지 탈취, 전남경찰 쌍치 일대 공비 소탕 100명 사살, 국회 정부제출 추가예산안 중 항목변경조치에 대한 대 정부 동의요청안 가결로 장병 부식비 인상.

◆ 중국 인민지원군의 개입과 진술(요약)

– 유엔군의 인천상륙작전으로 전세가 역전된 후 북한과 소련으로부터 공식적인 지원 요청을 접수했다. 이에 따라 마오쩌둥은 항미원조(抗美援朝) 보가위국(保家衛國)이라는 명분을 내세워 1950년 10월 19일 제4야전군 6개군 18개 사단(약 18만 명) 11월에는 제3야전군 3개군 12개 사단(약 12만명)이 각각 압록강을 도하함으로써 본격적인 참전이 되었다. 이들은 중국공산당 소속의 군대로서 연합국 세력이었던 유엔군을 공격한다는 것이 부담스러웠던 중공은 이들을 의용군으로 포장하기 위해 "인민지원군"이라는 명칭을 붙이고 자발적으로 넘어간 지원 세력이었다고 왜곡 하였으나 사실 이들은 전원 중국공산당의 인민해방군으로 구성되어 있었다. 중공군은 깊은 산악지역에 매복해 있다가 야간에 유엔군을 기습 하는 전법을 썼다. 치고 빠지는 전형적인 게릴라 전술로 일제 공세 후 적에 대한 섬멸을 시도하지 않고 다시 산악으로 도주하는 전술이었다. 한편 일종의 시험 전으로 유엔군의 전력을 경험한 펑더화이는 휘하부대에게 미군의 약점과 강점에 대해 다음과 같이 평가했다 "미군은 매우 강력한 화력과 물량의 강점을 지니고 있지만 도보 행군을 싫어하며 야간 전투에 약하고 과도하게 공중지원에 의존한다" 이런 평가는 후에 실행되는 중공군의 대공세의 작전계획에 기본 숙지 사항이 되었다. 중공군의 원조에 힘입은 북한군은 12월 26일에는 다시 38선을 넘어 남진 하였다. 공산군은 1951년 1월 4일에는 다시 수도 서울을 점령하기에 이르렀다 이것이 이른바 1.4 후퇴이다.

보낸 날짜 : 2010년 08월 03일 화요일 오전 09시 10분 00초
받는 사람 : 사랑하는 두 아들(225회)

인생을 바꾸는 말(15)

우리 인생을 향해 믿음의 말을 선포하라 말에는 엄청난 창조의 힘이 있다.

1981년에 우리 어머니는 암으로 몇 주밖에 살지 못한다는 진단을 받으셨다.

우리 가족은 얼마나 커다란 충격을 받았는지 모른다.

전에는 어머니가 아프신 것을 한 번도 본 적이 없었다.

어머니는 21일 동안 병원에 입원하여 갖가지 검사를 받으셨다.

의사들은 치료법을 찾기 위해 어머니를 여러 곳의 병원으로 옮겨 검사했다.

그리고 한참 만에 어머니가 간암에 걸리셨다는 청천벽력 같은 소식을

듣고 돌아왔다. 의사들은 아버지를 복도로 불러 말했다.

"사모님은 앞으로 몇 주밖에 사실 수 없습니다.

몇 달이 아니고 몇 주요…"

훌륭한 의사들이 온갖 노력을 다했으나 결국 포기하고 어머니를 집으로 돌려보냈다.

모든 의학 권위자가 포기해도 우리는 더 높으신 권위자,

즉 하나님께 도움을 요청할 수 있다.

때로는 하나님의 진단서는 세상 권위자들의 진단서와 완전히

다를 수가 있다는 것이다.

어머니는 믿음으로 충만한 말을 하기 시작하셨다.

건강과 치유를 외치는 어머니의 목소리를 하루 종일 들을 수 있었다. "나는 죽지 않고 살 거야,

나는 하나님의 역사하심을 선포할 거야."

어머니는 걸어 다니는 성경이셨다.

어머니는 성경을 열심히 뒤지시다가 가장 좋아하는 치유의 말씀을 30~40개 정도 찾아내 종이에 적어 매일 읽고 큰 소리로 선포하셨다.

몇 달이 지나자 회복세는 더욱 빨라졌다.

내가 이 글을 쓰고 있는 지금 어머니가 며칠 밖에 살지 못한다는 사형선고를 받으신지 20년이 흘렀다.

이제 어머니는 말씀의 힘으로 암에서 완전히 벗어나 자유를 누리고 계신다.

우리를 향하신 하나님의 기쁜 말씀으로 하루를 시작해야 기쁨으로 하루를 마칠 수 있다.

잠에서 깨는 순간부터 믿음과 승리의 말을 선포하는 습관을 길러야 한다. 하나님께서 우리 모든 삶을 주관하신다는 것을 다시 한 번 깨닫는 마음을 되새기며 주님께 감사!! 감사!!

오늘도 긍정적인 말로 인생이 바뀌는 하루가 되길 바라며…

※ 1951년 8월 30일 432일 차 : 유엔군 항공대 중포대 간성지구에 포진한 약 1개 사단 공산군 종일 맹폭, 국군 공군 제1전투비행단 해주 북방 폭격, 이승만 대통령 국회에 공한을 보내 정무관제(政務官制)에 대한 신중한 고려 요망, 대일강화 조약 조인 앞두고 독도 영유권문제 논란, 미군 당국 계엄사령부 서울민사무의 선의 수락 서울 생필품 반입 허용.

◆ 소련의 개입(요약)

– 조선노동당은 스탈린에게 소련군의 지원을 간청하고 소련은 이에 북한 공군력 강화를 위해 북한 조종사들에게 신예 MIG-15 훈련을 시켜주기로 결정 소련군 제324 항공사단으로 북한조종사 60명을 훈련시켜 항공전을 수행, 또한 마오쩌둥은 스탈린에게 원조를 요청 만주지역에 동북 변방군이 한반도로 출병할 경우 공군 엄호를 제공 요청하여 스탈린은 이에 동의하고 모스크바 부근에 있던 제 303 항공사단을 극동으로 파견한다. 결국 6.25 전쟁 후반기에는 소련공군2개 항공사단 중국공군 2개 항공사단 북한공군 1개 항공사단 등 도합 5개 항공사단이 MIG-15로 미 공군과 대결하게 된다. 소련군은 자국의 개입 사실을 감추기 위해 항공기들이 평양 원산 이북에서만 작전하도록 했다.

보낸 날짜　:　2010년 08월 04일 수요일 오전 09시 31분 00초
받는 사람　:　사랑하는 두 아들(226회)

복을 말하라(16)

복은 말로 표현되기 전 까지는 복이 아니다.

당신의 인생과 가정, 친구와 미래에 대해 복을 선포하라.

삶 속에서 늘 하나님의 선하심을 선포하라

"하나님이 나를 보고 웃고 계셔, 하나님은 내게 너무나 좋으신 분이셔"라고 말하며 하늘을 향해 미소 지어보라. 허튼소리가 아니다. 하나님은 우리가 하나님의 선하심을 선포할 때 복을 주겠다고 하셨다. 내가 당신의 삶을 축복해 보겠다.

당신은 하나님의 초자연적인 지혜를 얻었고 인생의 분명한 방향을
아는 복을 받았다.

당신은 창의력과 용기, 능력, 풍요로움을 복으로 받았다.

당신은 강한 의지와 자기 통제력, 올바른 인격을 복으로 받았다.

당신은 화목한 가족과 멋진 친구, 건강, 훌륭한 믿음, 은혜, 꿈의 성취를
복으로 받았다.

당신은 성공과 초자연적인 힘, 성장, 하나님의 보호하심을 복으로 받았다. 당신은 순종하는 마음과 긍정적인 인생관을 복으로 받았다. 누군가 당신에게 했던 모든 저주와 사악하고 부정적인 말이 지금 이 순간 완전히 소멸되었다.

당신은 도시나 시골이나 그 어디를 오가든 이미 복을 받았다.

당신이 손을 대는 모든 일이 번영하고 성공할 것이다.

당신은 축복받은 사람이다.

당신의 삶과 가정, 친구, 미래에 대해 축복을 선포하라.

오늘도, 하나님의 축복을 선포하는 날이 되길 바라며 …

보낸 날짜 : 2010년 08월 05일 목요일 오전 09시 41분 00초
받는 사람 : 사랑하는 두 아들(227회)

마음의 상처를 훌훌 털어 버리라(17)

마음의 실타래를 풀지 않는 한 행복은 오지 않는다.

세상이 불공평하다며 고개를 떨구고 있는 사람은 태양을 볼 수 없는 것과 같다.

모든 사람의 기억 시스템에는 두 가지 파일이 있다.

첫 번째 파일에는 과거의 즐거웠던 기억이 저장되어 있다.

그 안에는 승리와 성공 등, 과거에 우리에게 기쁨과 행복을 안겨 주었던

것들이 있다.

두 번째 파일에는 정반대의 기억이 저장되어 있다.

그 안에는 과거에 우리에게 일어났던 온갖 부정적인 일과 상처, 고통이 들어 있다.

슬픔의 원인이 되는 실패와 패배의 기억으로 가득하다.

우리는 둘 중 어떤 파일을 열어 볼지 선택하며 살아간다.

어떤 이들은 매번 두 번째 파일을 열어 가슴 아픈 기억을 끄집어낸다.

누군가에게 당했던 순간 상처를 입고 크게 고통스러워했던 순간을 떠올리는 것이다.

아예 두 번째 파일을 열어 놓고 사는 사람도 있다.

이들은 부정적인 기억에 완전히 사로 잡혀 아예 첫 번째 파일은

열어 볼 생각조차 않는다.

그러니 좋았던 시절의 기억은 이미 희미해진 지 오래다.

자유를 얻고, 자기 연민에서 벗어나고 싶다면 망설이지 말고

두 번째 파일을 삭제해야 한다.

그러고 나서 하나님이 우리 삶 속에서 행하신 좋은 일만 바라보면서

사는 것이 행복의 비결이다.

머릿속에 "이해할 수 없는 일" 이란 제목의 파일을 만들어야 한다.

마땅한 이유를 찾을 수 없는 일이 벌어지면 답을 찾으려고

골똘하지 말고 그 문제를 "이해할 수 없는 일" 파일에 넣어 두는 것이다.

한편으론 다음과 같이 말할 수 있는 믿음을 길러야 한다.

하나님 저는 이해할 수 없지만 그래도 당신을 믿습니다.

왜 그런 일이 일어났는지 이해할 수 없지만 그래도 하나님 당신을 믿습니다.

왜 그런 일이 일어났는지 알아내려고 귀중한 시간을 낭비하지 않겠습니다.

좋으신 하나님이 항상 제게 좋은 쪽으로 역사하심을 잘 압니다.

당신은 모든 것이 협력하여 채선을 이룰 것이라 약속하셨습니다.

나의 모든 것을 하나님께 맡겨라.

이것이야말로 하나님이 기뻐하고 인정해 주시는 믿음이다.

오늘도 기쁨과 행복을 마음껏 누리는 하루가 되길 바라며 …

★ 만물이 그에게서 창조되되 하늘과 땅에서 보이는 것들과 보이지 않는 것들과 혹은 왕권들이나 주권들이나 통치자들이나 권세들이나 만물이 다 그로 말미암고 그를 위하여 창조되었고. 골로새서 1장 16절)

※ 1951년 9월 1일 434일 차 : 양구 북방 서북방의 아군 부분적인 철수 후 다시 전진하여 회복, 국군 공군 황해도 신원지구 폭격, 백두진 재무부장관 해방 전 발행한 채권은 일본 정부에서 변제 고시, 헨리 키신저 미 하버드대학교 교수 미국 대한 정책에 대한 한국 조야의 여론조사 차 내한, 미국 오스트리아 뉴질랜드 3국 안전 보장조약 샌프란시스코에서 정식조인, 미국 9월 한 달을 "대한의료구호의 달"로 정하고 한국전재민구호운동 전개.
이승만 대통령 일본어선의 맥아더라인 침범에 엄중 대처 언명 및 「한국조폐사법」 공포 시행(9월 2일)

보낸 날짜 : 2010년 08월 09일 월요일 오후 13시 27분 00초
받는 사람 : 사랑하는 두 아들(228회)

원망이 뿌리내리지 않게 하라(18)

원망이라는 마음의 벽은 사람들이 들어오지 못하도록 막을 뿐 아니라 우리 까지도 밖에 나가지 못하도록 막는 몹쓸 장애물이다.

성경은 원망을 '뿌리'로 비유했다(히 12:15). 뿌리는 땅 속 깊은 곳에 있어 쓴 뿌리는 쓴 열매를 맺기 때문이다.

내면에 원망을 품으면 우리 삶은 온통 원망으로 가득 차게 된다.

우리는 자신을 수정처럼 맑은 물줄기로 여겨야 한다.

분노를 품었던 대상을 용서하고 과거의 상처와 고통을 쫓아버릴 때, 원망의 불꽃이 꺼지고 우리 삶에 다시 맑고 깨끗한 물이 흐르기 시작한다.

하나님이 원래 우리에게 주셨던 기쁨과 평화와 자유가 다시 찾아오게 된다.

현실을 직시하라 마음에 독을 품고도 아무 일 없이 살아갈 수 있을 만큼 강한 사람은 없을 것이다. 그래서 더 크고 강력한 누군가의 도움을 받아야 한다.

원망과 분노 같은 독성 요소는 하나님께 맡겨야 한다.

용서야 말로 우리가 원망이라는 독에서 벗어날 수 있는 열쇠다.

우리에게 상처를 준 사람을 용서하고, 우리를 부당하게 대한 상사를 용서하고, 우리를 배반한 친구를 용서하고, 어릴 적 우리를 학대한 부모를 용서해야 한다.

원망이 점점 깊이 뿌리를 내리고 계속해서 우리 인생을 오염시키지 않도록 그것을 완전히 제거할 때 진정한 자유가 찾아온다.

용서는 다른 누구를 위한 것이 아닌 우리 자신을 위한 것이다.

용서하는 것은 독이 우리 삶에 더 이상 퍼지지 않도록 막기 위함이다.

누군가 우리에게 엄청난 잘못을 했더라도 그것을 잊지 못하고 끊임없이 상처를 떠올려봐야 우리 자신만 손해다.

상처를 준 사람이 아닌 우리 자신만 점점 더 상처받을 뿐이다.

용서해야 우리는 자유와 행복을 얻을 수 있다.

용서해야 속박에서 벗어날 수 있다.

남을 위해 용서하는 것이 아님을 명심하라. 자신을 위해서다.

원망과 저주를 품고 살아가면 마음의 벽만 높아질 뿐이다.

우리는 스스로를 보호하고 있다고 생각하나 실상은 그렇지 못하다. 다른 사람들이 우리 삶 속으로 들어오지 못하게 차단하는 것 이상도 이하도 아니다 원망에 사로잡히고 비뚤어져서 홀로 쓸쓸한 인생을 살게 된다.

마음의 벽은 사람들이 들어오지 못하도록 막을 뿐 아니라 우리도 나가지 못하게 막는 몹쓸 물건이다.

오늘도 용서하므로 자유와 행복을 누리는 하루가 되길 바라며 …

★ 그러므로 내가 너희에게 말하노니 무엇이든지 기도하고 구하는 것은 받은 줄로 믿어라 그리하면 너희에게 그대로 되리라.(마가복음 11장24절)

※ 1951년 9월 3일 436일 차 : 중동부 전선에서 산악전 치열 유엔군 중부 중동부전선 고지쟁탈전에서 8개 지점 고지 탈취 탈환지역 확보, 국군 해병 제1연대 해안 분지 펀치볼 점령, 이승만 대통령 일본의 재무장 반대하는 대일정책 발표, 외무부 일본 정부의 독도 영유권 주장 반박, 상이군인협회 가짜 상이군인 횡행에 적극 대처.

♣ 펀치볼(Punch Bowl)은 대한민국 강원도 양구군 해안면에 있는 침식분지로 펀치볼 이라는 이름은 한국전쟁 당시 이곳에 주둔한 미군의 종군 기자가 지형의 모습을 펀치를 담는 그릇(Bowl)을 뜻하는 펀치볼 이라고 부른 데서 유래되었다. 지형의 모양이 남북방향으로 길쭉하며 남쪽으로 좁아진 화채그릇모양이다. 이같이 특수한 지형을 이루게 된 것은 운석과의 충돌설과 차별침식설이 있으나 분지 에서 운석 파편이 발견되지 않고 분지가 주변에 비하여 부드러운 이유 때문에 차 별 침식설이 더 신뢰를 받고 있다.

보낸 날짜 : 2010년 08월 10일 화요일 오전 10시 04분 00초
받는 사람 : 사랑하는 두 아들(229회)

하나님이 억울함을 풀어 주시리라(19)

하나님이 우리 인생의 틀어진 상황을 바로잡아 주신다.

우리의 악을 갚아 주시고 오히려 악을 복으로 바꿔 주신다.

하나님은 당신께 맡기기만 하면 우리가 받은 모든 불공평한 일을 갚아 주겠다고 약속하셨다(사 61:7~9) 사업상 거래에서 상대에게 속아 많은 돈을 날렸는가? 누군가 헛소문을 퍼뜨리는 바람에 직장에서 승진의 기회를 잃었는가? 정말 믿었던 친구에게 배신을 당했는가?

이런 경험들은 우리에게 지울 수 없는 상처를 남긴다.

매우 슬프고 힘들 것이다. 복수할 방법을 찾는 것이 너무도 당연하다. 주위에서 그렇게 하라고 부추기기도 한다.

오늘날 우리 사회에는 "맞지만 말고 너도 때려라!"는 슬로건이 누구나 인정하는 원칙으로 자리 잡았다 하지만 우리를 향하신 하나님의 계획은 전혀 다르다.

"원수 갚는 것이 내게 있으니 내가 갚으리라"(히 10:30)

그러니 우리가 일일이 모든 사람을 찾아다니며 원수를 갚지 말라는 말씀이다. 억울함을 푸는 열쇠는 하나님께 하나님의 방식에 맡기는 것이다. 우리가 직접 원수를 갚으려 하면 하나님의 길을 막는 것이다. 하나님의 뜻에 따르는 것과 우리 뜻대로 하는 것 두 가지 선택사항이 있다. 하나님의 처리에 맡기는 사람은 "내가 얼마나 무서운 사람인지 똑똑히 보여 주겠어"라고 말하지 않는다. 이런 태도는 하나님의 길만 가로막을 뿐이다.

하나님이 진정한 공의를 이루시도록 길을 열어 두는 방법은 그분께 온전히 맡기는 것이다. 우리는 하나님께 모두 맡기고 용서의 삶을 살면 된다.

우리가 직접 나서서 복수할 필요가 없다. 하나님은 우리가 어떤 고초를 당했는지 누가 우리를 괴롭혔는지 다 알고 기록하고 계신다.

성경은 우리가 스스로 복수하지 않아도 하나님이 알아서 갚아 주신다고 말씀한다. 하나님은 우리가 당한 만큼만 갚아 주시는 인색한 분이 아니시다. 하나님의 손은 얼마나 크신지 차고 넘치도록 주고 또 주신다.

오늘도 즐겁고 보람된 하루 되길 바라며…

※ 1951년 9월 5일 438일 차 : 미 제2사단 18일간에 걸친 쟁탈전 후 양구 북방면의 "피의 능선" 점령, 제5사단 가칠봉 부근(1121 고지) 전투(9.4~10.14), 미 제2병참기지 사령부 욘트 준장 한국부산항만사령관에게 미국 동성메달 수여, 국무 회의 밀수 행위 강력 단속 결의, 국회 정부가 제출한 재산법안 상정, 거제도 포로수용소에서 수용 중인 포로 90명 선박 이용하여 육지로 탈출,

◆ 펀치볼 전투(요약)

– 1951년 6월 23일 휴전회담이 제기된 이후 처음으로 방어에 유리한 지형을 확보할 목적으로 유엔군은 미 제1해병 사단과 대한민국 1 해병연대를 주축으로 강원도 양구일대의 펀치볼 전투를 8월 30일에 시작했다. 쌍방이 차후 작전을 위해 필히 확보해야할 주요 고지였다. 아군전선에 너무 근접하여 포병 및 항공화력이 불가능해서 오로지 보병 근접 전투에 의존해야 했던 전투였다. 당시 한국군 및 유엔군은 낮은 지점에서 고지로 올라가며 전투를 치러야 하므로 지형적으로 아주 불리한 전투였다. 그러나 향후 작전을 위해서 가칠봉 고지를 장악해야 했다. 한국군은 공격을 시작했고 주인이 6번이나 바뀌는 혈전을 치러야 했다. 국군해병과 미 해병은 해안분지 북쪽과 동쪽의 고지군을 탈취하고 해안분지를 확보하였다. 그러나 많은 사상자를 내고 특히 이 전투에서 국군해병은 지형의 특징상 기동로가 없어 정면으로 공격하지 못하고 측방으로 우회하여 좁은 공간에서 목표를 공격 해안분지 확보에 가장 중요한 고지인 1026고지(모택동고지), 924고지(김일성 고지)를 점령하였다. 밀고 밀리던 전쟁이 승자도 패자도 없이 휴전협정으로 마무리 될 것 같은 상황에서 하나의 봉우리도 더 대한민국의 영토로 확보하기 위해 많은 젊은이가 목숨을 바친 곳이다.

보낸 날짜　：2010년 08월 11일 수요일 오전 09시 34분 00초
받는 사람　：사랑하는 두 아들(230회)

실망감을 물리치라(20)

믿음은 먼 기억 속에 있는 것도 먼 미래에 있는 것도 아니다.

언제나 현재형인 믿음은 바로, 지금 이 순간이다.

우리는 과거의 실망감과 좌절감, 죄의식을 벗어 버려야 한다.

하나님은 새로운 일을 하시길 원하신다.

하나님은 사탄이 우리에게서 빼앗은 모든 것을 차고 넘치도록 회복시켜 주시길 원하신다.

그러니 잃어버린 기회를 놓고 좌절하고 한탄하지 말고 하나님이 주실 멋진 미래를 기대해야 한다.

하나님은 첫 번째 문이 닫히면 두 번째 문을 열어 더 크고 좋은 복을 내놓으신다. 고난의 상처를 영광의 상처로 바꿔주시며 실망감을 승리감으로 바꿔 주길 원하신다. 단 앞으로 하나님의 새로운 복을 온전히 누릴 수 있을지는 과거를 떨쳐 버리려는 우리의 의지가 얼마나 크냐에 달려 있다.

우리는 하나님이 마무리하신 일에 의문을 품지 말아야 한다.

"그때 그랬어야 했는데," "그 대학을 갔어야 하는 건데" "그 직장을 선택했어야 했는데," "그 사람이랑 결혼 했어야 했는데," 이미 지나간 상황 때문에 속을 끓이는 부정적 태도는 버리라,

바꿀 수 없는 문제가 아닌 바꿀 수 있는 문제에 초점을 맞추라 과거에 대한 후회는 미래에 대한 희망과 꿈을 파괴할 뿐이다.

누구나 과거를 돌아보면 아쉬운 일이 한두 가지쯤은 발견되기 마련이다. 어제는 지나갔고 내일은 누구도 장담할 수 없다.

그러니 오늘을 위해서 살아라,

현재 있는 곳에서부터 출발하여라,

과거에 대해서는 할 수 있는 일이 하나도 없지만 오늘에 대해서는 할 수 있는 일이 참 많다. 하나님은 우리를 인생의 최종 목적지로 안내하시기 위한 "두 번째 계획"과 "세 번째 계획"을 넘어 무한히 많은 계획을 세워 놓고 계신다.

오늘도 실망이 희망으로 바뀌는 하루가 되길 바라며 …

※ 1951년 9월 8일 441일 차 : B29전폭기대 순안비행장 폭격, 공산군 김화 동방의 아군 진지 공격, 이승만 대통령 「전재민 집단수용자 농촌 분산 여행에 관한 건」각 부장관에게 비밀 지시, 병몰 장병 합동위령제 마산 귀향 장정 구호병원에서 집행.

◆ 스트랭글 작전(요약)

– 정전협정이 진행되는 동안 북한지역의 철도차단은 미 공군의 가장 중요한 군사 목표였던 것은 분명하다. 전선에서 싸우는 공산군은 중국에서 들어오는 식량과 무기가 들어오지 않으면 공산군은 곧바로 무너질 수밖에 없었다. 열차는 공산군의 가장 중요한 보급품 이동수단이었다. 당시 북한은 세계적인 수준의 발달된 철도 수송망을 갖추고 있었고 열차는 북한 지역에서 얼마든지 채굴 가능한 석탄을 주 연료로 사용했다. 공산군 지도부는 철도의 활용에 전쟁의 사활을 걸고 있었다. 미 공군은 철도 차단 작전에 전력의 많은 부분을 집중했다. 1951년 8월부터 12월까지 진행된 스트랭글작전(Operation Strangle)인 미 공군은 철도 차단작전을 위해 끊임없이 새로운 폭격기술인 쇼란(SHORAN : Short Range Nvigation Radar 야간작전수행을 가능케 한 무선유도시스템)을 개발했지만 끝내 성공하지 못했다. 미 공군의 폭격이 시작되면 철로 주변에 있던 북한사람들은 급히 철로로부터 도피하였다가 폭격이 끝나면 바로 복구에 투입되었다. 북한 노무자들은 주요 철도를 따라 일정한 간격으로 대기하고 있다가 폭격으로 인한 노반이 파괴되면 즉각적으로 복구에 돌입하는 방식으로 대응 북한은 철로 곳곳에 순시원을 배치하여 파괴된 철로를 찾아내 바로 노동자를 투입했다. 매일 반복되는 작업으로 노동자들의 업무 숙련도는 놀랄 정도로 발전했다. 미 공군의 집중적인 공격이 감행되자 정전회담도 결렬되어 한동안 중단되었다.

보낸 날짜 : 2010년 08월 12일 목요일 오전 09시 16분 00초
받는 사람 : 사랑하는 두 아들(231회)

먼저 마음으로 일어서라(21)

마음만 먹으면 행복해질 수 있고 결심만 하면 강하게 일어설 수 있다.

자기 뜻대로 되지 않을 때나 시험이 찾아올 때 너무 쉽게 포기하는 사람들이 많다. 평정을 잃고 허둥대거나 화를 내다가 곧 좌절감에 완전히 무릎을 꿇고 만다. 특히 오랫동안 문젯거리나 병마와 싸워온 사람은 그냥 현실에 순응하는 경우가 드물지 않다.

"이렇게 아픈지도 꽤 됐어, 아무래도 낫기는 힘들어, 그냥 이대로 살지 뭐," "우리 부부가 뭐 하루 이틀 싸우나? 벌써 수년째야, 이제 와서 무슨 변화를 기대하겠어?" "번번이 승진 기회가 눈앞에서 날아갔다고 난 여기까지 밖에 안되나 보군," 하지만 오늘을 온전히 살려면 더 굳은 의지가 필요하다.

최선의 삶을 살기 위한 다섯 번째 단계는 역경을 통해 강점을 발견하는 것이다. 하나님의 마음에 합한 사람인 디윗 역시 완벽하시는 않았다. 실수도 많이 하고 낙심하기도 했지만 그가 남들과 다른 점은 기도 했다는 것이다.

"하나님이여 내 속에 정한 마음을 창조하시고 내 안에 정직한 영을 새롭게 하소서"(시 51:10) 우리도 이런 기도를 드려야 한다.

"하나님, 제게서 이 부정적인 태도를 없애 주세요, 제가 포기하지 않도록 도와주시고 제 안에 바른 영을 새롭게 해 주세요."

낙심과 절망 속에서 우왕좌왕하기에 인생은 너무나 짧다.

아무리 고난이 닥쳐오고 아무리 큰 실패를 경험했더라도 또 누군가 혹은 어떤 상황이 우리를 넘어뜨리려 해도 마음만큼은 굳게 서 있어야 한다.

사단을 신경쇠약에 걸리게 만드는 비결은 인생의 밑바닥에서도 좋은 태도를 유지하는 것이다.

역경 앞에서 많은 사람이 의심의 구름 속을 헤매다가 결단력과 믿음을 잃어버린다. 끝까지 좋은 태도를 유지할 의지가 없기 때문이다.

특이한 사실은 정신이 똑바르지 않으면 고난이 더 오래 지속된다는 점이다.

하기로 마음만 먹으면 못할 일이 없다.

역경의 파도가 밀려올 때 스스로 다짐하자. "내 안에는 하나님의 힘이 가득해, 나는 극복할 수 있어 승리의 삶을 살 수 있어 마음을 굳게 세울 수 있어," 하나님은 우리 안에 자신감을 심어 놓으셨다,

우리는 그 힘을 발휘하기만 하면 된다.

더는 고난 앞에서 작아질 필요가 없다.

오늘도 승리의 삶을 사는 하루가 되길 바라며 …

★ 이는 그들로 마음에 위안을 받고 사랑 안에서 연합하여 확실한 이해의 모든 풍성함과 하나님의 비밀인 그리스도를 깨닫게 하려 함이니 그 안에는 지혜와 지식의 모든 보화가 감추어져 있느니라. (골로새서 2장 2,3절)

※ 1951년 9월11일 444일차 : 유엔군사령부 10일 아침 미군기의 개성 오사(誤射)사건 승인, 리지웨이 유엔군사령관 합동참모본부에 중립지대 폐지 제안, 인제 북방에서 종일 교전 계속, 경남병사구사령관 제2 국민병 기피자 단속 헌병대에 시달, 중앙학도호국단 교실 건축운동 전개 제안, 국제아동원조기금 집행위원회 한국 아동에게 45만 달러의 의류제공 결정.

보낸 날짜 : 2010년 08월 13일 금요일 오전 10시 01분 00초
받는 사람 : 사랑하는 두 아들(232회)

하나님의 타이밍을 기다리라(22)

하나님은 보이지 않는 곳에서 모든 조각을 맞추고 계신다.

우리가 보지 못하고 느끼지 못할 때 가장 크게 역사하신다.

다윗은 누구보다 큰 꿈을 품고 있었다.

세상을 바꾸겠다는 열정이 있었다.

그러나 아버지의 양을 돌보는 목동으로 오랜 세월을 보내야 했다.

아마 하나님이 자신을 잊으셨는지도 모른다는 생각이 문득 다윗의 머리를 스쳤을 것이다.

"하나님 제가 지금 여기서 뭘 하고 있는 겁니까? 여기서는 미래가 없어요, 저는 하나님을 위해 뭔가 큰일을 하고 싶습니다. 언제쯤이나 제게 기회를 주실 겁니까?"

그러나 다윗은 하나님의 타이밍을 기다릴 줄 알았다.

어둠 속에서도 믿음을 잃지 않고 있으면 정한 때에 하나님이 자신을 높여 주시리라 확신했다.

그는 완벽한 때에 하나님이 자신의 꿈을 이뤄 주실 줄 믿고 이렇게 말했다.

"내 시대가 주의 손에 있습니다"(시 31:15)

해석해 보면 이렇다 "하나님, 당신은 만물을 다스리는 분입니다. 제 눈에는 아무 변화가 보이지 않아도 하나님은 보이지 않는 곳에서 일하고 계십니다.

적당한 때에 상황을 바꿔 주실 줄 믿습니다.

결국 하나님은 다윗을 들에서 불러내서서 골리앗을 물리치고 이스라엘의 왕이 되게 하셨다.

당장 하나님의 역사가 나타나지 않은 이유는 다음 두 가지 중 하나다.

첫째, 우리의 기도 내용이 하나님의 뜻에 맞지 않기 때문,

둘째, 아직 때가 되지 않았기 때문,

하나님이 억지로 우리의 기도를 들어주시려면 가장 이상적인 계획에서 벗어나실 수밖에 없을 것이다.

하나님의 타이밍에서 벗어나는 것은 하나님의 은혜에서 등을 돌리는 것이다.

하나님의 은혜를 등지고 혼자 일하는 것은 깜깜한 어둠 속에서 헤매는 꼴이나 다름없다.

물론 하나님의 일을 한다고 해서 꼭 고난이 없는 것은 아니다.

그러나 하나님의 타이밍을 벗어나서는 아무리 믿음의 선한 싸움을 해도 일은 끝없이 꼬이고 영원히 기쁨을 얻을 수 없다.

반면에 하나님의 타이밍에 따르면 아무리 큰 고난의 한복판에 있어도 그분이 필요한 모든 은혜를 부어 주시니 기쁨이 충만하다.

우리는 하나님의 타이밍을 기다릴 줄 알아야 한다.

그럴 때 하나님은 정한 때에 우리의 꿈을 이뤄 주시고 우리의 기도에 응답해 주겠다고 약속하셨다. 정한 때가 되면 하나님의 응답은 반드시 나타난다.

오늘도 하나님께 기도로 시작하는 하루가 되길 바라며 …

★ 그러므로 주 여호와께서 이같이 이르시되 보라 내가 한 돌을 기초를 삼았노니 곧 시험한 돌이요 귀하고 견고한 기촛돌 이라 그것을 믿는 이는 다급하게 되지 아니하리로다. (이사야 28장 16절)

※ 1951년 9월 13일 446일 차 : 연천지방에서 공산군 탱크부대 발견 유엔공군 네이팜탄으로 공격, 양구 북방 동북방에서 유엔군 공격에 공산군 완강히 저항, 경북 경찰국장 지식층 병역기피 철저 단속 경고, 미 공군 당국 무인폭격기를 갖춘 유도병기중대 10월 1일 편성 발표, 서독방송 최근 소련은 각 위성국가에 대하여 대북한군수물자원조 지시했다고 방송.

보낸 날짜 : 2010년 08월 16일 월요일 오전 09시 53분 00초
받는 사람 : 사랑하는 두 아들(233회)

시험의 목적(23)

공기의 저항이 없으면 독수리는 날 수 없고 물의 저항이 없으면 배가 뜰 수 없다. 인생의 환난이 올 때 비로소 우리 본모습이 적나라하게 드러난다. 시험의 목적을 우리의 자질과 인격과 믿음을 검증하는 것이다. 우리는 평생에 걸쳐 다양한 시험에 직면하며, 우리가 싫어하든 좋아하든 하나님은 그 시험을 사용하여 우리를 단련하시고 깨끗하게 청소하신다.

시험의 궁극적인 목적은 하나님이 원하시는 사람으로 우리를 빚는 것이다.

하나님과 협력하여 하나님이 밝혀 주신 부분을 새빨리 고칠 때 우리는 시험을 통과하고 더 멋진 사람으로 거듭나게 된다.

우리는 완성품이 아니라 완성을 향해 나아가고 있는 작품이다.

우리가 아무리 발버둥 쳐도 하나님은 자신의 뜻을 밀고 나가신다.

하나님은 옹기장이시고 우리는 진흙이다.

부드럽고 잘 구부러지는 진흙이 좋은 진흙이다.

그래서 우리가 고집만 앞세우는 딱딱하고 거친 진흙일 때 하나님은 우리를 주무르고 두드려서 좋은 진흙으로 만드신다.

인생의 시련을 좋아할 사람은 없지만 시련은 성장과 발전의 기회로 받아들여야 한다.

우리가 그토록 격렬하게 싸우는 대상이 우리를 더 높은 단계로 인도해줄 도약대일 수 있다.

시련은 우리를 훈련시키고 우리의 강인함과 활기, 생동감을 유지 시키며 우리를 성장시킨다.

그러니 포기하고 도망갈 이유가 전혀 없다.

시험은 우리의 믿음과 인격, 참을성을 한 단계 끌어올리기 위한 하나님의 방법이다.

인간은 모든 것을 쉽게 얻으려고만 하는 존재다.

"하나님, 교통 혼잡을 거치지 않고도 인내심을 배울 수 있는 방법은 없습니까?

고통 없이 하나님을 사랑하고 신뢰하는 법을 가르쳐 주실 수는 없습니까?

아쉽게도 지름길은 없다.

육체적, 정신적, 영적으로 손쉽게 성숙할 수 있는 길은 없다.

하나님과 협력하고 하나님이 드러내 주시는 문제를 해결하며 좋은 태도로 선한 싸움을 싸우되 승리를 얻을 때까지 잠시도 쉬지 말아야 한다.

하나님은 우리에게 고난이 없을 것이라고 약속하지 않으셨다.

인생의 어려운 순간은 십중팔구 시험의 순간이다.

이때 고집을 부리면 시험 기간만 길어질 뿐이다.

하나님이 우리의 거친 모서리를 깎아 둥근 자갈로 만들려고 하신다.

우리는 하나님의 그런 뜻을 헤아리고 협력해야 한다.

믿음의 반석 위에 굳게 서서 믿음의 선한 싸움을 싸워야 한다.

오늘도 하나님의 시험에 잘 이겨 나가는 하루가 되길 바라며 …

★ 행함이 없는 믿음은 그 자체가 죽은 것이라. (야고보서 2장 17절)

※ 1951년 9월 15일 448일 차 : 양구 북방 능선 경사에서 치열한 전투 계속, 군경 합동 합천 삼가지서 습격하여 점령한 공비에 대해 총공격 격멸, 체신부 유엔군 참전 감사기념우표 발행, 허정사회부장관 전재민에 관하여 담화 피란민 및 기타 전재민의 총수 800만 명.

잘 풀리지 않을 때도 하나님을 신뢰하라(24)

우리는 선한 싸움을 싸우면서 점점 강해진다.

고난은 우리 등을 떠밀어 하나님이 정하신 목적지로 이끈다.

교파 내에서 우리 아버지의 미래가 매우 밝아 보였던 1958년에 나의 누나 리사는 소아마비 비슷한 결함을 안고 태어났다.

의사들은 앞으로 리사가 걷는 등의 정상 활동을 할 수 없고 아마 24시간 남의 보호를 받아야 할 것이라고 했다.

우리 부모님은 하늘이 무너지는 절망을 느끼셨다고 한다.

하지만 우리 부모님은 이런 불평을 하지 않으셨다.

하나님이 주시는 모든 시험에는 목적이 있다는 사실을 잘 아셨기 때문이다.

아버지는 불만을 품고 하나님과 멀어지기보다는 오히려 하나님께 더 가까이 나아갔다.

대부분 사람들은 고난을 통해 복을 주시는 하나님을 믿지 못하고

당장 불평만 늘어놓는다.

아무리 큰 고난이 우리를 무너뜨리려고 달려들어도 그것은 하나님이 주시는 성장의 기회라는 사실을 기억하라.

아버지가 세상을 떠나시기 한 주쯤 전에 부모님은 누나네 집에서 저녁 식사를 하고 계셨다.

식사 도중에 아버지가 불쑥 내 예기를 꺼 내셨다.

"조엘에게 전화를 걸어 이번 주일에 나 대신 설교할 수 있는지 물어봐야겠어" 그리자 어머니가 웃으며 말씀하셨다. "여보, 시간 낭비예요, 조엘은 절대 하지 않을 거예요," 하지만 아버지는 아랑곳없이 우리 집으로 전화를 거셨고 물론 내 대답은 어머니의 예상대로였다.

그런데 다른 날과는 달리 아버지의 말씀이 자꾸 귓가에 맴돌았다. 아무 이유도 없이 설교하고픈 마음이 불일 듯 일어나기 시작했다.

왠지 모르게 설교를 해야 한다는 생각이 들었다.

알다시피 나는 설교는커녕 수천 명 앞에 연사로 선 적도 없었다 그런데도 나는 무작정 아버지께 다시 전화를 걸었다.

"마음이 바뀌었어요, 한 번 해 볼게요." 물론 아버지는 도저히 믿을 수 없다는 반응이셨다.

그런데 그날이 아버지 인생의 마지막 주일이었다.

아버지는 5일 후인 금요일 밤에 세상을 떠나셨다.

아버지가 돌아가신 지 사흘째 되던 날 아침, 나는 며칠 동안 일어난 사건들을 묵상하면서 잠시 기도를 드렸다.

그 주 안에 아버지를 기리는 특별 기념 예배를 드리기로 되어 있었다.

그런데 뜬금없이 다시 한 번 설교를 하고픈 욕망이 밀려왔다.

나는 어머니께 전화했다.

"어머니, 이번 주일에는 누가 설교하나요? " "음, 나도 모르겠구나, 하나님이 적당한 사람을 보내 주시리라 믿고 기도 하는 수밖에 없겠구나." "그래서 말인데요, 제가 하는 게 어떨까 생각 중이에요," 그걸로 끝이었다.

우리 어머니는 통화할 때 할 말을 다 하신 후에는 그냥 전화를 끊어 버리신다.

그날 밤 우리 지역 텔레비전에서는 온통 아버지에 관한 뉴스가 흘러나왔다.

뉴스 해설자가 특별 기념 예배에 관한 마지막 멘트를 날렸다.

"이번 주 일요일에는 오스틴의 아들 조엘이 설교 강단에 섭니다."

순간 나는 혼자 중얼거렸다. "하나님, 당신의 메시지로 알겠습니다.

제가 하겠습니다.

아버지처럼 강력하고 역동적인 리더가 죽은 후에는 특히 큰 교회 일수록 명맥을 유지한 경우가 거의 없었다는 점을 꼬집었다.

심지어 한 기사는 노골적인 비난도 서슴지 않았다.

"최악의 상황은 아들 중 한 명이 교회를 물려받는 것이다."

재미있게도, 비관론자들조차 우리가 현 상태만 유지한다면 그럭저럭 버틸 수 있다고 말했다.

그러나 하나님의 계획은 달랐다.

레이크우드 교회는 꾸준히 성장하여, 2003년에 포브스(Forbes)에 의해 매주 25,000명이 출석하는 '미국 최대의 교회'로 선정되었다.

레이크우드 교회의 부흥 신화는 아직도 계속되고 있다.

믿음의 선한 싸움을 싸우는 동안 우리는 점점 강해진다.

사실 하나님은 고난을 견디기에 충분한 재능을 이미 우리 안에 숨겨 놓으셨다.

게다가 하나님은 우리를 정한 목적지까지 이끄시기 위해 어떤 도움도 아끼지 않으신다.

하나님이 작은 압박으로 우리를 안전지대에서 끌어내 "믿음지대"로 이끄실 때, 우리는 상상할 수 없을 만큼 성장한다.

오늘도 하나님께 쓰임 받는 하루가 되길 바라며 …

★ 내가 주와 또는 선생이 되어 너희 발을 씻었으니 너희도 서로 발을 씻어 주는 것이 옳으니라 (요한복음 13장 14절)

※ 1951년 9월 18일 451일 차 : 유엔군 장시간 공격 끝에 양구 북방 "단장의 능선"상의 중요 고지 점령, 유엔군사령부 휴전회담 재개에 관한 유엔군 측 입장 재차 설명, 국무회의 정무관제와 중앙경제위원회 신설 안 거부 결의, 국회에서 이송된「정부조직법안 중 개정법안」을 신중하게 검토 정무관제 및 중앙경제위원회 제도의 이의환부(異議還付) 결정, 농림부 귀속 기업체 참가 희망 지주에게 우선권 부여 방침, 미 농무부 면 수출제한의 완화 발표, 아데나워 서독 수상 독일 재무장이 세계평화유지의 가장 확실한 길이라고 방송.

보낸 날짜 : 2010년 08월 18일 수요일 오전 09시 17분 00초
받는 사람 : 사랑하는 두 아들(235회)

베푸는 즐거움(25)

우리가 남에게 베풀면 하나님이 우리에게 그대로 갚아 주신다.

정말 멋지지 않은가?

우리는 베푸는 사람으로 지음 받았다.

남의 꿈이 이루어지도록 도와야 자신의 꿈도 이룰 수 있다.

우리가 베푼 그대로 하나님이 갚아 주시기 때문이다.

남의 필요를 채워주면 하나님은 반드시 우리의 필요를 채워 주신다고 하였다.

지금 외로움을 느끼고 있다면 한탄만 하지 말고 외로운 사람을 도우라, 사는 낙이 없다면 자신의 문제를 잠시 잊고 다른 사람의 어려움을 돕는 일을 하라.

우리 자녀가 하나님을 찾기를 바란다면 다른 사람의 자녀가 하나님과 친밀한 관계를 맺도록 도우면 된다.

돈 문제로 골머리를 썩이고 있다면 우리보다 더 적게 가진 사람을 돕는 것이 최선의 해결책이다.

하나님은 우리가 베푼 그대로 갚아 주신다고 하였다.

"하지만 나는 줄게 없어" 라고 말하는 사람이 있을지 모르겠다.

절대 그렇지 않다. 조금만 생각해 보면 줄 것이 너무나 많다.

하다못해 남에게 웃음을 줄 수도 있다. 남을 안아 줄 수도 있고 밥을 지어 줄 수도 있고 병원이나 노인 센터를 방문해 자원봉사를 할 수도 있다.

누군가에게 격려의 편지를 써 줄 수도 있다.

우리의 손길과 우리의 웃음을 애타게 기다리고 있는 사람이 분명히 많이 있다.

사랑에 목말라 있는 사람도 있고 친구가 필요한 사람도 있다.

하나님은 우리를 자유로운 존재로 창조하셨지 독불장군으로 만드시지는 않았다. 우리는 서로서로를 너무나 필요로 한다.

오늘을 온전히 살려면 베푸는 생활방식을 추구해야 한다.

받는 삶이 아니라 주는 삶 말이다.

"어떻게 해야 복을 받을 수 있을까?"라는 태도를 버리고 "어떻게 은혜를 베풀 수 있을까?"라는 태도를 기르라. 옛날에 사냥꾼들은 원숭이를 잡기 위해 원숭이가 좋아하는 바나나 등의 먹이를 커다란 통에 넣었다.

그리고 원숭이의 팔이 겨우 들어갈 정도의 구멍을 뚫었다.

원숭이가 이 구멍에 팔을 넣어 먹이를 잡으면 팔을 뺄 수 없다.

그런데도 원숭이는 어찌나 고집이 센지 사냥꾼이 다가올 때 까지도 움켜쥔 손을 풀지 않다가 결국 사냥꾼에게 잡히고 만다.

불행히도 원숭이처럼 이리석은 행동을 하는 생명체가 또 있다 바로 인간이다.

많은 사람이 꽉 쥔 손을 놓지 않고 살아간다.

가진 것을 움켜쥐는 데만 정신이 팔려서 그로 인해 하나님이 예비하신 자유와 풍성한 복을 잃고 있다는 사실을 깨닫지 못한다.

돈과 자원과 시간에 대해 이기적인 것이 바로 사람들이다.

남에게 베푸는 모든 선은 결국 우리에게 되돌아오게 되어 있다는 것을 알아야 한다. 베푸는 삶은 영적 원칙이다.

우리가 웃음을 주면 남도 웃음으로 응답한다.

우리가 어려운 사람에게 아낌없이 베풀면 하나님은 우리가 어려울 때 남을 통해 도움을 받게 만드신다.

오늘도 베풀 수 있는 하루가 되길 바라며 …

하나님의 친절과 자비를 실천하라(26)

아무 걱정하지 말고 선한 일에만 힘쓰라 공정하신하나님은 우리 행동뿐 아니라 동기 까지도 헤아리신다.

남을 어떻게 대하느냐에 따라 우리가 얼마나 큰 하나님의 복과 은혜를 받을지 결정된다.

남을 선으로 대하고 있는가? 친절하고 이해심 있는 삶을 살고 있는가? 사랑의 언행을 보이는가? 남을 귀중하고 특별한 존재로 여기고 있는가? 남을 푸대접하면서 복 받기를 기대해선 안 된다.

무례하고 몰인정 한 사람은 결코 승리의 삶은 살 수 없다는 것을 알아야 한다.

한창 바쁜데 동료가 도와줄 생각은 안고 근처를 어슬렁거리며 약올려도, 하나님은 우리가 참는 데서 한 걸음 더 나아가 친절하게 대하기를 바라신다.

누군가 우리에게 화를 낼 때 똑같이 반응하기보다는 하나님의 은혜와 자비를 보이는게 어떨까?

어떤 상황에서든 친절과 격려의 말을 할 수 있어야 한다.

어쩌면 우리의 악의적인 말 한마디가 상대를 완전히 KO 시키는 결정타가 될 수도 있다는 것을 알아야 한다.

이는 하나님을 기쁘시게 하는 행동이 아니다.

남에게 아픔을 주는 사람은 스스로 아픔을 안고 있는 사람임을 잊지 말아라. 누군가 우리에게 상처를 주더라도 오히려 인정을 베풀고 용서하며 선한 행동을 해야 한다.

큰마음을 품고 항상 친절과 예의를 잃지 말아라.

사랑의 길을 걷고 올바른 태도를 유지하여라.

하나님은 우리의 일거수일투족을 눈여겨보고 계신다.

성경 속에서 누구보다도 큰 원한을 품어 마땅한 인물이 있다면 요셉일 것이다. 형들은 채색 옷을 입은 요셉을 미워하여 그를 깊은 구덩이에 빠트린 후에 죽이려 했다.

그러나 "선한 마음(?)"을 발휘하여 그를 죽이지 않고 노예로 팔았다. 이후 몇 년 동안 요셉은 갖은 고생을 해야 했다.

그런데도 그는 좋은 태도를 유지했고 하나님은 그런 그에게 계속 복을 주셨다. 그가 모함으로 감옥에 갇힌 지 13년 만에 하나님은 불가사의한 방법으로 그를 애굽의 이인자로 높여 주셨다.

요셉이 형들로 인해 받았던 커다란 고통을 되갚는다면? 생각만 해도 끔찍했다. 이제 그들의 목숨은 요셉의 손에 달려 있었다.

요셉은 형들을 죽이라고 명령할 수도, 감옥에 처넣고 평생 썩게 만들 수도 있었다.

그러나 그러지 않았다. 오히려 은혜를 베풀었다. 이처럼 고운 심성을 가진 요셉이 어떻게 복 받지 않을 수 있겠는가?

하나님의 은혜가 그에게 강하게 작용하는 것은 너무도 당연했다. 요셉은 자비를 베풀 줄 알고 사람을 바로 대할 줄 아는 사람이었다.

오늘도 친절과 자비를 베풀 수 있는 하루가 되길 바라며…

※ 1951년 9월 20일 453일 차 : 미 해병대 제1사단 812 고지 점령, 공산군사령관 양측 연락장교회견 통하여 각서 전달(회담재개조건 토의 없이 즉시 개성에서 양측 대표가 회담 재개 제안), 이승만 대통령 휴전회담 재개에 관하여 중대 성명 정부는 다음 각 항목의 조건하에서 회담재개 요구 ① 중공군의 한국 철수 ② 북한군의 무장해제 ③ 유엔감시하의 북한 자유선거 실시 ④ 휴전회담의 시간적 제한 부여, 사회부 상이군인 대책 마련, 허정 사회부장관 피란민 입주문제에 관하여 악덕 가주는 엄벌하겠다고 경고.

보낸 날짜 : 2010년 08월 20일 금요일 오전 09시 45분 00초
받는 사람 : 사랑하는 두 아들(237회)

연민의 마음을 열라(27)

언제나 마음의 소리에 귀를 기울이고 있으라, 하나님의 뜻이라고 판단되면 즉시 사랑을 표현하라.

우리 마음이 열렸는지 닫혔는지 어떻게 알 수 있을까? 간단하다, 남에게 관심이 있으면 열린 것이고 자기 자신에게만 관심이 있으면 닫힌 것이다.

남을 격려하고 사기를 북돋우며 자신감을 심어주기 위해 귀중한 시간을 내고 있는가?

하나님이 우리 마음에 불어넣어 주신 사랑을 따르고 있는가?

아니면 우리 자신의 일에 정신이 팔려 남의 문제 따위에는 관심조차 없는가?

종종 우리가 시간을 내서 들어주기만 해도 상대방의 삶에 치유의 역사가 시작되곤 한다.

오늘날에는 한이 맺힌 사람이 많다.

그러나 더 큰 문제는 그것을 이야기할 사람이 없다는 점이다. 그만큼 서로를 믿을 수 없는 세상이 되어버렸다.

고통에 빠진 사람들을 정죄하고 비난하는 대신 연민의 마음을 열고 그들의 친구로서 들을 귀를 빌려 주기만 하면 그들의 짐은 한결 가벼워진다.

그들의 문제에 일일이 해결책을 제시할 필요도 없다. 관심을 보여주기만 해도 놀라운 일이 벌어진다.

몇 년 전 아침, 갑자기 옛 친구에 대한 관심과 연민이 내 마음을 크게 흔들었다. 15년 동안 연락 한 번 못했지만 그는 어릴 적 나와 가장 친한 친구였다.

그런데 그날따라 아무런 이유 없이 그에 대한 생각이 내 머리를 떠나지 않았다.

그런데 문득 그것이 하나님의 음성일지 모른다는 생각이 들었다.

한참을 뒤진 끝에 그의 전화번호를 찾아 전화를 걸었다.

수화기를 통해 친구의 목소리가 흘러나오자 반가운 마음을 감출 수 없었다.

"어이, 나 조엘이야. 오늘 하루 종일 네 생각을 했어 잘 지내고 있냐?"

그러나 정적만 흐를 뿐 아무 대답이 없었다.

"왜 이러지? 날 잊은 건가?

이상하군" 나는 전화를 끊지 않고 기다렸다.

20초쯤 흘렀을까, 수화기 너머로 울음소리가 들렸다.

나는 전에도 그가 눈물을 흘리는 것을 본 적이 없었다.

그가 울다니, 나는 몹시 놀랐다. 마침내 그는 입을 열었다.

"조엘, 최근에 아내가 나를 떠났어, 몹시 슬펐지 그래서 종교도 없는 내가 기도를 다했지 뭐가, 하나님, 당신이 계시다면, 또 나를 조금이라도 사랑하신다면 뭔가 증거를 보여 주십시오" 라고 말이네,

기도를 마치자마자 너한테 전화가 온 거야,

하나님은 모르는 것이 없으시다. 하나님이 사랑과 연민이 이끄시는 대로 우리의 몸을 맡겨야 한다.

몇 년 전, 아버지가 두 달 동안 신장 투석을 받으시던 어느 날이었다.

꼭두새벽부터 아버지가 전화를 하셨다. "애야, 통 잠이 안 오는구나 병원에 가서 신장 검사를 받아 봐야겠다.

"나 좀 데려다주겠니?"

"물론이죠, 금방 갈게요." 시계를 보니 새벽 네 시였다. 나는 급히 부모님 댁으로 차를 몰았다.

운전을 하는데 아버지에 대한 말할 수 없는 사랑과 관심이 솟아나기 시작했다.

평상시 느끼는 사랑과 많이 다른 감정 초자연적인 사랑이었다. 아버지가 우리에게 얼마나 잘해 주셨는지 아버지가 얼마나 자랑스려운 분이신지, 그러다가 문득 아버지에게 사랑을 표현해야겠다는 마음이 솟아났다.

"아버지, 제가 할 수 있는 일은 뭐든 하겠어요 그러니 안심하세요
지금보다 더 좋은 아들이 될게요,"

나는 아버지와 함께 식사하고 담소를 나누며 즐거운 시간을 보냈고 투석 끝난 후에 아버지를 집에 모셔 드렸다.

부모님 댁을 나서려는데 아버지가 나를 다시 불러 꼭 껴안으셨다. 아버지는 평상시와 달리 오랫동안 나를 껴안고 말씀하셨다.

"조엘, 너는 모든 아버지가 바라는 최고의 아들이란다."

아버지와 나만의 정말 특별한 순간이었다.

우리가 하나라는 느낌을 받았다.

아버지가 내 마음을 아셨고 나를 자랑스러워하신 다는 사실에 날아갈 듯 한 기분으로 그날 아침을 보냈다.

그것이 내가 살아 계신 아버지를 본 마지막 순간이었다.

우리는 하나님이 우리 마음에 불어넣으신 사랑의 흐름에 즉시 편승해야 한다.

오늘도 연민의 마음을 열어 두는 하루가 되길 바라며…

★ 하나님은 영이시니 예배하는 자가 영과 진리로 예배할지니라.

(요한복음4장 24절)

※ 1951년 9월 23일 456일 차 : 미 보병부대 양구 북방 '단장의 능선' 상 주봉 탈환 공산군의 반격 격퇴, 리지웨이 유엔군사령관 공산군 측에 회답하고 회담 재개에 동의, 대한상공회의소 현행「조세특례법」일부 개정안 요로에 건의, 한국인을 강제 추방할 수 있는 일본의 출입국관리법 국회 회부로 논란.

보낸 날짜 : 2010년 08월 23일 월요일 오전 10시 17분 00초
받는 사람 : 사랑하는 두 아들(238회)

씨앗을 뿌리는 것이 우선이다(28)

어려운 상황은 씨앗을 뿌릴 수 있는 좋은 기회다.

씨앗이야말로 어려움을 극복할 수 있는 열쇠이기 때문이다.

오늘을 온전히 사는데 가장 큰 걸림돌 중 하나는 이기주의다.

우리의 배만 채우는 데 급급한 이상 하나님이 주시는 온전한 삶을 누릴 수 없다.

따라서 진정 성장하고 번영하길 원한다면 먼저 베푸는 자가 되어야 한다.

농부가 씨 뿌리기가 귀찮아 펑펑 놀았다면 과연 추수를 기대할 수 있겠는가?

평생 기다려도 쌀 한 톨 얻지 못한다.

땅에 씨를 뿌려야 수확을 기대할 수 있다.

이것은 하나님이 정하신 원칙이다.

마찬가지로 복을 거두고 싶다면 행복의 씨앗을 뿌려야 한다.

즉 남에게 행복을 선물해야 하는 것이다.

재물의 복을 거두고 싶다면 남의 삶 속에 재물의 씨앗을 뿌려야 하고,

우정을 거두고 싶다면 우정의 씨앗을 뿌려 누군가의 친구가 되어 주어야 한다.

언제나 씨앗을 먼저 뿌려야 하는 것이다.

성경은 고난 속에서 우리가 해야 할 일이 두 가지 있다고 말한다.

첫째, 하나님을 의뢰해야 한다.

둘째, 밖으로 나가 선을 행해야 한다.

다시 말해, 밭으로 나가서 씨앗을 뿌려야 한다.

땅에 조금 더 큰 씨앗을 뿌리고 하나님이 어떤 일을 행하시는지 지켜보라.

"너희의 헤아리는 그 헤아림으로 너희도 헤아림을 도로 받을 것이니라"(눅6:38)
다시 말해, 남에게 티스푼으로 퍼 주면 티스푼만큼의 복이 돌아오며, 삽으로 퍼
주면 삽만큼의 복이 찾아온다.

만약 덤프트럭으로 퍼주면 복을 가득 실은 덤프터럭이 우리에게 돌아올 것이다!
"너는 범사에 그를 인정하라 그리하면 네 길을 지도하시리라"(잠3:6) 재물이나
사업번창의 복을 원한다면 하나님을 인정해야 한다.

우리가 하나님께 영광을 돌릴 때 하나님은 우리를 높여 주신다. 흥미롭게도 성경
은 오직 재물에 대해서만 하나님을 시험해 보라고 말씀한다.

우리가 현재 가진 것으로 충성을 다하면 하나님은 우리에게 끝없는 복을 내리
신다.

오늘도 풍성한 씨앗을 뿌리는 하루가 되길 바라면서…

★ 내가 오늘 하늘과 땅을 불러 너희에게 증거를 삼노라 내가 생명과 사망과 복
과 저주를 네 앞에 두었은즉 너와 네 자손이 살기 위하여 생명을 택하고 네 하나
님 여호와를 사랑하고 그의 말씀을 청종하며 또 그를 의지하라 그는 네 생명이시
오 네 장수이시니 여호와께서 네 조상 아브라함과 이삭과 야곱에게 주리라고 맹
세하신 땅에 네가 거주하리라. (신명기 30장 19,20절)

※ 1951년 9월 27일 460일 차 : 양구 북방 '단장의 능선'에서 공산군 고지 고수 하
고 유엔군에게 포격 집중, 유엔 해군 소속 전폭기대 '단장의 능선' 공산군 야포 박격
포 진지 맹폭, 이승만 대통령 현미 애용 등 식생활 개선 강조, 금융통화 위원회 국채
저금제도 부활하기로 결정, 공보처장 신문기자증 남발에 경고 담화, 미 양원 합동협
의회 대외원조총액 74억 8,340만 달러로 합의, 소련 동독경제협정 모스크바에서 조
인. 리지웨이 유엔군사령관 공산군사령관에게 장소 변경하여 휴전 회담 재개하자
는 제안.

보낸 날짜 : 2010년 08월 24일 화요일 오전 09시 56분 00초
받는 사람 : 사랑하는 두 아들(239회)

씨 뿌리기와 자라기(29)

베푸는 행위는 보험에 드는 것과 비슷하다.

베푸는 일은 하나님의 은혜를 저장해 놓은 것과 같다.

하나님은 물이 유입되기만 하는 저수지가 아니라 끊임없이 흐르는 강으로 우리를 창조하셨다.

그런데 받기만 하고 주지 않는 이기적인 삶을 고집하면 우리는 점차 썩어 악취를 풍기게 된다. 같이 있으면 재미도 없고 짜증만 나서 어울리고 싶지 않은 사람으로 변질되는 것이다. 변질의 원인은 우리로부터 흘러나가는 것이 없기 때문이다. 물론 하나님은 우리 삶에 복을 부어 주시기를 원하신다. 그러나 우리가 오늘을 온전하게 살려면 하나님의 복을 우리를 통해 남에게 흘려보내는 법을 배워야 한다. 복을 흘려보낼 때 우리 안에 새로운 복이 흘러들어오고 우리 삶이 신선함을 유지할 수 있다. 고여 있는 물은 썩게 마련이다. 우리는 흐르는 강이 되어야 한다. 이것이 진정한 번영과 행복을 얻는 비결이다. 하나님은 우리가 뿌린 모든 씨앗을 세고 계신다. 우리의 선행은 그냥 잊히는 법이 없다. 하나님이 다 보고 계신다는 것을 명심하여라. 우리가 어려울 때 하나님은 도와줄 사람을 보내주신다. 남에게 베푼 은혜는 그대로 우리에게 돌아온다.

하나님은 우리가 상처받은 사람들에게 보낸 미소 하나까지도 다 기억하고 계신다. 우리가 우리 일을 놓고 도움의 손길을 펼칠 때 우리가 자신이나 가족에게 절실히 필요한 돈까지 남에게 줄 때 하나님은 다 보고 기록하고 계신다. 열심히 기도하고 믿고 소망하는데도 변하는 게 없을 때가 있다.

이때가 특별한 씨앗을 뿌려야 할 때다. 특별 헌금을 드리는 등, 평소보다 더욱 분명한 방법으로 믿음을 표현해야 할 때다. 우리가 베푼 은혜는 고넬료의 경우처럼 하나님 앞에 상달된다. 그리고 그때부터 하나님은 새로운 복을 부어 주시기 시작한다.

오늘을 온전히 살고 싶다면 하나님이 주신 것을 쌓아 두지 말고 믿음의 씨앗을 뿌려야 한다.

기억하라 베푸는 행위는 어려움에 처할 때를 대비한 보험과 같다.

오늘도 은혜 베풀 수 있는 하루 되길 바라며 …

※ 1951년 9월 30일 663일 차 : 유엔군 철원 서방 서남방 고지 쟁탈전에서 유엔군 보병부대 화염방사기 지원으로 3개 산봉 강습 탈환, 양구 서북방 "단장의 능선" 서부 고지에서 백병전으로 산정 장악, 금융통화위원회 추곡 가격 결정,

◆ 단장의 능선 전투(요약)

– 미국 2 보병 사단과 프랑스대대 및 네덜란드 판 회츠 연대가 중동부 전선의 주 저항선을 강화할 목적으로 851 894 931 고지에 배치된 조선인민군 제6 12사단을 공격하여 점령한 공격 전투로 1951년 9월 13일 미군의 항공기 전차 포병들이 단장의 능선을 수 시간 포격 후 미 2사단 장병들이 능선 위로 기어올라 갔지만 북한군 6사단이 곳곳에 방공호 갱도를 구축해놓고 완강하게 저항함으로써 고지 주인이 2주간 서너 번이나 바뀔 정도로 점령이 쉽지 않았다. 미군은 3,700여명의 사상자를 냈고 이에 종군기자들은 심장이 부서지는 것 같다는 의미로 이 능선에 단장의 능선 (Heartbreak Ridge)이라는 이름을 붙였다. 북한군의 보급을 차단하기 위해 그 주변부터 점령 고립시킨다는 터치다운 계획을 세우고 M4 셔면 전차들로 구성된 미72 전차대를 투입하기로 한다. 서면전차가 통과하기엔 협소했고 대전차 지뢰들과 장애물로 통행이 불가능했으나 공병들은 위험을 무릅쓰고 지뢰와 장애물들을 제거하고 폭이 좁은 곳들은 전차가 지나갈 수 있게 넓혔다. 한편 인근 사태리도 전차 수색 공병대로 이루어진 기동부대가 점령해 단장의 능선 점령을 위한 밑 작업을 끝마친다. 10월 10일에 미72전차대대 셔면 68대가 문등리로 들이닥치는 것을 시작으로 사단의 총공세가 시작되어 전차들은 문등리 후방에서 능선 경사면마다 조성된 진지나 보급소 등을 보이는 족족 파괴하며 보병들을 도왔고 이후 10월13일에 프랑스 대대 원 들이 능선의 마지막 진지를 점령함으로써 끝났다.

행복은 감정이 아닌 선택이다(30)

최고의 인생을 살고 싶다면 열정과 소망을 버리지 말라,

어떤 상황에서도 기쁨과 행복을 빼앗기지 말라,

아직도 최선의 삶이 멀게 만 느껴지는가?

최선의 삶은 절대 멀리 있지 않고 바로 코앞에 있다.

바로 오늘부터 최선의 삶을 살 수 있다!

하나님은 우리가 지금 당장 온전한 삶을 누리기를 바라신다.

가족이나 사업을 비롯한 모든 영역에서의 문제가 완벽히 풀릴 때까지 기다릴 필요는 없다.

하나님은 우리가 바로 오늘부터 행복을 누리길 원하신다.

행복은 선택이다. 아침에 눈을 뜰 때 우리는 행복한 하루를 살기로 선택할 수도 비뚤어진 태도를 가지고 불행하게 살기로 선택할 수도 있다.

모든 것은 우리 자신에게 달려 있다.

상황에 따라 흔들리는 사람은 결코 하나님의 풍성한 삶을 누릴 수 없다. 우리는 한 번에 하루씩 사는 법을 배워야 한다.

우리는 의지라는 재능이 있기에 오늘을 온전히 살기로 선택할 수 있다. 하루라도 얼굴을 찡그리고 지내기엔 인생이 너무 짧다.

가족과 친구, 건강, 일 등 인생의 모든 부분을 즐기며 살아가야 한다. 물론 인생을 살다 보면 나쁜 일도 일어나고 상황이 우리 뜻대로 풀리지 않기도 한다.

사실 그런 때일수록 행복을 누리기로 선택하는 과정이 더욱 필요하다. 오늘을 감사하라! 행복할 때를 기다리다간 끝이 없다.

오늘, 매일 인생길의 각 부분을 즐길 줄 알아야 한다.

우리의 태도는 다음과 같아야 한다.

"인생의 어떤 시련이 다가와도 상관없어 항상 주님이 주시는 기쁨 안에 거할 거야, 행복한 인생을 살기로 마음을 먹었어 내 인생을 최대한 누릴 거야," 우리에게는 감사할 거리가 너무 많다.

잘못된 점만 생각하기보다는 잘된 점에 대해 하나님께 감사하라.

자주 웃으라! 기쁨으로 가득한 사람의 면역 체계는 하나님이 창조하신 기능을 극한까지 발휘한다.

건강을 위한 가장 좋은 습관 중 하나는 자주 웃는 것이다.

웃음은 몸 전체에 메시지를 보내 삶의 방향을 결정한다.

웃으면 특정한 화학물질이 몸 전체로 분비되어 긴장을 완화시키고 건강유지를 돕는다는 연구가 속속 나오고 있다는 것은 이미 아는 사실이다. 현재에 만족하라!

우리는 하나님을 의심하지 말고 무조건 믿어야 한다.

어떤 상황에서도 행복하기로 선택하라 누군가 우리의 기분을 건드려 화나게 만들 수도 있다.

'하나님, 도저히 참을 수 없습니다.

이 상황을 이해할 수 없습니다.

왜 이 사람을 제 인생에서 사라지게 만드시지 않습니까?' 라는 생각이 들 수도 있다.

하지만 하나님이 그 사람을 돕는 사람으로 우리를 선택하셨다는 생각은 해 보지 않았는가? 그 사람에게 필요한 것이 바로 우리일지도 모른다.

하나님은 우리 안에 역사하시고 우리를 통해 일하고 계신다.

바로 오늘의 자리에서 꽃을 피우고 하루하루 온전히 누리기로 다짐하라.

오늘도 행복을 선택할 수 있는 하루가 되길 바라며 …

보낸 날짜 : 2010년 08월 26일 목요일 오전 09시 40분 00초
받는 사람 : 사랑하는 두 아들(241회)

뛰어난 사람, 진실한 사람(31)

우리가 살아가고 일하고 시간을 엄수하는 모습에서 사람들은 하나님의 모습을 찾고 발견한다.

평범함을 당연하게 여기는 사람이 많다.

그들은 최대한 적게 일하면서 그럭저럭 살아가길 원한다.

하지만 하나님은 우리를 평범한 사람으로 창조하지 않으셨다.

하나님은 우리가 근근이 살기를 바라지도, 남들이 하는 대로 똑같이 하기를 바라지도 않으신다.

진정한 행복을 얻는 유일한 길은 뛰어난 사람이자 진실한 사람이 되는 것이다.

그렇다면 뛰어나고 진실한 사람은 어떤 사람일까?

남보다 더 열심히 옳은 일을 하는 사람이다.

아무리 어려워도 일단 뱉은 말은 끝까지 지키고 일터에 정시에 나타나야 하고 종일 열심히 일하며 아프다는 핑계로 일찍 퇴근하거나 결근하지 않도록 하여야 한다.

일의 질뿐 아니라 일하는 태도에서도 두각을 나타낸다.

우리는 전능하신 하나님을 대변하고 있음을 명심해야 한다.

하나님은 게으르고 지저분한 모습을 좋아하지 않으신다.

뛰어난 사람은 옳은 일을 하기 위해 애를 쓴다.

누군가 보고 있다거나 꼭 그래야 하기 때문이 아니라 그것이 하나님께 영광을 돌리는 일이기 때문이다.

뛰어난 사람은 다른 사람이 물건을 내 물건처럼 소중하게 여긴다.

우리는 남의 물건을 소중히 생각하는 뛰어난 사람이 되어야 한다.

여행을 자주 다니는 나는 풀가동하고 있는 에어컨과 텔레비전, 전등을 모두 켜놓고 호텔 방을 나온 적이 한두 번이 아니었다.

그때는 뭐 어때서? 돈도 다 지불했는데 내 맘대로 못할 이유가 뭐야? 라고 생각했다.

하지만 마음 깊은 곳에서는 다른 목소리가 들렸다.

"조엘 그건 옳지 않아" 너희 집 전기는 낭비하지 않잖아, 다른 사람의 물건도 네 물건과 똑 같이 다루 거라.

작은 실수가 우리를 천국에서 멀어지게 할 수 있다.

작은 실수가 우리를 최고의 위치에 오르지 못하게 만든다.

오늘을 온전히 살려면 작은 일부터 온전히 살아야 한다.

하나님은 아무도 보지 않는 가운데서도 우리가 옳은 일에 힘쓰기를 바라신다.

선의의 거짓말도 악의의 거짓말도 없다. 거짓말은 어디까지나 거짓말일 뿐이다.

진실을 말하지 않으면 정직하지 않은 것이다.

조그만 거짓의 씨앗을 뿌려도 결국 거짓의 열매를 맺기 마련이다.

한 비즈니스맨이 내게 고민을 털어놓았다.

"진실한 사람이 되고 싶습니다, 하지만 제가 진실만 말한다면 많은 고객을 잃을 겁니다." 나는 대답했다.

"아닙니다. 선생님이 꾸준히 옳은 일을 하면 일부 고객을 잃을지 몰라도 하나님이 더 큰 고객을 보내 주실 겁니다.

우리가 믿기만 하면 하나님은 끝없이 복을 부어 주신다.

몇 년 전에 내 친구가 이직했다. 회사의 중역이었던 그는 새로운 회사의 꽤 높은 직위로 옮기게 되었다.

그는 새 일이 무척 맘에 들었으나 일을 시작하기까지는 서너 달을 기다려야 했다.

회사는 새 직장으로 갈 때까지 계속 일해도 좋다고 했다.

내 친구는 매우 똑똑하고 근면한 직원이었다.

항상 일에 최선을 다했다.

그렇지만 나는 서너 달 동안 늦게 출근하거나 요령을 피우며 시간을 때우리라 예상했다.

옛 회사에 잘 보여서 무엇 하겠는가? 하지만 내 예상은 여지없이 빗나갔다. 그는 오히려 전보다 더 일찍 출근해서 늦게까지 회사에 머물렀다. 거기서 새로운 프로젝트를 맡아 최선을 다하는 그에게 감동한 나는 이렇게 물었다.

"전보다 더 열심히 일하니, 도대체 어떻게 된 일인가? "

조엘 나도 새 회사로 옮길 때까지 좀 쉴 생각이었다네 그런데 어느 날, 회사에서 게으름을 피우고 있는데 하나님이 내 속에서 이렇게 말씀 하시는 게 아닌가."

"아들아, 네가 최선을 다해 이 회사를 섬기지 않으면 새 회사에서도 잘할 수 없단다."

그 음성을 듣고 내가 이 회사에서 받은 모든 것을 돌려줘야 한다는 것을 알았네"

우리는 전능하신 하나님이 얼굴과도 같다는 것을 알아야 한다.

게으르고 평범하고 싱거운 인생은 그만두고 더 높은 곳으로 나아가자. 우리가 뛰어나고 진실한 사람이 되기 위해 최선을 다하면 행복은 덤으로 따라오게 마련이다.

히니님은 우리가 상상한 것 이상의 복을 무어 수시기 때문이다.

오늘도 자기 맡은 분야에서 최선을 다하는 하루가 되길 바라며 …

★ 보라 처녀가 잉태하여 아들을 낳을 것이요 그의 이름은 임마누엘이라 하리라 하셨으니 이를 번역한즉 하나님이 우리와 함께 계시다 함이라.
(마태복음 1장 23절)

※ 1951년 10월 1일 464일 차 : 고랑포 북방에서 5회에 걸친 단기간 전투 전개, 제8 사단 배서산 학보, 국회 븐회의 기제도 포로수용소의 쏘보 관리 문제 논의, 정부 일본 선박회사 주한 대리점 설치 불허 방침, 경상북도 경찰국 공산유격대에 대한 귀순 자수 공작 실시.

보낸 날짜　:　2010년 08월 27일 금요일 오전 09시 28분 00초
받는 사람　:　사랑하는 두 아들(242회)

이 세상 누구보다 행복하라(32)

눈과 가슴과 얼굴에 열정을 가득 품고 살라 상상도 할 수 없는 놀라운 일이 벌어질 것이다.

휴스턴에서 쇼핑을 하는 여자가 계산대에서 즐거운 듯이 콧노래를 흥얼거렸다. 흥얼거림을 들은 점원은 호기심 어린 눈으로 여자를 한참 쳐다보다가 말을 건넸다. "기분이 좋으신가 봐요?" 그러자 그 여자는 기다렸다는 듯이 신이 나서 이야기했다.

"네 정말 그래요! 기분이 최고예요 저는 정말 많은 복을 받았어요 오늘 하루가 정말 기대된답니다!"

점원은 잠시 당혹한 표정으로 바라보더니 다시 물었다.

"혹시 레이크우드 교회에 다니세요?" "어머, 어떻게 아셨어요?"

점원은 그제야 알겠다는 듯 끄덕이며 미소 지었다.

"그럴 줄 알았어요, 손님 같은 사람들이 몇 명 있었는데 모두 그 교회에 다니 더군요" 이 이야기를 처음 들었을 때 나는 미소 지었다. 정말 엄청난 칭찬이 아닐 수 없었다. 우리는 마땅히 그래야 한다. 하나님의 사람은 이 세상 누구보다도 행복해야 한다!

멋진 미래가 우리를 기다리고 있을뿐더러 오늘을 즐길 수 있기 때문이다!

오늘을 잘 사는 것은 곧 행복하게 사는 것이다.

열정이 세상을 바꾼다.

대단한 일이 일어나야만 삶이 열정이 생기는 것은 아니다.

완벽한 환경이나 완벽한 직장 완벽한 가정에서 살고 있지 않더라도 마음먹기에 따라 매일을 열정적으로 살아갈 수 있다.

열심을 품고 있는가? 우리는 할 수 있다!

아침에 일어나 열정을 갖고 하루를 시작하는가?

멋진 꿈을 꾸고 있는가? 매일 열정을 품고 직장에 나가는가?

"나는 내 일이 정말 지겨워요, 차가 막히면 참을 수가 없어요, 직장동료들이 영 마음에 들지 않아요" 어디서 많이 듣던 소리 같은가? 우리 입에서 이런 불평이 끊이지 않는다면 태도가 변해야 한다. 직장이 있다는 사실 자체에 감사할 줄 알아야 한다.

하나님이 주신 기회에 어찌 감사하고 열심을 품지 않을 수 있겠는가. 인생의 어느 순간에 있든지 최선을 다해야 한다.

반만 노력해서는 안 된다. 언제나 최고의 실력과 열정을 발휘해 일하라, 마지못해 인생을 살아가지 말고 열정을 품으라 하나님의 능력을 이끌어 내는 것은 우리의 믿음이다.

기대 수준을 높이자 우리의 작은 사고로 하나님을 제한하지 말고, 크고 놀라운 일을 행하시는 하나님을 신뢰하자, 명심하라, 하나님께 순종하고 하나님을 무조건 신뢰하는 사람은 이 세상에서 최고 아니 그 이상의 삶을 살게 된다.

오늘부터 하나님이 주신 삶을 기쁘게 누리기로 결심하자!

- 비전을 키워라
- 건강한 자아상을 키워라
- 생각과 말의 힘을 발견하라
- 과거의 망령에서 벗어나라
- 역경을 통해 강점을 찾으라
- 베푸는 삶을 살아라
- 행복하기를 선택하여라

위의 단계를 꾸준히 밟을 때 하나님은 우리를 상상도 못 할 곳으로 인도하신다. 그리고 우리는 최고의 오늘을 살게 될 것이다!

오늘도 최고의 삶이 되길 바라면서 …

보낸 날짜 : 2010년 08월 30일 월요일 오후 13시 15분 00초
받는 사람 : 사랑하는 두 아들(243회)

긍정의 힘(지은이 : 조엘 오스틴)을 32회에 걸쳐 각단원별로 요약하여 2010년 7월 13일부터 시작하여 8월 27일 끝을 내었구나, 한 달 반 동안 끝까지 잘 읽어준 둘째 아들에게 고맙게 생각한다. 그 덕택에 아빠도 좋은 책을 한권 정독 할 수 있게 되었구나 형님은 시험 때문에 읽지 못하였는 모양인데 시간 나는 되로 읽을 것이라 믿는다. 지은이 조엘오스딘에 대해 간략히 소개한다. 미국 차세대 리더로 급부상하고 있는 목사다. 하도 잘 웃어서 "웃는 목사"라는 별명으로 유명한 조엘 오스틴은 현재 미국에서 가장 영향력 있는 목사이며 최고의 인기를 누리고 있다. 젊고 활기차고 열정적인 그는 기독계의 새로운 얼굴이다. 레이크우드 교회는 조엘의 아버지 존 오스틴 목사에 의해 1959년 휴스턴의 한 버려진 사료 가게에서 탄생했다. 이후 레이크우드 교회는 꾸준히 성장했으며, 존 오스틴 목사가 세상을 떠날 때는 성도가 약 6,000명으로 늘었다. 다섯 형제 중 넷째로 보이지 않는 곳에서 방송 사역에 만족하며 살던 조엘이 아버지의 뒤를 이어 강단에 서리라고는 누구도 예상치 못했다. 아버지 존은 세상을 떠나기 전에 조엘에게 주일 설교를 부탁했다. 그리고 그 직후 조엘은 아버지의 뒤를 이으라는 "부르심"을 받았다. 조엘은 레이크우드 교회를 네 배로 키워 냈다. 한 리서치 기관에 따르면 현재 매주 30,000명 이상이 찾아오는 레이크우드 교회는 미국에서 가장 크고 가장 빨리 성장하는 교회다. 200만 부가 넘게 팔린 [긍정의 힘]은 출간되자마자 초대형 베스트 셀러로 자리매김했다. "인생을 바꾸는 일은 어렵다, 그러나 생각을 바꾸는 일은 그리 어렵지 않다, 변하고 싶은가? 지금 위기 가운데 있는가? 최고의 삶을 꿈꾸고 있는가? 긍정의 힘이 당신의 생각을 바꾸고 결국은 인생을 바꿀 것이다."

오늘도 모든 일에 긍정적인 사고로 임하길 바라며 …

※ 1951년 10월 3일 466일 차 : 미 제1 9군단 코만도(Commando)작전 실시, 미 전함 뉴저지 호 고성 남방의 공산군 진지 포격, 공산군사령관 9월 27일부 리지웨이 유엔군사령관의 제안에 회답(장소 변경하여 송현리에서 회담 재개하자는 제안 거부), 개천절 경축식전 국회의사당에서 거행, 조폐공사 설립 창업식 거행.

◆ 코만도 작전(요약)

 - 1951년 10월 3일부터 10월 15일까지 유엔군에 의해 수행된 공세이다. 국군 제1 보병사단과 제1영연방사단을 포함한 미 제1군단은 제임스타운선(문산 북방 1.4Km 지점의 사미천~임진강~철원선)을 포위하여 중화인민공화국의 제42 47 64 65군을 섬멸하였다. 이 공세 이후 공산군은 서울 인근의 유엔군 보급선을 차단하는데 실패했다.

◆ 영국해병 코만도(Commando) 부대(요약)

 - 6.25 전쟁 시 참전 16개국 중에서 미국 외에 육 해 공군에 해병대까지 각 군 모두 파견한 국가는 영국이 유일했다. 이중 영국이 파병했던 영국해병대인 41코만도 부내가 서해안과 농해안에서 4회에 걸쳐 작전을 수행했다 그중 하나의 작전으로 1950년 10월 6일 청진 해안의 쌍굴 터널과 철교를 폭파한 작전으로 함북성진(현 김책시) 해안에 영국 코만도 부대의 해안 침투작전이었다. 성진 침투작전의 목표는 철교와 터널을 폭파하는 작전으로 수송 구축함USS완턱과 USS A배스에서 출격한 상륙보트가 소리 없이 노를 저어 해안으로 접근하여 2개의 폭파조가 목표인 교량과 터널에 접근했다. 이 작전을 수행하는 동안 예기치 않은 돌발 상황이 발생했지만 코만도 대원들은 무사히 작전을 성공시켰다.

★ Commando(영국 특수부대) : 코만도 작전은 바다를 통한 소규모 상륙 기습 또는 하늘을 통한 소규모 낙하산 기습을 감행하는 특수부대

보낸 날짜 : 2010년 08월 31일 화요일 오전 09시 28분 00초
받는 사람 : 사랑하는 두 아들(244회)

올해는 유난히도 날씨가 무척 덥구나,

우리나라도 이제 아열대성 기후로 바뀌어 가고 있는 것 같구나,

그러나 이제 더위는 물러가기 시작하고,

결실의 계절 가을이 다가오고 있는 것을 조금씩 느끼게 되는 것 같구나,

큰아들 시험 친 결과는 어떤지 궁금 ??

요사이 아빠는 세월이 얼마나 빠른지 정말 나이 되로 세월의 속도는 빨라지는 것을 실감하게 되는구나 아빠가 정년을 한지도 벌써 2년이 되는구나,

요사이 아빠가 회사에서 시간적인 여유가 있어 책도 읽고, 점심시간과 퇴근시간을 이용해 색소폰도 볼 시간이 있어 얼마나 감사한지 모르겠구나,

큰아들 작은아들 요사이도 정신없이 바쁜 생활을 하고 있는지 바쁜 속에서도 가끔은 여유로움을 찾는 것도 몸과 마음의 비타민이 될 수 있을 것이다.

큰아들 작은아들 성장기에 지금 생각해보니 아빠가 아무것도 해준 것이 없는 것 같구나 많은 후회가 되어지는구나.

큰아들 둘째 아들도 먼 훗날 아빠 나이쯤 되어서는 아빠와 같은 후회가 없길 바란다.

9월부터는 세계 명문가의 독서 교육(지은이 : 최효찬)이라는 책으로 큰아들 작은아들과 정독을 해보고자 한다. 바쁘겠지만 하루 5분 정도의 시간을 낸다면 가능할 것이라 믿는다.

오늘도 즐겁고 보람된 하루 되길 바라며 …

보낸 날짜 : 2010년 09월 01일 수요일 오전 10시 38분 00초
받는 사람 : 사랑하는 두 아들(245회)

세계 명문가의 독서교육

자녀가 성공하기를 바란다면 '독신(讀神)'으로 키워라

문제는 어떤 책을 읽느냐와 어떻게 읽을 것인가이다.

여기에서 가장 필요한 것이 자녀의 독서교육에 참고할 수 있는 역할 모델이다.

역사상 뛰어난 업적을 남긴 인재들이 어린 시절부터 어떤 책을 어떤 방법으로 읽었는지를 알 수 있다면 한결 수월하게 자녀들에게 독서교육을 할 수 있을 것이다.

그래서 이 책은 인재들의 독서 방법론을 제시하고 있다.

몇 백 년 동안 내려오는 세계 최고 명문가들의 독서교육 비결이 바로 그 핵심이다.

세계적인 명문가들은 저마다의 독특한 독서교육 비결로 인재들을 배출해 왔는데 몇 가지 공통점을 지니고 있었다.

그 공통점을 바탕으로 다음과 같은 지침을 발견할 수 있다

첫째 : 집안에 서재나 작은 도서관을 갖추어 자녀를 독서의 세계로 이끌 어라.

자녀들은 할아버지나 아버지의 서재에서 책을 읽으면서 독서의 세계에 빠져 들었다.

둘째 : 고전을 필독서로 삼아라 명문가들은 하나같이 고전과 역사 책을 중시한다.

그 속에는 인간이 겪는 고난과 슬픔, 비탄뿐만 아니라 지혜와 선과 악, 미와 추, 희로애락 등이 망라되어 있다.

이처럼 고전에는 자녀가 앞으로 살아가면서 부딪치게 될 문제들의 해답이 들어 있는 것이다.

셋째 : 과거의 고전과 더불어 당대의 필독서를 조화롭게 읽혀라.

명문가들은 역사에서 수없이 읽혀 온 고전 베스트만큼 이나 그들이 살던 시대, 즉 당대의 베스트셀러들도 반드시 읽었다.

이는 과거의 지식과 지혜뿐만 아니라 당대의 지식과 지혜를 편식하지 않고 골고루 조화롭게 추구하는 것이 중요함을 일깨워 준다.

넷째 : 끌리는 책을 먼저 읽게 하라.

세계적인 명문가들의 독서법은 저마다 개성이 넘친다.

독서교육에 정답은 없기 때문이다.

다만 자녀의 재능과 적성에 따라 읽을 책의 분야를 달리해야 한다.

추천 도서 리스트에 무조건 의지하기보다 자신의 개성 되로 독서를 하게 하여야 할 것이다.

다섯째 : 독서를 한 후에 토론을 시켜라, 케네디 대통령의 어머니 로즈 여사는 식사 시간도 토론의 장으로 만들었다.

요사이는 형제가 많지 않아 토론할 상대가 가까이 없으면 엄마 아빠가 토론의 상대가 되어야 할 것이다.

여섯째 : 독서에 그치지 말고 글쓰기도 병행하게 하라,

"모방이 창작을 낳는다."는 말이 있듯이 좋은 글쓰기는 수없이 베끼고 모방하고 나아가 응용하는 데서 시작된다. 영어를 잘하려면 영어 기본서에 나오는 문장을 달달 외우고 쓸 줄 알아야 좋은 영작을 할 수 있게 되는 이치와 같다고 하겠다.

일곱째 : 어릴 때 역사와 민담 같은 이야기를 많이 들려주어라.

특히 글을 모르는 아이에게는 어머니나 아버지, 삼촌이나 고모가 들려주는 민담과 역사 이야기로부터 독서 교육이 시작된다.

여덟째 : 책 속에 머물지 말고 여행을 하면서 견문을 넓혀라.

즉 공부한 내용을 음미하면서 실제 세상이 어떻게 돌아가는지를 체험하고 현재와 미래를 전망해 보는 독서 혹은 수업의 연장이었다.

마지막으로 한 가지만 덧붙이자면 독서와 함께 신문 읽기를 병행하라는 것이다. 세상은 끊임없이 변하고 있다.

변화하는 세상을 이해하기 위해서는 정치와 경제, 사회와 문화 등 다방면에서 현실에 대한 진단과 미래에 대한 전망, 예측의 정보를 풍부하게 담고 있는 신문을 읽는 것이 좋다.

옛 어른들께서 자녀의 책 읽는 소리만큼 부모의 마음을 풍요롭게 하는 것이 없다고들 하였다.

오늘도 슬거운 하두 되길 바라며 …

★ 염려하여 이르기를 무엇을 먹을까 무엇을 마실까 무엇을 입을까 하지 말라 이는 다 이방인들이 구하는 것이라 너희 하늘 아버지께서 이 모든 것이 너희에게 있어야 할 줄을 아시느니라. (마태복음 7장 31,32절)

※ 1951년 10월 5일 468일 차 : 서부전선에서 유엔군 4일간에 걸친 공격 끝에 4.8~6.4Km 전진 유리한 방어선 장악, 미 제3사단 보병부대 철원북방에서 중공군 방어선 돌파, 문교부 월남자의 학령자(學齡者) 대책 수립, 공보처 월북 작가 작품 판매 및 문필 활동 금지 방침 하달, 대한민국 항공사 유엔군사령부로부터 한 일(부산 도쿄) 간 부정기 취항 허가 취득.

※ 1951년 10월 8일 471일 차 : 국군부대 인제 북방 분지대 서북방에 있는 고지로 부터 북한군 격퇴, 국회 무단결석 의원 26명 징계위원회에 회부, 변영태 외무부 장관 정전회담 장소 중립지대에 확대하자는 공산군 측 제안 반대 담화, 유엔 강제노동조사위원회 제네바에서 개최, 미국 정부 한 일 양국에 통상 어업관계 쌍무 협정 체결 촉구.

보낸 날짜 : 2010년 09월 02일 목요일 오전 09시 44분 00초
받는 사람 : 사랑하는 두 아들(246회)

세계 명문가의 독서교육 10 계명

1. 역사책을 즐겨 읽고 외국어로 독서하는 습관을 키워라. (처칠가)
2. 책만으로는 부족하다.

   신문으로 세상 보는 안목을 넓혀라. (케네디가)
3. 200통의 편지로 독서교육을 하면 누구나 큰 인물로 만들 수 있다. (네루가)
4. 어릴 때 역할 모델을 정하고 독서법을 모방하라. (루스벨트가)
5. 한 분야의 전문가가 되려면 다른 사람보다 다섯 배 더 읽어라. (버핏가)
6. 어린 시절에 듣는 이야기들도 독서만큼 중요하다. (카네기가)
7. 추천 도서 리스트에 너무 연연하지 마라. (헤세가)
8. 사람마다 취향이 다른 법, 끌리는 책을 먼저 읽어라. (박지원가)
9. 고전을 중심으로 읽고 반드시 토론하라. (밀가)
10. 아이의 재능에 따라 맞춤형 독서로 이끌 어라. (이율곡가)

오늘도 보람되고 즐거운 하루가 되길 바라며 …

★ 헤롯이 영광을 하나님께로 돌리지 아니하므로 주의 사자가 곧치니 벌레에게 먹혀 죽으니라. (사도행전 12장 23절)

※ 1951년 10월 11일 474일 차 : 미 제1기병사단 연천 북방에서 완강한 공산군 저항 분쇄, 국회 국방 문교 두 위원회에서 적령학도(1만 198명) 병력보류 조치 작성, 사회부 공보처 '군경유가족 위문의 밤'을 남한 각지에서 순회 개최하기로 결정, 필리핀 외무부 미 필리핀 상호방위조약 대일강화조약에 관한 백서 발표.

보낸 날짜 : 2010년 09월 03일 금요일 오전 09시 51분 00초
받는 사람 : 사랑하는 두 아들(247회)

영국의 500년 명문가 처칠가(1)

꼴찌를 총리로 만든 저력 있는 독서교육

"책은 가끔 문명을 승리로 전진시키는 수단이 된다."

"이 책들을 다 읽을 수는 없다. 최소한 만지기라도 해라."

매일 5시간씩 책을 읽었던 윈스턴 처칠의 책에 대한 예찬은 짐짓 미소마저 짓게 한다.

"쓰다듬고, 쳐다보기라도 해라, 아무 페이지나 펼쳐서, 아무거나 눈에 띄는 구절부터 읽기 시작하는 거다."

처칠은 수상록 〈폭풍의 한가운데〉에서 다음과 같은 말을 남겼다.

"책과 친구가 되지 못하더라도 서로 알고 지내는 것이 좋다. 책이 당신 삶의 내부로 침투해 들어오지 못한다 하더라도 서로 알고 지낸다는 표시의 눈인사마저 거부하면서 살지는 마라." 이 얼마나 감동적인 위안인가!

처칠은 책을 읽지 않는 사람들의 속마음을 꿰뚫고 어루만지면서 책을 가까이하도록 조언하고 있다.

처칠은 "책은 많이 읽는 게 중요한 것이 아니라 독서한 내용 중 얼마나 자기 것으로 소화해서 마음의 양식으로 삼느냐가 중요하다"라고 강조한다.

윈스턴 처칠은 〈나의 청춘기〉에서 아홉 살 때 아버지가 준 〈보물섬〉을 읽은 기억을 이렇게 회상한다.

아버지가 준책이 그의 인생에 보물섬이 된 셈이다.

덕분에 형성된 독서습관은 사관학교를 다닐 때나 인도에서 장교로 복무할 때에도 지속되었다.

처칠은 초중고 시절에는 라틴어와 수학 등 싫어하는 과목 탓에 공부에 흥미를 잃어 꼴찌를 맴 돌 았지만 사관학교에 진학해서는 흥미를 느끼는 과목을 공부했기에 완전히 달라질 수 있었던 것이다.

이렇게 어린 시절부터 몸에 밴 독서습관은 평생 동안 지속되었다.

어린 시절부터 하루에 5시간씩 책을 읽던 습관이 둔재를 영국 최고의 정치가로 만든 원동력이었다.

처칠의 아버지는 아들에게 책을 보낼 때마다 편지를 함께 보냈다. 훗날 처칠은 회고록에서 아버지의 편지에 대해 이렇게 적고 있다.

"아버지가 손수 정성 들여 써 보내준 편지의 어느 것을 지금 읽어보아도 아버지가 나를 얼마나 생각하고 걱정해 주었는가를 알 수 있다.

그러나 당시엔 미처 생각지도 못했을 뿐 아니라 그리 고마워하지도 않았던 것 같다.

때문에 더욱 섭섭한 것은 우리가 서로를 더 잘 알게 될 때까지 아버지가 살아 있지 못했다는 점이다.

자녀들은 아버지의 죽음이라는 일생의 중대한 사건을 겪으면 자기 삶을 되돌아보고 어떻게 살아야 할지를 생각하게 되는데 처칠도 그랬다.

정치계에 입문한 처칠은 〈로마제국 쇠망사〉를 수없이 반복해서 읽으면서 역사의 도전을 직시했다고 한다.

그가 제2차 세계대전 중에 명장의 리더십을 발휘하며 영국과 세계를 구할 수 있었던 힘은 어린 시절에 아버지에게 선물 받은 〈보물섬〉과 〈로마제국 쇠망사〉를 비롯해 즐겨 읽은 역사책들에서 비롯한 것이었다.

오늘도 멋진 하루 되길 바라며…

★ 누구든지 주의 이름을 부르는 자는 구원을 받으리라 하였느니라
(사도행전 2장 21절)

보낸 날짜 : 2010년 09월 06일 월요일 오전 10시 46분 00초
받는 사람 : 사랑하는 두 아들(248회)

영국의 500년 명문가(2)

취미는 두 개 정도 있어야 교양인이다.

그는 서른한 살에 차관이 된 후 서른네 살부터 상공부 장관을 시작으로 내무부, 해군부, 군수부, 육군부, 식민부, 재무부 등 7개 부처의 장관을 거쳐 총리를 두 번이나 지냈다.

늘 꼴찌여서 아버지의 걱정거리였던 그가 비로소 아버지를 뛰어넘은 것이다. 처칠 같은 성공신화의 주인공은 스트레스 또한 엄청나다. 이때 정신적인 긴장을 풀어 줄 수 있는 취미가 있어야 한다.

처칠은 "즐길 수 있는 취미가 2개 정도는 있어야 교양인이 될 수 있다."라고 조언한다. 그는 화가로도 명성이 높은데 틈틈이 취미로 그린 그림이 500점에 이른다. 그림 그리기를 좋아한 이유는 그 시간만큼은 침묵할 수 있기 때문이었다고 한다. 정치인으로서 늘 연설을 하고 상대를 설득해야 하는 그에게 그림을 그리는 때만큼은 자신을 되돌아보고 반성할 수 있는 시간이었다. 그림 그리기와 더불어 또 다른 취미는 바로 다방면의 독서였다. 처칠은 역사서나 문학서뿐만 아니라 시도 즐겨 읽었다. 흔히 결정적으로 부족한 상태를 지칭해 "2% 부족하다."라고 말한다. 승패를 가르는 치열한 생존경쟁에서 "2% 부족하다."는 말만큼 치명적이고 듣고 싶지 않은 표현도 없을 것이다. 영국을 대표하는 정치가이자 제2차 세계대전의 와중에서 탁월한 리더십을 발휘한 윈스턴 처칠 역시 지독한 책벌레였다. 달리 말하자면 성공한 사람들을 성공할 수 있게 부족한 부분을 채워 준 "2% 포인트"는 독서라고 할 수 있다.

오늘도 무엇이든 읽을 수 있는 하루가 되길 바라며 …

보낸 날짜　:　2010년 09월 07일 화요일 오전 11시 11분 00초
받는 사람　:　사랑하는 두 아들(249회)

처칠가의 독서비법 7가지

(정치가나 리더를 꿈꾸는 자녀에게 적합한 독서법)

1. 제1의 필독서를 만들어라.

"로마의 쇠퇴는 제국의 거대함에서 비롯된 자연스럽고 도 불가피한 일이었다.

번영이 쇠퇴의 원리를 무르익게 한 것이다.

정복 지역이 확대되면서 파멸의 원인도 증가했다.

"이 책 <로마제국 쇠망사>는 문학작품이나 다름없을 정도로 유려 한 문장과 인물의 성격 묘사 등이 뛰어나다.

처칠은 에드워드 기번의 <로마제국 쇠망사>를 제1의 필독서로 삼고, 평생 가까이 두고 읽으면서 교훈과 지혜, 통치술과 처세 술을 배울 수 있었다.

2. 역사서를 기본으로 읽고 문학, 철학, 과학, 경제로 범위를 넓혀라. 역사서에는 과거에 있었던 수많은 사례들이 생생하게 담겨 있다. 정치가는 과거의 사례를 많이 접함으로써 임기응변에 능해질 수 있다.

처칠은 특히 역사서와 세계 지도자들의 전기를 많이 읽었다.

역사에 이어서는 철학, 경제 등으로 독서분야를 넓혀 갔다.

정치가나 리더를 꿈꾼다면 역사서를 즐겨 읽고 역사적 상상력을 키워야 한다.

3. 책을 읽으면서 좋은 문장을 외우고 글쓰기에 모방하라.

독서를 하다가 마음에 드는 인용문을 발견하면 메모하고 암송 해두면 글을 쓸 때 요긴하게 활용할 수 있다. 독서를 통해 지혜가 쌓이면 자신만의 어록을 만들어 낼 수도 있다.

" 전쟁에서는 단 한번 죽으면 되지만 정치에서는 여러 번 죽어야 하는 것이 다를 뿐이다."

이는 처칠이 만들어 낸 유명한 격언이다.

4. 외국어로 독서하는 취미를 가져라.

처칠은 독서의 색다른 즐거움을 맛보려면 외국어로 책 읽기를 권유한다.

"우리가 독서를 할 때 평상시 쓰는 언어가 아닌 다른 언어로된 책을 읽는 다면 그만큼 더 신신한 자극과 변화를 느끼게 된다는 것은 너무나 자연스러운 귀결이다. " 외국어로 책을 읽는다면 신선한 자극을 받음은 물론 영어 등 외국어 공부는 절로 될 것이다.

오늘도 멋진 하루 되길 바라며…

★ 그가 우리를 흑암의 권세에서 건져 내사 그의 사랑의 아들의 나라로 옮기셨으니 그 아들 안에서 우리가 속량 곧 죄 사함을 얻었도다. (골로새서 1장 13,14절)

※ 1951년 10월 14일 477일 차 : 미 세이버 제트기 36대와 MIG 30대 신안주 상공에서 공중전, 제4회 연락장교회담 개최, 주한유엔민사처 상공국 정부 기획처 외자청 공상 체신 교통 등 각 관계부처 책임자 연석회의 개최, 1953년 부흥사업계획서 제출 요청, 제일동포권익옹호 국민대회 성황리 거행 영+서주권 부여 등 5개 항목 결의안 통과, 중국공산당 중앙위원회 베이징 방문한 정전 대표 덩화에게 중공군 전략 방침 전달, 유엔군 싣고 부산으로 향하던 일본선(곤고마루 金剛丸) 태풍으로 사세보 항에서 좌초.

※ 1951년 10월 17일 480일 차 : 금성으로 향한 유엔군 진격 5일 동안 약 40개 고지 탈환, 미 제1기병사단 연천 북서방의 공산군 방어 진지 공격, 국무회의 대통령 직선 양원제 개헌안 의결, 공비 약 500명 옥천 습격 사상자 141명 중경상 17명 납치 68명 중요 관공서 손실 7동.

보낸 날짜 : 2010년 09월 08일 수요일 오전 10시 09분 00초
받는 사람 : 사랑하는 두 아들(250회)

처칠가의 독서비법 7가지

5. 아버지의 독서 리스트를 자녀와 공유하라.

처칠은 아버지가 〈로마제국 쇠망사〉를 애독한다는 말을 들었다. 그는 아버지가 몇 페이지에 어떤 문장이 있는지조차 암기하고 있었으며 연설을 하거나 글을 쓸 때 이 책을 참고한다는 것을 알았다. 아버지처럼 훌륭한 정치가가 되고 싶었던 처칠은 군복무 중 에도 하루 다섯 시간씩 〈로마제국 쇠망사〉를 탐독 했다.

6. 아버지가 직접 고른 책을 선물하라.

"내가 아홉 살 무렵에 아버지는 〈보물섬〉을 선물로 주셨다.

이 무렵 내게 기쁜 일이라면 오직 책 읽는 일이었다.

"처칠은 〈나의 청춘기〉에서 어린 시절 〈보물섬〉을 읽은 기억을 이렇게 회상한다. 아버지가 선물한 바로 그 책 한 권이 꼴찌 처칠이 책을 읽게 만든 계기가 되었다. 아버지의 책 선물이 인생에 보물섬이 되어 준 셈이다.

7. 비록 꼴찌를 하더라도 "독신(독서의 신)"이 되어라.

소설 〈호밀밭의 파수꾼〉의 주인공 홀든 콜필드는 낙제해 퇴학을 당했지만 영어 공부만큼은 잘했고 또한 책벌레였다.

마찬가지로 처칠은 고등학교 때 까지 줄곧 꼴찌였지만 홀든 처럼 독서만은 게을리하지 않았다.

"독신(독서의 신)" 혹은 책벌레가 되면 언젠가 극적인 역전도 가능하다. 사회에 나와서 성공신화의 주인공이 될 수도 있는 것 그것이 바로 독서의 힘이다.

오늘도 즐겁고 보람된 하루 되길 바라며 …

보낸 날짜 : 2010년 09월 09일 목요일 오전 09시 28분 00초
받는 사람 : 사랑하는 두 아들(251회)

자녀 교육의 영원한 우상 케네디 가(I)
(책만으로는 안된다. 신문으로 세상 보는 안목을 넓혀라.)

1. 아이들에게 책을 읽어주고 편지를 주고받은 재벌 아버지,

    "내가 아버지라는 존재의 중요성을 처음으로 깨닫게 된 건 어렸을 때 아침마다 아버지의 침대 속으로 기어들어가 아버지가 읽어주시는 동화 〈도널드 덕(Donold Duck)〉을 듣기 시작 하면서 부터였다. 아버지는 아이와 친구처럼 지내면서도 결코 위엄과 권위는 잃으면 안 된다. 아이는 권위가 없는 아버지를 존경하지 않기 때문이다.

2. 아이들의 독서 리스트를 만들어라.

    독서 리스트를 만드는 것은 독서 그 자체만큼 중요하다. 독서 리스트는 아이의 독서 이력이 기록으로 남아 성취감을 키워 줄 뿐만 아니라 정신의 자양분을 기록하는 것이기 때문이다.

3. 어린 시절부터 조기 토론 교육이 필요하나.

    케네디 가는 무엇보다도 식사시간을 잘 활용한 가문이기도 하다. 오늘날에도 가족 간의 대화를 위해서는 식사시간에 텔레비전 끄기가 필수이다. 아홉명의 자녀를 둔 로즈 여사는 우선 식사시간 지키기를 식탁 교육의 첫 번째 덕목으로 정했다. 아이들이 식사시간을 엄수 하지 않으면 밥을 주지 않았다. 이는 아이들에게 약속과 시간의 소중함을 알게 하기 위해서였다. 로즈 여사는 식사시간에 〈뉴욕타임스〉의 기사에 대해 토론하도록 이끌었다. 로즈 여사는 회고록 〈케네디 가의 영재 교육〉에서 "자녀들을 유능한 인물로 키우려면 그 훈련은 어려서부터 시작해야 한다." 고 조언한다. 적어도 네다섯 살부터 책 읽기와 토론훈련을 시작해야 한다고 주장하는데 이튼바 조기 토론 교육의 필요성을 강조한 말이다.

    오늘도 하나님 말씀 가운데 승리하는 하루 되길 바라며 …

◆ 마량산 전투(요약)

– 마량산 전투(Battle of Maryang-san)는 전선이 고착되어 지루한 참호전이 되기 직전 인 '51년 10월 3일~8일에 치러진 호주군의 마지막 기동 전투였다. 중공군의 전선은 연속적으로 연결되기보다는 주요 고지 위에 참호들로 포진되었다. 호주군 3대대를 지휘하는 프랭크 하세트 중령은 제2차 세계대전 당시 뉴기니 전역에서 일본군을 상대로 처음 개발된 전술을 사용했다. 일명 "능선 달리기"라 불린 이 전술은 산비탈을 올라가는 대신 고지의 이점을 살리며 예상치 못한 방향에서 능선을 따라 공격하는 방법이었다. 10월 3일 뉴질랜드 16 야전 포병연대 및 영국 국왕의 아일랜드 8 기병대의 센츄리온 탱크를 지원받은 28 여단의 공격으로 작전이 시작되었다. 먼저 3대대 B중대는 199고지를 확보했으며 하세트 중령은 이 고지를 이틀 후 마량산 능선을 따라 집중공격을 위한 기지로 사용할 계획이었다. 한편 C중대는 남쪽의 다음 고지인 고왕산을 공격하는 영국 국왕의 슈톱샤이어 경보병대의 공격을 지원하기 위해 진격하였다. 그러나 경보병대의 공격은 실패하였고 그 다음날 C중대가 북동쪽으로 공격하여 함락시켰다. 비로소 능선달리기 전술 시행을 위한 여건이 조성된 마량산에 대해 대대적인 공격이 개시되었다. 우선 호주군이 마량산 남쪽으로 집중 공격할 것이라고 중공군을 속이면서 A중대는 평행 능선을 따라 서쪽을 공격하여 진지를 확보하고 그 지역에 중공군의 예비대를 끌어들였다. 최 북방 능선을 타고 가해진 집중 공격은 일련의 중대 공격들로 이루어졌다. 먼저 B중대는 위스키 지형을 확보하고 D중대가 돌파 공격으로 중공군 진지 2개를 확보하는 동안 화력지원을 집중했다. 마지막으로 고왕산으로부터 우회로로 진격한 C중대는 능선 봉우리를 따라 B중대와 D중대를 초월해 마량산 정상을 신속하게 점령하였다. 그러나 아직도 경첩고지와 217고지가 중공군 수중에 남아있었다. 3대대가 고지 전체를 확보하기 위해 지원이 필요하다고 판단한 사단장은 왕립 노섬벌랜드 퓨질리어를 파견해 217고지를 공격했으나 실패했다. 10월 7일 마량산 전선을 수습한 용맹한 3대대는 계속 공격하여 경첩고지 마저 점령했다. 때마침 역습을 위해 중공군 571 연대 3대대가 도착했고 호주군 참전 이래 최악의 경험이었던 적의 포격과 방금 도착한 중공군대대의 연속공격이 이어졌으나 호주군은 결사적으로 막아냈고 영국군 대대가 마량산에 도착하면서 전투는 끝났다. 이 과정에서 양쪽 모두 큰 사상자가 발생했다.

자녀 교육의 영원한 우상 케네디가(Ⅱ)

1. **열성적인 엄마가 아이를 독서광으로 만든다.**

   어린 시절 부모가 독서교육을 잘하고 열정을 보이면 아이들은 독서광이 된다고 한다. 비록 어릴 때 책을 가까이하지 않더라도 나중에는 결국 책을 찾게 된다는 것이다. 9남매 중 케네디와 동생 로버트의 경우 어린 시절 독서습관이 전혀 딴판이었다. 어머니의 독서 리스트에 따라 열심히 책을 읽는 케네디와 달리 로버트는 독서에 별로 관심이 없었다. 어머니가 사다 준 책을 대충 훑어보고는 던져 버리기 일쑤였고 도서관에 가서 읽고 싶은 책을 골라오라고 하면 마지못해 몇 권 빌려왔지만 역시 차분히 읽는 법이 없었다. 하지만 독서교육에 열성을 보인 어머니의 영향인지 로버트는 나이가 들수록 독서에 열을 올리기 시작해서 법학, 정치학, 역사, 사회학 등 여러 분야의 책을 읽었다.

2. **타고난 독서광 케네디, 모험담을 즐겨 읽었다.**

   케네디는 유별나게 동물의 우화나 모험담을 좋아했다. 가장 좋아 했던 책은 프랜시스 트레고 몽고메리가 쓴 〈빌리 위스커의 모험〉과 선톤 버제스가 쓴 〈붉은 여우의 모험〉이라는 책이었다. 케네디가 하루는 〈빌리 위스커의 모험〉에서 염소 가족이 태평양을 횡단하는 도중에 들른 샌드위치 군도가 어디냐고 로즈 여사에게 물었다. 그녀는 솔직하게 모른다고 답하고선 사전을 찾았는데 그곳은 하와이 군도로 이름이 바뀌어 있었다. 모자는 이 책 한 권으로 인해 지리나 역사에 관해 새로운 지식을 알게 되었다.

3. **열다섯 살 때부터 〈뉴욕타임스〉를 정기구독하다.**

   케네디도 처칠처럼 중고등학교 시절에 부모의 속을 썩였다. 케네디는 돈도 펑펑 쓰고 정리정돈을 잘 안 해서 방이 늘 엉망이었다. 급기야 기숙사 사감이 케네디의 아버지에게 편지를 보낸다. "꼭 막판에서야 공부하고, 약속도 늦게 서야 지킵니다. 물질의 소중함을 잘 모르고 자기 물품을 제자리에 두는 법도 거의 없습니다. 그 당시 케네디의 아버지는 아들에게 이만저만 실망을 한 것이 아니었다. 늘 말썽만 일삼던 케네디는 경쟁상대로 생각했던 형 죠셉이 졸업하자마자 전혀 다른 학생으로 변신하기 시작했다. 지금 비록 자녀가 말썽을 피운다고 해서 섣불리 아이의 미래를 예단해서는 안 된다. 부모가 어떻게 하느냐에 따라 아이는 무엇이든 될 수 있는 가능성을 지닌 존재이기 때문이다. 다른 학생들이 하지 않던 신문 구독을 한 덕에 케네디는 시사에 정통한 학생이 되었다. 그것은 케네디만의 비밀병기였던 셈이다.

오늘도 많이 웃을 수 있는 날이 되었으면 한다 …

★ 내가 또 너희에게 이르노니 구하라 그러면 너희에게 주실 것이오 찾으라 그러면 찾아낼 것이요 문을 두드리라 그러면 너희에게 열릴 것이니.

(누가복음 11장 9절)

※ 1951년 10월 19일 482일 차 : 수도 사단 남강 완전 확보 및 고성 남쪽까지 진출, 제9회 연락장교회의 공산군 측이 문산 개성 주변의 중립지대 설치 안 수락, 국회 본회의「전시생활개선법안」가결, 김일성 소련과 외교 통상개시 3주년 기념으로 스탈린에게 소련의 북한군사 원조에 사의 메시지 표명, 트루먼 대통령 대독전쟁 상태 종결 결의안에 서명.

♣ 능선 달리기(Running the ridges) 전술 : 산비탈을 올라가는 대신 고지의 이점을 살리며 예상치 못한 방향에서 능선을 따라 공격하는 방법

보낸 날짜 : 2010년 09월 13일 월요일 오전 09시 34분 00초
받는 사람 : 사랑하는 두 아들(253회)

자녀 교육의 영원한 우상 케네디 가(Ⅲ)

1. 평생 신문을 읽고 스크랩하게 이끌라.

   신문을 읽는 것은 사람과 사회에 대한 관찰이다. 다시 말하면 신문을 통해서 사람과 사회 흐름 변화를 발견할 수 있다. 내일을 살아갈 어린이들이 신문을 읽어야 하는 까닭은 바로 여기에 있다. 일본 도호쿠 대학교의 가와시마류타 교수가 펴낸 <뇌를 단련하는 신문 읽는 법>에 따르면 신문 뉴스를 잘 활용 하는 학생은 수학이나 사회, 과학, 언어 글쓰기는 물론 품성에 서도 우위를 보이는 것으로 나타났다. 신문 스크랩을 할 때에는 다음 순서로 하는 것이 효과적이다. 먼저 자신의 관심이나 눈높이에 맞는 기사를 고르게 하고(자신만의 관점 키우기), 그 다음엔 큰소리로 기사를 읽고(발표력 키우기), 마지막으로는 줄거리와 자신의 생각을 담아 간략하게 느낀 점을 쓰게 하면(표현력 키우기)된다. 이렇게 하면 발표력과 글쓰기 훈련, 나아가 자신만의 관점을 가질 수 있다.

2. 여행을 통해 배우는 것도 독서만큼 중요하다.

   그랜드 투어란 미국이나 유럽 상류층 자제들이 공부를 마친 뒤에 견문을 넓히기 위해 떠나는 유람 여행으로 공식교육의 연장이었다. 미국에서 상류층 행세를 하려면 서유럽 주요 명소를 직접 여행하며 식견을 갖추는 것이 하나의 통과 의례처럼 간주 되었다. 케네디가 유럽을 몇 차례 여행하면서 국제 정세에 대한 견문을 넓힐 수 있었던 기반은 어린 시절부터 계속해 온 토론과 신문이었다. 뜻 깊었던 그랜드 투어는 하버드대학 시절 공부에 매진하는 계기가 되었다. 그는 학과 공부 중 토론에서 단연 발군의 실력을 과시하면서 교수에게 주목받았다.

3. 자신감과 용기를 심어준 열성적인 어머니.

로즈 여사는 스스로도 독서를 게을리하지 않았는데 좋은 문구가 나오면 메모했다가 자녀들에게 들려주었다. 그녀는 존 부켄의 〈순례자의 길〉을 즐겨 애송했는데 여기서 좌우명을 삼았다. "나는 세월의 흐름도 피곤함도/그리고 좌절도 모르노라." 또한 그녀는 코넬대학 소아과 교수인 루터 에메트홀트가 쓴 〈아기돌보기와 잘 먹이기〉라는 육아서를 읽고 자녀 교육에 참고했다. 이 책에는 날마다 목욕시키기, 규칙적인 야외활동, "귀한 자식은 매로 다스려라." 라는 식의 엄격한 훈육과 규율 그리고 애정 표현을 자제하라는 내용 등이 담겨 있었다. 로즈 여사는 책의 지침대로 자녀 교육에 임했다. 또 홀트의 권고대로 자녀들의 질병 관련 기록카드를 보관했으며 청결과 정리 정돈을 중요한 덕목으로 내 세웠다.

오늘의 고사성어(古事成語)
대기만성 (大器晩成) : 큰 그릇은 늦게 이루어진다. 큰 인물이 되기 위해서는 많은 노력과 시간이 필요하다는 것을 비유하는 말이다.

이번 주간도 승리하는 한 주간이 되길 바라면서 …

★ 그러나 더욱 큰 은혜를 주시나니 그러므로 일렀으되 하나님이 교만 한자를 물리치시고 겸손한 자에게 은혜를 주신다 하였느니라. (야고보서 4장 6절)

※ 1951년 10월 22일 485일 차 : 금성 북쪽 공산군의 집결지에 집중 포격, 유엔군 전차부대 금성에 재돌입, 내무차관 국회에서 현 경찰력으로 치안유지 곤란 공비 토벌 불가능 답변, 주한 영국군사령관 한국전쟁 교훈은 공산주의 침략에 대한 각성이라 언명, 허정 사회부장관 피란민 대책 각 도지사에게 시달, 유엔한국위원회 6차 보고서에 통일 독립의 수립과 계속 지원할 것 건의, 유엔한국통일부흥위원회 한국 상황에 대한 보고서 제출

보낸 날짜 : 2010년 09월 14일 화요일 오전 10시 02분 00초
받는 사람 : 사랑하는 두 아들(254회)

케네디 가의 독서비법 7가지

1. 책으로는 부족하다 신문을 읽고 토론하라.

   세계적인 석학과 전설적인 부자들이 입을 모아 "신문을 읽으라." 고 어린이와 청소년에게 당부한다. 사회의 변화와 흐름을 파악하는 힘은 바로 통찰력에서 나온다. 통찰력은 신문을 통해 현재를 분석하고 미래를 전망하는 능력을 키우는 것으로 시작할 수 있다.

2. 토론 교육은 어릴 때 독서교육과 함께 시작하라.

   읽은 책의 내용을 토론하는 훈련을 쌓음으로써 발표력 또한 개발될 수 있다. 그러자면 적어도 네다섯 살부터 책 읽기와 토론 훈련을 시작해야 한다고 로즈 여사는 주장한다. "세계의 운명은 좋든 싫든 간에 자기의 생각을 남에게 전할 수 있는 사람들에 의해 결정된다."는 것이 로즈여사의 지론이었다.

3. 토론을 할 때는 특히 경청을 중시하라.

   자기주장이 강한 아이는 대화를 독점하거나 다른 아이의 말을 가로막으려고 한다. 토론을 할 때는 다른 사람의 이야기를 듣는 자세, 즉 경청을 가르치는 것이 말을 잘하는 것만큼 중요하다. 토론은 무엇보다 서로를 존중하고 상대방의 의견에 관심을 갖는 데서 출발하기 때문이다.

4. 처음에는 토론이 서툴 더 라도 반복시켜 최고가 되게 하라.

   자녀들이 처음부터 토론을 잘할 수는 없다. 조즈 여사는 자녀들에게 "비록 서툴러도 열심히 반복하다 보면 나중에는 최고가 될 수 있다." 며 자신감을 심어 주었다. 케네디도 모든 정치인들이 겪는 것처럼 처음에는 연설이 시툴렀지만 어머니의 격려에 힘입어 연습을 반복한 결과 명연설가가 되었다.

5. 도전을 좋아하는 아이라면 모험담을 많이 읽게 하라.

   도전과 모험을 좋아하는 아이라면 정치가나 리더가 될 자질이 있다. 그런 자녀에게는 모험담을 통해 도전정신을 고양시켜 주는 것이 바람직하다. 〈대통령을 키운 어머니들〉의 저자 보니 엔젤로는 "어린 시절, 위인전 등을 좋아하는 독서 경향은 루스벨트부터 클린턴에 이르기까지 역대 대통령들의 어린 시절에 나타나는 공통된 현상"이라고 말한다.

6. 여행을 하면 반드시 여행기를 쓰게 하라. 해외여행을 하기 전에는 반드시 여행기를 읽혀라. 또 여행을 하는 동안 반드시 여행 기록을 남기게 하라. 어린 시절부터 토론을 익히고 〈뉴욕타임스〉를 읽은 케네디는 유럽을 몇 차례 여행하면서 국제 정세에 대한 견문을 넓힐 수 있었다. 이는 꿈을 키우며 공부에 매진하는 계기가 되었다.

7. 우리 집만의 독서 리스트를 만들어라. 로즈 여사는 어머니들의 모임에서 추천하는 도서와 도서관 추천 도서, 영감을 일으키는 교육적 가치가 있는 책들을 선택했다. 또 고전을 중시해서 독서 리스트에 〈아라비안나이트〉, 〈보물섬〉, 〈아서왕과 원탁의 기사들〉, 〈천로 역경〉, 〈피터팬〉 등 다양한 고전들을 포함 시키도록 조언한다. 특히 자녀가 〈아라비안나이트〉를 읽지 않고 어린 시절을 보내게 하는 것은 부모의 직무유기라고까지 말한다.

오늘도 즐겁고 보람된 하루 되길 바라며 …

★ 여호와의 말씀이 엘리아에게 임하여 이르시되 너는 여기서 떠나 동쪽으로 가서 요단 앞 그릿 시냇가에 숨고 그 시냇물 을 마시라 내가 까마귀들에게 명령하여 거기서 너를 먹이게 하리라. (열왕기상 17절 2~4절)

보낸 날짜 ： 2010년 09월 15일 수요일 오후 14시 11분 00초
받는 사람 ： 사랑하는 두 아들(255회)

인도의 정치 명문가 네루가

네루 가는 내리 3대에 걸쳐 인도의 총리를 배출했다. 영국으로부터 독립한 인도의 초대 총리가 자와할랄 네루이고 그 딸인 인디라 간디와 그녀의 아들인 라지브 간디 또한 총리를 지냈다.

네루 가문은 영국의 처칠 가문에 비견되는 인도의 대표적인 정치 명문가이다. 역사와 철학서는 기본으로 읽게 하고 아버지는 아들 네루에게 인도의 정신이 깃든 고전적인 책들을 읽게 했다.

자녀를 국제적인 인물로 키우고 싶다면 무엇보다 한국적인 정서와 한국인으로서의 자부심을 갖추도록 도와야 할 것이다. 더불어 <성경>처럼 교양인으로서의 필독서인 종교 경전도 읽어야 한다. 자식에게 평생에 걸쳐 독서습관을 심어주도록 하여야 할 것이다. 아들에게 보낸 편지들에는 승마와 엽총 사냥을 해보라는 것부터 축구 경기 중 부상당하지 않게 조심하라는 것까지 온갖 충고로 가득했다. 또 편지를 통해 인도의 정치 발전에 관한 의견과 통찰력을 전해주면서 논쟁을 유도하기로 했다. 신문은 세상을 보는 창문 역할을 한다. 어릴 때부터 신문 스크랩을 한 아이는 청소년기와 대학생, 나아가 사회인이 되어서도 최고의 무기를 가진 셈이다. 네루는 기온이 44도까지 오르고 열풍이 불어오는 감옥에서 편지 쓰기를 멈추지 않았다. 47번째 보낸 편지에는 그 자신도 역사의 복잡한 미로 속에서 길을 잃기도 했지만 편지 덕분에 옥중생활의 고단함을 잊어버릴 수 있었다고 썼다. 무엇보다 딸에 대한 무한한 사랑이 없었다면 결코 200통이나 되는 편지를 쓸 수 없었다는 점에서 대단한 아버지임에 틀림없다. 네루처럼 서신 교육을 한 아버지로는 다산 정약용이 있다. 그는 18년 6개월간의 유배 생활 동안 두 자녀에게 100여 통의 편지를 보냈다.

"소매가 길어야 춤을 잘 추고 돈이 많아야 장사를 잘하듯 머릿속에 책이 5천 권 이상 들어 있어야 세상을 제대로 뚫어보고 지혜롭게 판단할 수 있다." 이렇듯 다산 역시 "오직 독서만이 살 길이다."라며 자녀들의 책 읽기를 독려했다. 자녀에게 책을 많이 읽는 것도 중요하지만 메모하는 습관을 일러줌 직하다.

메모 습관이야말로 책의 내용을 온전히 이해하고 유용하게 쓸 수 있게 해 주기 때문이다.

오늘의 고사성어(古事成語)
곡학아세 (曲學阿世) : 배운 것을 구부려 세상에 아부하다. 학문을 올바르게 펴지 못하고 그것을 왜곡해 가며 세상에 아부하여 출세하려는 태도나 행동을 가리키는 말이다

오늘도 무엇을 읽든지 글을 읽을 수 있는 하루가 되길 바라며 …

★ 그러나 더욱 큰 은혜를 주시나니 그러므로 일렀으되 하나님이 교만한 자를 물리 치시고 겸손한 자에게 은혜를 주신다 하였느니라.(야고보서 4장 6절)

※ 1951년 10월 24일 487일차 : 유엔군 금성 서남에서 457m 진출. 유엔군 전차부대 금성 남서쪽에 진출. 이승만 대통령 유엔의 날 경축식에서 유엔사업의 주요 의의 강조 조속한 성취를 전 세계자유민에게 호소.

※ 1951년 10월 26일 489일차 : 금성 동남방의 유엔군 914m 전진 보병부대가 공산군의 토치카 격파, 휴전회담 제8차 합동분과위원회 - 공산군 측 신 군사경계선 안 제시 - 지능도(문산 북쪽 16Km) 부근의 현 전선 기축으로 160Km에 연하는 현전선 최대 24Km 후퇴할 것을 전제로 유엔군 측에 옹진반도 철수 제의, 국회「기부금 모집 금지 법안」통과, 제2국민병 보충소집 실시, 트루먼 대통령 소련 등 기타 국가에 군장비 및 전략물자 수출을 하는 국가에 대한 미국의 군사경제원조 정지 법률에 서명.

네루 가의 독서비법 7가지

1. 편지나 E-Mail로 서신 교육을 하라.

   변호사로 성공한 네루의 아버지는 아들에게 평생 지속될 독서열을 심어 주었다. 네루의 독서열은 감옥에서 어린 딸에게 200통 가까운 편지를 보내며 인도와 세계의 역사에 대한 홈스쿨링을 가능하게 했다. 부모가 자녀가 조기 유학 등으로 떨어져 있거나 함께 살더라도 좀 더 원활히 대화하고 지식을 전수하기를 바란다면 서신 교육만큼 좋은 방법은 없다. 나아가 주고받은 편지를 집안의 가보로 물려준다면 이보다 더 위대한 유산이 있을까!

2. 신문 스크랩을 통해 현실 문제에 관심을 갖게 하라.

   네루의 아버지는 아들에게 편지뿐 아니라 신문에서 스크랩한 기사도 함께 보내 주었다. 네루는 그 기사들을 통해 조국에 대한 애국심을 고취하는 한편, 인도의 정치와 비참한 현실을 접했다. 아버지의 스크랩은 그가 변호사를 거쳐 정치가로 변신 하는데 결정적인 영향을 주었다.

3. 위대한 인물들에 대한 이야기를 들려주어라.

   네루가 딸에게 보낸 편지에는 수많은 인물과 책이 등장한다. 그는 고대 그리스 시대의 호머와 춘추전국시대의 공자 심지어 마르크스와 레닌의 사상과 이론을 설명하는 편지를 보내기도 했다. 이처럼 딸에게 편지로 역사와 문학, 철학 등 다방면에 걸쳐 이야기를 들려준다. 부모의 편지는 아이의 지적인 호기심을 자극하는 방법이 될 수 있다.

4. 〈성경〉등 종교 경전을 읽게 하라.

   네루의 아버지는 아들에게 인도의 정신이 깃든 고전들을 읽게 했다.〈바가바드기타〉는 힌두교의 경전으로 인도 사람들이 평상시에 늘 암송할 정도로 친숙한 책이다. 자녀가 어리다고 쉬운 책만 읽혀서는 안 된다. 기독교 신자가 아니더라도 〈성경〉은 반드시 읽게 하는 것이 바람직하다.

보낸 날짜 : 2010년 09월 17일 금요일 오전 10시 55분 00초
받는 사람 : 사랑하는 두 아들(257회)

5. 책을 읽고 반드시 내용을 메모하게 하라.

네루가 옥중에서 아무런 자료도 없이 인도와 세계사에 대한 편지를 쓸 수 있었던 것은 수많은 메모 노트 덕분이었다. 독서를 하면서 메모를 하는 생산적 독서의 중요성을 다시 한번 확인할 수 있다.

6. 이웃을 위한 성공의 중요성에 대해 자주 이야기하라.

네루는 딸에게 지식 교육뿐만 아니라 인성교육도 했다. 누구나 성공을 바라는데 그렇다면 도대체 무엇을 목표로 삼아야 할지가 중요하다면서 오직 자신에게만 관심을 가질 것 인가 아니면 사회와 국가와 인류의 행복에 관심을 가질 것인가에 대해 피력했다.

즉 꿈을 키우되 이웃과 사회를 위한 큰 꿈을 키울 수 있도록 조언해 주어야 한다.

오늘도 즐겁고 보람된 하루 되길 바라면서 …

★ 해의 영광이 다르고 달의 영광이 다르며 별의 영광도 다른데 별과별의 영광이 다르도다.(고린도전서 15장 41절)

◆ 울프 하운드 작전(Wolfhound Operation)

– 울프 하운드 작전이란 이전까지 벌어졌던 지역 확보 우선의 작전개념에서 탈피하여 상대 병력에 대한 살상(殺傷)에 중점을 두어 적군을 눈에 띄는 대로 섬멸(纖滅) 하겠다는 개념으로 보병(步兵)과 전차(戰車), 포병(砲兵)을 일컫는 보전 포(步戰砲)의 강력하고 치밀한 화력(火力)에 상대를 압도하였으며 또한 미 공군의 강력한 화력으로 중공군을 지속적으로 폭격을 감행하므로 중공군은 유엔군의 화력에 밀려 뼈아픈 타격을 입게 되었다. 이 결과 중공군의 인해전술은 37도선에서 중지되었다.

보낸 날짜 : 2010년 09월 20일 월요일 오후 12시 24분 00초
받는 사람 : 사랑하는 두 아들(258회)

이번 추석에 둘째 아들을 만나지 못해 무척 섭섭하구나. 그러나 학생들 시험 때문에 그렇다면 어쩔 수 없지 보고 싶지만 참는 수밖에 둘째가 가르치고 있는 학생들 모두 합격할 것이라 믿는다. 성심성의껏 열심히 동생처럼 가족처럼 생각하고 가르킨다면 안 될 것도 없지 어떻게 가르치면 학생들이 목표하는 것이 이루어질 것 인가 항상 생각하고, 학생들의 수준, 성격 등을 잘 파악하여 개인별로 맞춤식 교육이 중요할 것이다. 삶은 곧 경험이다. 여러 학생들을 대하며 여러 가지 경험을 얻게 될 것이다. 그것들을 잘 정리하고 숙성 시켜서 자기 것으로 만들어야 앞으로 둘째가 하고자 하는 일이 잘 이루어질 것이라 믿는다. 하루하루 대충대충 살아간다고 생각하지 말아라. 둘째 아들 몸도 좋지 않은데 아빠 잔소리가 길어지면 스트레스 받을 것 같아 이만 줄인다. 둘째야 목(갑상선) 아픈 것 너무 걱정하지 말고 식사 잘 하고 약빠트리지 말고 꼭 챙겨 먹어라 엄마 아빠가 열심히 기도하고 있으니 곧 좋아질 것이다. 이번 추석은 혼자서 있게 되어 좀 쓸쓸하겠구나 먹고 싶은 것 있으면 마트 가서 미리 사두었다가 제때 챙겨 먹고 혼자서 편안하게 추석 멋지게 보내기 바란다.

◆ 선더볼트 작전(Thunderbolt Operation)
– 선더볼트 작전이란 번개 혹은 벼락이라는 뜻인데 번개나 벼락처럼 순간적으로 끝내 버리는 작전을 뜻한다. 1951년 중국 인민지원군 및 조선인민군의 대공세에 맞서 울프 하운드 작전 이후에 매슈 리지웨이 장군이 실행한 유엔군의 반격 작전이다. 그 당시 미국 대통령 트루먼은 중공군의 반격작전에 의해 대한민국을 포기하라 지시했지만 울프 하운드 작전에서 성공을 거둔 리지웨이 장군은 미 참 모총장 콜린스를 설득해 중공군을 공격하기를 내통령이 허가해 주었으면 좋겠나 고 말했고 그 내화중 이런 명언이 나오기도 했다. "펑더하이가 사람으로 바다를 만든다면 나는 불로 바다를 만들 것이다"라고 했다. 이는 인해전술에 대항해 화해전술(火海戰術)로 싸우겠다는 의미이다.

보낸 날짜 : 2010년 09월 24일 금요일 오전 11시 13분 00초
받는 사람 : 사랑하는 두 아들(259회)

벌써 추석 연휴가 다 끝나고, 일상생활로 돌아오게 되었구나, 큰아들 둘째 아들과 함께 보냈으면 더욱 즐거운 한가위가 되었을 텐데 많이 섭섭하구나, 다음 명절에는 함께 지낼 수 있길 바란다.

이번 명절은 자동차 연수를 확실히 하게 되었네. 삼락공원에서 하단까지, 당감동에서 엄궁 까지, 엄궁에서 사상 롯데시네마 까지, 비오는 날, 야간주행까지 모두 하였으니 서울에서도 둘째 아들이 좀 더 연수를 시켜 혼자서 운전할 수 있도록 하여라 이제 작은아들은 어디든지 혼자서 운전을 잘하고 다닌다면서 고속도로도 혼자서 잘한다고 하니 지금부터 더욱 조심하여야 할 것이다. 둘째야 형님이 너를 무척 생각을 많이 하고 있더구나 겉으로 나타내지는 않지만 마음 깊은 곳에는 아빠보다 더 깊이 생각하고 있는 것을 이번에 알게 되었다. 마음이 좀 안 맞드라도 형님과 잘 지내고 동생으로 형님 대접을 잘하도록 하고. 형님이 요사이 동생이 잘하고 있다고 칭찬을 많이 하드구나.

그리고 지금 어려움이 있더라도 지금부터 미래를 대비할 수 있는 것이 어떤 것이 있는가 생각하여 보아라.

형님 오늘 오후에 올라가니 함께 생활하며 서로 이해하고 양보하며 하루하루를 즐겁게 살아가도록 노력하였으면 한다. 그리고 아빠의 그동안 했던 나눔과 취미 생활을 첨부해서 보낸다.

◆ 나눔의 생활

사랑하는 두 아들에게 보낸 편지에 첨부 했던 내용을 함께 나누어 보고자 한다.
(左) 두레 장학 선교 헌금 감사폐
(右) 두레 장학헌금 감사 편지

 2006년 7월 1일 부터 시작한 후원이 어느덧
15년이 되어 감사 편지가 왔다.
(左) 굿네이버스 감사 편지
(右) 굿네이버스 감사장

◆ 취미 생활

 (左) 근로자 문화 예술제 미술 분야 응모 작품

동호회 활동 작품(左,右)

오늘의 고사성어(古事成語)
불혹 (不惑) : 미혹됨이 없다. 나이 마흔을 말한다.

오늘도 몸과 마음을 스스로 단련시키는 하루가 되길 바라며 …

★ 예수께서 이르시되 할 수 있거든 이 무슨 말이냐 믿는 자에게는 능히 하지 못할 일이 없느니라 하시니.(마가복음 9장 23절)

미국의 정치 명문가 루스벨트 가 (Ⅰ)

루스벨트 가문은 미국을 대표하는 정치 명문가이다. 26대 대통령인 시어도어 루스벨트에 이어 32대 대통령인 프랭클린 루스벨트를 배출했다. 누구에게나 어린 시절에 접하는 "인생의 첫 책"은 일생동안 큰 영향을 미친다. 프랭클린 루스벨트는 일생동안 독서를 즐겼다. 프랭클린에게 가장 중요한 일과는 독서였다. 어머니는 아들이 책을 폭넓게 읽도록 북돋아 주었다.

프랭클린이 가장 좋아한 선물은 다름 아닌 책이었다. 프랭클린 루스벨트는 해양 전문가답게 바다와 관련한 유명한 경구를 남겼다.

"배 없이 해전에서 승리할 수 없는 것 이상으로 책 없이 사상전에서 이길 수는 없다." 프랭클린은 책을 읽을 때면 늘 〈웹스터 사전〉을 곁에 두고 모르는 단어가 나오면 찾아보기를 좋아했다.

독서를 할 때 가장 좋은 습관은 모르는 단어가 나오면 사전에서 찾아보는 것이다. 시어도어 루스벨트는 자서전에서 "도덕적 내용이 들어있는 책을 통해 우리는 인생이라는 전쟁터에서 유용하게 쓰일 탄약을 얻게 된다." 라고 적고 있다.

시어도어는 역사와 문학에서부터 과학과 철학에 이르기까지 여러 학문 분야를 두루 섭렵했다. 프랭클린 주스벨트 대통령의 성공신화를 이야기할 때 빼놓을 수 없는 사람이 그의 부인 엘리너 루스벨트이다. 엘리너는 서른아홉 살 때 돌연 소아마비에 걸려 하반신 마비가 된 프랭클린이 4선 대통령이 될 수 있도록 결정적인 내조를 다한다. 프랭클린을 지지하던 사람들은 이제 그의 정치적인 생명은 끝났다고 믿었지만 부인 엘리너만은 달랐다.

프랭클린을 위로하고 용기를 북돋워 주었을 뿐만 아니라 남편을 대신해 연설도 마다하지 않으며 후원했다.

덕분에 프랭클린은 대통령에 당선될 수 있었고 또 무려 네 번이나 연임할 수 있었다.

남편을 대신해 연설까지 했던 엘리너의 언변과 당당함의 배경에도 독서가 있었다. 엘리너 또한 독서로 자신을 일으켜 세웠으며 늘 책을 읽고 토론하는 집안 분위기를 만들려고 애썼다.

첨언 : 요사이 기온차가 심하니 감기 조심하고 이불도 두꺼운 것으로 바꾸고 영양섭취를 골고루 잘하도록 하여라.

오늘의 고사성어(古事成語)

요산요수 (樂山樂水) : 산을 좋아하고 물을 좋아하다. 지혜로운 사람은 물을 좋아하고 어진 사람은 산을 좋아한다. 공자(孔子)가 말했다.

오늘도 보람되고 승리하는 하루 되길 바라며 …

★ 너는 여기 내 곁에 서 있으라 내가 모든 명령과 규례와 법도를 네게 이르리니 너는 그것을 그들에게 가르쳐서 내가 그들에게 기업으로 주는 땅에서 그들에게 이것을 행하게 하라 하셨나니 그런즉 너희 하나님 여호와께서 너희에게 명령하신 대로 너희는 삼가 행하여 좌로나 우로나 치우치지 말고 너희 하나님 여호와께서 너희에게 명령하신 모든 도를 행하라 그리하면 너희가 살 것이요 복이 너희에게 있을 것이며 너희가 차지 한 땅에서 너희의 날이 길리라.(신명기5장 31.32.33절)

※ 1951년 11월 01일 495일 차 : 휴전회담 제14차 합동분과위원회 - 비무장지대 설정 문제에 관하여 김화 이동 동해안에 이르는 지역에서 '단장의 능선' 지구를 제외하고는 대체로 의견 일치, 금성 서남방 유엔군 전초 진지에 대한공산군의 공격 격퇴, 사회부 전몰군경 유가족과 출정 군경가족 지원책 수립, 제주도 경찰국 4 3 사건 주모자 조몽구 체포 발표, 홍콩주둔 영국 쏘빙내 3개 대대 한국향발, 미 원자력위원회 라스베이거스 부근의 연습장에서 제4차 원폭 실험 실시.

미국의 정치 명문가 루스벨트 가(Ⅱ)

고대 그리스의 철학자인 소크라테스는 다른 사람이 말할 때에는 조용히 경청하고 말이 끝나면 의문점을 질문하면서 토론을 이끌어 나갔다고 한다. 이것이 진정한 토론의 기술이다.

엘리너는 〈세상을 끌어 안 아라〉는 자전적 에세이에서 "배움을 멈추는 순간 삶도 멈춘다." 라고 말한다. 그리고 배움의 열정으로 이끄는 것은 다름 아닌 호기심과 모험심이라고 강조한다.

엘리너가 불행을 딛고 퍼스트레이디에 오른 것은 바로 이런 배움의 열정이 있었기에 가능했다. 그녀는 "무엇보다 엄마가 아이들의 책 읽기를 지도하려면 먼저 책을 읽고 내용을 이해하고 있어야 한다."라고 강조한다. 어머니가 책을 읽은 상태라야 아이와 토론하고 의견을 나눌 수 있다. 또 그 책의 수준을 알아야 책 읽기를 조언해 줄 수 있기 때문이다. 특히 세르반테스의 〈돈키호테〉를 추천한다. 그 책에는 "죽는 날까지 열심히 살아야 한다."는 말이 나오는데 이 구절은 앨리너의 좌우명이 되어 주었다.

책을 읽을 때 자신만의 생각과 관점을 갖기 위해 노력해야만 진정한 독서를 했다고 할 수 있다. 엘리너는 "책을 읽다가 문득문득 새로운 생각들이 떠오르면 그렇게 흥분될 수가 없었다."라고 말한다. 이처럼 책을 읽을 때에는 무엇보다 내용을 바탕으로 연상하고 상상력을 발동하며 읽는 것이 중요하다. 책의 내용을 그대로 암기하고 받아들이는 데서 나아가 자신만의 생각과 의견 관점을 덧붙여야 비로소 생각의 살이 차오르는 것이다.

이번 한 주간도 하나님의 축복이 넘치는 한 주간이 되길 바라며 …

보낸 날짜 : 2010년 10월 05일 화요일 오전 10시 46분 00초
받는 사람 : 사랑하는 두 아들(262회)

루스벨트 가의 독서 비법 7가지(Ⅰ)

1. 어린 시절 생애 최초의 책을 주목하라.

   프랭클린은 소년 시절에 특히 해양과 항해에 관련된 책들을 즐겨 읽었는데 모두 외할아버지의 서재에서였다. 더불어 항해 일지와 보고서들도 열심히 읽었다. 해양 전문가라고 할 정도로 바다에 해박했던 것은 외할아버지의 서재에서 읽은 책들의 영향이었다. 또한 어머니는 외가 사람들의 항해 생활과 아시아 여행 체험을 자주 들려주곤 했다. 어린 시절 처음 읽는 책이 평생 영향을 미친다.

2. 집안에 반드시 서재니 작은 도서관을 만들어라.

   아이가 최초로 책을 접하는 곳은 아버지나 할아버지의 서재이다. 프랭클린 루스벨트가 나고 자란 저택에는 장서가 상당히 많았다. 소년 프랭클린은 늘 서재에 파묻혀 책을 읽었다. 그가 당시 자신의 생각들을 여백에 써 놓은 책은 루스벨트 박물관에서 볼 수 있다.

3. 사전을 찾으면서 독서를 하게 이끌어라.

   독서를 할 때 가장 좋은 습관은 옆에 항상 사전을 두고 모르는 단어를 찾아보는 것이다. 더욱이 우리나라 말은 한자어가 많아 한자를 익히거나 사전에서 그 뜻을 확인하지 않으면 무슨 의미 인지 알 수가 없다. 풍부한 어휘력이 이해력을 돕는다.

4. 외국어로 시를 자주 암송하게 하라.

   시를 좋아한 엘리너 루스벨트는 옷을 입거나 벗을 때면 큰 소리로 시를 외우곤 했다. 어렸을 때 프랑스어를 가르치던 교사가 틈만 나면 학생들에게 프랑스어로 신약성서 구절을 암송하게 했는데 그것을 계기로 생활 속에서 시를 암송하는 버릇이 생겼다. 외국어 공부에서 암송만큼 중요한 것이 없다. 특히 영어 구문을 통째로 외우는 것보다 더 좋은 방법은 없다.

오늘의 고사성어(古事成語)
유능제강(柔能制剛) : 부드러움이 강함을 제압함을 의미한다.

오늘도 멋진 하루 되길 바라며 …

★ 이르되 여호와여 구하오니 내가 주 앞에서 진실과 전심으로 행하며 주의 목전
에서 선하게 행한 것을 기억하옵소서 하고 히스기야가 심히 통곡하니.

(이사야 38장 3절)

◆ 라운드 업 작전(Round Up Operation)

– 라운드업 작전은 국군 제5사단과 제8사단이 공격부대가 되어 1951년 2월 5일에
작전개시 되었다. 서부전선에서 썬더볼트 작전이 진행되는 동안에 중동부전선의 미
제10군단은 라운드업 작전을 계획하였다. 이 작전은 서부전선의 썬더볼트 작전과 보
조를 맞추어 한강 남안에서 홍천으로 연결되는 선을 확보하여 서울 탈환의 여건을
조성하는 데 목적이 있었다. 작전과정에서 국군이 선봉을 미군이 후속 부대의 임무
를 담당하도록 한 것은 서부전선의 작전과는 정반대되는 병력 운용 방법이었다. 이
무렵 중공군은 새로운 공세준비에 박차를 가하고 있었다. 조중연합사령관 펑더화이
는 서부전선의 위기를 돌파하고자 중동부전선에 대한 집중 공격을 계획하였다. 중공
군의 첫 번째 공격목표는 기동력과 화력이 열세한 국군 제8사단이 배치된 횡성지역
이었다. 예비대 없이 예하의 3개 연대를 모두 전선에 투입해 진격하라는 미 제10 군
단장의 명령에 따라 횡성 북방 삼마치 고개로 진출한 국군 제8사단은 중공군의 기습
공격을 받고 사력을 다했으나 수적인 열세를 극복하지 못한 채 중공군의 공격 3시간
후에 지휘통신의 두절과 함께 후방으로 진출한 중공군에 의해 고립되었다. 제8사단
장병들은 포위망을 탈출하기 위해 소규모 부대로 분산되거나 혹은 개별적으로 철수
하게 되었다. 미군지원부대들도 전방사단의 붕괴 사실을 제대로 전달받지 못함으로
써 이들마저 후방으로 진출한 중공군에 의해 고립되었다. 철수과정에서 반드시 거
쳐야 하는 횡성교를 대대장의 전사와 적중 고립의 위기상황에도 불구하고 네덜란드
대대가 횡성교를 확보해 줌으로써 분산되었던 부대들의 철수가 그나마 가능하였다.
전투결과 전사하거나 실종된 인원은 장교 323명과 사병 7,142명으로 추산되었다.

보낸 날짜 : 2010년 10월 06일 수요일 오전 10시 08분 00초
받는 사람 : 사랑하는 두 아들(263회)

루스벨트 가의 독서 비법 7가지(Ⅱ)

1. 역할 모델을 정하고 그의 독서 리스트까지 모방하라.

   "나는 말안장주머니나 탄약 배낭에 항상 몇 권의 책을 넣어 가지고 다녔다. 한낮에 나무 아래에서 쉬는 동안 혹은 내가 죽인 짐승의 시체 옆에서 때론 캠프가 설치되는 동안에도 책을 읽었다." 프랭클린은 자신의 역할 모델인 시어도어 루스벨트의 장점을 끊임없이 모방하고 따라 했다. 그의 독서 리스트대로 책을 읽는 것은 물론이다.

2. 무엇을 읽느냐 보다 읽은 내용을 소화하게 하라.

   독서는 우리 내부에 잠들어 있는 심상과 느낌을 일깨울 수 있어야 한다. 따라서 엘리너는 책을 읽는데 중요한 것은 무엇을 읽느냐가 아니라 읽는 내용을 소화하는 능력이라고 강조한다. 아울러 독서를 한 뒤에는 다른 사람과 의견을 나누면서 생각을 비교해 보는 것도 필요하다. 자신만의 독단에 빠질 수 있기 때문이다.

3. 의견을 자유롭게 말하고 토론하는 분위기로 이끌어라.

   엘리너는 "읽은 책이나 정치적인 이슈에 대해 가족들끼리 토론을 자주 할 수 있는 분위기로 이끌어라."라고 주문한다. 정치적 견해는 저마다 다를 수 있으므로 자유롭게 이야기할 수 있는 분위기가 중요하다. 토론할 때에는 지나치게 흥분하지 않도록 한다. 토론의 분위기가 과열된다 싶으면 어머니가 농담을 하거나 화제를 바꾸는 역할을 할 수 있다.

오늘도 멋진 하루 되길 바리며 …

보낸 날짜 : 2010년 10월 07일 목요일 오전 10시 03분 00초
받는 사람 : 사랑하는 두 아들(264회)

"노블레스 오블리주"의 대명사 버핏 가(Ⅰ)

세계 최고의 부자 워런 버핏 가의 가훈은 "거래를 할 때는 언제나 시간을 철저하게 지키려고 노력하라, 시간을 지키지 않는 사람들과 거래하기가 어렵다. 신용을 잃지 마라, 신용은 돈보다 더 소중하다, 사업을 할 때는 적당하게 이익을 얻는데 만족하라, 부자가 되겠다고 너무 급하게 서두르지 마라."

이는 버핏 가에 200년 동안 내려오는 가훈의 철칙이다.

버핏 역시 철저한 경제관념의 소유자이다. 그는 자녀들에게도 돈을 그저 주는 법이 없이 빌려주며 이자를 꼬박꼬박 받는다.

"친족에게 결코 돈을 빌려주지 않는다."는 워런 버핏의 철학은 버핏가문에 6대에 걸쳐 내려온 위대한 유산인 셈이다.

버핏의 어린 시절 별명은 책벌레였다. 열 살 때는 오마하 공공도서관을 찾아 투자 관련 책을 모조리 읽었으며, 어떤 책은 두 번 이상 읽었다. 열한 살에 직접 주식투자를 하면서 경제신문을 읽었고 경제용어를 알기 위해 책을 뒤졌다. 이런 버릇은 대학 때까지 이어졌다. 학과 공부보다는 책을 읽으며 스스로 의문을 풀었는데 워낙 방대한 독서량 덕분에 시험공부 걱정은 거의 하지 않았다.

지금도 버핏은 늘 책과 신문을 가까이한다.

특히 경제신문인 〈월스트리트저널〉, 〈파이낸셜타임스〉 종합지〈워싱턴타임스〉, 〈뉴욕타임스〉등은 매일 꼼꼼하게 챙겨 본다.

그의 비서는 "버핏 회장은 신문과 책, 보고서를 읽을 때 정독을 합니다, 자그마한 숫자도 정확하게 기억해요.

왜 사람들이 책벌레라고 부르는지 알 수 있답니다."라고 말한다.

흔히들 부자는 사치스럽다고 생각하는데 진정한 부자는 사치스럽지 않다.

자녀를 부자로 키우고 싶다면 버핏의 아버지처럼 경제 감각과 더불어 검소함을 가르쳐야 한다. 한 가지 여기에 더해져야 할 것은 돈을 버는 것만큼 중요한 것이 돈을 관리하는 법이라는 것을 주지시키는 것이다. 버핏은 열세 살 때 아버지가 하원의원에 당선되는 바람에 워싱턴으로 이사를 갔다.

워싱턴에서는 학교생활에 적응하지 못하고 방황을 거듭하다 신문배달을 하기 시작했다. 우리나라에선 국회의원 아들이 신문 배달을 한다면 상상할 수도 없는 일이다.

버핏은 열네 살 때 신문 배달로 매월 175달러를 벌었는데 이는 당시 회사의 신입 사원이 받는 월급과 비슷했다.

여기서 교훈으로 삼아야 할 것이 바로 자녀의 경제적 자립심이다.

오늘의 고사성어(古事成語)
권토중래 (捲土重來) : 땅을 말아 다시 오다. 한 번 패했다가 세력을 회복하여 다시 쳐들어오다. 실패후에 재기하는 것을 비유하는 말이다.

오늘도 즐겁고 보람된 하루 되길 …

★ 그러므로 감독은 책망할 것이 없으며 한 아내의 남편이 되며 절제하며 신중하며 단정하며 나그네를 대접하며 가르치기를 잘하며 술을 즐기지 아니하며 구타하지 아니하며 오직 관용하며 다투지 아니하며 돈을 사랑하지 아니하며.(디모데전서 3장 2.3절)

※ 1951년 11월 03일 497일 차 : 미 전함 뉴저지 호 원산 흥남 포격, 금성 동남방 유엔군 진지에 대한 공산군의 3회 공격 격퇴, 경찰 일본 밀항선 선장과 선원 체포, 서울시 입대 장정 장행회 개최, 유엔군 정전 교섭에 관한 코뮈니케 발표, 한국 유엔군 스캡 대표 한국 경제부흥 위한 비밀회담 개최, 공산유격대 열차 공격으로 사상자 24명 발생 (11월 5일).

보낸 날짜 : 2010년 10월 08일 금요일 오전 10시 37분 00초
받는 사람 : 사랑하는 두 아들(265회)

"노블레스 오블리주"의 대명사 버핏 가(Ⅱ)

자녀를 "철든 부자"로 만들려면 아버지가 이웃을 배려하고 베푸는 모습을 보여 주어야 한다. "배고픈 부자"에 이어 "철없는 부자"가 되면 결국 3대 만에 빈털터 리가 되고 말 것이다.

버핏은 신문 배달 수입을 모두 저축했으며 자판기 사업도 했다.

그는 1947년 우드로 윌슨 고등학교를 졸업할 때까지 혼자 힘으로 무려 6천 달러 를 벌었다. 1950년 대학을 졸업할 때에는 통장에 무려 1만 달러가 저축돼 있었다. 이를 종잣돈으로 삼아 1951년부터 주식투자를 시작했고, 50년이 지난 지금 1만 달러는 무려 500억 달러가 돼 그를 세계 최고 갑부 반열에 올려놓았다.

그는 지금도 다음과 같은 투자 원칙을 철저히 견지하고 있다.

"규칙 제1조, 돈을 잃지 마라, 규칙 제2조, 규칙 제1조를 잊지 마라." 여덟 살 무렵 에는 아버지의 서가에 꽂혀 있던 주식 관련서 들을 비롯해 돈 버는 방법과 창업 에 대한 책을 읽기 시작했다.

당시 가장 좋아한 책은 <1천 달러를 버는 1천 가지 방법>으로 몇 번이나 읽었다. 이 책은 다음과 같이 경고하고 있다.

"미국에서 수십만 명이 많은 돈을 벌고자 하지만 뜻을 이루지 못한다. 우선 시작 하지 않으면 절대로 성공할 수 없다.

돈을 벌려면 우선 시작해야 한다." 열여섯 살 즈음에는 이미 사업 관련 서적을 수 백 권이나 읽은 상태였다.

지금도 그의 독서 열은 "게걸스러운 수준"이라고 한다.

앉은자리에서 한 권을 읽는 일이 허다한데 하루에 다섯 권을 읽기도 한다. 더욱 이 버핏은 읽은 책이나 자료, 보고서, 파일로 세세하게 분류해 자료실에 보관해 두고 있다.

세계 최고 부자가 결코 하루아침에 이루어지지 않았음을 알 수 있다. 다른 사람보다 다섯 배 이상 집중적으로 읽어야 성공할 수 있다고 강조한다. 버핏은 다른 주식 투자자들과 비교해서 다섯 배를 더 읽었다고 장담한다. 그러나 버핏은 최고의 부자가 되었음에도 "책 읽는 속도가 느려 10년을 낭비했다."라고 말한 적이 있다. 빌 게이츠도 초능력을 갖게 된다면 무엇을 갖고 싶은가라는 질문에 "지금보다 훨씬 빨리 읽을 수 있는 능력"이라고 대답했다.

오늘의 고사성어(古事成語)
항룡유회 (亢龍有悔) : 하늘 끝까지 올라가서 내려올 줄 모르는 용은 후회하게 된다. 극히 존귀한 지위에 올라간 자는 교만함을 경계하지 않으면 실패하여 후회하게 된다.

오늘도 건강한 하루 되길 바라며 …

★ 이 모든 일이 된 것은 주께서 선지자로 하신 말씀을 이루려 하심이니 이르시되 보라 처녀가 잉태하여 아들을 낳을 것이요 그의 이름은 임마누엘이라 하리라 하셨으니 이를 번역한즉 하나님이 우리와 함께 계시다 함이라.(마태복음 1장 22,23절)

※ 1951년 11월 04일 498일 차 : 유엔군 자정까지 공산군의 공격 격퇴, 휴전회담 제17차 합동분과위원회– 공산군 측 유엔군 측의 개성 비무장지대안에 거부 의사표시, 한국 유엔군 스캡 대표 한국경제부흥 위한 비밀회담 개최.

※ 1951년 11월 06일 500일 차 : 유엔군 중공군 공격으로 연천 서북쪽 2개 고지에서 철수, 유엔군 간성 북서쪽에서 1.8~2.7Km 진출, 체신부 전신전화 요금 평균 22% 인상, 인천 인구 30만 명으로 급증, 서울시 동회연합회 개성 확보 요구 시민 총궐기대회 개최, 제6차 유엔총회 한국대표단 일행 항공으로 파리 향발, 한 일 예비회담 선박분과위원회 제4차 회의. 북한방송 북한 정권 부수상 박동조가 중대 임무 수행중 사망했다고 보도(11월7일).

보낸 날짜 : 2010년 10월 11일 월요일 오후 14시 03분 00초
받는 사람 : 사랑하는 두 아들(266회)

"노블레스 오블리주"의 대명사 버핏 가(Ⅲ)

버핏은 자신이 운영하는 회사의 주주들에게 1977년부터 매년 편지를 보내고 있는데 이때 책도 함께 추천해 준다. 최근에는 로버트 루빈의 <글로벌 경제의 위기와 미국>을 추천하기도 했다. 버핏이 여덟 살 때쯤 읽은 책 중에는 데일 카네기의 <인간관계론>이 있었다. 이 책은 버핏이 소년 시절부터 가장 애독한 책으로 자기 계발의 고전으로 통한다. 그에게 가장 큰 영향을 끼친 내용은 "남을 비판하지 마라"는 구절이다. "비판하지 말고, 욕하지 말고, 불평하지 마라, 사람들이 가지고 있는 소중한 자부심에 상처를 주며, 자존심을 해치고, 적개심을 불러일으키기 때문이다. 사람들은 비판받기를 바라지 않는다. 대신 자기가 이룩한 성과를 정직하고 진실하게 알아주길 바란다. 인간의 본성 가운데 가장 심오한 충동은 중요하게 인식되고 싶은 소망이다." 이 말처럼 버핏은 다른 사람을 비판하기보단 훌륭한 점을 찾는 데 노력을 기울였다. 성공한 사람들에게는 항상 "책＋알파"가 있다. 버핏에게 있어 알파는 벤저민 그레이엄이었다. 그레이엄의 저서<현명한 투자자>는 버핏의 인생을 바꾸어 놓았다. 그는 좋은 스승과 좋은 습관, 그리고 올바른 가치관과 원칙이 있다면 누구든 성공할 가능성이 높다고 강조한다. 특히 친구를 고를 때에도 성적이 좋거나 잘생긴 친구보다 좋은 습관과 올바른 가치관과 원칙을 지닌 친구를 고르면 성공 가능성이 더 높아진다고 조언한다. 그는 무엇보다 성공하기 위해서는 날마다 꾸준히 읽고 배우고 귀담아듣고 우선순위를 정하는 습관을 가져야 한다고 했다. 버핏은 지금도 하루의 3분의 1을 각종 교양서적과 투자 관련 자료, 신문과 잡지를 읽는 데 보낸다.

오늘의 고사성어(古事成語)
삼인성호(三人成虎) : 근거 없는 말이라도 여러 사람에게 듣게 되면 진실로 여겨짐을 뜻한다.

오늘도 많이 웃을 수 있는 하루가 되길 바라며 …

★ 미련한 자의 생각은 죄요 거만한 자는 사람에게 미움을 받느니라.
(잠언24장9절)

※ 1951년 11월 08일 502일 차 : 유엔군 연천 북서쪽 고지 재탈환, 유엔군 인제 북쪽의 공산군 외곽 진지 기습, 대한여자청년단 맥아더 리지웨이 밴 플리트 3인 동상 진정식(進呈式) 부산문화극장에서 거행, 주일대표부 교민과 재일교포 실태조사.

◆ 격멸 작전(Killer Operation)

– 미 제8군 사령관 리지웨이 대장은 중공군의 재편성의 기회를 주지 않기 위해 제천 영월 지역에 들어온 공산군 주력을 포위 섬멸하기 위해 즉각적인 반격작전을 계획하여 미 제9군단은 원주~횡성 방향으로 미 제10군단과 국군 제3군단은 제천-평창 방향으로 각각 공격을 시행하는 작전이었다. 1951년. 2.12일 10시에 미 제9군단은 횡성을 점령하기 위해 4개 사단이 공격을 시작했다. 미 제1해병사 단이 중앙에서 횡성을 향해 공격하고 나머지 3개 사단(미 제24사, 미 제1기병사, 국군 제6사)이 해병사단 좌우측에서 각각 공격을 개시하였다. 그러나 이상 고온 현상과 비로 인해 노면이 악화되고 하천에 유빙과 급류가 심하여 교량이 파괴되는 등 곳곳에 산사태가 발생하여 기동과 군수지원에 어려움이 많았다. 이 런 와중에도 24일 양평~홍천 도로 북쪽의 469고지를 점령하였다. 2월 24일 뜻하지 않은 헬기추락사고로 남한강 상에서 제9군단장 무어장군이 전사하는 불 상사가 벌어졌다. 이에 미 제1해병사단장이 군단장 임무를 대리하게 된다. 2월 26일 제18 연대가 횡성~안흥~평창을 연하는 선으로 진출 음달말에서 미 제1해 병 사단과 연결하고 우 전방 제23대는 안흥 지구를 점령하여 2월 28일 공격이 순조롭게 진행되고 국군 제3사단은 봉화산 좌측 479 고지와 봉화산 그리고 덕어산 일대 적과 공방전을 계속하는 가운데 3월 5일에 갑작스레 적이 철수하면 서 7일 원주~방림리 도로 북쪽의 감제고지를 점령 목표선인 에리조니 신(양 평~횡싱~평창)으로 신출하였지만 복표선 이남의 모든 적을 섬멸한다는 당초의 목표를 완전하게 달성하지는 못하였다.

보낸 날짜 ： 2010년 10월 12일 화요일 오후 12시 09분 00초
받는 사람 ： 사랑하는 두 아들(267회)

"노블레스 오블리주"의 대명사 버핏 가(Ⅳ)

역사상 수많은 부자와 권력자가 있었지만 도덕적 의무를 다하지 못할 때에는 가차 없이 역사의 뒤안길로 사라졌다.

존경받는 부자는 부모와 자녀 세대 간 "돈에 대한 원칙"의 공유에서 나오며 그것은 철저한 자녀교육을 통해서만 이루어진다. 이런 점에서 워런 버핏이야 말로 2대에 걸쳐 노블레스 오블리주, 즉 부자로서의 사회적 의무를 실천하고 있는 존경받는 부자이다.

돈 많은 부자가 2대에 걸쳐 자선사업을 하는 것은 그리 흔한 일이 아니지 않은가! 버핏은 "사회에서 얻은 부는 사회로 되돌려야 한다."는 신조를 갖고 있었고, "자녀들이 부모를 잘 만나 평생 호의호식 하는데 빠져드는 것을 원치 않는다."라고 말하며 실천에 옮겼다. 그는 자녀들을 모두 평범하게 키웠다.

한 번은 큰딸 수잔이 주차료가 모자라자 아버지에게 수표를 써 주고 20달러를 빌려야 했다. 장남 하워드는 오마하 지역을 관할하는 행정책임자 선거에 나섰을 때 아버지에게 선거자금 지원을 요청했다가 면박만 당했다. 현재 농장을 경영하는 하워드는 자력으로 선거자금을 모금해 당선되었다.

막내 피터는 뉴에이지 뮤지션으로 건반을 연주하는 작곡가로도 활동하고 있는데 영화 〈늑대와 춤을〉의 주제음악을 만들기도 했다.

최근 피터는 〈인생은 당신이 만드는 것 : 자신만의 성취 목표를 찾아라〉는 책을 출간해 화제를 모으고 있다. 버핏의 다음 말은 부모들이라면 새겨 볼 만한 내용이 아닐 수 없다.

"응석받이로 키우지 마라, 무엇이든지 하고픈 일을 할 수 있을 정도로 충분히 뒷받침해 주되, 아무것도 하지 않게 될 정도로 지나치게 주지는 마라."

버핏은 가장 중요한 덕목으로 "성실을 꼽는다." 그는 사람을 뽑을때 성실, 에너지, 지능의 세 가지 품성을 갖추고 있는지 살펴본다고 한다. 그는 자녀에게 "아버지의 돈"에는 신경 쓰지 말 것을 지나칠 정도로 강조한다.

아버지의 돈은 자녀의 미래를 망가뜨리는 무덤이 될 수 있기 때문이다. 부자 아버지의 돈은 특히 사람에게 요구되는 "성실"이라는 덕목을 빼앗아 버린다고 버핏은 강조한다.

오늘의 고사성어(古事成語)
문경지교 (문경, 刎頸之交) : 대신 목 베임을 당해 줄 수 있을 정도로 절친한 사귐. 생사를 함께할 수 있는 벗이나 사귐을 말한다.

오늘도 자신감이 충만한 하루가 되길 …

★ 그는 너희보다 먼저 그 길을 가시며 장막 칠 곳을 찾으시고 밤에는 불로 낮에는 구름으로 너희가 갈 길을 지시하신 자이시니라. (신명기 1장 33절)

※ 1951년 11월 12일 506일 차 : 유엔군 금성 남서쪽에서 2개 고지 탈환, 동부 분지 북서쪽에서 공산군 2개 탐색대 격퇴, 휴전회담 제25차 합동분과위원회 교착 상태, 국회 본회의「근로노동법안_재검토 등 논의, 이기붕 국방부장관 장정귀환 문제 등 당면문제에 관해 담화, 군사 수송 관계로 일시 중지하던 전라선 여수~순천 간 여객 취급 개시.

※ 1951년 11월 15일 509일 차 : 유엔군 철원 서쪽에서 중공군의 야간공격 격퇴, 양구 북쪽에서 유엔군 맹렬한 공격으로 일시 철수했다 재탈환, 금융통화위 후생 주택 건설 자금으로 12억 원 상수도 보급자금으로 14억 6,000만원 융자 가가 의견, 경부선 영동역에 무장공비 80여 명이 내습 역사에 방화.

보낸 날짜 : 2010년 10월 13일 수요일 오전 10시 45분 00초
받는 사람 : 사랑하는 두 아들(268회)

큰아들, 작은아들 아빠가 벌써 회갑이라니 실감이 나지 않는구나.
세월은 정말 지나고 나면 빠른 것을 문득문득 느끼게 한다.
그때마다 이제부터라도 보람되고 재미있고 멋지게 살아보겠다고 다짐을 하지만
세월만 흘러가는 것 같구나. 다들 아빠 회갑이라고 축하를 하는데 축하를 받아
도 되는지 모르겠구나? 이제 인생이 정말 초겨울로 접어드는 것을 실감 나게 하
는구나. 첫째와 둘째는 모든 일에 자신감을 갖고 왕성하게 활동하는 계절에 맞게
무엇이든 열심히 하도록 하여라. 큰아들 작은아들 덕택에 아빠 엄마 여행 갈 수
있어 고맙다. 잘 다녀오마.
10.13(수) 21:50에 출발해서 10.17(일) 06:00에 도착 예정이다.
무사히 잘 다녀오게 기도 부탁한다.

　　　　　　　　　이번 주도 주님 말씀 가운데 승리하는 한 주간되길 바라며 …

★ 그런즉 너희는 먼저 그의 나라와 그의 의를 구하라 그리하면 이 모든 것을 너
희에게 더하시리라 그러므로 내일 일은 내일 염려할 것이요 한날의 괴로움은 그
날로 족하니라.(마태복음 7장 33,34절)

※ 1951년 11월 18일 512일 차 : 유엔군 중부전선에서 1.8Km 전진하여 북한강 동쪽
3개고지 탈환, 영연방 제1사단 연천 서쪽 1 전략 고지 재탈환, 국방부차관 동래 상이
군인 정양원 시찰, 교통부 전남 진도 해상에서 조난한 제3해남호 사건 조사 결과 발
표 사망자 60명, 전라남도 경찰국 공산 게릴라 토벌 재개.

※ 1951년 11월 20일 514일 차 : 국군 금성 동남쪽에서 공산군 방어선 돌파하고 약
6.4Km 전진, 고성 남쪽에서 백병전, 국방부 학도훈련에 대비하여 예비역 장교 등록,
대한여자국민당(대표 임영신) 창당.

보낸 날짜 : 2010년 10월 19일 화요일 오전 11시 10분 00초
받는 사람 : 사랑하는 두 아들(269회)

큰아들, 작은아들 덕택에 아빠 엄마 여행 잘 다녀왔다. 아직도 중국은 우리보다 후진국으로 안전에 대한 모든 것들이 좀 미비한 것 같더구나 그러나 중국의 잠재력은 놀라울 정도로 많은 것을 가지고 있다. (넓은 땅, 많은 자원, 인구 등) 장가계란 곳은 산수화처럼 한 폭의 그림 같은 경치를 보는 관광 이었다. 얼마 지나면 안전 문제도 잘되었을 때 큰아들 작은아들도 한 번쯤 다녀올 기회가 있을 것이다. 큰아들 작은아들 기도 덕택에 무사히 잘 다녀오게 되어 고맙다. 항상 몸과 마음을 스스로 단련시켜 건강을 잘 유지하여야 하고 싶은 일 들을 할 수 있지 않겠는가? 건강을 최우선으로 생각하여 잘 단련 시켜라 몸도 마음도 가만히 내버려 두면 퇴화되어 쓰고자 할 때는 이미 늦어버리게 마련이다. 항상 훈련을 시켜 언제든지 하고자 할 때 실행에 옮길 수 있도록 준비가 되어있어야 할 것이다.

오늘도 건강한 하루 되길 바라며 …

★ 주라 그리하면 너희에게 줄 것이니 곧 후히 되어 누르고 흔들어 넘치도록 하여 너희에게 안겨 주리라 너희가 헤아리는 그 헤아림으로 너희도 헤아림을 도로 받을 것이니라.(누가복음 6장 38절)

※ 1951년 11월 22일 516일 차 : 금성 남동쪽 북한강 동쪽에서 공산군의 탐색공격 격퇴, 휴전회담 제33차 합동분과위원회 개최, 장면 부통령 한국 문제에 대해 애치슨 미 국무장관과 나눈 대화 내용을 이승만 대통령에게 전달, 육군본부 서남지구 토벌작전 관련 훈령 하달, 한국인 강제추방 반대 투쟁 후쿠오카 현 총장 후쿠오카 시경의 중지경고 무시, 한국인 강제추방 반대 전국대회 강행.

보낸 날짜 : 2010년 11월 02일 화요일 오전 10시 38분 00초
받는 사람 : 사랑하는 두 아들(270회)

큰아들, 둘째 아들 오래간만이네, 날씨가 갑자기 추워졌다가 따뜻했다가 변덕이 심한 날씨라 감기 걸리기 쉬우니 조심하여라.

아빠는 근 한 달간 감기가 잘 낫지 않는구나 이제 많이 나아졌다.

큰아들은 아빠 메일 제목은 보고 있는지? 몸이 이제 좋아지니 보내다 중단한 세계 명문가의 독서교육을 내일부터 다시 시작할까 한다. 하루 3분 정도 시간을 내어주었으면 한다. 요사이 식사는 제대로 하는지 작은아들 목은 아직도 약을 먹고 있는지 경과는 어떤지 궁금하구나. 큰아들 작은아들 몸들은 스스로 잘 챙기도록 하여라. 우리 인체는 내 스스로 어떻게 단련을 시키는가에 따라 많은 영향을 미치게 되므로 꾸준한 운동은 필수라고 생각 되는구나

오늘의 고사성어(古事成語)

명견만리(明見萬理) : 앞날의 일을 정확하게 내다보다.

오늘도 즐겁고 보람된 하루 되길 바라며 …

★ 사랑은 오래 참고 사랑은 온유하며 시기하지 아니하며 사랑은 자랑하지 아니하며 교만하지 아니하며 무례히 행하지 아니하며 자기의 유익을 구하지 아니하며 성내지 아니하며 악한 것을 생각하지 아니하며 불의를 기뻐하지 아니하며 진리와 함께 기뻐 하고 모든 것을 참으며 모든 것을 믿으며 모든 것을 바라며 모든 것을 견디느니라. (고린도전서 13장 4~7절)

※ 1951년 11월 24일 518일 차 : 정전선 획정에 유리한 지점 장악하고자 연천 서쪽에서 맹렬한 백병전 전개, 유엔군 금성 남서쪽 2개 전초진지를 상실했다 재탈환, 허정 국무총리서리 전쟁 피해 발표 - 재산 피해는 7조 6,500억원 일반건물 전소는 51만 4,900여동, 변영태 외무부장관 한 일 회담에 대한 담화, 한 일 선박 분과 위원회 제11차 회의.

보낸 날짜 : 2010년 11월 03일 수요일 오전 09시 36분 00초
받는 사람 : 사랑하는 두 아들(271회)

버핏 가의 독서 비법 7가지(Ⅰ)

1. 자녀가 읽기를 바라는 책을 잘 보이는 곳에 두어라. 버핏은 아동서 보다 아버지의 책을 더 재미있어 한 소년이 었다. 여덟 살 무렵부터 서가에 꽂혀 있던 주식 관련 책들을 비롯해 돈 버는 방법과 창업에 대한 책을 읽기 시작했다. "아버지의 사무실에서 벤저민 그레이엄의 〈증권분석〉이라는 책을 보게 되었습니다. 그 책을 읽으면서 마치 빛을 보는 것 같았습니다." 라고 그는 말했다.

2. 모든 책을 다 읽을 수 없으니 "선택과 집중"을 하라. 부자가 되려면 어린 시절부터 경제 관련 서를 집중적으로 읽어라 열 살 때 버핏은 투자 관련 서를 읽고 어떤 책은 두 번 이상 읽었다. 열한 살에 직접 주식투자를 하면서 경제 신문을 읽었고, 경제용어를 알기 위해 책을 뒤졌다. 이런 버릇은 대학 때까지 이어졌다.

3. 다른 사람보다 다섯 배 더 읽어라. 버핏은 자신의 독서량이 평균적인 독서량의 다섯 배에 이른다고 공개한 바 있다. 다른 사람들보다 훨씬 많이 읽고 자료를 분석한 것이다. 그는 열여섯 살 때까지 사업 관련 서적을 수백권이나 읽었다. "Read read read(읽고, 읽고, 또 읽어라)" 이것이 부자가 되는 비결이다.

오늘도 건강하고 부지런한 하루가 되길…

★ 육의 몸으로 심고 신령한 몸으로 다시 살아나니니 육의 몸이 있은즉 또 영의 몸도 있느니라.(고린도전서 15장 44절)

보낸 날짜 : 2010년 11월 04일 목요일 오전 09시 45분 00초
받는 사람 : 사랑하는 두 아들(272회)

버핏 가의 독서 비법 7가지(Ⅱ)

1. 등불이 되는 책은 평생 반복해서 읽어라. 열아홉 살 때 버핏은 인생을 바꾸게 한 결정적인 책을 만난다. 벤저민 그레이엄의 〈현명한 투자자〉라는 책이다. 이 책을 읽으며 다음의 투자 원칙을 견지하고 있다. "규칙 제1조, 돈을 잃지 마라. 규칙 제2조 규칙 제1조를 잊지 마라"

2. 신문과 잡지를 가까이하라. 버핏은 늘 책과 신문을 가까이한다. 특히 경제신문인 〈월스트 리트저널〉, 〈파이낸셜타임스〉 종합지 〈워싱턴타임스〉, 〈뉴욕타임스〉등 과〈이코노미스트〉 등 잡지들을 매일 챙겨 본다. 부자가 되려면 어린 시절부터 신문과 잡지 보는 습관을 가져야 한다.

3. 부자가 되고 싶다면 탁월한 숫자 감각을 익혀라. 버핏은 유치원 시절부터 취미와 관심사는 모두 숫자로 바뀌었다. 초등학교 1학년 때는 지나가는 차량의 번호판을 보고 암기 하기도 했다. 그는 계산 숫자에 관한 것이라면 무엇이든 좋아 했는데 〈세계 연감〉과 1983년 프로야구 시즌의 통계를 외우기도 했다. 그는 숫자에 밝지 않으면 부자가 될 자격이 없다고 강조한다.

4. 소설 등 교양서를 읽으면서 삶의 지혜를 섭취하라. 버핏은 지금도 하루 중 3분의 1을 각종 교양서적과 투자 관련 자료, 신문과 잡지를 읽는 데 보낸다. 그는 발자크의 소설 〈고리오 영감〉을 인용하며 작가에게 자서전을 써 주기를 부탁한다. 〈고리오 영감〉은 재산이 많지만 전 재산을 탕진하고 두 딸에게 까지 버림을 받고 싸구려 하숙집에서 죽는다는 내용이다.

버핏은 이 소설을 읽으면서 돈에 대해 많은 생각을 하지 않았을까?

오늘의 고사성어(古事成語)
명문대가(名門大家) : 이름이 나고 세력이 있는 큰 집

오늘도 멋진 하루 보내기를 바라며…

※ 1951년 11월 27일 521일 차 : 국군 제6사단 소속 보병부대 금성 남동쪽에서 중공
군과 교전 북한강 상류의 고지 재탈환, 잠정 군사분계선 협정으로 제2의 의제인 군
사경계선 문제가 타결 후 의제 3항 정전과 휴전 세부사항 협상 시작, 국제 상이군인
의 날 기념식(부산동아극장) 거행, 대학장 회의 학도징집 유예방안 결정.

◆ 리퍼 작전(Ripper Operation)
 – 이 작전은 이름 그대로 적의 방어선을 절단하는 것이 목표였다. 서울 동쪽인 남양
주 덕소리부터 가평 춘천 북쪽을 연결하는 선까지 북진해 전선 중심부를 두 토막 내
직에게 큰 피해를 주겠다는 의도의 작전이었다. 리지웨이 미 8군 사령 관은 작전의
주목표인 중부 내륙지방으로 적 병력이 집결하는 것을 막기 위해 북한 서해안과 동
해안에서 마치 상륙작전을 할 듯이 양동작전을 펼쳤다. 51년 3월 7일 마침내 리퍼 작
전이 시작됐다. 작전 초반의 고비는 미 25사단이 맡은 양평 양수리 도하작전이었다.
원래 이곳의 도하작전은 보병이 고속단정으로 도하해 교두보를 확보하는 방식으로
진행될 예정이었다. 미군 셔먼전차가 도하하기 에는 한강의 수심이 깊었기 때문이
다. 하지만 12인승 공격단정으로 한강을 건너간 중대급 병력의 미군 보병들이 적의
기관총 사격으로 오도 가도 못 하는 처지 에 빠지자 미군 전차부대가 자진해 지원
에 나섰다. 아직 부교가 설치되기 전이 었지만 미 89 전차대대 소속 셔먼 전차들은
손실을 각오하고 강 속으로 뛰어들어 파괴된 교량의 잔해를 이용해 기적적으로 도
강하는데 성공했다. 양수리 도하 작전이 성공하면서 수도권 동북쪽으로 치고 올라
가 서울을 압박하려는 유엔군의 작전은 순조롭게 출발선을 통과했다. 수도권 동북
쪽에 미군이 진출하자 서울의 적은 별다른 전투 없이 철수하는 조짐을 보이기 시작
했다. 한강 남쪽에 포진한 상태에서 마치 도하작전을 할 것처럼 양동작전을 펼치던
국군 1사단은 3월 14일 정찰대를 투입해 서울시내에 별다른 병력이 없음을 확인했
다. 다음날인 15일 국군 1사단은 정식으로 도하작전을 개시 서울 시내로 진입했다.

자선 사업가의 원조 카네기 가(I)

* 앤드류 카네기(1835~1919)

케네디 가와 같은 시기에 미국에 온 카네기 가는 지독한 가난을 이겨 내고 세계 최고의 부자 가문에 올랐다. 케네디 가문이 4대에 걸친 세대 간의 노력으로 대통령을 배출하고 최고 가문에 오른 반면, 카네기 가는 단숨에 세계 최고 부자 대열에 오른 것이다.

그리고 공공 도서관을 짓고 대학을 설립하는 데 많은 재산을 기부했다. 카네기의 성공의 원동력은 책을 빌려 보는데서 시작되었다. 학교에 갈 수 없었던 소년 카네기는 자신의 생각을 글로 써 신문에 투고하면서 글의 중요성을 알게 됐다.

그가 남긴"Anyone can do anything(다른 사람이 한 모든 것은 그 누구도 할 수 있다)" 라는 말을 명심하라. "부자인 채로 죽는 것은 부끄러운 일이다." 참으로 멋진 이 말은 '철강왕' 이라고 불리는 앤드류 카네기의 자서전<부(   )의 복음>에 나온다. 세익스피어와 로버트 번즈의 시를 좋아한 카네기는 친구로서 우정을 지속한 하버트 스펜스의 책에도 매료되었다.

특히 그는 "모든 것은 진화할수록 좋아진다." 는 적자생존을 강조한 스펜스의 진화론에 크게 감명을 받아 이렇게 말했다. "마치 홍수 속에서 한 줄기 빛을 만나듯 모든 것이 분명해졌다. 모든 것은 진화할수록 좋아진다." 이 말은 나의 신념이자 진정한 행복의 근원이 되었다. 가난하고 힘든 어린 시절 카네기에게 위안과 용기를 준 것은 책이었다. 그는 책 속에서 자신이 배우지 못한 지식과 삶의 지혜를 얻었는데 그것은 죽기 전까지 지속되었다. 특히 부자가 된 뒤에도 책을 읽으면서 자신만의 부자 철학을 가질 수 있었는데 적자생존의 원칙도 그중 하나였다.

오늘의 고사성어(古事成語)
적자생존(適者生存) : 환경에 가장 잘 적응하는 생물이나 집단이 살아남는다
는 의미(생존경쟁의 원리에 대한 개념을 간단히 함축한 말.)

오늘도 보람되고, 미래를 생각하는 하루 되길 …

★ 대저 의인은 일곱 번 넘어질지라도 다시 일어나려니와 악인은 재앙으로 말
미암아 엎드러지느니라.(잠언 24장 16절)

※ 1951년 12월 01일 525일 차 : 유엔군 금성 남쪽에서 공산군의 반격 시도 격퇴, 휴
전 회담 제32차 본회담 - 유엔군 측 휴전 기간 중 증원부대 투입하지 않을 것 등 4개
항 제시, 국회 유엔 목적에 반대되는 휴전을 반대하는 결의문 채택, 「학생군사 훈련
실시령」대통령령 제577호 공포, 계엄사령관 이종찬 육군소장 부산 대구를 제외한
남한 전체에 비상계엄령선포 치안국 전방지휘소를 남원에 설치 잔비 토벌 군경합
동작전 전개, 미 국무성 대변인 한국 후방에 게릴라 약 1만 8,000명이 준동하고 있
다고 언명.

◆ 러기드 작전(Rugged Operation)
 – 국군과 유엔군이 1951년 3월 리퍼 작전으로 확보한 지역은 방어에 부적합한 지역
이 적지 않았다. 미 제8군은 중공군이 언제 어떤 방법으로 다시 공격해 올지 그 의도
를 정확하게 파악하지는 못했지만 공산군이 공세를 재개할 것은 분명하다고 예측하
고 미 제8군은 이런 상황에 대비해 아군의 계속적인 진출과 방어에 유리한 지형 확보
를 위해 임진강 하구로부터 판문점을 거쳐 연천 북쪽을 통과한 후 화천을 지나 동해
안 간성을 연결하는 선까지 북진을 계획하였다. 이선이 바로 캔자스 선(Kansas Line)
이었고 이 선 이남 지역의 확보가 1951년 4월 1일부터 9일 사이에 단행된 러기드 작전
의 목표였다. 작전명 러기드 (Rugged) 러기드 작전이란 명칭에는 울퉁불퉁하게 복잡
한 전선을 정리하겠다는 의노가 남겨 있었나. 1951년 4월 3일 본격직으로 시작한 리
기드 작전은 9일 미 제1 9사단 국군 제1군단이 캔자스 선(임진강~전곡~화천저수지
~양구~양양)에 도달하면서 순조롭게 끝났다. 러기드 작전으로 아군은 38도선을 기
준으로 서 부전선은 약3~9Km 동부전선은 최대 16Km 까지 북상하였다.

자선 사업가의 원조 카네기 가(Ⅱ)

카네기는 부자들의 자신이 축적한 부를 사회에 되돌려 주어야 하는 도덕적 책무 즉 노블레스 오블리주 정신을 실천해야 한다고 주장한 최초의 인물이었다.

카네기는 사업에 대한 열정만큼이나 자선 활동에도 열성적이었다.

그는 윌리엄 워즈워스의 시를 암송하며 자선사업의 기쁨을 가슴에 새겼다. "착한 사람의 생애에서 가장 좋은 부분은/ 하찮은 이름도 기억할 수 있는 친절과/ 인자한 사람의 행위이노라.

카네기가 지은 공공도서관을 이용해 성공한 대표적인 인물이 바로 빌 게이츠이다. 그는 "받는 것보다는 주는 것이 행복하다."는 것은 곧 진리이다."라는 말을 남겼는데 과연 진정한 부자임을 절감케 한다. 그는 세계 여행을 통해 정신적 평안을 얻었다고 하는데 "혼돈으로 가득했던 곳에 새로운 질서가 생겨났다. 마음은 편안했고 마침내 '천국은 너희 안에 있다.' 는 성경의 말이 새롭게 다가왔다."라고 말한다. 그는 "할 수만 있다면 다소 무리를 해서라도 누구나 세계 일주를 해 보아야 한다."라고 조언한다. 여행 중에 무엇보다 값진 경험들을 할 수 있기 때문이다. 세계 여행은 카네기 같은 부자들에게나 해당된다고 생각하지 말기 바란다. 모든 것은 얼마나 열망하느냐에 달려 있다. 성경에서도 "네 보물이 있는 곳에 네 마음도 있다."라고 했다. 세계를 더 많이 보는 사람이 세상을 더 많이 이해할 수 있다. 전 재산을 사회에 되돌려 준 카네기의 삶은 진정한 부자의 길이 무엇인지를 생각하게 한다.

오늘도 많이 웃을 수 있는 날이 되길 …

보낸 날짜 : 2010년 11월 09일 화요일 오전 10시 10분 00초
받는 사람 : 사랑하는 두 아들(275회)

카네기 가의 독서 비법 7가지(Ⅰ)

1. 도서관을 자주 찾아 책과 친해져라.

   빌 게이츠는 어릴 적 별명이 책벌레였을 만큼 독서를 좋아했고 "오늘의 나를 있게 한 것은 동네의 작은 공공 도서관이었다고 술회한 적이 있다.

   워싱턴 호숫가에 있는 빌 게이츠의 저택에서 가장 두드러진 건물이 바로 그의 개인 도서관인데 무려 1만 5천 권의 장서가 보관되어 있다.

2. 아이에게 민담 등 이야기를 많이 들려주어라.

   이전에 책이 귀했던 시절에는 이야기를 들려주는 것에서 독서 교육이 시작되었다. 어머니나 삼촌 등이 들려주는 민담이나 역사 이야기를 듣고 자란 아이들이 독서광이 되는 것이다.

   이야기를 들으며 생겨난 호기심이야말로 독서로 이끄는 묘약이라고 할 수 있나. 그러므로 책을 읽는 것만이 독서가 아니다.

3. '신문 독자란' 등에 글을 투고하며 비판의식을 키워라.

   카네기는 무료 도서관에 대한 나의 의견이라는 제목으로 〈피츠버그 통신〉에 투고했다.

   투고한 글은 "어떤 일을 하든 소년 노동자라면 모두가 앤더스 대령의 도서관을 이용할 수 있어야 한다."는 요지였다.

   그러자 앤더스 대령은 즉시 도서관 이용자의 범위를 확대 하였다. 평소 느끼고 있는 문제점을 글로써 신문의 독자란에 투고 해보는 것도 사회에 대한 비판적 안목을 기르는데 좋은 경험이 될 수 있다.

4. 여행을 하면 그 나라의 종교에 대한 책을 반드시 읽어라.

   여행을할 때에는 그 나라에 대한 여행기를 반드시 읽고, 또 종교 경전도 읽으라고 카네기는 주문한다. 카네기는 중국을 여행할 때에는 〈공자〉를 읽고

인도에서는 불경과 힌두교 경전을 읽었다. "공자와 부처, 그리스도 등 모든 나라 사람에게는 저마다 위대한 스승이 있었다. 그러나 이들 위대한 스승들의 가르침은 윤리적으로 유사하다."

오늘도 즐겁고 보람된 하루 되길 …

★ 너희 중에 누구든지 지혜가 부족하거든 모든 사람에게 후히 주시고 꾸짖지 아니하시는 하나님께 구하라 그리하면 주시리라. (야고보서 1장 5절)

※ 1951년 12월 3일 527일 차 : 유엔군 동부전선에서 공산군의 탐색공격 격퇴, 국군 공군 지리산 공비소탕전 개시, 사회부 순국선열 유가족에게 생활비 지급, 김태선 치안국장 전라도 방면 시찰 후 공비귀순자 연일 속출 언명.

◆ 미 동원령 선포 예비군 투입

- 1950년 8월 28일 수많은 예비군과 함께 예비항공모함 프린스턴 함(Princeton, CV-37)을 재취역하여 한국전에 투입하였고, 이어 1951년에는 순양함 본 홈 리차드, 에시스, 앤티텀함 등이 재취역하였으며, 약 22개 해군 예비 전투기 편대가 제7함대 기동군(Striking Force)에 현역으로 편입되어 한국 상공에서 전투 임무를 수행하였다.

- 공군 주 방위군 소속의 F-51 전투기 145대를 소집하여 한국 전선에 보내고, 또한 제437 예비병력 수송항공단, 제452예비 항공 폭격단, 제403 예비병력 수송항공단을 현역으로 소집하고 1951년에는 주 방위군의 제116·제136 전투폭격 비행단을 현역으로 동원하여, 극동군 사령부로 보내어 1952년 7월까지 임무를 수행케 하였다. 전쟁 기간 중 공군 주 방위군 22개 비행단과 공군예비군 10개 비행단, 그리고 10만 명의 공군예비군이 현역으로 소집되었다.

- 또한 해병편성예비군 33,528명을 현역으로 소집하였고, 해병지원예비군 90,944명중 51,942명이 현역으로 복무하였다. 이들 예비역 중 장교 79%, 사병 77.5%가 제2차 세계대전에 참전한 용사들이었다.

카네기 가의 독서 비법 7가지(Ⅱ)

1. 좋은 문구를 보면 메모해 두고 이를 가슴에 새겨라. 카네기가 한 번은 어느 별장을 방문했는데 그곳 벽난로 위에는 다음과 같은 글귀가 있었다. "담론할 줄 모르는 자는 어리석은 자이고/담론 하려 하지 않는 자는 편협한 자이며/담론 할 용기가 없는 자는 노예이다." 담론, 즉 토론의 중요성을 일깨워 주는 이 글귀가 카네기의 마음을 흔들어 놓았다. 수십 년이 흐른 뒤에 카네기는 스코틀랜드의 대저택을 사들이면서 그곳에 이 글귀를 새겨 놓았다.

2. 토론과 발표하는 기회를 의도적으로 만들어라 우리나라 학생들에게 가장 부족한 것이 바로 토론하고 발표 하는 능력이다. 초등학교도 마치지 못한 카네기가 독서광이 되고 글쓰기에 자신감을 가질 수 있었던 주요 요인은 적극적인 모임 활동에 있었다. 그는 문학회에 들어갔으며 토론을 준비하기 위해 많은 책을 읽었고 이를 통해 보나 명확한 사고를 할 수 있었다고 한다.

3. 인생의 목표를 세우고 책을 읽어라. 카네기는 일찍이 공공도서관 설립 등 장기적인 삶의 목표를 작성 했다.

- 첫째, 대학 설립
- 둘째, 무료 도서관 설립
- 셋째, 인간의 고통을 경감시키는 데 필요한 병원이나 의과대학, 연구소 등을 한 개 이상씩 설립.

목표가 있어야 책도 열심히 읽고 또 열정적으로 살아갈 수 있다. 과학고, 특목고, 명문대학에 들어가는 것 말고 장차 무엇이 되고 싶은지 자녀에게 목표를 적어 보게 하자.

오늘의 고사성어(古事成語)
망년지교(忘年之交): 서로 나이를 따지지 않고 동등하게 사귀는 것을 말한다.

오늘은 나의 목표가 무엇이었는지를 생각해보는 하루가 되길 …

★ 너희 중에 고난 당하는 자가 있느냐 그는 기도할 것이요 즐거워하는 자가 있느냐 그는 찬송할지니라. (야고보서 5장 13절)

※ 1951년 12월 9일 533일 차 : 유엔군 보병부대 7일에 상실했던 3개소 전초 진지 재 탈환, 평강지구에서 공산군 2개 중대의 공격 격퇴, 미 하원 매크라스 등 의원 3명 한국전선 시찰, 장면 국무총리 "미국의 소리"방송에서 유엔총회 참가 활동 중간보고, 100만 학도 국회의장에게 휴전 결사반대 서한 전달, 4국 군축특별위원회 유엔 정치위원회에 대한 보고서 작성, 유엔정치위원회의 전 독일 선거문제 심의에 출석할 동독대표단 파리 도착.

※ 1951년 12월 12일 536일 차 : 유엔군 연천 서쪽에서 공산군 진지 공격, 유엔 공군 폭격기대 전선 일대 적진 및 보급로 폭격 계속, 제주도 경비사령부 공산 게릴라 토벌 성과 발표, 서울에서 휴전반대 국민 총궐기대회 개최.

◆ 스파르타대대
 – 6.25 전쟁에 유엔군사령부 소속으로 참전한 그리스 왕국의 그리스 한국 원정군 (Greek Expeditionary Force in Korea)을 말한다. 스파르타 대대는 그리스 내전에 참여하였던 인원들로 편성되어 경험이 풍부한 부대였으며 장교 50명과 사병 738명으로 이루어졌으며 보충대는 장교 3명과 사병 58명으로 구성되었다. 알부지스(Dionysios Arbouzis) 중령 지휘아래 미군 수송선으로 1950년 11월 16일 피레우스 항을 출항하여 23일 뒤인 12월 9일 부산항에 도착하였다. 이후 김해 공군기지 부근의 유엔군수용대에서 현지수용훈련을 수료하였다. 12월16일 미군 제1기병사단 7 기병 연대에 제4대대로 편성되어 1951년 1월초부터 전쟁에 투입되어 이천381고지 전투, 연천 313고지 전투 등에 참전하여 대한민국 안보 수호에 기여하였다.

보낸 날짜 : 2010년 11월 11일 목요일 오전 09시 37분 00초
받는 사람 : 사랑하는 두 아들(277회)

노벨문학상에 빛나는 문인가 헤세가(Ⅰ)

헤르만 헤세(1877~1962)

헤르만 헤세는 가풍이 얼마나 한 사람의 성장과 발전에 큰 영향을 미치는지를 교훈적으로 보여 준다. 헤세의 친가와 외가 모두 경건 주의적 기독교 신앙을 가지고 있었다. 동서양의 분위기가 공존하는 집안에서 어린 시절을 보낸 헤세는 자연스럽게 동양의 책들을 읽었다. 젊은 날 오랜 방황 끝에 주옥같은 작품을 남긴 대문호의 탄생은 바로 어린 시절 가문에서 풍겨지는 가풍에서 시작되었다고 할 수 있다. "사랑을 받는 것은 행복이 아니다. 사랑하는 것이야말로 행복이다." 실로 주옥같은 어록이 아닐 수 없다. 언어의 마술과 같은 이런 말을 남긴 사람이 독일 출신의 대문호 헤르만 헤세이다. 할아버지 칼 헤르만 헤세 박사는 축제일이면 운문으로 즉석연설을 할 정도로 시를 좋아했다. 그는 가진 것을 가난한 사람들에게 나누어 주는 "적선 잘하는 사람"으로 성평이 나 있었다. 한편 외할아버지인 헤르만 훈데르트 박사는 선교사이자 의사, 교사로 인도에서 23년을 살면서 인도 구석구석을 여행했다. 그러는 동안 7개의 인도 방언들을 익혀 〈말레이어 대사전〉을 편찬하기도 했다. 그는 또한 찬송가 218곡을 직접 작사 작곡했는데 음악적인 재능은 딸인 헤세의 어머니에게로 대물림되었다. 헤세의 문학열은 괴테의 시를 읊던 외할아버지와 평생 일기를 쓴 어머니로부터 물려받은 것이라고 할 수 있다. 그는 특히 시에 매료되어 열세 살 적부터 "시인이 아니면 아무것도 되고 싶지 않다."는 생각을 했다. 그의 마음을 흔든 것은 휠덜린의 〈봄〉과 〈운명〉 같은 시였다. 오! 인간들에게 이 무슨 기쁨인가/ 강변엔 고독과 평온과 즐거움이 기쁘게 가고/ 건강의 환희가 활짝 꽃피나니/우정 어린 웃음도 또한 먼 곳에 있지 않다. 헤세는 많은 부분을 물려준 아버지와 어머니에 대해 이렇게 쓰고 있다. "아버지는 항상 고독했고, 고통을 당하는 자였으며, 탐구자였으며, 지식이 풍부하고 선량했으

며 진실을 위해 헌신하는 사람이었다. 선량함과 슬기가 그를 떠난 적이 없었다.

오늘의 고사성어(古事成語)
망연자실(茫然自失) : 감당키 어려울 정도로 놀라운 일 또는 정신을 잃고 어리
둥절해 함을 말함.

오늘도 즐겁고 보람된 하루 되길 …

★ 너희는 여호와께서 너희를 위하여 행하신 그 큰일을 생각하여 오직 그를 경외
하며 너희의 마음을 다하여 진실히 섬기라.(사무엘상 12장 24절)

※ 1951년 12월 16일 540일 차 : 동부전선 북쪽의 유엔군지구에 대한 탐색공격 격
퇴, 유엔군 판문점 남쪽의 공산군 진지습격 교전 후 철수, 정부 공산군 포로 4만 명
이 한국에 충성 맹세했다고 발표, 덜레스 미 국무장관 고문 한국전선 시찰 마치고
도쿄로 귀환.
※ 1951년 12월 18일 542일 차 : 철원 북서쪽에서 대대병력의 공산군 격퇴, 니콜스
준장 포로가 된 남한출신 의용군 석방 방침 발표, 포로교환 분과위원회 - 공산군 대
표 포로명부 제출에 동의 오후 3시에 포로명부 교환, 이승만 대통령 딘 소장 생존
보도에 담화 발표, 당진에서 해상 선박 사고로 80여 명 익사.

◆ 한국군 포로 북한군으로 강제 편입
– 북한군 제시 포로명부에는 1만 1,559명만 기재(한국군 7,142명, 유엔군 4,417
명) 유엔군 측 제시 13만 2,474명으로 차이가 많이 남, 이는 북한군이 포로로 잡은
한국장병을 무리하게 북한군으로 편입시켰기 때문이다. 휴전협상 타결을 서둘렸
던 유엔군 측은 이 문제에 깊이 개입하지 않고 휴전 협상을 서둘렀다. 이에 백선엽
장군과 이형근 소장은 유엔군 회담 대표들에게 유엔군 병사만 인간이고 우리 한국
군 병사는 인간이 아니냐며 북한군에 강제로 편입된 한국군을 구하지 않느냐 고 강
력히 항의했다.

보낸 날짜 : 2010년 11월 12일 금요일 오전 09시 33분 00초
받는 사람 : 사랑하는 두 아들(278회)

노벨문학상에 빛나는 문인가 헤세 가(Ⅱ)

헤세는 "나를 키워 낸 것은 할아버지의 선한 지혜와 어머니의 무한한 상상력과 사랑의 힘, 그리고 아버지의 고통을 극복하는 힘과 양심이었다."라고 말한다. 한 사람의 삶은 그저 자기 혼자서 이루는 것이 결코 아님을 알 수 있다. 헤세의 방황은 열다섯 살부터 시작되었지만 그때에도 책만은 손에서 놓지 않았다.

마치 샐린저의 소설 〈호밀 밭의 파수꾼〉의 주인공 홀든 콜필드처럼 말이다. 그의 생활이 바깥 세계와 고립되고 방황이 지속될수록 더욱더 독서에 빠져 들었다. 헤세가 학교 교육 석응에 실패한 때, 그러니까 열다섯 살 때부터 집중적으로 모든 힘을 바쳐 의식적으로 자아 형성에 힘을 기울였다. 할아버지의 서재에는 책들이 가득 차 있었는데 이 많은 책들을 대할 수 있었던 것은 나에게는 행운이었으며 커다란 기쁨이었다. 헤세는 〈짧게 요약된 이력서〉에서 10대 시절의 책 읽기를 이렇게 회상한다.

흔히 독서광들은 읽어야 할 책들을 10대 때 이미 다 읽었다고 말하곤 한다. 헤세는 "소년 시절에 외할아버지의 넓은 서재에서 인도에 관해 쓰인 책들과 불교에 관한 서적을 보았으며 또 읽었다." 며 회고한다. 아이들이 철이 들면 스스로 공부하고 스스로 인생을 개척해 나갈 수 있는 존재가 되는 것이다.

"새는 알에서 깨어나려 한다. 알은 곧 세계다. 새로 탄생하기를 원한다면 한 세계를 파괴하지 않으면 안 된다."

〈데미안〉에 나오는 이 말에 헤세의 삶이 집약되어 있다. 그는 새로 탄생하기 위해 자기 자신을 부단히 파괴해야만 했던 것이다.

"인생은 짧고 저 세상에 갔을 때 책을 몇 권이나 읽고 왔느냐고 묻지도 않을 것이다.

그러나 무가치한 독서로 시간을 허비한다면 미련하고 안타까운 일 아니겠는가?

내가 여기서 말하고 싶은 것은 책의 수준이 아니라 독서의 질이다.

한 권 한 권 읽어나가면서 기쁨이나 위로 혹은 마음의 평안이나 힘을 얻지 못한다면 문학사를 줄줄이 꿴들 무슨 소용인가?

아무 생각 없이 산만한 정신으로 책을 읽는 건 눈을 감은 채 아름다운 풍경 속을 거니는 것과 다를 바 없다."

오늘의 고사성어(古事成語)

황당무계 (荒唐無稽) : 허황되고(荒唐) 근거가 없다(無稽). 언행이 터무니없고 믿을 수 없는 것을 비유 하는 말이다.

오늘도 하나님의 은혜가 가득한 날이 되길 …

★ 우리의 연수가 칠십이요 강건하면 팔십이라도 그 연수의 자랑은 수고와 슬픔뿐이요 신속히 가니 우리가 날아가나이다. (시편 90편 10절)

※ 1951년 12월 20일 544일 차 : 유엔군 북한강 상류에서 공산군의 공격으로 철수, 휴전감시 합동분과위원회 - 회담의 진척 위해 제 원칙의 작성을 작전참모장교회의에 위임, 이종찬 육군총참모장 거창사건 결심 공판 결과 담화, 겨울 공부용 "전시부독본(戰時副讀本)" 배부, 한 일 예비회담 선박분과위원회 제24차 회의 – 양측대표 각각 반환을 요구하는 선박목록 교환 1월 8일까지 휴회 결의.

※ 1951년 12월 24일 548일 차 : B29공중요새기대 태천비행장 및 신안주 공산군 교량 폭격, 공산군 측 대표 국제적십자대표의 공산군 측 포로수용소 방문 허가 요청제의 거부, 서울시 경찰국장 치안 문제에 대하여 기자회견, 미 공군대학 파견 장교 김창규 준장 외 9명 도미 유학, 자유당 창당(1951년 12월 23일), 베이징방송 공산군 측은 포로수용소 조사문제보다 포로의 안전보장을 더욱 중요시 한다고 강조, 프라하방송 체코는 북한공산군을 원조하기 위하여 병원 열차를 파견하기로 했다고 보도.

헤세 가의 독서 비법 7가지(Ⅰ)

1. **자녀의 독서 취향을 좌우하는 가풍을 잘 세워라.**

   칠십 살 때 헤세는 자신을 길러 주고 깊은 감명을 준 두 가지를 말한 적이 있다. 첫째는 집안에 깃든 기독교적이고 세계적인 정신이었고, 둘째는 중국인들의 지혜에 관한 독서였다고 한다. 두 가지 모두 외가와 친가 양쪽에서 영향을 받은 것이었다. 헤세의 외할아버지는 신학자로 괴테 문학에 심취해 젊은 시절에는 시를 즐겨 썼고 아버지는 노자에 대한 책을 썼다. 헤세에게도 이런 집안 어른들의 정신이 깃들어 있었다.

2. **집안에 책과 음악의 향기가 늘 피어나게 만들어라.**

   헤세의 집안에서는 늘 인도와 중국의 학문이 연구되고 음악이 연주되었다. 달리 말하자면 늘 종교적 분위기와 동서양의 학문과 문화가 교차되는 분위기가 우러났다. 또 낯선 세계를 다녀온 여행자들이 드나들었고 이국적인 기념품들이 즐비했다. 헤세의 문학은 동서양 문화의 향기가 가득한 개방적인 집안 분위기에 영향을 받아 피어났다.

3. **다양한 체험을 하게 하라.**

   헤세가 노벨문학상을 수상한 대문호가 될 수 있었던 데는 10대 시절에 경험한 시계공 생활도 한몫했다. 그가 부모의 바람대로 신학교를 무사히 마치고 목사가 되었다면 대문호로서의 헤르만 헤세는 존재하지 않았을지도 모른다. 정해진 길로 가지 않는다고 조급해하며 자녀의 도전 정신을 꺾지 말기 바란다. 독서만큼 인생 경험도 중요하다는 사실을 잊지 말기를 …

   오늘도 즐거운 하루 되길 …

보낸 날짜 : 2010년 12월 02일 목요일 오전 10시 19분 00초
받는 사람 : 사랑하는 두 아들(280회)

큰아들, 작은아들 오래 간 만이구나! 그동안 아빠가 바빠서 메일을 보내지 못하였구나, 아빠가 메일을 보내다 보내지 않으면 혹시 무슨 일이 있는지 몸이 안 좋은지 궁금할 텐데, 큰아들은 메일 열 시간도 없는지 너무나 일상이 바빠서 그렇겠지? 아빠한테 메일이 왔구나 하는 정도는 알고 있을는지? 이제 좀 한가할 것 같구나, 날씨가 변동이 심해 감기 걸리기 좋은 날씨라 몸들은 괜찮은지, 요사이 잘 지내고 있는지 궁금하구나. 식사는 제대로 하고 반찬은 무엇을 해 먹는지 하여튼 건강은 스스로 챙겨야 하니 잘하고 있을 줄 믿는다. 아무리 바쁘더라도 건강을 위해 식사는 가르지 말고 꼭 챙겨 먹도록 하여라. 이번 주일도 잘 마무리하고 다음 주부터 메일을 열심히 보낼테니 잠깐씩 시간을 내어주면 좋을 텐데…

오늘의 고사성어(古事成語)
다다익선 (多多益善) : 많을수록 좋다. 많을수록 더 능력을 발휘할 수 있다는 말이다.

오늘도 보람된 하루 되길 …

★ 예수께서 모든 도시와 마을에 두루 다니 사 그들의 회당에서 가르치시며 천국 복음을 전파하시며 모든 병과 모든 약한 것을 고치시니라.(마태복음 9장 35절)

※ 1951년 12월 28일 552일 차 : 유엔군 문등리 서쪽지구에서 전초 진지 재탈환, 지리산 잔비소탕전 활발 공산군 손해 3,609명 국군 측 전사 50명 부상 52명, 국회 농림부 수련(水聯) 농지개량사업 추진 위해 국고보조 80% 농민 20% 부담에 관한 원칙 책정, 민국당 정순조 의원 상하 양원제와 책임내각제 골자로 한 신 개헌안 발의, 베이징방송 한국 휴전협정이 기한 내로 성립되지 않은 것은 전적으로 유엔군 측에 책임이 있다고 비난.

보낸 날짜 : 2010년 12월 06일 월요일 오전 09시 54분 00초
받는 사람 : 사랑하는 두 아들(281회)

헤세 가의 독서 비법 7가지(Ⅱ)

1. 동양과 서양, 고대와 현대의 책을 조화롭게 읽혀라.

   헤세의 서재에는 수많은 장서가 있었는데 그중 독일 문학 작품이 가장 많았다. 그 외에도 외가와 친가의 영향으로 동양 서적들도 빼곡했다. 또 고대 인도와 중국 현자들의 시와 잠언 문장들이 있었다. 특히 공자, 노자의 책이나 〈주역〉을 늘 가까이 두고 읽었다. 이처럼 문화와 역사에 대한 균형 잡힌 독서가 문학적 감성을 한층 높여 준다.

2. 셰익스피어와 괴테의 모든 작품을 빠짐없이 읽어라.

   헤세는 고전에 대해서 "진정한 대문호들을 제대로 알아야만 하는데 그 선두는 셰익스피어와 괴테"라고 강조한다. 이 두 작가만큼은 전집을 모두 읽고 소장할 만한 가치가 있다는 것이다. 이른바 문학은 모두 이 두 작가에게서 나왔으며, 이들을 딛고 올라서야만 더 위대한 작품이 나올 수 있다는 의미 이기도 하다. 문학가를 꿈꾸는 자녀라면 놓치지 말고 읽도록 한다.

3. 집안에 서재를 만들어 대대로 물려주어라.

   "내가 학교 교육 적응에 실패한 때 그러니까 내 나이 열다섯살 때부터 집중적으로 모든 힘을 바쳐 의식적으로 자아 형성에 힘을 기울였다. 우리 집에는 할아버지의 서재가 있었는데 거기에는 책들이 가득 차 있었다. 이 시기에 세계문학작품들의 반 정도를 읽었다." 헤세는 10대 시절의 책 읽기를 이렇게 회상한다. 자녀를 "명품인재"로 키우고 싶다면 우선 집안에 서재를 만들어 분위기를 조성하라.

4. 나만의 독서 리스트를 만들어라.

10대 때에 책벌레가 된 헤세의 집은 수천 권의 책으로 가득했다. 어린 시절에 책을 읽었던 할아버지의 서재보다 더 많은 책을 보유하게 된 것이다. 그는 이사를 앞두고 "이 수천 권의 책들이야말로 나의 재산 목록 1호"라고

말한다. 헤세는 위대한 작가이기 이전에 진정한 "독신(讀神)"이었던 것이다. 자녀를 독신으로 만들고 싶다면 읽은 책들을 한눈에 볼 수 있는 독서 리스트를 만들게 해 보자.

오늘의 고사성어(古事成語)
노심초사 (勞心焦思) : 마음으로 애를 쓰며 속을 태우다.

오늘도 많이 웃을 수 있는 하루 되길 …

★ 내 이름을 경외하는 너희에게는 공의로운 해가 떠올라서 치료 하는 광선을 비추리리 너희가 나가서 외양간에서 나온 송아지 같이 뛰리라. (말라기 4장 2절)

※ 1951년 12월 31일 555일 차 : 고랑포 서쪽에서 백병전, 휴전감시합동분과위원회 러너 유엔군 대표가 공산군 측의 공군력 증강요구 고집 비난, 정부의 초긴축 재정 금융·정책으로 산업자금난 심각, 연말 물가지수 3,368.5(1947＝100), 화폐발행고 5,770억 원,

※ 1952년 1월 1일 556일 차 : 포로교환분과위원회 억류 민간인 석방 합의 - 공산군 측 민관 송환에 관한 유엔군 측 제안에 원칙적으로 합의, 명부에 누락된 유엔군 포로 5만 명에 관하여 정보 제공도 약속, 6.25 남침 전에 비해 물가지수 13배 앙등, 한국 유엔 가입 신청, 덜레스 미 국무장관 고문 "한국에서 모든 정치적 문제까지 해결할 만한 진정한 평화가 실현될 것이라고는 생각하지 않는다"라는 방송 연설.

보낸 날짜 : 2010년 12월 07일 화요일 오전 10시 33분 00초
받는 사람 : 사랑하는 두 아들(282회)

실학의 산실 박지원 가(연암 박지원 1737~1805)

230년 전 비가 주룩주룩 오는 여름철에 연암은 중국 베이징으로 가던 3개월 동안의 여정과 느낌을 메모해 〈열하일기〉를 완성 했다. 오늘날과 달리 필기도구조차 변변치 못한 시절에 메모는 결코 쉬운 일이 아니었을 것이다. 게다가 연암은 가난 탓에 열다섯 살까지 제대로 공부하지 못하다가 장가를 들고서야 비로소 장인에게 가르침을 받은 인물이었다. 그는 장인의 영향으로 사마천의 〈사기〉에 흠뻑 빠져늘었다. 녹서광이 된 연암은 개성적인 내용의 중국 소설과 에세이를 읽으면서 조선 최고의 베스트셀러 작가이자 사상가로 우뚝 서게 된다. 뒤늦게 공부하고도 조선 최고의 문장가가 된 그를 보며 부모들도 너무 애태우지 않기를 바란다. 자녀들이 지금 책을 읽지 않아도 성급하게 실망할 필요가 없지 않겠는가. 대기만성이라는 말이 있듯이 나중에라도 책을 가까이한다면 자기 분야에서 반드시 성공할 수 있다. 큰아들, 작은아들도 아직도 늦지 않았다고 생각되는구나 늦었다고 느낄 때가 제일 빠른 시점 이니깐 아빠와 같은 길을 걷는 것은 바라지 않는다. 베스트셀러만 좇아 읽는 것보다 자신이 좋아하는 분야나 끌리는 책부터 찾아 읽는 것이 독서를 지속적으로 즐길 수 있는 방법이다. 깊이 파다 보면 어느 순간 넓게 읽고 싶은 순간이 오기 마련이니 그때 다른 분야의 책을 더 읽어도 된다. 흔히 "모방이 창작을 낳는다."는 말이 있듯이 좋은 글쓰기는 수없이 베끼고 모방하고 나아가 응용하는 데서 시작한다. 글쓰기뿐만이 아니라 모방은 모든 분야에서 마찬가지이다. 연암은 자신이 가장 좋아하는 〈사기〉를 읽고 글쓰기를 함으로써 이를 실천한 것이다. 〈사기〉가 연암에게는 문학 창작의 기본서였던 셈이다. 〈사기〉는 실제 역사 속에 존재했던 수많은 사람들이 이야기로 "열전(列傳)"이디. 인간 사회에서 흔히 있는 대립과 갈등, 배반과 충정, 이익과 손실, 도덕과 본능, 탐욕과 베풂, 등 양자택일의 기로에 선 인간을 제시하고 그러한 갈등 자체가 인간이 사는 모습임을 이야기한다.

연암 박지원이 들려주는 독서의 기술은

첫째 : 끌리는 책을 읽어라.

둘째 : 묵직한 책을 읽을때에는 반드시 사색하고 관찰하며 징밀 하게 읽어라.

셋째 : 책을 읽으면서 자신의 의견을 적어라.

넷째 : 연암은 스승의 행동을 보고 배우는 것도 넓은 의미의 독 서라고 강조한다.

오늘의 고사성어(古事成語)

대기만성(大器晩成) : 큰 그릇을 만드는 데는 시간이 오래 걸린다는 뜻으로, 크게 될 사람은 늦게 이루어짐을 이르는 말.

오늘도 멋지고 보람된 하루 되길 바라며 …

★ 근신하라 깨어라 너희 대적 마귀가 우는 사자같이 두루 다니며 삼킬 자를 찾나니 너희는 믿음을 굳건하게 하여 그를 대적하라 이는 세상에 있는 너희 형제들도 동일한 고난을 당하는 줄을 앎이라.(베드로전서 5장 8절, 9절)

※ 1952년 1월 4일 559일 차 : 치안국 관하 경찰전투대 1년 전과 발표 교전 횟수 7,880회 사살 5만 2,571명 생포 8,536명 귀순 4만 3,937명, 유엔군 함대 동해안 원산에 함포사격 계속, 1일 생산 180톤 증산목표로 남한 5개소에 제빙공장 신설 계획 수립, 김석관 교통부장관 철도시설 92% 복구 발표, 코엔 미 유엔대표 한국 휴전 교섭을 유엔안보리로 옮기자는 소련의 새로운 동향은 휴전회담 결렬을 초래할 위험성이 있다고 경고.

박지원 가의 독서비법 7가지(Ⅰ)

1. 사람마다 개성이 다르니 끌리는 책을 읽어라. 연암 박지원은 조선시대 학자들의 필독서였던 사서삼경보다 선비들이 주목하지 않았던 사마천의 〈사기〉와 반고의 〈한서〉를 더 즐겨 읽었다. 또 역사서나 소설 등 끌리는 책을 반복해서 읽었다. 자신이 좋아하는 분야나 끌리는 책부터 찾아 읽는 것이 독서를 지속적으로 즐길 수 있는 방법이다.

2. 정독으로 천천히 읽으면서 창의력을 키워라. 연암은 책 읽는 속도가 더디고 기억력도 나빴다. "책을 매우 더디게 보아서 내가 서너 장 읽을 때 겨우 한 장밖에 못 읽었다. 그렇지만 읽은 글에 대해 이리저리 논하거나 그 장점과 단점을 말할 때에는 조금도 빈틈이 없었다." 더디게 읽는다는 것은 그만큼 관찰하며 읽는다는 것이다. 여기서 깊이 있는 통찰력이 나올 수 있다.

3. 읽은 책을 요약하고 자신의 생각을 덧붙여라. 책을 읽는 도중에 든 느낌이나 새로운 생각을 기록해 두면 나중에 한 권의 책이 된다. 연암이 쓴 〈공작관고〉는 그가 읽은 책을 발췌한 책이다. 연암은 글쓰기를 할 때의 한 가지 비법을 알려 준다. "사람의 흠이나 결점이 있으면 반드시 이를 상세하게 묘사하라."는 것인데 작가들이 늘 강조하는 "상세한 묘사"와 일맥상통한다.

4. 읽은 책의 내용과 형식을 모방해 글짓기 연습을 하라. 연암은 사마천의 삶과 〈사기〉에 깊이 빠져 들었다. 더욱이 〈사기〉를 읽는 데 그치지 않고 내용과 형식을 모방해 글쓰기를 시도 했다. 연암이 최초로 쓴 것이 〈이충무전〉이다. 이는 〈사기〉에 나오는 〈항우본기〉를 모방하여 쓴 글이다. 흔히 "모방이 창작을 낳는다."는 말처럼 좋은 글쓰기는 수 없이 베끼고 모방하는 데서 시작한다.

오늘의 고사성어(古事成語)

일맥상통(一脈相通) : 사고방식, 상태, 성질 따위가 서로 통하거나 비슷해짐.

　　　추운 날씨에 너무 움츠리지 말고 활기찬 하루 되길 바라며…

★ 너희는 여호와께서 너희를 위하여 행하신 그 큰일을 생각하여 오직 그를 경외하며 너희의 마음을 다하여 진실히 섬기라.(사무엘상 12장 24절)

◆ 연천 313고지 전투(요약)

－연천 313 고지 전투는 연천 북방의 선벽 부근에서 미 제1기병사단의 일부로 스파르타 대대(그리스 군)가 중공군 제47군 예하 제139사단 및 141사단 진지를 점령하기 위해 3차례에 걸쳐 공격한 전투이다. 스파르타 대대가 배속된 제1기병 사단은 임진강을 통제할 수 있는 대광리 서쪽 고시군 10Km 정면에 대한 공격 임무를 부여받았다. 제7연대는 사단의 우측에 위치하였고 길머 대령은 스파르타 대대를 중앙에 배치하고 제2대대를 우측, 제3대대를 좌측에 배치하여 418 고지-313 고지-347 고지 선인 크레이그(Craig)를 장악하기 위한 공격이 실시되 었다. 그러나 적의 저항이 완강하여 후속 소대를 포함한 전 중대원이 백병전에 돌입한 끝에 첫 번째 진지를 돌파할 수 있었다. 그러나 증강된 중대 규모의 중공군이 10여 정의 중기관총의 화력지원을 받으며 역습을 시도 하였다. 스필기오 폴로스 중령은 제3중대를 증원하였으나 적의 집중 포격으로 인하여 큰 피해를 입었고 길머 대령의 승인을 받아 병력을 철수시켰다. 소대장 스테파노스 중위를 비롯한 14명이 전사하고 다수가 부상을 입은 채 첫 공격은 무산되었다. 당시 중 공군은 강력한 진지를 구축함과 동시에 언덕과 능선의 아군 진격로에 야포와 박 격포 전력을 집중하였다. 또한 탄약과 보급품을 충분하게 준비되었고 지뢰등 장애물 또한 견고하게 구축되어 접근이 어려웠다. 그리하여 항공폭격과 포병화력을 적 특화점에 집중 포격과 제2중대가 공격을 개시하였으나 중공군은 140사단의 병력을 증원하여 방어를 강화하여 다시 철수하여야 했다. 10월5일 아침부터 공군과 포병의 강력한 화력을 앞세워 제2중대를 다시 선봉에 세워 공격을 개 시하였다. 적은 누적된 피해로 인해 후퇴하였고 스파르타대대 제2중대가 313고지를 점령하였다.

보낸 날짜 : 2010년 12월 09일 목요일 오후 16시 12분 00초
받는 사람 : 사랑하는 두 아들(284회)

박지원 가의 독서 비법 7가지(Ⅱ)

1. 친구들과 함께 모여 책을 읽어라.

    연암은 함께 모여 책을 읽으라고 강조한다. 혼자 공부하면 쓸데없는 생각이 끼어들 수 있기 때문이라며 다음과 같이 말한다. "젊은이들이 심성을 수양하는 공부를 하느라 혼자 있는 것은 좋은 일이기는 하다. 그러나 고요히 혼자 있는 중에 사악 하고 편향된 기운이 끼어들기 쉬운 법이다." 모름지기 자녀가 친구들과 함께 공부하도록 이끌어라.

2. 기존의 틀에 얽매이지 말고 자유롭게 독서하라.

    연암이 즐겨 읽은 책들은 〈사기〉 뿐만 아니라 〈서상기〉 같은 소설과 잡서들도 있었다. 열여섯 살이 되어서야 독서를 시작한 연암이 조선 최고의 문장가가 될 수 있었던 것은 틀에 얽매이지 않는 자유로운 독서에 있었다. 자녀들이 초등학교에 다닐 때 만화로 된 〈수호지〉나 〈삼국지〉를 읽게 하면서 독서에 흥미를 갖게 해도 좋다. 만화가 최고의 책이 될 수도 있다.

3. 철이 들면 책을 읽을 테니 조급해하지 마라.

    "부모의 바람은 자식이 글을 읽는 것이다. 어린아이가 글 읽어 라는 말을 듣지 않고도 글을 읽으면 부모치고 기뻐하고 즐거워하지 않는 자 없다. 아아!! 그런데 나는 어찌 그리 읽기를 싫어했던고." 이는 연암의 뒤늦은 탄식이다. 그러나 연암은 열 여섯 살 때부터 책을 읽기 시작해 조선 최고의 문장가가 되었다. 누구나 철이 들면 책을 읽게 된다.

오늘도 스스로 몸과 마음을 단련시키는 하루 되길…

보낸 날짜 : 2010년 12월 10일 금요일 오전 09시 48분 00초
받는 사람 : 사랑하는 두 아들(285회)

영국의 학문 명가 밀 가(Ⅰ)

〈존스튜어트 밀 1806~1873〉

19세기 영국의 사상가 존스튜어트 밀은 아버지의 조기 영재 교육으로 세계적인 사상가로 우뚝 선 인물이다. 밀의 아버지는 아들이 세 살 때부터 직접 공부를 지도하기 시작해 10대 초반에 모든 공부를 다 뗄 정도로 가르쳤다. 밀은 아버지의 방에서 함께 공부하며 외국어, 그리스 고전, 논리학, 수사학, 경제학 등을 차례로 섭렵했다. 이렇게 공부한 밀은 열다섯 살 때 이미 당대의 지식인 대열에 올라 있었다. 그런데 밀의 아버지 또한 경제학자로 큰 업적을 남긴 사람이다. 자녀를 잘 지도하려면 부모가 몇 배 이상 노력하고 본보기 를 보여야 함을 알 수 있다. 그는 로마의 역사는 누구의 책으로 읽어도 재미있다고 회고한다. 고대 세계사나 로마사를 읽고 내용을 요약하는 연습도 하고, 후크의 책에서 자료를 추려내어 직접 〈로마 사〉를 지어 보기도 했다. 어쨌든 밀이 아버지로부터 받은 조기 독서 교육은 가혹할 정도였다. 이때 밀은 음악을 듣고 시를 읽으면서 마음의 평정을 찾았다. 특히 콜리쥬의 시를 읽으며 마음의 위안을 찾았다. 밀이 아버지 제임스로부터 받았던 철학과 고전 독서 교육은 고대로부터 서양의 상류 계층과 지식인 계층이 자녀교육에 활용해 온 고전적인 독서법이었다. 자녀들의 지적 호기심이 왕성하고 세계관이 형성되는 10대 시절에 반드시 고전을 읽을 수 있는 독서 환경을 만들어 주어야 한다. "무엇이 위대한 인물을 만드는가? 우선 몸과 마음과 영혼을 특별히 교육할 수 있는 훌륭한 가정이다."
눈길 조심하여 다니고 되도록이면 차는 움직이지 않는 것이 좋겠구나…

오늘의 고사성어(古事成語)
백아절현(伯牙絶絃) : 절친한 벗의 죽음을 슬퍼함을 뜻한다.

오늘도 즐겁고 보람된 하루 되길…

◆ 이천 381 고지 방어 전투(요약)

– 381 고지 방어전투는 중공군의 제3차 공세의 반격으로 미 제9군단이 1951년 1월 25일 실행한 선더볼터 작전에서 스파르타 대대가 1월 27일부터 이틀간 중공군 제38군 예하 제112사단의 3차례의 공격을 격퇴한 전투이다. 7 기병연대 제4대대로 배속되었던 스파르타 대대는 이천~곤지암~경안리 도로 축선을 따라 진격하고 도로 양측고지를 공략하는 임무를 부여받았다. 작전당일 스파르타대대는 연대의 선봉에서 공격을 개시하였고 이천을 점령 북쪽 정개산 맹개산(407 고지)까지 진출하였으나 중공군의 기습으로 4명이 전사하고 2명이 부상하였다. 이는 최초로 스파르타 대대가 한국전쟁에서 입은 인명 피해였다. 스파르타 대대가 곤지암 공략을 위해 위치하였던 지역은 해발 300~400m의 고지군이 형성되어 있고 협곡과 능선의 급경사, 적설 등 부대 기동에 제한이 많은 지역이었다. 중공군 제334연대가 기습적인 공격으로 500~600명 규모의 중공군이 제3중대 진지로 좌측에서 우회 집근 하였고 400~500명 규모의 다른 적은 제1중대 정면에 위치하였던 441 고지에서 제3중대를 향해 정면 공격을 실시 치열한 전투가 이어졌으나 아군의 포병의 지원화력으로 적을 제압 하면서 중공군의 1차 공세는 중단되었다. 다시 증원대 병력을 바탕으로 적이 공세를 개시하였으나 고지 정상에서 백명선이 전개되었고 제3중대는 모든 통신이 두절되어 고립되었으나 절망적인 상황에서도 분전하며 적의 공세를 막아내고 있었다. 아군기의 조명탄으로 제3중대 상황을 파악한 아르부지 중령은 제2중대 1개 분대를 지원하였고 총검으로 적의 포위병을 돌파 제3중대와 합류 이들의 증원으로 사기가 고조된 중대는 적의 2차 공세를 성공적으로 막아낼 수 있었다. 중공군은 다시 병력을 증원받아 전열을 정비한 후 3차 공세를 개시하였다. 방어선을 구축하기에 시간적인 여유가 없었던 3중대는 고지 정상에서 백병전으로 수류탄과 총검을 사용하면서 사력을 다한 싸움을 하였다. 아군기의 폭격과 기총소사로 중대를 지원하였고 이에 중공군은 기세를 잃고 고지 아래로 도주하였다. 중공군은 3,000명의 병력으로 381 고지를 점령을 하고자 하였으나 제3중대의 용맹한 방어로 실패하였다.

보낸 날짜 : 2010년 12월 13일 월요일 오전 10시 44분 00초
받는 사람 : 사랑하는 두 아들(286회)

영국의 학문 명가 밀 가(Ⅱ)

시카고대학은 100년 동안 노벨상 수상자를 84명이나 배출해 "노벨상 명문학교"로 유명하다. 그 비결이 고전 위주의 독서 목록을 만들어 교육 시킨 데 있다고 한다. 그가 좋아한 윌리엄 블레이크의 시 또한 그의 창조적 작업에 영향을 끼쳤다. "한 알의 모래 속에서 세계를 보고/ 한 송이 들꽃에서 천국을 보기 위해/ 손바닥 안에 무한을 붙들고/ 시간 속에 영원을 붙잡아라." 블레이크가 쓴 〈순수의 전조〉라는 시의 도입부다. "손바닥 안의 무한을 붙들고"라는 표현에서 언뜻 아이팟이나 아이패드가 연상된다. 이 시를 읽으면 어떤 영감과 직관의 분위기에 사로잡히는 느낌이 든다. 스티브 잡스가 영감을 얻고 그 영감을 테크놀로지로 현실화할 수 있었던 것은 시를 통해서가 아닐까 하는 생각마저 든다. 밀 가를 소개하는 것은 부모가 밀처럼 독서교육을 시키라는 것이 아니다. 밀을 포함해 역사적으로 위대한 인물일수록 청소년 시절에는 누가 봐도 가혹하다는 생각이 들 정도로 책과 씨름하며 공부를 했다는 사실을 알려주기 위해서다. 모든 일들이 그렇듯이 희생 없이는 그 무엇도 성취할 수 없는 것이 세상의 법칙이기 때문이다.

다만 여기서 경계해야 할 것은 "과유불급"이라고 할 수 있다. 아이의 능력과 재능, 적성을 고려해서 멘토링하고 조언하며 이끌어 주는 것이 중요하다. 밀의 경우를 보면 요즘 선행학습에다 학원 공부로 자녀들을 닦달하고 있는 부모들에게 교훈을 주기에 충분하다. 우리 사회에서 문제는 자녀가 아니라 부모이기 때문이다. 문제는 "부모 하기"에 달려 있다.

오늘의 고사성어(古事成語)
과유불급(過猶不及) : 정도를 지나침은 미치지 못함과 같다는 뜻으로, 중용(中庸)이 중요함을 이르는 말
중용(中庸) : 지나치거나 모자라지 아니하고 한쪽으로 치우치지도 아니한, 떳떳하며 변함이 없는 상태나 정도.

요사이 아빠는 세월이 너무 빨리 지나가는 것이 느껴지는구나 나이 먹은 속도로 세월이 간다는 말이 실감이 나는 구나 이번 주간도 주님 말씀 가운데 승리하는 삶이되길 바라며 …

★ 예수께서 이르시되 네 마음을 다하고 목숨을 다하고 뜻을 다하여 주 너의 하나님을 사랑하라 하셨으니 이것이 크고 첫째 되는 계명이요 둘째도 그와 같으니 네 이웃을 네 자신같이 사랑하라 하셨으니 이 두 계명이 온 율법과 선지자의 강령이니라.(마태복음 22장 37~40절)

※ 1952년 1월 9일 564일 차 : 유엔 공군 무스탕 전투기대 지리산지구 공비소탕전 지원 네이팜탄 폭격, 유엔군 기갑부대 연천 서방에서 공산군 진지 기습, 공산군 1개 소대 야간에 문등리 서방 유엔구 전초 진지 기습, 토지수득세법에 의한 양곡 수납 상태 목표량 103만 2,747석의 85%인 88만 1,276석 수납, 홍콩에 대한 무선 전신 일회선(모르스식) 복구(부산), 중국 한국전쟁 휴전회담 제3항 의제의 수정안 제출, 베이징방송 한국 휴전을 유엔안보리로 옮기려는 1월 3일 비신스키 쇼련대표 안 지지.

※ 1952년 1월 11일 566일 차 : 유엔 함대 원산 함흥 성진지구의 공산군 군사 시설에 함포 사격, 유엔군 탐색대 평강 서남방지구 공산군 진지에 육박하여 백병전 전개, 정부 대변인 발표 거제도에 수용된 북한 포로 5,500여 명의 무조건 무차별 교환에 반대하는 진정서 제출, 유엔총회 본회의 미국 영국 프랑스 3국이 공동 제안한 12개국 군축위원회 설치 안 가결(42대 5, 기권 7), 유엔총회 미국의 상호안전 보장법 폐기를 요구한 소련 결의안 부결(42대 5).

※ 1952년 1월 13일 568일 차 : 미 전함 위스콘신 호 간성지구 공산군 포진지 포격, 지리산지구 서방고지에서 탈출 기도한 잔비 325명 사살 또는 생포, 농촌에 도박 열풍, 미 경제협조처 원조물자 의류 1,247포 미곡 1,300톤 원면 1,488포 면포 877포 등 입하.

보낸 날짜 : 2010년 12월 14일 화요일 오전 10시 55분 00초
받는 사람 : 사랑하는 두 아들(287회)

밀 가의 독서 비법 7가지(Ⅰ)

1. **아버지와 자녀가 같은 서재에서 공부하라.**

   밀의 아버지 제임스가 아들을 가르친 방식은 둘이 함께 한방에서 각자 자기 공부를 한 뒤, 공부한 것을 설명해 보는 식이 었다. "아버지는 밀이 스스로 문제와 씨름하도록 내버려 두었다. 날이 저물면 그들은 산책을 하곤 했는데, 그동안 제임스는 아들이 그날 무엇을 읽었는지 또 어느 정도나 이해하고 있는지를 자기에게 설명하도록 했다." 한편 고시에 합격한 한 학생은 아버지와 함께 서재에서 공부한 것이 비결이라고 밝힌 경우도 있다.

2. **학자로 키우려면 고전과 철학 중심으로 독서를 이끌어라.**

   고대부터 서양의 귀족과 상류 계층은 고전과 철학 중심의 독서법을 자녀 교육에 활용해 왔다. 또한 시카고대학은 고전 중심의 "그레이트 북스" 프로그램 덕분에 노벨상을 많이 배출하기로 유명하다. 밀 또한 〈자유론〉과 같은 걸작을 쓸 수 있었던 비결은 세 살 때부터 열네 살 때까지 11년 동안 역사와 철학, 수사학, 논리학 등 고전을 폭넓게 독서한 덕분이었다.

3. **책을 읽고 줄거리를 이야기하게 하라.**

   열 살이 되기도 전에 밀은 상상할 수 없을 정도로 수많은 고전들을 읽고 아버지와 토론했다. 밀은 아버지에게 줄거리를 이야기하면서 지식을 넓히고 정리할 수 있었고 훗날 사상가로 우뚝 설 수 있었다. 이처럼 책을 읽고 토론하며 형성한 비판적 사고 능력은 모든 학문의 기초가 된다.

   오늘도 몸과 마음을 스스로 단련시키는 하루가 되길 …

보낸 날짜 : 2010년 12월 15일 수요일 오전 09시 40분 00초
받는 사람 : 사랑하는 두 아들(288회)

밀 가의 독서 비법 7가지(Ⅱ)

1. 여행을 하며 더 넓은 세상을 경험하게 하라.

   밀은 열네 살 때 역할 모델인 제러미 벤담의 주선으로 프랑스에서 1년 동안 머물 수 있는 기회를 얻었다. 이때 밀은 프랑스 와 스위스 등지를 여행하면서 견문을 넓힐 수 있었다. 다시 영국에 돌아왔을 때는 1년 전의 그가 아니었다. 밀은 비로소 아버지로부터 지적인 독립을 추구하면서 홀로서기를 시도하게 된다.

2. 모험담 등 어려움을 극복한 사람들의 이야기를 읽게 하라.

   제임스는 아들 밀의 손에 모험담을 쥐어 주기를 좋아했다. 이 책들은 비상한 환경 속에서 여러가지 어려움과 싸워 나가면서 위기를 극복한 사람들의 정력과 재질을 잘 그려 내고 있었다. 〈아프리카 탐험기〉와 〈세계일주 항해기집〉, 〈로빈슨 크루소〉와 같은 책들은 소년소녀 시절에 반드시 읽어야 할 책들이다. 어려움을 이겨 내는 인내심과 모험심을 키울 수 있기 때문이다.

3. 등대가 되어 줄 역할모델을 찾도록 하라.

   제러미 벤담의 공리주의에 큰 영향을 받은 밀의 아버지는 아들을 벤담의 후계자로서, 천재적인 지식인으로 만들겠다는 목표를 갖고 있었다. 아버지는 아들을 학자로 키우기 위해 벤담을 역할 모델로 삼게 했다. 역할 모델은 아버지가 찾아 주는 것도 좋지만 자녀 스스로 찾도록 하는 것이 가장 바람직하다.

4. 책을 많이 읽었다고 자만심을 가지지 않도록 하라.

   아버지는 밀을 학교에 보내지 않고 모든 교육을 직접 맡았다. 이를 테면 홈스쿨링을 한 셈이다. 아버지는 똑똑한 아들을 가르치면서 가장 경계한 것은 자만심 이었다.

그는 칭찬하는 말이 밀의 귀에 들어가지 못하도록 주의를 기울였고, 밀이 자신을 남과 비교해서 스스로 잘났다고 생각하는 일이 없도록 했다. 이기적인 인재는 결코 큰 성공을 이룰 수 없기 때문이었다. 오늘 날씨가 올 들어 가장 추운 날씨라고 하니 따뜻하게 입고 미끄러지지 않도록 조심해서 다니고 먹는 것 잘 챙겨 먹고 감기 들지 않도록 조심하여라.

오늘의 고사성어(古事成語)

풍림화산 (風林火山) : 바람처럼 빠르게, 숲처럼 고요하게, 불길처럼 맹렬하게, 산처럼 묵직하게 적을 엄습하다. 병법에서 상황에 따라 군사를 적절하게 운용하여야 승리한다는 말.

오늘도 주님 말씀 가운데 승리하는 하루 되길 …

※ 1952년 1월 14일 569일 차 : 국군 제1사단 고랑포 서방 사시리 전초고지(12월 28일 상실)탈환위해 4시간에 걸쳐 전투 전개, 유엔공군 2일째 폭설 폭풍으로 겨우 575회 출격, 한 미 민간 화물선 정기 취항, 보건부 유엔 민사처를 통해 나병 치료약 '다이아솔' 360병 입하되어 각 도에 할당했다고 발표, 북한 국제적십자 대표 입북 거부, 마오쩌둥 "휴전회담 중 비행기 국경침입에 대해 약점을 보여서는 안된다"라고 지시, 미 경제협조처 원조물자 의류 1,247포 미곡 1,300톤 원면 1,488포 면포 877포 등 입하(1월 13일).

※ 1952년 1월 17일 572일 차 : 유엔군 경 폭격기대 야간에 북한 주요 보급로 상에서 공산군 차량부대 포착 공격, 리지웨이 유엔군사령관 전선방문 조이 유엔군 수석대표 등 유엔군 휴전대표들과 요담, 이승만 대통령 개헌은 전 민중이 갈망하는 것이라고 특별담화(제2차 개헌안 대통령직선제 정부안 1월 18일 143대 19로 부결), 유엔한국부흥위원회 자문위원회 2억 5,000만 달러의 한국부흥계획 승인, 국회 본회의 포로석방 결의안 가결(1월 16일), 프랑스군 하노이 동남방 112.6Km에 위치한 남단지구 월남공산군 맹공격(1월 18일).

보낸 날짜 : 2010년 12월 16일 목요일 오전 09시 25분 00초
받는 사람 : 사랑하는 두 아들(289회)

조선 최고의 명문 이율곡 가(I)

〈율곡 이이 1536~1584〉

율곡을 큰 인물로 키운 신사임당은 당시로는 드물게 **빼어난** 학식과 천재적인 화가로서의 삶을 살았다. 앞서 밀의 아버지가 "자아완성형 아버지"를 몸소 실천하며 아들을 세계적인 인물로 키웠다면, 율곡의 어머니 또한 "자아 완성형 어머니"의 길을 걸어면서 아들을 대학자로 키워 냈다. 어린 시절부터 사서삼경 등 고전을 읽으며 조기 영재 교육을 받은 율곡은 우리 역사상 가장 빛나는 "공신"으로 회자 된다. 과거시험에서 9번이나 장원을 차지하였으니 그럴 만도 하지만 사실 공신보다 오히려 "독서의 신(독신)"이었다.

독신을 만든 비결로는 기초-전공-심화 과목에 이어 역사책을 단계적으로 공부한 것이 꼽힌다. 율곡의 단계적 독서법은 500년이 지난 지금도 유용하다고 하겠다. 흔히 부모들이 자녀에게 범하는 잘못이 자기 자시만큼은 다방면에 능한 천재이기를 바란다는 점이다. 주요 과목뿐만 아니라 전 과목을 모두 잘하기를 바라지만 이런 천재는 별로 없다는 것을 우리 부모들은 알아야 할 것이다.

다중지능 이론에서 말했듯이 사람은 한두 개의 재능만 가지고 태어난다. 그 재능을 어떻게 발현하도록 만드느냐가 바로 부모에게 달려있다. 사임당은 여성으로서 어머니의 역할에 그치지 않고 자기 계발 도 소홀히 하지 않았다.

요즘의 일부 어머니들처럼 자신의 모든 것을 희생하며 자녀에게 올인 하는 "자아상실형 교육"을 지양했다.

이는 현대를 살아가는 어머니들에게도 중요한 교훈을 준다.

스스로 최선을 다해 자녀들과 자신에게 최고의 결과를 내는 "자아완싱형 교육"이야말로 자녀와 부모를 함께 성장시킨다.

오늘의 고사성어(古事成語)

수불석권(手不釋卷) : 손에서 책을 놓지 않는다는 말이니, 부지런히 공부함을 뜻한다.

　　　　　　　　　　오늘도 몸과 마음을 스스로 단련시키는 하루가 되길…

★ 하늘과 모든 하늘의 하늘과 땅과 그 위의 만물은 본래 네 하나님 여호와께 속한 것이로되 여호와께서 오직 네 조상들을 기뻐 하시고 그들을 사랑하사 그들의 후손인 너희를 만민 중에서 택하셨음이 오늘과 같으니라.(신명기 10장 14~15절)

※ 1952년 1월 20일 575일 차 : 세이버 제트기 80대 신안주 상공에서 공산군 MIG 제트기 60대와 교전, 지리산지구 7개소에서 공비 183명 소탕, 포로교환분과위원회 유엔군대표 포로교환문제에 관하여 부분적인 수정 고려 언명, 육군사관학교(4년제) 개교식 이승만 대통령 및 리지웨이 유엔군사령관 임석 하에 거행.

◆ 이승만 초대 대통령의 6.25 당시 업적(토지개혁)

 – 토지개혁이 6.25 전쟁이 일어나기 두 달 전인 1950년 4월 20일에 끝났기에 인민군이 내려왔을 때 토지를 얻게 된 과거의 소작인들이 땅을 지키기 위하여 용 감히 싸운 덕으로 침략군을 물리칠 수 있었다는 경제전문가들의 진단과, 한국의 토지개혁은 세계전체에서 가장 모범적인 성공사례로 평가받았으며 한 예로 월 남전은 토지개혁이 제대로 이루어지지 않으므로 월남이 베트콩들에게 무너지고 말았다. 초대 대통령 이승만은 자유민주주의의 국가를 세우기 위해 토지개혁팀을 꾸려 토지개혁 작업을 착수 그때 농촌인구의 70%~80%가 소작인으로 지주들 에게 정부에서 값을 치르고 회수하여 소작인들에게 나누어주고 5년간 농사를 지어 수확해서 갚게 하였다. 그리고 소작인들에게 소유권까지 주었습니다. 북한도 토지개혁을 했지만 내용이 달랐습니다. 북한토지개혁은 유상몰수 유상 분배 였습니다. 북한은 토지 소유권을 농민들에게 주지 않고 경작권만 주었다가 후에 회수하여 정부 소유로 하였습니다. 대한민국에서 토지개혁을 완성한 시기가 6.25 전쟁이 일어나기 2달 전 1950년 4월 20일에 마쳤습니다. 그 시기에 토지 개혁을 완수하였기에 6.25 전쟁에서 공산화되지 아니하고 자유민주주의 체제를 지킬 수 있는데 큰 영향을 미쳤다

보낸 날짜 ： 2010년 12월 17일 금요일 오전 09시 50분 00초
받는 사람 ： 사랑하는 두 아들(290회)

조선 최고의 명문가 이율곡 가(Ⅱ)

사임당은 남편과 자녀에게 입지교육을 강조하고 실천하도록 이끌었을 뿐만 아니라 그 자신도 뜻과 목표를 세워 평생 공부 하고 그림을 그렸다. 이는 평소 사임당이 강조했듯이 "뜻을 세우면 이루지 못할 것이 없다."는 입지의 정신에서 연유한 위대한 승리라고 할 수 있다. 율곡은 똑똑하고 철저하게 원칙을 지키는 사람이었다. 자녀가 스스로 공부를 하고 유별나게 책을 파고든다면 게다가 고전이나 철학 등 깊이 있는 책을 좋아한다면 율곡과 비슷한 성정을 타고 났다고 볼 수 있다. 자녀가 학자가 되기를 바란다면 율곡의 독서법을 참고할 만하다. 먼저 율곡은 "책은 반복해서 읽고 또 읽어라."고 강조한다. 많이 읽는 것보다 한 권의 책을 반복해서 읽는 것이 중요하다는 것이다.

"위편삼절(韋編三絶)"이라는 사자성어가 있다. 공자가 <주역>을 너무 많이 읽으시어 책을 꿰맸던 끈이 세 번이나 끊어졌다는 말이다. 율곡도 책을 반복해서 읽고 또 읽었다. 한 번은 친구 성흔이 율곡의 집을 방문했는데 <시경>이 펼쳐져 있었다. 성흔이 "금년에 어느 정도 책을 읽었는가? "하고 묻자 율곡은 " 올해는 <논어>, <맹자>, <중용>, <대학>의 사서를 아홉 번씩 읽었네."라고 대답했다.

이 말을 듣고 성흔은 한 권의 책도 제대로 읽지 못한 자신을 크게 반성했다고 한다. 공자는 "빨리 이르려고 하면 이르지 못한다."라고 말했다.

독서도 마찬가지다. 가벼운 소설이라면 몰라도 이해를 필요로 하는 책이라면 결코 빨리 책장을 넘겨서는 안 된다.

율곡은 "읽고 생각하고 그리고 글로 쓰라."라고 강조한다. 이는 앞서 연암박지원도 강조했다. 읽는 것에 그치지 말고 책의 내용을 요약해 누년 이틀 소새로 삼아 글을 쓸 수 있다.

여기에 그치지 않고 책으로 펴낸다면 가장 이상적인 독서라고 할 수 있다.

*사서오경(四書五經)

사서(四書) : 〈대학(大學)〉, 〈논어(論語)〉, 〈맹자(孟子)〉,
〈중용(中庸)〉
오경(五經) : 〈시경(詩經)〉, 〈예기(禮記)〉, 〈서경(書經)〉,
〈주역(周易)〉, 〈춘추(春秋)〉

오늘은 꿈이 이루어진다는 것을 마음에 새기는 하루가 되길 …

★ 너희가 악할지라도 좋은 것을 자식에게 줄 줄 알거든 하물며 너희 하늘 아버지께서 구하는 자에게 성령을 주시지 않겠느냐 하시니라.(누가복음 11장13절)

◆ 이승만 대통령의 휴전회담 반대와 한미동맹 요구
 – 휴전회담이 대한민국의 의도와는 다르게 진행되자 이승만 대통령은 사생결단하고 휴전을 반대하였습니다. 국토통일이 이루어지지 못하는 휴전이라면 차라리 작전 지휘권을 되찾아 독자적으로 북진통일을 이루겠다 이승만 대통령은 무기만 공급해준다면 우리가 북진하여 통일하겠다고 고집하면서 "통일이 아니면 죽음을 달라"는 강경한 입장을 취하였습니다. 휴전에 대한 이승만 대통령의 확고한 반대를 미국이 꺾을 수 없게 되자 이승만 대통령의 고집을 달래느라 아이젠하워 미국 대통령이 휴전 후 한미동맹으로 한국을 끝까지 지키겠다는 약속으로 이승만 대통령을 설득하여 반대만 하지 말고 가만히만 있어 달라 하였습니다. 그래서 한미동맹이 이루어질 수 있었습니다. 미국이 이전에는 타국과 군사동맹을 맺은 적이 없습니다. 더욱이나 한국 같은 소국과 군사동맹을 맺는다는 것은 생각지도 못할 일이었습니다. 그럼에도 한미동맹이 이루어질 수 있었던 것은 이승만 대통령의 국가 백년대계를 생각하는 혜안이 있었기 때문이었습니다. 이로써 대한민국은 공산주의 침략의 위협에서 벗어나 국가발전에 전념할 수 있게 되었다.

보낸 날짜 : 2010년 12월 20일 월요일 오전 09시 35분 00초
받는 사람 : 사랑하는 두 아들(291회)

이율곡 가의 독서비법 7가지(Ⅰ)

1. 독서교육에 앞서 뜻을 세우는 입지 교육을 하라. 사임당은 남편의 무능과 가난 속에서도 4남 3녀의 자녀교육에 심혈을 기울였다. 사임당은 평소 자녀들에게 "뜻을 세우면 이루지 못할 것이 없다(立志)."라고 강조했다. 사임당은 남편이 뜻을 세우고 과거시험에 합격할 수 있도록 신혼 초부터 별거를 택하기도 했다. 자녀를 또한 먼저 뜻을 세운 뒤에 독서 하도록 이끌었다.

2. 재능과 눈높이에 따라 맞춤형 독서로 이끌어라. 사임당은 자녀를 각자의 재능을 살피면서 교육을 시켰다. 유달리 총명하고 재능이 뛰어났던 율곡에게는 학문을 막내아우와 큰딸 매창에게는 그림 공부를 시켰다. 사임당은 무려 500년 전 에 다중지능 이론에 따라 자녀 교육을 했던 것이다. 가드너의 다중지능 이론은 사람에게는 지적 능력뿐만 아니라 운동 등 다른 지능이 있다는 것인데 이를 찾아내는 것에 자녀 교육의 성패가 달려 있다고 한다.

3. 다독과 속독보다 숙독하고 정독하라. 율곡은 책을 읽을 때 바삐 책장을 넘기지 말고 숙독하고 정독 하라고 당부한다. "글을 읽을 때는 반드시 한 권의 책을 숙독 하여 뜻을 모두 알아내고 꿰뚫어 의심이 사라진 다음에야 다른 책으로 바꾸어 읽어야 한다. 많이 읽기를 욕심내 바삐 책장을 넘겨서는 안 된다." 책을 읽을 때 가장 경계해야 할 일은 한권의 책도 미처 이해하지 못했는데 또 다른 책에 마음을 두는 것이라고 한다.

오늘의 고사성어(古事成語)
기회만시성 (家和萬事成) : 집안이 화목하면 모든 일이 잘 이루어진다 자식이 효도하면 어버이가 즐겁고, 집안이 화목하면 만사가 이루어진다.

오늘은 올해 계획한 일들을 다시 한번 돌이켜보고 얼마나 실행에 옮겨 목표 달성이 되었는지 점검하는 날이 되었으면 한다.

※ 1952년 1월 26일 581일 차 : 미 해군 로켓포함 진남포 서방 공산군 포대 공격, 판문점 북동방에서 유엔군 탐색대 2시간에 걸쳐 교전, 한국군 해군 미군으로부터 어뢰정 4척 인수(1월 23일), 포로교환분과위원회 - 공산군 측 억류 외국인 명부 68명 수교,「한·일 통상 협정」갱신 협의, 외무부 인접 해양 주권선언에 관한 일본 측 비난에 반박문 발표, 유엔에서 미국·영국·프랑스 3국 한국문제에 관련된 유엔 특별총회 개최에 관한 결의안 제출, 유럽군창설에 관한 6개국 회의 파리에서 개최.

◆ 6.25 전쟁 발발 후 이승만 대통령의 신속한 대응
– 이승만은 프린스턴 대학에서 박사과정을 밟고 있을 때 유학 중에서도 조선독립후원회를 조직 기부금을 모아 상해임시정부에 보내었습니다. 후원회 회장의 소개로 소개받은 육군 소령이 훗날 맥아더 장군으로 서로 대화를 나누며 교제를 하였다. 서로 비범한 인물임을 알아보고 이승만은 그가 동양 도자기를 좋아하는 줄을 알고 이조백자를 선물할 정도로 투자를 하였습니다. 그때의 인면으로 6.25 전쟁이 일어났을 때에 미군태평양지구 사령관으로 있는 맥아더에게 이승만 대통령이 새벽에 전화를 걸었다. 새벽에 전화를 받은 맥아더 전속부관은 맥아더 사령관이 잠자리에 들어 전화를 연결할 수 없다고 전했다. 이승만은 맥아더 사령관과 전화연결이 안 되면 한국에 있는 미국인을 한 사람씩 죽이겠다고 협박하자 전속부관이 놀라 맥아더 사령관을 깨웠다. 이승만은 북한이 침공해온 것을 알리고 이러한 사태가 일어난 데에는 미국도 책임이 있다며 항의했다. 맥아더와 전화를 마치고 이승만은 미국 정부에 긴급원조를 요청했다. 미국의 트루먼 대통령은 전쟁 사흘 만인 6월 27일 일본에 있는 맥아더 장군에게 한국을 도우라는 명령을 내렸다. 맥아더 사령관이 즉각 수원비행장으로 날아와 전선을 시찰하고 그 때 맥아더 사령관은 무명의 사병과 대화를 나눈 후에 이런 젊은이들이 있는 나라는 도와주어야 한다는 결심을 하고 맥아더가 7월 1일 대대규모의 선발대를 부산에 우선 상륙시켰다.

이율곡 가의 독서비법 7가지(Ⅱ)

1. 닥치는 대로 읽는 난독은 결코 하지마라. "난독(亂讀)이라는 말이 있다."책의 내용이나 수준 따위를 가리지 아니하고 아무 책이나 닥치는 대로 마구 읽는 경향을 뜻 한다. 난독은 독서광들이 가장 빠지기 쉬운 함정이다. 모든 것은 순서가 있고 책 읽기도 마찬가지이다. 처음에는 개론서를 보고, 다음에는 개론의 한 부분을 전문적으로 쓴 책을 읽는 것이 바람직하다고 한다.

2. 교양과 전공, 선택으로 나눠 독서 리스트를 만들어라. 율곡은 교양 필수 과목인 경서(사서삼경)와 역사서 읽기를 강조한다. 이때 반드시 경서를 공부한 뒤에 역사서를 읽어야 한다. 경서와 역사서가 어느 정도 마무리되면 그 다음에는 전공 과목인 성리학 분야의 책 읽기를 넘어갔다. 율곡 가의 독서 리스트를 자녀에게 참고로 적용한다면 〈논어〉 와 〈맹자〉등은 지금도 여전히 필독서로 읽어야 힌디.

3. 좋은 문장을 메모해 집안 곳곳에 걸어 두어라. "네가 글을 읽고 시를 짓는 재주가 남보다 뛰어나다고 행여 남을 업신여긴다면 아무짝에도 쓸모없는 사람이 될 것이다." 사임당은 매일 새벽에 일어나 책을 읽다 좋은 문장이 나오면 이를 써서 아이들이 일어나기 전에 집안 곳곳에 붙여 놓았다. 이 문장들을 아이들이 지나다니면서 읽어 보는 것만으로도 교육적인 효과가 클 것이다.

4. 책을 평생 동안 손에서 놓지 마라. 율곡은 "독서는 죽어서야 마침내 끝이 나는 것"이라며 "평생 독서"를 강조했다. 요즘처럼 급변하는 사회에서 생존의 필수 무기는 독서이며, 평생 독서만이 살아남을 수 있는 길이다.

율곡은 이미 500년 전에 평생 독서를 실천했다. 독서는 결코 취미가 아니며 선택이 아니라 필수이다. 위대한 인물은 모두 책벌레였다. 자녀의 성공을 바란다면 "독신"으로 키워라.

오늘의 고사성어(古事成語)

아비규환 (무간지옥, 阿鼻叫喚) : 아비 지옥과 규환 지옥. 사고나 재앙 등을 당해 몸부림치고 비명을 지르는 것을 형용해 이르는 말이다.

오늘도 즐겁고 보람된 하루 되길 …

※ 1952년 1월 29일 584일 차 : 유엔군 금성 남동방 금성~김화 간 도로 및 문등리 계곡 공산군 진지 탐색전 전개, 동부전선 고성 남방에서 유엔군 진지에 대한 공산군의 공격 격퇴, 호주 항공모함 HMAS 시드니호 임무 완료 후 본국으로 출발(영국해군의 항공모함 HMS 글로리호를 재정비하는 동안 단기간 배치), 포로교환 분과위원회 - 공산군 측 유엔군 측이 28일 제시한 포로교환에 관한 협정 초안 거부 단 휴전협정발동 후 부상병 포로의 우선 교환에는 동의, 미 하원의원 북한에 원자탄 사용 고려 언급, 한국전쟁 휴전회담 정화(停火)와 휴전(休戰)의 세부 절차 토론.

◆ 이승만 초대 대통령의 업적(교육입국과 과학입국)

 – 건국 초기에 우리나라 사정은 문맹률이 90％에 가까웠습니다. 지금은 문맹률이 세계에서 가장 낮은 세계 1위가 되었습니다. 전 국민이 글을 익혀야 민주주의가 가능하다는 생각이었습니다. 그래서 건국하자마자 실시한 것이 의무 교육이었습니다. 당시에 국가재정이 너무나 열악하여 교과서를 찍을 예산이 없었습니다. 그래서 대통령이 미국까지 가서 교과서를 인쇄할 종이를 보조받기까지 하였습니다. 우리나라의 고도성장의 기초에는 이승만 대통령이 시작한 교육입국이 있었기에 가능하였습니다. 또한 과학진흥에 대한 열정으로 6.25 전쟁이 휴전으로 끝난 직후인 1956년에 이승만대통령의 지시로 원자력 연구소 를 설립하고 해마다 십여 명의 유학생을 미국으로 보내어 한국원자력기술이 세계 1위 수준에 이르는 기초를 닦게 하였다.

보낸 날짜 : 2010년 12월 22일 수요일 오전 09시 48분 00초
받는 사람 : 사랑하는 두 아들(293회)

올해 두 번째 책을 마무리하게 되었구나, 중간에 아빠가 바빠서 조금 늦었지만 늦게나마 올해 끝을 낼 수가 있어 다행이구나. 지난 9월 1일 시작해서 3개월 20일 만에 또 한 권의 책을 요약하여 읽게 되었구나. 형님이 아직 읽지 못해 아쉽구나 시간이 되면 읽을 것이라 믿는다. 이 책(세계명문가의 독서교육)을 읽고 나서 또 한 번 큰아들, 작은아들에게 미안하구나 어린 시절에 체계적인 독서교육으로 이끌어 왔다면 얼마나 좋았을까 하는 생각이 든다.

아빠로서의 책임을 다하지 못하였구나. 독서의 중요성은 동서고금을 가리지 않고 강조되고 있다. 세계 최고의 부자이자 존경받는 자선사업가인 빌 게이츠도 다음과 같이 말한 바 있다.

"부모님은 항상 내가 많이 읽고 다양한 주제에 대해 생각하도록 격려했다. 우리는 책에 관한 것부터 정치까지 모든 주제에 대해서 토론했다." 빌 게이츠는 컴퓨터가 결코 책을 대신하지 못할 것이라고 강조했다. 큰아들 작은아들아 아직도 남은 인생이 많다는 것을 잊어서는 안 될 것이다. 또 한 가정을 이루고 자식을 낳고 평범하게 삶의 기쁨을 누리면서 살아가기를 바란다.

아빠의 잔소리가 너희가 조금이라도 후회 없는 삶을 살아가는데 조금이나마 보탬이 되었으면 하는 바램이다. 또 아빠가 가슴 아파하는 것은 형제간의 우애 있는 삶이 너무 아쉬운 것 같다.

아빠의 느낌은 너희들은 형제간에 대화도 없고 형님이 무얼 하는지 동생이 지금 어떤 생각을 갖고 사는지 서로 의견도 나누고 진지한 대화가 없는 것이 가슴 아프구나 아빠가 이렇게 이야기하면 모르는 소리라고 하겠지 나름 되로 걱정하고 생각하고 대화하고 있다고 말하겠지 그러나 아빠가 볼 때 안타까울 뿐이다. 서로 관심을 갖고 내가 먼저 무엇을 해 줄 것 인가 고민하고 상대방에게 해 주는 것을 돌려받겠다는 마음으로 모든 일을 하지 말고 진심으로 행동한다면 얼마나 좋을까?

형님한테 아무리 바쁘지만 아빠 메일 보라고 이야기 해줄래 하루 3분이면 충분할 텐데, "평생 책 읽기를 하지 않으면 결코 행복한 삶을 살 수 없다." 이는 인류 역사 이래 수많은 행복의 지침서들에서 강조해온 진리인 것이다.

오늘의 고사성어(古事成語)
관포지교 (管鮑之交) : 관중(管仲)과 포숙(鮑叔)의 사귐. 친구 사이의 두터운 우정을 비유하는 말이다.

　　　　오늘은 얼마 남지 않은 올해를 다시 한번 되돌아보는 날이었으면 한다.

★ 만일 형제나 자매가 헐벗고 일용할 양식이 없는데 너희 중에 누구든지 그에게 이르되 평안히 가라, 덥게 하라, 배부르게 하라 하며 그 몸에 쓸 것을 주지 아니하면 무슨 유익이 있으리요.(야고보서 2장15,16절)

※ 1952년 1월 31일 586일 차 : UN군 경 폭격기대 전선 후방의 공산군 보급소 공격, 미 제5공군 공산군의 전파탐지기장치 고사포 사용 확인, 고성 남방에서 공산군의 탐색공격 격퇴, 북한강 상류 유엔군 전초 진지에 대한 공산군의 공격 격퇴, 국군 공군 F51 전투기 추가 인수, 각도 피란민 총수 727만 4,712명 그중 351만여 명은 전국 868개 수용소에 수용, 금융기관 무기명 정기예금 실시.

※ 1952년 2월 1일 587일 차 : 유엔군 해군 서해안 적진지 포격 계속, B29전폭기대 야간에 성천교량 폭격, F86 제트기 18대 신의주 상공에서 공산군 MIG기 55대와 공중전 전개, 남서지구에서 공비 49명 소탕, 휴전감시문제 참모장교 회의 - 유엔군 측 중립감시반 구성국으로 스위스·스웨덴·노르웨이 3국 지명, 포로교환 분과위원회 - 공산군 측 유엔군 측의 일반 난민이 휴전 성립 후 희망 장소에서 거주하도록 하자는 난민 시찰 위한 중립국 감시단 설치 제안을 거부, 대한 재향 군인회 결성대회 병무국 강당에서 거행.

보낸 날짜 : 2010년 12월 23일 목요일 오전 09시 39분 00초
받는 사람 : 사랑하는 두 아들(294회)

준비된 행운

우연만을 믿는 사람은 준비를 하는 사람을 비웃는다.

준비를 하는 사람은 우연 따위에는 신경을 쓰지 않는다.

행운이 찾아오지 않는 데에는 그럴 만한 이유가 있다.

행운을 움켜쥐려면 미리 준비를 해야 한다.

행운을 맞이할 준비는 자기 자신밖에 할 수 없다.

그리고 그 준비는 누구나 당장 시작할 수 있다.

– 알렉스 로비라 등의 〈준비된 행운〉 중에서 –

하나님께서 행운을 줄려고 해도 받을 준비가 되지 않아 받지 못하는 것들이 우리가 한평생 살아가면서 얼마나 많을까를 생각해보니 너무나 많을 것 같구나, 행운은 우연이 아니라 준비된 사람에게만 우연처럼 찾아오는 선물이다. 게으름을 피우는 자에게는 행운이 있을 수 있을까 혹시 행운이 온다 해도 오래가지 못할 것이다. 이미 지나간 기회는 생각하지 말고 새로운 기회는 오게 마련이다. 다시 찾아오는 기회를 제대로 잡기 위해 항상 준비하는 마음으로 열심히 살아가도록 하여보자. 큰아들, 작은아들 파이팅!!! 작은아들 생일이 며칠 안남 았구나 엄마가 둘째 아들 생일에 맞추어 서울 한번 올라갈 려고 했는데 올라오지 말라고 했는 모양이지, 아마 둘째가 엄마 생각해서 아들 생일이라고 서울까지 올라오면 번거롭고 힘들 것 같아서 그랬을 것이라 생각되지만 엄마는 조금 섭섭한 모양이더라 형님하고 식사를 하던지 친구들과 함께 식사를 하던지 즐겁게 보낼 계획을 미리 한번 세워보아라 비용은 엄마 아빠가 보내 줄 테니…

오늘의 고사성어(古事成語)

물이유취 (物以類聚) : 사물은 종류대로 모인다. 같거나 비슷한 부류끼리 어울리는 것을 말한다.

★ 두세사람이 내 이름으로 모인 곳에는 나도 그들 중에 있느니라. (마태복음 18
장 20절)

★ 1952년 2월 6일 592일 차 : UN해군 함재기대 진남포 맹공, 문등리 서쪽에서 유
엔군 정찰대 공산군과 교전, 유엔군 혼성부대 평강 남동쪽 공산군 진지 공격, 휴전
회담에서 유엔군 측과 공산군 측 - 쌍방 적십자단체로 구성된 합동기구가 포로수용
소 방문 송환에 협조한다는데 합의, - 남일 공산군 측 대표 휴전 성립 후 3개월 이내
에 고위정치회의 개최 제의, 이승만 대통령 정부 제출 개헌안 부결 비난, 이기붕 국
방부장관 계엄선포와 종류변경에 관해 담화, 중국 측 한국전쟁 휴전회담 대표 제5
항 의제 원칙 건의서 제출.

◆ 인천상륙작전에 대한 맥아더 장군의 확고한 신념
 – 인천상륙작전의 부적합 한 이유 다섯 가지
　첫째 : 인천의 조수간만의 차가 세계에서 두 번째로 큰 점
　둘째 : 큰 함정이 상륙하기에 적합한 해안이 없음
　셋째 : 좁고 구불구불한 수로
　넷째 : 한정된 진입로
　다섯째 : 요새화되어있는 월미도
반대자들은 이런 조건들을 고려하여 군산이나 아산만 상륙을 추천하였으나 맥아
더 장군은 소신을 굽히지 아니하고 장장 45분에 걸쳐 연설하여 소신을 관철 하 였
다. "나는 우리의 정의와 자유가 아직도 확고함을 믿습니다. 북한군은 병참선이 너
무 길어 서울에서 신속히 차단할 수 있습니다. 북한군의 모든 전투부대가 낙동강에
투입되어있어 상륙작전 방어에 전력할 수 없습니다. 여러분들이 지적 하는 인천의
지리적 곤란함 탓에 상륙 불가능 지역으로 생각하고 있을 것입니다. 이런 생각을 역
이용하여 기습에 성공할 수 있습니다. 우리는 인천에 상륙해야 합니다. 나는 적을 분
쇄하고 말 것입니다. 우리 장병 10만의 목숨을 살릴 수 있는 이 계획을 어찌 바꿀 수
있겠습니까!" 인천상륙작전의 성공률이 오천 분의 일이라 합니다. 그런 악조건을
극복하고 상륙작전에 성공한 사실이 기적이라 하겠습니다.

보낸 날짜 : 2010년 12월 24일 금요일 오전 10시 06분 00초
받는 사람 : 사랑하는 두 아들(294-1회)

큰아들 보아라, 12월 27일이 동생 생일날인 것을 알고 있을 것이라 믿는다.

큰아들아 동생이 마음에 차지는 안지만 그래도 한평생 서로 의지하며 함께 살아가야 할 형제간이다.

큰아들이 동생에 대한 많은 걱정을 하고 있는 것 아빠가 모르는 것이 아니다.

동생을 진정으로 사랑한다면 마음이 담긴 모든 것들을 그저 주기만 한다면, 먼저 마음에 문을 열고 대화를 한다면 상대방도 마음에 문을 열게 될 것이다.

진심으로 동생을 위해 무엇을 해줄 것인가를 먼저 생각하고 내가 조금 더 양보하고 사소한 것이라도 형님이 솔선수범한다면 동생도 따라올 것이라 믿어지는구나. 남을 위해 자신을 희생하는 사람도 있는데 어렵겠지만 이번 생일을 기해서 좀 더 형제간에 마음을 털어놓고 대화할 수 있는 시간이 되었으면 한다.

큰아들 아무리 바쁘더라도 하루 2~3분 정도만 시간을 내면 아빠 메일 볼 수 있을 것이라 생각된다. 잔소리처럼 느껴질지 모르지만 읽어 보면 좋을 텐데…

오늘의 고사성어(古事成語)
출필곡반필면 (出必告反必面) : 나갈 때는 반드시 부모님께 아뢰어 허락을 받고, 돌아오면 반드시 얼굴을 뵙고 돌아왔음을 알린다.

동생과 보람되고 즐거운 주말이 되었으면 한다.

★ 여호와께서 우리에게 이 모든 규례를 지키라 명령하셨으니 이는 우리가 우리 하나님 여호와를 경외하여 항상 복을 누리게 하기 위하심이며 또 여호와께서 우리를 오늘과 같이 살게 하려 하심이라.(신명기 7장24절)

보낸 날짜 : 2010년 12월 24일 금요일 오전 10시 06분 00초
받는 사람 : 사랑하는 두 아들(295회)

사랑하는 둘째 아들 생일(월요일) 축하한다. 먼 곳에서 글로 대신하게 되었구나, 월요일 아침에는 그 전날 슈퍼나 백화점에 가면 미역국 끓일 수 있도록 되어 있는 것이 있을 것 같은데 하여튼 먹고 싶은 것을 미리 준비해서 아침은 먹도록 하여라. 몸도 자기 스스로 챙겨서 귀하게 하여야 복이 온다는 것이다.

둘째도 벌써 서른 번째 생일을 맞는구나 한번 돌이켜 보아라 30년도 지나고 나면 얼마나 빠르게 지났는지 느낌이 올 것이다.

태어나서 지금까지 30년 동안에 무엇이 남았는지 한번 생각해 볼시점 인 것 같구나. 다음 30년은 60세가 되는 시점이다. 머리에는 지식이 얼마나 쌓여있는지 또 육체는 얼마나 튼튼하게 변하였는지, 재산은 얼마나 불었는지, 내가 가지고 있는 것들 유형적인 것과 무형적인 것들이 어떻게 변하여 있는지를 꼼꼼히 생각해보아야 할 것이다.

생일 축하 글에 너무 무거운 이야기를 하는 것 같아 다음 기회에 이야기하기로 하고 어쨌든 생일날 즐겁고, 보람되고, 많이 웃을 수 있는 하루가 되길 바란다. 올 한해도 고생들 많았구나

오늘의 고사성어(古事成語)
권선징악 (勸善懲惡) : 선을 권하고 악을 징계하다. 착한 일을 권장하고 악한 짓을 징계한다는 뜻이다.

크리스마스의 따뜻함과 넉넉함이 언제나 가득하길 바라고 나날이 사랑과 행복이 가득 넘치는 큰아들, 작은아들이 되길 바라며, 해피 크리스마스 !!!

★ 아들을 낳으리니 이름을 예수라 하라 이는 그가 자기 백성을 그들의 죄에서 구원할 자이심이라 하니라. (마태복음 1장 21절)

보낸 날짜 ： 2010년 12월 27일 월요일 오전 10시 03분 00초
받는 사람 ： 사랑하는 두 아들(296회)

하나님을 믿는 사람들의 지혜 7가지

1. 성결 : 성결은 세상에 살면서도 세상에 물들지 않는 순수함과 속되지 않고 거룩하고 깨끗하다는 것이다.

2. 화평 : 화평은 올바른 관계를 뜻한다.
    사람들과의 충돌이나 다툼이 없이 평화로운 관계이다.

3. 관용 : 관용은 다른 사람을 용납하는 마음가짐이다.
    남의 잘못을 귀찮아서 그냥 지나치는 것이 아니라 용서하며 너그럽게 받아들일 수 있는 마음이다.

4. 양순 : 양순은 가까이하기 쉬운 인격 편하게 대할 수 있는 인품이다.
    누구든지 곁에 있기에 편하게 스스럼없이 대할 수 있는 어질고 순한 자세이다.

5. 긍휼과 선한 마음 : 긍휼은 측은지심이다.
    고통을 당하고 있는 사람들에 대한 동정 하며 돕고자 하는 마음이다. 긍휼은 마음만으로는 부족하고 실행하여 열매로 나타나야 한다.

6. 편견이 없는 마음 : 어느 한편으로 치우침이 없다는 것이다.
    사랑을 강조하면 정의가 손상을 입고 정의를 강조하면 사랑이 약화되기 쉽다. 사랑과 정의를 함께 이루어 나가는 자세가 중요하다.

7. 거짓 없는 마음 : 그리스천에게 가장 소중한 마음이 거짓 없는 마음이다.
    요즘처럼 거짓이 많은 세태에 거짓 없는 마음으로 산다는 것은 무척 어려운 일이지만 그렇게 살기 위해 노력하여야 할 것이다. 둘째 아들 생일 축하한다.

오늘은 즐겁고 좋은 일만 가득하길…

보낸 날짜　: 2010년 12월 28일 화요일 오전 09시 22분 00초
받는 사람　: 사랑하는 두 아들(297회)

벤저민 프랭클린의 소년 시절부터 평생토록 간직한 성품 13가지

1. 절제(Temperance) : 과음 과식을 하지 않는다.
2. 침묵(Silence) : 불필요한 말을 하지 않는다.
3. 질서(Order) : 모든 것을 제자리에 두고 주어진 일을 제때에 한다.
4. 결단(Resolution) : 내가 하여야 할 일은 반드시 실천한다.
5. 절약(Frugality) : 다른 사람이나 나에게 유익한 일 외에는 돈을 쓰지 않는다.
6. 근면(Industry) : 시간을 헛되이 보내지 않고 유익한 일만 하며 불필요한
   행동을 삼간다.
7. 진실(Sincerity) : 남을 속이지 않으며 순수하고 정당하게 생각한다.
8. 정의(Justice) : 다른 사람에게 손해를 끼치지 않고 나의 유약함도 놓치지
   않는다.
9. 온유(Moderation) : 극단적인 것을 피한다.
10. 청결(Cleanliness) : 몸, 의복, 생활을 깨끗이 한다.
11. 평정(Tranguility) : 사소한 일로 마음을 흩트리지 않는다.
12. 순결(Chastity) : 건강한 후손을 두는 목적 이외의 성생활은 절제하며 자신
    과 상대방의 인격을 해치지 않는 범위에서 유지한다.
13. 겸손(Humility) : 예수와 소크라테스를 본받는다.

* 벤저민 프랭클린
o 미국의 "건국의 아버지" 중 한 명, 초대 정치인, 계몽사상가,

피뢰침, 다 초점렌즈 등을 발명, 달러화 인물 중 대통령이 아닌 인물은 알렉산더
해밀턴(10달러)과, 벤저민 프랭클린(100달러) 두 명뿐이다.

2010년도 4일밖에 남지 않았구나 잘 마무리하고 내년도 계획을 나름대로 한번 생각해야 할 시점인 것 같구나.

◆ 크리스마스 고지 전투(요약)

– 1951년 12월 25일 강원도 양구군 북방 어은산 일대의 중공군 63군 예하 204사단이 제7보병사단 3 연대가 점령 중인 1090(북) 고지 일대에 공격을 감행함으로써 시작되어 1952년 10월까지 이어지며 뺏고 뺏기는 고지전으로 훗날 전투 시작 일을 본떠 크리스마스 혹은 1090 고지 전투로 명명되었다. 1951년 12월 25일 오후 5시 40분경 폭설이 쏟아지는 가운데 20여 명의 중공군 정찰대가 거센 눈보라를 뚫고 1090(북) 고지 최북단 무명고지 B 쪽으로 접근해오다 격퇴된다. 이후 400여 발의 공격준비사격이 일대에 퍼부어진 뒤 대대 급 병력들이 최북단 무명고지들 및 1090(북) 고지 양쪽을 쌈 싸먹듯 공격해와 무명고지 B를 점령하기에 이른다. 이에 1대대장은 1090(남) 고지에 있던 1중대를 1090(북) 고지로 올려 보내는 한편 1090(북) 고지의 3중대에게 날이 밝을 때 까지 무명 고지를 사수하라는 명령과 함께 대대화력을 지원했다. 한편 파상공격을 가해오던 중공군은 저항이 거세지자 자신들이 점령한 무명고지 B로 후퇴했고 이에 1 대대장은 중공군을 무명고지 B로부터 몰아내기 위한 역습을 준비시킨다. 12월 26일 자정 3중대는 무명고지 B를 향해 돌격한다. 하지만 적들이 4차례의 공격을 모두 막아내자 별수 없이 철수했고 뒤이어 1중대가 뛰어들어 오후 3시 30분 경 탈환을 성공한다. 하지만 오후 7시경에 공격준비사격 후 또다시 몰려오자 별 수 없이 3중대가 있는 곳으로 후퇴했다. 12월 27일 1 대대장은 1,3중대에게 무 명고지 B 탈환을 지시 하나 적이 박격포와 수류탄으로 완강히 저항해 30여 명의 부상자가 발생한다. 이에 1 대대장은 병력을 철수시킨 뒤 중공군의 주진지가 있 는 1218 고지에 포격을 가해 적 박격포를 무력화하고 재차 돌격시켜 가까스로 점령하는데 성공한다. 하지만 석이 2개 중대를 다시 보내오자 또다시 철수할 수 밖에 없었다. 12월 28일 6시 1,3중대가 재격돌 후 백병전을 벌여 9시 50분경 무 명고지 B 탈환에 성공한다. 이에 적도 11시 40분경에 포격 후 재돌입을 감행하나 아군 3개 포병대대의 집중포격에 격퇴당한 뒤 2월 달까지 대치 상태를 유지 했다.

보낸 날짜 : 2010년 12월 29일 수요일 오전 09시 44분 00초
받는 사람 : 사랑하는 두 아들(298회)

훈련되어야 할 가정생활

- 첫째 : 신발 가지런히 벗어두기
  우리는 신발을 벗는 기회가 많은 신발 문화이다. 그럼에도 너도 나도 신발을 멋대로 벗어 놓아 보기에 사납다. 집에 들어서면서 가장 먼저 보이는 것이 신발이다. 그 가정이 어떤가를 가장 먼저 느끼게 된다.
- 둘째 : 휴지 제대로 버리기
  여기에는 쓰레기 분리수거가 반드시 따른다. 특히 음식물 쓰레기는 가능한 적게 나오게 하며 오래 모아두지 말고 자주 버린다. 냄새나 위생문제이다.
- 셋째 : 잠자리에서 일어날 때 이부자리를 스스로 깔끔히 처리 하는 습관.
  이부자리는 항상 청결한 상태로 유지되도록 관리하여 잠은 언제나 편안하게 잘 수 있도록 하여 피곤이 누적되지 않게 한다.
- 넷째 : 음식을 남기지 않도록 자기 양에 맞게 떠서 먹는 습관.
  반찬은 한 번에 많이 담아서 먹지 말고 조금씩 담아 한번에 다 먹을 수 있는 양만큼 덜어서 먹는다.
- 다섯째 : 정한 시간에 잠자리에 들고 정한 시간에 일어나기.
  건강의 기본이며, 모든 일상생활의 기초가 된다. 훈련을 쌓으면 습관이 되고 습관이 몸에 베이면 성품까지 달라진다. 그렇게 달라진 성품이 인생 전체를 성공으로 이끌어 주게 된다.

오늘도 즐겁고 보람된 하루 되길 바라며…

보낸 날짜 ： 2010년 12월 30일 목요일 오전 09시 59분 00초
받는 사람 ： 사랑하는 두 아들(299회)

고맙다, 고맙다. 2년 전 내가 회사에 처음으로 출근하던 날,
어머니는 작은 목소리로 혼잣말하듯 말씀하셨다.
"고맙다, 영균아, 고맙다."
순간 그 목소리가 어찌나 가슴 깊이 파고 드는지 갑자기 눈물이 쏟아질 것 같아
얼른 "다녀오겠습니다!" 하고는 문을 닫고 나와 버렸다. 그때부터 지금까지 참
을 수 없을 만큼 힘든 순간이면 자꾸 그 목소리가 귓전을 울린다. "고맙다, 영균
아, 고맙다."

– 김정희의 〈그래도 계속 갈 수 있는 것 때문이다〉중에서 –

내가 하고 있는 어떤 일이 누군가에게 고마움을 느끼게 한다는 사실, 이 얼마나
가슴 벅차고 기쁜 일인가. 예전에 미처 몰랐지만 남들 처럼 학교를 다니고 사회
생활을 시작하고 장가가고, 돈을 모아 집을 사고 꿈을 이루고 누구나 할 수 있는
일이지만 어떤 조그마한 일이라도 내가 아닌 다른 이에게 행복감을 준다는 사실
을…
평범하지만 소중한 일상 그 안에서 무언가가 되기보다 항상 고마움을 느끼게 하
는 존재가 되고 싶다는 조그마한 생각과 행동이 일상생활을 더욱 밝게 하는 것 아
닐까 하는 생각이 드는구나.

오늘도 많이 웃을 수 있는 하루 되길 바라며…

★ 그러므로 하나님의 능하신 손 아래에서 겸손하라 때가 되면 너희를 높이시
리라 너희 염려를 다 주께 맡기라 이는 그가 너희를 돌보심이라.(베드로전서 5
장 6,7절)

보낸 날짜 : 2010년 12월 31일 금요일 오전 09시 12분 00초
받는 사람 : 사랑하는 두 아들(300회)

오늘이 2010년 마지막 날이구나 한 해를 돌이켜 보면 항상 아쉬움만 남는 것 같구나 큰아들, 작은아들 한 해를 마무리 하면서 어떤 생각들이 드는지, 지난 한 해를 잠깐이라도 되돌아보는 시간을 가져 보는 것도, 하루하루 열심히, 매일매일 보람되게 살았다고 느껴지는지 모르겠구나? 첫째야! 둘째야! 아빠는 믿는다. 너무 급히 서둘 것은 없다. 아직도 젊으니깐 언제라도 하고자 하는 마음만 먹는다면 무언가를 꼭 이루어낼 것이라 믿는다. 아빠도 내년에는 아쉬움이 남지 않게 열심히 살아보고자 한다. 새해에는 매일매일 즐겁고, 보람되고, 많이 웃을 수 있는 행복한 나날이 되기를 우리 함께 기원하며, 또한 사랑하는 두 아들 300회로 올해를 마무리하게 되는구나.

큰아들, 둘째 아들 파이팅!!! 힘내자!!! 아자!!! 아자!!!

※ 1952년 2월 8일 594일 차 : B-26 전폭기대 야간에 선천 조차장 및 군우리 보급지 폭격, 동부전선 북서쪽 문등리 계곡 서쪽에서 경미한 접촉, 남서지구(지리산 중심) 공비소탕 종합 전과 17,478명 사살 생포 귀순, 경북 6개 군 극심한 가뭄 피해로 아사자 속출, 전국 요소에 충혼탑(忠魂塔) 서울에는 전우탑(戰友塔) 건립, 상호 안전 보장본부 타이완에 41만 5,000달러와 필리핀에 7만 5,000달러의 원조를 부여했다고 발표, 영국 새 여왕 엘리자베스 2세 즉위 선언. 백미 폭등으로 부산시 10개소에서 정부보유미 방출판매(2월 9일)

※ 1952년 2월 10일 569일 차 : UN해군 동해안에서 함포 사격 계속 및 함재기 편대 옹진반도 공격, 지상 전투 평온, 유엔군 고량포 북쪽에서 공산군과 교전, 휴전 감시 문제 참모장교회의 - 유엔군 측 감시할 출입구 수를 각각 8개소로 하자고 제안, 포로 문제 참모장교회의 - 11 항목으로 된 유엔군 측 제안 토의 완료, 공보처장 한강 하구 공동 관리 안 등 휴전회담에서 유엔군 측 양보에 대하여 "대한민국으로써는 도저히 용인할 수 없다"라고 담화, 농림부 쌀값 안정 위해 정부미 무제한 방출.

보낸 날짜 : 2011년 01월 03일 월요일 오전 10시 51분 00초
받는 사람 : 사랑하는 두 아들(301회)

새해를 맞이하면서, 올해도 매일매일 아침에 눈을 뜨면 주님께서 무엇인가를 우리에게 줄 것이라는 기대를 갖고 항상 받을 준비를 하면서 살아갈 수 있는 한 해가 되길 바라면서…

행운을 맞이할 준비는 자기 자신밖에 할 수 없다. 오늘 무언가를 위해 열심히 하여야 미래를 대비할 수가 있을 것이다. 복은 어느 누가 주는 것이 아니라 내가 지어서 내가 받는 것, 스스로 복을 많이 지어 흘러넘쳐서 나 아닌 다른 사람에게도 복을 나누어 줄 수 있어야 할 것이다. 지금 편안한 생활을 하면 미래가 고통스럽고 지금 어려움을 이겨낸다면 미래는 훨씬 수월한 삶이 기다리게 될 것이다. 이 세상에 "공짜는 없다."라는 말은 진리이다. 자기 일에 최선을 다해 몰입하는 사람만이 힘든 순간을 이겨낸 사람만이 별처럼 밝은 빛을 낼 수 있을 것이다. 자기가 하는 일을 계속해서 발전시켜 나가야만 경쟁에서 살아남을 수 있다는 것도 진리이다. 올 한 해도 기대되는 한 해가 될 것이라 믿는다. 첫째야, 둘째야 모든 것에 첫째는 건강이다. 건강과 체력이 따라가야 모든 일을 할 수 있으니 올 한 해도 건강에 소홀함이 없도록 몸을 잘 단련시키고 잘 보살펴야 할 것이다. 엄마, 아빠는 오늘부터 시작되는 올해 첫 특별 새벽 기도회에 참석하기 위해 새벽 4시에 일어나 교회에서 기도로 새해의 일상생활을 시작한다. 큰아들, 둘째 아들의 올해 목표는 나름대로 세워졌는지 엄마, 아빠가 기도해줄 제목이 있으면 연락하여라. 엄마, 아빠가 큰아들과 작은아들을 위해 해 줄 수 있는 것이 이제는 기도밖에 없는 것 같구나.

주님의 은혜가 가득한 한 해가 되길 바라면서…

보낸 날짜 : 2011년 01월 05일 수요일 오전 11시 20분 00초
받는 사람 : 사랑하는 두 아들(302회)

자기 통제력

자신의 삶에 대한 통제력을 갖고 있는 사람들은 허둥대지 않고 그럭저럭 시간에 맞게 도착합니다.
그들은 조금도 당황하지 않고 일을 처리합니다.
반면 그렇지 못한 사람들은 삶의 압력에 끊임없이 시달리며 항상 조금 늦게 그리고 준비가 좀 덜 된 상태로 자리를 옮깁니다.

– 에크낫 이스워런의 〈마음의 속도를 늦추어라〉중에서–

약속 장소에 5분 먼저 온 사람과 5분 늦게 온 사람의 태도는 천지 차이입니다. 직장 출근을 항상 적어도 30분 일찍 하는 사람이면 그는 이미 성공의 길에 들어선 것과 같다. 자기 통제력은 시간 관리에서 드러난다. 시간뿐만이 아니라 자기 통제력은 모든 일에서 일어날 수 있는 것이다. 하여야 할 것과 하지 말아야 할 것을 자기 스스로 통제력이 있어야 한다. 게으름도 자기 통제력이 없는 것이다. 하기 쉬운 것은 하고 조금만 어렵고 귀찮으면 안 하려고 하는 습성, 자기 자신과의 모든 싸움에서 통제력이 있어야 성공할 수 있다고 생각되어지는구나.
올해도 작심 3일로 끝나지 말고 조그만 것에서부터 목표 달성의 쾌감을 느낄 수 있는 한 해가 되길 기원한다.

오늘도 몸과 마음을 스스로 단련시키는 하루가 되길 바라며…

★ 하나님의 말씀과 기도로 거룩하여 짐이라. (디모데전서 4장5절)

보낸 날짜 : 2011년 01월 07일 금요일 오전 09시 45분 00초
받는 사람 : 사랑하는 두 아들(303회)

2011년은 앞으로 10년의 첫해를 맞는 해이다. 신문보도에 의하면 삼성그룹의 이건희 회장께서 3일에 열린 삼성 신년 하례식에서 다음과 같이 말하였다고 보도되었다. "지금부터 10년은 100년으로 나아가는 도전의 시기가 될 것이다. 이를 위해서는 우선 사업구조가 선 순환 되어야 한다. 지금 삼성을 대표하는 대부분의 사업과 제품이 10년 안에 사라지고 그 자리에 새로운 사업과 제품이 자리 잡아야 한다." 이 말이 아마도 틀림이 없을 것이다. 지금 세상은 너무나 빠르게 변화하고 있다. 큰아들, 작은아들이 현재 하고 있는 일들이 과연 10년 뒤에는 어떻게 변화될 것인가를 생각해보아야 할 것이다. 남들보다 한 발짝 앞서 변화하고 새로운 것으로 나아가야 살아남을 수 있을 것이다. 둘째 같은 경우도 더욱더 많은 변화가 올지도 모르겠구나? 유명한 강사가 되는 길은 어떻게 강의를 할 것인가? 학생들의 성향은, 아니면 연령별로 틀리고, 직업별, 기타 등등 많은 변수들이 있을 것이다. 특히 강의는 나이가 들면 힘들어지므로 젊을 때 주가를 바짝 올려서 노후를 대비하여야 할 것이다. 아빠가 이야기하지 않아도 이 정도야 이미 잘 알고 있을 줄 믿는다. 벌써 유명한 강사로 소문이나 있는데 아빠가 쓸데없는 걱정을 한 것이 아닌지 모르겠다. 하여튼 5년 전이나, 1년 전이나 똑같은 방법으로 강의한다면 그 세계에서 살아남기가 어려울지 모르겠다는 생각이 드는구나 다른 사람들의 강의도 듣고 경험은 가장 위대한 스승이다. 그러니 많은 것을 경험하거라. 새해도 벌써 첫 주가 다 지나가고 있구나 추운 날씨에 감기 들리지 않도록 조심하고 건강에 유의하여라.

오늘도 멋진 하루 되길 바라며…

보낸 날짜 : 2011년 01월 10일 월요일 오전 10시 26분 00초
받는 사람 : 사랑하는 두 아들(304회)

1월도 벌써 중순으로 접어드는구나

2011년도 첫 특별 새벽기도회를 추운 날씨 가운데 잘 마쳤다.

엄마, 아빠의 올해 우리 가족을 위한 기도 제목은

첫째 : 우리 가족 모두의 건강

둘째 : 큰아들, 작은아들 중 결혼해서 새 가정 이루는 것

셋째 : 형제간에 서로 믿고 의지하며, 도우며, 대화하며 우애 있는 생활

넷째 : 작은아들 몸무게 5Kg 늘게 하는 것

다섯째 : 첫째, 둘째 아들 십일조 천만 원 이상 할 수 있는 기초를 다지는 해

여섯째 : 범사에 항상 감사하는 마음으로 살 수 있도록 해 달라는 것과

　　　　감사할 일이 많이 있도록 더욱더 노력하는 삶

일곱째 : 열심히 기도하는 삶

"쉬지 말고 기도하라 그리하면 이루어지리라."

★ 내가 진실로 진실로 너희에게 이르노니 나를 믿는 자는 내가 하는 일을 그도 할 것이요 또한 그보다 큰일도 하리니 이는 내가 아버지께로 감이라.(요한복음 14장12절)

※ 1952년 2월 14일 600일 차 : 유엔군 세이버 제트기대 공산군 MIG 15 제트기 1대 격추, 공산군 약 1,000명이 문등리 계곡에서 유엔군 진지 돌파 시도 실패, 동부 전선 분지대 유엔군 진지에 대한 공산군의 3차에 걸친 공격 격퇴, 포로 문제 참모장교회의 - 쌍방대표 휴전협정 조인 후 2개월 이내로 포로교환 완료에 의견 일치 - 공산군 측 신 제안 수교, 국회 국정감사자 20일간 휴회를 마치고 정기국회 재개, 베이징 각계 "중 소 우호동맹상호조약"체결 제2주년 대회 경축행사 거행, 미국 유엔 한국 재건국에 1,000만 달러를 각출했다고 발표.

보낸 날짜 : 2011년 01월 12일 수요일 오후 14시 32분 00초
받는 사람 : 사랑하는 두 아들(305회)

걸음마를 배우는 아기를 보며 아기는 평균 2천 번을 넘겨져야 비로소 걷는 법을 배운다고 한다. 우리 인체는 정말 신비로운 것이라 생각 되어진다. 아빠가 60년을 살아오는 동안 많은 체험을 하였지만 우리의 신체는 자기 자신이 어떻게 단련을 시키느냐에 따라서 상상을 초월할 정도로 바뀔 수 있다는 것은 이미 다 알고 있는 사실이다. 또 한 우리 몸속에 모든 병들도 자연 치유가 우리도 모르게 이루어 지고 있다. 아빠가 약30년 전쯤 허리가 아파서 병원에 가서 검사한 결과 바로 수술을 해야 한다고 했으나 수술하지 않고 물리치료(혼자 스스로)와 이것저것 좋다는 약들을 먹고 치유를 하였다. 약 한 달간 회사를 못 가고 집에서 치료를 하였다.

그때 통증이 얼마나 심하였나 하면 밤에 잠잘 때면 허벅지와 장딴지 부위가 칼로 자르는 것같이 심하게 아파서 밤에는 그이 잠을 자지 못할 정도였다. 낮에 잠을 자려고 반드시 누워 홑이불(여름에 덮는 아주 얇은 이불)을 살 끌어올리면 이불이 스치는 엄지발가락 끝 부위에서 통증을 느낄 정도로 아팠는데 매일 목욕탕에 가서 마사지와 허리에 좋다는 것들은 가리지 않고 먹었다. 접시꽃 뿌리, 이상한 약초 뿌리, 말총으로 만든 갓,(옛 선비들이 쓰던 모자) 기타 등등 부모님이 좋다고 하는 것은 가리지 않고 다 먹었다. 하여튼 어떤 것이 효과가 있었는지는 잘 모르겠지만 한 달 만에 일어나 회사를 출근하였다. 그때 회사에 아빠와 고등학교 동기가 있었는데 아빠와 같이 허리가 아파서 수술을 하였는데 잘못되어 하반신을 쓸 수 없게 되어 휠체어를 타게 되었다. 또 한 너희들도 알고 있지만 아빠 위에 용종이 두 개나 있었는데 용종의 모양과 위치가 떼어낼 수가 없어 매년 위내시경을 하여 변화를 관찰하였는데 작년 신체검사 시 위내시경을 했는데 용종이 없어졌다.

용종이 없어지는데 한 7년 정도 걸렸네, 요사이 집에서 근력운동으로 아령을 열심히 들고 있다. 그런데 전에는 팔을 조금만 무리하게 사용해도 아팠는데 요즈음은 어지간히 쓰도 괜찮다. 허리도 항상 좋지 않아 조심을 하였는데 아침에 눈을 뜨면 허리 근육을 살리는 운동을 지속적으로 함으로 요사이는 하루종일 의자에 앉아 있어도 괜찮다. 그래서 아빠가 느낀 바로는 우리 신체는 어떻게 단련을 시키느냐에 따라 약해지기도 하고, 강해지기도 한다는 것이다. 형님은 1월 달 부터 헬스를 시작한 모양이구나 잘 생각하였는 것 같다. 내 몸은 내가 스스로 움직여서 어떻게 변화가 오는가를 체험할 수 있으니 한번 꾸준히 해볼 만한 것이라고 생각된다.

오늘의 고사성어(古事成語)

주지육림 (酒池肉林) : 술로 만든 못과 고기로 이룬 숲. 극히 호사스럽고 방탕한 술잔치를 비유하는 말이다.

오늘도 몸과 마음을 스스로 단련시키는 하루 되길…

★ 너희는 그들을 두려워하지 말라 너희의 하나님 여호와께서 친히 너희를 위하여 싸우시리라 하였노라.(신명기 3장 22절)

※ 1952년 2월 17일 603일 차 : F-86 제트기대 2차의 공중전(空中戰)에서 공산군 MIG-15기 4대 격추, 1대 격파(擊破), 판문점 북동쪽 유엔군 진지에 대한 공산군의 정찰공격 격퇴, 남서지구에서 공비 사살 80명 생포 21명, 휴전회담 - UN군 측, 의제(議題) 제5항에 관한 공산군 측 수정안 조건부 수락. 영국정부 영국제 원자무기의 최초 폭발실험을 오스트레일리아에서 실시할 것이라고 발표.

※ 1952년 2월 19일 605일 차 : 북한강 상류 유엔군 전초부대 공산군 중대병력의 압력으로 철수, 국회의원 소환 시위사건과 관련해 대통령 질의서 작성 결의, 서울의 세궁민(細窮民)42만여 명으로 조사, 한국농업과학연구소(소장 우장춘) 육종학 연구에 정진.

보낸 날짜 : 2011년 01월 14일 금요일 오전 10시 14분 00초
받는 사람 : 사랑하는 두 아들(306회)

아들에게 들려주는 충고(Ⅰ)

1. 좋은 글을 만나거든 주위에 반드시 추천을 하거라.
   – 너도 행복하고 세상도 행복해진다.
2. 어려서부터 오빠라고 부르는 여자 아이들을 많이 만들어라.
   – 그중에 하나 둘은 안 그랬다면 말도 붙이기 어려울 만큼 예쁜 아가씨로 자랄 것이다.
3. 목욕할 때에는 다리 사이와 겨드랑이를 깨끗이 씻거라.
   – 치질과 냄새로 고생하는 일이 없을 것이다.
4. 식당에 가서 맛있는 식사를 하거든 주방장에게 간단한 메모로 칭찬을 전해라. – 주방장은 자기 직업을 행복해할 것이고 너는 항상 좋은 음식을 먹게 될 것이다.
5. 약속 시간에 늦는 사람하고는 동업하지 말거라.
   – 시간 약속을 지키시 않는 사람은 모든 약속을 지키지 않는다.
6. 여자아이들에게 짓궂게 행동하지 말거라.
   – 신사는 어린 여자나 나이 든 여자나 다 좋아한단다.
7. 양치질을 거르면 안 된다. 하지만 너무 빡빡 닦지 말거라.
   – 평생 즐거움의 반은 먹는 것에 있단다.
8. 노래하고 춤추는 것을 부끄러워하지 말거라.
   – 친구가 너를 어려워하지 않을 것이며 아내가 즐거워할 것이다.
9. 하나님을 찾아보거라. – 만약 시간의 역사 <호킨스>, 노자 <김용옥 해설>, 요한복음 <요한>을 이해한다면 서른 살을 넘어서면 스스로 모든 일을 해결할 능력이 갖추어질 것이다.
10. 어려운 말을 사용하는 사람과 너무 예의 바른 사람을 집에 초대하지 말거라. – 굳이 일부러 피곤함을 만들 필요는 없단다.

한 주간 잘 마무리하고 즐거운 주말과 하나님을 기쁜 마음으로 만나길 …

★ 너희의 하나님 여호와는 신 가운데 신이시며 주 가운데 주시오 크고 능 하시며 두려 우신 하나님이시라 사람을 외모로 보지 아니하시며 뇌물을 받지 아니 하시고. (신명기 10장 17절)

◆ 별고지 전투 (요약)

– 네덜란드 대대가 평강 남방 10Km 지점에 위치한 중공군의 전초 진지인 별고지 (430 고지)를 공격하여 포로를 획득하고 방어시설을 파괴하라는 명령을 받고 1952년 2월 18일 각종 가용 지원 화력의 엄호하에 공격을 전개한 전투. 네덜란드 군은 제2차 세계대전 이후 군비 축소로 파병할 지상병력의 여유가 없어 해 군 구축함만을 파견하였다. 그러나 한반도의 상황이 악화되어 유엔이 회원국들에 게 지상군 파병을 촉구하자 마침내 네덜란드도 지상군 파병에 동참하여 1개 대대를 파병하였다. 당시 네덜란드는 국내 군사적 사정으로 인해 육군의 파병에 큰 어려움이 있었으나 민간단체의 자발적인 지원과 참전 촉구가 있자 대대 파병을 결정하게 되었다. 네덜란드는 지원자 1,200여 명 가운데 총 636명을 최종 선발 하여 참전 부대를 창설하였다. 네덜란드대대는 사단장이 은성고지와 바꽃고지 좌측 중공군 주요 전초 진지인 별고지를 기습 공격하라는 지시를 받고 적진 항공 정찰과 공격 계획을 수립하였다. 별고지는 2개 소대규모 중공군이 배치되어 있었고 고지 후방에는 중대규모의 증원 병력도 있었음 이들은 후방 472 고지 일대에 구축한 강력한 지원기지로부터 화력 지원까지 받고 있었음 네덜란드대대는 3개 포병대대 4.2인치 중박격포 2개 중대 전차 2개 중대 부상자 및 탄약운반을 위한 노무자 70명과 화염방사기 방탄복까지 지원을 받아 1952년 2월 18일 04시 공격 중대 B중대 출발 엄호소대가 주 저항선을 통과하여 무명고지를 점령 예정된 공격준비사격이 별고지 일대에 집중하면서 B중대는 일제히 공격개시 포병의 오폭으로 잠시 공격이 일시 정지되기도 하였으나 경미하게 저항하는 적을 격퇴 하고 별고지 점령, 좌 전방 적이 수류탄으로 방어하자 중박격포와 무반동총으로 이들을 지원함 연대장 지시에 따라 벙커 3개와 다량의 포탄 및 지뢰 등을 폭파하고 화력 엄호를 받으며 저항선으로 복귀함.

보낸 날짜 : 2011년 01월 17일 월요일 오전 09시 41분 00초
받는 사람 : 사랑하는 두 아들(307회)

아들에게 들려주는 충고(Ⅱ)

1. 나이 들어가는 것도 청춘만큼이나 재미있단다. 그러니 너무 겁먹지 말거라.
   – 사실 청춘은 청춘 그 자체 빼고는 흘러가고 나면 다 별거 아니란다.

2. 대변은 아침에 일어나자마자 누는 버릇을 들여라.
   – 일주일만 억지로 해보면 평생 배 속이 편하고 밖에 나가 창피 당하는 일이 없다.

3. 가까운 친구라도 남의 말을 전하는 사람에게는 절대로 속을 보이지 마라.
   – 그 사람이 바로 내 흉을 보고 다니는 사람이다.

4. 네가 지금 하는 결정이 당장 행복한 것인지 앞으로도 행복할 것인지를 심사숙고하여라.
   – 법과 도덕을 지키는 것은 막상 해보면 그게 더 편하단다.

5. 양말은 반드시 펴서 세탁기에 넣어라.
   – 소파 밑에서 도넛이 된 양말을 흔드는 사나운 아내를 만나지 않게 될 것이다.

6. 밥을 먹고 난 후에는 빈 그릇을 설거지통에 넣어 주거라.
   – 엄마는 기분이 좋아지고 여자 친구 엄마는 널 사위로 볼 것이며 네 아내는 행복해할 것이다.

7. 돈을 너무 가까이하지 말거라.
   – 돈에 눈이 멀어진다.

8. 돈을 너무 멀리하지 말거라.
   – 너의 처자식이 다른 이에게 천대받는다.
   – 돈이 모자라면 필요한 것과 원하는 것을 구별해서 사용해라.

9. 너는 항상 내 아내를 사랑해라.
   – 그러면 아내에게 사랑받을 것이다.

10. 심각한 병에 걸린 것 같으면 최소한 세 명의 의사 진단을 받아라.

　– 생명에 관한 문제에 게으르거나 돈을 절약할 생각은 말아라.

　　　　월요일 아침 이번 주도 힘차게 시작해보자 꾸나 파이팅!!!

★ 네가 네 하나님 여호와의 말씀을 삼가 듣고 내가 오늘 네게 명령하는 그의 모든 명령을 지켜 행하면 네 하나님 여호와께서 너를 세계 모든 민족 위에 뛰어나게 하실 것이라.(신명기 28장 1절)

※ 1952년 2월 20일 606일 차 : B-29 전폭기대, 야간에 선천 남쪽 철교 폭격, 문등리 계곡 서쪽 UN군 진지에 대한 공산군 2개 분대의 공격 격퇴, 중공군, 야간에 북한강 동쪽 UN군 진지에 대한 탐색공격, 철원 서쪽에서 유엔군 중공군과 교전, UN군, 판문점 북동쪽에서 교전, 공산군 1개 대대 성진항 근방의 양도에 상륙 기도, 이승만 대통령 국회에서 개헌안 부결에 민의 청취 요구 대통령선거에 대한 민의의 소재를 잘 알고 판단하라고 담화, 타이완 국민정부 측 일본과 전면적 강화조약 초안을 일본 대표에게 수교, 제9회 북대서양 조약이사회 리스본에서 개막.

◆ 거제도 포로수용소(요약)

　– 1950년 11월 27일부터 유엔군에 의해 현재의 거제시 고현동, 수양동, 장평동, 연초면, 남부면 일대에 총면적 12㎢ 규모의 수용소가 설치되었고 1951년 2월부터 포로수용소 업무가 개시되었다. 포로수용소는 60,70,80,90 단위의 숫자가 붙은 구역으로 나뉘었고 1개의 단위구역(Enclose)에는 6,000명을 수용하였다. 각 구역의 하부 구조로 수용동(Compound)이 있었고 전체 수용소는 4개의 구 역과 28개의 수용동으로 구성되어 있었다. 중앙계곡에는 제6 구역, 동부 계곡에 는 제7,8,9구역이 설치되었다. 또한 이러한 시설과 규모를 자체 지원할 수 있는 비행장, 항구, 보급창, 발전선박, 병원, 도로, 탐조등을 설치하여 운영하였다. 1951년 6월까지 북한 인민군 포로 15만과 중공군 포로 2만 명 등 최대 17만 3 천 명의 포로를 수용하였고 그중에는 여성 포로도 300명이 있었다. 그러나 강제 징집 등의 이유로 송환을 거부하는 반공포로와 송환을 원하는 친 공산포로 간에 유혈사태가 자주 발생하였다.

보낸 날짜 : 2011년 01월 19일 수요일 오전 10시 01분 00초
받는 사람 : 사랑하는 두 아들(308회)

아들에게 들려주는 충고(Ⅲ)

1. 5년 이상 쓸 물건이라면 너의 경제 능력 안에서 가장 좋은 것을 사거라. –
   결과적으로 그것이 절약하는 것이다. 특히 전자 제품은 최신형으로 하여라.
2. 베개와 침대와 이불은 가장 좋은 것을 사거라.
   – 숙면은 숙변과 더불어 건강에 가장 중요한 문제이다.
3. 너의 자녀들에게 아버지와 친구가 되거라.
   – 둘 중에 하나를 선택해야 될 것 같으면 아버지를 택해라.
   – 친구는 너 말고도 많겠지만 아버지는 너 하나이기 때문이다.
4. 오줌을 눌 때는 바짝 다가서거라.
   – 남자가 흘리지 말아야 될 것이 눈물만 있는 것은 아니다.
5. 연락이 거의 없던 이가 찾아와 친한 척하면 돈을 빌리기 위한 것이다.
   – 분명하게 '노' 라고 말해라. 돈도 잃고 마음도 상한다.
6. 친구가 돈이 필요하다면 되돌려 받지 않아도 될 한도 내에서 모든 것을 다
   해 줘라.
   – 그러나 먼저 네 형제나 가족들에게도 그렇게 해줬나 생각 하거라.
7. 네 자녀를 키우면서 효도를 기대하지 말아라.
   – 나도 너를 키우며, 너 웃으며 자란 모습으로 벌써 다 받았다.
8. 잠자리는 가능한 밤 11시 전에 들도록 하여라. – 인체의 세포는 저녁 11시
   에서 새벽 3시 사이에 세포재생이 가장 활발한 시간이다.
9. 자신 있는 요리를 세 가지는 만들어 놓아라.
   – 그것만으로도 너는 평생을 먹고 살 수 있을 것이다.
10. 스트레스는 가능한 안 받아야 하지만 받았으면 빨리 풀어라.
    – 스트레스는 만병의 근원이다.

오늘도 몸과 마음을 스스로 단련시키는 하루 되길 바라며…

★ 화평하게 하는 자는 복이 있나니 그들이 하나님의 아들이라 일컬음을 받을 것임 이요.(마태복음 5장 9절)

◆ 거제포로수용소 폭동 사건(요약)
– 거제도 포로수용소에는 13만 2천 명을 수용한 국제연합군 측 최대 규모의 포로 수용소로 북한과 중국으로 돌아가려는 공산포로와 돌아가지 않으려는 반공포로로 나뉘어 심각하게 대립하고 있었다. 분열의 원인은 1949년 제네바 협정에 따라 국제연합군 측이 포로 개개인의 자유의사에 따라 한국, 북한, 중국 또는 타이완을 선택할 수 있는 이른바 자유송환 원칙을 주장하면서부터였다. 반면 공산군 측은 모든 북한 공산군과 중공군 포로는 무조건 각기의 고국에 송환되어야 한다고 주장했다. 최초의 충돌은 1952년 2월 18일에 있었다. 심사를 거부하자 미군이 발포하여 포로 측에서 77명이 사망하고 140명이 부상했으며 미군 측에서는 1명이 사망하고 38명이 부상당했다. 3월 13일에는 한국군경비대와 포로들이 충돌하여 포로 12명이 죽고 26명이 부상당했다. 5월 7일 제76포로수용소의 공산포로들은 수용소장인 미국육군 F.T도드 준장을 납치하고 그 석방 조건으로 포로들에 대한 처우개선 자유의사에 의한 포로 송환 방침 철회, 포로의 심사중지 포로의 대표위원단 인정 등을 제시하였다. 이 폭동은 낙동강 전선에서 미국 1 기병사단에 항복했던 이학구가 주도했다. 공산 포로들은 평양으로부터의 지시에 따라 그해 6월 20일을 기하여 전 포로수용소에서 일제히 봉기하여 반란을 일으킬 계획을 세우고 있었다. 리지웨이의 뒤를 이어 새로 연합군 사령관으로 임명된 마크 클라크 대장은 이와 같은 사건을 막기 위하여 포로의 분산 수용을 결정하고 H.L보트너 준장을 포로수용소 소장으로 임명하였다. 6월 7~10일에 부산 포로수용소에서 공산 포로들이 경비병에 반항하다가 1명이 피살된 사건을 계기로 재차 폭동이 일어났다. 보트너 준장은 6월 10일 도드 준장을 구출하면서 포로를 분산 수용하기 시작하였는데 그 과정에서 105명의 반공 포로들이 공산 포로들에 의하여 살해된 사실이 드러났다. 1952년은 이러한 크고 작은 폭동이 계속되었다.

보낸 날짜 : 2011년 01월 20일 목요일 오후 18시 14분 19초
받는 사람 : 사랑하는 두 아들(308회 답장)

너무 바빠서 정신이 없기도 했거니와, 메일이 항상 도착하긴 했는데, 아빠한테 도착하는 메일을 따로 보관하도록 했는데. 그걸 까먹고 왜 나는 메일이 안 오는 걸까라고 생각하고 있던 차에 최근래에 다시 메일을 받아 보고 있답니다. 저는 요즘 일복이 터졌나 봅니다. 하는 일이 너무 많기도 하고 이리저리 신경 써야 할 것도 많기도 하고, 요즘 일을 하면서 느낀 건 나는 일하는 스타일에 있어서 멀티(여러 가지 일을 한 번에 하는 것)는 잘 안 되는구나 하게 되었답니다. 한 가지가 끝나지 않고 다른 걸 하면 찜찜해서 다른 일 조차 일이 손에 잘 안 잡힌다는, 뭐 이런 것도 하다 보니. 점점 적응이 되긴 합니다만, 지금은 보험 일은 거의 접고 살고 있습니다. XX보험사에서는 건수나 실적을 따지지 않기 때문에 가끔씩 일하면 되는 거라, 그렇고, 알바하는 XX언론사는 작년 하반기부터 일하기 시작했는데 여기 사장님이 저 보고 인터넷 팀을 도와달라고 부탁하셔서 여기서 잠깐 일주일에 두 번 정도 출근하고 있습니다. 또 소문이 퍼져서 다른 언론사에서 저 보고 도와달라고 전화가 오네요, 그리고 세 사입은 힘 발짝 전진 중입니다. 기존의 강좌만으로는 현상 유지 밖에 안 되기 때문에 영역 넓히기 프로젝트를 진행 중에 있습니다. 그래서 이번에 영역 넓히기 프로젝트를 진행 중이라, 여러모로 정신이 없습니다. 그리고 어머니한테 들었겠지만, 그동안 빼고 싶었던 점을 15만 원이나 들어서 뺏고요. 헬스 끊어서 운동 중입니다. ㅋㅋ 한 일주일 하니까 운동기구 사용 방법은 다 배웠고요… 저는 주로 상체운동을 주력으로 하고 있습니다. 트레이너가 나보고 상체 근력운동을 해야 한다고 해서, 그리고 요즘은 나는 왜 살아가는가? 라는 생각을 종종 해봅니다.

사람들이 그러죠, 죽지 못해서 산다. 뭐 그 말 무슨 뜻인지 조금은 알 듯, 그리고 먹고 살기 위해서 어쩔 수 없이 산다. 이것도 무슨 말인지 쫌 알 것 같고, 제가 32년 동안 살면서 아쉬운것이 하나 있다면 대학 다닐 시절, 어학연수 기회가 있었을때 갔어야 하는 안타까움이 큽니다. 그때 미국이라는 땅을 한번 밟아 봤어야 했

는데 라고 말이죠. 그랬다면 내 인생이 조금은 달라졌을 것이라는 생각도 해봅니다. 32살이면 많으면 많은 나이이고 작으면 작은 나이인데 뭔가 시작하기도 애매한 나이라고 다들 말하지만, 그래도 어물쩡 거리면서 아무것도 안 하는 것 보단 뭔가 새로운 걸 도전해보고 개척해보자는 생각으로 2011년을 보내려고 합니다. 그래서 2011년에 개인적으로 해보고 싶은게,

1. 해외로 나갈 기회를 만들어 보기

2. 영어 토플 점수 올리기

3. 중국어도 공부하기

4. 건강 지키기

5. 예술의 전당 같은 데서 공연하기

6. 바이올린 배워보기

7. 댄스 배워보기 (춤이 멋지다는 사실을 얼마 전에 알았다는)

8. 대학에서 강의하기 (이거 아시는 분에게 들었는데 제가 석사까지 했으니까 전문대 시간 강사 정도는 할 수 있다고)

제가 8년 넘게 서울을 살면서 느낀 건 부산과 서울은 참으로 많이 다른 거 같다는 것 입니다. 경쟁과 또 경쟁뿐인 서울이라서 각박하긴 하지만, 나름 재미있는 것 같습니다. 내가 서울에서 학교를 나왔으면, 내 인생이 뭔가 변화가 있었을까 하는 생각도 해 보고, 왜 나는 초 중고등학교 때는 이런 걸 몰랐을까 하는 생각도 들기도 하고, 그나마 대학원을 서울에서 나오게 된 거 정말 감사하고, 솔직히 친구가 참으로 중요 하단 걸 여기서 알 수 있습니다.

대학 다닐 때 서울에서 부산으로 내려온 친구가 있었는데 지금은 결혼해서 애 엄마가 되었지만 대학 졸업하고 그친구가 서울로 대학원 간다기에 나도 해봐야지 했다가 이렇게 서울로 왔네요. 나랑 동기 97학번 애들 중에 대학원 나온 친구는 나랑 그 친구뿐이니까, 암튼! 그리고 일단 저는 해보고 싶은 게 너무너무 많아요!! 그리고 제가 핸드폰이 바뀌었습니다. (번호는 예전 번호로 그대로 해도 됨) 나름 신형인 아이폰으로 바꾸었습니다.

스마트폰인데 동생이 내 거 가지고 싶어서 맨날 내 거 뺏어다가 가지고 논다는…

스마트폰 끼리 와이파이만 되면 서로 통화료가 공짜라서 동생하고는 서로 공짜
로 문자 주고받고 그러는데 …

그래서 어머니나 아버지도 핸드폰 한번 바꾸어 드리고 싶은데, 지하철에 보니까
어머니 아버지 나이 또래 되시는 분이 자식들이 스마트폰 사줬는지, 친구들에게
자랑하고 있는 모습이 보기 좋아 보이더라고요. 아직 스마트폰이 워낙 비싸요.
제꺼가 90만원 넘게 줬으니, 암튼 돈이 쫌 모이면, 다음번에 핸드폰 바꿔 드릴게
요. 어머니는 작년에 했으니까 약정 때문에 안될 거고 아버지꺼 하나 해드릴 테
니 기다리세요 ~ ㅎㅎㅎ

그럼 좋은 하루 되시고 건강하세요 ~

★ 내 이름을 경외하는 너희에게는 공의로운 해가 떠올라서 치료 하는 광선을 비
추리니 너희가 나가서 외양간에서 나온 송아지 같이 뛰리라"(말라기 4장 2절)

보낸 날짜 : 2011년 01월 21일 금요일 오후 13시 11분 00초
받는 사람 : 사랑하는 두 아들(309회)

고맙다!!! 큰아들 아빠가 기다린 보람이 있구나. 가슴이 뻥 뚫리는 것 같구나, 항상 큰아들이 지금은 무엇을 생각하며 어떤 일을 하고 있는지가 걱정이 되고 궁금하였는데, 회사는 자주 옮기고 그래서 더더욱 걱정이 되었는데 이렇게 메일로 상세하게 알려주니 얼마나 고마운지 모르겠구나. 큰아들 올 해 기도 제목 8가지 꼭 이루어질 것이라 믿는다. 엄마, 아빠도 합심해서 열심히 기도를 할 것이다. 둘째 아들도 기도 제목을 보내주면 엄마, 아빠가 열심히 기도 할 텐데, 하여튼 큰아들이 바쁘다고 하니 좋은데, 일의 순서는 중요하니깐 잘 생각해서 너무 많은 것을 할려고는 하지 말고 잘 선별해서 하여라. 큰아들 작은아들 서울에서 스스로들 잘 살아가고 있으니 정말 자랑스럽구나.

오늘의 고사성어(古事成語)
만수무강 (萬壽無疆) : 만년을 살아도 수명이 끝이 없다. 장수를 축원하는 인사 말이다.

　　　　　　　　　　오늘도 한 주간 잘 마무리하고 멋진 주말 되길 바란다…

★ 너희 마음에 그리스도를 주로 삼아 거룩하게 하고 너희 속에 있는 소망에 관한 이유를 묻는 자에게는 대답할 것을 항상 준비하되 온유와 두려움으로 하고.(베드로전서 3장 15절)

※ 1952년 2월 22일 608일 차 : UN공군, 공산군 MIG 15기 제트기 1대 격추, 문등리 계곡에서 교전, 휴전감시문제 참모장교회의 - 공산군 측 교대병력 3만 명과 감시 출입구를 각각 5개소로 주장, 포로 문제 참모장교회의 - 유엔군 측 13일 잠정적으로 협정에 도달한 제 원칙 전부를 성문화한 포로 교환에 관한 신 제안 제시, 평양방송 박헌영 북한 외무상이 "미군이 전선과 후방지역에 비행기로 대량의 박테리아균을 조직적으로 살포했다"라고 주장.

보낸 날짜 : 2011년 01월 24일 월요일 오전 10시 29분 00초
받는 사람 : 사랑하는 두 아들(310회)

- 남자의 인생에는 세 갈레의 길이 있다.
  하나는 처자를 위한 굳건한 아버지의 길이고, 하나는 사회적 지위의 상승과 성공의 길이고, 하나는 언제든지 혼자일 수 있는 자유의 길이다.
- 남자의 인생에는 세 여자가 있다.
  하나는 아내가 닮았으면 하는 어머니이고, 하나는 전능한 어머니였으면 하는 아내이고, 하나는 가슴에 숨겨두고 몰래 그리는 여인이다.
- 남자의 인생에는 세 가지 중요한 것이 있다.
  하나는 인생을 걸고 싶을 만큼 귀한 친구이고, 하나는 고단한 길에 지침이 되어 주는 선배이고, 하나는 자신을 성숙하게 하는 책이다.
- 남자의 인생에는 세 가지 갖고 싶은 게 있다.
  하나는 자신을 빼닮은 아들이고, 하나는 죽을 때까지 잊을 수 없는 첫사랑이고, 하나는 목숨을 다 할 때까지 효행 하고픈 부모이다.
- 남자의 인생에는 세 번의 몰래 흘리는 눈물이 있다.
  하나는 첫사랑을 보낸 후 흘리는 성숙의 눈물이고, 하나는 실패의 고배를 마신 후 흘리는 뼈아픈 눈물이고, 하나는 부모를 여의었을 때 흘리는 불효의 눈물이다.

날씨 추운데 몸조심하고, 또 서울에 눈이 많이 왔다고 하는데 미끄러지지 않도록 조심해서 다녀라, 호주머니에 손 넣고 다니지 말고 장갑을 끼고 다녀라 혹시 미끄러지더라도 충격을 작게 할 수 있으니까. 어저께는 큰외삼촌 장로 임직식에 참석하였다. 서울에서는 작은 외할아버지, 할머니, 외삼촌(세명)과 서울 둘째 이모 모두 내려왔다 올라갔다. 시간이 나면 큰외삼촌에게 죽하 선화라도 하면 좋을 텐데…

오늘도 즐겁고 보람된 하루 되길 바라며…

◆ 반공포로 석방(요약)

- 6.25 전쟁의 휴전협정이 진행 중이던 1953년 6월 18일 남한 각지에 수용되어 있던 북한, 중국 출신 포로 중 반공 성향 포로를 석방한 사건이다. 미국은 한국전쟁 휴전을 맺으려고 했으나 이승만은 휴전에 반대하고 있었고 아무런 안전보장 장치 없이 휴전이 이루어지면 이후 다시 전쟁이 일어날 수 있다는 우려를 하고 있었다. 그리하여 이승만 대통령이 미국을 압박하기 위해 일으킨 사건이 반공포로 석방 사건이다. 이 일 이후 이승만은 미국에게 휴전협정 전 안전보장 약속을 해 줄 것을 요구했고 실제로 휴전협정이 맺어지기 보름 전 "한미상호방위조약"을 체결할 것이라는 내용의 공동성명을 발표하게 된다. 이 사건의 배경으로는 6.25 전쟁이 장기화되면서 휴전 논의가 이어졌으나 좀처럼 결론이 나질 않은 채 교전과 휴전협상이 오랫동안 병행하게 되었다. 이때 협상 내용 중 큰 문제점으로 전쟁포로 송환 문제였다. 당시 상황은 거제 포로수용소에 인민군 15만 중공군 2만 등 17만에 달하는 적군 포로가 수용되어 있었으나 실상 미군과 한국군은 외부에서 식량만 공급하고 있을 뿐 포로수용소 내부는 전혀 통제하지 못하고 있었다. 수천 명 단위로 수용된 개별 수용소 안쪽은 사실상 무법천지로 포로조직을 중심으로 사상교육과 인민군 군사 훈련까지 행해지고 있었고 공산포로들은 다수 의 반공 포로들에게 테러와 고문 살해 등을 통한 회유 공작을 펼치고 있었다. 이승만 대통령은 모든 반공 포로들을 일괄적으로 대한민국 정부에 송환되어야 한 다고 주장하였다. 이승만 대통령이 휴전을 반대한 것은 통일도 못한 채로 죽음과 파괴만 남길 것이라고 이승만은 미국 정부에 휴전협정에 절대 반대하는 서 한도 여러 차례 보냈다. 당시 이승만 대통령은 유엔군 특히 그 대표국인 미국의 지원을 받아내기 위해선 극단적인 방법이 필요하다고 판단한 것이었고 그 카드가 바로 반공포로 석방으로 1953년 6월 18일 자정을 기해 대한민국 육군 헌병 사령부 주도로 반공포로 석방이 강행되었다. 실제 수용소에서 일어난 한밤중의 대탈주 극이었다. 약 26,900여 명이 나오고 유엔군 사격으로 61명 사망하고 116명이 부상당했다.

보낸 날짜 ： 2011년 01월 26일 수요일 오전 09시 19분 00초
받는 사람 ： 사랑하는 두 아들(311회)

교육사업의 본질

어떠한 시대를 맞이하게 되며 어떻게 준비해야 하며 어떻게 학생들을 가르쳐야 할 것인가를 생각할 시점이다. 21세기 후기 정보화 사회는 새로운 양상으로 변화될 것이다. 지식을 독점하고 판매하던 산업화 시대가 인류의 지식과 정보를 온 인류의 자산으로 공개하는 후기 정보화 시대로 바뀌어 갈 것이다.(집단지성) 정보와 지식은 특정 사람들의 전유물과 독점물이 아닌 온 인류의 공동자산으로 바뀌어 가고 있다.(공동지성) 방대하게 오픈된 정보와 지식을 활용함으로써 온 인류가 함께 교육 시민으로 성숙하고 가치를 공동으로 만들어 내는 것이다.(협력지성) 혼자 앞서가는 패러다임에서 벗어나 화합과 융합, 포용의 문화를 만드는데 모든 문화가 바뀌어 갈 것이다. 즉 21세기 후기 정보화 사회는 혼자가 아니라 화합과 융합, 포용을 위해서 사람과 사람, 인맥의 중요성, 사람을 포용하는 중요성을 배워야 할 것이다. 2020년이 되면 우리 인구의 400만 명이 다문화 가정으로 구성된다고 한다. 정보화 사회에서의 지식은 너무나 많은 자료들이 노출되어있다. 이 자료들을 얼마나 빨리 접하고 효율적으로 활용하여 내가 맡은 분야에 접목하고 발전시켜 나가는 것이 21세기 후기 정보화 사회에서 살아남을 수가 있을 것이다. 너무나도 급변하는 세상이다. 그렇지만 너무 겁먹을 것은 없다. 성실과 인내로 지속적으로 자기 계발을 해 나간다면 큰 어려움은 없을 것이다.

오늘도 많이 웃을 수 있는 하루 되길 바라며 …

★ 긍휼히 여기는 자는 복이 있나니 그들이 긍휼이 여김을 받을것임이요.

(마태복음 5장 7절)

보낸 날짜 : 2011년 01월 27일 목요일 오전 10시 27분 00초
받는 사람 : 사랑하는 두 아들(312회)

인생지침(人生指針)
〈사랑도 행복도 늘 처음처럼〉

1. 건강은 행복의 어머니이다.
    인생은 바느질과 같아야 한다. 한 바늘 한 바늘씩!
2. 인생에 있어 가장 중요한 것은 실패했다고 낙심하지 않는 것이며 성공했다
    고 지나친 기쁨에 도취 되지 않는 것이다.
3. 상대방에게 한번 속았을 땐 그 사람을 탓하라.
    그러나 그 사람에게 두 번 속았거든 자신을 탓하라.
4. 어진 부인은 남편을 귀하게 만들고 악한 부인은 남편을 천하게 만든다.
5. 사람은 늙어가는 것이 아니라 익어 가는 것이다.
    좋은 포도주처럼 세월이 가면서 익어 가는 것이다.
6. 입은 사람을 상하게 하는 도끼이고 말은 혀를 베는 칼이다. 그러므로 입을
    막고 혀를 깊이 감추면 몸이 어느 곳에 있어도 편안할 것이다.
7. 우리는 일 년 후면 다 잊어버릴 슬픔을 간직하느라고, 무엇과도 바꿀 수 없
    는 소중한 시간을 버리고 있다.
8. 소심하게 굴기에는 인생은 너무나 짧다.
    생각에 따라 천국과 지옥이 생기는 법이다. 천국과 지옥은 천상이나 지하에
    있는 것이 아니라 바로 우리의 삶과 내 마음속에 있는 것이다.
9. 세상은 약하지만 강한 것을 두렵게 하는 것이 있다.
    첫째, 모기는 사자에게 두려움을 준다.
    둘째, 거머리는 물소에게 두려움을 준다.
    셋째, 파리는 전갈에게 두려움을 준다.
    넷째, 거미는 매에게 두려움을 준다.

아무리 크고 힘이 강하더라도 반드시 무서운 존재라고는 할 수 없다. 매우 힘이 약하더라도 어떤 조건만 갖추어져 있다면 강한 것을 이길 수가 있는것이다.

오늘도 즐겁고 보람된 하루 되길 바라며…

★ 나는 너희를 위하여 기도하기를 쉬는 죄를 여호와 앞에 결단코 범하지 아니하고 선하고 의로운 길을 너희에게 가르칠 것인즉(사무엘상 12장 23절)

※ 1952년 3월 1일 616일 차 : 유엔군 폭격기대 은폐된 공산군 전차 3대 격파 6대 파손 한국군 공군 1,000회 출격 기록, 유엔군 중부 전선 철원 서쪽에서 중대병력의 중공군 격퇴, 포로분과위원회 - 유엔군대표 쌍방의 부상포로 즉시 교환 요구 공산군 측에서는 거부, 기미독립운동 33주년 기념식 - 이승만 대통령 및 신익희 국회의장 등 참석 부산시 충무로광장에서 거행 "민족선언서" 서포, 대한노총 광산연맹 파업 성명, 홍콩에서 중국계 인사들 소규모 소요 야기.

◆ 대한독립만세운동(3.1운동)
– 일제 강점기에 있던 조선인들이 일제의 지배에 항거하여 1919년 3월 1일 한일병합조약의 무효와 한국의 독립을 선언하고 비폭력 민세운동을 시작한 사건이다. 기미년에 일어났다 하여 기미독립운동(己未獨立運動), 줄여서 기미운동이라고도 부른다. 대한제국 고종이 독살되었다는 고종 독살설이 소문으로 퍼진 것을 계기로 고종의 인산일(장례일)인 1919년 3월 1일에 맞추어 한반도 전역에서 봉 기한 독립운동이다. 만세운동을 주도한 인물들은 민족 대표 33인(기독교 16명, 천도교 15명, 북교 2명)으로 부르며 이외에 만세 성명서에 직접 서명하지는 않 았으나 직접적 간접적으로 만세운동의 개최를 위해 준비한 이들까지 합쳐서 보 통 민족대표 48인으로도 부른다. 약 3개월가량의 시위가 발생하였으며 조선 총독부는 강경하게 진압했다. 조선총독부의 공식 기록에는 집회인 수가 106만여명이고 그중 사망자가 900여명 구속된 자가 4만 7천여 명이었다. 3.1운동을 계기로 다음 달인 1919년 4월 11일 중국 상해에서 대한민국 임시 정부가 수립 되었다. 천주교는 흥선대원군의 탄압 후 유증(7천여 명 천주교인 살해)으로 시위 에 참여 하지 않았다.

보낸 날짜 : 2011년 01월 28일 금요일 오전 09시 28분 00초
받는 사람 : 사랑하는 두 아들(313회)

인생지침(人生指針)

1. 사랑을 받는 것은 행복이 아니다. 사랑하는 것이야말로 행복이다.
2. 자식에게 물고기를 잡아 먹이지 말고 물고기를 잡는 방법을 가르쳐 주라.
3. 서툰 의사는 한 번에 한 사람을 해치지만 서툰 교사는 한 번에 수많은 사람을 해친다.
4. 재능이란 자기 자신을 믿는 것이고 자기의 힘을 믿는 것이다.
   비교는 친구를 적으로 만든다.
5. 쓰고 있는 열쇠는 항상 빛난다.
   가장 무서운 사람은 침묵을 지키는 사람이다.
6. 얻는 것보다 더욱 힘든 일은 버릴 줄 아는 것이다.
   영원히 지닐 수 없는 것에 마음을 붙이고 사는 것은 불행이다.
7. 나에 대한 사람들의 평가는 내가 스스로를 어떻게 평가 하는냐에 좌우된다.
8. 햇빛은 하나의 초점에 모아질 때만 불꽃을 피우는 법이다.

실패는 고통스럽다. 그러나 최선을 다하지 못했음을 깨닫는 것은 몇 배 더 고통스럽다. 훌륭한 인간의 두드러진 특징은 쓰라린 환경을 이겼다는 것이다.

내려오는 표는 구했는지 집 나올 때 전기, 가스, 수도 등 잘 점검하고 문단속 잘하고 조심해서 내려와라 …

★ 마음이 청결한 자는 복이 있나니 그들이 하나님을 볼 것임이요.

(마태복음 5장 8절)

보낸 날짜 : 2011년 02월 08일 화요일 오전 10시 05분 00초
받는 사람 : 사랑하는 두 아들(314회)

길게 느껴졌던 설날 연휴도 끝나고 첫 출근에 어저께는 조금 바쁘게 보내었구나. 만난다는 기대가 있을 때에는 기다림이 있어 좋고 만나서는 얼굴을 대하고 대화를 할 수 있어 좋고 그러나 헤어질 때는 무언가 모르게 섭섭함과 걱정스러움이 가슴에 남는 것은 무엇일까? 아직도 기대가 너무 커서 그런 것일까? 하여튼 큰아들과 작은아들이 가정이라는 울타리가 만들어지면 어떻게 될지 모르겠구나 아마 그때도 마찬가지 일지 모르겠구나.

큰아들, 작은아들아 고맙구나 날이 가면 갈수록 너희들은 어른스러워지는데 아빠는 나이가 들면 들수록 어린애로 다시 되돌아가는 것 같구나. 큰아들의 올해 계획을 상세히 알려줘서 고맙다.

또 한 아빠보다 동생에 대해 더 깊이 먼 미래까지 생각하고 있으니 말이다. 둘째도 한 목 할 것이라 믿는다. 너무 성급하게 서둘지 말고 차근차근히 준비하고 실행하여라. 아빠, 엄마가 해줄 것이라고는 큰아들, 작은아들을 위해 기도밖에 없구나. 둘째는 대학원 가는 걸 다시 한 번 심사숙고 하여보아라.

오늘의 고사성어(古事成語)
무념무상(無念無想) : 불경에 나온 말로 무아(無我)의 경지에 이르러 일체의 상념을 떠나 담담함. 같은 말 무상무념(無想無念)

사랑하는 두 아들 파이팅!!! 파이팅!!! 파이팅!!!

★ 지극히 높은 곳에서는 하나님께 영광이요 땅에서는 하나님이 기뻐하신 사람들 중에 평화로다 하니라. (누가복음 2장 14절)

보낸 날짜 : 2011년 02월 09일 수요일 오후 12시 02분 00초
받는 사람 : 사랑하는 두 아들(314-1회)

둘째야 내일(2월 10일)이 형님 생일인데 오늘 시간 내어 마트에 가서 미역국 끓일 수 있도록 만들어진 것이 있으면 사두었다가 아침에 끓일 수 있으면 맛에 관계 없이 형님이 좋아할 텐데 아니면 저녁에 조그마한 케이크라도 사서 축하 해주어라. 가깝게 있는 동생이라도 신경을 써주면 좋지 않겠나 싶어 둘째에게 부탁한다. 이미 작은아들이 좋은 이벤트를 준비해두었는데 아빠가 이야기하는 것이 아닌지 모르겠구나. 형님이 그런 것 잘 못하니 동생이 시범을 한번 보여 주어라, 그러면 다음에 형님이 너 생일 때 멋진 이벤트를 해줄지?
둘째 한테 신경 쓰게 해서 미안 …

오늘의 고사성어(古事成語)
관포지교(管鮑之交) : 관중과 포숙아의 우정으로서, 서로에 대한 믿음과 의리가 두터운 사람을 일컫는다.
오늘도 즐거운 하루 되길 바라며 …

★ 의를 위하여 박해를 받는 자는 복이 있나니 천국이 그들의 것임이라.
(마태복음 5장 10절)

◆ 3.1 운동의 유관순
- 1916년 충청남도 공주시에서 선교활동을 하던 미국인 감리교회 선교사인 사애리시 부인의 추천으로 이화학당 보통과 3학년에 장학생으로 편입하고 1919년에 이화학당 고등부에 진학하였다. 3월 1일 3.1 운동에 참여하고 3월 5일의 만세 시위에도 참여하였다. 총독부의 휴교령으로 천안으로 내려와 후속 만세 시위에 주도적으로 참여했다가 일제에 체포되어 공주지방법원에서 징역 5년형을 선고받고 항소하였고 경성복심법원에서 징역 3년을 선고받아 형이 확정되었다. 유관순은 서대문 형무소 복역 중에도 옥 안에서 독립만세를 고창하고 1920년 9월 28일에 서대문 형무소에서 옥사하였다.

보낸 날짜 : 2011년 02월 09일 수요일 오후 15시 27분 00초
받는 사람 : 사랑하는 두 아들(315회)

큰아들 생일 축하한다. 내일(2월 10일)이 32회째 맞는 생일이구나 멀리서 메일로 축하하는 방법밖에 없어 섭섭한 마음뿐이네, 내일은 축하받으며 함께 저녁이라도 먹을 친구들이 있는지 모르겠구나 축하해 주는 친구가 혹시 없다면 다시 한 번 생각해 보아라 삶이 아무리 바쁘지만 그래도 생일날 챙겨주는 친구 정도는 있어야 될 것이라 생각된다. 우리 멋진 큰아들이 그럴리야 없겠지 혹시 너무 많아서 누구와 함께 저녁을 먹을까 하고 고민 중에 있는 거 아닌지 모르겠다. 하여튼 내일은 특별히 즐겁고 보람된 하루 되길 바란다. 큰아들이 추진하고 있는 영상 사업 중에 매뉴얼을 영상화 하는 것 외에도 책을 영상으로 만든다면 어떨까 하는 생각이 문득 드는 구나 특히 아이들 동화책 같은 것을 영상화 한다면 어떨까 하는 생각이 드는데 벌써 시중에 나와 있는데 아빠는 모르고 있는 것이 아닌지 모르겠구나. 앞으로 영상화해야 할 소재는 많이 있을 걸로 생각되는데 열심히 하여보아라.

오늘도 즐거운 하루 되길 바라면서…

★ 이것들을 증언하신 이가 이르시되 내가 진실로 속히 오리라 하시거늘 아멘 주 예수여 오시옵소서.(요한계시록 22장 20절)

※ 1952년 3월 3일 618일 차 : UN군 철원 근방 아군 공산군에 타격 피란호 20개소 파괴, 8개소 손실. 동부전선 공산군 선전전단 포탄 발사 이날 까지 공산군 251개 선전전단탄 사용, 포로교환분과위원회 - 유엔군 측 대표 리비 소장 회의 진전이 없었고 공산군 측은 거제노 폭동에 관해 유엔군외 비합법적인 대우에 따른 것이라 비난했다고 발표, 이승만 대통령 전쟁목표 "통일에 있다"라고 천명 – "휴전회담은 한국민에게 모욕적 처사"라고 언명.

희망아, 행복되어라

옷깃 사이를 파고드는 한기에도 머리에 소복소복 쌓이는 함박눈에도 두 아들의 마음속 깊은 곳에서 오래전부터 갈망하는 부푼 희망 들이 이루어져 지금과 미래의 진정한 행복으로 눈꽃처럼 피어나기를!!! 오래간만에 부산에도 눈 폭탄을 맞았다. 도시 전체가 이틀간이나 마비 상태이다. 특히 부산에는 눈에 대한 대비가 없어 조금만 눈이 쌓여도 엉망인데 어저께는 함박눈이 하루 종일 내렸다. 큰 도로에도 버스가 못 다닐 정도였다. 어저께는 퇴근 시 버스가 없어 걷다가 겨우 택시를 타고 퇴근을 하였다. 오늘 아침도 마찬가지다. 눈이 그쳐 다행지만 도로에 눈이 얼어서 빙판 길이 되었다. 요사이 서울은 눈이 좀 덜 오는 모양이 구나 그래도 해동기에 접어들면 몸에 이상이 올 수도 있으니 각별히 감기 조심하여라… 어저께 초콜릿 많이 받았는지 잠자기 전에 너무 많이 먹지 마라 혹시 너무 많으면 붙여주면 엄마 아빠 산에 갈 때 먹으면 되는데.

오늘의 고사성어(故事成語)
소탐대실(小貪大失) : 작은 것을 탐하다가 큰 것을 잃음

오늘도 멋진 하루 되길 바라며…

★ 그러므로 함께 하늘의 부르심을 받은 거룩한 형제들아 우리가 믿는도리의 사도이시며 대제사장이신 예수를 깊이 생각하라. (히브리서 3장 1절)

※ 1952년 3월 8일 623일 차 : B26전폭기 및 해병대 항공기대 북한지구 공산군 주요 운수시설 폭격, 밴 플리트 미 제8군 사령관 90만 공산군 집결 경고, 밴 플리트 미 제8군 사령관 국군 재훈련(再訓鍊) 조만간 완료 언명. 광주(光州) 남쪽 산악에서 공비 23명 사살, 함인섭 농림부장관 쌀값 폭등에 책임지고 사표 제출.

보낸 날짜 : 2011년 02월 23일 수요일 오전 09시 40분 00초
받는 사람 : 사랑하는 두 아들(317회)

성공하는 성격의 특성

1. 미래지향적이고 도전적이다.
2. 집념이 강하고 유연성이 있다.
3. 자기 절제나 조절을 잘한다.
4. 주의 집중이 잘되어 일에 몰두한다.
5. 신중하되 과감하고 결단력이 있다.
6. 창의적이고 열정적이다.
7. 대인 관계가 좋아 폭넓은 인맥이 있다.
8. 정직하고 책임감이 강하다.
9. 유머 감각이 있다.
10. 매사에 감사하며 밝고 긍정적이다.

〈유시형 박사〉

이런 성격을 갖고 성공하지 못한다면 천재지변일 수밖에 없다. 물론 실패할 수도 있다. 하지만 분명한 것은 그는 언제나 행복하고 성공할 수 있다는 점이다. 사회적 성공은 조건에 의하여 좌우되는 것이지만 인간적 행복은 자기 속에 있는 것이기 때문이다.

오늘도 즐겁고 보람된 하루 되길 바라면서…

※ 1952년 3월 10일 6.25일 차 : 유엔 전폭기 100대 순천 근방 공산군 보급선에 폭탄 투하, 유엔군 판문점 북동쪽의 전초진지 탈환, 지리산지구 공비 소탕전 연5일간 맹공격, 양유찬 주미 대사 겸 한·일회담 수석대표 재일동포 국적 문제와 선박 문제에 대하여 담화 발표.

보낸 날짜 : 2011년 02월 25일 금요일 오전 10시 25분 00초
받는 사람 : 사랑하는 두 아들(318회)

후기 정보화 사회라는 꿈의 사회(I)

인류는 꿈의 사회라는 후기정보화 사회를 맞이하고 있다. 앞으로 펼쳐질 후기정
보화 사회는 인류가 경험해보지 못했던 새로운 패러다임과 새로운 사회 새로운
일들이 벌어질 거라고 한다.

그 중에 하나가 바로 고령화 사회이다. 온 세계는 저출산 저 사망률이라고 하는
소위 소산소사의 시대에 접어들게 되었다.

우리나라도 2000년대부터 고령화 사회에 진입하여서 아주 빠른 속도로 고령 사
회로 나아가고 있다.

지금 추세로라면 2050년이 되면 대한민국의 고령 인구는 무려 38%로써 세계 평
균의 두 배가 넘을 거라는 전망이다. 한번 저출산에 접어든 나라는 어떠한 정책이
나 지원으로도 다시 출산율을 회복하기 어렵다는 결과가 나오고 있다고 한다. 이
제 저출산 고령화 사회는 후기 정보화 사회에 우리 앞에 닥친 현실이다.

이처럼 고령화 사회는 인류 역사상 처음 경험하게 되는 새로운 사회라고 한다. 고
대 로마와 이집트에서는 평균 수명이 25세 그러다 1900년대 까지는 평균 수명이
48세에 불과 했다고 한다. 점차 의학의 발달로 현재는 78세 까지 왔다.

UN을 비롯한 많은 기관에서는 평균 수명이 1년에 1년씩 올라가고 있다고 한다.
따라서 2030년이 되면 평균 수명이 100세가 넘으며 130세 까지도 연장될 수 있
다고 한다. 줄기세포와 첨단기술, 로봇의료기술, 생명공학 유전자 치료 등으로 인
해서 인류는 점차 생명 연장의 꿈이 실현되고 있기 때문이다.

UN에서는 그래서 59세까지 청년으로 불러야 한다는 제안도 있었다고 한다.

우리 두 아들의 시대는 그렇게 될지 모르겠구나? 앞으로 44세부터 65세가 새로
운 사회 주도 세력이 될 거라는 전망도 나오고 있다는 구나 즉 20대 때 공부하고
취업을 함으로 남은 인생을 살 수 있는 시대가 끝난 것이란 말이 된다.

계속해서 자기 꿈을 위해서 도전하고 준비하고 자기계발을 해 나감으로써 새로운 가치를 창출해야만 남은 인생들을 살 수 있는 그런 시대가 된 것이다.

그것이 바로 후기 정보화 사회 꿈의 사회의 새로운 모습이라고 한다. 〈계속〉

오늘의 고사성어(古事成語)
금란지교(金蘭之交) : 쇠처럼 단단하고 난초처럼 향기 그윽한 사람을 일컫는다.

　　　　한 주간 잘 마무리하고 주말에는 시간이 되면 좀 쉬어 가도록 하여라…

★ 네가 네 하나님여호와의 말씀을 청종하여 이 율법 책에 기록된 그의 명령과 규례를 지키고 네 마음을 다하여 뜻을 다하여 여호와 네 하나님께 돌아오면 네 하나님 여호와께서 네 손으로 하는 모든 일과 네 몸의 소생과 네 가축의 새끼와 네 토지 소산을 많게 하시고 네게 복을 주시 돼 곧 여호와께서 네 소상들을 기뻐하신 것과 같이 너를 다시 기뻐하사 네게 복을 주시리라.(신명기 30장 9,10절)

◆ 이승만 대통령의 신속한 무기 지원요청
 - 이승만 대통령은 1950년 6월 25일 일요일 새벽 4시에 북한군이 그 어떤 선전 포고 없이 남침하자 무초 대사를 불러 사태에 대해 논의하면서 한국군에 필요한 무기와 탄약 지원을 요청했다.
 - 무초 대사는 오후 15시에 미 국무장관에게 이 대통령과의 회담 결과를 보고하고 도쿄의 맥아더 극동사령관에게 "한국군을 위한 특정 탄약 10일분을 즉시 부산으로 보내달라"는 긴급전문을 타전했다.
 - 105mm 곡사포 90문, 60mm 박격포, 카빈소총 4 만정을 요청했다. 대통령은 장면 주미대사에게 지시하여 미 국무부를 직접 방문하여 원조를 요청하도록 했다.

후기 정보화 사회라는 꿈의 사회(Ⅱ)

꿈의 사회를 펼쳐 나가기 위한 많은 자기개발서 책들이 나오고 있다. 일만 시간의 법칙 또는 십 년의 법칙들을 이야기하고 있다.

꿈을 위해서는 일만 시간을 투자하고 또는 십 년 동안 투자하면 그것이 이루어진 다는 얘기다. 큰아들이 중국이라는 나라에 필이 꽂혀서 매일 중국어 공부를 하고 중국영화를 보고 중국 음악을 듣고 중국 TV를 보고 중국 책을 본다면 십 년쯤 지나면 무엇이 되어 있겠는가? 아마 중국 전문가가 되어 있을 것이다.

또 한 피아노도 마찬가지일 것이다. 아빠는 놀라운 것이 큰아들이 피아노를 기초도 배우지 않았는데 어떻게 예술의 전당에서 피아노를 칠 수준까지 올라갔으면 하는 생각을 갖고 있다는 것이 놀랍지만 가능하다고 믿는다.

첫째가 둘째를 보고 음악에 대해서는 천재라고 이야기하는 것을 보면 큰아들 작은아들은 타고난 음악적인 재능이 있다고 보아진다. 지속적으로 열정을 가지고 한다면 최고가 될 것이라 믿는다. 큰아들아 모든 일을 너무 급하게 서둘지는 말아라 차근차근 기초를 다져가야 어느 날 갑자기 무너지는 일은 없을 것이다. 천천히 넉지근한 면은 동생한테 조금 배워라 너무 태평이라서 걱정은 되지만 그러나 둘째도 미래를 위해 무엇이든 열심히 하고 있을 것이라 믿는다.

앞으로 10년 후 2020년이 되면 중국의 인구가 19억, 인도의 인구가 17억이 된다고 한다. 두 나라가 36억 아시아는 50억이 넘는 인구가 되고 우리나라는 4천만에 머물러 있는 것이다.

그렇다면 이제 대한민국은 힘의 에너지가 아시아, 그리고 세계로 뻗어 나가야 할 것이다.

중국 인구의 반만 일 인당 1원씩만 남아도 9억이라 계산이 나온다. 미래 산업에는 모든 기업의 90%가 1인 기업이 될 거라는 전망이다. 이제는 각 개인이 자신의 꿈을 위해서 가치를 창출하면서 1인 CEO, 만인 CEO가 될 수밖에 없을 것이다. 큰아들과 작은아들은 이미 준비하고 있으니 멋진 미래가 있을 것이라 믿는다. 첫째야, 둘째야 그 모든 일은 하나님 말씀 가운데서 이루어질 것이다. 십일조 생활부터 잘 지키도록 하여라…

오늘의 고사성어(古事成語)
계란유골(鷄卵有骨) : 달걀에도 뼈가 있다는 뜻으로 공교롭게 일이 방해됨을 이르는 말이다.

오늘도 즐겁고 보람된 하루 되길 바라며 …

★ 내 이름을 위하여 내가 노하기를 더디 할 것이며 내 영광을 위하여 내가 참고 너를 멸절하지 아니하리라 (이사야 48장 9절)

◆ 미국에 알리지 않은 국군의 38선 돌파 명령
– 1950년 9월 28일 서울을 수복 후 국군과 유엔군은 북진을 계속해 9월 말에는 38선까지 도달했다. 미국 정부는 맥아더에게 38선을 넘지 말고 유엔의 결정을 기다리라는 명령을 내렸다. 서울을 떠난 지 3개월 만에 경남도청에서 이승만 대통령은 경무대로 복귀했다. 9월 29일에는 중앙청에서 기념식을 갖고 서울을 수복하는데 결정적인 공을 세운 맥아더 장군과 유엔 장병들에게 감사 인사를 전했다. 다음날인 9월 30일 대통령 이승만은 육군참모총장과 참모진들을 소집했다. 이승만은 38선에 도달했으면서도 왜 북진을 하지 않는 것인지 호통을 쳤다. 정일권 참모장은 대통령께서 명령을 내리신다면 저희들은 오직 명령에 따를 뿐입니다. 이에 배석자 모두 동의를 표하자 이승만 대통령이 직접친필로 작성한 명령서를 품 안에서 꺼내어 정일권 총참모장에게 주면서 북진하라고 명령했다. 이승만은 전쟁이 나자마자 이 전쟁이 북진통일을 할 기회라고 생각했던 것이다. 그리고 서울수복을 하고 국군의 사기가 오를 대로 오른 이때가 한반도를 통일할 절호의 시기라고 생각한 것이다. 1950년 10월 1일(이를 기념하기 위해 국군의 날로 지정) 사기가 충천한 한국군 3사단이 주문진에서 38선을 넘어 양양으로 진격했다. 10월 7일에는 유엔군도 38선을 넘었다.

보낸 날짜 : 2011년 03월 11일 금요일 오전 10시 05분 00초
받는 사람 : 사랑하는 두 아들(320회)

성공으로 이끄는 말

심리학자들이 성공하는 사람의 말을 분석한 자료에 의하면
1. "I won't" (나는 하지 않을 것이다)라고 말하는 사람은 성공할 확률이 0%이다.
2. "I can't (나는 할 수 없다) 고 말하는 사람의 성공할 확률은 10%이다.
3. "I don't know how" (나는 어떻게 해야 할지 모르겠다)라고 말하는 사람은 20%이다.
4. 그런데 "I think I might" (내가 혹시 할 수 있을지도 모르겠다)라고 말하는 사람은 50%이다.
5. "I think I can" (나는 할 수 있다고 생각한다)라고 말하는 사람은 70%이다.
6. 그러나 "I can" (나는 할 수 있다)라고 말하는 사람은 90%이다.
7. 그리고 "I can do by God" (나는 하나님의 도우심으로 할 수 있다)고 말하는 사람은 성공할 확률이 거의 100%이다.

오늘도 기도로 시작하는 하루 되길…

※ 1952년 3월 12일 627일 차 : 북한 상공 공중전에서 미 세이버 제트기 공산군 MIG기 4대 격추, 동부전선의 공산군 야간에 대포 박격포의 지원을 받아 공격 개시, 오키나와 기지 출발 B29기 7대 평양의 공산군 비행장에 70톤 폭탄 투하, 사회부 중앙구호위원회 결의로 3월분 구호 양곡 2만 6,930톤 각 시 도에 할당, 각 학교 주둔 유엔군 정부 환도 전까지 철수 예정, 중국인민 세계평화 보위미국침략반대위원회(단장 리더취안, 부단장 랴오청즈 천치웬) 확대회의 개최, 세균전 조사단 구성, 미 상호안전 본부 필리핀 및 타이완에 대한 신규원조할당액 발표.

보낸 날짜 : 2011년 03월 15일 화요일 오전 10시 05분 00초
받는 사람 : 사랑하는 두 아들(321회)

실수는 되풀이 된다 그것이 인생이다.

사람들은 작은 상처를 오래 간직하고 큰 은혜는 얼른 망각해 버린다. 상처는 꼭 알아야 할 빚이라고 생각하고, 은혜는 꼭 돌려주지 않아도 될 빚이라고 생각하기 때문이다. 대부분의 사람들은 인생의 장부책 계산을 그렇게 한다. 나의 불행에 위로가 되는 것은 타인의 불행뿐 이다 그것이 인간이다. 억울하다는 생각만 줄일 수 있다면 불행의 극복은 의외로 쉽다. 상처는 상처로 밖에 위로할 수 없다. 세상의 숨겨진 비밀들을 배울 기회가 전혀 없이 살아간다는 것은 이렇게 말해도 좋다면 몹시 불행한 일이다.
그것은 마치 평생 동안 똑같은 식단으로 밥을 먹어야 하는 식이요법 환자의 불행과 같은 것일 수 있다. 인생은 짧다. 그러나 삶 속의 온갖 괴로움이 인생을 길게 만든다. 소소한 불행에 대항하여 싸우는 일보다는 거대한 불행 앞에서 차라리 무릎을 꿇어버리는 것이 훨씬 견디기 쉬운 법이다. 인생은 함구하면서 살아가는 것이 아니라 살아가면서 탐구하는 것이다. 실수는 되풀이된다. 그것이 인생이다.

– 양귀자 모순 중에서 –

오늘도 새로운 날을 주신 하나님께 감사하는 마음으로 열심히 살자 …

★ 나로 말미암아 너희를 욕하고 박해하고 거짓으로 너희를 거슬러 모든 악한 말을 할 때에는 너희에게 복이 있나니.(마태복음 5장 11절)

보낸 날짜 : 2011년 03월 21일 월요일 오전 11시 00분 00초
받는 사람 : 사랑하는 두 아들(322회)

마음을 만져줄 수 있는 사람(I)

마음은 우리의 손으로 만질 수도 없고 볼 수도 없는 부분이다.
마음을 만져줄 수 있는 사람만이 마음을 움직일 수 있는 것이다.
마음을 만져줄 수 있는 비결은 먼저 마음을 내어주어야만 한다.
그리고 마음을 움직일 수 있는 진실을 보여 주어야 한다. 그렇게 하지 않으면 닫혀있는 마음의 빗장을 열 수 없다. 마음을 만져줄 수 있는 사람은 자신의 마음을 낮추어야 한다. 높은 마음을 가지고 있는 사람에게는 아무도 마음의 문을 열려고 하지 않는다. 최대한 낮추고 최대한 섬기는 자세로 다가가야만 할 것이다. 마음을 움직이는 도구는 마음뿐이라는 것을 알아야 한다. 그 마음은 순수해야 하고, 그 마음은 깨끗해야 한다. 또 한 그 마음은 아름다워야 한다. 그 마음은 상대방을 더 위하고 이해하는 마음이어야 한다. 성숙한 마음은 겸손한 마음이며, 성숙한 마음은 상대방을 세워주는 마음이다. 또한 성숙한 마음을 덮어주고 배려하는 마음이다. 성숙한 마음은 양보하는 마음이다. 상대방의 감정도 잘 이해하고 상대방의 결점도 잘 덮어줄 수 있을 때 상대방으로부터 마음을 얻을 수 있다는 것이다.

오늘의 고사성어(古事成語)
곡학아세(曲學阿世) : 배운 학문을 왜곡시켜 시류나 이익에 영합(迎合)함을 의미한다.

오늘도 즐거운 하루 되길 바라며…

★ 거기 서른여덟 해 된 병자가 있더라 예수께서 그 누운 것을 보시고 병이 벌써 오래된 줄 아시고 이르시되 네가 낫고자 하느냐? (요한복음 5장 5절, 6절)

보낸 날짜 : 2011년 03월 25일 금요일 오전 09시 57분 00초
받는 사람 : 사랑하는 두 아들(323회)

마음을 만져 줄 수 있는 사람(Ⅱ)

마음을 얻는 것이 재물을 얻는 것보다 낫다. 마음을 얻는 순수한 지혜를 가지고. 마음을 잘 만져주고. 마음을 잘 치유해 주고. 마음을 잘 이해해 주고. 정확한 사람이기보다는 조금은 손해를 보더라도 부족한 듯, 모자란 듯 보이는 사람이 세상을 편하게 살아가는 사람이 아닐까 생각해 본다. 서로에게 부담을 주는 어려운 사람보다는 누구에게라도 편하고 친근감 있게 대할 수 있는 사람이 될 수 있으면 좋지 않을까? 외로운 사람끼리 등 돌릴 힘 있으면 차라리 마주 보고 살아갔으면 한다. 너무 어렵게 계산하면서 그 계산이 안 맞다고 등 돌리며 살아봐야 이 세상은 빈손으로 왔다 빈손으로 가는 모두가 나그네가 아닌가? 친구에게 속는 것보다 친구를 믿지 않는 것이 더 부끄러운 일이 아닐까?
한 주가 잘 마무리하고 교회에서 열심히 봉사하고 기도와 찬송으로 하나님과 많은 대화 나누길 바라면서…

★ 아기가 자라며 강하여지고 지혜가 충만하여 하나님의 은혜가 그의 위에 있더라.(누가복음 2장 40절)

※ 1952년 3월 15일 630일 차 : UN 공군기 편대 북한 보급시설 및 일선진지에 공격 집중 공산군 110명 사상, 동부전선 유엔군 전차부대의 전진, 남서지구 경찰대 사살 59명 생포 6명 귀순 6명의 전과, 휴전감시참모장교회의 - 유엔군 측 휴전감시에 관한 5 항목 총괄저 타협안 제시, 전국 피란민 등록 실시 1,046만4,491명, 13일 거제도 포로수용소에서 폭동 발생 - 투석 폭동 즉시 진압 공산군 포로 12명 사망 26명 부상 미군 장교 1명 및 한국인 1명 부상, 미 국방부 발표(3월14일) – 개전 이래 한국 전선의 전과 : 전투 지구 사상자 115만 3,965명 비전투 지구 사상자 32만 8,494명 포로 13만 2,231명,

보낸 날짜 : 2011년 03월 29일 화요일 오후 16시 09분 00초
받는 사람 : 사랑하는 두 아들(324회)

좋은 글

속도보다 중요한 것은 방향입니다. 늦어서 실패하는 사람이 있고, 너무 빨라서 일을 망치는 사람도 있습니다. 속도에는 욕심이 있습니다.
가장 중요한 것은 방향입니다. 방향이 있는 삶, 목적이 이끄는 삶, 절제가 있는 삶에는 실패가 없습니다.

– 하용조 목사 –

인류의 모든 발전은
긍정적인 사고를 가진 사람들의 주도 아래 이루어졌다.

– 아산 정주영–

인내의 참된 비결은 참는동안 다른일을 하는 데 있습니다.

– 옥한흠 목사–

시련 이란 뛰어넘으라고 있는 것이지
걸려 엎어지라고 있는 것이 아니라.

– 아산 정주영 –

우리들중에는 주님의 위대한 일을 하고자 하는 사람들은 많지만
작은 일을 하려는 사람은 얼마 없다.

– D.L. 무디 –

좋은 글 부담 없이 읽었으면 한다.

보낸 날짜 : 2011년 04월 05일 화요일 오후 13시 47분 00초
받는 사람 : 사랑하는 두 아들(325회)

도전과제

가장 가슴 뛰는 삶은 결코 통달할 수 없는 그 무엇을 좇는 삶이리라. 나는 힌다 선생님을 만나기 전까지는 피아노에 관한 모든 걸 통달했다고 생각했다. 나름대로 정상에 다다르고 있다고 믿었다.

하지만 힌다 선생님으로부터 정상에 도달하면 그 뒤에 또 다른 거대한 산이 기다리고 있음을, 니는 배웠다.

그 산에 대한 도전 정신이 매일 나를 살아가게 한다.

– 패트릭 헨리 휴즈의 〈나는 가능성이다〉 중에서 –

누구에게나 삶에 있어서 도전과제가 있어야 한다. 혹시 없다면, 그건 심장이 멈춘 삶을 사는 것이나 다름없다. 가슴은 이미 차갑게 식이비리고 머리는 텅 비어 있는 상태로 몸은 살아 있지만 정신은 잠들어있는, 꿈이 없는 인생이다. 내 앞을 가로막는 큰 산과도 같은 도전과제를 찾아 열심히 노력하고, 그것을 향해 매일매일 도전하라. 도전하고, 또 도전하는 사람만이 살아 있는 사람이다.

오늘의 고사성어(古事成語)

면종복배(面從腹背) : 겉으로는 복종하는 체하면서도 내심으로는 배반한다는 것이다.

오늘도 즐겁고 보람된 하루 되길 바라며 …

★ 만일 내가 감사함으로 참여하면 어찌하여 내가 감사하는 것에 대하여 비방을 받으리요 그런즉 너희가 먹든지 마시든지 무엇을 하든지 다 하나님의 영광을 위하여 하라. (고린도전서 10장 30,31절)

보낸 날짜 : 2011년 04월 07일 목요일 오전 11시 09분 00초
받는 사람 : 사랑하는 두 아들(326회)

도전 자격증

새로운 일을 해낼 수 있는 사람은 그 분야에서 지식과 경험이 많은 전문가가 아니라 모험심이 강한 사람이다. 이 글을 읽는 당신도 원하는 분야의 전문가가 아니라고 배운 게 그리 많지 않다며 실망하거나 주저 않지 마라. 오히려 틀에 얽매이지 않는 자유로운 발상과 의욕이 충만하다면 새로운 일에 도전할 자격이 충분하다.
– 이나모리 가즈오의 〈왜 일하는가〉 중에서 –

운전면허증을 갖고 있어도 오랫동안 쓰지 않으면 장롱 면허증이 되고 만다. 날개가 있어도 사용하지 않으면 오리처럼 날지 못한다. 이 세상 누구라도 "도전 자격증"을 갖고 있음에도 그것을 모르고 타성의 틀에 안주하여 모험심과 새로운 발상, 의욕을 잃어 버리 면 그 자격증은 아무짝에도 쓸모없는 휴지가 되고 만다. 각자 가지고 있는 도전 자격증을 유용하게 활용하여야 할 것이다.

오늘도 몸과 마음을 스스로 단련시키는 하루 되길…

★ 내 거룩한 산 모든 곳에서 해 됨도 없고 상함도 없을 것이니 이는 물이 바다를 덮음 같이 여호와를 아는 지식이 세상에 충만할 것임이니라.
(이사야서 11장 9절)

※ 1952년 3월 18일 633일 차 : UN 제트기, 동부 및 중부전선 공산군과 야포 진지 폭격, 임진강 서쪽에서 공산군 1,000여 명 탐색 행동. 철원서쪽에서 2개 분대 공산군과 교전, 서부전선의 유엔군 포병대 6차에 걸친 중공군 공격 격퇴, 이승만 대통령 차기 대통령입후보 자유 공개로 실시하기로 담화, 국회 본회의 재개, 유엔군사령부 내에서 영국 일본 양국 간 통상 수정 회담 개최, 농림부 3월분 배급 식량으로 50여 만석 각 도에 배당, 서울시 정부 환도 앞두고 사설 무허가 시장 철거 문제 신중 검토.

보낸 날짜 ： 2011년 04월 11일 월요일 오전 09시 54분 00초
받는 사람 ： 사랑하는 두 아들(327회)

용서하는 것

당신에게 상처를 주는 사람들을 마음에서 놓아주어라.
그 상처를 더 이상 붙들지 마라. 상처를 준 사람들을 어떻게 놓아줄 수 있을까?
용서만이 그들을 놓아주는 유일한 방법이다. 그들이 용서를 구할 때까지 기다리지 마라. 왜냐하면 용서는 그들보다 당신 자신을 위한 것이기 때문이다.

– 릭 위렌의 〈행복으로 가는 길〉 중에서 –

살아가면서, 때론 남에게 상처를 주고 또 상처를 받기도 한다.
어떤 이유로든 한 번 받은 상처는 잘 잊혀지지 않게 마련이어서 상처를 준 상대방을 미워하는 마음으로 평생을 지내기가 쉽다. 하지만 누군가를 미워하는 마음은 자신에게도 가슴 아픈 일이며 괴로움의 연속일 뿐이나. 내가 먼저 용서를 받는 마음으로 살아간다면 또 하나의 새로운 행복과 평화를 얻지 않을까?

오늘도 기도로 시작하는 하루가 되길 바라며…

※ 1952년 3월 20일 635일 차 : 미 세이버 제트기 대 신안주 부근에서 MIG기 2대 격추 2대 파손. 지상 전투 강설로 탐색전만 전개, 유엔 해군함정 공산군 해군 시설에 포격 계속, 휴전감시참모장교회의 - 유엔군 측 출입구에 관한 수정안 제출(남한 . 부산 대구 강릉 군산 인천[서울비행장 포함], 북한 : 신의주 흥남 신안주[평양비행장 포함] 청진 만포진) 공산군 측 이를 수용, 해외 이주를 미끼로 한 사기꾼 출몰, 농림부 영농자금 500억 원 방출 결정, 부산시장(釜山市場)쌀값 대두(大斗)1두 7만 5,000원.

보낸 날짜 : 2011년 04월 13일 수요일 오전 09시 35분 00초
받는 사람 : 사랑하는 두 아들(328회)

아버지와 딸

좋은 아버지는 딸이 가치 있는 사람이라는 인식을 심어주고 딸은 이를 평생 기억하며 살게 된다. 이것은 딸로 하여금 혼자 설 수 있게 하는 힘의 원천이 된다. 아버지의 사랑과 지원은 딸이 스스로를 창조적으로 표현할 수 있게 도와주고 삶을 긍정적이고 진지하게 살아나갈 수 있게 해주는 것이다.

– 플로렌스포크의 〈미술관에는 왜 혼자인 여자가 많을까? 〉중에서–

아버지는 자식에게 한 그루 고목 나무와 같은 존재다. 아버지는 언제나 그 자리에서 말 없는 사랑의 그늘이 되어준다. 계절이 바뀌고, 바람이 불어 잎이 지고 가지가 꺾여나가도 아버지는 그 자리에 그대로 그루터기로 남아 꿈쩍도 않고 조용히 눈물 쏟으며 자식을 위해 기도한다.

오늘도 하나님께 기도드리며…

※ 1952년 3월 24일 639일 차 : 미 공군 B-26 경 폭격기대 공산군 보급트럭 83대 격파. 유엔군 보병부대 공산군 정찰대와 소규모 접전. UN군 세이버 제트기(선더 제트기), 북한 상공에서 3차례 공중전 전개. 미 제5공군 소속 폭격기편대, 북한 공산군 수송로에 치명적인 공격개시. 포로교환 참모장교회의 정돈상태 타개하고자 비밀회담 개시, 한 일 회담 일본 측 재한 재산소유권 주장으로 결렬 위기, 불법 군복 착용자 엄중 처벌 방침, 한 일 회담 양국 간에 재산 권리문제에 관한 회담 - 일본 대표단 일제강점기 한국 내 재산에 관한 소유권 주장으로 논박, 피란민 초등학교 졸업식 부산 부민관에서 거행(3월 25일)

보낸 날짜 : 2011년 04월 15일 금요일 오전 10시 19분 00초
받는 사람 : 사랑하는 두 아들(329회)

한계라는 것

대부분의 실패는 환경이 나쁘거나 실력이 부족해서라기보다는 스스로 한계라고 느끼고 포기했을 때 찾아온다.

자주 한계를 느끼는 사람들은 일에 실패했을 때 단순히 그 일에 실패했다고 느끼지 않고 자신을 실패자, 또는 패배자라고 단정한다. 스스로 한계를 만들지 마라. 자신을 낮추는 데 익숙해지면 새로운 삶은 결코 찾아오지 않는다.

–류가와 마카, 쓰네이징, 징쥔의 〈서론, 기본을 탐하라〉 중에서–

일을 시작하기도 전에 "너무 어려워"하며 포기한다면, 산을 넘기도 전에 "너무 높아" 하고 주저앉는다면, 달리기도 전에 "너무 멀어" 하며 앉아 있다면, 짐을 들기도 전에 "너무 무거워" 하며 포기한다면, 이 세상의 어떤 성공도 없을 것이다. 스스로 만든 한계를 넘어 한 걸음 한 걸음 더 내딛는 용기와 도전이 새 길을 내고, 새로운 인생이 펼쳐질 것이라 믿는다.

오늘의 고사성어(古事成語)

발본색원(拔本塞源) : 근원적인 처방. 즉 폐해(弊害)의 근원을 아서 아주 없애 버린다는 의미로 사용된다.

오늘도 몸과 마음을 스스로 단련시키는 하루 되길…

★ 나는 선한 목자라 나는 내 양을 알고 양도 나를 아는 것이 아버지께서 나를 아시고 내가 아버지를 아는 것 같으니 나는 양을 위하여 목숨을 버리노라.(요한복음 10장 14,15절)

보낸 날짜 : 2011년 04월 18일 월요일 오전 10시 24분 00초
받는 사람 : 사랑하는 두 아들(330회)

영혼의 우물

명상을 통해 오는 기쁨은 너무나 엄청난 것이었다. 눈 둔덕에서의 어릴 적 경험이 자꾸 되살아났고. 만물은 저마다 나름의 완전함 속에서 아름답게 빛나고 있었다. 세상 사람들이 추악하다고 보는 것 속에서도 나는 영원한 아름다움을 발견하곤 했다. 이러한 영적인 사랑은 내 모든 지각을 가득 채웠다. 여기와 저기, 그때와 지금, 너와 나라는 모든 경계선이 사라졌다.

-데이비드 호킨스의 〈의식혁명〉 중에서-

명상은 잠시 멈춰 서서 영혼의 우물을 깊이 파는 일이다.

영혼의 우물이 얕거나 말라 있으면 삶도, 기운도 사랑도 함께 말라버린다. 반면에 영혼의 우물이 깊고 물이 가득 넘치면 삶도 사랑도 함께 넘쳐서 사랑과 기쁨이 넘치는 사람이 된다.

오늘은 나의 삶에 대하여 조용히 명상할 수 있는 시간을 …

* 부활 주일을 맞아 오늘부터 한 주간 특별 새벽기도가 시작 되었다. 이번에 집중적으로 할 기도 제목은 형제간에 우애 있고 서로 믿고, 도우며, 대화하면서 오손도손 살기를 바라는 것과, 주님이 보시기에 합당한 배우자를 만나서 교제하고, 결혼할 수 있게 해 달라는 기도를 집중적으로 하고자 한다.

꼭 이루어질 것이라 믿는다.

하루의 시작은 기도로 시작하길 바라며…

보낸 날짜 : 2011년 04월 20일 수요일 오전 10시 29분 00초
받는 사람 : 사랑하는 두 아들(331회)

수고 했어 이젠 좀 쉬어

당신의 마음을 잘 돌봐주세요. 마음은 당신의 신체 못지않게 여리고 도움을 필요로 하기에 지금 이 순간에도 당신의 보살핌을 기다리고 있습니다. 그러니 지금 마음에게 위로를 건네세요. "수고했어, 그리고 이제 좀 쉬어"라고

　　　　　　 －에릭 블루멘탈의 〈1% 더 행복해지는 마음 사용법〉 중에서－

몸도 휴식이 필요하지만 마음 또한 가끔 쉼표가 필요하다. 휴식 없이 내달리기만 하면 끝내 고장이 나고 만다. 몸이 고장 나면 약이라도 있지만 마음이 고장 나면 만 가지 약도 소용이 없다. 항상 몸과 마음을 살피며 적당한 휴식과 쉼표를 허락하는 것이 참다운 행복과 건강의 비결이 될지도 모른다. 그러니 오늘 나 자신에게 이렇게 말하자. "오늘도 수고했습니다. 만사 잊고 이제 좀 쉬십시오!"

오늘의 고사성어(古事成語)
교학상장(敎學相長) : 배우는 것뿐만 아니라 가르쳐 보아야 학문을 성장시킬 수 있다는 말이다.

　　　　　　　　 오늘은 마음을 살피는 하루가 되길 바라며…

※ 1952년 3월 28일 643일 차 : 미 제5공군 소속 전폭기-제트기 편대 대대적인 출격(出擊). 유엔해군 북한 동 서해안 공격 계속, B26 폭격기대 북한지구 철도 및 도로 교통 공격, 휴전회담 - 공산군 측 소련의 중립감시단 참가 여부를 고위회담에 이관하자는 제안 시사 - 공산군 측 영문 상 용어에 관하여 한국의 칭호를 '소선'으로 칭하라고 제안, 이승만 대통령 밴 플리트 미 제8군 사령관에게 거제도 포로수용소에 수용된 남한인 포로 석방 요청, 유엔 사무차관 코디어 도쿄에서 휴전 회담 유엔 대표 한국민을 충분히 대표하고 있다고 언명.

보낸 날짜 : 2011년 04월 22일 금요일 오전 09시 58분 00초
받는 사람 : 사랑하는 두 아들(332회)

언제 휘파람은 부는가

연극에서 또 한 번의 실패는 나에게 성공보다 훨씬 더 큰 흥분 작용을 했다. 나의 낙담을 기뻐할 심술 궂은 친구들을 떠올리며 기분 좋은 척하는 게 절대적으로 필요하다. 미소 짓고 휘파람을 불면서 이렇게 말해야 한다. "그래요, 잘 안 되네요. 그렇죠? 네, 일어날 수 있는 일이죠.
당신도 알잖아요. 나쁜 일들은 늘 존재하게 마련이잖아요."
그렇게 억지로 태연한 모습을 보이면, 어느덧 진짜로 그렇게 느껴진다.

-프랑수아즈 사강의 〈고통과 환희의 순간들〉 중에서-

우리 두 아들은 언제 휘파람을 부는가? 대개는 기분 좋을 때 휘파람을 분다. 어떤 일에 성공하여 신이 났을 때나 나에게 행운이 왔을 때에 휘파람이 절로 나온다. 하지만 실패했을 때, 낙담했을 때, 힘들 때, 아플 때, 외로울 때 크게 휘파람을 불어보아라. 그러면 휘파람이 내 안을 휘감고 들어와 모든 절망과 시름을 날려버린다.

오늘의 고사성어(古事成語)
군계일학(群鷄一鶴) : 많은 닭 중에 한 마리의 학으로. 수많은 사람들 가운데 걸출한 한 사람을 말한다.

오늘은 즐거운 일로 휘파람을 불 수 있길 바라며 …

★ 기뻐하고 즐거워하라 하늘에서 너희의 상이 큼이라 너희 전에 있던 선지자들도 이같이 박해하였느니라.(마태복음 5장 12절)

보낸 날짜 : 2011년 04월 25일 월요일 오후 13시 30분 00초
받는 사람 : 사랑하는 두 아들(333회)

기초의 중요성

기초부터 제대로 알기 그것은 그레이엄 코치가 우리에게 준 커다란 선물이었다. 기초, 기초, 기초… 대학교수로 있으면서, 나는 많은 학생들이 큰 손해를 보면서도 그것을 애써 무시하는 걸 수없이 보아 왔다. 당신은 반드시 기초부터 제대로 익혀야 한다. 그러지 않으면 그 어떤 화려한 일도 절대 해낼 수 없다.

-랜디 포시의 〈마지막 강의〉 중에서-

집은 기초가 튼튼해야 한다. 기초가 튼튼하지 못하면 모래 위에 지은 집이나 마찬가지 일 것이다. 운동, 공부, 직업, 생활도 기초가 핵심이다. 작고 시시하고 귀찮아 보이는 일들을 혼을 담아 반복하는 것, 그런 피눈물 나는 반복이 기초를 튼튼하게 해 준다. 이를 건너뛰거나 대충대충, 허섭시겁하게 되면 기초의 기초조차 기약할 수 없다.

오늘은 나의 삶의 기초에 대해 생각하는 하루 되길…

★ 하나님은 영이시니 예배하는 자가 영과 진리로 예배할지니라.
(요한복음 4장 24절)

* 고난주간 특별 새벽 기도는 무사히 마쳤다.
엄마는 오늘부터 집 가까운 교회에 가서 새벽기도를 계속하는구나, 큰아들 작은 아들도 하루의 시작을 기도로 시작하는 습관을 들이고 십일조 생활을 철저히 지키도록 하여라, 하나님께서 필히 몇 배로 채워주신다.

보낸 날짜 : 2011년 04월 27일 수요일 오후 14시 54분 00초
받는 사람 : 사랑하는 두 아들(334회)

당신만의 고유한 주파수

삶의 모든 것들, 즉 사람, 장소, 사물, 상황, 시간들은 당신 고유의 진동이 반영된 것에 지나지 않는다. 람타는 말하기를 "당신의 삶 속의 모든 것은 당신이라는 존재의 고유한 주파수"라고 했다. 따라서 내가 누구인지 알고 싶다면, 주위를 한 번 돌아보기만 하면 된다. 그러면 우주가 항상 그 답을 주고 있음을 금세 알게 될 것이다.

　　　　　　　　　　　　-윌리암 안츠, 마크빈센트의 〈Bleep〉 중에서-

누구나 자기만의 분위기가 있고, 그만의 색깔과 향기가 있다.

그래서 그가 나타나면 주위가 금세 밝아지기도 하고, 어두워 지기도 한다. 사람에 따라 자기 주변을 향기롭게도, 매캐하게도 하는 것이다. 매사에 긍정적이고 좋은 주파수를 내면, 주변에 좋은 주파수를 가진 사람들이 모이게 된다. 큰아들, 작은아들은 지금 어떤 주파수를 내면서 생활하고 있는가를 한번 생각하여야 할 것이다.

오늘의 고사성어(古事成語)

과유불급(過猶不及) : 지나침은 모자람과 같다는 말로, 지나침과 부족함은 낫고 못함을 따질 것이 없이 둘다 잘못이라는 것이다.

　　　　　　　　오늘은 나한테 어떤 향기가 나는지를 생각하는 하루가 되길…

★ 네 입으로 말한 것은 그대로 실행하도록 유의하라 무릇 자원한 예물은 네 하나님 여호와께 네가 서원하여 입으로 언약한 대로 행할지니라. (신명기 23장 23절)

보낸 날짜 : 2011년 04월 29일 금요일 오전 09시 28분 00초
받는 사람 : 사랑하는 두 아들(335회)

한 방울의 작은 이슬

부드러운 이슬비가 내리면 풀밭은 한층 푸르러진다. 우리들 역시 보다 훌륭한
생각을 받아들이면, 우리의 전망도 한층 밝아지리라.
자기 몸에 떨어진 한 방울의 작은 이슬도 놓치지 않고 받아들여 커가는 풀잎처
럼 우리에게 생기는 모든 일에 이용할 수 있다면,
그리하여 과거에 잃어버린 기회에 대해 애통해하는 것으로 시간을 보내지 않게
된다면, 우리는 정말 복 받은 존재가 될 것이다.

-헨리 데이비드 소로우의 〈월든〉 중에서-

"이슬비에 옷이 젖는다"는 말이 있다. 티끌 모아 태산이 되고, 작은 물방울이 모
여 큰 강을 이룬다. 행여 작고 사소한 것들을 가벼이 여기면 결코 큰 것을 이루지
못한다는 것과. 주어진 조건과 시간을 더없이 소중하고 감사히 받아들일 때 우
리의 인생은 더욱더 푸르러진다는 것을 알아야 한다.

오늘의 고사성어(古事成語)
방약무인(傍若無人) : 남을 업신여기고 거리낌 없이 함부로 행동함을 이르는
말이다.

오늘은 나 주위에 작고 사소한 것들을 가벼이 여기는 것이 없는지 돌아보
는 날이 되었으면 한다.

★ 여호와께서 말씀하시되 오라 우리가 서로 변론하자 너희의 죄가 주홍 같을
지라도 눈과 같이 희어질 것이요 진홍같이 붉을지라도 양털같이 희게 되리라.(
이사야 1장 18절)

보낸 날짜 : 2011년 05월 04일 수요일 오전 10시 03분 00초
받는 사람 : 사랑하는 두 아들(336회)

위대한 나

누군가의 꿈을 들여다보면, 그가 어떤 사람인지 알 수 있다.
당신의 지금 모습은 당신이 과거에 꾸었던 꿈이다. 지금 당신 모습이 마음에 들지 않더라도 당신의 꿈은 당신이 꾸었고, 그런 꿈을 꾸어오는 동안 현재의 당신이 만들어졌음을 기억하라.

-매튜 캘리의 〈위대한 나〉 중에서-

내 인생은 내가 꿈꾸고 디자인한 밑그림의 소산이다. 따라서 어제 꾸었던 꿈이 오늘 이 자리의 나를 있게 했다. 꿈이 크면 그 인생도 커지지만 그러나 그 꿈을 위해 노력하지 않는다면 그 꿈은 아무 소용이 없을 것이다. 위대한 나는 결국 "위대한 꿈"의 결과물일 것이다.

오늘은 나의 꿈을 위해 무엇을 하고 있는지를 생각하는 하루가 되길…

★ 보라 내가 너를 연단하였으나 은처럼 하지 아니하고 너를 고난의 풀무 불에서 택하였노라.(이사야 48장 10절)

※ 1952년 3월 31일 646일 차 : 동부전선 간성 북쪽 유엔군 전초 진지에 대한 공산군의 정찰 공격 격퇴, 연천 서쪽 고지에서 유엔군 탐색대 중공군과 교전, 재무부 이재국 외환 관리강화 위해 출입국 시 소유외환 신고제 신설(4.1부 실시), 한국 최초 달러 위조지폐 한국은행 창구에서 발견(3월 27일), 4월 1일부터 쌀밥 판매 금지 결정, 사치품인 벨벳 직조기 구입을 신청한 사업자에게 비난, 미 국무부 정책기획실『중국인 전쟁포로에 관한 비망록』제출.

보낸 날짜 : 2011년 05월 05일 목요일 오전 09시 36분 00초
받는 사람 : 사랑하는 두 아들(337회)

도움을 청하라

우리가 느끼는 두려움은 대부분 머릿속에서 스스로 만들어낸 창작물에 지나지 않는다. 다만 그것을 깨닫지 못할 뿐이다. 두려움을 느낄 때, 주변의 누군가에게 도움을 청하는 자세는 매우 중요하다. 성공한 삶을 살아가는 사람들은 모두 그런 능력을 가졌다.

-로랑 구넬의 〈가고 싶은 길을 가라〉 중에서-

삶에 있어 두렵고 부서울 때가 고비다. 주저 앉지도, 서지도, 걷지도, 못하고 아예 무너져버릴 수도 있는 위기의 순간에 혼자 견뎌내려 하면 더욱 힘들어질 뿐이다. 그때는 누군가에게 도움을 청해야 한다. 그러나 내 주위에 도움을 요청할 사람이 없다면 내 삶을 다시 한번 돌이켜 보아야 할 것이다. 여기서 한 걸음 더 나아가 누군가가 나에게 도움을 청할 수 있는 사람이 되면 너욱 좋지 않겠는가.

오늘은 누군가에게 도움을 받아야 할 일이 있는지, 아니면 도움을 주어야 하는지를 생각하는 하루가 되었으면…

★ 보라 내가 너를 연단하였으나 은처럼 하지 아니하고 너를 고난의 풀무 불에서 택하였노라.(이사야서 48장 10절)

※ 1952년 4월 3일 649일 차 : 유엔군 폭격기대 공산군 보급로와 교통로 공격, 판문점 남쪽 지구에서 공산군의 탐색공격 격퇴. F86 세이버 제트기대 2차에 설친 북한 상공 공중전 전개, 「부역 행위 특별처리법폐지에 관한 법률」공표, 금융통화 위원회 한국은행권 500원 권의 신규발행 결정.

보낸 날짜 : 2011년 05월 06일 금요일 오후 16시 20분 00초
받는 사람 : 사랑하는 두 아들(338회)

영광의 상처

나는 그에게 손이 베일만큼의 제품을 만들자고 했다. 너무나 아름답고 완벽하기에 손이 닿았을 때 당장 베일 것 같은, 완전무결한 것을 만들자고 했다. 돌이켜보면 "손이 베일만큼"이라는 표현은 어렸을 때 아버지께서 자주 하셨던 말씀이었다. "무슨 일이든 손이 베일만큼만 해라. 그렇지 않으면 제대로 했다고 할 수 없다. 공부도, 네가 하고 싶은 일도, 손이 베일만큼만 해라."

–이나모리 가즈오의 〈왜 일하는가〉 중에서–

이 세상 어떤 것도 완전무결함이란 없을 것이다. 단지 최선을 다해 완전함에 다가갈 뿐이다라는 것이다. 그러다가 손이 베이면 상처를 입게 되지만 그 상처는 고통이 아니라 영광의 상처가 될 것이다. 완전함에 다가서려고 모든 일에 최선을 다하는 사람들만 영광의 월계관을 쓰게 되는 것이다.

오늘의 고사성어(古事成語)
사면초가 (四面楚歌) : 사방에 초(楚)나라 노랫소리. 궁지에 빠진 것을 비유하는 말이다.

오늘은 내가 하고 있는 일들이 제대로 추진되는지를 한번 생각하는 하루가 되길 바라며…

※ 1952년 4월 5일 651일 차 : 유엔공군 진남포 해주지구에 대한 공격 계속, 제2군단 편성식 이승만 대통령 참석하에 미 제9군단 비행장에서 거행, 내각책임제 개헌 안 공개, 사회부 발표 피란민과 극빈자에게 30만석 무상배급, 미 공군 당국 최신식 미 원자무기 수송기인 신형 8발 초중폭 B60(시속 965.6Km)의 일부 성능 발표.

보낸 날짜 : 2011년 05월 11일 수요일 오후 17시 08분 00초
받는 사람 : 사랑하는 두 아들(339회)

가난하다는 것

지금까지는 가난은 단순히 갖지 못한 것을 의미했다. 그러나 가까운 장래에는 "소속되지 못한 것"이 될 것이다. 따라서 미래에 첫째가는 자산은 "네트워크에의 소속"이 될 것이다. 그것이 주도적으로 성취해가는 삶을 위한 최우선적인 조건이 되는 것이다.

– 자크아탈리의 〈인간적인 길〉 중에서 –

현대는 네트워크의 시대다. 내가 어디에 소속되어 있느냐, 어떤 사람과 인생길을 함께 가느냐, 그런 것들이 그의 부(富)와 격(格)을 말해준다. 내가 먼저 좋은 사람이 되어야 "좋은 사람들"의 네트워크에 소속될 수 있다는 사실을 잊지 말자.

오늘은 지금 현재 내가 어떤 부류에 소속이 되어 있는지를 생각 하고 어떻게 하면 내가 생각하는 부류에 소속될 수 있을까를 생각 하는 하루가 되길 바라면서…

★ 태초부터 있는 생명의 말씀에 관하여는 우리가 들은 바요 눈으로 본 바요 자세히 보고 우리의 손으로 만진 바라.(요한일서 1 장 1절)

※ 1952년 4월 10일 656일 차 : 유엔군 전폭기대 북한 일대 공산군 보급선 공격, 북한강 서쪽에서 경미한 전투. 국군 공군 무스탕기 편대 겸이포 보급소 폭격, 내각 책임제 개헌추진위원회 결성, 금련(金聯) 국민저축방안으로 현물저축제도 제정, 트루먼 대통령 국회에 국방예산으로 14억 5,710만 달러 요청 대부분 한국전쟁 추가비용.

보낸 날짜 : 2011년 05월 12일 목요일 오후 17시 03분 00초
받는 사람 : 사랑하는 두 아들(340회)

한 사람 때문에

지난 5천 년 동안 인류는 아주 극적이라 할 만큼 괄목할만한 성장을 이루어왔다. 지식의 폭발, 과학기술의 눈부신 발전… 그럼에도 우리는 주변의 단 한 사람과의 관계 때문에 쩔쩔맨다. 이 얼마나 역사의 아이러니인가.

  −에릭 블루멘탈의 〈1% 더 행복해지는 마음 사용법〉 중에서 −

내 주변의 한 사람 때문에 살기도 하고 죽기도 한다. 한 사람 때문에 하늘 위로 붕붕 날기도 하고, 한 사람 때문에 천 길 낭떠러지로 굴러 떨어지기도 한다. 가장 가까이에 있는 한 사람이 한결같은 믿음과 사랑으로 응원한다면, 상대방은 설령 바보라도 영웅으로 다시 태어날 것이다.

오늘은 나의 가장 가까이 있는 한 사람에게 어떤 역할을 하고 있는지 곰곰이 생각하는 하루가 되길 바라며 …

★ 죽은 자의 부활도 그와 같으니 썩을 것으로 심고 썩지 아니할 것으로 다시 살아나며.(고린도전서 15장 42절)

※ 1952년 4월 14일 660일 차 : 유엔군 함정 청진항 포격, UN군 전폭기대 해주 서쪽 공산군 보급지 공격. 유엔군 공산군 공격으로 북한강 동쪽 전초 진지로 부터 일시 철수 재탈환, 문산 서쪽에서 3차례에 걸쳐 공산군 탐색대 격퇴, 판문점 남쪽에서 공산군 탐색공격 격퇴. 휴전감시합동분과 위원회 15초 회담, 사회부 귀향 불가능 피란민의 정착지원 방침 수립, 헌병사령관 심언봉 준장 가짜 군인 문제 및 징병 기피자 문제 등에 대하여 기자 회견.

보낸 날짜 : 2011년 05월 16일 월요일 오전 11시 30분 00초
받는 사람 : 사랑하는 두 아들(341회)

선견지명

내일 일어날 일, 심지어 먼 미래에 일어날 일이라도 오늘 미리 생각해 두어라. 앞날을 정확하게 내다보는 사람은 유사시에 대비해 대처 방안을 마련해 둠으로써 결코 곤경에 빠지는 법이 없다. 따라서 선견지명이 있는 사람은 쉽게 불운을 겪지 않는다.

            –발타자르 그라시안의 〈살아갈 날들을 위한 지혜〉 중에서–

앞날을 내다보는 힘은 어디서 나올까? ㄱ 힘은 지금까지 지신이 걸어온 인생길 위에 있을 것이다. 어제까지 삶을 아무렇게나 부정적으로, 엉망으로 살아온 사람이 내일의 일을 바르고 정확하게 내다볼 수는 없을 것이다. 바르게 살아온 사람, 열심히 노력하고 준비해온 사람에게 섬광처럼 주어진 선물, 그것이 바로 "선견지명"이다.

오늘은 10년, 20년, 30년 뒤의 나의 모습은 어떤 모습으로 변해 있을까? 를 생각해 보는 하루는 어떨까?

★ 그러나 내가 가는 길을 그가 아시나니 그가 나를 단련하신 후에는 내가 순금 같이 되어 나오리라.(욥기 23장 10절)

※ 1952년 4월 18일 664일 차 : 유엔군 함재기 편대, 진남포 및 문산~함흥 간 철도 폭격. 유엔군 북한강 서쪽 지구에서 공산군의 탐색공격 격퇴. 포로교환 비밀 참모장 교회의 19일 재개하기로 동의, 국회 본회의 「정부 예산안」통과, 국회 거제도 포로수용소 포로의 강제송환반대탄원서를 국방부 경유 판문점 휴전회담에 보내기로 결정, 한 일 회담 정돈상태에 있는 회담 타개 위해 양측 수석대표 비공식 회담.

보낸 날짜 : 2011년 05월 18일 수요일 오후 16시 06분 00초
받는 사람 : 사랑하는 두 아들(342회)

바로 지금, 이 순간

내가 꿈을 꾸지 않는 한 꿈은 절대 시작되지 않는단다. 언제나 출발은 바로 지금, 여기란다. 때가 무르익으면, 그럴 수 있는 조건이 갖춰지면, 하고 마냥 미루다 보면 어느새 파묻혀 소망을 잃어버리지. 그러므로 무언가 "되기(be)" 위해서는 반드시 지금 이 순간 무언가를 "해야(do)"만 해.

–스튜어트 에이버리 골드의 〈ping!〉 중에서–

아들아 지금 있는 곳이 최선의 자리이다. 지금 이 순간이 다시없는 축복의 시간으로 생각하고. 그 어떤 조건과 환경도 지금, 여기보다 더 좋을 수는 없다. 주어진 조건을 감사히 받아들이고 항상 감사하는 마음으로 그 토대 위에서 새롭게 시작할 때 길은 열린다. 바로 지금, 여기서부터. 무언가를 해야 할 것이다.

오늘은 지금 내가 하고 있는 일을 열심히 하고 있는가를 생각하는 하루 되길 바라며 …

★ 일어나라 빛을 발하라 이는 네 빛이 이르렀고 여호와의 영광이 네 위에 임하였음이니라.(이사야 60장 1절)

※ 1952년 4월 23일 669일 차 : 유엔 공군기 평양 사리원 간에서 야간에 공산군 보급부대 공격, 킹슬리 유엔한국재건위원단 단장 부산 수영공항 도착, 최재유 보건부 장관 나병환자 소록도 수용을 언명, 민간인 억류자 약 2,000명 거제도 포로 수용소에서 부산 근방 수용소로 이동(이동 개시는 21일), 유엔군사령부 미 극동군사령부 발표 대일강화조약 발효와 동시에 각각 유엔군사령부 및 미 극동군사령부로 개칭, 워싱턴 당국의 한국 휴전에 대한 낙관론 점차 감퇴.

보낸 날짜 ： 2011년 05월 24일 화요일 오전 09시 10분 00초
받는 사람 ： 사랑하는 두 아들(343회)

마음의 빚

지금 이 순간, 당신 주변의 사람들을 떠올려보라. 그들이 얼마나 소중하고, 나는 그 사람들을 얼마나 아끼고 사랑하는지, 그리고 그들에게 얼마나 많은 마음의 빚을 지고 있는지 천천히 생각해 보라. 사랑만 해도 모자랄 시간에 작고 사소한 것 때문에, 혹은 알량한 자존심 때문에 다투고 화내고 고함치며 서로 미워하기라도 하는 것처럼 으르렁댔던 그 순간들을.

-에릭 블루멘탈의 〈1% 더 행복해지는 마음 사용법〉 중에서-

우리는 모두 빚진 자들이다. 주변 사람에게서 내가 알게 모르게 받은 도움이나, 내가 진 빚이 자기 자신은 잘 느끼지 못하지만 많이 있을 것이다. 내가 받은 사랑, 내가 진 큰 빚이다. 내가 빚진 자뿐 아니라 내 주위 모두에게 이제 조금씩 갚으며 살아야 한다는 생각으로 베풀며 살아야 할 것이다. "그 사람"을 떠올려 전보다 더 많이 사랑하며 사는 것. 더 많이 감사하는 것, 그것이 답이다.

오늘의 고사성어(古事成語)
복지부동(伏地不動) : 땅에 엎드리고 움직이지 않는 듯한 공무원들의 보신주의를 일컫는다.

오늘은 내 주위에 빚을 갚아야 할 것들이 없는지 혹시 무심코 그냥 지나쳐버린 것이 있는지를 한번 생각하는 하루가 되길 …

★ 욕된 것으로 심고 영광스러운 것으로 다시 살아나며 약한 것으로 심고 강한 것으로 다시 살아나며.(고린도전서 15장 43절)

보낸 날짜 : 2011년 05월 25일 수요일 오후 17시 41분 00초
받는 사람 : 사랑하는 두 아들(344회)

격 려

인간의 마음은 워낙 섬세하고 예민해서 겉으로 드러나게 격려해줘야 지쳐 비틀거리는 걸 막을 수 있다. 인간의 마음은 또한 워낙 굳세고 튼튼해서 한 번 격려를 받으면 분명하게 꾸준하게 그 박동을 계속한다.

–마야 안젤루의 〈딸에게 보내는 편지〉 중에서–

격려가 필요한 시대인 것 같다. 세상이 너무 험악하기 때문이다. 너나없이 우리 모두에게 격려가 필요한 때이다. 먼저 가장 가까운 사람에게 격려하여야 할 것이다. 모두가 지치고 힘들게 살고 있기 때문이다. 길은 오직 하나, 서로 격려하며 살아가는 것이다.

오늘은 형제간에 서로 격려하며 그동안 무심했던 것들을 이야기 하며, 정을 나눌 수 있는 하루는 어떨 런지 …

★ 하나님이 세상을 이처럼 사랑하사 독생자를 주셨으니 이는 그를 믿는 자마다 멸망하지 않고 영생을 얻게 하려 하심이라.(요한복음 3장 16절)

※ 1952년 4월 28일 674일 차 : B-26 폭격기 편대 평북(平北) 선천(宣川) 부근 철도 요충 공격. 유엔군 정찰대 김화 남동쪽 공산군 전방 진지 공격, 남일 공산군 측 대표의 요구로 휴전회담 본회의 무기 연기, 참모장교회의(參謀將校會議)도 일시 중지. 전 미국 초 중등학교 학생의 한국학생원조운동에 따라 수집된 위문품 50여 상자 도착, 유엔 미 대표단 유엔안보리에 유엔군사령관 경질 통고, 트루먼 대통령 북대서양군최고사령관 후임에 유엔군사령관 리지웨이 대장 리지웨이 후임에 마크 클라크 대장 임명.

보낸 날짜 : 2011년 06월 01일 수요일 오전 09시 02분 00초
받는 사람 : 사랑하는 두 아들(345회)

희망의 순서

나는 무슨 일이든 순서 매기기를 좋아하는데, 이 세상에서는 모든 게 뜻대로 되는 일은 별로 없어서 여러 소망 중 단지 하나라도 이루면 좋겠다고 생각해야 한다. 그때를 위해, 우리는 항상 희망의 순서를 매겨두어야 한다.

-소노 아야코의 〈부부, 그 신비한 관계〉 중에서-

일에도 순서가 있듯이 꿈과 희망에도 순서가 있다는 것. 먼저 이루어질 것, 나중에 이루어질 것. 하지만 정작 이루어지는 데는 순서가 없다. 5년, 10년, 20년 후를 꿈꾸었던 일이 좋은 사람을 만나 1년, 5년 만에 이루기도 하고, 평생 목표로 삼았던 일이 하늘의 도움으로 하루아침에 이루어지기도 한다. 희망의 순서는 너무 조급하게 생각할 것은 아니다.
그러나 마냥 기다리기만 한다고 이루어지는 것은 아닐 것이다.
자기가 희망하는 것을 이루기 위해 열심히 노력하면서 인내하고 기다리기만 하면 된다.

오늘은 나의 희망들이 어떤 것들이 있으며 그중에 혹시 이루어 진 것이 있는지 희망을 위해 열심히 살고 있는지를 한번 점검하는 하루가 되길 …

★ 만군의 여호와께서 맹세하여 이르시되 내가 생각한 것이 반드시 되며 내가 경영한 것을 반드시 이루리라. (이사야서 14징 24절)

보낸 날짜 : 2011년 06월 03일 금요일 오후 14시 03분 00초
받는 사람 : 사랑하는 두 아들(346회)

내게 맞는 삶

내가 걸어온 길이 결코 특별한 게 아니라는 걸 네가 꼭 알아 주 었으면 해, 난 예외적인 사람이 아니야. 누구나 나처럼 자신만의 삶을 만들어갈 수 있어 약간의 용기, 결단, 그리고 자의식만 있으면 돼. 자신만의 고유한 삶을 사는 거 말이야. 진정한 삶, 내게 맞는 삶, 자신을 올바로 인식할 수 있는 삶을 사는 거지

–티찌아노 테르짜니의 <네 마음껏 살아라> 중에서–

누구에게나 자기만의 길이 있다고 생각한다. 우리의 삶은 모두 자기가 가고자 하는 길을 찾아가는 여정이다. 자신의 길을 찾아 자신만의 고유한 삶을 창조해가야 한다. 그리하여 내가 나다운 사람이 되는 것이다. 이것이 곧 "내게 맞는 삶"을 올바로 사는 것이며 진짜 내가 되는 길이다.

오늘은 내게 맞는 삶을 살아가고 있는지를 한번 생각하는 하루가 되길 바라며 …

★ 여호와가 너를 항상 인도하여 메마른 곳에서도 네 영혼을 만족 하게 하며 네 뼈를 견고하게 하리니 너는 물 댄 동산 같겠고 물이 끊어지지 않는 샘 같을 것이라.(이사야서 58장 11절)

※ 1952년 5월 1일 677일 차 : 국군 공군 무스탕기 신안주~평양 및 해주지구 등 철로 공격, 공산군 전 전선에 걸쳐 포탄 5635발 발사, 서부전선에서 치열한 포격 사격 전 전개, 국방부 전몰장병에 대한 보상금 지불 개시. 미국 전기사절단 한국측과 회담하여 화천발전소 복구방침 등 결정, 「한 일 통상협정」1년 연장, 제2차 도미 한국군 장교단 250명 미국 각 군 관계학교에 도착.

보낸 날짜 : 2011년 06월 07일 화요일 오전 11시 42분 00초
받는 사람 : 사랑하는 두 아들(347회)

운동에너지와 사랑 에너지

인간은 오래 사용해도 닳지 않는 일종의 기계다. 물론 한계를 가지는 만큼 건강한 휴식도 필요하지만 대부분의 경우는 에너지를 사용함으로써 에너지를 얻는다. 육체적으로 지쳐 있을 때, 가장 좋은 처방은 30분 정도 운동을 하는 것이다. 마찬가지로 정신적인 권태는 단호한 행동이나 명쾌한 결심으로 치유된다.

조지 레오나르드의 〈달인-천 가지 성공에 이르는 단 하나의 길〉 중에서-

힘은 쓰면 쓸수록 더 힘이 난다고 운동 지도자들은 말한다. 사랑의 에너지도 이와 마찬가지다. 사랑은 닳아 없어지지 않는다. 마르는 법도 없다. 사랑을 하면 할수록 더 큰 사랑으로 넘쳐흐른다. 육체의 고단함은 운동 에너지로, 오래 사용해도 닳지 않도록 더욱 빛이 나도록. 정신과 영혼의 목마름은 사랑 에너지로 충전하여라.

오늘의 고사성어(古事成語)
목불인견(目不忍見) : 눈으로 차마 보지 못하는 광경이나 참상을 말한다.

오늘은 나의 몸을 사랑하고 있는지를 어떻게 사랑하는 것이 제대로 사랑하는지를 생각하는 하루 되길 …

★ 아이사무엘이 점점 자라매 여호와와 사람들에게 은총을 더욱 받더라
(사무엘상 2상 26절)

보낸 날짜 : 2011년 06월 16일 목요일 오후 16시 04분 00초
받는 사람 : 사랑하는 두 아들(348회)

내면의 외침

내면의 외침에 귀를 기울여라. 내면 아주 깊은 곳에 있는 그것을 향해 뻗어나갈 수 있도록 스스로를 놓아주어라. 끝도 없고, 고갈되지도 않는 재능과 능력, 그리고 지혜의 저장소가 당신의 내면에 있다.

                              -웨인 다이어의 〈서양이 동양에게 삶을 묻다〉 중에서-

우리는 내면의 외침을 너무 등한시하고 알려고 노력하지도 않고 모른 채 한다. 너무 급히, 너무 빨리 앞만 보고 달리느라 듣지 않으려고 한다. 주위의 소음이 너무 커서 들리지 않는다. 우리에게는 잠시 멈추는 시간이 필요하다. 그렇게 잠시 멈춰 조용한 시간을 가지면서 내면의 외침에 귀를 기울여야 한다, 몸과 마음의 내면에서 자신이 느끼지 못한 속삭임, 그동안 놓쳤던 내면의 외침이 들리게 하여야 된다.

오늘은 나의 내면에 있는 능력이 무엇이 있는지, 나름대로 발휘하고 있는지를 생각하는 하루가 되길 바라며 …

※ 1952년 5월 4일 680일 차 : 미 공군 B-26 폭격기 편대에 해군 전투기와 협동으로 공산군 '보급차량' 공격. 오스트레일리아 공군 MK8-기 편대 신의주(新義州) 비행장 급습(急襲). 국군 제2군단 창설식 행사, 유엔공군 압록강 근방 공중전에서 공산군 MIG기 5대 격파, 지리산지구 공비소탕전 10명 사살 2명 생포, 변영태 외무부장관 이승만 대통령의 인접 해양 주권선언 사수 발표, 정부 태국 쌀 수입에 대한 신용장 개설, 미 국방부 중공군 포로에 대한 입장 표명 - 중공군 포로의 75%가 송환 거부하는 것은 자진 의용병 주장을 전복시키는 증거라고 언명,

보낸 날짜 : 2011년 06월 20일 월요일 오전 10시 58분 00초
받는 사람 : 사랑하는 두 아들(349회)

사랑을 고백할 때는

사랑을 고백할 때는 쓸데없는 잔재주를 부리기보다 용감하게 정면 돌파하는 게 좋다. 혹시 거절을 당하더라도 자신의 마음만큼은 확실히 전달할 수 있기 때문이다. 그러니 오해받는 일은 절대로 하지 않는 게 좋다. 오해가 없어야 인간관계가 더 원활해진다.

–가모시다 이치로의 〈관계로부터 편안해지는 법〉 중에서–

대화와 소통도 마찬가지다. 상대방에게 전달하려는 말이 이쪽저쪽으로 해석될 수 있는 애매모호함 때문에 오해가 없도록 분명하게 표현하는 게 중요하다. 가장 분명한 것은 진실 되고 정직한 것이다. 진실 되고 정직하면 오해가 생길 턱이 없을 뿐만 아니라, 설사 오해가 있어도 금방 풀린다.

오늘은 사랑을 고백할 사람이 없는지 한번 생각해 보고 너무 이해타산을 생각지 말고 용감하게 고백을 해보는 것도 어떨는지 …

★ 너희는 너희가 하나님의 성전인 것과 하나님의 성령이 너희 안에 계시는 것을 알지 못하느냐.(고린도전서 3장 16절)

※ 1952년 5월 7일 683일 차 : 유엔 공군 전폭기대 평양 북쪽지구 공산군 철도망 맹공. 거제도 포로수용소 폭동 도드 수용소장 피랍 - 포로수용소장 프랜시스 T 도드 준장은 포로와 회담 중 14시 15분경 납치당했고 동행한 레이블 중령은 탈출, 최창순 사회부장관 국회의원 시찰 담 – "전국의 농민 식량 대량 결핍으로 초근목피로 연명 상태", 신임클라크 유엔군사령관 도쿄 도착하여 "한국 휴전 성립과 유엔군 사명 완수에 전력 경주"라고 일성.

보낸 날짜 : 2011년 06월 28일 화요일 오후 13시 15분 00초
받는 사람 : 사랑하는 두 아들(350회)

큰 돌과 작은 돌

우리 삶은 많은 조각으로 이루어진 모자이크와 같다. 우리는 습관적으로 몇 안 되는 큰 돌, 즉 중요한 것은 소중하게 여기면서 작은 돌엔 거의 관심을 두지 않는다. 하지만 작은 돌이 없다면 진리의 그림은 완전한 작품이 될 수 없다.

                    –폴커 초츠의 〈카마수트라, 인생에 답하다〉 중에서–

우리는 대체로 크기와 부피로 평가하는 일에 익숙해져 있다. 그러나 진정한 가치는 크기나 부피에 있지 않다는 것이다. 큰 돌도 필요하지만, 작은 돌이 곳곳에서 빛을 내야 비로소 아름다운 모자이크가 완성된다. 큰 돌 틈새에서 환하게 빛나는 작은 돌을 우리는 "보석" 이라 부른다.

오늘의 고사성어(古事成語)
고장난명(孤掌難鳴) : 한쪽 손바닥으로는 소리를 내기가 어렵듯이, 혼자만의 힘으로는 일을 하기가 어려움을 뜻한다.

오늘은 혹시 조그마한 일을 등한시하고 있는 것이 없는지 주위를 한번 살펴보는 하루가 되길 바라며 …

※ 1952년 5월 12일 688일 차 : 미 제1해병사단 및 국군 제1사단 판문점 북동쪽에서 교대로 중공군과 교전. UN 공군 제1,056회 출격, 공산군 보급망 맹타. 유엔군 김화 북동쪽에서 수류탄전 전개 후 공산군 격퇴, 유엔군 판문점 북동쪽 연천 북서 지구에서 철수 후 재탈환, 클라크 유엔군사령관 도쿄에서 성명 - 거제도 포로수용소 신임 콜슨 준장의 도드 준장 석방 위한 포로와 동의 사항 ① 거제도 내에서 유혈 제거에 노력하며 포로를 국제법에 따라 대우 ② 포로의 심사 및 재무장 중지 ③ 포로 대표단 조직 허용

보낸 날짜 : 2011년 07월 04일 월요일 오후 13시 51분 00초
받는 사람 : 사랑하는 두 아들(351회)

더 깊은 성찰

깊은 성찰을 하려면 사소한 것 하나하나의 상호관계를 예리하게 관찰해야 한다. "두 그루 나무 어느 하나라도 까마귀한데는 똑같지 않다. 나뭇가지 어느 하나라도 굴뚝새에게는 똑같지 않다"라고, 데이비드 웨이고너는 노래했다. 그는 또한 "나무든 가지든 그 존재를 그대가 잊었다면, 정녕 그것은 상실이다"라고 했다.

－프랜시스 웨슬리의 〈누가 세상을 바꾸는가〉 중에서－

사람은 저마다 다른 얼굴과 다른 영혼의 세계를 가지고 있다. 그 존귀한 존재들이 서로 연결되어 아름다운 세상을 만들어간다.

가장 깊은 성찰은 자기 자신에 대한 성찰이다. 먼저 자기를 깊이 바라보고, 그다음에 다른 사람을 잘 바라보는 것 그리고 그 존귀함을 찾아내어 사랑하는 것, 그것이 최고의 성찰이다.

오늘은 나를 깊이 바라보고 생각하는 하루가 되길 바라며 …

★ 내가 기뻐하는 금식은 흉악의 결박을 풀어 주며 멍에의 줄을 끌러 주며 압제당하는 자를 자유케 하며 모든 멍에를 꺾는 것 이 아니겠느냐.

(이사야서 58장 6절)

※ 1952년 5월 18일 694일 차 : 동부, 서부 전선의 공산군 포격(砲擊)치열 전 전선에서 4,000발 발사. 에리고지 전투 미 제25사단 배속 필리핀 제19대대는 철원 서쪽 중공군 제117사단 진지 급습 백병전으로 중공군 40명 살상하고 격퇴, 국군 600 전투비행단, 박재호 대위, 손재권-유치곤 중위, 100회 출격 기록 수립. 남한 내 공산군 포로수용소(1만 4,000명 수용) 내 포로들 애국가 부르며 반공 맹세, 거제도 포로수용소 공산 여자 포로 700~800명 중 430명 휴전성립 후 귀한 희망, 부산지구 병역 기피자 80명 검거

보낸 날짜 : 2011년 07월 07일 목요일 오전 09시 39분 00초
받는 사람 : 사랑하는 두 아들(352회)

나를 알아보는 사람

소울메이트는 나의 부족한 부분을 채워주는 사람이 아니라 나의 삶을 공유하는 사람이다. 공유할 수 있는 기간의 길고 짧음은 중요하지 않다. 소울메이트를 만나는 황홀한 순간은 "당신이 나를 완전하게 해 주었어요" 라고 말할 때가 아니라 "당신은 나를 알아보는 군요"라고 고백할 때다.

                    -존 디마티니의 〈사랑에 대해 우리가 정말 모르는 것들〉 중에서-

누군가가 나를 알아본다는 것은 나의 겉모습이 아니라 속을 바라본다는 뜻이다. 그것은 또한 현재의 모습이 아니라 미래의 모습을 내다본다는 뜻이기도 하고 무구한 잠재력과 가능성을 보고 사랑을 공유한다는 의미이기도 하다. 햇빛을 받아야 나무가 성장을 하듯 사람은 누구나 타인에게 인정을 받을 때 진정한 성장이 이루어진다고 생각된다.

오늘의 고사성어(古事成語)
각골난망(刻骨難忘) : 깊이 새기어 두고 은혜를 잊지 않음을 뜻 한다.

오늘은 누군가가 나를 알아주는 삶을 살고 있는지를 생각하는 하루가 되었으면 한다.

★ 길르앗에 우거 하는 자 중에 디셉 사람 엘리아가 아합에게 말 하되 내가 섬기는 이스라엘의 하나님 여호와께서 살아계심을 두고 맹세하노니 내 말이 없으면 수년 동안 비도 이슬도 있지 아니하리라 하니라.(열왕기상 17장 1절)

보낸 날짜 : 2011년 07월 08일 금요일 오전 09시 43분 00초
받는 사람 : 사랑하는 두 아들(353회)

이번 책 한 권의 요약은 무척이나 오랜 시간이 걸렸구나. 두 아들 바쁜 시간에 가끔 읽어 주어 고맙다. 삶에 얼마나 도움이 될는지 모르지만 손해 볼 것은 없을 것이라 믿는다.

첫째야!! 큰아들 비전이 벌써 이루어져 가고 있는 것 같구나 이제 큰아들이 무엇을 하는지 조금은 알 것 같구나 자랑스럽게 여긴다. 하나님 사업이니 돈에 너무 치중하지 말고 많은 사람들이 부담 없이 들어올 수 있는 사이트로서 널리 알려지게 된다면 하나님께서 넘치게 부어 줄 것이라 믿는다. 오래전부터 열심히 준비를 한 것 같구나 잘 될 것이라 믿는다. 아빠 엄마가 도울 수 있는 것은 기도 밖에 없는 것 같구나 열심히 기도하고 있다는 것을 잊지 말아라. 둘째야 형님 홈피에 가 보니 둘째가 도울 일이 많이 있을 것 같은데 들어 가보아라…

7월 9일에서 7월 12일 까지 회사 산악회에서 백두산 등반이 있어 엄마와 함께 갈 것이다. 기도 부탁한다. 다녀와서 또 한 권의 책을 읽으면서 요약하여 메일로 보내고자 한다. 시간 나는 데로 보아주면 고맙겠구나

책은 "실행이 답이다." -저자 이민규 교수-

급하게 연락할 일이 있으면 인솔자 전화번호010-3300-81XX로(이XX) 연락하면 된다. 아빠 핸드폰도 자동로밍이 되면 연락이 가능 할 것이다.

오늘도 주님 말씀 안에서 승리하는 하루 되길 바라며…

★ 형제들아 나는 아직 잡은 줄로 여기지 아니하고 오직 한 일 즉 뒤에 있는 것은 잊어버리고 앞에 있는 것을 잡으려고 푯대를 향하여 그리스도 예수 안에서 하나님이 위에서 부르신 부름의상을 위하여 달려가노라〉 (빌립보서 3장 13절, 14절)

보낸 날짜 : 2011년 07월 15일 금요일 오후 15시 03분 00초
받는 사람 : 사랑하는 두 아들(354회)

생각을 성과로 이끄는 성공 원동력 실행이 답이다
- 이 민 규 지음 -

주위에 크게 성공한 사람들을 보며 이런 생각을 할 때가 있다. 저렇게 평범한 사람이 어떻게 저런 일을 해냈을까? 예상외로 큰일 을 해낸 친구의 소식을 듣고 이렇게 자문할 때도 많이 있다. "아니 , 그 친구가 어떻게 그런 일을? "

그러나 조금만 깊이 들여다보면 그들에게 평범한 사람들과 구별되는 작은 차이가 분명히 있다. 남들이 생각만 하고 있는 것을 과감히 행동으로 옮겨 실행했다는 것이다. 아이디어만으로 스티브잡스나 빌 게이츠가 최고의 CEO가 될 수 있었을까? 그들이 위대한 이유는 그들의 지식이나 아이디어가 남달라서가 아니라 그들의 실천력 때문이라고 생각된다.

99%의 평범한 사람들 역시 수천 가지의 좋은 생각을 가지고 있다.

그러나 그들은 실천하지 않는다. 반면 1%의 특별한 사람들은 다르다. 그들은 생각을 반드시 행동으로 옮긴다. 그래서 재능이나 지식, 아이디어가 아무리 뛰어나도 실행력이 없다면 성과 역시 제로가 된다. 모든 위대한 성취는 반드시 실행함으로써 이루어지며, 실행하지 않으면 아무것도 이룰 수 없다. 실행력은 "결심-실천-유지"라는 3단계를 포함하며, 탁월한 실천 가가 되려면 이 3단계에 적용되는 효과적인 지렛대를 갖고 있어야 한다. 생각을 성과로 만들어내기 위해서는 반드시 이 3단계를 거쳐야 하기 때문이다. 실행은 자기의 재능에 대한 자신감을 키우는 가장 효과적인 방법 이고 원하는 것을 얻게 해주는 유일한 수단이다. 이 책을 통해 "현재의 이곳에서 원하는 그곳"으로 건너갈 수 있 는 다리를 놓을 수 있기를 간절히 소망한다.

오늘도 엄마, 아빠는 큰아들과 작은아들을 위해 열심히 기도하고 있다는 것을 잊지 말고 자신감을 갖고 실행하길 바란다.

오늘의 고사성어(古事成語)
새옹지마(塞翁之馬) : 인생의 길흉화복(吉凶禍福)은 일정하지 않아 예측할 수 없으니 재앙도 슬퍼할게 못되고 복도 기뻐할 게 없음을 뜻한다.

오늘도 즐겁고 멋진 하루 되길 바라며 …

★ 병자가 대답하되 주여 물이 움직일 때에 나를 못에 넣어 주는 사람이 없어 내가 가는 동안에 다른 사람이 먼저 내려가나이다. (요한복음 5장 7절)

※ 1952년 5월 20일 696일 차 : 부산시 거제리 거제수용소에서 치료 반대 공산군 포로가 폭동 포로 1명 사망 경상 85명 경비대원 1명 경상, 국무회의 부산 전시도시 체제화 장관급의 고급 승용차 폐지 지프차 대용 등 결정,

◆ 이승만 대통령의 한미공동방위군사협정 체결 노력
– 1949년 2월에 케네스 로얄 육군 장관이 한국을 방문하자 이승만은 국군 증강을 위해 무기와 장비 지원을 요청했으며, 미군 철수가 현실로 다가오자 이승만 은 미국에 조병옥을 특사로 보내어 미국 정부에 한미상호방위군사협정 체결을 요구하였다. 1949년 5월에 이승만은 트루먼 대통령에게 서한을 보내 북한의 남침에 대비한 남한의 방위가 필요하다며 한미공동방위군사 협정 체결을 다시 한번 요구했다. 하지만 여러 가지 이유로 협정체결 요구와 무기지원도 묵살 당했다. 1949년 6월 미군은 완전히 철수했다. 그러는 가운데 1950년 1월 12일 딘 애치슨 미국국무장관은 기자회견에서 대한민국과 대만은 미국의 아시아 방 위선 밖에 있다고 발언했다. 그래서 이승만은 더 강한 목소리로 북한의 남침 위 협을 미국에 경고했고 유엔 한국위원단은 마지못해 군사사찰단을 파견했지만 소용이 없었다. 미국 측에서는 1950년 6월 1일에 "앞으로 5년간은 전쟁이 없을 것이라는 답변을 보내왔다" 미국의 예측과 달리 북한은 1950년 6월 25일 일요일 새벽 4시를 기해 남침했디.

보낸 날짜 : 2011년 07월 18일 월요일 오후 16시 03분 00초
받는 사람 : 사랑하는 두 아들(355회)

로드맵을 그려보라, 지름길이 보인다(1)

＊어디로 가고 있는지 모른다면, 우리는 결국 전혀 다른 곳에 도착할 것이다.
- 로버트 W 올슨 -

"간절히 원하고 생생하게 상상만 해도 꿈이 이루어진다"는 식의 긍정적인 자기
최면은 실제로는 생각보다 효과가 없으며 오히려 목표를 달성하는 데 장애가 될
수도 있다는 것이다. 상상 속에 빠져들어 오히려 현실에 적응하지 못하는 사람들
을 많이 만나게 된다. 이상형만 고집하다 좋은 인연을 모두 떠나보내는 사람, 가
능성이 없는 사업에 대한 장밋빛 환상으로 가산을 모두 날린 사업가, 대박의 꿈
에 빠져 패가망신한 도박꾼도 많다. 심지어 지나치게 비현실적인 상상에 도취되
어 망상과 환각 증세를 보이는 환자들도 있다. 그들 모두는 원하는 것을 생생하게
상상했다. 간절히 원했다. 그러나 그게 전부였다. "세상에는 공짜가 없다." 원하
는 것을 얻으려면 그것을 마음속에 그릴 수 있어야 한다는 말은 맞다. 상상할 수
없는 것은 시도할 수도 없고, 시도할 수 없는 것은 결코 이루어질 수 없기 때문이
다. 상상이 현실이 되려면 반드시 충족시켜야 할 전제조건이 있다. 성공으로 가는
경로를 찾아내야 한다는 것이다. 또 그 과정에서 겪게 될 장애물을 예상하고 극복
할 수 있는 방법을 갖고 있어야 한다. 목표를 달성하려면 두 가지 동기가 필요하
다. 바로 "시발동기"와 "유지동기"이다. 시발 동기는 목표를 달성한 상태를 상상
하는 것(결과 지향적 시각화)으로 만들어지고 유지 동기는 목표달성 방법에 의
해 만들어진다. 무엇이든 그것을 얻고 싶다면 양면적 사고를 할 수 있어야 한다.
양면적 사고를 기르려면 다음과 같은 과정을 거쳐야 한다.
첫째 : 원하는 상태를 이룬 자신의 모습을 생생하게 상상하고 거기서 얻게 될 이
득을 최대한 찾아낸다.

둘째 : 목표달성 과정에서 겪게 될 난관이나 돌발 사태를 예상한다.

셋째 : 문제에 효과적으로 대처할 수 있는 대비책을 마련한다.

"부자가 되는 비결 중 하나는 다른 사람의 좋은 습관을 내 습관으로 만드는 것이다." 이것이 벤치마킹이다.

최고의 강사가 되고 싶다면 최고 강사의 강의를 들어보자 강의가 끝난 후 명함을 내밀고 24시간이 지나기 전에 강의 소감과 질문을 준비해서 만나 달라고 요청하는 메일을 보내자. 직접 만나 그에게 걸어온 길을 물어보고 함께 사진을 찍어 벽에 붙여둔 후, 그 사람처럼 최고의 자리에 도달할 수 있는 경로를 그려보자. 그리고 목표에 이를 수 있는 나만의 커리어 로드맵(Career Road Map)을 작성하자.

⁺로드맵의 구성요소

– 현재 상태 : 현재 하고 있는 일과 나이(연도)

– 목표 지점 : 경력 상의 최종목표와 나이(연도)

– 달성 경로 : 최종목표를 이루기 위해 거쳐야 할 단계(징검다리 목표)와 나이(연노)

"행동하지 않는 생각은 쓰레기에 불과하다."

오늘도 즐겁고 보람된 하루 되길 바라며 …

★ 예수께서 모든 도시와 마을에 두루 다니사 그들의 회당에서 가르치시며 천국복음을 전파하시며 모든 병과 모든 약한 것을 고치시니라. (마태복음 9장 35절)

문제의 핵심을 파악하라 답이 절로 나타난다(2)

* 어떤 문제를 정확하게 설명하는 것은 그 해답을 찾는 일보다 훨씬 더 중요하다.
-알베르트 아인슈타인-

엉뚱한 문제를 푸느라 인생을 낭비하지 말자 변화를 시도할 때 가장 중요한 것은 우리가 갖고 있는 문제와 그 원인이 무엇인지를 "제대로 아는 것"이다. 문제를 제대로 파악하기만 하면 문제를 푸는 것은 식은 죽 먹기처럼 쉬운 경우가 많다. 문제에서 벗어나지 못하는 사람들의 공통점도 문제가 심각한 상황에서 조차 자기문제를 정확하게 인식하지 못한다는 것이다. 그들은 문제의 원인을 외부에서 찾고 비난할 대상을 밖에서 찾아 낸다. "왼다리 가려 운데 오른다리 긁지 말자." 문제를 해결하기 위해서는 반드시 거쳐야 할 단계가 있다.

o 문제 해결을 위한 IDEAL 단계

- 문제인식 : 먼저 문제가 있다는 사실부터 제대로 인식해야 한다는 것이다.
- 문제의 정의 : 문제가 있음을 인정한 뒤에는 문제의 본질을 정확하게 파악하고 정의해야 한다.
- 해결책 탐색 : 가능한 한 다양한 해결책을 찾아낸다. 그런 다음 장기적인 관점에서 최선의 해결책을 선택한다.
- 계획과 실천 : 데드라인이 포함된 실천 가능한 계획을 수립 하고 즉각 실천에 옮긴다.
- 결과 검토 : 결과를 면밀히 검토하고 효과가 없으면 즉시 문제를 재정의 하고 해결책을 수정 보완한다.

오늘은 현재의 삶에 혹시 나한테 어떤 문제가 있는지를 생각 하는 하루가 되었으면…

아빠의 제안

1. 사당 사무실 빈 시간을 활용해서 둘째 아들 피아노 교습실로 활용하는 방안
2. 둘째의 전공을 살려서 홈페이지에 나의 자작곡 란을 만들어 많은 사람들이 들을 수 있게 한다.
3. 학생(초등학생 등)들의 예수에 관련된 교육용 음악 제작, 랩 형식으로 노래(찬송)를 부르면서 암기할 수 있는 형태의 음악 개발,
4. 홈페이지를 세계화 점차적으로(중국어, 영어, 일본어 등)

※ 1952년 5월 21일 697일 차 : 판문점 동쪽, 연천 북서쪽 철원~김화 간 지역에서 탐색전. 유엔군 전차대 평강 남쪽 김화 북서쪽에 위치하는 공산군 목표물 공격, B29전폭기 야간에 신흥동 철교 폭격, 말단 공무원들 배급 미 부정 사건에 연루되어 구속,

◆ 카이로 회담
– 제2차 세계대전 때 이집트 카이로에서 개최된 2차례의 회담.
– 1차는 1943년 11월 22일~26일에 미국 루스벨트 대통령, 영국 처칠 수상, 중화민국 상셰스 총동이 모여 세계대전에서 대일 전에서의 협력과 일본의 영토분제에 관해 결정하고 카이로 선언으로 빌표
 주요 내용
 ① 미국 영국 중국 3국은 일본에 대해 가차 없는 압력을 가한다.
 ② 3국은 일본의 침략을 저지 응징하나 영토 확장의 의사는 없다.
 ③ 제1차 세계대전 이후 일본이 침탈한 지역을 모두 환원한다. 만주와 타이완은 중국에 환원되고 한국은 정당한 시기에 독립시킨다고 합의
– 2차는 1943년 12월 2일~7일에 처칠과 루스벨트는 터키를 연합국 측에 가담 시키려 했으나 실패했다. 루스벨트는 처칠에게 아이젠하워 장군을 노르망디 상륙 작전 최고사령관으로 결정했음을 알렸다.

보낸 날짜 : 2011년 07월 27일 수요일 오후 13시 22분 00초
받는 사람 : 사랑하는 두 아들(357회)

역산 스케줄링을 시도하라, 할 일이 명확해진다(3)

> * 성공하는 사람들은 미래로부터 역산해서 현재의 행동을 결정한다.
> – 간다 마사노리 –

스케줄링, 즉 계획을 세우는 순서는 기본적으로 두 가지 방법이 있다. 현재를 기점으로 순차적으로 계산해 목표달성 시기를 추정 하는 "순행 스케줄링(Forward Scheduling)"과 최종 목표 달 성 시간, 즉 미래를 기준점으로 역산해서 지금 당장 해야 할 일을 선택하는 "역산 스케줄링(Backward Scheduling)"이다. 성공과 행복의 열쇠가 무엇인지 찾아내기 위한 연구를 50여 년이 나 수행했던 하버드 대학의 에드워드 밴 필드 박사는 이렇게 그의 생각을 정리했다. "우리 사회에서 가장 성공한 사람은 10년, 20년 후의 미래를 생각하는 장기적인 전망을 갖고 있는 사람들이었다." 일본의 저명한 경영 컨설턴트인 간다 마사노리 역시 이렇게 말했다. "99퍼센트의 사람들은 현재를 보면서 미래가 어떻게 될지를 예측하고 1퍼센트의 사람만이 미래를 내다보며 지금 어떻게 행동해야 할지 생각한다. 당연히 후자에 속하는 1퍼센트의 사람만이 성공한다." 그러므로, 성공하는 것은 간단하다. 미래로부터 역산해서 현재의 행동을 선택하는 습관을 갖는다면 말이다.

역산 스케줄링 3단계
 - Step 1 : 달성하고 싶은 목표와 데드라인을 먼저 명확하게 정한다.
 - Step 2 : 목표달성 과정의 징검다리 목표들과 데드라인을 정한다.
 - Step 3 : 목표와 관련된 첫 번째 일을 선택해 곧바로 실천 한다.

10년 후 달성하고 싶은 목표는 무엇인가? 지금까지 이 목표를 달성하기 위해 어떤 스케줄링을 준비해 왔는가? 그 목표를 달성하기 위해 지금 당장 해야 할 작은 일은 무엇인가? 오늘은 나의 인생 목표의 스케줄링을 제대로 준비되어 실행되고 있는지를 생각하는 하루가 되었으면 어떨까 …

◆ 얄타회담
- 1945년 2월, 프랭클린 루즈벨트 미국 대통령, 윈스턴 처칠 영국 총리, 이오시프 스탈린 소련 공산당 서기장 등 연합국 정상들이 모여 나치 독일의 패배와 전후 처리를 논의하기 위해 크림 반도 얄타에서 만나 회담을 했으며, 1946년 얄타 협정이 공표되었다.
- 세 연합국 지도자는 독일의 분할 점령 원칙을 재확인했다. 독일에 필수품을 공급하기로 약속하고, 독일의 군수산업을 폐쇄·통제하며, 주요 전범은 국제 재판에 회부하고, 배상금 문제는 모스크바에 위원회를 설치해 위임하기로 했다.
- 폴란드에 대해서는 임시정부를 구성하고 자유선거는 보류하며, 소련이 서부 국경 너머의 지역을 폴란드에 떼어준다는 데 합의했다.
- 극동문제에 대해서는 소련이 대일 전에 참전하는 대가로 러일전쟁에서 잃은 영토를 반환하고 외몽골의 독립을 인정한다는 비밀의정시가 채택되었다. 또한 스탈린은 중국과 동맹 및 우호 조약을 체결하기로 합의했다.
- 전후 처리 문제를 협의하면서 한반도 신탁통치를 논의한 것이다. 이 논의는 이후 북위 38도선을 경계로 남쪽은 미군이, 북쪽은 소련군이 진주해 군정을 실시함으로써 남북 분단을 초래하는 씨앗이 됐다.
- 얄타 회담은 제2차 세계대전에서 소련을 실질적인 승리자로 인정한 것이었다. 그 대가로 스탈린은 새로 만들어진 국제연합에 가입하고, 독일 항복 이후 3개월 이내에 일본에 대한 전쟁에 참여하기로 약속하였다.
- 얄타 협정의 일부 조항은 태평양과 만주에서 일본을 패배시키는 데 소련의 지원이 절실히 필요하다는 가정에서 체결된 것이었다. 그러나 소련이 참전한지 5일만에 일본은 항복하고 말았다.

보낸 날짜 : 2011년 08월 03일 수요일 오전 10시 38분 00초
받는 사람 : 사랑하는 두 아들(358회)

대비책을 만들어두라 돌발 상황이 두렵지 않다(4)

＊삶은 돌발 상황을 만들어 우리를 방해한다.

– 메리제인 라이언 –

"머피의 법칙은 대책 없는 사람을 좋아한다."
실패한 사람들은 아무 생각 없이 시도하다 예상치 못한 일로 좌절한다. 하지만 성공한 사람들은 가능한 돌발 사태를 예상하고 대비해서 항상 더 많은 것을 얻어낸다. 컴퓨터 전문가들은 예상치 못한 문제로 인한 데이터 상실을 방지하기 위해 항상 백업 시스템을 마련해 둔다. 결심을 실천하는 과정에서도 이처럼 돌발 사태에 대한 대비책이 필요한데 이를 백업 플랜 또는 "플랜 B"라고 한다.
"돌발 사태를 예상하면 변명할 필요가 없어진다."
목표달성 과정에서 중도에 포기하는 습관을 갖고 있다면 그에 대한 강력한 대비책을 만들어야 한다.
다음과 같이 세 가지 단계를 거치면 된다.
첫째 : 목표 달성을 위한 구체적인 실천 계획(플랜 A)을 찾는다.
둘째 : 실천 과정에서 실천을 방해할 수 있는 돌발 사태를 예상해 목록으로 작성한다.
셋째 : 각각의 돌발 사태에 대한 대비책(플랜 B)을 찾아낸다. 가능하면 대비책에 대한 대비책(플랜 C) 도 찾아낸다. "위대한 리더들은 어떤 면에서 모두 겁쟁이다." 누구보다 용맹 무쌍했던 정복자 나폴레옹은 이렇게 말했다.
"작전을 세울 때 나는 세상에 둘도 없는 겁쟁이가 된다."
상상할 수 있는 모든 위험과 불리한 조건을 과장해보고 끊임없이 '만약에?'라

는 질문을 되풀이한다." 이것은 전쟁에서 이기려면 가능한 한 모든 위험 요인을 찾아내 그에 대한 대비책을 만들 때만은 위험을 과장해야 한다는 말이다.

* 플랜 B의 세 가지 기능

1. 예측가능성(Predictability) : 계획을 방해할 수 있는 돌발 사태를 예상해보는 습관을 갖게 되면 불확실성과 불안감이 줄어 든다.

2. 통제가능성(Controltability) : 예상되는 돌발 사태에 대한 대비책을 수립하는 과정에서 상황과 자기 자신에 대한 통제력이 증진된다.

3. 생산성(Productivity) : 상황과 자신에 대한 통제력의 증가로 인해 어떤 상황에 서나 후회와 손실은 줄어들고 성과와 만족감은 증가된다.

"최악의 시나리오를 예상하라."

실패하는 사람들은 실패할 수밖에 없는 실고 긴 핑게들을 찾아낸다. 자신들에게 닥칠 돌발 사태들을 예상해보지도 않고 대책도 없이 살면서 말이다. 성공하는 사람들은 도전정신 하나로 무모하게 위험을 감수하지 않고 무조건 위험을 회피하지도 않는다.

그들은 모든 사람들이 불가능하다는 일 속에서도 가능성의 신호를 찾아내고 모두가 낙관적일 때조차도 재앙을 예고하는 미세징후들을 탐지해 대비책을 마련해준다.

오늘의 고사성어(古事成語)

명약관화(明若觀火) : 불 보듯 뻔하다.는 뜻이다.

※ 머피의 법칙 : 하려는 일이 항상 원하지 않는 방향으로만 진행 되는 현상

오늘은 현재 진행하고 있는 일들에 대한 최악의 위험과 실패의 요인들에 관해 한번 생각하는 하루가 되었으면 …

보낸 날짜 : 2011년 08월 08일 월요일 오전 10시 57분 00초
받는 사람 : 사랑하는 두 아들(359회)

공개적으로 선언하라 어쩔 수 없이 하게 된다(5)

* 자신의 의견이 공개될수록 그것을 변경하기는 점점 더 어려워 진다.
– 커트 모텐슨 –

"번복이 어려워지도록 주위에 결심을 공개하자."
말이나 글로 자신의 생각을 공개하면 그 생각을 끝까지 고수하려는 경향이 있는데 이를 '공개선언효과'라고 한다.
그런데 결심을 공개적으로 선언하면 왜 번복하기가 어려울까?
첫째 : 말이 우리의 행동을 결정하기 때문이다. 사람들은 자신의 말과 행동을 통해 자신의 태도를 판단하게 되고 태도는 행동을 결정한다.
둘째 : 부정적인 평가를 받고 싶지 않기 때문이다. 사람은 말과 행동이 불일치한 사람들에 대해 '겉과 속이 다르다거나 무책임하다.'라고 부정적으로 평가하는 경향이 있다. 반면 말과 행동이 일치하는 사람에 대해서는 '언행일치' '믿을 수 있는' 일관성이 있는' '책임감이 강한' 등의 수식어를 붙여 긍정적으로 평가한다.
셋째 : 스트레스를 줄일 수 있기 때문이다. 사람들은 자신의 말과 행동이 일치하지 않을 때 인지적 부조화 상태에 빠져 스트레스를 받게 된다.
그러므로 결심은 다른 사람과 공유할 때 더 지키기가 쉽다. 서로 감시자와 응원단이 되어주기 때문이다.
"결심을 실천에 옮기고 싶다면 다른 사람들에게 결심을 공표하는 것이 좋다." "외부의 힘을 활용해 자신을 통제하자."
첫째 : 가능한 한 많은 사람들에게 공개해야 한다. 결심은 공개 범위가 넓을수록 실천 가능성이 높아진다.

둘째 : 반복해서 공개해야 한다. 공개선언의 빈도가 늘어나면 결심을 번복할 가능성은 그만큼 줄어든다.

셋째 : 극적인 효과를 원한다면 극적인 방법을 찾아보자.

넷째 : 결심을 확실하게 실천하고 싶다면 공개방법을 더 많이 찾아보자.

다섯째 : 분명하게 선언하고 약속을 지키지 않았을 때 치러야 할 대가를 밝혀두자.

오늘은 이때까지 잘 이루어지지 않았는 결심을 공개해서라도 이루고 싶은 결심이 없는지 한번 생각하는 하루가 돼었으면…

★ 예수께서 이르시되 일어나 네 자리를 들고 걸어가라 하시니 그 사람이 곧 나아서 자리를 들고 걸어가니라. (요한복음 5장 8절, 9절)

※ 1952년 5월 25일 701일 차 : B-29 폭격기대 곽산 지구 공산군 철도시설 폭격. 유엔군 북한강 서쪽에서 공산군의 공격 격퇴, 유엔군 전차부대 중부전선 삼각지대의 공산구 진지 계속 공격, 연천 북서쪽의 유엔군 전초지대에 대한 공산군 2개 중대 공격 격퇴, 이종찬 육군참모총장 계엄군 부산 파병 거부, 신태영 국방부상관의 부산지구 계엄 관련 기자 회견 - 부산지구 계엄선포는 병참기지 수호와 서민호 의원 사건 계기로 한 공비 음모방지 군 작전 수행에 유감없도록 하기 위한 것, 북한군과 중공군 사령부 대변인 미 측이 공산 측 포로를 박해한다는 폭로 담화 발표.

◆ 거제도 포로수용소 관련 해리슨 유엔군 측 수석대표 기자 회견(5월 26일)

1. 인권의 존엄성을 옹호하고자 하는 유엔군 측으로서는 포로 문제에 대한 4월 28일 안이 최종적인 것.

2. 포로수용소 사건은 세계를 기만하려는 공산 측 지령에 의한 것.

3. 포로 문제에 대한 공산군 측 태도 불변인 한 새로운 사태 발생 시까지 유엔군 측 대기.

보낸 날짜 : 2011년 08월 10일 수요일 오후 14시 44분 00초
받는 사람 : 사랑하는 두 아들(360회)

절박한 이유를 찾아내라 그 누구도 못 말린다(6)

* 사람들은 자신이 하고 싶은 일을 할 수 없는 수천 가지 이유를 찾고 있는데 정작 그들에게는 그 일을 할 수 있는 한 가지 이유만 있으면 된다.

– W.R 위트니 –

"변화를 원하면서도 실천하지 않는 까닭" 달라지고 싶다면서도 왜 변화하지 않는 걸까? 지금까지의 삶이 만족스럽지 않다면, 지금까지 왜 그렇게 살아왔는지 그 이유를 먼저 찾아봐야 한다. 그러나 그 어떤 이유도 아니다. 사실은 지금 생활이 그런대로 견딜 만하기 때문이다. 아직은 충분히 고통스럽지 않기 때문이다.
그러나 어영부영 세월만 보내다 보면 언젠가 갑자기 왜 내가 이렇게 살았는가를 후회하게 된다. 월드 스타 비는 한 인터뷰에서 마지막 오디션을 이렇게 회상했다. "당시 나는 벼랑 끝에 서 있었고, 더 이상 밀려날 곳이 없었다. 어머니의 병원비는 밀렸는데 차비조차 없고 돌봐주어야 할 여동생까지 있었기 때문에 무엇이든 하지 않으면 안 되는 상황이었다. 만약 내가 쥐였다면 내 앞을 막아선 고양이를 물고서라도 뛰쳐나가야만 하는 도무지 숨을 데도 피할 데도 없는 상황이었다. 여기서 떨어진다면 더 이상 갈 곳이 없다는 절박감에, 오디션을 보는데 한 번도 쉬지 않고 총 다섯 시간을 내리 춤췄다. 그렇게 해서 오디션에 합격했다. 그는 18번이나 오디션에 떨어졌지만 '이거 아니면 죽을 것 같은' 생각 때문에 포기하지 않았다. 오디션에 붙는 것은 그에게 정말 절박한 문제였다.
딴 생각을 할 수가 없는 상황이었다. 그는 세계적인 스타가 된 지금도 초심을 잃지 않고 '이거 아니면 죽는다.'는 심정으로 활동하고 있다고 말한다. 어떤 목표라도 절실한 이유를 찾아내 절박한 심정으로 덤비면 그 목표는 이미 절반은 성취한 셈이 된다.

"변화에는 반드시 두 가지 이유가 필요하다."

첫째 : 현재 상태에서 벗어나지 않으면 안 될 절박한 이유가 있어야 한다.

둘째 : 어떤 일이 있어도 원하는 목표를 달성해야 할 간절한 이유가 있어야 한다.

위 두 가지 이유로 인해 변화되는 것보다는 위 두 가지 이유가 생기지 않도록 사전에 미리 변화하는 것이 가장 좋은 방법이다.

자기 동기화 3단계

Step1 : 바꾸고 싶은 습관이나 실천하고자 하는 결심 한 가지를 찾아본다.

Step2 : 변화하지 않았을 때 겪게 될 끔찍한 상황을 생생하게 상상한다.

Step3 : 결심을 실천했을 때 일어나는 긍정적인 변화를 상상하면서 액션 플랜을 세운다.

"파생 효과 노트" 작성의 세 가지 효과

첫째 : 일이 재미있어진다.

훗날 만들어 낼 수 있는 결과를 상상함으로써, 해야만 하는 일을 하고 싶은 놀이로 바꿀 수 있다.

돌째 : 동기부여가 된다.

일이 끝난 후의 즉각적 보상뿐 아니라 장기적 파생 효과 때문에 포기할 수 없게 된다.

셋째 : 자부심을 갖게 된다.

중도에 포기하는 사람들과 달리 끝까지 노력하는 모습을 보면서 스스로 남다르다는 자부심을 갖게 된다.

포기하지 않고 끝까지 실천하는 사람들, 그래서 성공적인 삶을 살아가는 사람들, 그들의 공통점은 다른 사람들이 '할 수 없는 수많은 핑계'들을 찾고 있을 때 '해야만 하는 한 가지의 절실한 이유'를 찾아낸다는 것이다.

오늘은 내가 반드시 실천하고 싶은 결심은 무엇인가? 그 결심을 반드시 실천해야 할 절실한 이유는 무엇인가를 생각하는 하루가 되었으면 어떨까?

★ 천사가 이르되 무서워하지 말라 보라 내가 온 백성에게 미칠 큰 기쁨의 좋은 소식을 너희에게 전하노라.(누가복음 2장10절)

◆ 포츠담 회담

- 포츠담 회담(Potsdam Conference)은 1945년 5월 8일 독일이 항복한 뒤, 일본의 항복 문제와 전후 처리 문제를 논의하기 위해 독일 베를린 교외 포츠담 체첼리엔호 프 궁전에서 열린 연합국의 세 번째 전시 회담이다. 회담은 1945년 7월 17일에 시작 하여, 8월 2일 종결되었다. 회담의 주요 의제는 패전국 독일의 통치방침, 해방국 폴 란드의 서부 국경 결정, 패전국 오스트리아의 점령방침, 동유럽에서 러시아의 역할, 패전국의 배상금 문제, 대일(對日) 전쟁 수행 방침 등 한국 독립의 재확인을 위해 미국, 영국, 중국의 수뇌부가 모여 회담을 통해 발표한 선언이었다.

- 1945년 7월 26일 미국의 대통령 트루먼(Harry S. Truman), 영국의 수상인 처칠 (Winston Churchill), 중국의 총통인 장제스[ChiangKai-Shek]가 포츠담 선언에 서 명하였고, 그 후 8월 8일 소련 공산당 서기장 스탈린(Joseph Stalin)도 대일 전 참전 과 동시에 이 선언에 서명하였다.

- 포츠담회담에서 한국 문제는 주요 의제가 아니었다. 공식적으로는 한국을 '적절 한 절차'에 따라 독립하게 한다는 카이로회담을 재확인하는 데에 그쳤다.

- 포츠담 기념관 전시물 중에는 한국 국민들이 영어와 러시아어로 쓴 플래카드를 내걸고 일제를 패망시킨 두 나라를 환영하는 사진이 있다. 당시 해방의 기쁨에 취한 한국민은 미·소의 한반도 분할 점령이 드리울 어두운 그림자를 짐작도하지 못했다. '징전비후(懲前毖後·과거의 잘못을 교훈 삼아 후일을 경계함)'의 교훈을 되새기 는 전략적 사고를 하지 않으면 한반도는 강대국의 힘의 논리에 휘말려 희생양이 되 고 말았던 아픈 역사를 반복할지도 모른다.

보낸 날짜 : 2011년 08월 16일 화요일 오후 13시 58분 00초
받는 사람 : 사랑하는 두 아들(361회)

당장 실천하라. 제일 적당한 때는 지금이다(7)

* 결단을 내리는데 시간이 걸리는 사람을 비난해서는 안 된다. 정작 비난해야 할 대상은 결단을 내린 뒤에도 실행에 옮기는데 시간이 걸리는 사람이다.

– 시오노 나나미 –

우리 모두는 때때로 당장 할 수 있는 일도 꾸물거리면서 미루고 굳게 결심한 다짐도 슬며시 실천을 뒤로 미룬다. 타고난 익살과 재치로 유명했던 작가 조지버나드 쇼는 그의 명성에 걸맞게 죽기 오래전에 자신의 묘비명을 이렇게 적어 놓았다. "우물쭈물하다가 내 이렇게 될 줄 알았지!" 그는 왜 살아생전에 그런 묘비명을 만들어두었을까? 그 역시 우리와 마찬가지로 미적거리며 중요한 일을 뒤로 미루는 버릇이 있었기 때문이 아닐까? 해야 할 일을 신속하게 처리하면 상대방뿐만 아니라 우리 자신에게도 도움이 되는데 거기에는 몇 가지 근거가 있다.

첫째 : 더 중요한 일을 더 능률적으로 할 수 있다.

신속하게 처리해 머릿속에서 그 일을 지워버리면 컴퓨터를 사용할 때 CPU를 차지하고 있는 중요하지 않은 프로그램을 꺼두는 것과 같은 효과로 중요한 일의 처리 속도가 빨라 진다.

둘째 : 삶이 더 자유로워진다. 해야 할 일을 뒤로 미루면 잊어버리지 않기 위해 그 일을 늘 머릿속에 생각하고 있어야 하므로 일이 마무리될 때 까지 계속 미룬 일에 대한 구속을 받게 된다.

셋째 : 원하는 것을 더 많이 얻을 수 있다.

신속하게 반응해 다른 사람들로부터 신뢰를 받고 호감을 살 수 있기 때문에 더 풍요로운 삶을 살게 된다.

"지금 아니면 언제? 실천하기 좋은 특별한 날은 없다."

중요한 일을 미루는 것은 불행한 사람들의 공통점이다. 그들은 '나중에' '내일' '언젠가'라는 단어를 입에 달고 다닌다. "지금은 내키지 않으니까 나중에 하자." "오늘은 바쁘니까 내일 하자." 그들은 지금은 때가 아니라고 실천을 미룬다. 실천하기 가장 좋은 날은 '오늘'이고 실행하기 가장 좋은 시간은 '지금'이다. "지금 있는 자리에서 할 수 있는 것을 하라." 변화의 가장 큰 걸림돌은 '나중에 다른 데서'이며 성공의 가장 확실한 디딤돌은 '지금 여기서(Now&Here)이다. 그리고 어차피 꼭 해야 할 일이라면 하기 싫은 일을 먼저 하자. 미국의 26대 대통령 루스벨트는 이렇게 말했다. "지금 있는 자리에서, 가지고 있는 것으로 할 수 있는 것을 하라!"

꿈을 이루기 위해서 그대가 지금 있는 자리에서 지금 갖고 있는 것으로, 당장 할 수 있는 것은 무엇인가? 그대의 마음이 그대 자신에게 "지금 하라!"라고 속삭이는 것은 무엇인가?

오늘의 고사성어(古事成語)
망자계치(亡子計齒) : 죽은 자식의 나이 세기란 말로, 이미 지나간 일을 다시 생각해 봐야 소용없음을 나타낸다.

오늘은 지금 현재 내가 갖고 있는 것으로 무엇이 가장 하고 싶은 것이 있는지 생각하고 실천하는 하루가 되길 바라면서 …

※ 1952년 5월 31일 707일 차 : F-86 전투기 편대 공산군 MIG기 3대 격추. 유엔군 전차 포병 공병 각 부대 긴밀한 협동 작전으로 북한강 공산군 구축 진지 파괴, UN군, 북한강 서쪽 공산군 진지 3면에서 공격, 공산군 22명 사살. 제 71차 휴전회담 본회담 35분간에 걸쳐 포로 문제로 논쟁, 정부 비료의 민간수입 방침 수립, 함인섭 농림부장관 전면적 식량 통제는 불가능하다고 역설, 쌀값 10 되 당 11만 원(부산), 마오쩌둥 스탈린에게 전신 한국전쟁 휴전회담의 형세 고착 과 목표 달성미달의 원인 및 대책 통보, 중공군 제1부 사령관 덩화 북한으로 가 서 중공군 사령관 대리 겸 정치위원 임무 수행.

보낸 날짜 : 2011년 08월 18일 목요일 오전 10시 01분 00초
받는 사람 : 사랑하는 두 아들(362회)

작게 시작하라 크게 이루게 된다(8)

* 모든 위대한 일은 작은 시작에서 출발한다.

– 피터센게 –

엄두가 나지 않은 일을 착수하는 가장 좋은 전략은 일단 작은 일로부터 시작하는 것이다. 카피라이터 하이스고로타의 저서 <3초 만에 행복해지는 명언 테라피>에서 70대의 할머니를 소개하고 있다. "처음부터 대륙을 횡단할 생각은 전혀 없었어요, 생각해 보년 그래서 그 일을 해낼 수 있었던 것 같아요." 어느 날 할머니는 손자로 부터 운동화를 선물 받았다. 기쁜 마음으로 그 운동화를 신고, 다른 주에 사는 친구를 만나러갔다. 손자에게 선물로 받은 운동화를 자랑하기 위해서였다. 그 친구를 만나보고 "이번에는 저쪽 주에도 가보자, 무릎이 아프면 택시를 타고 돌아오면 되겠지." 이것이 아메리카 내륙을 횡단의 시발점이었다 이 할머니의 사례는 엄두가 안 나 해보지도 않고 포기해버리는 우리들에게 멋진 교훈을 준다. 모든 변화는 저절로 움직이는 자가 추진력을 갖고 있어 아주 작은 변화가 또 다른 변화를 일으킨다. 꿈을 이루기 위해 우리가 취할 수 있는 첫 번째 조치는 당장 실천할 수 있는 최소단위의 일을 찾아내는 것이다.

* 행동 모멘텀 기법 3단계

Step1 : 목표와 관련된 일들을 어려운 정도에 따라 순서를 매긴다.

Step2 : 싫으면 언제든 그만둔다고 생각하면서 가장 쉬운 일부터 시작한다.

Step3 : 어느 순간 생각보다 많은 일을 하고 있는 자신을 보고 놀라게 된다.

"성공은 또 다른 성공을 부른다." 한 번의 성공은 우리의 머릿속에 "~을 해냈다면 ~도 할 수 있다." 는 생각을 심어 또 다른 성공을 불러오기 때문이다. "작은 일로 나누기만 하면 어떤 일이라도 쉽다." 모든 위대한 성취에는 첫 번째 작은 시작이 있다.

오늘의 고사성어(古事成語)
망중유한(忙中有閑) : 바쁜 가운데에도 잠시 쉴 겨를이 있음을 말한다.

오늘은 아주 작은 일부터 시작하는 하루가 되길 바라며 …

★ 보라 형제가 연합하여 동거함이 어찌 그리 선하고 아름다운고 머리에 있는 보배로운 기름이 수염 곧 아론의 수염에 흘러서 그의 옷깃까지 내림 같고 헐몬의 이슬이 시온의 산들에 내림 같도다 거기서 여호와께서 복을 명령하셨나니 곧 영생이로다. (시편 133편 1,2,3절)

◆ 제네바 협약

 – 제네바 협약은 '전투의 범위 밖에 있는 자와 전투행위에 직접 참가하지 않은자는 보호를 받아야 하고 존중되어야 하며, 인도적인 대우를 받지 않으면 안된다' 고 하는 도의상의 요청에 의거하여 부상병·조난자·포로·일반 주민등의 보호를 목적으로 하는 법규이다.

 – 전쟁으로 인한 희생자 보호를 위하여 1949년 8월 12일 제네바에서 체결된 일련의 국제조약. 적십자조약이라고도 한다. 이 조약의 목적은 전쟁 기타 무력분쟁이 발생한 경우에 부상자·병자·포로·피억류자 등을 전쟁의 위험과 재해로 부터 보호하여 가능한 한 전쟁의 참화를 경감 하려는 것으로 아래와 같이 4개의 협약으로 되어 있다.

제1협약: 전장에서의 군대의 부상자 및 병자의 상태 개선에 관한 협약 (1864년)

제2 협약: 해상에서의 군대의 부상자, 병자 및 조난자의 상태 개선에 관한 협약(1906년)

제3 협약: 전쟁포로의 대우에 관한 협약 (1929년)

제4 협약: 전시에서의 민간인의 보호에 관한 협약 (1949년)

사선(死線)을 설정하라, 미루는 일이 없어진다(9)

* 반드시 끝내야 할 일이 있을 때는 어떻게든 반드시 끝내게 된다.
　　　　　　　　　　　　　　　　　　　　　　　　- 잭 포스터 -

한, 회사에서 임직원 200명을 대상으로 작심삼일의 원인에 대한 설문 조사를 했다. 조사결과, 응답자의 43퍼센트가 내일부터 하면 되겠지 하고 실천을 뒤로 미루는 것이라고 대답해 '미룸신의 유혹'을 작심삼일 병의 원인 1위로 꼽았다.

"미룸신이 범접하지 못하는 사람들은 자기만의 데드라인을 가지고 있다." 중요한 일을 뒤로 미루는 것은 실패한 사람들의 공통점이다. 내일 일을 오늘로 앞당겨 끝내는 것은 성공한 사람들의 특성이다. 조사결과 비효율적인 하위직들은 매우 다양한 미루기 핑계들을 가지고 있는 반면에 성공한 고위직들은 자기만의 미루기 방지전략을 세워두고 있다. 늘 막판에 바쁘고, 늘 시간이 부족하고, 늘 힘들게 사는 사람들은 세 가지 유형의 행동패턴을 갖고 있다.

* 첫째 : 항상 시작이 어렵다.
* 둘째 : 마무리를 짓지 못한다.
* 셋째 : 최악의 경우로 시작도 못하고 마무리도 제대로 못한다.

실천력이 뛰어난 사람들의 마음속에는 두 개의 데드라인이 있다.

일을 언제까지 끝내겠다는 '종료 데드라인' 뿐 아니라 일을 언제부터 시작하겠다는 '개시 데드라인'을 갖고 있다. 모든 삶에 종착역이 있듯이 모든 일에는 데드라인이 있다.

죽음을 의식하면서 사는 사람이 삶에 충실하듯 데드라인을 염두에 두고 사는 사람의 성과가 더 높을 수밖에 없다. 큰일을 쪼개서 당장 할 수 있는 작은 일 하나를 찾아내자, 작은 일을 시작하면 큰일도 할 수 있다.

"성과가 오르지 않는다면 시간이 너무 많기 때문이다."

어떤 상황에서든 모든 일을 다 할 수 있는 시간은 없다. 그러나 어떤 경우라도 꼭 해야 할 일은 할 수 있는 시간은 있다.

어둠속으로 들어가는 순간 우리의 동공이 확장되듯이 마음이 급하거나 절박할 때 뇌의 흡인력은 순간적으로 확장된다. 데드라인 재설정을 통해 삶에 변화를 주고 싶다면 다음과 같은 몇 가지 점을 고려해야 한다.

첫째 : 작은 일부터 하나씩 연습하자.

둘째 : 명확하게 정의하자.

셋째 : 중요한 일은 데드라인을 공개하자.

*데드라인 재설정 3단계

- Step1 : 종료 데드라인을 재정의 한다.
  주어진 데드라인을 앞당겨 자기만의 마감 시간으로 재정의한다.

- Step2 : 중간 데드라인을 만든다.
  최종목표를 잘게 분할 하고 각각의 중간 데드라인들을 설정해 일의 압박감을 줄인다.

- Step3 : 개시 데드라인을 정해 실천한다.
  바로 시작할 수 있는 첫 단계의 작은 일을 찾아 개시 데드라인에 맞춰 실천한다.

오늘은 평소 미적거리면서 뒤로 미루거나 제시간에 끝내지 못하는 일들을 모조리 찾아보고 그중 한 가지를 골라 제때에 일을 끝내지 못한 이유 들을 찾아보는 하루가 되길 바라며…

★ 이 모든 땅이 폐허가 되어 놀랄 일이 될 것이며 이 민족들은 칠십년 동안 바벨론의 왕을 섬기리라. (예레미야 25장 11절)

보낸 날짜 ： 2011년 09월 14일 수요일 오전 12시 03분 00초
받는 사람 ： 사랑하는 두 아들(364회)

실험이라 생각하라, 도전이 즐거워진다(10)

* 재능이 없다고 말하는 사람들의 대부분은 별로 시도해본 일이 없는 사람들이다.
– 앤드류 매듀스 –

"해보기나 했어?" 정주영 회장의 실험정신, 명강사를 꿈꾸는 한 30대 판매직원이 자신의 학벌로는 꿈을 이루기 힘들 것 같다는 내용의 메일을 보내왔다. 그래서 나는 다음과 같은 답장을 보냈다.

"학력 때문에 하고 싶은 일을 할 수 없을 거라 생각하시는 군요, 새로운 프로젝트를 제안할 때 최고 학력 출신의 부하직원들이 이런저런 이유를 대면서 무모한 도전이라고 반대하면 초등학교 졸업이 학력의 전부 인 정주영 회장은 이렇게 반박하곤 했습니다. "해보기나 했어?" 명강사가 되기 위해 지금까지 무엇을 시도했는지 그리고 지금 무엇을 시도하고 있는지 사신을 돌아보면서 스스로에게 이렇게 자문해보면 어떨까요? "해보기나 했어?" "실험이라 생각하면 인생이 즐겁다."

평소에 실험정신을 기르려면 어떻게 해야 할까?

첫째 : 해보지도 않고 미리부터 안 될 거라고 단정하지 말아야 한다. 불가능하다고 생각하면 우리 머리는 해낼 수 없는 이유들만 찾아낸다.

둘째 : 호기심을 갖고 문제 상황을 바라보면서 모든 시도를 실험이라고 생각해야 한다.

셋째 : 모든 문제에는 반드시 답이 있으며 해결책은 하나가 아니라는 사실을 믿어야 한다.

불가능하다고 생각하면 안 되는 이유 들이 머릿속을 지배하고 가능하다고 믿으면 우리의 뇌는 어떻게든 해답을 찾아낸다.

"배고파보신 적이 있나요?" 레스토랑 입구에서 노숙자 한 명이 피켓을 들고 있었다. "집이 없어요, 도와주세요."라고 적힌 팻말을 목에 걸고 구걸하고 있었다. 그러나 그 누구도 그에게 적선을 하지 않았다. 한 남자가 다가왔다. 그리고 노숙자가 목에 걸고 있던 팻말을 뒤집어 피켓의 문구를 "배고파보신 적이 있나요?"로 바꾸어 적었다. 그러자 깡통에는 동전이 쌓이기 시작했다.

오늘은 일상생활 중 아주 쉽게 바꿀 수 있는 것을 하나 정도 바꾸어서 생활하여 보는 실험을 한번 해보는 날이 되었으면 한다.

추신 : 그동안 무척 바빠서 연락을 하지 못했구나 아빠 회사가 또 바뀌어서 매일 정신없이 지내느라 메일을 보내지 못했다.

또한 갈수록 모든 여건들이 어려워지는구나(사무 여직원 자리가 없어짐) 그러나 아빠는 아직도 출근하여 일할 수 있는 곳이 있다는게 얼마나 감사한지 모르겠구나 항상 감사하는 마음으로 열심히

살아가고 있다.

오늘의 고사성어(古事成語)
문경지교(刎頸之交) : 생사를 같이하여 목이 달아나도 두려워하지 않을 만큼 친한 사람 또는 그런 벗을 말한다.

※ 1952년 6월 1일 708일 차 : 연천 북서쪽에서 중공군의 정찰 공격 격퇴. UN군, 중포(重砲)로 전선 배후 공산군 수송 차량부대 포격. 전 전선 소강상태, 북한강 동쪽 유엔군 진지에 대한 공산군 공격 격퇴, 유엔군 폭격기대 희천 철도 교량 폭격, 국회 각파 대표 개헌처리 논의, 이승만 대통령 계엄령 해제 등 논의 위해 대표단과 회담할 것에 동의, 농림부 민간 무역상사 통한 비료 수입 계획으로 비난 여론 고조, 부산 부두 노무자 하역회사와 미군 측 계약 갱신 과정에서 피해 막대, 국내 외환보유 총액 미화 1,833만 4,000달러 영국화 7,400파운드, 홍콩화 849달러, 중국인민해방군 대규모 문화교육운동 전개(7월 말까지) 1953년 5월 까 지 전군 80%의 문맹률을 80% 이상 소학교 졸업 이상 수준으로 목표설정, 미 네 바다 실험지에서 1,000명 참가 원자무기 실험 실시, 제72차 휴전회담 공산군 측 의 비난이 감소 됨.

보낸 날짜 ： 2011년 09월 16일 금요일 오후 14시 44분 00초
받는 사람 ： 사랑하는 두 아들(365회)

진심을 담아 요청하라 놀라운 일이 일어난다(11)

* 그저 묻기만 하면 된다. 당신이 기대하는 것보다 자주 듣게 될 대답은 "물론 이죠" 일 것이다.

– 랜디포시 –

"도움을 요청하면 문제해결이 쉬워진다. 도움이 필요한데도 도움 을 청하지 못하는 사람들이 많다. 왜 그럴까?

몇 가지 이유가 있다.

첫째 : 모른다고 말하면 무시당할지 모른다고 생각하기 때문이다.

둘째 : 거절당할지도 모른다고 생각하기 때문이다.

셋째 : 주도적인 삶을 사는 사람은 부탁 같은 건 하지 않는다고 생각하기 때문이다. 삶에서 시름신을 찾는 가장 확실한 방법은 앞서간 사람에게 길을 물어보는 것이다. 질문을 해야 답을 얻을 수 있고 도와 달라고 해야 도움을 받을 수 있다. 그러니 도움이 필요하면 먼저 도움을 요청하자. 요청하는 행위 자체가 알라딘의 요술램프처럼 원하는 것을 얻게 해주는 효과가 있기 때문에 이를 "알라딘 효과"라고 한다.

필요할 때 도움을 요청할 줄 알아야 하는 이유가 몇 가지 있다.

첫째 : 모르는 것을 묻거나 도움을 적극적으로 요청하는 사람은 그렇지 못한 사람에 비해 동기가 더 강하다. 동기가 강한 사람은 무슨 일을 하든 얻을 가능성이 더 높다.

둘째 : 배움을 청할 줄 아는 사람은 겸손한 사람이고 겸손한 사람은 다른 사람의 협조를 얻어낼 가능성이 많다.

셋째 : 무엇이든 보려고 해야 보이듯이 도움을 청하려고 해야 도와줄 사람을 찾게 된다. 가르침을 청하는 사람을 미워하는 사람은 없고 조언을 부탁하는 사람을 싫어하는 사람은 없다. 사람들은 자신을 가르치려는 사람보다 자신에게 가르침을 구하

는 사람을 더 좋아한다.

* 도와주면서도 기분 좋은 사람들의 세 가지 특징

1. 도움을 요청하기 전에 투자한 노력과 실천과정을 알려 준다.
2. 진심으로 존중하는 마음과 겸손한 자세로 남다르게 요청한다.
3. 보답을 약속하고 도움에 대한 피드백을 제공하여 감사를 표현 한다

오늘의 고사성어(古事成語)
수주대토(守株待兎) : 구습에만 젖어 사리판단이 어둡고 융통성이 없는 경우
를 가리키는 말이다.

　　　　　　　　오늘도 즐겁고 보람된 하루 되고 한 주일 잘 마무리하길바란다.

★ 사무엘이 자라매 여호와께서 그와 함께 계셔서 그의 말이 하나도 땅에 떨어지지 않게 하시니 단에서부터 브엘세바까지의 온 이스라엘이 사무엘은 여호와의 선지자로 세우심을 입은 줄을 알았더라.(사무엘상 3장 19,20절)

◆ 이승만 대통령은 미국의 휴전 제안을 거부

 – 중공군이 개입하면서 전쟁은 길어지고 있었다. 1951년 7월 10일 개성에서 첫 휴전 예비회담이 열렸다. 유엔의 소련 대표 말라크가 정전 협상을 제의하고 중국과 북한과 미국이 이를 수락했다.

 – 그때 분위기는 전쟁이 일어나기 전 38도선을 경계로 남과 북이 갈라져 있던 상태로 되돌아가려는 듯했다. 이승만은 통일 없는 휴전은 있을 수 없다고 주장 하며 강력하게 반대하기 시작했다.

 – 전 국민을 동원해 휴전반대 시위도 벌였다. 이번 기회에 북진통일을 이루지 못하면 또 다른 통일의 기회란 없을 것이라는 판단에서였다. 한국전쟁 내내 이승만은 "북진통일론(北進統一論)"을 주장했었다.

 – 이렇게 모든 정전 제안을 거부한 이승만은 1952년 6월 28일 전쟁의 승패가 결정되기 전에는 화평보다 죽음을 원한다는 강한 메시지를 미국에 전달했다. 하지만 미국은 자신들의 이해관계에 따라 서둘러 한국전쟁을 끝내고 싶었다.

보낸 날짜 : 2011년 09월 21일 수요일 오전 09시 42분 00초
받는 사람 : 사랑하는 두 아들(366회)

관찰하고 기록 하라 저절로 달라진다(12)

* 자신의 활동을 기록하는 사람은 그렇지 않은 사람보다 목표를 이룰 확률이 높다.
– 메리 제인 라이언 –

"누군가 보고 있으면 행동이 달라진다." 아무도 없을 때와 누군가가 우리를 지켜볼 때 우리의 행동은 완전히 달라질 수 있다는 것이다. 실제로 지켜보는 눈이 있다고 생각되는 상황에서는 범죄 발생률이 현저하게 저하 된다. "관찰하고 기록하면 실천 가능성이 높아진다."

* 자기 감찰 3단계

- Stop1 : 누군가의 눈, 혹은 자신의 눈으로 자신을 관찰하자. 자신의 행동을 예의 주시하고 있으면 옆길로 샐 수 없다. 잊어버리고 실천하지 않을 수도 없다.
- Stop2 : 수치를 사용한 관찰결과를 기록하자. 수치로 측정된 결과를 그래프로 작성해 벽에 붙여 놓자 실천결과를 눈으로 확인할 수 있어야 변화가 일어난다.
- Stop3 : 변화를 누군가에게 알려주자. 실천 결과나 변화과정을 블로그에 올리고 문자나 메일로 사람들에게 알려주자. 변화과정을 공개하면 포기하기가 어렵고 조언과 격려를 받을 수 있다.

똑같은 일을 하면서도 무심코 하는 게 아니라 유심히 관찰하고 자신이 어떤 행동을 하고 있는지 제대로 의식하기만 해도 우리의 몸과 마음에는 변화가 일어난다. 평소 내가 무심코 하고 있는 일 들 중 지금부터 유심히 관찰할 필요가 있는 일은 무엇인가? 를 생각하는 하루는 어떨런지….

날씨가 갑자기 추워지는구나 따뜻하게 입고 감기 조심하여라, 식사는 거르지 말고 제때 먹어서 충분한 에너지를 섭취해 주어야 감기 바이러스가 침입해도 이겨 낼 수가 있다.

오늘도 웃을 수 있는 일이 많이 있기를 바라며…

※ 1952년 6월5일 712일차 : 412고지 전투 에디오피아 군이 강원도 철원에서 전투, 유엔군 탐색대 북한강 서쪽에서 교전, 터키군 부사령관 무리파밀 대령, 전선 시찰 중 전사(戰死), 보트너 포로수용소장 제네바협정에 기준하여 포로수용소 중 3동에 급식 중단했다고 발표, 이승만 대통령 트루먼 대통령에게 한국 정치 상황 정당화하는 서신 발송, 국회 공산당 관련 의원 징계위에서 조사하기로 가결 - 과반수 95명 성원으로 본회의 개최 공산당 관련 의원에 관하여 징계위원회로 하여금 조사하기로 가결, 전국에 폭풍우 피해액 10억원.

◆ 이승만의 지시로 반공포로 석방
- 판문점에서 휴전협상이 진행되고 있을 시점 남한에는 3만7천여 명의 포로가 있었다. 그중 절반이 넘는 2만7천명은 북으로 송환되기를 거부하는 이른바 반공포로(反共捕虜)였다. 북한 측은 전원 송환을 요구했고 유엔은 포로의 자 유의사에 맡기겠다는 입장이었다.
- 모든 포로를 송환하라고 고집하는 북한 측에 유엔은 반공포로들을 중립국인 인도 군이 관리하게 맡기는 수정안을 제시했다. 공산 진영이 수정안을 받아들이면서 휴전은 확정되는 분위기였다. 하지만 제네바 협정상 포로는 스스로 운명을 선택할 권리가 없었다.
- 이승만은 유엔이 제멋대로 휴전할 수 없다는 것을 보여주기 위해 1953년 6월 10일 이승만은 백선엽 참모총장, 손원일 국방부장관, 원용덕 헌병 총사령관 등 22명의 군사 지휘관들을 소집하여 비밀리에 반공포로 석방을 지시했다.
- 원용덕 헌병 총사령관의 지휘로 포수용소 경비 헌병과 경찰, 민간인들의 협력하여 6월18일 자정을 기해 각 포로수용소 철조망을 절단하고 탈출하여 민간인 집에 데려가서 민간복을 입혀 가족으로 위장했다.
- 6월18일 오전 8시 이승만은"내가 책임을 지고 인도주의적인 입장에서 반공 포로를 오늘 석방시키라고 명령하였다 '라고 성명을 발표하였다. 반공포로 석방은 전 세계의 이목을 주목시켰다.〈타임지TIME〉지는 이승만을 표지 인물로 선정 했다.

보낸 날짜 : 2011년 09월 23일 금요일 오전 12시 04분 00초
받는 사람 : 사랑하는 두 아들(367회)

쉬운 일에 빠지지 말라 중요한 일을 놓치게 된다(13)

* 부지런한 것만으로는 충분하지 않다. 개미 역시 부지런하다. 당신은 무엇 때문에 부지런한가?

– 제임스 서버 –

중요한 일을 하기 위한 준비과정에서 연쇄적으로 다른 자질구레한 일들을 하는 바람에 정작 중요한 일이 뒷전으로 밀리는 경우가 많다. 사람들은 왜 곧바로 해야 할 일을 하지 않고 딴전을 피우게 될까? 가장 중요한 이유는 해야 할 일이 하기 싫기 때문이다.

하기 싫은 일을 피할 수 있는 가장 쉬운 방법은 하기 쉬우면서도 그 일과 조금이라도 관련이 되는 다른 일을 찾아내 하는 것이다.

"중요하지 않은 일에 마음이 더 끌리는 세 가지 이유"

가. 목표가 명확하지 않다. : 명확한 목표가 없으면 중요한 일과 중요하지 않은 일을 구분할 수 없다.

나. 하기 쉽고 즐겁다. : 중요하지 않은 일도 나름대로 그럴듯한 의미를 갖고 있으며 대부분 하기 쉽고 즐거움도 있다.

다. 이유를 제공해 준다. : 중요한 일을 피하면서도 열심히 살고 있다고 자신을 변명할 수 있는 근거를 제공해 준다.

일을 곧바로 시작하는 사람들의 또 다른 특성은 정리 정돈을 잘한다는 것이다. 정리와 정돈은 비슷한 말 같지만 의미가 다르다.

필요 없는 것을 치우거나 버리는 것을 정리(整理)라고 하고 필요한 것을 사용하기 쉽게 배열하는 것을 정돈(整頓)이라고 한다.

퇴근할 때는 그날 했던 일들에 대해 잠시 생각해 보면서 책상을 깨끗하게 치운

다. 그리고 다음날 해야 할 일이 무엇인지를 점검하고 일감을 책상 위에 올려놓는다. 이렇게 하면 몇 가지 좋은 점이 있다.

첫째 : 그날 했던 일을 되돌아보면서 뿌듯한 마음으로 퇴근할 수 있다.

둘째 : 그날뿐 아니라 다음날 해야 할 일에서 중요한 것을 놓칠 확률이 줄어든다.

셋째 : 다음날 출근해서 곧바로 일을 시작할 수 있다.

공부나 업무를 할 때뿐 아니라 집에서 살림을 할때도 일을 마치고 정리정돈을 해놓게 되면 다음 일을 할 때 "툭" 치고 나가   듯 곧바로 일을 시작할 수 있다.

오늘의 고사성어(古事成語)
이심전심(以心傳心) : 마음과 마음으로 뜻을 전함을 가리킨다.

오늘은 해야 한다고 생각하면서도 곧바로 시작하지 못하고 있는 중요한 일이 있는지를 생각하고 실천하는 하루가 되었으면 한다.

★ 모세가 여호수아를 불러온 이스라엘의 목전에서 그에게 이르되 너는 강하고 담대하라 너는 이 백성을 거느리고 여호와께서 그들의 조상에게 주리라고 맹세하신 땅에 들어가서 그들에게 그땅을 차지하게 하라 그리하면 여호와 그가 네 앞에서 가시며 너와 함께 하사 너를 떠나지 아니하시며 버리지 아니하시리니 너는 두려워하지 말라 놀라지 말라.(신명기 31장 7,8절)

※ 1952년 6월 10일 717일 차 : 유엔군 철원 서쪽 고지에 대한 중공군의 공격 격퇴, 거제도 수용 포로의 분산 수용 개시 - 거제도 제76포로수용소(약 6,000명)의 신설 수용소에 분산(500명씩)에 포로 저항 미군 병사 1명 피살 13명 부상 공산군 포로 약 30명 사망 136명 부상, 국무회의「대통령 직선법안」통과, 전남 각급 의원 대표 국회 해산 요구하고 부산에 운집, 미 제8군 사령부 공보처 구호양곡 도입 상황 발표.

보낸 날짜 : 2011년 09월 30일 금요일 오전 12시 26분 00초
받는 사람 : 사랑하는 두 아들(368회)

더 넓게 규정하라 더 큰일을 하게 된다(14)

* 사람들은 모두 자기 안에 수용소를 갖고 있다.

– 빅터 프랭클 –

어느 편의점 경영주는 술 취한 손님과 한바탕 했습니다. 결국 경찰서까지 끌려 갔습니다. 장사로 성공하려면 고객들에게 친절해야 한다는 걸 저라고 왜 모르겠 습니까? "참을 인( )자 세 번이면 살인도 면한다."라는 말을 되새기면서 참으 려고 하다가도 고객이 자존심을 건드렸기 때문이라고 했다. 물론 맞는 말이다. 하지만 그건 부분적으로만 맞다. 그 보다 더 중요한 이유가 있는데 그것은 스스 로를 "김밥이나 파는 사람"으로 규정했기 때문이다. 만약 그가 자신을 "편의점 체인 기업을 꿈꾸는 사업가"라고 규정 했다면 똑같은 일을 겪고도 전혀 다른 태 도를 보였을지 모른다. 훗날 훌륭한 기업가가 된 비결을 묻는 기자들의 질문에 답할 때 소개 할 멋진 사례를 만났다고 오히려 취객들을 반겼을지도 모른다. 이렇게 기자 회견 장면을 상상하면서 말이다. 더 큰 일을 하고 싶다면 우리 자신 을 더 큰 존재로 규정해야 한다. 오래전에 세네카는 이렇게 말했다. "우리가 어 떤 일을 감히 하지 못하는 것은 그 일이 너무 어렵기 때문이 아니라 어렵다는 생 각에 사로잡혀 그 일을 시도하지 않기 때문이다."라고 하였다.

오늘의 고사성어(古事成語)
망운지정(望雲之情) : 타향에서 부모이나 친구를 그리워하는 것

오늘이 벌써 9월의 마지막 날이구나 올해도 3개월 남았구나. 아빠가 월말이라 자 주 연락을 못했구나 이번 연휴에는 큰아들 작은아들도 가을 정취를 느낄 수 있 는 곳에 나들이라도 하고 오면 어떨까? 더욱이 사랑하는 사람과 함께라면 더욱 좋고 아니면 마음을 주고받을 수 있는 친구라도 좋을 텐데… 멋진 주말 되길 바 란다.

★ 너희는 내가 일러준 말로 이미 깨끗하여졌으니 내 안에 거하라 나도 너희 안에 거하리라 가지가 포도나무에 붙어있지 아니하면 스스로 열매를 맺을 수 없음같이 너희도 내 안에 있지 아니하면 그러하리라. (요한복음 15장 3,4절)

※ 1952년 6월 12일 719일 차 : 거제도 제95수용소 포로의 이동수용 실시 중에 반공 포로 500명 구출, 휴전회담 제80차 본회담 – 해리슨 대표 유엔군 측의 더 이상 양보 없으며 4월 28일 자 최종 제안의 수락을 공산군 측에 촉구, 신라회(장택상 주도) 발췌개헌안 기초완료.

◆ 한미동맹과 경제원조 제공 합의 후 휴전협정체결
 – 미국의 34대 대통령으로 당선된 아이젠하워는 소모적인 전쟁을 원치 않은 미국 내 여론을 의식해 선거공약으로 한국전 휴전을 내세웠다.
 – 여전히 통일을 주장하는 이승만의 입장은 변함이 없었다. 이승만은 국군 단독으로 라도 북진통일을 이루겠다고 미 국무성에 문서를 전달했다. 로버트슨 국무부 차관보를 특사로 임명해 서울에서 1953년 6월 25일부터 7월 11일까지 14차례에 걸쳐 회담을 하면서 이승만에게 휴전의 필요성을 설득했다.
 – 이승만은 한국과 미국의 외교 역사를 들추며 로버트슨을 압박했다. 가쓰라–테프트 조약으로 미국이 조미 수호조약을 어긴 사실 에치슨 선언 때문에 북한의 침략을 불렀다는 사실 등을 내세우며 그를 몰아세웠다.
 – 이승만은 협상동의 조건으로 한미동맹(韓美同盟)의 체결을 요구했다. 빠른 기간 안에 "한미상호방위조약"으로 미군 2개 사단을 한반도에 주둔시키고 국군 20개 사단의 무장에 필요한 군사원조와 그뿐만 아니라 장기간의 원조와 2억 달러의 부흥원조 제공을 조건으로 요구하였다.
 – 휴전협정 체결이 시급했던 미국이 이승만의 요구를 받아들이면서 미국과 이승만은 휴전협약에 동의하였다. 1953년 7월 27일 유엔군 측은 판문점에서 공산군 측과 휴전협정서에 조인했다.

"NO"라고 말해보라 "YES"가 쉬워진다(15)

* 변명을 늘어놓지 않고 저녁 초대를 거절할 수 있는 사람은 진정 자유로운 사람이다.

– 줄리레나드 –

"싫은데 왜 싫다고 말하지 못하는 걸까? " 왜 거절할 수 있는 용기가 필요할까?

첫째 : 원치 않은 부탁을 거절하지 못하면 정작 중요한 일에 투자 할 수 있는 시간과 에너시가 그민큼 줄어들어 후회할 일이 많아지고 중요한 일을 제대로 할 수 없다.

둘째 : 상대방에 대한 배려 때문이라고 생각하지만 거절을 못해 마지못해 부탁을 들어주게 되면 자기도 모르게 부탁한 사람에 대해 화가 나기 때문에 장기적으로 보면 오히려 인간 관계가 나빠진다.

셋째 : 원치 않는 부탁을 어쩔 수 없이 모두 들어주다 보면 스트레스를 받으며 다른 사람들에 의해 휘둘린다는 생각 때문에 자신감을 잃고 우울증을 겪게 된다.

배려심 때문에 거절을 못한다는 사람들의 마음을 깊이 들여다보면 상대방에 대한 "배려" 때문이 아니라 거절할 수 있는 "용기"가 부족하기 때문인 경우가 많다.

거절을 잘 못하는 사람들은 몇 가지 특성이 있다.

첫째 : 사랑받고 깊은 욕구와 거부에 대한 두려움이 강하다.

둘째 : 스스로 중요한 사람이라고 믿고 싶어 하는 경향이 강하다.

셋째 : 우유부단하고 목표 없이 살아갈 가능성이 높다.

반면 뭔가 남다른 업적을 이룬 사람들은 다르다. 그들은 다른 사람들의 불필요한 부탁을 현명하게 거절할 줄 안다.

자신이 중요하다고 생각하는 일에 방해가 되는 일은 단호하게 거절할 줄 안다. 그들에게는 몇 가지 특성이 있다.

첫째 : 거절을 못 하는 숨은 이유를 알고 있다.

둘째 : 스스로 선택하고 책임을 진다.

셋째 : 열렬히 원하는 것을 갖고 있다.

그런데 거절해야 할 때는 다음의 몇 가지를 유의해야 한다.

첫째 : 짧고 분명하게 거절하자.

둘째 : 여운을 남기지 말자.

셋째 : 정중하게 거절하되 지나친 죄책감을 갖지는 말자.

오늘도 즐겁고 보람된 하루 되길 바라며 …

★ 너희가 내 안에 거하고 내 말이 너희 안에 거하면 무엇이든지 원하는 대로 구하라 그리하면 이루리라. (요한복음 15장 7절)

◆ 이승만의 노련한 외교력으로 미국의 원조를 끌어내다.

 – 한국의 전후 복구 상황은 무엇보다 미국으로부터 받아낸 31억 달러의 경제원조가 큰 역할을 했다. 휴전회담이 끝난 지 1년 후인 1954년 7월 26일 이승만은 아이젠하워 대통령 초청으로 미국에 도착해서 닉슨 부통령의 환영사가 끝나고 이승만이 마이크를 잡았다.

 – 이승만은 미국 때문에 한국전쟁 당시 북진통일을 이루지 못했다는 말로 미국의 정책을 비판하기 시작했다. 다음날 오후 4시 30분 미 의회에서 이승만은 또 다시 북진통일을 거론하며 미국을 압박했다. 원조를 받으러 온 약소국의 대통령이 의회연설에서 미국의 정책에 대해 거듭 비판하는 모습은 상상할 수도 없는 일이었다.

 – 원조를 받으러 왔으면서도 저자세를 취하지 않고 상대의 약점을 파고들어 원조를 하지 않을 수 없도록 하는 외교술은 이승만이 젊은 시절부터 미국에서 배운 것이었다.

 – 이어진 정상회담에서 이승만과 아이젠하워 사이에는 팽팽한 신경전이 오갔지만 더 이상의 분쟁을 원치 않았던 미국은 1955년 한 해 동안 7억 달러의 군사 및 경제 원조를 약속했다.

보낸 날짜 : 2011년 10월 17일 월요일 오전 10시 25분 00초
받는 사람 : 사랑하는 두 아들(370회)

퇴로를 차단하라 딴생각을 할 수 없다(16)

* 어떤 다리를 건너고 어떤 다리를 불태우느냐 가 인생에서 가장 어려운 일이다.
　　　　　　　　　　　　　　　　　　　　　　– 데이비드 러셀–

"신년 결심 1호가" 연말까지 1천만 원 모으기였습니다.

저축을 하겠다고 다짐했는데 왜 카드빚을 지게 될까? 카드를 갖고다니기 때문이다. 하지 않겠다던 음주운전을 왜 다시 하게 될까? 자동차 열쇠를 갖고 술을 마시기 때문이다.

소설 〈레미제라블〉과 〈노트르담의 꼽추〉의 저자이자 19세기 프랑스 최고의 작가 빅토르위고는 글을 쓸 때면 하인에게 옷을 몽땅 벗어주며 해가 진 다음에 가져오라고 했다. 놀고 싶은 유혹을 차단해 글을 쓸 수밖에 없도록 자신을 속박하기 위한 것이었다.

우리나라 소설가 이외수 선생 역시 집에 감옥 철장을 설치해 두고 원고를 집필할 때는 그 안에 들어가서 아내에게 밖에서 문을 잠그도록 부탁하여 스스로를 가뒀다. 실행력이 뛰어난 사람들은 의지력이 남다르기보다 이러한 효과적인 사전조치 전략을 갖고 있는 경우가 더 많다. 돈과 시간에는 한 가지 공통점이 있다. 쓰고 남은 돈을 저축한다고 생각하면 절대 돈을 모을 수 없듯이 시간이 남을 때 공부한다고 생각하면 영원히 공부할 수 없다. 돈이 다른 곳으로 새는 것을 막고 저축을 하고 싶다면 신용카드 사용 한도를 하향 조정하고 수입 중 일정액이 적금통장으로 미리 빠져나가도록 자동이체를 신청해둬야 한다. 버는 대로 쓰는 습관이 있어 노후대비를 하지 못한다면, 버는 금액의 일정액을 연금화 해서 은퇴할 때까지 저축 상태로 남아 있도록 자신을 속박하면 된다.

하지 말아야 할 일이 있다면 그쪽으로 도망칠 수 있는 퇴로를 차단하라.

해야 할 일이 있다면 어쩔 수 없이 그 일을 할 수밖에 없도록 가두리를 설치하자. 한두 달이 지나면 자신이 이룬 성과에 놀라게 될 것이다. 몇 년이 지나면 그동안 이룬 성과가 너무 엄청나 기절할지도 모른다.

오늘은 올해 초에 세웠던 계획들을 다시 한 번 점검하고 얼마 남지 않은 올해 열심히 하여 년 말에 자신이 이룬 성과에 놀라게 될 수 있기를 바란다…

★ 내가 아버지의 계명을 지켜 그의 사랑 안에서 거하는 것같이 너희도 내 계명을 지키면 내 사랑 안에 거하리라. (요한복음 15장 10절)

◆ 이승만의 6.25 전쟁 후 경제발전을 위한 노력
 - 일본 식민지 정책에 따라 한반도 남쪽에는 농업과 섬유 중심으로 한 경공업이 발전하였고 북쪽에는 수력발전소와 지하자원을 활용하는 중공업이 발전하였다.
 - 농사를 짓기위해 필요한 국내 유일의 비료생산 공장인 흥남 질소비료 공장도 북한에 있었다.
 - 당시 이승만은 미국에서 장기 원조 약속을 받았지만 미국이 지원한 원조물자는 당장의 허기와 헐벗음만 겨우 면할 수 있는 식량과 의류 등 소비재가 주요 품목이었다.
 - 이승만은 중장기적인 자립경제를 지향하였다. 따라서 원조에 종속되는 소비재가 아닌 자립을 위해 산업재가 필요하다는 입장을 계속 밝혔다.
 - 그러한 입장에서 비료공장설립의 의지를 보였으나 미국의 판단은 이승만의 입장과는 다른 원조방식이었다. 비료공장 건립이 실패하자 이승만은 산업시설 건립에 필요한 시멘트공장설립을 미국이 아닌 유엔 한국 재건단에게 요청하여 문경 시멘트공장이 건립되었다.
 - 시멘트공장 건립 이후 미국은 전체원조금의 25% 이내를 산업시설에 지원하기로 합의하고 1961년 충주 비료공장(연간 8만5천 톤)을 준공하고 본격적으로 주요 공업 시설과 지하자원 개발을 시작하였다.

보낸 날짜 : 2011년 10월 19일 수요일 오전 11시 40분 00초
받는 사람 : 사랑하는 두 아들(371회)

열심히만 살지 말라 부가가치를 따져보라(17)

* 하지 않아도 될 일을 효율적으로 하는 것만큼 쓸모없는 일은 없다.

-피터 드러커-

"죽도록 열심히 일해도 여전히 힘들게 살 수밖에 없는 까닭"
무슨 일이든 열심히 하고 그래서 남보다 더 잘하게 되면 얻는 것도 더 많을 거라고 생각하는 사람들이 많다. 하지만 안타깝게도 그건 착각인 경우가 더 많다. "효율성"과 "효과성"은 엄연히 다르기 때문이다.

* 효율성과 효과성의 차이

-효율성 : 투자한 노력과 결과의 비율로 계산되며 일을 얼마나 많이 얼마나 빨리할 수 있는 지로 측정된다. 효과와 성과는 별개의 차원이기 때문에 효율성이 높다고 해서 반드시 성과가 보장되는 것은 아니다.

- 효과성 : 실제 성과나 기여도에 직결되는 핵심적인 일을 얼마나 잘하는가의 척도이다. 효과성이 높게 일한다는 것은 성과를 낼 수 있는 얼마나 기여도가 높은 일을 잘 한다는 것이다.

열심히 하는 것 같지만 성과가 오르지 않는 개인과 집단에게는 몇 가지 공통점이 있다.

첫째 : 어려운 일보다는 익숙하거나 쉬운 일을 선택한다.

둘째 : 효과성보다 효율성에 집중한다.

셋째 : 장기적인 성과보다는 즉각적인 결과에 초점을 맞춘다.

어제와 다른 내일과 남다른 삶을 원한다면 반드시 충족시켜야 하는 진제 조건이 있다. 어제보다 더 많은 성과를 낼 수 있는 일을 선택해서 남다르게 해야 한다는

것이다. 남들이 하는 일을 어제와 똑같이 하면서 산다면 절대로 남다른 삶을 살 수 없다. 어제와 다른 내일이 있을 수도 없다.

쉬운 과목 대신 학점을 받기는 어렵지만 중요한 과목을 선택하면 더 나은 미래를 맞이할 수 있다.

손쉽고 편한 아르바이트 대신 정말 일하고 싶은 분야의 일터에서 무보수로 일을 해본다면 원하는 직장을 훨씬 쉽게 구할 수 있다.

요리법이 익숙하다는 이유로 항상 해 먹던 반찬만 상에 올리기보다 실험정신을 발휘해 매번 새로운 방법으로 조리를 하다 보면 가족의 건강증진은 말할 것도 없고 멋진 레스토랑의 경영자가 될 수 있다. 똑같은 주제에 대한 강의를 줄이고 집필 활동에 시간을 할애한다면 더 많은 부가가치를 창출할 수도 있다.

"효과적인 사람은 성과를 높이기 위해 끊임없이 묻는다."

효과성이 더 큰 일은 무엇인지에 대해 끊임없이 질문하면서 일을 한다. 그들은 대개 이런 식의 질문 습관을 갖고 있다.

첫째 : 나는 지금 어떤 일 들을 하고 있는가?

둘째 : 내가 하고 있는 일이 성과나 기여도에 얼마나 직결되는가?

셋째 : 내가 하고 있는 일 중에서 성과와 무관 하거나 방해가 되는 일은 무엇이고 그 대신 지금부터 더 많이 해야 할 일은 무엇일까?

오늘은 장기적인 안목으로 봤을 때 지금부터 더 많은 시간을 투자해야 할 일이 있는지를 생각해 보고 당장 실천할 수 있는 일부터 행동에 옮기는 첫날이 되길 바라며 …

★ 나는 포도나무요 너희는 가지라 그가 내 안에 내가 그 안에 거하면 사람이 열매를 많이 맺나니 나를 떠나서는 너희가 아무것도 할 수 없음이라. (요한복음 15장 5절)

보낸 날짜 : 2011년 10월 21일 금요일 오전 10시 13분 00초
받는 사람 : 사랑하는 두 아들(372회)

목표에서 눈을 떼지 말라 결국 이루게 된다(18)

* 시도하지 않는 것보다 더 몹쓸 것은 하다가 흐지부지 그만두는 것이다.

– 나가노리 시게노부 –

축구에서 골프까지 모든 구기 종목에는 한 가지 대원칙이 있다. "공에서 눈을 떼지 말라"는 것이다. 원하는 것이 있다면 그것에서 눈을 떼지 말아야 한다. 행복한 사람들은 행복한 일과 행복하게 될수 있는 방법을 생각하며 시간을 보낸다. 하지만 불행한 사람들은 불쾌한 일, 기분 나쁜 사람들을 생각하며 대부분의 시간을 보낸다. 실패하는 사람들에게는 몇 가지 특성이 있다.

첫째 : 목표에 대한 절실한 동기가 없다.

둘째 : 유혹에 쉽게 휘둘린다.

셋째 : 목표를 잊고 지내는 시간이 많다.

어떤 분야에서 두각을 나타낸 사람들에게는 공통점이 있다. 목표가 명확하고 자나 깨나 그 목표에서 눈을 떼지 않는다는 것이다. 85세에 숨을 거두기 직전까지 4,000회 이상 콘서트를 했던 건반위의 사자 빌헬름 바크하우스에게 기자가 물었다. "선생님, 연주하지 않을 때는 주로 뭘 하십니까? " 물끄러미 그 기자를 쳐다보던 그는 퉁명스럽게 대답했다. "연주하지 않을 땐 연습을 하지!" "之之之中知行行行中成"(지지지중지 행행행중성)이라는 말이 있다. 가고 가고 또 가다 보면 알게 되고, 행하고 행하고 또 행하게 되면 이루게 된다는 말이다. 목표에 대해 생각하고, 생각하고 또 생각하면 방법을 찾게 되고 행하고 또 행하다 보면 목표를 달성할 수 있다. 목적의식을 갖고 산다는 것은 목표만을 생각하고 다른 일을 하지 말라는 것이 아니다. 어디서 누구와 무슨 일을 하든 그 일을 목표와 관련시키고 목표에서 생각의 끈을 놓지 말라는 것이다. 우리 주변에는 목표 달성을 도울 수 있는 소재들이 마치 전파처럼 가득 차 있고 우리가 안테나를 세우기만 하

면 그것들은 우리의 목표 달성을 돕기 위해 빠른 속도로 몰려든다. 30년 후 행복한 노후를 보내고 싶다면 지금 해야 할 일이 무엇인지 생각할 시간을 갖자 아무리 눈코 뜰 새 없이 바빠도 매일 잠깐 멈추고 미래를 위해 생각할 시간을 갖지 않으면 어느 날 문득 거울 속에서 초라하게 늙은 노인 한 명과 마주 보게 될 것이다.

오늘은 지금부터 눈을 떼지 말아야 할 내 삶의 가장 중요한 목표 는 무엇인가? 를 생각하고 목표 달성을 위해 무엇을 하고 있는지 를 생각하는 하루가 되길 바라며 …

★ 마음이 청결한 자는 복이 있나니 그들이 하나님을 볼 것임이요. (마태복음 5장 8절)

◆ 평화선 발표로 일본으로부터 해양자원 보호
– 일본이 패전한 후 미국 맥아더 사령부가 일본을 점령해 일본 어민들이 먼 바다로 나가는 한계를 두기 위해 그은 선을 "맥아더라인"이라고 한다.
– 그런데 샌프란시스코 강화조약 이후 맥아더라인 철폐문제가 거론되면서 일본 어민들이 경계선을 넘어 조업을 하는 경우가 잦았다.
– 맥아더 라인이 소멸될 것을 예상한 이승만 정부는 자구책이자 보완책의 하나로 동해상에 해상경계선(海上境界線)을 그었다. 우리나라 해안으로부터 60마일 수역에 포함된 수산자원과 광물자원을 보호하기 위한 수역 즉 '어로관할 수역(漁撈管轄水域)을 발표한 것이다. 이것이 바로 해양주권에 대한 대통령 선언 즉 ' 평화선 '이다.
– 이승만이 해양 주권 선언을 하자 일본은 물론 미국과 영국 등 세계각지에서 비판 여론이 일어났다. 하지만 이승만은 아랑곳하지 않고 평화선을 실효적으로 지키고자 했고 이는 이후 벌어진 한일회담에서도 큰 쟁점이 됐다
– 또한 평화선에 독도를 포함시켜 독도에 등대를 세우는 등 독도를 실효 지배 할 수 있는 결정적인 계기를 마련하였다.

보낸 날짜 ： 2011년 10월 25일 화요일 오후 14시 52분 00초
받는 사람 ： 사랑하는 두 아들(373회)

한 발 더 나아가라 그 한 발 차이로 승부가 결정된다(19)

* 포기하면 안 되는 경우가 두 가지 있다.
"포기하고 싶을 때"와 "포기하고 싶지 않을 때!"

― GS레이드 ―

아무리 노력해도 하는 일에 성과가 나타나지 않을 때 아무리 정성을 쏟아도 상대가 변하지 않을 때 이렇게 중얼거리면서 그만두는 사람들이 많다. "할 만큼 해봤어 더 이상 어떻게 할 수가 없어"
"에잇, 안 해!" 그러면서 그 일에서 손을 뗀다. 그런데 살다 보면 이런 생각이 들 때도 많다. "한 번만 더 조르면 만나주려고 했는데…""꼭"한 번만 더 사과하면 용서해 주려고 했는데…" "한 번만 더 부탁하면 들어주려고 했는데…" 중도에 그만둔 사람들, 그들은 포기하기로 결심할 때 성공이 바로 고앞에 있다는 사실을 깨닫지 못한다. 상대방의 계속되는 거절에 너무 쉽게 단념하지 말자.
다른 사람들이 알아주지 않는다고 너무 일찍 절망하지 말자. 고객에게 아무리 친절히 대해도 매출이 늘지 않는다고 섣불리 포기하지 말자. 하고 있는 일에 성과가 나지 않는다고 중도에 포기하지 말자. 할 만큼 했다는 생각이 들 때, 더 이상 가능성이 없다는 생각에 포기하고 싶어질 때 명심할 일이 있다.
첫째 : 모든 가능성을 다 시도했다. 할지라도 여전히 가능성은 남아 있다는 것이다.
둘째 : 가시적인 변화가 겉으로 드러나지 않는다고 해도 내면에서는 조금씩 변화가 일어나고 있다는 것이다.
셋째 : 계속 시도하다 보면 "이 상태"에서 "저 상태"로 갑자기 바뀌는 순간 즉 임계점이 도래한다는 것이다.

사람은 결코 실패하지 않는다 하다가 중도에 그만둘 뿐이다. 하던 일에서 성과가 나타나지 않을 때 불만 고객의 기분을 돌리기 위해 노력할 때 그대는 몇 번이나 시도했다 포기를 하는가? 그들의 임계점은 어디일까? 중국속담에 이런 말이 있다. "느린 것을 두려워하지 말고 중도에 그만두는 것을 두려워하라."

리처드 닉슨은 이렇게 말했다. "인생은 실패했을 때 끝나는 게 아니라 포기할 때 끝나는 것이다." 성경 역시 이렇게 가르치고 있다.

"우리가 잘 행하다가 지치지 말지니 낙심하지 아니하면 정하신 때가 되어 거두리라."(갈라디아서 6장 9절)

우리가 가장 무서워해야 할 것은 어떻게 되겠지 혹시나 하는 요행이나 기다리며 세월을 아무 의미 없이 보내는 것이다.

날씨가 무척 추워졌구나 큰아들은 벌써 감기가 들어서 힘들겠구나, 감기는 잘 먹고 쉬어주어야 하는데 그런 여건이 되지 못해 어떡하지 비타민C와 우루사 매끼마다 먹고 바쁘더라도 조금 쉬어 주고 동생에게 감기 옮기지 않도록 주의하고 둘째는 미리미리 예방하여라. 밖에 나갈 때는 따뜻하게 옷을 입도록 하여라.

오늘의 고사성어(古事成語)
주경야독(晝耕夜讀) : 어려운 여건 속에서도 꿋꿋이 공부함을 비유하는 말이다.

　　　　　　　　오늘도 주님 말씀 가운데 승리하는 하루가 되길 바라며 …

※ 1952년 6월 14일 721일 차 : 공산군 철원 서쪽에서 14일 오후부터 24시간 동안 포탄 6,900여 발 발사. 유엔군 김화 북동쪽 및 금성 북동쪽에서 산발적인 전투, 미 극동 공군 공산군 MIG기 야간 전투 참가 확인, 미 극동공군 평양 근방 2개 비행장 폭격(　　), 이승만 대통령 국회에 대통령 직선제 개헌 촉구 서한 발송 - 현 사태는 행정부와 입법부 협의로 해결할 단계는 지났고 국민과 국회 간 협의로 해결해야 하며 민의를 존중해 직선제와 양원제 개헌안 통과하도록 강조, 지방 의원들 국회 앞 시위 계속 - 국회의사당 앞에서 성토대회를 개최하고 국회 해산 절규, 트루먼 대통령 그로돈에서 거행된 최초의 원자력 잠수함 기공식 거행, 무초 주한 미 대사 국무부에 한국 정치위기 대처방안 보고.

보낸 날짜 ： 2011년 11월 07일 월요일 오후 14시 25분 00초
받는 사람 ： 사랑하는 두 아들(374회)

실행력을 가르쳐라 실천이 쉬워진다(20)

* 허리를 굽혀 다른 이들이 일어서도록 도와주려면 자신도 일어설 수밖에 없다.

                                               -로버트 이안 시모어-

누군가를 돕고 다른 사람을 가르칠 때 우리 자신에게 놀라운 변화가 일어나기 때문이다. 남을 도우면서 도움을 받고 누군가를 가르치면 더 많이 배우게 되는데 거기에는 몇 가지 이유가 있다.

첫째 : 가르치는 과정에서 노하우를 더 많이 터득하기 때문이다.

둘째 : 누군가를 가르치다 보면 거기에 걸맞게 자기를 규정하기 때문이다.

셋째 : 말과 행동을 일치시키려고 하기 때문이다.

▪효과적인 가르침의 3단계

첫째 : 알려주기(Instruction) 가르침의 가장 초기단계에는 상대가 아직 모르고 있는 내용을 말과 글로 알려준다.

둘째 : 시켜보기(Rehearsal) 시범을 보여주고 가르쳐준 것을 실제로 행동으로 시연해 보도록 한다.

셋째 : 고쳐주기(Feedback) 실천과정을 잘 지켜보면서 잘한 점은 칭찬해 주고 문제가 있으면 수정 보완할 점을 알려주고 격려 해 주면서 다시 1단계로 돌아간다.

이번 책 한 권을 읽는데 무척이나 오래 걸렸구나 그사이에 아빠가 바쁜 일들이 많이 지나갔구나 이번에는 월말 월초가 되어 20여명의 살림살이와 관리 감독을 혼자서 모든 일을 하다 보니 메일 보낼 여유가 없었구나 "실행이 답이다"의 책 한 권을 요약하여 보낸 보람이 있다면 그동안 미루고 있던 일 한 가지를 드디어 실천했다는 말을 큰아들과 작은아들이 할 수 있다면 큰 보람을 느낄 수 있을 것 같구

나. 당장 실천할 수 있는 작은 일 한 가지, 너무 간단해 도저히 실천하지 않을 수 없는 작은 일 한 가지만 찾아보자 오늘 밤 12시가 넘기 전에 꼭 실행에 옮겨보자 너무 거창한 일이면 안 된다. 그것은 작심삼일로 가는 지름길이기 때문이다. 한꺼번에 모든 것을 바꾸겠다는 의욕을 자제하자. 중도 포기의 원인이 되기 때문이다. 내일로 미루고 싶은 유혹을 뿌리치자. 이것이야말로 변화의 가장 큰 걸림돌이기 때문이다. 작은 일 한 가지만 선택하자 그리고 오늘 당장 실천하자, 내일도 모레도 그다음 날도 매일 한 가지씩만 실천하자. 두 아들 모두 건강은 어떠한지 감기는 좀 나았는지 요사이 엄마하고도 연락이 잘 안 되는 모양인데 건강 잘 챙기고

오늘도 주님 말씀 가운데 승리하는 삶이 되길 바란다 …

◆ 이승만의 핵 강국의 희망과 노력(1)

 - 대한민국의 핵에 대한 이승만의 바람을 6.25에서의 북진 통일에 대한 의지로 부터 시작되었다. 6.25 당시 통일에 대한 갈망과 공산주의에 대한 이승만의 분노가 핵과 관련되어 잘 묘사되어 있다. "원폭이 가공스럽다는 것을 나도 잘 알고 있다. 그 죄악스러운 점도 알고 있다. 그러나 침략을 일삼는 사악한 무리에 대해 사용할 때에는 오히려 인류의 평화를 지킨다는 점에서 이기(利器)가 될 수도 있 다. 그래도 사용해선 안 된다면 우선 나의 머리 위에 떨구어 주기 바란다. <우리 한국인이 사랑해 마지않는 이 아름답고 평화로운 산하(山河)의 어느 한구석이라 도 공산당 한 놈이라도 남겨 뒤서는 안 된다〉 라고 하였다.

 - 6.25 전쟁이 끝난 후에는 이승만은 핵무기를 목적으로 핵을 개발한 북한과 달리 에너지 문제해결이라는 평화적 목적에서 핵 개발 시작했다. 1955년 스위스 제네바에서 열린 제1회 원자력 평화 이용 국제 회의에 한국은 3명의 대표를 파견했다. 1956년 2월 3일 "한미원자력협정"을 체결하여 미국으로 부터 원자력 기술 원조를 받을 수 있는 기반을 마련했다. 1956년 3월에는 문교부 내에 원자력과가 신설되고 전문 인력을 키우기 위해 국비유학생을 대거 해외로 보냈다.

보낸 날짜 ： 2011년 11월 11일 금요일 오후 14시 56분 00초
받는 사람 ： 사랑하는 두 아들(375회)

첫째아! 둘째아! 아빠와 함께 또 한 권의 책을 읽으면서 우리 삶의 현재와 미래를 위해 생각하고 행동으로 옮길 수 있는 기회가 되었으면 한다. 이번 책은 "인생의 절반쯤 왔을 때 깨닫게 되는 것들" 이란 책이다. 둘째는 인생의 절반이 조금 이른 감이 있는 것 같지만 실제 열정적으로 일을 할 수 있는 나이로는 벌써 인생의 절반쯤 왔을지도 모른다. 이 책은 14단원으로 되어있다. 한 단원씩 요약을 하고자 한다.

* 서언(序言)
"걱정은 적게 행복은 많이 욕심은 적게 웃음은 많이 담아라,
그러면 당신의 가방이 한결 가벼워질 테니….."
가장 좋은 시절은 이미 끝난 것이 아닐까?
지금 이 모습 이대로 나머지 인생을 살아가야만 할까?
내가 짊어진 짐이 나를 행복하게 만드는가? 이런 실문들이 마음에 와닿는다면, 당신은 지금 들고 있는 인생의 가방을 다시 꾸려야 할 때다. 이 책은 삶의 우선순위를 정하고 바람직한 삶의 조건을 바꾸는 법을 찾을 때 가방을 가볍게 꾸릴 수 있음을 일깨워준다.
이를 통해 인생의 짐을 덜어내고 과감하게 버리고 지혜롭게 소유하는 법에 대한 깊은 통찰의 기회를 얻을 수 있다.

* 지은이
리처드J, 라이더 : 미국의 저명한 강연자이자 저술가이며 자기계발 분야의 트레이너다. 21세기를 위한 직업 및 라이프스타일 전략전문가이며 칼럼니스트로 활동하고 있다.

데이비드A 샤피로 : 기업과 조직을 위해 사람이 기계의 부속품 이상의 더 가치 있는 존재가 되도록 도와주는 프로그램을 개발했으며 "첨단기술"과 "멋진 삶"을 융합시킬 방법을 모색하는 프로젝트를 주관했다. 현재 노스웨스트 센터에서 아이들을 위한 교육 디렉터를 맡고 있다.

첫째야, 둘째야 아빠가 마음에 드는 아가씨가 있어 소개하고 싶은데 혹시 생각 있으면 연락하여라.

이번 한 주도 잘 마무리하고 주일 교회에서 기도하며 봉사활동 열심히 하고 환절기 건강 잘 챙겨라 …

◆ 이승만의 핵 강국의 희망과 노력(2)

 – 한국은 1957년 미국이 국제원자력기구(IAEA)를 출범시킨 해에 IAEA에 가입 했다. 1958년에 "원자력법"을 제정하고 1959년 1월에 원자력 정책을 집행할 기구인 "원자력원"을 만들었다. 서울대와 한양대에 1959년에 원자력공학과 설치되고 미국에서도 원자력공학과는 대학원과정에만 있었지 학부에 설치된 곳 은 한국이 세계 최초였다.

 – 1959년 7월 14일 국내 최초로 연구용 원자로인 "트리가 마크(TRIGA mark) 2호" 건설이 시작된다 이승만은 기공식에 직접 참석해 원자로 건설의 첫 삽을 떴다. 이것이 한국 핵개발 역사의 출발점으로 간주된다. 이 원자로 건설비의 절반 가까운 35만 달러를 미국으로부터 무상 차관으로 받았다. 1960년 2월 22일 국무회의에서 이승만의 발언 내용에 원자력 개발에 대한 의지가 잘 나타나있다.

 –"지금 일본인들은 외국의 원조를 거절하고 자립하여 나가고 있으며 잠수함 기지 무기를 자가 생산하고 있다. 현재 미국은 공산주의를 막아내기 위하여 대한 원조를 시작했지만 이것을 언제까지 계속하지는 않을 것이다. 우리가 자립하지 못하면 노예밖에 될 도리가 없을 것이다. 원자력을 개발하고 군비에 관한 위원회라도 만들어서 이순신 장군의 대를 이을만한 기술자를 기르고 그를 위하여 필요하면 돈을 좀 쓰도록 할 것이며 현재 잘 안 되고 있는 조선 공사 시설을 잘 조작하여 무엇을 만들 수 있도록 하여야 할 것이다."

보낸 날짜 : 2011년 11월 14일 월요일 오후 17시 11분 00초
받는 사람 : 사랑하는 두 아들(376회)

내가 잃어버린 날은 웃지 않았던 날이다(1)

* 걱정일랑 모두 낡은 가방에 넣어버리고 이제 웃어라, 웃어라, 웃어라!

– 조지 에세프 –

과연 우리 삶을 행복하게 할 수 있는 그 많은 재미가 모두 다 사라져 버린 것일까? 천만의 말씀! 사실은 재미가 사라진 것이 아니라 우리가 재미에 너무 중독되어 있는 것이다. 그래서 재미있는 일을 하면서도 재미를 못 느끼고 있다. 정말로 잃어버린 것은 재미와 즐거움이 아니라 그것을 느끼는 감각이다. 웃음의 효과는 많이 있다. "한 10분 동안 배꼽이 빠질 정도로 웃고 나면 실제로 진통 효과가 있으며, 최소한 두 시간 정도는 고통 없이 잠을 잘 수 있다는 사실이다. 서로 바보가 될 수 있는 관계를 만들자.

사랑에 빠진 연인들은 대부분 유치하다. 아무것도 아닌 일에 깔깔 넘어가고 썰렁한 농담에도 폭소를 터뜨린다.

남들의 시선 따윈 아랑곳 없이 길을 가다가도 웃고 장난치고 어린아이처럼 까불어 댄다. 도무지 심각함이라곤 찾아볼 수 없다.

꼭 사랑이 아니라도 좋다. 가장 친한 친구와 함께 보내는 시간들이 그저 유쾌하기만 하다. 코미디프로나 코미디영화를 보고 웃는 것도 좋다. 인생의 절반쯤에서 잠시 멈춰 섰을 때 가장 먼저 하게 되는 일은 자신과의 대화다.

"지금 여기가 어디지? 나는 어디로 가고 있었지?"

자신과의 대화에서 해답을 얻을 수 있다면 행운이겠지만 사람들은 대부분 다른 누군가와의 대화가 필요함을 느낀다.

그런데 누구와 대화를 나눌 수 있을까?

분명한 것은 누구나 간절하게 대화를 원하고 있다는 사실이다.

가방을 다시 꾸리는 데 있어 마음과 마음이 만나는 "진짜 대화"가 필요한 까닭은 그것이야말로 당신이 들고 있는 점에 대한 진지한 성찰의 시간을 만들어 주기 때문이다.

훌륭한 대화상대를 만나고 싶다면 먼저 자신부터 훌륭한 대화상대가 되어야 한다. 그러기 위해서는 내가 먼저 그들에게 엽서를 보내는 마음으로 다가가야 한다.

사소하고 가벼운 주제가 아닌 가슴에서 솟아나는 진지한 주제로 대화해야 한다.

오늘의 고사성어(古事成語)
후안무치(厚顔無恥) : 부끄러운 짓을 하고도 얼굴에 부끄러운 기색이 나타나지 않음을 가리키는 말이다.

한 주간이 시작되는 월요일이구나 이번 한 주간도 많이 웃을 수있는 일들이 많이 생겼으면 좋겠구나 ㅎㅎㅎㅎㅎ

★ 이스라엘이여 너는 행복한 사람이 로다 여호와의 구원을 너같이 얻은 백성이 누구냐 그는 너를 돕는 방패시오 네 영광의 칼이 시로다 네 대적이 네게 복종하리니 네가 그들의 높은 곳을 밟으리로다. (신명기 33장 29절)

※ 1952년 6월 17일 724일 차 : B26전폭기대 야간에 공산군 진지와 양덕 순천 평양의 공산군 보급소 공격, 철의 삼각지에서 치열한 포격전 5일간 중공군 1,000명 이상 사살 및 7일 동안 계속한 철원 서쪽 고지 야간공격 중지, 거제 공산 포로 1만 7000명 새로운 수용소로 이동, 휴전회담 제85차 본회담 - 유엔군 측 대표단 공산군 측의 격렬하고 도전적인 선전공격에 3일간 휴회를 일방적으로 선언하고 퇴장, 연락 장교회담, 포로수용소에 대한 정보 교환 북한 제11포로 수용소는 철폐, 전국농민대표자대회「토지수득세법」비판 결의 채택, 부산 대회에서 국회 해산과 총선거실시를 결의, 처칠 영국 수상 멘지스 오스트레일리아 수상과 회담 - 극동과 동남아방위정책 공동 군사계획의 추진에 관해 중점 논의.

보낸 날짜 : 2011년 11월 16일 수요일 오전 11시 20분 00초
받는 사람 : 사랑하는 두 아들(377회)

바람직한 삶을 깨달음에 이르는 과정에 있다(2)

* 바람직한 삶이란 상태가 아니라 과정이며 목적이 아니라 방향이다.

– 칼로저스 –

당신은 삶에 대한 정의를 어떻게 내릴 것인가? 무엇이 바람직한 삶인가? 옥스퍼드 대학의 심리학 교수인 마이클 아가일은 "행복의 심리학"에서 이렇게 말했다. "실질적으로 행복에 영향을 미치는 삶의 조건은 인간관계, 일, 여가, 이 세 가지로 요약된다고 했다.

이 세 분야에서 만족의 경지에 이르는 데 있어 절대적 혹은 상대적 부는 그다지 영향을 미치지 못한다."

조셉캠벨이 "신화의 힘(The power of Myth)"에서 말한 내용은 좀 더 가슴에 와 닿는다. "당신은 인생에서 성공했을지도 모른다.

하지만 가만히 생각해 보라 너희의 삶이 어떠했는지 너희의 삶에서 좋았던 것은 무엇인지 너희들이 정말로 하고 싶었던 일은 하나도 못했고, 너희들의 몸과 마음이 가고자 했던 곳은 한 군데도 가보지 못했다고 느낄 것이다. 그렇다면 바람직한 삶을 살기 위해서는 어떻게 해야 할까? 극심한 생존경쟁으로 부터 벗어나기 위해 몸부림쳐야 할까? 위기의식에 쫓겨 자신을 끊임없이 채찍질해야 할까? 그렇지 않다. 우리가 찾아낸 해결책은 매일매일 짊어지고 있던 가방을 내려놓고 다시 가볍게 꾸리는 것이다.

* 여기 바람직한 삶을 위한 공식이 있다.

 – 자신이 속한 곳에서(Place)

 – 사랑하는 이들과 함께하며(Love)

 – 삶의 목적을 위해(Purpose)

– 자기 일을 하는 것(Work)

이 한마디에 들어있는 네 가지 요소는 각각 독립된 것이 아니라 서로 조화를 이루며 삶 속에 녹아들어야 한다. 이를테면 너희들이 살고 있는 장소가 너희에게 원하는 일을 할 수 있는 기회를 제공하고, 너희들의 일은 사랑하는 사람들과 함께할 시간을 빼앗지 않으며 너희가 일하고 생활하는 곳에 가장 가까운 이들이 있어 소속감을 느낄 수 있다는 뜻이다. 이 모든 것이 조화를 이루어 바람직한 삶을 이룰 수 있게끔 하나로 묶어주는 끈이 바로 "목적"이다.

분명한 목적의식이 있어야만 너희들이 원하는 "바람직한 삶"을 향해 여행을 계속할 수 있다.

* 죽음에 이르는 네 가지 두려움

– 무의미한 삶에 대한 두려움(일)

– 외톨이가 되는 두려움(사랑)

– 길을 잃는 두려움(장소)

– 죽음에 대한 두려움(목적)

어째서 "죽음에 대한 두려움" 이 맨 마지막일까? 그것은 네 가지 두려움 중에서 죽음이 차지하는 비중은 상대적으로 가장 적은 편이다. 우리는 사랑, 장소, 그리고 일을 위한 적절한 공간을 찾아내고 그것을 지켜나감으로써 바람직한 삶을 설계할 수 있다. 바람직한 삶에 필요한 것을 알기 위해서는 자기 자신의 소리에 귀를 기울여야 한다. 내면이 보내오는 주파수에 민감해지고 자신과 좀 더 열린 관계를 맺어야 한다. 그러기 위해서는 먼저 가면부터 벗어야 한다. 다른 사람들 앞에서 쓰는 가면뿐 아니라 자기 앞에서 쓰는 가면도 모두 벗어야 한다. 삶은 결코 일반적인 논의로 규정되는 것도 아니고 거룩한 몇 마디의 명언들로 요약되는 것도 아니다. 삶은 그 누구도 아닌 오로지 자기만의 질문을 품은 채 끊임없이 가방을 풀고 다시 꾸림으로써 서서히 완성되어 가는 것이다.

"여기까지, 이것으로 됐다." "낡은 방식은 더 이상 효과가 없다."

는 것을 깨달을 때 그때가 바로 가방을 다시 꾸려야 할 때다.

오늘도 즐겁고 보람된 하루 되길 바라며… 추위에 몸조심!!!!!

보낸 날짜 : 2011년 11월 18일 금요일 오전 11시 34분 00초
받는 사람 : 사랑하는 두 아들(378회)

인생에는 중요한 것이 많다(3)

* 행여 하나라도 떨어뜨릴까 잔뜩 웅크렸지만 기어이 다 놓치고 퍼질러 앉았네,
꾸러미 한 아름 모두 내려놓고 다시금 차곡차곡 쌓을 수밖에,

– 로버트 프로스트 –

o 인생의 세 가지 가방

인생이 여행이라면 삶을 이루는 다양한 요소들을 여러 가지 가방에 비유할 수 있다. 사람들은 기본적으로 세 가지 가방을 갖고 다닌다.

- 서류가방 '일'을 위한 가방,
- 여행가방 '사랑'을 위한 가방,
- 트렁크 '살 곳'을 위한 가방,

가방을 다시 꾸리려면 먼저 열어보고 그 안에 무엇이 들었는지 꼼꼼히 살펴봐야 한다. 가장 좋은 방법은 다른 사람들과 대화를 나누는 것이다. 서로의 결정과 선택에 큰 영향을 줄 수 있을 만큼 신뢰하는 관계리면 더욱 좋다. 인생의 여정에 나의 짐을 꾸리는데 조금이라도 도와줄 수 있는 사람이 누군지, 과연 그런 사람이 내 주위에 있는 지를 생각해 보아야 할 것이다.

o 어떤 일을 하는가?

- 서류가방을 풀어라
- 너희들의 숨은 재능은 무엇인가? 지금하고 있는 일에서 그 재능을 발휘할 기회가 있는가?
- 세상이 필요로 하는 일에 어떻게 기여하고 있는가?
- 너희들은 일을 통해 누구에게 봉사하고 싶은가?
- 현재의 직업이 그 사람들과 어떤 식으로 관련되어 있는가?

- 회사에서의 일과는 대개 어떤 식인가? 하루가 무엇으로 채워져 있는가?
- 사무실 문을 닫고 퇴근할 때 얼마만큼의 '당신'을 가지고 나가고 출근부를 찍고 사무실로 들어설 때 얼마만큼의 '당신'을 가지고 들어오는가?
- 이상적인 직장 동료란 어떤 사람인가? 현재 당신의 동료는 그 이상형에 얼마나 가까운가?
- 너희들의 일에서 즐거움을 느끼는가?

o 당신이 사랑하는 사람은?
- 여행 가방을 풀어라.
- 너희들이 가장 가깝게 생각하는 사람은 누구이며 왜 그렇게 생각하는가?
- 사랑하는 사람과 멀리 떨어져 있을 때 무엇이 가장 그리운가?
- 가까운 사람들과 함께 소망하는 인생의 꿈은 무엇인가?
- 너희들과 가장 가까운 사람들은 어떻게 알게 되었나? 어떤 점 때문에 그들에게 마음이 끌리게 되었는가?
- 사랑하는 사람들이 당신을 어떤 사람으로 기억해 주길 바라는가?
- 너희들이 맺고 있는 인간관계가 너희에게 기쁨을 주는가?

집보다 더 좋은 곳은?
o
- 트렁크를 풀어라.
- 집'을 생각할 때 가장 먼저 떠오르는 것은 무엇인가?
- 집'을 집답게 만드는 것은 무엇이라고 생각하는가?
- 너희들이 '가장 애지중지하는 보물'은 무엇인가? 만약 집에 불이 나면 무엇을 제일 먼저 챙기겠는가?
- 너희들의 집을 둘러보자 무엇이 너희를 가장 행복하게 해주는가? 무엇이 그렇게 엉망이었는가?
- 다른 곳에서 살 수 있다면 어디서 살고 싶은가? 그렇다면 왜 지금은 그곳에서 살지 않는가?
- 살고 있는 집과 생활환경이 너희에게 기쁨을 주는가?

우리의 삶은 여행이다. 그다지 길지도 않을뿐더러 한 번밖에 할 수 없는 이 여행이 우리가 가진 전부다. 바로 그런 이유 때문에 사람들은 여행 가방이 짓누르는 무게에 시달린다. 황무지로 떠나는 여행을 상상해 보자. 짐을 어떻게 꾸려야 할까? 여기엔 육체적으로 짊어져야 할 무게뿐 아니라 감정적인 무게도 포함된다. 짐이 너무 무겁다 면 너희들은 과거의 삶에 지나치게 집착하고 있는 것이다. 너무 가볍다면 생존에 필요한 만큼의 양에는 못 미친다는 뜻이다. 짐의 무게가 여행의 질과 성패를 좌우하는 셈이다. 이것은 쉽지 않은 문제다. 많지도 적지도 않은 짐이란 과연 어느 정도 일까? 낯선 곳을 탐험하는 사람들처럼 우리도 어쩔 수 없이 이렇게 물어야 한다. "내가 꼭 가져가야 할 것은 무엇인가?" 그러나 중요하지 않은 것이 더 많다. 한 주간도 훌쩍 지나가는구나 작은아들은 메일 볼 시간도 없이 무척 비쁜 모양이구나 레슨을 여러 군데 하는지 궁금?

◆ 북한군의 함흥 대학살
 - 국군과 유엔군이 북진 작전을 전개하는 중 10월 22일 국군 제6사단 7연대가 평안북도 구장동-회천 방향으로 공격작전을 수행하던 중 구장동 북쪽 7Km 지점에 있는 터널에서 북한군에게 학살된 미군 포로 시체 28구를 발견했고, 기까스로 목숨을 구한 3명의 미군을 구출했다.
 - 생존한 미군들의 진술에 의하면 "북한군이 30여 명의 미군 포로를 끌고 북으로 가다가 국군의 추격을 받게 되자 포로들을 모두 터널 속에 몰아넣은 다음 기관총을 난사하여 학살했다.
 - 북한군이 퇴각하면서 양민을 가장 극악무도한 방법으로 죽였다. 양민을 장작으로 때려죽이기도 하고, 우물 속에 밀어 넣고 돌로 압살 하거나, 손발을 묶고 무거운 돌을 매달아 바다에 빠뜨리기도 하고, 심지어는 방공호나 지하실에 가두고 폭파시키거나, 생매장하는 경우도 있었다.
 - 발견된 사망자의 숫자를 몇 가지만 들어보면 함흥 인민 교화소(형무소) 700여명, 함흥충혼탑 지하실 200여 명, 정치보위부 지하실 300여 명, 함흥 북쪽 덕산 니켈광산 6,000여 명, 함흥 반용산 방공호에서 수천 명이 학살되었으며 그정확한 인원수는 1만 2,000여 명으로 추산되었다.

보낸 날짜 : 2011년 11월 21일 월요일 오후 17시 49분 00초
받는 사람 : 사랑하는 두 아들(379회)

도대체 왜 이 짐을 모두 짊어져야 하는가(4)

* 나도, 다른 누구도 당신의 길을 대신 가줄 수 없다. 그 길은 당신 스스로 가야할 길이기에.

- 월트 휘트먼 -

인간은 자신이 쓸모 있는 존재임을 느낄 때, 그리고 자기보다 원대한 그 무엇과 하나의 끈으로 이어져 있음을 느낄 때 무한한 활력이 샘솟는다. 바꿔 말해 자신이 지고 있는 짐을 왜 지고 있는지 정확하게 안다면 그 보다 더 많은 짐도 너끈히 지고 갈 수 있다.

우리 모두가 찾는 것은 바로 "남을 도울 기회" 다. 사람들은 자신이 믿고 있는 뭔가를 위해 일하고 싶어 하고, 또 그 일을 열심히 하고 싶어 하며 자신의 손으로 일궈낸 위대한 결과를 얻고 싶어 한다.

"바람직한 삶의 구성요소에 대해 '왜' 라는 질문을 던져 보자."

- 나는 '왜' 이 일을 하고 있는가?
- 나는 '왜' 이 사람들과 관계를 맺고 있는가?
- 나는 '왜' 이곳에 살고 있는가?
- 나는 '왜' 이것을 나의 목적으로 삼고 있는가?

물론 쉽게 대답할 수 있는 질문은 아니다. 또 이런 질문들에 대해 생각해 보는 것만으로는 삶을 변화시킬 수 없다.

하지만 최소한 짐을 가볍게 만들기 위한 첫발은 뗀 셈이다.

"짐을 지고 가는 네 가지 이유"

ㅇ 그것이 지금 나에게 즐거움을 주기 때문이다.

- 직업이나 취미 아니면 흥겨운 오락 같은 것들을 예로 들 수 있다. 가령 스키를

너무 좋아한다면 추운 겨울날 새벽 6시에도 얼마든지 일어날 수 있다.

o 그것이 지금 다른 사람들에게 즐거움을 주기 때문이다.

– 파티 준비를 예로 들 수 있다. 파티를 열자면 해야 할 일이 산더미 같겠지만 얼마든지 기쁜 마음으로 할 수 있다. 좋아하는 사람들에게 즐거움을 주기 때문이다.

o 그것을 통해 앞으로 내가 얻게 될 뭔가를 위해서라면 얼마든지 지금 그 일을 견뎌낼 수 있기 때문이다.

– 운동을 예로 들 수 있다. 에어로빅도 귀찮고 조깅도 질색이지만 그래도 우리는 운동화를 신는다. 건강을 위해서나 날씬한 몸매를 위해서나 그게 필요하다는 것을 알기 때문이다.

o 그것을 통해 앞으로 다른 사람들이 얻게 될 뭔가를 위해서라면 얼마든지 지금 그 일을 견뎌 낼 수 있기 때문이다.

– 대다수 사람의 직업이 대표적인 예다. 당신은 자기 직업에 그다지 열정적이지 않거나 전혀 만족스럽지 않을 수도 있다. 하지만 먹여 살릴 가족이 있기 때문에 혹은 아이들을 공부 시키기 위해 꾹 참고 해낸다.

"성공의 무게"

일을 하면 할수록 그만큼 책임도 커지고 짐도 더 무거워지는 경향이 있다. 무엇보다 중요한 일은 자기 자신에게 이 짐을 왜 지고 있는지 묻는 것이다. 그 어느 때보다도 '가장 힘들다고 느껴질 때' 바로 이 질문을 던져야 한다. 우리는 너무 바쁘고 성공의 무게에 짓눌려 있기 때문에 하던 일을 멈추고 돌아볼 여유가 없다. 하지만 둘러보면 사방에 도움의 손길이 기다리고 있다. 다만 그것을 활용하지 않을 뿐이다.

"삶은 저기가 아니라 여기에 있다."

가방을 다시 꾸리는 일은 요람에서 무덤까지 계속된다. 나이에 상관없이 살아 있다는 느낌을 잃지 않고 싶다면 가방 꾸리기는 거듭 되풀이돼야 한다. 바람직한 삶이란 한번 손에 넣으면 고이고이 모셔둘 수 있는 보물단지가 아니다. 바람직한 삶은 "우리가 속해 있는 곳에서 사랑하는 사람들과 함께 살면서, 삶의 목적을 갖고 자기 일을 하는 것."의 의미를 끊임없이 재발견하는 과정이다. 삶의 매 단계마다 우리는 그때그때 품고 있는 인생관에 따라 언제든 자신을 설계할 수 있다. 여기에서 중요한 것은 내가 지고 있는 짐이 무엇이며 그것을 왜 지고 가는 가를 분명히 인식해야 한다는 점이다.

"정말, 정말, 정말로 필요하지 않은 것 한 가지"

가방을 푸는 일은 자기 삶의 좋은 면과 나쁜 면(추한 면까지)을 함께 들여다보는 것이다. 가방을 풀면서 그동안 당신을 짓누르던 몇 가지 짐을 보고 아마 충격을 받게 될 것이다. 이 모든 필요 없는 것을 버리는 것에서부터 시작되었다. 정말, 정말, 정말로 필요하지 않은 것 한 가지를 버리는 것에서 부터 당신의 삶(정신적 삶, 혹은 육체적 삶)을 찬찬히 들여다보자, 당신에게 정말, 정말, 정말로 필요하지 않은 것 한 가지가 눈에 띌 것이다. 당신을 가장 무겁게 짓누르고 있는 그 한 가지는 무엇인가?

이제 정말 겨울 날씨 같구나 겨울 옷 들은 꺼내놓고 가을 옷은 집어넣어서 정리가 되었는지 모르겠구나 옷을 따뜻하게 입고 감기 걸리지 않게 항상 조심하고 이번 한 주간도 보람되고 멋진 한 주간이 되길 바라며…

◆ 미 제8군 사령관 월튼 워커 중장의 순직

– 미 제8군 사령관 월튼 워커(Walton H Wolker)중장은 1950년 12월 23일 전방 사단 지역 시찰 겸 그의 아들 샘 워커 대위의 미 은성무공훈장을 직접 수여 하기 위해 의정부로 가던 중 불행히도 서울 도봉역 부근에서 국군의 트럭이 중앙선을 침범하여 워커 장군의 지프차를 덮치는 사고로 순직(향년 61세)했다.

– 그는 제1,2차 세계대전에 참전한 미국의 전쟁영웅으로 한국의 낙동강 방어선을 사수하여 인천상륙작전을 가능하게 했던 유엔군 지상 사령관이었다. 전선의 현장을 직접 방문하여 부하들을 격려하기로 유명한 그는"내가 여기서 죽더라도 끝까지 한국을 지키겠다"는 말을 자주 했다고 한다. 이렇게 먼 이국땅에서 생명을 바친 이들이 있었기 때문에 지금의 한국이 있다는 것을 젊은 이들이 바로 이해 하였으면 한다.

보낸 날짜 : 2011년 11월 23일 수요일 오전 11시 00분 00초
받는 사람 : 사랑하는 두 아들(380회)

성공을 했는가, 성취를 했는가(5)

* 바람직한 삶을 살려면 꼭 있어야 하는 것이 그토록 진저리 나게 혐오스러운 것이라면 산 다는 게 무슨 의미가 있겠는가?
인생의 이치란 그저 매일매일 내가 땀 흘려하는 일 그 자체가 기쁨이 되게 하는 것뿐이다.

-에드워드 카펜터-

"어떻게 먹고 살 것인가? "에 대한 해답을 찾아 기는 길은 평생에 걸친 긴 여정이다. 하지만 준비되기 전까지는 결코 떠날 수 없는 여행이다. 삶이란 일직선이 아니다. 탄생에서 죽음까지 이르는 길은 지그재그로 꺾여있어 회전에 회전을 거듭해야 한다. 때문에 인생은 무수한 뒷걸음질로 파헤쳐진 'W' 자 형태의 꺾인 길로 이루어져 있다. 인생은 곧게 뻗은 길이라 믿는 사람들은 먼저 교육을 받고 좋은 직장에 들어가 열심히 일을 한 다음 은퇴를 하고 나서야 드디어 진짜 삶을 시작할 수 있으리라 생각한다. 그러나 안타깝게도 은퇴할 무렵이 되면 어떻게 살아야 하는지 다 잊어버리거나 거기까지 오느라 너무 지쳐버려 더 이상 살아갈 에너지가 남아 있지 않은 경우가 대부분이다. 소중한 삶을 그런 식으로 접고 싶지 않다면 할 수 있는 한 자신의 모든 삶을 그때그때 충만하게 살아야 한다. "다시 꾸리기"는 생존을 위한 기술이다. 평생직장이란 개념이 사라진 지금, 너희들의 직업도 결코 안전하지 않다. 끝없이 변하는 격동의 소용돌이 속에서 한때 유망한 사업이었던 것이 어느 순간 멸종의 위기를 맞기도 한다. 극단적으로 표현하자면 모든 사람이 '잠정적 실직 상태'에서 직장생활을 하고 있는 것이다.
너희들의 직업이 얼마나 좋은 가는 중요하지 않다. 너희들이 가장 뛰어난 재능도

방패막이가 될 수 없다. 어쩌란 말인가? 살아가는 동안 언제든 일자리를 구하기 위해 나설 태세를 늘 갖추고 있을 수밖에 없다. 너희들에게 일자리를 줘야 할 의무는 누구에게도 없다. 심지어 당신의 부모가 회사의 주인이라 할지라도 자신의 미래를 창조하는 일은 오직 너희들에게만 달려 있는 문제다. 다가올 미래는 가장 꼭대기 자리를 차지하고 있는 전문가들조차도 어디서든 일할 수 있는 재능을 골고루 갖추어야 한다는 압박감에 시달리게 될 것이다. 이제 갈수록 점점 '너희들의 직위가 무엇이냐' 보다 '할 줄 아는 것이 무엇이냐' 가 더 중요한 문제가 될 것이다. 그러니 이제 스스로 똑같은 질문을 할 때가 되었다. "내가 할 줄 아는 것이 무엇인가? " 분명한 것은 현재 당신이 어디서 어떤 일을 하건, 대기업이든, 중소기업이든, 아니면 자기 집 지하 작업실이든, 너희들의 주인은 오직 너희들 자신이어야 한다는 것이다. 너희들의 유일한 고용주는 바로 너희들 자신이며, 너희는 '나' 라는 이름의 사업체다. 그리고 어느 회사와 마찬가지로 성장과 발전을 위해 종합적인 전략을 개발해야 한다. 병이나 깡통, 신문 따위를 재활용할 수 있는데 '나' 라고 재활용하지 못할 이유가 없다. 직업 세계라는 이 변덕스러운 바닥에서 성공하고 싶다면 자신을 재활용할 준비를 해야 한다. 즉 가지고 있는 가방들을 다시 꾸려야 한다는 것이다. 인생의 절반쯤에서 위기를 맞게 되면 누구나 삶을 되돌아보게 된다. 그리고 오랫동안 미뤄두었던 질문들을 그제야 끄집어낸다. "내가 정말 원하는 게 뭘까? " "뭘 어떻게 해야 제대로 하는 걸까? " "나의 꿈은 무엇이고, 나를 가로막고 있는 두려움은 어떤 것들일까? " 그 질문들을 던지는 바로 이 순간이야말로 내적 탐험을 자신을 다시 설계하기에 더없이 좋은 기회다. 둘째가 오래간만에 메일을 보았구나 이제 마음의 여유가 좀 생겼는 모양이네 몸들은 괜찮은지 귀찮아도 잘 챙겨 먹도록 하여라

오늘도 즐겁고 보람된 하루 되길 바라며 …

보낸 날짜 : 2011년 11월 25일 금요일 오전 11시 10분 00초
받는 사람 : 사랑하는 두 아들(381회)

삶은 애초에 계획한 대로 되지 않는다(6)

* 완전히 자유로워질 수 없다면 웬만큼 이라도 자유로워져라.

– 랠프월도 애머슨 –

o 다목적 라이프 스타일을 지닌 사람들의 공통점

- 그들은 자신의 욕구나 소망보다 더 원대한 목적을 갖고 있다. 즉 자신들의 삶과 일을 어떻게 하면 그 원대한 계획에 맞출 것인가를 고민한다.
- 그들은 '내면의 나침반'을 갖고 있어서 방향을 잃지 않고 언제나 삶의 목적을 향해 '똑바로' 나아간다.
- 그들은 가장 소중한 것 두 가지 즉 시간과 돈에 대해 분명한 경계선을 그어 놓고 있다.
- 그들은 잠재된 재능이 무엇인지 아직 충분히 시험해 보지 못한 자신의 한계가 어떤 것인지 잘 알고 있다.
- 그들은 난관에 부딪쳤을 때 탁월한 적응력을 보인다. 다시 말해 난관을 그저 삶의 자연스러운 현상으로 받아들이는 것이다.
- 그들이 지닌 풍부한 에너지는 전염성이 있다. 그 에너지는 자신은 물론 주위 사람들에게도 쉽게 전염 된다.
- 그들은 뛰어난 영적 감성을 갖고 있다. 자신의 삶 안에 있는 자기보다 더 큰 어떤 힘을 느낄 줄 안다.
- 그들은 어깨가 가볍다. 그래서 자신이 지고 있는 짐에 부담을 느끼지 않는다.

" 다목적 라이프스타일을 위한 공식"

* (재능 + 열정 + 환경) x 꿈 = 다목적 라이프스타일

당신의 재능과 열정과 환경을 모두 더한 다음 당신의 꿈을 곱하면 비로소 다목적 라이프스타일이 완성된다.

o 너희들의 재능

- 하고 있으면 신이 나는 기술

- 노력하지 않아도 자연스럽게 습득되는 능력

- 별다른 노력 없이 오래 동안 해왔기 때문에 특별히 따로 배운 기억이 없는 능력.

o 너희들의 열정

- 해결해야 할 필요성을 강하게 느끼는 문제

- 너희들이 좀 더 참여했으면 하는 문제

- 너희들의 마음을 사로잡고 있거나 더 많은 것을 배우고 싶은 분야

- 지속적으로 깊은 흥미를 갖고 있는 일

o 너희들의 환경

- 너희들의 재능과 열정을 가장 쉽고 편안하게 발휘할 수 있는 이상적인 작업환경

- 너희들이 선호하는 장소와 스타일

- 너희들의 꿈

- 너희들은 자신의 삶에서 재능과 열정과 환경을 어떻게 하나로 연결하고 있는가?

- 너희들이 꿈꾸는 미래는 어떤 것이며, 지금 너희들이 하고 있는 일이 어떻게 그 미래를 현실로 만들어 줄 것인가?

- 내년(아니면 그 이후)에는 어떤 일들이 이어질 것 같은가? 라이프스타일은 자신이 생각하는 가장 이상적인 인생관이자 직업관이며 궁극적으로는 "삶과 일을 바라보는 행복한 시선"이다.

삶과 일이 가장 완벽하게 조화를 이룰 때 다목적 라이프스타일은 비로소 너희들이 꿈꾸던 바람직한 삶의 경지를 보여 준다.

"우리 삶에서 가장 무거운 짐을 육체적인 짐이 아니라 정신적인 짐이다."

우리는 과거에 대한 회한과 미래에 대한 걱정에 눌려 살아간다.

이것이 우리가 지고 있는 진짜 짐이며 시간이 많아서 생기는 권태의 앙금이다.

이 짐을 버리지 않고서는 결코 마음을 가볍게 할 수 없다. 가벼운 마음이란 더 이상 집착에 시달리지 않는 것이다.

그것이 바로 자유로운 마음이다.

한 주일이 금방 지나가는구나 추운데 난방은 잘 되는지 가스 아낀다고 너무 춥게 지내지 말고 집에서라도 좀 따뜻하게 지내라

주일에는 교회에서 봉사활동 열심히 하고…

◆ 인재양성을 위한 교육사업

– 건국초기에 우리나라 사정은 문맹률이 90%에 가까웠습니다. 지금은 문맹률이 세계에서 가장 낮은 세계 1위가 되었습니다. 전 국민이 글을 익혀야 민주주의와 경제발전이 가능하다는 생각이었습니다.

– 그래서 건국하자마자 실시한 것이 의무교육이었습니다. 당시에 국가재정이 너무나 열악하여 교과서를 찍을 예산이 없었습니다. 그래서 대통령이 미국까지 가서 교과서를 인쇄할 종이를 보조받기까지 하였습니다.

– 우리나라의 고도성장의 기초에는 이승만 대통령이 시작한 교육입국이 있었기에 가능하였습니다. 또한 과학진흥에 대한 열정으로 6.25 전쟁이 휴전으로 끝난 직후인 1956년에 이승만 대통령의 지시로 원자력 연구소 를 설립하고 해마다 십여 명의 유학생을 미국으로 보내어 한국원자력기술이 세계 1위 수준에 이르는 기초를 닦게 하였다.

– 이승만 정부는 1949년에 6년제 의무 교육제도를 도입하고 문맹 퇴치 운동을 벌였다. 그 결과 학생 수도 중학생 10배 고등학생 3배 대학생 12배로 늘었다.

– 이승만의 고급 인재양성 의지가 나타난 대표적인 경우가 1953년 인하공과대학(仁荷工科大學校) 설립이었다. 전쟁 중에 교민들이 한인기독학원 부지를 판 금액의 일부를 보내왔는데 이승만은 그 돈에 모금액을 보태 미국의 매사추세츠 공과대학(MIT) 같은 최고 수준의 공과대학교를 세우려고 했다.

– 인하대학의 인하(仁荷)는 1903년 최초의 하와이 이민 출발지인 인천과 도착지인 하와이의 앞글자만을 조합하여 만든 이름이다.

– 이승만은 가난에서 벗어나는 길은 교육에서 찾았다. 교육을 통해 국민을 계몽시켜 선진국과 같이 가난에서 벗어나고 민주주의를 실현하는 나라를 이루고자 했다. 이승만의 경제 청사진은 국민 교육을 바탕으로 했기 때문에 한국경제는 도약할 수 있었다.

보낸 날짜 : 2011년 11월 28일 월요일 오후 18시 05분 00초
받는 사람 : 사랑하는 두 아들(382회)

인생의 여정을 함께할 친구를 가졌는가(7)

* 나는 고독보다 좋은 길동무를 본 적이 없다.

– 헨리 데이비드 소로 –

자신에게 이렇게 물어보자 "내 친구는 몇 명일까? " 시쳇말로 "영양가 있는 사람"은 과연 몇이나 될까? 이것은 친구를 필요나 계산에 의해 선택하는 이기적인 행위와는 다르다. 서로가 서로의 삶을 충만하게 일굴 수 있는 지혜를 얻기 위해서다. 영양가 있는 사람이란 말 그대로 나의 내면에 자양분을 공급해 준다. 그들은 내가 꼭 하고 싶은 말을 할 때 진심으로 귀를 기울여주며, 나의 내면 가장 깊숙한 곳에 있는 생각과 감정을 거울처럼 비추어 주는 사람들이다. 그들을 만나면 나는 눈동자가 빛나고, 같이 있어 주기만 해도 짐이 가볍게 느껴진다. 또 한 그들은 가만히 들어줄 뿐 결코 가볍게 판단하지는 않는 사람들이다. 나를 사랑하지만 결코 나를 고치려 하지 않는 "있는 그대로의 나"를 통째로 받아주는 그 사람이야말로 가장 영양가 있다. 우리가 얻고자 하는 것은 아주 소박하다. 그저 친밀감을 느끼고 싶은 것이다. 인간은 누구나 다른 이들과 의미 있는 관계를 간절히 맺고 싶어 한다. 너희들이 가장 사랑하는 사람들(혹은 가장 사랑하고 싶은 사람들)과 적절한 시기에 적절한 지점까지 와 있는지 점검해 보는 방법의 하나로 다음 세 가지 여행을 해보는 것도 꽤 도움이 된다. '당일치기 여행' '주말여행' '평생여행' 지금 당신의 길동무들과 함께 어디쯤에 와 있는지 살펴보자, 너희들은 지금 함께 있고 싶은 사람들과 제대로 여행을 하고 있는가? 어떻게 하면 그 여행을 좀 더 즐겁게 만들 수 있을까? 잘 생각해 보자 너희들에게 '중요한 인물' 혹은 가까운 직장 동료에게 터놓고 이야기하는 것보다 비행기나, 열차나, 찻집에서 처음 만난 사람과 이야기하는 것이 훨씬 더 쉽지 않은가? 가까운 사람이 너희들에게 정말 가까이

다가올 수 있게끔 마음을 열어준 것이 언제였는지 기억할 수 있는가? 거듭 물어보자 우리는 아직도 함께 여행하고 있는 걸까? 만약 그렇다면 앞으로 계속 함께 여행할 수 있을까? 만약 그렇지 않다면 어떻게 해야 우리의 여행길로 다시 돌아올 수 있을까? 다시 한 번 생각해보자 신정 코 내 주위에 함께 여행을 할 수 있는 사람이 몇이나 되는지를 …

한 주간이 시작되는 월요일이구나 이번 한 주간도 주님 말씀 가운데 승리하는 나날이 되길 바라며…

★ 내가 여호와로 말미암아 크게 기뻐하며 내 영혼이 나의 하나님으로 말미암아 즐거워 하리니 이는 그가 구원의 옷을 내게 입히시며 공의의 겉옷을 내게 더하심이 신랑이 사모를 쓰며 신부가 자기 보석으로 단장함 같게 하셨음이라. (이사야 61장 10절)

◆ 이승만 대통령의 휴전조건 세 가지 미국에 요구
이승만 대통령은 정전협정체결 이후의 한국안보에 대해 불안감을 가지고 있었다 미군을 비롯한 유엔군이 한국에서 철수하게 되면 한반도에 힘의 공백이 발생하기 때문이었다. 이런 상황에서 이승만 대통령은 한국이 미국에 요구하는 휴전조건으로 다음과 같은 세 가지 사항을 요구했다.

1. 90일 이후까지 정치회담이 중공군 철수에 관한 타협에 실패하면 다음 60일 이내에 휴전은 무효화되고 폐기될 것이며 한국군은 미 해 공군의 지원을 받아 북진할 것이다.
2. 휴전이 조인되기 전에 미국은 한미상호방위조약을 체결해야 한다.
3. 미국은 한국의 육 해 공군을 증강시키기 위한 적절한 군사원조와 궁극적으로는 자급자족을 목표로 하여 경제를 회생시키기 위한 경제 원조를 한국정부에 제공해야 한다.

보낸 날짜 : 2011년 11월 30일 수요일 오전 11시 17분 00초
받는 사람 : 사랑하는 두 아들(383회)

답은 내 안에 있다. 내 마음을 들여다볼 수 있다면(8)

* 사랑이란, 외로운 두 영혼이 서로 지켜주고, 보듬어주고, 따뜻하게 맞아주는 것이다.

– 라이너 마리아 릴케 –

우리의 모든 행동은 결국 누군가와 깊고 소중한 관계를 맺고 싶다는 절실한 욕구에서 나오기 때문이다. 부자가 되고 싶은 욕망, 유명해지고 싶은 욕망, 세상을 정복하려는 욕망, 그 모든 욕망의 동기를 모두 한 냄비에 담아 끓여보면 단 하나만 남게 된다. 바로 사랑받고 싶은 욕망이다. 우리가 안달하고 지어내고 만들어내는 모든 것, 우리가 마지막 숨을 헐떡이며 내뱉는 첫마디, 이 안에는 사랑받고 싶다는 하나의 동기만 들어있다. 그래서 우리는 친구, 가족, 심지어 생면부지의 낯선 사람이라도 우리를 사랑하도록 만들기 위해 필사적으로 노력하면서 점점 더 많은 짐을 꾸려 넣는다.
하지만 우리가 정말 해야 할 일은 그와 정반대가 되어야 한다.
가방을 풀어야 한다. 마음과 영혼과 입을 열어 자신이 느끼는 것을 이야기해야 한다. 자신의 내면 가장 깊숙한 곳에 있는 생각, 희망, 꿈, 그리고 욕망을 함께 나누어야 한다. 두려움을 이기고 자기 자신을 드러내지 않고서는 결코 진정한 자신의 모습을 보여줄 수 없다. "너와 나"의 관계는 곧 "나와 나"의 관계를 보여주는 거울이다. 다른 사람들과의 관계를 발전시켜 나간다는 것은 결국 자기 자신과의 관계를 발전시켜 나가는 것이다. 다른 사람들과의 관계에서 가방을 풀기 위해서는 출발점에서부터 다시 시작해야 한다.
나의 가방을 먼저 풀어야 하는 것이다. 결국 "가방을 완전히 풀어놓은" 사이란 당신과 상대방 모두 자신의 가방을 풀어놓고 있다는 뜻이다. 만약 둘 중 누구 한 사

람이라도 문간에 가방을 놓아두고 있다면 분명히 엇박자가 날 것이다. 사랑, 우정, 동료애 등 인간관계에서 온전한 만족을 느끼지 못하는 사람들은 대부분 이렇게 생각한다. "나 자신을 좀 더 드러내 보일 수 있는 사람을 만날 수 있다면 모든 것이 다 해결될 텐데," 실제로 더 깊고 의미 있는 관계를 맺는 유일한 비결은(사실 비결이랄 것도 없지만), 자기 자신을 열어 보이는 것이다. 너희들이 상대방을 더욱 깊이 받아들일수록, 상대방 역시 너희에게 더욱더 많은 것을 보여줄 수 있다. 단순하지만 이것이 바로 삶의 참모습이다. 사람들이 자꾸만 그렇게 걸려 넘어지는 것도 결국은 자신을 드러낼 용기가 없거나 자신이 어떤 사람이고 삶에서 무엇을 추구하는지, 설명해 줄 어휘를 찾지 못해서다. 이럴 때 "누구, 무엇, 어디"라는 세 가지의 우선순위를 이용하는 것도 하나의 방법이 된다.

너희들이 바람직한 삶의 세 요소를 어떻게 꾸리고 싶은지 상대방에게 들려주자, 자신이 진정 어떤 사람인지, 마음과 영혼의 만족을 위해 자신에게 필요한 것은 무엇인지 서로에게 보여주자.

여행의 첫발은 그렇게 내딛는 것이다.

오늘의 고사성어(古事成語)
막역지우(莫逆之友) : 논어와 장자(莊子) 내편(內篇) 대종사(大宗師) 등장한 말로서 서로 거스르지 않는 친구을 말함

오늘도 보람되고 멋진 하루 되길 바라면서 …

★ 무릇 내게 붙어있어 열매를 맺지 아니하는 가지는 아버지께서 그것을 제거해 버리시고 무릇 열매를 맺는 가지는 더 열매를 맺게 하려 하여 그것을 깨끗하게 하시 느니라. (요한복음 15장 2절)

보낸 날짜 : 2011년 12월 06일 화요일 오전 10시 15분 00초
받는 사람 : 사랑하는 두 아들(384회)

하나의 문을 닫으면 또 다른 문을 열 준비가 필요하다(9)

* 내가 있어야 할 곳은 바로 여기 라오

　　　　　　　　　　　　　　　　　– 아이작 다이슨 〈아웃 오브 아프리카〉 –

우리는 평생을 통해 자기 자신을 끝없이 새롭게 만들어간다.

장소를 바꾸는 것 역시 이러한 거듭나기의 큰 부분을 차지한다.

장소를 바꾼다는 것은 세상을 보는 시각을 바꾼다는 의미와 같기 때문이다.

"아름다운 삶, 사랑, 그리고 마무리(Loving and Leaving The Good Life)"에서 헬
렌 니어링은 이렇게 말했다.

"하나의 문이 닫히면 또 하나의 문이 열린다" 새롭게 열린 공간은 이제까지와는
다른 일들로 가득 차 있다.

우리 삶에는 열고 닫아야 할 문들이 무수히 많다.

어떤 문은 열어둔 채로 떠난다. 다시 돌아올 여지를 남겨두었기 때문에 어떤 문
은 단호하게 꽝 닫는다. "더 이상은 안 돼!"라는 뜻으로 또 어떤 문은 유감스러운
듯 살그머니 닫는다. '좋았지만 이제는 끝났어' 라는 마음으로… 출발은 다른 어
딘가에 도착했다는 뜻이다.

하나의 문을 닫는 것은 새로운 곳, 새로운 모험, 새로운 가능성, 새로운 자극을 향
해 자신을 활짝 열어젖힌다는 뜻이다.

너희는 하나의 문을 닫고 또 다른 문을 열 준비가 되어있는가?

새로운 곳, 새로운 모험, 새로운 가능성을 위해 너희들이 기꺼이 포기할 수 있는
것은 무엇인가?

만약에 새로운 곳으로 옮길 생각이라면 자신의 생각을 객관적으로 살펴볼 필요도 있다. 왜냐하면 큰맘 먹고 삶의 터전을 옮긴 뒤에 "이게 아니었어!" 하며 땅을 치고 후회 하는 경우도 종종 있기 때문이다.

서둘러 결정하기 전에 최소한 이런 질문에 충실히 답해보라.

- 나는 지금 내가 원하는 곳에 있는가?
- 내 맘에 쏙 드는 좋은 장소를 알고 있는가?
- 특정한 장소를 네게 맞는 "바로 그곳" 이 되도록 하는 것은 무엇인가?
- 어떻게 하면 지금 내가 있는 곳을 내가 바라는 곳처럼 만들 수 있을까?
- 여기 그대로 있어야 할까, 아니면 떠나야 하는가?
  "떠나기 전에 한 번 더" 어디든 깜깜한 상태에서 무작정 떠나는 것보다 조금이라도 알고 떠나는 게 현명할 테니까.
- 너희들이 하고 싶은 일을 하고 있는 사람을 찾아보자.
  그들을 만나 무엇을 물어볼 것인가? 하는 것이다. 또한 "내가 이곳에 어떤 보탬이 될 수 있겠는가? "
- 내가 그곳에서 생활을 유지할 수 있을 만큼 계속 돈을 벌 수 있는가?
- 먼저 상상 속에서 그곳에서의 삶을 경험해 보자. 직접 그곳을 방문해 보자 이곳저곳을 다니며 꼼꼼히 물어봐야 한다. 지역 주민을 만나 식당, 오락, 교육 등 모든 것에 대해 알뜰하게 알아보자.

오늘의 고사성어(古事成語)
우유부단(優柔不斷) : 어물어물 하기만 하고 딱 잘라 결단을 하지 못한다는 것을 뜻한다.

　　　　　아들들 건강은 괜찮은지 추운데 감기 조심하고
　　　　　　오늘도 즐겁고 보람된 하루 되길 바라며 …

★ 내가 지존하신 하나님께 부르짖음이여 곧 나를 위하여 모든 것을 이루시는 하나님께 로다.(시편 57장 2절)

보낸 날짜 : 2011년 12월 08일 목요일 오전 11시 03분 00초
받는 사람 : 사랑하는 두 아들(385회)

현재 처한 상황이 나에게 무엇을 가르쳐 주는가(10)

* 소유를 기준으로 삼는 삶은, 존재를 기준으로 삼는 삶보다 자유롭지 못하다.

– 윌리엄 제임스 –

너희들이 어떤 문제를 안고 있건, 어떤 상황에 처해 있건 단 하루만이라도 경청의 자리에 머물 수 있는 시간을 만들어보기 바란다.

이제 너희들이 경청의 자리에서 생각해 볼 수 있는 10가지 사항들에 대해 살펴보자.

1. 감춰진 나의 재능을 재발견하자.

   삶의 근본은 창조다 재능은 너희들이 창조적인 삶을 만드는데 핵심적인 요소다.

2. 너희들의 목적을 되찾자.

   재능은 목적이라는 용광로 속에서 단련된다.

3. 너희들의 직업을 새로운 시각으로 바라보자.

   만족은 늘 불만족을 낳는다. 같은 일을 계속 되풀이하면 점점 기계적으로 하게 된다. 가장 좋아하는 일이라도 정기적으로 자신을 새롭게 하지 않으면 맥이 빠지게 된다.

4. 너희들을 위한 '개인 이사회'를 새로 선출하자.

   자신의 성공을 되돌아보면 대부분 다른 사람들의 응원과 지원이 참으로 중요했다는 것을 발견하게 된다. 너희들이 여기까지 오는 동안 너희들의 버팀목이 되어준 가장 중요한 사람은 누구였는가? 그들을 당신의 개인 이사회 이사들이라고 생각해 보자 이들과 회의를 하는 광경을 머릿속에 그려보자.

5. 성장의 칼날을 다시 갈 자.

    나에게 좀 더 차별화된 가치를 선사하기 위해 새로운 기회를 연 구하고 신기술을 개발하자.

6. 인간관계의 가방을 다시 꾸리자.

    당신의 삶에서 누구와의 관계가 가장 중요한가? 너희들은 사랑하는 사람들과 '근본적인 대화'를 나누는가? 그것이 '위대한 대화'라고 생각하는가? 인간관계에서 가장 문제가 되는 것은 소통의 부재다.

7. 시간과 돈의 사용을 검토하자.

    가장 소중한 두 가지 재산, 즉 시간과 돈을 어떻게 쓰고 있는지 검토해 보자, 너희들의 시간과 돈이 흘러가는 방향에 만족하는가

8. 바람직한 삶에 대한 정의를 다시 내리자.

    너희들이 무언가를 꿈꿀 수 있다면 그것을 실제로도 할 수 있다는 뜻이다. 미래의 어느 날 잠에서 깨었을 때 너희들이 바라던 삶이 아닌 타인의 삶을 살고 있다는 사실을 발견하는 일이 없도록 조심 하자.

9. 9. 매일 자기 자신을 새롭게 하자

    정기적으로 휴식 시간을 갖자 짧은 휴가라도 자주 갖자. 자기 자신과 만날 약속을 하자 하루에 15분 정도만 투자해도 놀라운 효과를 볼 것이다.

10. 10. 웃음을 되찾자.

    사람들은 하루에 대략 15번 웃는다. 많은 것일까? 적은 것일까? 당신은 아직도 재미있게 살고 있는가? 진정한 기쁨을 맛보며 살 고 있는가? 재미와 기쁨이 다르다, 재미는 외적인 표현이고 기쁨 은 내적인 희열이다. 기쁨은 장소, 사랑, 일 그리고 삶의 목적이 조화를 이루는 데서 온다.

과거에 얽매이지 말고 현재에 충실하며, 미래를 대비하는 삶을 추구하는 한 주간이 되었으면 한다…

보낸 날짜 : 2011년 12월 13일 화요일 오전 10시 59분 00초
받는 사람 : 사랑하는 두 아들(386회)

지금과 꼭 다른 삶을 살 필요는 없다(11)

* 부처도 지도를 남겼고, 예수도 지도를 남겼다. 크리슈나도 지도를 남겼고, 랜드맥넬리도 지도를 남겼다. 그러나 그 길은 우리 자신이 걸어야 한다.

-스티븐 레빈-

"얼마나 많이 얼마나 적게 지고 가야 하는가? " 결정해야 할 사항은 우리가 그동안 이야기해 온 것들, 즉 일, 인간관계, 장소 이 세 가지 분야에 집중되어 있다. 얼마나 많이 일해야 할까? 얼마나 많은 관계를 맺어야 할까? 얼마나 많은 것을 소유해야 할까? 우리가 속한 장소와 얼마나 긴밀한 유대를 맺어야 할까? 일이든 재물이든 너무 많이 짊어지면 목적지에 도착하기도 전에 지쳐버리게 마련이다. 반대로 너무 적게 들고 가면 외톨이가 되거나 위험에 제대로 대처할 수 없으며 목적지까지 가는 동안 너무 많은 고생을 해야 한다. 성공의 열쇠는 오직 하나 먼저 우리에게 필요한 것을 검토한 다음 그 짐을 지고 갈 수 있는 최상의 방법을 찾는 것뿐이다.

그러기 위해서는 자신에게 두 가지 질문을 던져야 한다. "얼마나 많이 가져가면 충분하겠는가? " "내가 정말로 가져가고 싶은 것은 무엇인가? " 한 가지 더 알아야 할 것은 꼭 필요하다고 생각했던 것들이 쓸모없게 될 수 있다는 사실이다. 여행 전날 밤, 침대 위에 늘어놓았던 것 들 중에도 막상 떠나보면 별로 중요해 보이지 않는 것들이 많다. 그래서 대부분 길을 가는 도중에 물질적으로든 정신적으로든 하나씩 짐을 버리게 된다. 사람들이 나이보다 더 빨리 늙고 삶의 생기를 잃어가는 이유 가운데 하나는 짊어진 짐이 너무 무겁기 때문이다.

리처드 그렉은 "짐을 가볍게 한다는 것은 제 손으로 삶을 정돈하는 것 외적 혼란으로부터 탈출하는 것. 삶의 주된 목적과 무관한 많은 소유물을 포기하는 것"이

라고 했다. 가방을 다시 꾸리는 일을 요람에서 무덤까지 계속되는 과정이라는 사실을 잊지 말자.

오늘 가방에 무엇을 꾸려 넣든 당신은 멀지 않은 미래에 가방을 또다시 꾸려야 할 테니까 나는 가방 다시 꾸리는 일을 일종의 축복으로 여기게 되었다. 또한 매일매일 이 축복에 감사해한다.

감사의 세 가지 주제는 다음과 같다.

"재능을 소중히 여길 것"

"현재를 받아들일 것"

"가진 것을 나눌 것"

재능을 소중히 여긴다는 것은 잠재된 재능을 완전히 발휘함으로써 타고난 끼와 능력을 민끽하겠다는 뜻이다.

현재를 받아들인다는 것은 새로운 가능성 앞에 마음의 문을 열고 내게 나아오는 가능성들을 기꺼이 받아들이겠다는 뜻이다.

가진 것을 나눈다는 것은 함께하는 다른 사람들을 위해 내 몫의 일을 해야 한다는 준엄한 책임삼을 느낀다는 뜻이다.

오늘의 고사성어(古事成語)
와신상담(臥薪嘗膽) : 목적을 달성하기 위해 온갖 고난을 참고 견딘다는 의미이다.

요사이도 하루의 삶이 정신없이 지나가는지 너무 바빠서 그런지 아니면 그냥 별 하는 것 없이 하루가 지나가는지를 한번 생각 하는 하루도 어떨까 한다.

★ 무릇 나 여호와는 정의를 사랑하며 불의의 강탈을 미워하여 성실히 그 들에게 갚아 주고 그들과 영원한 언약을 맺을 것이라.(이사야 61장 8절)

'타임아웃'이 충만한 하루를 만든다(12)

* 성공이란 결국 내가 하고 싶은 일을 할 시간을 갖는 사치를 누리는 것이다.

– 레온타인 프라이스 –

"갈수록 빨라지는 시곗바늘" 오늘날 하이테크 시장에서는 '얼마나 빨리, 얼마나 쉽게, 얼마나 많이'가 가장 중요하다. 하지만 이런 기준을 지키면서 우리가 정말로 얻는 것은 무엇인가? 그렇게 시간을 절약하고 압축해서 과연 우리가 진정하고 싶은 일을 할 수 있을 만큼 시간을 벌었을까? 직접 일하는 수고를 던다고 해서 정말로 관심 있는 일에 뛰어들 에너지를 얻었을까?

결과를 극대화한다고 해서 정말로 우리가 원하는 것을 얻을 수 있을까? 자기 자신을 앞서지도 말고 자신에게 뒤처지지도 말아야 한다. 삶의 균형을 잡는다는 것도 바로 이런 의미이다. 당신의 일, 사랑, 장소, 목적 중에서 어디에 시간을 쓰고 싶은지 알고 있다면, 그리고 그에 따라 시간을 할당할 수 있다면 덫에 갇힌듯한 기분도 사라지고 일과에 쫓겨 허덕이는 일도 줄어들 것이며 자신의 목표에 좀 더 깊이 집중할 수 있게 된다. 만일 시간이 충분하지 않다고 생각한다면 기본적으로 당신이 할 수 있는 일은 두 가지다.

※ '시간을 좀 더 확보하기' 위해 수입을 늘릴 것.

※ '더 많은 시간을 갖기' 위해 당신의 생활을 단순화할 것.

타임아웃이란 무엇인가? 그것은 끝이며 시작이다. 사람들은 모두 타임아웃을 원한다. 그리고 결국에는 누구나 타임아웃을 하게 된다. 여기서 말하는 타임아웃은 그저 오후 한나절 쉬는 것이 아니라 진정한 의미의 정신적 타임아웃이다. 〈인생 수업〉의 저자 엘리자 베스 퀴블러로스는 타임아웃이 필요한 이유에 대해 누구보다도 명쾌한 설명을 하고 있다.

"사람들이 공허하고 무의미한 삶을 사는 것은 죽음을 부인하기 때문이다. 영원히 살 것처럼 살기에 꼭 해야 할 일도 아주 쉽게 뒤로 미루게 된다. 내일의 준비와 어제의 기억 속에 갇혀 '오늘'은 언제나 잃어버리고 만다." 모두 시간에 쫓기며 산다. 지치고 짓눌린 기분에 사로잡힌 사람들이 점점 더 늘어간다. 우리는 정말 피곤한 세상에서 살고 있다. 직업에 상관없이 우리 모두 똑같은 두려움을 갖고 있다. "내가 원하는 것들을 이루지 못하고 이대로 그냥 다 놔둔 채 시간만 흘러가는구나!" 우리의 시간관념에 타임아웃을 끼워 넣으면 라이프스타일에 커다란 변화가 생긴다. 이제 많은 사람이 이 변화를 수용할 준비를 하고 있다. 사람들은 지금보다 더 좋은 길이 틀림없이 있다는 것을 알고 있지만 그 길이 무엇인지 정확히 모를 뿐이다. 중요한 것은 시간을 사용하는 방법이 하나만 있는 게 아니라 아주 여러 가지라는 점을 깨닫기 시작했다는 사실이다. 이것은 일종의 문화적인 흐름이다. 사는 방법을 자주 들여다볼수록 구시대의 장벽이 더 이상 우리에게 맞지 않으며 하루빨리 지워버려야 한다는 사실이 더욱 선명하게 떠오른다. 큰아들, 작은아들은 잘 있는지 오늘은 너희들이 보고 싶구나 못 본지 제법 오래되었구나 하여튼 신상에 유의하고 매사에 조심하고

오늘의 고사성어(古事成語)
만전지책(萬全之策) : 아주 안전하거나 완전한 계책

오늘도 즐겁고 멋진 하루 되길 바라며 …

★ 전에는 네가 버림을 당하며 미움을 당하였으므로 네게로 가는 자가 없었으나 이제는 내가 너를 영원한 아름다움과 대대의 기쁨이 되게 하리니. (이사야 60장 15절)

보낸 날짜 : 2011년 12월 26일 월요일 오전 11시 31분 00초
받는 사람 : 사랑하는 두 아들(388회)

길을 잃어야 새로운 길을 발견할 수 있다(13)

* 먼저 길 위로 나서야 한다. 방향을 돌려 야생의 세계로 들어가기 위해서는

– 게리 스나이더 –

가방을 다시 꾸려 인생의 다음 여정을 향해 출발할 때 아마도 대게는 길을 잃은 듯한 느낌이 들 것이다. 그럴 때면 잠시 멈춰 서서 정말로 길을 잃은 것인지 갔던 길을 자꾸 되풀이해서 가고 있는 것은 아닌지 생각해 볼 필요가 있다. 즉 가방을 다시 꾸릴 때마다 비록 계획대로 잘되지 않더라도 항상 발전하고 성숙하게 된다. 눈과 귀와 마음을 활짝 열어놓고 있는 한 뭐라도 한 가지씩 배우는 게 있기 마련이다. 우리가 잘 알고 지내는 소프트웨어 기술자 마이클 레비는 애정과 직장 문제에 대한 자신의 철학을 이렇게 이야기 한 바 있다. "직장에서 쫓겨나거나 애인과 헤어졌을 때 최악의 사태가 뭔지 압니까? 다음번에는 언제나 더 좋은 걸 얻게 된다는 겁니다!" 다음에 무엇이 올지 아니 오거나 할지 알 수 없기 때문이다. 그러나 일단 한 발짝 벗어나면 완전히 새로운 세상이 열린다. 과거의 방식을 벗어던지면 더 많은 해답 더 좋은 해답을 선물로 얻는다. 이 과정은 저절로 돌고 돌면서 점점 더 풍성한 선택의 기회가 되어 우리를 찾아온다. 사람들이 흔히 생각하는 "최악의 사태란 자신을 발견하는 제2의 기회이기도 한 것이다.
17세기 철학자 베네딕트 스피노자는 중년에 다시 꾸리는 일에 열중했다. 그는 우선 흔히 사람들이 최고의 선이라고 생각하는 것들 즉, 부와 명예 그리고 오감의 쾌락을 추구하기 위해 쏟았던 자신의 노력에 대해 곰곰 생각해 보았다. 스피노자는 이러한 것들이 매력은 있지만 결코 진정한 행복은 주지 못한다는 결론을 내렸다. 그는 이 커다란 발견을 다음과 같이 표현했다. "행복이나 불행은 우리가 사랑하는 대상의 물질에 의해 결정된다." 순간의 매력이나 일시적인 가

치를 사랑한다면 행복 또한 순간적이고 일시적인 것이 된다. 하지만 좀 더 지속적인 가치를 사랑한다면 행복 또한 좀 더 오래갈 것이다.

스피노자는 자신이 정말로 중요하다고 생각하는 것들을 추구하기 위해 세 가지 원칙을 세웠다.

- 목적을 달성하는 데 방해되지 않는 일반적인 관습은 가급적 따르도록 하자.
- 쾌락은 건강을 유지하는 데 필요한 만큼만 누리도록 하자.
- 건강한 삶을 누리면서 그밖에 필요한 것들을 살 수 있을 정도의 돈은 벌도록 노력하자.

그리고 목적에 부합되는 일반적인 관습들은 따르도록 노력하자.

올해도 얼마 남지 않았구나 둘째야 생일 미리 축하한다.

형님이 케이크 사주다고 하던데 둘이서 만 축하하지 말고 옆에 한사람씩 더 있어 4명이 축하하면 더 좋을 텐데 멀지 않아 그렇게 되겠지 기대해보며…

오늘의 고사성어(古事成語)
괄목상대(刮目相對) : 학식이나 재주가 매우 높아 눈을 비비고 다시 볼 정도로 놀라운 성장을 일컫는 말이다.

올해 잘 마무리하고 희망찬 새해를 준비하자꾸나 …

★ 그러므로 함께 하늘의 부르심을 받은 거룩한 형제들아 우리가 믿는 도리의 사도이시며 대제사장이신 예수를 깊이 생각하라 (히브리서 3장 1절)

보낸 날짜 : 2011년 12월 29일 목요일 오전 10시 40분 00초
받는 사람 : 사랑하는 두 아들(389회)

내가 찾아야 할 것은 마지막 목적지가 아니다(14)

* 만개의 별에게 춤추는 법을 가르치느니, 한 마리 새에게서 노래 하는 법을 배
우리,

- E, E, 커밍스 -

우리들은 여행의 목적지보다 그 여정 자체를 음미할 줄 알아야 한다. 우리는 모든 감각을 생생하게 열어놓고 여행을 체험해야 한다. 하지만 어떤 이유에서인지 사람들은 과정을 즐기지 못한다.

북쪽 끝에서 남쪽 끝으로 가는 이사든, 번지만 옮기는 이사든 간에 이사 자체를 즐기지 못한다. 그 결과 쏟아부은 노력만큼 보상받지 못하고 투자한 데 비해 돌아오는 것이 너무나 작아질 뿐이다. 하지만 여행에 통달한 사람들은 여행이란 게 뭔가를 얻어내기 위해 안달하는 게 아니라는 것을 잘 알고 있다. 여행은 노력과 보상이 동전의 양면처럼 연결된 채 지속되는 일련의 과정이다.

물론 도중에 갑자기 길을 틀 수도 있고 그와 함께 우리도 달라질 것이다. 우리는 끊임없이 가방을 풀고 다시 꾸린다. 여행을 체험하기 위해서는 그렇게 할 수밖에 없다. 우리가 만약 오로지 목적지만을 위해 산다면 먼 미래에 얻게 될 성공만을 위해서 산다면 여행 자체는 영영 잃어버리고 만다. 우리는 깨달았다.

하나로 가는 길에서 우리가 찾아야 할 것은 하나가 아니라 "그 길"이라는 것을 우리가 찾아야 할 것은 마지막 목적지가 아니라, 그곳까지 가는 여정 그 자체라는 것을 우리 모두 내면 깊은 곳에서 알고 있고 인정하고 있는 것들이 새삼 또렷해진다.

우리에게 정말로 소중한 것은 일도, 물질도, 소유도 아닌 그저 우리 자신일 뿐이라는 것을, 가장 중요한 것은 "오늘 행복할 수 있다는 것이 참된 성공"이라는 것

을, 오늘로써 인생의 절반쯤 왔을 때 깨닫게 되는 것들 이란 책이 마무리되는구나 올해도 얼마 남지 않았구나 잘 마무리하고 새해에도 건강하고 "매일매일 삶이" 주님 안에서 행복한 나날이 되기를 두 손 모아 기도드린다.

부산에서 아빠가.

★ 그는 반석이시니 그가 하신 일이 완전하고 그의 모든 길이 정의롭고 진실하고 거짓이 없으신 하나님이시니 공의로우시고 바르시도다. (신명기 32장 4절)

◆ 정전협정 체결

- 1953년 7월 27일 10시 유엔군 측 수석대표 해리슨과 공산군 측 수석대표 남일은 정전협정에 각각 서명했다.

- 양측 대표는 휴전회담이 시작된 지 159회 만에 판문점 본 회의장에서 각기 다른 테이블에서 한글, 영어, 중국어로 된 정전협정문 각 6부에 서명을 마친후 단 한마디의 인사말도 악수도 하지 않고 얼굴도 마주 보지 않은 채 회담장을 떠났다.

- 이는 적대적 전쟁이 아직 끝나지 않았고 단지 정전협정에 서명만 했을 뿐이라는 것을 묵시적으로 나타내는 것이었다.

- 마침내 1953년 7월 27일 밤 22시를 기해 한국의 모든 전선에서 포성이 멎었고 3년 1개 월 간의 전쟁이 중지되었다.

- 한편 대한민국은 정전협정 체결을 원하지 않았지만 미국을 비롯한 유엔 참전국들이 휴전을 결정했기 때문에 최소한의 담보를 조건으로 어쩔 수 없이 수락한 것이었다.

- 유엔군 사령관 클라크 장군, 김일성 조선인민군 최고사령관과 펑더화이 중공군 사령관은 서명을 했으나 이승만 대통령은 끝까지 정전협정에 서명을하지 않았다.

- 양측은 "정전협정이 효력을 발생한 후 72시간 내에 일체의 군사력 보급 및 장비를 비무장지대(DMZ, Demilitarized Zone)로부터 철거한다."고 합의 함에 따라 7월 28일 아침부터 군사분계선(MDL, Demarcation Line)으로부터 물러나기 시작했다.

보낸 날짜 : 2012년 01월 04일 수요일 오후 13시 44분 00초
받는 사람 : 사랑하는 두 아들(390회)

성공 시스템의 8가지

자동차에는 엔진에서부터 바퀴까지 2만 3천 개의 부품이 전부 움직여서 동시에 최고의 효율성을 나타내야 자동차가 제대로 달릴 수가 있다. 마찬가지로 인생을 사는 우리의 모든 사람에 대한 성공도 반드시 톱니바퀴처럼 맞물려 돌아가야 성공할 수 있는 것이다.

첫째 : 인생의 목표가 정확하고 바르게 세워졌는가? (목표)

둘째 : 시간 관리는 지속적으로 제대로 하고 있는가? (시간)

셋째 : 자신이 갖고 있는 인상을 가장 좋게 만들 수 있도록 노력을 하고 있느냐? (이미지)

넷째 : 자신이 갖고 있는 돈을 어떻게 더 많이 벌고 덜 쓰고 미래를 위해투자 하느냐? (재정관리)

다섯째 : 사람은 어떻게 만나고 어떻게 관리하느냐? (인맥관리)

여섯째 : 인생의 정말 소중한 스승이 있느냐? (맨토)

일곱째 : 자기 나름대로 건강관리를 지속적으로 잘하는가? (건강)

여덟째 : 사회가 자기에게 준 혜택 대해서 얼마만큼이라도 환원하려는 노력을 하고 있는가? (사회공헌)

오늘은 무척 추운 날씨구나 아침에 차 없는 날이라 버스를 타고 출근하는데 바람이 세게 불어 숨도 제대로 쉬지 못하고 걸어가는데 무척 힘이 들었는데 서울은 눈까지 내려 길이 미끄러울 텐데 항상 조심하고 장갑을 끼고 손을 호주머니에 넣지 말고 다녀라 혹시 넘어져도 심하게 다치지는 않을 테니까 새해 계획들은 생각해 보았는지 힘 있을 때 열심히 하도록 하여라…

오늘도 즐거운 하루 되길 바라며 …

보낸 날짜 : 2012년 01월 05일 목요일 오후 15시 02분 00초
받는 사람 : 사랑하는 두 아들(391회)

불운(?)한 세 남자

"나는 갖은 노력에도 불구하고 32살 때 파산했으며 35살 때는 어렸을 때부터 친구였던 애인이 죽었고 1년 후에는 신경쇠약에 걸렸다. 그리고 그다음 몇 해 동안은 선거에 나가 줄곧 참패했다."

그의 이름은 에이브러햄 링컨입니다. "집안이 어렵다고 탓하지 말라. 난 어려서 아버지를 잃고 고향에서 쫓겨났다. 가난하다고 말하지 말라. 나는 들쥐를 잡아 먹으며 연명했고 내가 살던 땅에서는 시든 나무마다 비린내만 났다. 작은 나라에서 태어났다고 탓하지 말라. 내가 세계를 정복하는 데 동원한 병사는 적들의 100분의 1000분의 1에 불과했다." 그의 이름은 징기즈칸 입니다.

"나는 선수 생활 동안 9천 번 이상 슛을 잘못 날렸다. 또 3백 번 이상 경기에서 졌다. 스물여섯 번 승패를 결정지을 슛 기회가 왔지만 실패했다. 나는 평생 실패, 또 실패를 했다.

아이러니하게도 그게 내가 성공한 이유다."

그는 역사상 최고의 농구선수인 마이클 조던입니다.

성공한 자들은 수많은 실패를 거듭하면서 포기하지 않고 일어섰다. 그런데 아무런 노력도 하지 않고 요행만 바라는 자만큼 어리석은 자가 이 세상에서 가장 불쌍한 자가 아닐는지 모르겠구나…

오늘도 즐겁고 보람된 하루 되길 바라며 …

★ 이는 우리 복음이 너희에게 말로만 이른 것이 아니라 오직 능력과 성령과 큰 확신으로 된 것임이라. 우리가 너희 가운데서 너희를 위하여 어떤 사람이 된 것은 너희가 아는 바와 같으니라.(데살로니가전서 1장 5절)

토스카니니의 위기

세계적인 명지휘자 토스카니니는 원래 바이올린 연주자였다고 한다. 18세의 어린 나이에 꿈에 그리던 교향 악단의 단원이 된 그에게 엄청난 시련이 닥쳐왔다. 시력이 점점 나빠져서 악보마저 볼 수 없게 된 것이다. 그렇다고 연주와 음악을 그만둘 수 없었기에 그는 악보를 통째로 외우는 방법을 선택했다. 자신이 맡은 바이올린 파트는 물론 다른 악기의 파트까지 모조리 외워버렸다.

오케스트라 특성상 다른 파트의 악보를 이해하지 않고서는 조화로운 연주가 불가능했기 때문이다. 그러던 어느 연주회의 날, 시간이 임박했는데도 지휘자가 나타나지 않은 사고가 발생했다.

지휘자는 없고 그렇다고 연주회를 취소할 수도 없는 난감한 상황이었다. 궁여지책으로 단원들 가운데 한 사람을 지휘자로 세워야만 했다. 단원들은 논의 끝에 토스카니니에게 지휘를 맡기기로 결정했다. 그 이유는 단순하고 명쾌했습니다. 지휘자라면 악보만큼은 모두 외우고 있어야 한다는 것이었고 모든 파트의 악보까지 외우고 있는 사람은 토스카니니 단 한 사람뿐이었기 때문이다. 이렇게 해서 세계적인 지휘자 토스카니니의 첫걸음이 시작된 것이다. 훗날 그는 말했습니다. "나의 나쁜 시력이 나를 명지휘자로 만들어 주었다." 인생을 살아가면서 맞게 되는 시련과 위기는 기회의 또 다른 모습이기도 하다.

문제는 '어떤 마음 자세로 시련과 위기를 바라보고 맞이하는 가이다? ' 시련과 위기마저도 긍정으로 바라보면 긍정의 결과를 가져오게 되는 것이다.

한 가지에 나고서도 어떤 것은 꽃이 되고 어떤 것은 가시가 되는 것처럼 모든 것은 마음먹기에 달렸다.

2012년 1월도 한 주가 지나갔구나 엄마, 아빠는 신년 특별 새벽기도를 오늘부터 일주일간 하기 시작하였다.

첫째와 둘째도 집에서라도 아침 일찍 일어나 일주일간만이라도 2012년 계획을 위해 기도하면 좋을 텐데 이 세상에는 어려운 여건 속에서도 성공한 자들이 너무나 많이 있다.

또한 정상적인 몸으로 스스로 살아가지 못하는 자들도 너무 많이 있는 것 같구나 젊음이 있을 때 열심히 하여야 할 것이다.

오늘의 고사성어(古事成語)
우공이산(愚公移山) : 어떤 일이라도 끊임없이 노력하면 반드시 이루어짐을 뜻한다.

　　　　　　　　　　오늘도 추운 날씨에 몸조심하고 멋진 하루 되길 바란다.

※ 1952년 6월 19일 726일 차 : 미 제5공군 소속 무스탕기대 금성 북쪽 공산군 증강 지구 공격, 중공군 금성 남동쪽 유엔군 진지 새로운 공격에 전차 6대와 750명 보병투입, 「국가보안법」위반혐의 국회의원 사건 군재(의원 7명, 민간인 7명) 부산지방법원에서 비공개 개정 유엔한국위원회 비롯한 외국 인사만 참관, 공보처 국회의원이 表한된 국제공산당 사건 발표, 대한민주어론협회 개헌과 내통령 선거에 대한 설문조사 실시, 미 상하 양원 해병대 병력을 21만 2,000명에서 40만 명으로 확장 가결.

◆ 북한군의 3일 만에 서울점령
 - 6월 28일 12시경 서울을 점령한 김일성은 방송을 통해 축하연설을 하고 서울 인민위원회를 설치하여 북한의 사법상 이승엽(李承燁)을 위원장으로 임명 했다.
 - 북한군은 중앙청, 서울시청, 대사관, 신문사, 방송국, 통신시설 등을 장악했고 정부요인 및 지도층 인사들을 체포하고 사유재산을 몰수하는 등 미리 준비한 점령계획대로 대한민국의 수도를 유린했다.
 - 마포, 서대문 형무소와 각 경찰서에 수감 중인 죄수들에게"인민의 영웅"칭호를 붙여 주면서 공무원, 경찰 및 군인 가족 지도층 인사들을 색출하는데 앞장서도록 했다.

보낸 날짜 ： 2012년 01월 11일 수요일 오후 17시 49분 00초
받는 사람 ： 사랑하는 두 아들(393회)

떨어지지 않는 사과 & 커플사과

어느 해 일본의 아오모리 현에 태풍이 몰아치면서 수확을 앞둔 사과의 90%가 떨어져 버렸다. 모든 농부들이 떨어진 사과를 보며 탄식만 하고 있을 때 오직 한 농부만은 아직 떨어지지 않은 10%의 사과를 바라보고 있었다. "그래! 태풍에도 떨어지지 않은 저 사과를 수험생들에게 팔자." 그는 10%의 사과에 <떨어지지 않는 사과>라는 브랜드를 만들어서 수험생을 대상으로 팔았다. 기존 가격보다 10배나 비싸게 팔았지만 그 사과는 날개 돋친 듯 팔려나갔다. 추운 겨울날 어느 저녁, 도심 한복판 거리에서 한 할머니가 사과를 팔고 있었다. "사과 사세요, 사과! 사과가 한 개에 천 원이요!" 날은 점점 어두워지고 바람은 더욱 매섭게 변하는데 아무도 할머니 목소리에 발걸음을 멈추지 않았다.

그때 멀리서 이 광경을 바라보던 중년 신사가 할머니에게 다가가더니 분홍빛 포장 끈과 작은 리본 꾸러미를 가지고 할머니와 함께 사과를 두 개씩 끈으로 묶고 리본을 달기 시작했다. 그리고 지나가는 사람들을 향해 이렇게 외쳤다. "커플 사과 사세요, 커플 사과. 사랑을 이루어주는 커플 사과가 한 쌍에 3천 원이요!" 그러자 지나가던 사람들이 발길을 멈추고 돌아보았고 연인들은 신기해하며 하나 둘 사과를 파는 할머니 앞으로 몰려들었다. 커플 사과는 순식간에 동이 나고 말았다. 한 개당 천 원에 팔 때는 아무도 거들떠보지 않던 사과를 두 개로 묶어 3천 원에 팔면서 커플 사과라고 외치자 금세 사람들이 몰려든 것이다. 생각을 조금만 바꾸면 전혀 다른 세상과 만날 수 있다는 것이다. 작은 발상의 전환이야말로 인생역전의 주인공을 만드는 비결인 것이다. 내일 날씨가 가장 추운 날씨가 된다고 하니 밖에 나갈 때 옷을 여러 겹 입고 나가도록 하여라.

그리고 큰아들 둘째 아들 둘 다 이빨이 좋지 않다고 했는데 요사이는 괜찮은지 관리를 잘 하여라 치과에 가서 스케일링도 자주해 주는 것이 좋다. 오늘은 아빠가

이빨이 아파서 하루 종일 컨디션이 좋지 않다. 아침 일찍 일어나 새벽 기도 가느라 조금 무리해서? 나이는 어쩔 수 없는 것 같구나 조금만 무리하면 이상이 오니, 지금부터라도 몸을 잘 단련시켜서 건강하게 지낼 수 있도록 하여라 …

★ 여호와께서 그의 기름 부음 받은 고레스에게 이같이 말씀하시되 내가 그의 오른손을 붙들고 그 앞에 열국을 항복하게 하며 내가 왕들의 허리를 풀어 그 앞에 문들을 열고 성문들이 닫히지 못하게 하리라. (이사야서 45장 1절)

◆ 한 미 상호방위조약 체결

- 휴전회담에 반대하는 이승만 대통령을 설득하기 위해 미국은 로버트슨 특사를 보내어 합의를 도출했다. 이승만 대통령이 휴전협정에 방해하지 않기로 하고 받아낸 약속은, 경제원조, 한국군 전력증강, 한 미 상호방위조약체결, 90일 후 정치회담 탈퇴 등이었다.

- 이중에 경제원조는 장기계획이 작성되기 이전에 우선 200만 달러를 지원하기로 했고 국군의 20개 사단 증편도 전쟁 기간 중 어느 정도 달성되었다.

- 1953년 8월 8일 변영태 외무부 장관과 덜레스 미 국무장관이 서울 중앙청에서 "한 미 상호방위조약"에 가 조인했다. 그리고 같은 해 10월 1일 한 미 방위조약은 미국 워싱턴에서 정식 체결되었다.

- 아이젠하워 미 대통령은 1954년 1월 11일 미 상원에 이를 제출하여 비준을 요청했고 미 상원외교위원회는"대외적인 무력 공격이 있을 때에만 상호 원조하는 책무를 갖는다는 조항을 첨부한다."는 문항을 삽입하여 1월 19일 조건부로 승인했다. 1954년 11월 17일 한 미 상호방위조약은 정식으로 발효 되었다.

- 이 조약의 목적은 미국이 한국에 대한 공산 측의 침략에 대해 무관심하지 않을 것임을 분명하게 하고 북한의 재침을 억제하고 만일 한국에 대한 침략이 있을 경우 한국과 미국이 공동으로 대처하도록 함으로써 대한민국의 안전은 물론 동북 아시아의 평화와 안전에도 기여하고 있다.

보낸 날짜 : 2012년 01월 17일 화요일 오후 16시 09분 00초
받는 사람 : 사랑하는 두 아들(394회)

새들을 날아오르게 하는 것

남태평양에 위치한 조용한 섬나라 뉴질랜드에는 날개를 가졌지만 날지 못하는 새가 다섯 종류나 있다고 한다. 그들이 날지 못하는 이유는 무엇일까? 섬나라 뉴질랜드에는 새의 천적인 동물들이 없다고 한다. 뱀들 또한 독이 없기 때문에 새들은 굳이 공중으로 날아다닐 필요 없이 나뭇가지나 땅에서 지내게 되면서, 날개는 있지만 날지 못하는 새가 되었다는 것이다. 새들을 힘차게 날아오르게 하는 것이 날개가 아니라 그들의 천적이듯 우리를 끊임없이 도전하고 비상하게 만드는 것도 꿈과 용기가 아닌 시련과 역경이 아닐까 싶다? 우리 인생에 시련과 역경이 있기에 꿈과 용기가 더 소중한 것인지도 모른다. 오늘은 날씨가 제법 포근 하구나 벌써 겨울도 서서히 물러날 준비를 하는 것 같구나 이런 날씨가 오히려 감기 걸리기 쉬우니 조심하고…

오늘도 즐겁고 보람된 하루 되길 바라며 …

★ 내 교훈은 비처럼 내리고 내 말은 이슬처럼 맺히나니 연한 풀 위의 가는 비 같고 채소 위의 단비 같도다.(신명기 32장 2절)

※ 1952년 6월 23일 730일 차 : 지상 우군 긴밀히 엄호하고 있는 유엔 해군함정 동서 해안 공산군 진지 맹공격, 미 해군 함재기 해병대 항공기 미 제5공군 소속 전투기 등 약 500대 북한 수풍댐 등 5대 발전소 폭격(6/23~6/27) 유엔군 공군이 145톤 이상의 폭탄을 투하하여 시설 90%를 파괴되었으나 댐은 구조가 견고해서 붕괴 위기를 면했다, 국회 여당 측 주도로「대통령 임기 및 대통령 선거 불발 시 현 대통령의 임기 연장 안」의결 - 대통령 선거가 시행되지 못할 경우 차기 대통령 취임 때까지 현 대통령이 그 직무를 집행한다는 긴급동의안 가결, 알렉산더 영국 국방장관 미군 수뇌부와 한국전쟁의 처리 및 교착상태에 빠진 휴전 회담 타개 방법 협의.

보낸 날짜 : 2012년 01월 27일 금요일 오전 09시 58분 00초
받는 사람 : 사랑하는 두 아들(395회)

겁 없는 누

얼마 전 해외토픽에 사자에게 대든 아프리카 누 한 마리에 대한 기사가 실렸다. 다른 누 떼와 함께 강을 건넌 이 누는 배고픈 암사자 한 마리가 자신을 공격하자 뿔로 암사자를 공격하며 용감히 맞서 암사자를 쫓아내는 데 성공했다. 그러나 겁 없는 누의 행운은 그리 오래가지 못했다. 이번에는 암사자가 쫓겨나는 것을 지켜보던 덩치 큰 수사자가 접근한 것이다. 이미 암사자를 물리쳤던 용맹한 누는 수사자에게도 결코 물러서지 않고 뿔을 들이대며 용감하게 공격을 시도했다. 하지만 수사자는 암사자와 달랐다.

힘센 수사자의 빠르고 정확한 공격 한방에 누는 맥없이 쓰러졌고 결국 배고픈 사자들의 먹잇감이 되고 말았다. 용기가 지나치면 만용이 되며 그 만용의 대가는 돌이킬 수 없을 만큼 치명적인 경우가 많다. 우리 인생사도 마찬가지로 적당히 물러설 때는 물러서고 타협을 할 때는 시기를 놓치지 말고 타협을 하여야 한다.

오늘의 고사성어(古事成語)
시비지심(是非之心) : 옳고 그름을 가릴 줄 아는 마음을 뜻한다.

오늘은 날씨가 조금 풀리는 것 같구나 일요일부터 추워진다고 하니 교회 갈 때 따뜻하게 입고 가서 하나님께 칭찬받는 하루가 되길 바라면서 …

★ 하나님이여 내게 은혜를 베푸소서 내게 은혜를 베푸소서 내 영혼이 주께로 피하되 주의 날개 그늘 아래에서 이 재앙들이 지나기까지 피하리 이다.(시편 57 편 1절)

보낸 날짜 : 2016년 02월 02일 목요일 오전 10시 30분 00초
받는 사람 : 사랑하는 두 아들(396회)

가난한 억만장자

가난한 한 청년이 있었다. 그 청년은 자신이 지독히 불운한 운명이고 그 때문에 하는 일마다 꼬인다고 생각했다. 그래서 그의 얼굴엔 늘 불평불만이 가득했다. 어느 날 백발의 노인이 그에게 다가와 물었다. "젊은이, 자네는 왜 그렇게 불만스러운 표정인가? "

그러자 청년이 대답했습니다.

"어째서 저는 이렇게 항상 가난한 걸까요? " "가난하다니, 그게 무슨 말인가? " 자넨 이미 많은 것을 가지고 있는데……"

"제가 많은 것을 가지고 있다고요? 할아버지는 대체 무슨 근거로 그렇게 말씀하시는 거죠? " 노인은 대답 대신 다시 청년에게 물었습니다. "만약에 말일세, 누가 자네의 손가락 하나와 일 만금을 서로 바꾸자고 하면 자네는 어떻게 하겠는가? " 청년이 대답했습니다. "그야 당연히 거절해야죠," "그럼 자네 두 눈과 백만금을 맞바꾸자고 하면 어떻게 하겠는가? " "역시 거절하죠,"

"이번에는 자네의 젊음과 천만금을 바꾸자고 하면 어떻게 하겠나? " "역시 바꾸지 않겠습니다."

"좋아, 그럼 자네의 생명과 억만금을 바꾸자고 하면 어떻게 하겠나? " "절대 못 바꿉니다."

"그것 보게. 자네는 지금 억만금이 넘는 재산을 갖고 있는 것이네. 그런데도 그렇게 가난하다고 한탄만 하고 있을 텐가? "

행복은 만들어내는 것이 아니라 발견하는 것이다.

내가 가진 것은 보지 못한 채 내가 갖지 못한 것에만 집착하는 것은 스스로 불행을 자초하는 것입니다.

요사이 두 아들 모두 무척 바쁜 모양이구나 메일 열 시간도 없는 것 같구나 오늘

날씨가 2월 중 55년 만에 가장 추운 날씨라고 하니 따뜻하게 입고 다니고 밤늦게 다니지 말고 일찍 들어가서 따뜻한 국물 만들어 맛있게 먹고 일찍 자고 일찍 일어나는 새 나라의 일꾼들이 되자.

오늘의 고사성어(古事成語)
명경고현(明鏡高懸) : 밝은 거울이 높이 걸려 있다는 말로 사리에 밝거나 판결이 공정함을 일컫는 말을 가리킨다.

오늘도 즐겁고 보람된 하루 되길 바라며…

★ 왕이 사람에게서 쫓겨나서 들짐승과 함께 살며 소처럼 풀을 먹으며 하늘 이슬에 젖을 것이요 이와 같이 일곱 때를 지낼 것이라 그 때에 지극히 높으신 이가 사람의 나라를 다스리시며 자기의 뜻대로 그것을 누구에게든지 주시는 줄을 아시리 이다. (다니엘 5장 25절)

※ 1952년 6월 25일 732일 차 : 휴전회담 제90차 본회담 - 유엔군 측 제2차 세계대전 당시 소련이 독일 포로에 대하여 자유송환 인정한 사실 들어 공산군 측 자유송환 반대 비난, B29전폭기대 겸이포 제철공장 폭격, 6.25기념 행사장에서 이승만 대통령 저격사건 발생, 신라회 국회 자진해산본 보도 내용 반박 성명.
호남선 사거리 신흥리 간에서 공비 400명 열차 습격하고 객·화차 9량에 방화 사망 46명 부상 3명(6월24일)

※ 1952년 6월 26일 733일 차 : F-80 제트기대 및 해병대 소속 폭격기대 서부전선 공산군 지상부대 맹 타격. 유엔군 서부전선에서 5시간 격전 끝에 공산군 측 1개 고지 탈환, UN 전폭기 약 30대, 북한 부전-장진 지구에 3차 폭격 감행. 불모고지전투(6/26~8/1) 미 제45사단과 제2사단이 경기도 연천 북방의 천덕산 일대에서 중공군 격퇴, 유엔군 보병 전차부대 평강 남쪽 공산군 진지 공격, 공보처 대통령 암살사건 전모 제2보 발표 - 저격범은 전 대한의열단원 유시태(62살) 전 민국당 소속 국회의원 김시현이 권총 사용법 교시하고 현장 동행, 민중 자결단 시 군 대표 국회 해산 요구 의사당 앞에서 단식 투쟁.

보낸 날짜 : 2012년 02월 07일 화요일 오전 10시 48분 00초
받는 사람 : 사랑하는 두 아들(397회)

말 한마디의 차이

젊은이들이 많이 모이는 도심 골목에서 나란히 라면을 파는 두 가계가 있었다.
두 가계 모두 연일 손님들로 북적였다.

그런데 한 가지 이상한 일이 있었다. 두 가계에서 하루 동안 파는 라면 수는 비슷
한데 실제 매출액은 30% 정도 차이가 났던 것이다.

창업과 마케팅 전문가가 그 원인을 분석하기 위해 두 가계를 직접 찾아가 보았
습니다. 첫 번째 가계를 들어서자 종업원이 밝게 인사하며 주문을 받았다.

"손님, 라면에 계란을 넣을까요. 넣지 말까요? " 넣어달라고 하자 잠시 후 계란
을 풀어 넣은 먹음직스러운 라면이 나왔다. 그 종업원은 라면을 주문하는 모든
손님들에게도 똑같이 친절하게 물었습니다. "손님, 라면에 계란을 넣을까요, 넣
지 말까요? "

손님들의 대답은 거의 반반으로 나뉘었다. 전문가는 이번에는 두 번째 가계로
들어갔습니다.

그 가계 역시 종업원이 밝은 표정으로 인사를 하고 주문을 받으며 물었습니다. "
손님, 계란을 하나 넣을까요, 두 개 넣을까요? "

전문가가 웃으며 대답했습니다. "하나만 넣어주세요,"

그 종업원은 모든 손님에게 똑같이 "계란을 하나 넣을까요,
두 개 넣을까요? " 하고 물었고 그러면 손님들은 하나 또는 두 개를 넣어달라고
대답했다.

계란을 넣지 말라는 손님은 찾아보기 힘들었다.

이 가계가 옆집보다 매출이 높은 비결은 바로 종업원의 주문 멘트의 차이였다.
무의식적으로 둘 중에 하나를 선택하는 손님들의 심리를 간파한 종업원의 센스
있는 멘트가 매출의 30%를 신장시킬 수 있었던 것이다.

성공과 실패의 차이는 이처럼 작고 사소한 것의 차이에서 비롯된다는 것이다.

오늘의 고사성어(古事成語)
불치하문(不恥下問) : 아랫사람에게 배우는 것을 부끄러이 여기지 않음을 뜻한다.

오늘도 즐겁고 보람된 하루 되길 바라면서 …

★ 감추어진 일은 우리 하나님 여호와께 속하였거니와 나타난 일은 영원히 우리와 우리 자손에게 속하였나니 이는 우리에게 이율법의 모든 말씀을 행하게 하심이 니라.(신명기 29장 29절)

※ 1952년 6월 27일 734일 차 : 유엔군 포병대와 공군 엄호하에 철원 서쪽 상하이 고지에서 중공군과 8시간 격전 끝에 고지점령, 미 제8군사령부 거제도 포로 4만 7,000명에 대한 재심사 완료, 장택상 국무총리 석방된 님한 출신 의용군 포로들에 대한 대책 강구 지시, 자유당 원외파 의원 62명 국회 해산안 제출.

◆ 낙동강 방어선을 지키기 위한 지휘관의 훈시(1)
- 워커 미 제8군 사령관은 1950년 7월 29일 낙동강 방어선 사수를 위한 명령으로 알려진 훈시 요약
o 우리는 이제 시간과의 전투를 하고 있는 셈이다. 여기에는 후퇴도 철수도 전선 조정도 없다. 여러분이 어떤 단어를 떠올리더라도 그런 것은 없을 것이다. 이제 우리 뒤에는 후퇴할 곳이 남아있지 않다. 각 부대가 역습을 가하여 적 진영에 혼란을 가중하고 적의 균형을 무너뜨려야 한다. 만약 우리가 부산으로 철수 한다면 그것은 역사상 가장 잔혹한 살육이 될 것이다. 우리는 끝 까지 하나가 되어 싸워야 한다. 이 자들에게 포로가 되는 것보다 차라리 죽는 것이 나을 것이다. 그 누구라도 적에게 땅을 1 내어주는 자는 수천 명의 전우의 죽음에 책임을 져야 할 것이다. 나는 사단의 모든 장병들이 지금 우리가 지키고 있는 이선이 무엇인지 이해했으면 한다. 우리는 지금 승리로 가는 선 앞에 있는 것이다.
- 결전을 앞둔 지휘관으로서 비장함을 느끼게 하고 전의(戰意)를 다지는 명확한 지침이었다.

보낸 날짜 : 2012년 02월 09일 목요일 오후 14시 53분 00초
받는 사람 : 사랑하는 두 아들(398회)

진정한 우정

독일의 초대 수상 비스마르크가 어느 날 친구와 함께 사냥을 나갔다. 사냥 도중에 그의 친구가 발을 헛디디는 바람에 깊은 늪에 빠지고 말았다. 친구는 살려달라고 애원을 했다.

"이보게, 제발 날 좀 꺼내주게, 날 좀 살려줘!" 이때 비스마르크는 어떻게 했을까? 엉뚱하게도 비스마르크는 애원하는 친구의 머리에 사냥총을 겨누며 말했다.

"미안하지만 자네를 살리려고 손을 내밀었다가는 나까지 죽고 말 걸세," "날 구해주기 싫으면 그냥 버리고 가지 내 머리에 총을 겨누는 이유는 뭔가? "

늪 속으로 빠져들며 원망스러운 눈빛으로 묻는 친구에게 비스마르크는 이렇게 대답했다. "그렇다고 자네를 그냥 두고 가버리면, 자네는 엄청난 고통 속에서 죽을 게 아닌가? " "그래서…..? "

"그래도 친구인데, 내가 자네 고통을 조금이라도 덜어주는 셈 치고 이 방아쇠를 당길 생각이네," 비스마르크는 방아쇠를 당기려고 사냥총의 잠금장치를 풀었습니다.

"안 돼! 쏘지 마." 늪에 빠진 친구는 늪에서 빠져나오기 위해 필사적으로 팔을 휘저었고 마침내 목까지 빠져들었던 늪에서 서서히 빠져나오고 있었습니다.

친구의 몸이 늪에서 반쯤 빠져나오자 비스마르크는 총을 내려놓고
손을 내밀어 친구를 잡아당기며 말했습니다.

"미안하네, 친구, 하지만 내가 자네의 머리에 총을 겨눈 게 아니라
스스로 살아나기를 포기하려는 자네의 두려움에 총을 겨눴다는 것을 알아줬으면 좋겠네." 전폭적인 지지나 무조건적인 도움이 진정한 우정이나 사랑은 아니다는 것이다. 변함없는 믿음으로 친구에게 자신감을 안겨주고 보이지 않는 손

길로 친구의 길을 비춰주는 것, 그것이 더 소중하고 아름다운 우정이 아닐까?

오늘의 고사성어(古事成語)
지란지교(芝蘭之交) : 지초와 난초의 사귐이라는 뜻으로, 벗 사이의 맑고도 높은 사귐을 말한다.

오늘도 즐겁고 보람된 하루 되길 바라며 …

★ 이르시되 아버지여 만일 아버지의 뜻이거든 이 잔을 내게서 옮기 시옵소서 그러나 내 원대로 되기를 원대로 마시옵고 아버지의 원대로 되기를 원 하나이다 하시니 천사가 하늘로부터 예수께 나타나 힘을 더하더라.(누가복음 22장 42~43절)

◆ 낙동강 방어선을 지키기 위한 지휘관의 훈시(2)
제1사단장 백선엽 사단장 훈시와 행동
 – 1950년 8월 21일 국군 제1사단이 주 방어선인 유학산 일대를 탈환하고자 했을 때 북한군 제13사단의 강력한 적의 반격을 받아 피해를 입고 후퇴를 하게 되어 미 제27연대의 측면이 돌파되어 낙동강 방어선 일부가 돌파될 위험에 처하게 되있을 때 백선엽 사단장은 즉시 현장으로 달려가 후퇴하는 병력들을 수습하고 훈시했다.
ㅇ지금 국가의 운명은 낙동강 방어선에 달려있고 조국의 흥망은 이 유학산에 걸려 있으므로 이 유학산에서 철수하면 갈 곳이 어디냐? 이제부터 사단장이 직접 선두에 서서 나갈 터이니 귀관들은 나의 뒤를 따르라 만일 사단장이 선두에서 물러 선다면 사단장을 쏴다오 만일 귀관들이 명령 없이 철수한다면 가차 없이 귀관들을 쏘겠다. 우리는 한 치의 땅도 적에게 허용할 수 없으며 죽음으로써 이곳을 사수해야 한다. 조국을 지켜 후손들에게 명예스러운 역사를 남기기 위한 사수냐? 아니면 불명예스러운 철수냐? 이 두 가지 중 어느 하나를 선택해야 할 최후의 기회만이 남아있다.
 – 이러한 사단장의 훈시와 격려에 사기가 오른 병사들은 사단장이 직접 앞장서서 돌격명령으로 448 고지를 역습 감행하여 30분 만에 목표를 탈취하는 기적을 만들었다.

보낸 날짜 : 2012년 02월 16일 목요일 오후 14시 29분 00초
받는 사람 : 사랑하는 두 아들(399회)

내일을 위한 준비

멧돼지 한 마리가 커다란 나무 아래서 열심히 덧니를 갈고 있었다. 지나가던 여우가 그 모습을 보고 고개를 갸우뚱거리며 물었다. "멧돼지야, 너 지금 뭐 하는 거야? " "야, 보면 모르냐? 덧니를 갈고 계시잖아!" 여우가 다시 물었다. "야, 어디 포수가 쫓아오는 것도 아니고, 당장 누구랑 싸울 것도 아니면서 왜 그렇게 열심히 덧니를 갈고 난리야? " 그러자 멧돼지가 미소 지으면 말했다. "야, 당장 포수가 눈앞에 나타나면 덧니 갈 틈이 있겠냐? 이렇게 한가할 때 미리미리 갈아둬야지!" 유비무환(有備無患)이라고 했습니다. 맑은 날 미리 우산을 준비하지 않으면 비가 올 때마다 당황하게 되고 오도 가도 못하는 난처함을 피할 수 없습니다. 오늘 남들의 시선을 두려워해서 내일을 준비하지 않는 것이야말로 가장 두려워하고 경계해야 할 일이다.

오늘의 고사성어(古事成語)
면상육갑(面上六甲) : 얼굴만 보고 그 사람의 나이를 짐작함.

오늘도 즐겁고 보람된 하루 되길 바라며 …

★ 오직 강하고 극히 담대하여 나의 종 모세가 네게 명령한 그 율법을 다 지켜 행하고 우로나 좌로나 치우치지 말라 그리하면 어디로 가든지 형통하리니. (여호수아 1장 7절)

※ 1952년 6월 28일 735일 차 : 공산군 폭우 중에 서부전선 2개 유엔군 전초 진지 야간 공격, 유엔군 중공군 증원부대 3차에 걸쳐 철원 서쪽 상하이고지 격퇴, 휴전회담 해리슨 유엔군 측 수석대표 연락장교 통해 남일 공산군 측 수석대표에게 서한 전달, 수사당국 대통령 저격 사건 혐의자 체포.

황금을 만드는 최고의 비법

황금을 최고의 가치로 믿고 사는 사람이 있었다. 그는 자신이 가진 모든 재산과 열정을 바쳐서 황금을 만드는 실험에 매달렸지만 결국 실패하고 당장 끼니를 걱정하는 처지에 이르고 말았다. 그때까지 남편을 지켜만 보던 아내가 마침내 친정아버지를 찾아가 구원을 요청했습니다. 며칠 후 친정아버지는 사위를 불렀다. "여보게, 내가 황금 만드는 비법을 알아냈네, 그런데 한 가지만 더 있으면 되는데 보다시피 내가 몸이 성치 않아서 말이야."

그 말에 귀가 솔깃해진 사위가 나급하게 말했습니다. "장인어른, 그 한 가지가 뭡니까? 제가 장인어른 대신 구해오겠습니다." "그럴 수 있겠나? 그게 말이지, 바나나 잎에서 나오는 하얀 털 3Kg이 필요하다네, 그런데 한 가지 까다로운 조건이 있어, 반드시 자네가 직접 심은 바나나 잎에서 채취한 것이라야 하네,"

다음날부터 사위는 당장 바나나 심기를 시작했고, 바나나가 익으면 잎에서 하얀 털을 채취해서 큰 항아리에 차곡차곡 모아두었습니다. 그렇게 몇 년의 시간이 흐르고, 마침내 10년이 되었을 때 하얀 털 3Kg이 모아졌습니다. 사위는 당당하게 항아리를 안고 장인을 찾아갔습니다. 그런데 정작 장인은 그 항아리에는 관심도 두지 않고 사위에게 뒷 방문을 열어보라고 했다. 문을 열자 방 안 가득 반짝이는 것들이 보였습니다. 그것은 다름 아닌 황금이었습니다. 그때 뒤따라온 그의 아내가 웃으면서 말했다.

"이 황금은 모두 당신 거예요. 당신이 지난 10년 동안 심은 바나나 열매를 팔아서 모은 것이니까요."

장인은 사위에게 황금을 만드는 최고의 비법을 알려준 것이다. 황금을 만드는 최고의 비법은 바로 "부지런한 땀"이었던 것이다. 오늘 하루, 부지런히 일하고 흘린 땀방울이 10년 후 당신의 반짝이는 황금으로 돌아올 것이다.

오늘의 고사성어(古事成語)

남가일몽(南柯一夢) : 꿈과 같이 헛된 한때의 부귀영화(富貴榮華)를 일컫는다.

요사이 두 아들 모두 매일 볼 시간도 없이 열심히 사는 것 보니 얼마 안 가서 황금덩어리가 수북이 쌓이겠구나 엄마 서울에 예식 참석하러 갈 때 빈 말이라도 집에 들렀다 가시라든지 예식장은 어딘지 물어보지도 않고 많이 섭섭했던 모양이더구나…

오늘도 많이 웃을 수 있는 하루 되길 바라며 …

★ 항상 기뻐하라, 쉬지 말고 기도하라, 범사에 감사하라, 이것이 그리스도 예수 안에서 너희를 향하신 하나님의 뜻이니라. (데살로니가전서 5장 16~18절)

◆ 중국이 6.25 전쟁 개입으로 무엇을 얻었는가?

– 국내정치에서 마오쩌둥의 입지가 확고해졌다. 중궁공산당은 국가동원 체제를 구축하고 애국주의와 민족정신을 선동하여 국내 국민당 잔존 세력을 무력화 하고 전쟁 수행에 따른 중국 인민들의 결속을 다졌다.

– 세계최강의 전력을 가진 미군 중심의 유엔군을 압록강지역에서 평택, 삼척에 연하는 선까지 밀고 내려감으로 마오쩌둥의 위상은 한층 올라가게 되었다.

– 중국공산당 내에서 권력을 장악한 마오쩌둥은 전쟁이 끝나면서 자신의 반대파이자 만주의 실권자였던 부주석 가오강(高岡)을 1955년 3월에 숙청할 수 있었다.

– 대외정치 면에서 6.25 전쟁은 중국의 위상을 소련만큼 올려놓았다. 중국이 멸망 직전에 있던 북한을 구출했다는 사실은 중국 지도자들의 자존심을 높이고 국제 사회에서 중국의 발언권을 한층 제고시켰다.

– 1954년 4월부터 6월 사이에 인도차이나 문제와 한반도 문제를 다루기 위해 열린 제네바 19개국 회의에서 중국은 미국, 영국, 프랑스, 소련과 함께 5대 강국으로 인정받는 계기가 되었다.

보낸 날짜 : 2012년 02월 22일 수요일 오후 13시 07분 00초
받는 사람 : 사랑하는 두 아들(401회)

지워지지 않는 상처

고집불통에 제 마음에 안 들면 무조건 화부터 내는 아들을 둔 아버지가 있었다.
"어떻게 아이의 심성을 바르게 할 수 있을까? "
늘 그것을 고민하던 아버지가 어느 날 아들에게 못이 가득 담긴 통을 건네면서
말했다. "지금부터 화를 낼 때마다 뒷마당 담 벽에 못을 하나씩 박도록 해라." 바
로 그날 아들은 마흔아홉 번이나 화를 냈고 뒷마당 담 벽에 마흔아홉 개의 못을
박았습니다.
시간이 흐르면서 차츰 아들은 화를 참는 것이 담 벽에 못을 박는 것보다 쉽다는
것을 점점 깨닫게 되었다.
그러면서 화를 내는 일이 조금씩 줄어들었고 자신의 감정도 제어할 수 있게 되
었다. 아들의 변화를 지켜보던 아버지는 아들에게 새로운 제안을 했다. "오늘부
터는 네가 화를 잘 참아냈을 때마다 그동안 담 벽에 박았던 못을 하나씩 뽑아 내
거라."
오랜 시간이 흐르고 마침내 아들은 담 벽에 박힌 못을 모두 뽑아낼 수 있었다. 아
버지는 아들을 데리고 뒷마당으로 가서 못이 박혀 있던 담 벽을 보며 말했습니다.
"장하다. 네가 해냈구나. 그런데 잘 보아라, 네가 못을 다 뽑아냈는데도 담 벽에
는 아직도 저렇게 수많은 구멍이 남아 있지?
못은 다 뽑아냈지만 담 벽은 못을 박기 전의 깨끗한 담 벽으로 다
시 돌아가지 못한단다.
그런 것처럼 네가 화를 내며 내뱉은 말들은 남의 마음을 아프게
하고, 다른 사람의 가슴에 이렇게 상처를 남기게 된단다.
뒤늦게 잘못을 깨닫고 미안하다고 진심으로 사과를 한다면 그 상처들은 조금씩
아물겠지만 그 흉터는 영원히 지워지지 않는단다."

긍정의 말 한마디가 한 사람의 인생을 바꿔놓을 수 있듯이 부정적이고 상처가 되는 말 한마디가 한 사람의 인생을 파괴할 수도 있다는 것을 알아야 할 것이다.

오늘의 고사성어(古事成語)
당구풍월(堂狗風月) : 서당 개 삼년이면 풍월을 읊는다는 뜻으로, 어리석은 사람이라 할지라도 오랫동안 늘 보고 보고 들은 일은 쉽게 해낼 수 있음을 의미한다.

오늘도 모든 일들이 긍정에서 시작하여 긍정으로 끝나길 바라며 …

★ 사람이 내 안에 거하지 아니하면 가지처럼 밖에 버려져 마르나니 사람들이 그것을 모아다가 불에 던져 사르느니라.(요한복음 15장 6절)

◆ 중공군의 6.25 전쟁 참전
 − 1950년 8월에 접어들면서 한국의 전황이 북한에게 불리하게 전개되어가자 마오쩌둥은 동북 변방군 출동준비를 9월 말까지 완료하도록 지시.
 − 9월 15일 인천상륙작전으로 전황이 급속도로 악화되자 김일성은 중국과 소련에 직접파병 또는 국제의용군을 조직하여 지원해 줄 것을 요청했다.
 − 10월 8일 동북 변방군을 중국인민지원군으로 명칭을 바꾸고 전쟁의 명칭도 '항미원조 전쟁'이라 하여 미국에 대항하여 조선을 지원하는 전쟁이라고 대내외에 선전했다.
 − 스탈린은 미군과의 직접 교전에 말려들어 제3차 세계대전으로 확대되는 것을 두려워했고 중공군이 개입해서 승리할 수 있을까에 대한 불안감을 갖고 있었다. 그래서 소련은 전쟁 물자를 지원하겠다고 약속하면서 중국의 단독 참전을 권유했다.
 − 중국은 한반도가 자유민주주의 체제로 통일이 되는 것보다는 공산주의 체제인 북한으로 남아있는 것이 중국에게 유리하다고 판단하여 10월 9일 중공군의 북한 진격을 명령했다.
 − 중공군은 10월 19일 4개 군단이 단둥에서 신의주, 장전 하구에서 삭주 그리고 지안에서 만포진으로 통하는 3개 통로를 이용하여 극비리에 압록강을 건너기 시작하여 참전하게 되었다.

보낸 날짜 : 2012년 02월 29일 수요일 오후 14시 55분 00초
받는 사람 : 사랑하는 두 아들(402회)

가장 아끼는 보물

알렉산더 대왕은 군대를 이끌고 출정하기 전에 부하 장수들이 안심하고 현장으로 떠날 수 있도록 자신이 가진 땅이며 여러 가지 보물들을 부하 장수들에게 나누어 주었습니다.

어느 날 한 신하가 알렉산더에게 물었다. "폐하는 어찌하여 폐하가 아끼시는 값진 보물 들을 모두 부하들에게 나누어주시면 폐하의 금고는 텅 비지 않습니까? " 그러자 알렉산더가 말했다.

"내가 가장 아끼는 보물들을 나누어 준 것이 아니디.

내가 가장 아끼는 보물은 그 누구도 주지 않고 절대 포기하지 않을 것이다." "그렇다면 가장 아끼시는 보물은 대체 무엇입니까? " 알렉산더는 망설이지 않고 이렇게 대답했다. "내가 가장 아끼는 보물은 '희망'이다. 이 희망이 있었기에 지금의 내가 있을 수 있었다." 조지 버나드 쇼는 말합니다.

"희망을 품지 않는 자는 절망도 할 수 없다."

키케로는 "삶이 있는 한 희망은 있다."라고 말한다.

희망은 우리의 삶 그 자체이며 존재의 이유인 것이다.

오늘의 고사성어(古事成語)
만화방창(萬化方暢) : 따뜻한 봄날이 되니 온갖 생물이 나오고 꽃피운다 뜻이다.

오늘도 희망을 가슴속에 되새기는 하루가 되길 바라며…

★ 모세가 죽을 때 나이 백이십 세였으나 그의 눈이 흐리지 아니 하였고 기력이 쇠하지 아니하였더라.(신명기 34장 7절)

보낸 날짜 : 2012년 03월 09일 금요일 오후 14시 25분 00초
받는 사람 : 사랑하는 두 아들(403회)

최선을 다 한다는 것

한 아이가 집 앞마당에서 커다란 돌덩이를 들어 올리려고 갖은 애를 쓰고 있었다. 이쪽저쪽 돌아가면서 들어도 보고 지렛대를 써보기도 했지만 그 돌덩이는 좀체 움직이지 않았습니다. 몇 차례 더 힘을 써보던 아이는 방법이 없다고 생각했는지 실망한 표정으로 털썩 돌덩이 위에 주저앉았습니다. 그 모습을 몰래 지켜보던 아이의 아버지는 그제야 아이에게 다가가 위로하며 물었습니다. "왜 생각대로 잘 안 되니? " "예, 제가 할 수 있는 모든 방법을 다 해봤는데 돌덩이가 꿈쩍도 안 해요." "정말로 네가 할 수 있는 최선을 다 한 거야? " "그럼요, 더 이상은 못 하겠어요." 그러자 아버지는 아이의 등을 다독이며 말했다. "네 혼자 힘으로 어렵다면 왜 친구들이나 아빠에게 도와달라고 하지 않았니? 친구들이나 주변 사람들의 도움을 얻는 것도 네 능력의 하나란다." 타인의 힘이나 능력을 끌어들여 문제를 해결하는 것도 커다란 능력이자 자산이다. 사회생활에서 인맥이나 인간관계를 따지고 평가하는 것도 그 때문입니다. 최선을 다 한다는 것은 자신의 능력은 물론이고 때로는 자신이 가진 모든 인간관계까지 총동원하는 것이다. 그만큼 그 일이나 문제 해결에 대한 열정이 뜨겁다는 뜻일 테니까

이제 날씨가 완연한 봄날 같구나 대지에 새싹이 돋아나듯이 두 아들의 마음과 몸에도 사랑의 새싹이 쑥쑥 자라기를 바라면서 …

★ 네가 보거니와 믿음이 그의 행함과 함께 일하고 행함으로 믿음이 온전하게 되었느니라 (야고보서 2장 22절)

보낸 날짜 ： 2012년 03월 14일 수요일 오후 13시 56분 00초
받는 사람 ： 사랑하는 두 아들(404회)

길이 끝나는 곳에

홀리데이인 호텔을 건축한 윌리스 존슨 그는 조그마한 제재소에서 일하던 목공이었습니다. 그가 마흔 살이 되던 해, 그는 어느 날 갑자기 해고 통보를 받아야 했습니다. "존슨, 내일부터는 회사에 나오지 않아도 되네." 존슨은 자신의 귀를 의심했다. 정말 청천벽력 같은 소리였다. 더구나 그때는 최악의 불황이었고 재취업이 하늘의 별 따기만큼 어려운 시점이었다. 한동안 절망에 빠져있던 존슨우 이내 마음을 고쳐먹고 용기를 냈습니다. "그래. 이제부터 새로운 인생을 살 수 있는 기회가 열린 거야, 내가 직접 건축 사업을 시작해 보는 거야." 존슨은 제재소 목공으로 일하면서 마음속에 늘 자신의 손과 자신의 이름으로 건물을 짓는 상상을 해오곤 했습니다. 존슨은 자신의 집을 담보로 대출을 받아서 과감하게 자신의 꿈인 건축 사업을 시작했다. 다행히 그는 그 분야에서 눈부신 재능을 발휘했고 5년 후에는 큰돈을 저축할 수 있었다. 그리고 번듯한 건축회사를 설립해서 홀리데이인 호텔 건축까지 맡게 되었다. 존슨은 과거를 회상하며 이렇게 말합니다. "그때 나를 해고한 사람에게 항상 고맙습니다. 그날이 없었다면 오늘의 저도 없었을 테니까요." 윌리스 존슨, 그는 위기를 기회로 고통의 시간을 축복의 시간으로 만든 사람이다. 지금 걷고 있는 길이 끝났다고 모든 것이 끝난 것은 아니다. 길이 끝나는 곳에서 길은 다시 시작된다.

오늘도 즐겁고 보람된 하루 되길 바라면서 …

★ 오직 각 사람이 시험을 받는 것은 자기 욕심에 끌려 미혹됨이니 욕심이 잉내한즉 죄를 낳고 죄가 장성한즉 사망을 낳느니라. (야고보서 1장 14절, 15절)

보낸 날짜 : 2012년 03월 16일 금요일 오후 14시 36분 00초
받는 사람 : 사랑하는 두 아들(405회)

무엇을 보았느냐?

한 남자가 아들 삼 형제를 데리고 사막으로 낙타사냥을 떠났습니다. 긴 여정 끝에 사막에 도착해서 텐트를 치면서 남자가 큰아들에게 물었다. "넌 이곳까지 오면서 뭘 보았느냐? " "엽총과 낙타와 사막을 보았습니다." 남자는 뭔가 못마땅한 듯 고개를 좌우로 젓고 나서 이번에는 둘째 아들에게 물었다. "둘째야, 넌 이곳까지 오면서 뭘 보았느냐? " "저는 아버지와 형님, 동생, 엽총, 낙타, 그리고 사막을 보았습니다." 남자는 이번에도 고개를 좌우로 젓더니 셋째 아들에게도 똑같이 물었다. "그래, 막내 너는 이곳까지 오면서 뭘 보았느냐? " 그러자 셋째 아들은 이렇게 대답했습니다. "아빠, 제 눈엔 낙타만 보이던 걸요." 그제야 남자는 만족스러운 미소를 지으며 셋째 아들을 꼭 끌어안았습니다. 삼 형제 모두 솔직한 대답을 했지만 아버지의 마음을 흡족하게 한 건 막내의 말이었다. 낙타 사냥꾼의 눈엔 오직 낙타만 보여야 한다는 것이 아버지의 생각이었다. 먹잇감을 발견한 매의 눈처럼, 오직 한 가지 목표를 향해서 한눈팔지 않고 묵묵히 전진하는 마음 자세를 가르치려 한 것이다. 그런 점에서 목표에 대한 열정은 이성에 대한 사랑과도 같습니다. 사랑에 빠지면 오직 한 사람밖에 보이지 않으니까요.

오늘은 봄비가 촉촉이 내리는 구나 올봄에는 두 아들 모두 마음을 주고받을 수 있는 이성과 함께 멋진 봄맞이가 되길 바라며 …

★ 다니엘은 마음이 민첩하여 총리들과 고관들 위에 뛰어나므로 왕이 그를 세워 전국을 다스리게 하고자 한지라.(다니엘 6장 3절)

보낸 날짜 : 2012년 04월 04일 수요일 오전 10시 58분 00초
받는 사람 : 사랑하는 두 아들(406회)

오래간만에 메일을 보내는 구나 엄마가 큰아들 결혼에 많은 기대를 하고 있었는데 실망이 너무 컸는 모양이구나. 엄마는 아빠보다 입장이 다르다는 것을 첫째와 둘째는 이해해줄 줄로 믿는다.

속사정도 모르면서 남들은 남의 말을 함부로 하든지 자기들끼리 수군거릴 수도 있겠지만 제삼자들이 생각하는 것은 부모가 자식들 결혼에 너무 등한시하여 남들은 다들 잘도 결혼하고 손자, 손녀도 있는데 왜 결혼을 안 시키느냐고 이구동성으로 말이 많구나 큰아들, 둘째 아들도 많은 스트레스를 받겠지만 엄마는 요사이 만나는 사람마다 애들 결혼 할 때가 넘었는데 왜 결혼 안 시키느냐고 물어서 아예 모임에도 안 나가고 싶은 마음인 모양이구나. 그래서 아빠 쉬는 날이 생겨서 갑자기 누가 함께 여행이나 갔다 오자고해서 가까운 홍콩에 다녀오게 되었다.

두 이들에게 알리지 않고 갔다고, 잘 다녀왔는지 궁금하지도 않은 모양이구나? 연락이 없으니, 하여튼 연락하지 않아서 미안 하구나 우리 아들들 모두 좋은 사람 만나게 될 것이라 믿는다. 그러나 가만히 있는데 누가 결혼 합시다 하는 아가씨는 없겠지 주위를 잘 살펴서 항상 마음속에 나와 평생 함께할 수 있는 반려자를 지속적으로 찾기를 열심히 노력한다면 이루어질 것이다. 엄마, 아빠는 열심히 기도 하고 있으니 너무 서두르지 말고 천천히 찾아보자꾸나.

오늘도 즐겁고 보람된 하루 되길 바라며 …

★ 이 때에 예수께서 기도하시러 산으로 가사 밤이 새도록 하나님께 기도하시고 밝으매 그 제자들을 부르사 그 중에서 열둘을 택하여 사도라 칭하셨으니.(누가복음 6장 12절, 13절)

보낸 날짜 : 2012년 04월 06일 금요일 오전 10시 53분 00초
받는 사람 : 사랑하는 두 아들(407회)

장미꽃 알레르기

장미꽃을 싫어하는 목사님이 있었다. 장미꽃 알레르기 반응 때문이었다. 어느 주일날 예배시간에 그 목사님이 설교를 하기 위해 단상에 올랐습니다. 그런데 공교롭게도 단상 양쪽 모서리에 장미꽃 화분 두 개가 나란히 놓여있었다. 설교를 하는 동안 목사님은 수십 번 재채기를 해댔고 고통스러운 나머지 눈물까지 흘려야 했다. 가까스로 설교를 마치고 단상을 내려온 목사님은 예배가 끝나자마자 그날 예배 진행을 맡은 교회 집사를 불러서 야단을 쳤습니다. "아니, 집사님. 제가 장미꽃 알레르기가 있는 줄 뻔히 아시면서 장미 화분을 두 개씩이나 단상에 둔 이유가 도대체 뭡니까?
저한테 뭐 불만이라도 있으세요? " "목사님, 그건 오해십니다.
목사님께서 장미꽃 알레르기가 있는 걸 제가 왜 모르겠습니까?
그래서 특별히 조화를 준비해서 올려놓은 것인데, 조화에도 알레르기반응을 보이실 줄은 정말 몰랐습니다. 그 말에 목사님은 조화를 생화로 인식한 자신의 모습을 깨닫고는 어찌할 바를 몰라했습니다. 모든 것은 마음먹기에 달렸습니다. 똑같은 사물이나 현상이라도 우리가 그것을 어떻게 인식하느냐에 따라 우리의 몸과 마음의 변화가 달라집니다. 긍정적인 생각과 긍정의 시선은 긍정적인 변화와 발전의 힘을 안겨준다.

이제 완연한 봄 날씨 같구나 주말 멋지게 보내고 교회 가서 봉사와 기도 열심히 하고 자신감을 갖고 힘차게 생활하길 바라며…

★ 그러므로 우리에게 큰 대제사장이 계시니 승천하신 이 곧 하나님의 아들 예수시라 우리가 믿는 도리를 굳게 잡을지어다 (히브리서 4장 14절)

스탠퍼드대학의 비화

지금으로부터 백여 년 전, 보스턴 역에 노부부가 기차에서 내렸습니다. 낡고 해진 허름한 옷차림의 노부부는 곧장 하버드대학교로 향했고 하버드대학교 총장실을 찾았습니다. 총장 비서는 노부부의 옷차림을 보고는 얼굴부터 찌푸렸습니다. "총장님을 뵈러 왔습니다만…," "총장님께서는 오늘 하루 종일 바쁘신데요." 할아버지의 말이 끝나기도 전에 비서가 말했습니다. "그럼 오실 때까지 기다리겠습니다." 그 말에 비서는 대꾸도 않고 돌아섰습니다. 비서는 보나 마나 귀찮은 청탁이나 하러 왔으려니 하고 차 한 잔 대접하지 않고 무려 네 시간이 지나도록 노부부에게 눈길조차 주지 않았습니다. 하지만 금세 지쳐서 일어날 줄 알았던 노부부가 끝까지 자리를 지키고 있는 것을 보고는 그제야 총장실에 들어가 보고를 했습니다. "총장님께서 잠깐이라도 만나주셔야 돌아갈 것 같습니다. 얼마나 지독한지…," 총장은 그런 사람 하나 돌려보내지 못한 비서에게 싸증이 났지만 애써 표정관리를 하며 노부부를 만나주기로 했습니다. "무슨 일로 절 찾으셨습니까? 보시다시피 제가 좀 바빠서요, 용건만 간단히 말씀해 주시죠." 그러자 할머니가 먼저 말문을 열었습니다. "우리에겐 하버드를 다니던 아들이 있었습니다. 그 아인 하버드를 아주 사랑했고 학교생활을 아주 행복해했죠,

그런데 1년 전에 그 아이가 그만 사고로 세상을 떠나고 말았습니다. 그래서 저와 남편은 그 아이를 기억하기 위해 하버드대 캠퍼스에 아이를 위한 기념물을 세웠으면 하고 찾아왔습니다." 여기까지 얘기를 듣고 있던 총장은 어이없다는 표정을 지으며 말했습니다. "할머니, 하버드를 다니다 죽은 사람에게 동상을 세워줄 수는 없습니다. 만약 그리해야 한다면 하버드는 캠퍼스가 아니라 공동 묘지가 됐겠죠." "그게 아닙니다, 동상을 세우고 싶은 게 아니에요, 건물 하나를 기증하면 어

떨지 상의하려는 거예요." 총장은 후줄근한 노부부의 옷차림을 한 번 훑어보고는 큰 소리로 말했습니다. "건물이라고요? 건물 하나를 짓는 데 돈이 얼마나 드는 지 알기나 하세요? 하버드의 건물을 모두 짓는 데 750만 달러가 넘게 들었습니다." 할머니는 잠시 생각에 잠기더니 이번에는 할아버지를 돌아보며 말했습니다. "그 정도면 대학을 세울 수 있나 보죠?

여보, 그냥 우리가 대학교를 하나 만드는 게 어떨까요?" 노신사는 말없이 고개만 끄덕 였습니다. 몇 년 후, 이들 노부부는 하버드가 더 이상 존중해주지 않는 아들을 위해 캘리포니아에 자기 성을 딴 스탠퍼드 대학을 세웠습니다. 이 노부부가 바로 스탠퍼드 대학을 설립한 리랜드 스탠퍼드 부부였습니다. 하버드대 총장과 비서는 사람을 겉모습만으로 판단한 대가로 거액의 기부금을 받을 기회를 놓쳐 버린 것이다. 세상의 모든 일과 사물을 겉으로 드러나는 현상과 모습만으로 판단하고 재단할 수는 없다는 것이다. 본질을 파악하고 보려는 부단한 노력이 필요하다. 모양이 아름다운 버섯일수록 독버섯인 경우가 많고 가시 돋친 꽃이 더 아름답고 향기로운 법이다.

토요일이라고 너무 늦잠들 자지 말고 일찍 일어나 가까운 산이나 공원이라도 가서 맑은 공기도 마시고 한 주간 일어났던 일도 다시 한번 되새기고 다가오는 한 주간 계획도 세우는 힘찬 하루가 되길 바라며…

◆ 6.25 전쟁에 참가한 중공군의 규모
 - 육군의 보병 27개 군단(총55개 사단), 포병 10개 사단과 18개 연대, 고사포병 5개 사단과 10개 연대, 전차 3개 사단, 공군 요격기 10개 사단과 1개 연대, 폭격기 3개 대대 등이 참전
 - 철도 병 10개 사단과 공병 15개 연대가 참가해 철도와 도로의 응급 복구를 담당했으며 전체 규모는 290만 명이 참전했다.

보낸 날짜 ： 2012년 04월 09일 월요일 오후 17시 47분 00초
받는 사람 ： 사랑하는 두 아들(409회)

배려의 등불

한 사내가 어두운 밤길을 걷고 있는데 맞은편에서 누군가가 등불을 들고 걸어오고 있었다. 자세히 보니 그는 눈먼 장님이었다. 사내가 눈먼 장님에게 물었습니다. "여보시오, 당신은 앞을 보지도 못하는데 왜 등불을 들고 다니시오? " 그러자 눈먼 사내가 담담하게 말했다. "나는 비록 앞을 보지 못하지만 어두운 밤엔 이 등불이 맞은편에서 걸어오는 사람에게 길잡이가 되어줄 것이고 또 가까이 와서는 내가 장님인 줄 알아채고 길을 양보해 주지 않겠소? " 배려의 마음은 존중의 마음입니다. 타인에 대한 배려와 존중은 결국엔 자신에 대한 배려와 존중으로 돌아온다는 것이다

한 주간이 시작되는 월요일, 올 한 해도 벌써 3개월이 지나버렸네…

◆ 6.25 전쟁으로 인한 일본의 경제도약과 재무장

– 미국은 일본에 주둔하고 있는 미군을 투입하기로 결정하므로 일본의 치안을 위해 맥아더 장군은 일본경찰예비대 창설과 해안보안청 병력을 증원하라고 일본 정부에 요구했다.

– 당초 미국의 대일 정책의 목표는 일본의 비군사화와 민주화였으나 6.25전쟁으로 인해 일본 재무장으로 선회했다.

– 1951년 9월 8일 제2차 세계대전 참전 49개 국가와 함께 「샌프란시스코 대일 강화조약」을 체결함으로써 일본을 국제사회에 복귀시키고 일본과 「미 일 안전보장조약」을 체결하여 일본의 안전을 보장하기 위해 미군을 일본 내에 계속 주둔시키기로 합의했다.

– 경제적인 측면에서는 미국이 6.25 전쟁 소요 군수품과 용역을 일본에서 조달함에 따라 1950년 6월부터 4년 동안 약 30억 달러를 일본에서 사용하므로 GNP는 연간 10% 이상 성장했고 산업생산지표는 50% 이상 수직상승했다.

보낸 날짜 : 2012년 04월 10일 화요일 오전 11시 59분 00초
받는 사람 : 사랑하는 두 아들(410회)

성공의 키워드

영화배우가 꿈이었던 그는 대사도 제대로 하지 못해 에이전트조차 구하기가 힘들었습니다. 결국 시나리오를 직접 쓰고 자신이 주연으로 출연하겠다고 마음먹고 여러 영화사에 시나리오를 보냈지만 모두 거절당했습니다.

그래도 그는 결코 포기하지 않았습니다. 얼마나 오랜 시간 동안, 얼마나 많은 영화사의 문을 두드렸을까요? 어느 날, 마침내 한 회사에서 그의 시나리오를 영화로 찍겠다는 응답이 왔습니다. 그는 뛸 듯이 기뻤습니다.

"드디어 내 능력을 인정받게 되는구나!" 하지만 조건이 하나 달려 있었습니다. 그 영화의 주연은 다른 사람이 맡아야 한다는 것이었습니다. 당시 그는 끼니를 걱정해야 할 만큼 경제적으로 최악의 상황이었습니다. 하지만 그는 타협하지 않고 끝까지 자신이 세워놓은 원칙을 지켰습니다.

그는 다시 영화사에 계속해서 시나리오를 보냈고, 마침내 한 회사에서 그의 제안을 받아들이겠다는 기적 같은 일이 일어났습니다.

그는 자신이 늘 꿈꿔 왔던 소망대로 자신이 쓴 시나리오로 영화를 만들 수 있었고 자신이 직접 주연배우까지 하게 되었습니다.

그리고 얼마 후. 그 영화는 수많은 다른 작품을 물리치고 오스카 최우수 작품상을 수상하는 영예를 안았습니다.

그 영화의 제목은 〈록키〉이고, 시나리오를 직접 쓰고 주연배우까지 맡은 사람은 바로 실베스타 스탤론입니다. 그에게는 남보다 뛰어난 재능도 경제적으로 든든한 배경도 없었습니다. 세계적인 스타, 실베스타 스탤론을 있게 한 것은 오직 그의 굳은 신념과 결코 포기할 줄 모르는 끈기였습니다.

오늘의 고사성어(古事成語)
읍참마속(泣斬馬謖) : 대의(大義)를 위하여 아끼는 사람을 버린다는 뜻이다.

내일이 선거일이 구나 진정 나라와 국민을 위한 정치를 할 수 있는 자에게 투표를 하는 것이 당연하겠지만 그런 사람이라고 믿을 수 있는 후보자가 없더라도 차선을 택하여 투표를 하는 것이 국민의 의무를 다하는 것이라 생각되어진다…

★ 내가 네게 명령한 것이 아니냐 강하고 담대 하라 두려워하지 말며 놀라지 말라 네가 어디로 가든지 네 하나님 여호와가 너와 함께 하느니라 하시니라. (여호수아 1장 9절)

◆ 38도선의 분할
 – 일본의 무조건 항복을 요구하는 최후통첩인 포츠담선언(1945년 7월 26일)을 일본이 거부하자 미국은 8월 6일과 9일에 히로시마와 나가사키에 원자폭탄을 투하했다.
 – 전쟁준비 부족을 이유로 참전을 미루어 왔던 소련이 8월 9일에 대일본 선선 포고를 하고 소련극동군으로 만주에 있는 일본관동군과 한반도를 공격하게 했다.
 – 극동군 총사령부는 약 157만 명 병력이 3개 방면으로 구성되어 만주를 셋방향에서 공격헸디.
 – 소련군 대장 치스차코프가 지휘하는 제25군은 육군 5개 사단 및 1개 여단 태평양함대의 해군 기타 부대병력을 포함하여 약 15만으로 편성 급속히 남하하여 북한 전 지역을 점령하였다.
 – 38도선에 검문소를 설치하고 남북한을 왕래하는 도로와 철도를 차단하여 인원 왕래 및 통신을 통제하기 시작했다.
 – 미국은 일본이 8월 10일 연합국에 항복의사를 표명하자 한반도에 소련군이 빠르게 전개하는 상황에서 우선 한반도에서 일본군의 무장 해제와 군사점령의 한계선을 결정하기 위해 국무부, 육군부, 해군부로 구성된 3부 조정 위원회를 구성하여 8월 11일 한반도에서 미국과 소련의 작전 담당구여익 분할선을 북위 38도 선으로 결정했다.
 – 8월 14일 트루먼 대통령의 승인으로 38도 선을 경계로 하여 북쪽에는 소련군이 남쪽에는 미군이 일본군의 항복과 무장 해제를 담당하게 되었다.

보낸 날짜 : 2012년 04월 12일 목요일 오전 11시 56분 00초
받는 사람 : 사랑하는 두 아들(411회)

아가야, 무얼 주웠니?

한 남자가 있습니다, 그 남자는 어린 시절 항상 할머니와 함께 산책을 하곤 했습니다. 그런데 산책을 하다가 넘어져서 울려고 할 때마다 할머니가 이렇게 물었습니다. "아가야, 무얼 주웠니? "

할머니의 물음에 남자는 터져 나오는 울음을 꾹 참고 대신 길에 떨어진 낙엽이나 돌멩이를 주워서 할머니께 보여주었습니다.

그때마다 할머니는 활짝 웃으면서 "아주 좋은 걸 주웠구나,"라고 말하며 따뜻하게 머리를 쓰다듬어 주었습니다.

계절이 바뀌고 세월이 흘러 어린아이였던 남자는 어느덧 성인이 되었습니다. 그리고 어린 시절 산책길에서 할머니가 자신에게 가르쳐 주려고 했던 것, 그것의 진정한 의미를 알게 되었습니다.

"인생이란, 가다가 넘어지는 아픔 속에서도 무엇인가를 찾아서 그것으로 다시 일어서는 것이 중요하다."는 것을, 넘어진다는 것은 다시 일어설 수 있는 기회를 얻은 것입니다.

무엇을 찾고 어떤 깨달음으로 다시 일어설지는 온전히 당신의 몫입니다. 쓰러지느냐 쓰러지지 않느냐가 중요한 것이 아니라,

쓰러졌을 때 다시 일어서는 것이 중요하다.

– 빈스 롬바르디 –

아빠가 큰아들, 작은아들 어릴 적에 제대로 가르쳐준 것이 없구나, 그런데도 서울 가서 열심히 살아가고 있는 것을 보면 감사할 따름이다. 그런데 부모 마음은 무언가 부족한 것처럼 보인다. 둘째야 혹시 기억하는지 모르겠구나 과외해서 돈을 벌어 볼 것이라고 명함 만들어 아파트마다 뿌리든 그때 생각을…

아빠는 둘째가 하려고 마음만 먹는다면 못할 것이 없을 텐데 어찌 아빠는 허송세월을 보내는 것 같구나 벌써 서울 간지도 꾀 오래되었는데 무엇이 남았는지 나이만 먹은 것은 아닌지 모르겠구나? 엄마, 아빠, 실망시키지 않을 것이라 믿는다.

오늘의 고사성어(古事成語)
부화뇌동(附和雷同) : 자기의 주장 없이 무조건 남의 이견을 따름을 말한다.

★ 이르시되 아버지여 만일 아버지의 뜻이거든 이 잔을 내게서 옮기 시옵소서 그러나 내 원대로 되기를 원대로 마시옵고 아버지의 원대로 되기를 원 하나이다 하시니 천사가 하늘로부터 예수께 나타나 힘을 더하더라. (누가복음 22장 42~43절)

◆ 대한민국 정부 수립
 - 1945년 9월 9일 일본의 항복 접수식후에 9월 20일 미국무부 관리 베닝호프를 정치 고문으로 하는 군정청 기구가 출범했다.
 - 미군정 당국은 일제 강점기 광복을 위해 민족의 구심점 역할을 해왔던 대한민국 임시정부의 존재를 부인했다. 이에 따라 10월 16일 이승만, 11월 23일 김구와 임시정부 요인들이 개인자격으로 귀국하게 되었다.
 - 미군정은 좌 우익 모든 정파의 정치활동을 허용하는 법령을 공포했다. 이에 따라 사회의 여러 정당과 단체들이 민주와 공산진영으로 나뉘어 심각하게 대립하면서 남한사회는 큰 혼란을 겪게 되었다.
 - 미국과 소련은 카이로선언에서 합의한 '적절한 절차'를 거쳐 한국을 독립 시키기 위한 신탁통치기간을 5년으로 한다고 했으나 남한 내에서는 신탁통치를 극명하게 반대했다.
 - 「유엔한국임시위원단」을 한국의 총선을 감시하기 위해 파견하기로 하였으나 소련군사령관이 북한입국을 거부하였기 때문에 1948년 2월 26일 유엔소 총회에서는 접근이 가능한 지역에서라도 선거감시에 임해야 한다고 의결했다.
 - 이에 따라 1948년 5월 10일 유엔한국임시위원단의 감시 하에 남한에서 총선거가 실시되었고 1948년 8월 15일 대한민국정부가 수립되었다.

보낸 날짜 : 2012년 04월 13일 금요일 오후 15시 56분 00초
받는 사람 : 사랑하는 두 아들(412회)

부자와 가난한 자의 갈림길

1. 부자와 가난한 자는 무슨 차이가 있을까?

　　부자 된 사람은 자린고비가 많다. 가난한 자들은 푼돈을 굉장히 가볍게 여기는 성향이 있다.

　　* 월마트의 창업자 샘월트의 말

　　"나의 모든 재산은 1센트짜리가 모여서 된 것이다."

2. 빈곤함을 벗어나지 못하는 자

　　– 상당 부분 진보적이지 못한 생각 이거 모아서 내가 언제 부자 되나 이렇게 생각하면서 먹을 것은 먹고 살지 라는 상당부분 진보적이지 못한 생각을 갖는다.

　　– 무언가 시작을 하든지 어떤 목표를 두고 시작을 하기 위해서는 종잣돈이 있어야 할 것이다. 이는 돈 버는 노력과, 절약해서 만들어가야 할 것이다.

　　– 지식에 등한시하는 자들이 많다.

구구단을 외우는 사람이 수학문제를 빨리 풀 듯이 경제상황을 아는 사람이 부자될 확률이 높다. 자기가 맡은 분야에 지속적인 공부와 새로운 것들을 창출해야만 경쟁에서 살아남게 된다. 가난한 자에 해당되는 자들은 신문을 보더라도 돈 안 되는 정치면, 스포츠 면을 보고 경제적인 지식에 오히려 등한시 한다.

3. 가난한 자와 부자가 다른 것은 실천력이 부자한테 늘 지고, 게으르다.

나름대로 가난한 자의 경우도 나 열심히 합니다. 라고 얘기 하는데 부자가 하는 것을 보면 아이고 저런 면이 부자 한테 있었구나 하고 놀랐을 것이다. 하루하루 생활이 알차게 보내지 않고 돈 안 되는 일에만 열중한다. 인터넷 쇼핑이나, 자기 몸치장, 아침에 늦잠 자고, 일확천금을 노리고 미래는 어떻게 되겠지 하는 생각으로 시간낭비와 게으른 생활을 한다.

* 워런 버핏의 일화

돈을 빌려 달라는 딸에게 딸아 돈은 은행에 가서 빌리는 거란다. 나한테 빌리는 거, 부모한테 빌리는 것은 빌리는 것이 아니지 은행에서 돈을 정식으로 빌려서 제대로 갚는 연습을 해야 내가 이다음에 조금이든 얼마든 물려주는 재산을 유지할 수 있는 것이다. 빌리는 것도 쓰는 것도 정확하게 공부하고 실행하는 연습을 하는 사람이 가난한 자의 굴레에서 벗어나서 바로 부자 쪽으로 갈 수 있는 가능성을 높이는 것이다.

오늘도 즐겁고 보람된 하루 되길 바라며…

★ 태초에 말씀이 계시니라 이 말씀이 하나님과 함께 계셨으니 이 말씀은 곧 하나님이시니라. (요한복음 1장 1절)

◆ 소련군에 의한 김일성의 등장

 – 소련군 제25군 사령관 치스차코프 대장은 1945년 8월 26일 평양에 민정관리 총국을 설치하고 로마넨코 소장을 임명했다.

 – 로마넨코는 극동에서 근무한 경험이 많은 정치 공식 가였고 그의 휘하에는 소련 공산당 당원자격을 가지고 있는 한인 1세 또는 2세가 중심이 된 약 300명의 정치행정요원이 배치되어 있었다.

 – 소련점령군은 10월 14일 김일성을 환영하는 평양시 군중대회를 열고 만 33세의 젊은이를 항일투사로 둔갑시켜 등장시켰다.

 – 소련 군정당국은 11월 18일 5도 인민위원회를 관할하는 5도 행정국을 설치하고 12월 17일 김일성을 북조선 공산당 책임비서에 앉혀 북한의 최고 권력자로 만들었다.

 – 1947년 2월「북조선인민위원회」를 정식으로 구성함으로써 38도선 이북 지역에 대한 북한단독정부수립에 박차를 가했다. 11월에는 북한공산정권 수립을 위한「인민법」초안을 기초한 후 이를 남한의 5.10 총선거에 맞춰서 통과 시켰다.

 – 북한은 1948년 공산당의 단일 후보만을 출마시킨 소련의 흑백선거를 실시했고 9월 9일「조선민주주의인민공화국」을 선포했다.

보낸 날짜 : 2012년 04월 16일 월요일 오후 17시 19분 00초
받는 사람 : 사랑하는 두 아들(413회)

두 눈에 멍이든 한 남자

두 눈에 멍이든 한 남자가 병원을 찾아왔습니다. 의사가 왜 그렇게 되었습니까? "싸움을 했나요? 아님 사고가 났나요? " "아니요 교회에서 다쳤습니다." "아니 교회에서 어쩌다가 눈에 멍이 드셨어요? " 그 남자가 얘기하기를 "일어나서 찬송가를 부르는데 내 앞에 있는 여자의 치마가 엉덩이에 끼어있더라고요. 그래서 그걸 빼주는데 그녀가 돌아보더니 날 때렸어요." "아니 그러면 다른 쪽 눈은 왜 다치셨어요? " "내가 잘못했다는 생각이 들더라고요 그래서 도로 살짝 넣어주다가 또 한 대 맞았어요."

우리는 행복을 너무 큰 데서 찾으려고 한다.

피자 한 판을 사 먹는데도 정말 어려운 가운데 먹을 형편이 안 되는데 큰마음 먹고 피자 한 판을 사서 사랑하는 사람과 함께 먹을 때의 행복감과 많은 것을 가지고 있고 배도 고프지 않고, 같이 먹는 사람도 별로 좋아하는 사람이 아니라면 행복감을 느낄 수 있을까? 우리는 사소한 것에서 행복을 찾으려고 하면 무수히 많을 것이다. 나보다 갖지 못한 사람에게 배풀 때, 나보다 약한 자를 위해 내 몸을 조금 수고할 때, 나 자신보다 남을 위해 무언가를 할 때 행복감을 더 많이 느낄 수 있을 것이다. 나 자신을 위할 때도 당연히 행복감을 느끼겠지만…

행복은 반드시 소유와 소비를 통해서 오는 것은 아니다…

오늘도 행복한 하루 되길 바라며…

★ 무릇 시장에서 파는 것은 양심을 위하여 묻지 말고 먹으라.
(고린도전서 10장 25절)

보낸 날짜　：2012년 04월 19일 목요일 오전 09시 49분 00초
받는 사람　：사랑하는 두 아들(414회)

당신의 삶에 리듬이 있는가?

음악이 없는 세상을 상상할 수 있는가?

음악이 없다면 얼마나 지겨울까. 무엇이 음계 하나하나를 조화롭게 결합시켜 음악으로 완성할까? 리듬이다. 우리 삶의 조각 하나하나를 조화롭게 결합시켜 완성하는 것도 리듬이다. 당신의 삶은 음악이 없는 인생인가? 리듬이 없는 노래인가? "위대한 나"는 모든 것을 삶의 리듬 속에서 연결하는 사람이다.

합리적 욕구와 욕망, 재능, 에너지와 열정을 자연스러운 리듬으로 추구하는 사람이다.

– 매듀 캘리의 〈위대한 나〉 중에서 –

삶 속에도 고음과 저음이 있어야 한다.

평탄한 대로와 비탈길, 꽃밭과 가시밭길이 함께 공존한다.

모든 일이 잘 될 때는 안 될 때를 대비하고, 어려움이 있을 때는 잘될 것이라고 믿고 열심히 하다 보면 가시밭길이 꽃밭으로 바뀌게 될 것이다. 인생도 음악과 같이 리듬이 있어야 사는 맛이 날 것이다. 우리 두 아들은 모두 음악을 하고 있으니 삶이 음악과 같이 조화를 잘 맞추어 살아갈 것이라 믿는다.

삶이 다람쥐 쳇바퀴 돌 듯이 살아간다면 무슨 의미가 있을까?

세월은 절대 기다려 주지 않는다는 것을 명심하고 오늘 하루하루를 알차게 살아가야 한다. 모든 일이 시기가 있듯이 때를 놓치면 더 많은 노력을 하여야 하고 시간도 많이 걸리게 마련이다.

과거에 너무 집착하지 말고, 현재에 충실하며, 미래를 대비하는 두 아들이 되어주길 바란다.

오늘도 즐겁고 멋진 하루 되길 바라며…

보낸 날짜 ： 2012년 04월 26일 목요일 오후 18시 57분 00초
받는 사람 ： 사랑하는 두 아들(415회)

삶은 여행이다

나 하늘로 돌아가리라.
새벽빛 와 닿으면 스러지는
이슬 더불어 손에 손을 잡고
나 하늘로 돌아가리라.
노을빛 함께 단둘이서
기슭에서 놀다가 구름 손짓하면은
나 하늘로 돌아가리라.
아름다운 이 세상 소풍 끝내는 날
가서 아름다웠다고 말하리라.

천상병 시인의 〈귀천(歸天)〉

이 시는 인생을 소풍으로 보고 있는 것처럼 인생은 지나고 나면 아무것도 아닌 것을… 삶을 소풍 하는 것 같이 살아간다면 성공한 삶일까? 소풍도 이 모양, 저 모양, 여러 형태가 있겠지만 그러나 소풍은 좋은 것 첫째와, 둘째가 살아온 것보다 살아갈 날이 많을 것이다. 세상 소풍을 멋지게 하려면 항상 준비가 있어야 할 것이다. 멋진 소풍을 위해 브라이언 트래시 강연 동영상을 첨부하니 둘이서 꼭 보았으면 한다.

오늘도 즐거운 소풍을 위한 하루가 되길 바라며…

첨부 : 브라이언 트래시 강연 동영상

★ 악행 하기를 꾀하는 자를 일컬어 사악한 자라 하느니라. (잠언 24장 8절)

보낸 날짜 : 2012년 04월 27일 금요일 오후 15시 27분 00초
받는 사람 : 사랑하는 두 아들(416회)

새옹지마(塞翁之馬)

중국에 새옹이란 영감의 아들이 하나 있었는데 이 아들이 어디 나가서 놀다 예쁜 말을 하나 데려왔는데 그 말을 타고 놀다가 떨어져서 다리가 부러졌다. 그래서 사람들이 " 다리 부러져서 안 됐소 외아들인데"라고 말하자. 새옹이란 영감이 "세상사 모르는 것이니 또 저게 득이 될 날도 있지 않겠소 그런데 뛰어나갔던 말이 다시 들어왔는데 암컷 다른 말을 데려와서 농사일을 상당히 잘하고 있다가 전쟁이 일어났습니다. 건강한 청년은 다 전쟁에 데려가서 거의 다 죽었는데 새옹이의 아들만큼은 전쟁에 끌려 나가지 않아서 살았다는 이야기가 바로 새옹지마라는 사자성어가 생겨나게 되었다. 이는 나쁜듯한 일이 나중에 좋은 것으로 승화될 수도 있고 너무 좋은 일이 나중에 나쁜 일로 자기에게 다가올 수도 있다는 것이다. 그래서 늘 겸손하고 혹시 나쁜 일이 있더라도 너무 실망하지 말고, 또한 좋은 일이 있다고 그것에 도취되어 너무 좋아만 하고 있을 것이 아니라 나쁠 때를 대비하여야 한다는 참 교훈적인 얘기기 때문에 개인적으로 좋아하는 사자성어. 좋은 일이나, 나쁜 일도 아무것도 하지 않고 현실에 안주만 하고 있으면 그냥 세월만 가게 될 것이다. 무언가 열심히 하고자 해야 이런 사자성어도 필요할 것이다.

오늘도 즐겁고 보람된 하루 되길…

첨부 : 이시형 박사 강연 동영상 #1

★ 예수께서 그들의 생각을 아시고 이르시되 스스로 분쟁하는 나라마다 황폐하여질 것이요 스스로 분쟁하는 동네나 집마다 서지 못하리라.(마태복음 12장 25절)

보낸 날짜 : 2012년 05월 03일 목요일 오후 14시 23분 00초
받는 사람 : 사랑하는 두 아들(417회)

큰아들, 작은아들아 무엇과도 바꿀 수 없는 것이 건강이다.

다음 14가지는 평소 언제 어디서나 조금만 노력한다면 간단히 실천할 수 있는 것들이다. 지속적으로 실천한다면 건강에 아주 좋다.

아빠는 이중에 몇 가지를 실천해오고 있는데 틀림없이 좋은 것 같다. 건강이 무너지면 모든 것이 소용없어진다. 지금은 젊어서 별로 못 느낄지 모르지만 나이 들어서 건강이 좋지 못하면 삶이 어려워진다. 꼭 실천하도록 하여라…

1. 머리와 얼굴을 손가락 끝으로 약간 아플 정도로 두들기기!
2. 눈동자를 사방으로 자주 움직이기!
3. 맑은 공기를 심호흡하는 습관 가지기!
4. 혀를 움직여서 잇몸을 마찰시키며 입안에서 굴리라!
5. 즐거운 노래를 부르라!
6. 항문을 오므리듯이 당겨주었다 풀어주는 것을 반복하라!
7. 손바닥을 부딪쳐 박수를 쳐라!
8. 발을 자극하라!(양발 엄지발가락 부위 부딪치기)
9. 스트레칭 하기!
10. 걷거나 뛰어라!
11. 골고루 먹되 소식하라!
12. 깨끗한 물을 자주 마시라!
13. 잘 자고 쉬라!(가능한 7시간 정도 자고, 가끔 휴식을 하라)
14. 기도하라!

건강을 위해 일상생활 중에 좋은 습관을 만들어야 할 것이다.

★ 지혜 있는 자는 강하고 지식 있는 자는 힘을 더하나니.(잠언 24장 5절)

보낸 날짜 : 2012년 05월 04일 금요일 오후 14시 02분 00초
받는 사람 : 사랑하는 두 아들(418회)

인간에게는 소통이 가장 중요하다.

긍정적인 커뮤니케이션 즉 소통이 있는 가정이 행복한 가정이다.

우리 두 아들과 아빠 엄마와 함께 살지 않은지가 꽤 오래되었구나 그러나 소통은 원활하게 잘 이루어져야 한다. 현재 두 아들의 생각이 어떠한지? 아마 두 아들과 아빠가 소통이 제 되로 되지 않았는 것은 아빠가 두 아들에게 자상한 아버지가 아니라 항상 잔소리와 권위적인 아빠로 대한 것이 원인이라고 생각한다. 그렇지만 가족 간의 대화가 최우선이 되기 위해 서로 노력을 해야 할 것이다. 아빠가 첫째와 둘째에게 따뜻하게 배려하고 말을 들이주는 것보다. 해라, 하지 마라, 이런 식으로 대화가 이루어지므로 아빠와 대화하는 것이 어려워졌을 것이라 생각한다. 그러므로 메일로도 서로 대화를 나눌 수 있을 것인데 하지 못하는 것이 아닌가 싶구나? 우리 두 아들은 이것을 교훈으로 삼고 너희 대에는 잘 이끌어 나갈 것이라 믿는다.

오늘의 고사성어(古事成語)
묘항현령(猫項懸鈴) : 고양이 목에 방울 달기로, 듣기에는 좋으나 실현 불가능한 헛된 이론을 말한다.

오늘도 멋진 하루 되길 바라면서 …

※ 1952년 7월 1일 738일 차 : 유엔군 탐색대 연천 서북방 중공군 진지를 공격해 공산군 257명 살상. 유엔군 단장의 능선 부근 유엔군 고지에 대한 공산군 1개 대대 격퇴, 휴전회담 본회담(제93차) 3일간 휴회 끝에 재개 - 해리슨 유엔군 수석 대표 언제까지 회담경과 해명 교착 타개방책 설명 - 유엔군 측 전 송환 불원 포로를 포로교환명부에서 제외하도록 제안, 사회부 제1차 부랑아동(浮浪兒童) 보호 주간 7월 1개월간 전국에 실시.

보낸 날짜 : 2012년 05월 07일 월요일 오후 14시 47분 00초
받는 사람 : 사랑하는 두 아들(419회)

세상은 혼자서는 살 수 없다.

주변 사람과 협조하는 사람이 성공할 확률이 높다. 성공하려면 혼자 열심히 뛰는 것보다 주변 사람과 협조 잘하고 자신의 부족한 점은 남들에게 지원을 받고 남의 부족한 것을 도와주는 사람이 성공할 확률이 높다. 독불장군처럼 혼자 열심히 한다고 다되는 것은 아니다. 상대방과 나누고 협조를 받으려면 자기 스스로가 전문성을 갖추어서 남을 도와줄 수 있는 것이 있어야 남한테 도움을 받을 수 있다. 같이 서로 부족한 점을 메꾸려고 애쓰는 사람이 혼자서 바쁘게 다니는 사람보다 효과가 훨씬 높다. 반드시 남들과 협조하고 남의 좋은 점은 존경하는 자세를 갖고 자기를 키우는 작업을 하면 새로운 성공 시스템으로 장착될 것이라 믿는다. 남을 위해 자신을 희생하는 사람은 남들이 알아주든 안 알아주든 자기 것을 기꺼이 내어줄 수 있는 사람으로 존경을 받아야 할 사람이다. 그런 삶을 살지 못해도 최소한 그들을 존경할 줄은 알아야 한다. 첫째와 둘째는 남도 아닌 형제가 협조하여야 할 것들이 많이 있을 것이라 생각되어지는데 아빠는 안타까울 따름이다. 그러나 아빠는 언젠가는 서로 잘 협조해서 멋있게 살아갈 것이라 믿는다.

오늘도 많이 웃고 멋진 하루 되길 바라며 …

※ 1952년 7월 4일 741일 차 : 유엔 공군 압록강 수풍발전소 동남방 상공에서 공중전 공산군 MIG 15 제트기 12대 격추 6대 격파. UN공군 삭주 북괴군 사관학교(北傀軍 士官學校) 폭격(爆擊). 철원 서방 유엔군 진지 중공군 1개 대대 2차에 걸친 공격 격퇴. 유엔군 당국 3만 5,000명에 달하는 중공군과 북한 공산군 포로 새로운 4개 처 수용소(거제도, 제주도, 용초도, 봉암도)로 이송 발표 및 이송개시, 국방부 보도과 발표 - 월간 후방공비소탕전 종합 전과 사살 457명 포로 48명 귀순 16명 각종 소총 228정과 수류탄 21개 무전기 1대,

보낸 날짜 : 2012년 5월 08일 화요일, 14시 02분 06초
받는 사람 : 사랑하는 아빠에게 〈cosmicpark@hanmail.net〉

제목: 아빠 엄마 어버이날 기념 메일! ㅎ

엄마 아빠, 건강하게 평안하게 잘 살고 있지요? ㅎ 나랑 형이랑은 그럭저럭 살 살고 있는데, 형은 요즘 사업이 잘되는 모양이고 나는 머 돈 벌이는 안 되지만 나름 만족하며 살고는 있어요! ㅎㅎ 미래를 고민하고 생각은 하고 있는데, 아직 철이 안 들었나 봐요

어려울 때 아플 때 엄마, 아빠 도움 필요할 때만 생각나고 이런 어버이날만 되면 찾게 되는 못난 아들이지만, 가끔 마음 아프게 하는 말을 할 때도 있지만, 엄마 아빠를 정말 원망하거나 미워한 적은 없어요! 표현은 안 하지만 항상 고맙게 생각하고 있어요! 형도 마찬가지! 아빠, 엄마가 아들들이 잘되라고 항상, 그렇게 해라 저렇게 해라 할 때, 형이랑 나는 알았다 하고, 다 잘 될 거다라고 그렇게 말이 엄마 아빠랑 나랑 형이랑 오고 가고 반복만 되고 있지만, 그 말에 대한 실천과 뚜렷하게 행해지고 있다는 게 눈에 보이진 않지만, 설마 반대로 하고 있진 않을 거잖아요! ㅎㅎ

형은 머 그렇다고 쳐도 나는 좀 그러죠? ㅎㅎ 될 대로 되리라고 생각하고 있겠지 라고 생각하시겠지만, 암튼 노력은 하고 있어요! ㅎㅎ 믿을 진 모르겠지만 암튼 ㅎㅎ

나이는 계속 먹어가고 엄마, 아빠 주변 아들딸들은 잘해가고 있는데 우리 아들은 이러고 있으니 답답하고 걱정되겠지만 암튼!! 믿어 보세요! 란 말밖엔 ……………………………… ㅎㅎ

항상 연초 나 만나면 이번엔 잘 한다 약속은 하지만 그게 말 처럼 쉽진 않네요! ㅠㅠ 아빠가 말 한 데로 어릴 때 자주 대화하고 아들과의 시간이 좀 많았더라면 .. 머 그 영향도 있겠지만,

그것보단.. 음 좀 어색하긴 해요!! ㅎㅎ 어쩔 수 없는 듯 좀 더 나이 먹으면 되려나? ㅎ

그리고 엄마! 엄마는 내가 가끔 정신 못 차리고 화난다고 막말을 많이 했었는데 정말, 정말 미안하게 생각하고 있어요! 최근 서울에 왔을 때 엄마보고 정말 못땠다고 한 적 있는데 ㅠ 진심은 아니었으니깐 담아두지 마세요!! ㅠㅠ

그리고 서울 집에 오고 싶을 때 오세요! 엄마집이고 아들 사는 곳인데 왜 맘대로 못 오게 했는지 ㅠㅠ

그냥 엄마랑 마주하게 되면 항상 싸우게 되니깐 단지 그게 싫어서 그랬는데, 그렇다고 그러면 안 되겠죠? ㅠ

내가 본의 아니게 쉽게 쉽게 막말을 하는 게 잘못인데 그거 안 하도록 아니 안 할 테니깐 만약 하더라도 이해해줘요 ㅠ

진심은 아니니깐 ㅠ 암튼, 엄마, 아빠 보고 싶어요 !!

못난 아들이지만 진심으로 엄마 아빠 사랑하는 둘째가 …

★ 우리가 보고 들은 바를 너희에게도 전함은 너희로 우리와 사귐이 있게 하려 함이니 우리의 사귐은 아버지와 그의 아들 예수 그리스도와 더불어 누림이라.
(요한1서 1장 3절)

◆ 북한의 남침 공격 계획 3단계
 – 소련 군사고문단이 북한군에 이 계획을 하달한 것은 공격개시 5일 전인 6월 20일 이었다. 1개월 기간 동안 3단계 작전을 실시하여 일일 15~20Km를 진격하여 작전 기간 22~27일 이내에 남한 전체를 점령하는 것으로 계획을 수립하였다.
 1단계 : 국군의 방어선 돌파 및 주력 섬멸단계로서 3일 내에 서울을 점령한다. 수원 ~원주~삼척선까지 진출한다.
 2단계 : 국군 증원병력 격멸 및 전과 확대 단계로서 군산~대구~포항 선까지 진출한다.
 3단계 : 남해안 진출 및 국군 잔적소탕 단계로서 부산~여수~목포선까지 진출한다.
 – 북한 김일성의 남침계획은 1950년 8월 15일 광복 5주년 기념식을 통일된 공산 정권을 수립하여 서울에서 한다는 것이었다.

보낸 날짜 : 2012년 5월 08일 화요일
받는 사람 : 사랑하는 둘째 아들에게

어버이날 기념 메일 답장

작은아들 메일 잘 받아 보았다. 어떤 선물보다 이 메일이 값진 것 같구나. 사실이 아닐지라도 이렇게 마음속에 있는 이야기를 할 수 있는 게 가족이라 생각한다. 화가 났을 때도 가능한 말을 가려서 해야 되지만 가족이니깐 할 수 있을 것이다. 아빠, 엄마는 둘째를 못 믿는 것이 아니라 작은아들이 미래를 위해 무언가를 하려고 하는지, 하고 있는지, 어떤 생각을 하고 살아가는지를 모를 뿐이다. 그래서 아까운 시간만 흘러가는 것은 아닌지 걱정이 되는 것은 사실이다. 하여튼 엄마, 아빠는 작은아들, 큰아들을 믿고 열심히 기도하고 있다. 메일 보내주어서 고맙구나 5월 말쯤 한번 올라갈 계획이다. 그때 보도록 하자꾸나.

오늘도 즐겁고 보람된 하루 되길 바라며…

※ 1952년 7월 10일 747일 차 : 평양 대공습 작전 미제5 공군과 해군 함재기 등 822대 동원하여 평양을 공습, 유엔 해군기대 흥남 공격. 유엔군 공격부대 철원 서북방 3개고지 탈환, 국군 제5사단 351 고지 전투(7.10~11.10), B-29 전폭기대 양덕 야간 폭격. 클라크 유엔군사령관 미8 군내에 한국전선 후방 보급행정 사무 담당사령부 설치에 관한 전권 밴 플리트 미 제8군 사령관에게 위임, 제7차 휴전회담 비밀 본회담 40분간 개최, 유엔군 측 대변인 니콜스 준장 "휴전성립가능성은 1년 전보다 접근되었다"라고 언명, 국회 제4차 본회의 정 부의장 선출 투표 실시 - 의장에 신익희, 부의장에 조봉암 윤치영 2인 선출, 대통령 저격사건의 범인 유시태 김시현 등 13명 영남지구 계엄사령부에 송치, 사회부의 해외 이민조사 이후 성급한 이민 추진으로 문제 발생, 계엄사령부 계엄령 해제 설 일축,

보낸 날짜 : 2012년 05월 10일 목요일 오후 09시 51분 00초
받는 사람 : 사랑하는 두 아들(420회)

자기 자리에서 최선을 다하는 것이 성공의 초석

도요토미 히데요시가 노부나가의 밑에 있을 때 신발 하인을 했었다. 주변에서 보니까 맨날 노부나가의 개다 짝, 장화 이런 것을 껴안고 있다가 노부나가가 나오면 탁탁 내려놓고 해서 처음에 많은 사람들이 오해를 했다고 한다. 하루는 노부나가가 "자네는 왜 내 개다 짝을 매일 끼고 있는가"라고 물었다. "장군께서 신고 나갈 때 체온하고 가장 비슷한 따뜻함을 느끼면서 전투장에 나가야 전투력이 향상될 수 있다는 것이 제가 신발하인을 맡았을 때 할 수 있는 최선의 일이기 때문입니다. 유심히 보고 있던 노부나가가 도요토미 히데요시를 장군의 부장으로 승격했고 이 사람은 나중에 일본 천하를 통일하는 사람이 된다.

오늘도 즐겁고 멋진 하루 되길 바라며 …

※ 1952년 7월 14일 751일 차 : 미 구축함 사우스랜드 호, 동해안 고저지구 공산군 포대와 포격전에서 파손. UN군 전폭기대 지상 우군을 엄호하여 철의 삼각지대로 부터 동해안에 이르는 공산군 전차 강타. 콜린스 미 육군참모총장 "유엔군 측은 필요하다면 만주폭격도 불사하지만 이에 앞서 파병 제국과 협의할 것"이라고 언명, 유엔군 부대 고원 남방고지 다시 탈환, 콜린스 미 육군참모총장 기자회견에서 "유엔군의 폭격 강화가 휴전회담에 전혀 영향을 주지 않는다"라고 언명, 공산군 측 휴전회담 연락장교회담 통하여 비밀 본회의 2일 휴회 요구 유엔군 측이 이에 동의, 국회 제7차 본회의 대통령과 부통령선거법안 계속 심의, 공공기관 사회단체 정부환도촉진위원회 구성, 사회부 전 국민 직업실태 조사 발표, 트루먼 대통령 군사건설비 23억 9,000달러 승인하는 법안에 서명, 워싱턴 소식통 수풍발전소와 평양에 대한 유엔공군의 대규모 공격이 앞으로 더욱 계속될 것이라고 보도.

보낸 날짜 ： 2012년 05월 11일 금요일 오후 16시 59분 00초
받는 사람 ： 사랑하는 두 아들(421회)

오늘도 하루 일과를 마칠 시간이 다가오는 구나, 우리 두 아들도 오늘도 수고가 많았네, 잠깐 시간을 내어 피곤도 풀 겸 멋진 분재 꽃을 보내니 감상하면서 봄과 머리의 피곤이 조금이라도 맑아지길 바라면서 …

◆ 북한, 소련, 중국의 남침 음모

– 스탈린은 한국의 통일을 위한 과제로 첫째 : 남한에서의 빨치산 활동을 강화전 인민의 무장봉기를 확산, 둘째 : 조선인민군을 전면적으로 한층 더 강화, 빨치산을 지도하기 위해 약 700명을 남파시킴.

– 1949년 10월 1일 마오쩌둥은 중화인민공화국을 수립한 후 주석에 취임함으로써 중국이 공산화됨, 마오쩌둥은 실전 경험을 갖춘 조선인 중공군 6만 3,000여 명을 북한군에 편입.

– 북한군의 전쟁준비는 소련에서 공급한 무기와 장비로 편제된 북한군은 소련군 장교들로부터 훈련을 받았다. 6.25 전쟁 직전의 북한군은 육군 10개 보병사단, 해군 3개 위수사령부, 공군 1개 비행사단 규모로 성장했다.

– 김일성은 마오쩌둥과의 회담에서 세 단계 목표 실현계획을 제시 1난계도 38도선 근처의 병력증강, 2단계로 한국에 평화통일제의, 3단계로 한국이 이 제의를 거부하면 남침을 개시한다는 것이었다.

– 김일성은 스탈린의 남침 승인 조건인 마오쩌둥의 동의를 얻어 내었다. 1950년 6월 16일 소련대사 스티코프를 통해 스탈린의 승인을 받은 후 남침공격 일자가 6월 25일로 정해졌다.

◆ 6.25 전쟁에 부(父)와 자(子)가 함께 참전한 미군

– 6.25 전쟁에 참전하였던 미군 들 중 아버지가 장성(將星)인 분의 아들 142명중 35명이 죽거나 실종 또는 부상을 입었다.

– 미 제8군 사령관 밴 플리트 장군의 아들 지미 벤플리트 미 공군중위가 이 나라를 위하여 순직하였고, 아들 샘과 함께 한국에서 복무하던 워커 장군 자신이 이 나라를 위하여 몸을 바쳤다.

보낸 날짜 : 2012년 05월 16일 수요일 오후 16시 34분 00초
받는 사람 : 사랑하는 두 아들(422회)

아침형 인간으로 하루를 시작하자

사람들이 하루를 살아가는 데에 두 가지 유형이 있다고 한다.

"아침 형 인간"과 "야행성 인간"이다. 야행성 인간을 올빼미 형이라고도 한다. 수백만 년 동안 인류는 해가 뜨면 일어나 일하고, 해가 지면 잠 자리에 드는 아침 형 인간으로 살아왔다.

그런데 전기가 발명되고 문명이 발전한 불과 100년 전쯤부터 이 흐름이 바뀌었다. 밤에도 낮과 같이 생활을 할 수 있는 환경으로 바뀌었다. 누차 강조 하였지만 우리 인체의 세포가 재생되는 시간은 밤 11시경에서 새벽 4시 사이에 활발하게 재생된다고 한다.

그러므로 이 시간대에 잠을 자야 인체가 정상적인 활동을 하는데 많은 도움이 될 것이다. 20세기에 들어오면서 인류는 전염병 같은 질병은 극복하였지만 만성질환인 고혈압, 당뇨, 비만, 관절염 같은 성인병은 갈수록 늘고 있다. 의사들은 권고한다.

생활습관 병에서 벗어나려면 규칙생활을 하고 운동을 권한다.

그릇된 생활습관에서 온 병들이 기에 생활습관을 바로 잡는 것이 예방법이요 치료법이다. 그래서 아침형 인간이 되는 것이 생활습관 병을 극복하는 최선책이 된다.

큰아들과 작은아들은 운동이라고는 오로지 숨쉬기 운동 밖에 하는 것이 아닌지 모르겠구나? 큰아들 전번에 헬스장에 간다고 하더니 요사이도 가는지? 아침에 일찍 일어나 일과를 시작하는 사람들이 성공하는 이유가 있다. 아침에 뇌가 활발히 움직이는 시간이기 때문이다. 특히 아침에는 우뇌의 활동이 왕성하다. 우뇌는 창의력과 상상력을 북돋워 주는 역할을 한다. 뇌의 주 에너지원은 산소다.

신선한 공기는 뇌에 활력을 불어넣어 주는 영양제이다. 그러기에 아침에 일찍 일

어나 신선한 공기를 마시는 것만으로도 우리 뇌는 싱싱해지고 창조적이 된다. 그리고 이른 아침에는 사방이 조용하다. 그래서 평소에 성격이 급한 사람도 이른 아침에는 차분해진다.

오늘의 고사성어(古事成語)
누란지위(累卵之危) : 알을 쌓아 놓은 듯이 조금만 건드려도 쓰러질 것 같은 위험한 상태를 이르는 말이다.

　　　　　　오늘부터 이른 아침에 일어나 싱싱하고 행복한 하루를 시작하자.

★ 우리가 금식하되 어찌하여 주께서 보지 아니하시오며 우리가 마음을 괴롭게 하되 어찌하여 주께서 알아 주지 아니하시나이까 보라 너희가 금식하는 날에 오락을 구하며 온갖 일을 시키는도다.(이사야서 58장 3절)

※ 1952년 7월 19일 756일 차 : 미 제77기동함대 소속 함재기대 장진 제1,3 수력발전소 폭격, 유엔군 공산군의 맹렬한 저항 물리치고 불모고지 일방 탈환, 스웨덴에서 매입한 화물선 부산호에 대한 명명식 부산 제1부두에서 거행, 박병배 경남 경찰국장 외 35명 방위훈장 수여, 인도네시아 보루즈 미 대사 기자회견에서 "미국은 네루 수상의 한국휴전 조정을 환영 한다"라고 언명.

◆ 김일성의 선전선동 전술
 – 북한은 6월 25일 오전 11시경 평양방송을 통해 "남조선이 북침했기 때문에 자위 조치로서 반격을 가해 전쟁을 시작했다."는 내용의 허위선전을 유포하기 시작했다.
 – 김일성이 직접 오후 1시 35분에 방송을 통해 "남조선이 북조선의 모든 평화 통일 제의를 거절하고 이날 아침 웅진반도에서 해주로 북조선을 공격했으며 이는 북조선의 반격을 가져왔다."라고 발표했나.
 – 북한은 치밀한 사전준비에 따라 남침공격을 해놓고도 책임을 남한에 떠넘기려는 전형적인 공산주의의 선전선동 전술을 구사했던 것이다.
 – 이러한 것이 모두 허위라는 사실이 러시아의 6.25 전쟁 관련 비밀 외교문서가 공개되면서 더욱 명확하게 드러나게 되었다.

보낸 날짜　:　2012년 05월 18일 금요일 오전 11시 22분 00초
받는 사람　:　사랑하는 두 아들(423회)

인생은 길 위의 학교

인생길을 걸어가는 동안에 길을 잃지 않고 목적지에 무사히 도달하려면 우선 먼저 "배워야" 한다. 그러나 현실은 마음처럼 되지 않는다. 도중에 길을 잃고, 세월을 허송하게 된다. 잘못된 길에서 되돌아오기 위해선 비싼 대가를 지불하는 경우도 많다.

그래서 소중한 청춘의 날들을 허송하고 나서 나이가 들어 회한(悔恨)에 젖어 들어 후회한들 이미 다 지나간 일이 되어 버린다.

이제 첫째와, 둘째는, 또한 아빠도 배운 후에 걷기보다 걸으면서 배우는 "길 위의 학교"의 학생이라고 생각하며 살아가야 할 것이다. 우리 모두에게는 "세월을 낭비한 죄"가 있을 것이다.

나에게도 그와 같은 죄가 있다는 생각을 하게 된다. 무슨 죄냐?　하나님께서 나에게 주신 은사, 재능, 기회를 낭비한 죄다. 하나님은 나에게 남다른 재능을 주셨고 또 그 재능을 펼칠 기회도 주셨다. 그러나 내가 게으르고 무분별하여 그 재능과 기회를 낭비하며 살았다는 후회를 하게 된다. 그래서 60이 지난 지금에나마 자신을 추슬러 제대로 살아야겠다는 다짐을 하며 이제나마 세월을 낭비하지 않고 제 몫을 하며 살아가겠다는 다짐을 해보곤 한다.

큰아들과, 둘째 아들은 아빠와 같은 나이에 "세월을 낭비한 죄"로 회한(悔恨)에 젖어 들어 후회하는 일이 적어지길 바라는 바이다.

오늘의 고사성어(古事成語)
기호지세(騎虎之勢) : 달리는 호랑이의 등을 타고 있으면 중간에 내릴 수 없듯이, 일을 중도에서 그만 둘 수 없는 형편을 일컫는다.

오늘도 세월을 낭비하지 않는 하루가 되길 바라며 …

보낸 날짜 : 2012년 05월 21일 월요일 오후 13시 50분 00초
받는 사람 : 사랑하는 두 아들(424회)

常識이 된 新用語 알기

이런 단어를 알아야 신문도 이해가 되고 TV도 이해가 되는 세상이니 자주 등장하는 들을 모아둔 자료를 보내니 참고하기 바란다.

1) 콘셉트(concept) = generalized idea(개념, 관념, 일반적인 생각)

2) 아이템(item) = 핵심내용…품목, 종목, 항목

3) CEO = Chief Executive Officer(경영 최고책임자)

4) 콘텐츠(Contents) = 내용, 목차…

   (유무선 통신망을 통해 제공되는 디지털 정보나 내용물의 총칭)

5) 포럼(forum) = 대 광장, 공개토론회.

6) 로드 맵(road map) = 도로지도, 방향 제시도, 앞으로의 계획,

7) 키 워드(Key Word) = 주요 단어 (뜻을 밝히는데)

   (연쇄가 되는 중요하고 핵심이 되는 말)

8) 내비게이션(Navigation) =

   (1)(선박, 항공기의) 조종, 항해

   (2)오늘날 (자동차 지도 정보 용어로 쓰임)

   (3)인터넷 용어로 여러 사이트를 돌아다닌다는 의미로도 쓰임

9) 와이브로(wireless broadband. 약어는 wibro) = 개인 휴대 단말기

   (다양한 휴대 인터넷 단말을 이용하여 정지 및 이동 중에서도 언제,

   어디서나 고속으로 무선 인터넷 접속이 가능한 서비스)

10) 엔터테인먼트(entertainment) = 오락(연예)

12) 모니터링(monitoring) = 방송국, 신문사, 기업 등으로부터 의뢰받은 방송 프로그램, 신문 기사, 제품 등에 대해 의견을 제출하는 일.

13) 컨설팅(consulting) = 전문 지식을 가진 사람이 상담이나 자문에 응하는 일.

14) 매니페스터(manifester?) = 명백하게 하는 사람(것)

15) 퍼마먼트(Perament:~make-up) = 성형수술, 반영구 화장 : 빠마

16) 헤드트릭(hat trick) = 축구에서 한 선수가 한 게임에서 3골 이상 득점하는 것

17) 아우트쏘싱(outsourcing) = 자체의 인력, 설비, 부품 등을 이용해하던 일을 비용 절감과 효율성 증대를 목적으로 외부 용역이나 부품으로 대체하는 것.

18) 유비쿼터스(ubiquitous) = 사용자가 컴퓨터나 네트워크를 의식하지 않고 장소에 상관없이 자유롭게 네트워크에 접속할 수 있는 환경

19) 콘서트(concert) = 연주회

20) 님비(NIMBY. not in my backyard) 현상 = 지역 이기주의 현상(혐오시설 기피 등)

21) 그랜드슬램(grandslam) = 테니스, 골프에서 한 선수가 한 해에 4대 타이틀 경기에서 모두 우승하는 것. 야구에서 타자가 만루 홈런을 치는 것.

23) 카트리지(cartridge) = 탄약통. 바꿔 끼우기 간편한 작은 용기. 프린터기의 잉크통

24) 버블(bubble) = 거품

25) UCC(User Created Content) = 이용자 제작 콘텐츠(사용자 제작물:)

26) 패러디(parody) = 특정 작품의 소재나 문체를 흉내 내어 익살스럽게 표현하는 수법 또는 그런 작품.

27) 메니페스토(Manifesto)운동 = 선거 공약검증운동

28) 데이터베이스(data base) : 컴퓨터에서 신속한 탐색과 검색을 위해 특별히 조직된 정보 집합체

29) Take out = 음식을 싸갖고 밖으로…도시락개념

30) 어젠다(agenda) = 의제, 협의사항, 의사일정

31) 노블레스 오블리주(Noblesse Oblige) = 지도층 인사에 요구 되는 도덕적 의무

32) 트랜스 젠더(trans gender) = 성전환 수술자.

33) 패러다임(Paradigm) = 생각, 인식의 틀…또는 다양한 관념을 서로 연관시켜 질서지우는 체계나 구조를 일컫는 개념. 범례

34) 로밍(roaming) = 계약하지 않은 통신 회사의 통신 서비스도 받을 수 있는 것. 국제통화 기능(자동로밍가능 휴대폰 출시)

36) 프로슈머(prosumer) = 생산자이자 소비자인 사람. 기업제품에 자기 의견, 아이디어(소비자 조사해서)를 말해서 개선 (푸로슈머 전성시대)

37) 레밍 = 나그네 쥐…앞만 보고 달린다. (레밍정부, 들쥐습관)

38) 시트콤…시추에이션 코미디의 약자

39) 글로벌 쏘싱(Global sourcing) = 세계적으로 싼 부품을 조합 하여 생산단가 절약

40) 코스등산 = 여러 개 산 등산(예;불, 수, 사, 도, 북, 불암, 수락, 사패, 도봉, 북한산, 도봉근처에서 하루 자면서)

41) 일품 등산 = 한 코스만 등산 (주로 60대 이상자들)

42) 디지털치매 = 기억력 감소, 뇌 파괴는 아니지만 모든 것을 PC나 계산기 등에 의지하는 사회적 현상

43) S∪V = (Sport Utility Vehilcle) = 스포츠차인데 중량이 무겁고 범퍼가 높다. 일반 차와 충돌 시 일반 승용차는 약 6~70% 가 더 위험함

44) 사이코패스 = 반사회적 성격장애자

45) 매니페스터(manifester) = 명백하게 하는 사람(것) 컨설팅 (consulting) = 전문 지식을 가진 사람이 상담이나 자문에 응하는 일…

46) Noblesse Oblige = 고귀한 지위에 있는 인사들이 상응하는 사회적, 도덕적 책무를 진다는 뜻

47) 스태크플레이션 = 고물가 저성장(경제용어)

오늘의 고사성어(古事成語)

만조백관(滿朝百官) : 조정의 모든 벼슬아치

시간이 허락되는 데로 정치, 경제, 사회, 문화, 예술 등 세상이 어떻게 돌아가는 지 신문, 방송이나 서적을 통해서 알려고 노력하여라 사회생활에 많은 도움이 될 것이다.

◆ 한국에서 유엔군을 철수할 것인가?

– 중국의 침략에 대해 유엔군이 추가적인 전력을 투입하여 강력하게 응징하는 것
이 가장 바람직하지만 당시 국제정세와 유엔의 여건이 가능하지 않다고 판단 했던
것이다. 미 함참은 1950년 12월 29일 인력과 물자의 심대한 손실을 피하기 위해 불
가피할 경우 일본으로 철군정책 결정을 대통령 재가를 받아 유엔군사령관에게 하
달했다.

– 이 전문을 접수한 맥아더 장군은 이것은 "적과 싸워서 이기려는 의지를 상실 한
것"으로 판단하고 다음날(12월 30일) 회신에서 중국에 대한 강력한 보복 조치 즉
확전을 요구하는 회신을 보냈다.

1. 중국의 해안 봉쇄

2. 중국공업의 전쟁수행능력을 해. 공군의 폭격으로 파괴

3. 자유중국 부대로 유엔군 지원

4. 자유중국군에게 중국본토에 대한 견제 공격의 허용

　맥아더 장군은 이러한 조치로 중국의 전쟁수행능력을 심각하게

　약화시킬 수 있다고 보았다.

– 미국 정부는 최악의 경우 한국의 망명정부를 유지하여 제주도와 같은 근해 도서
에 이전시켜 저항을 계속할 것임을 정책 목표의 하나로 설정하고 있었다.

보낸 날짜 : 2012년 05월 31일 목요일 오후 16시 45분 00초
받는 사람 : 사랑하는 두 아들(425회)

의미 있는 시간

사실 시간처럼 정직하고 공정한 것이 없을 것이다. 천진난만한 어린아이, 열심히 공부하는 수험생, 부자와 가난한 사람 모두에게 시간은 똑 같이 흐르고 있다. 단, 그 시간을 쓰는 사람들 저마다의 시간은 모두 다를 것이다. 어떻게 모두에게 공평하게 주어진 시간을 효율적으로 사용 하느냐에 따라 인생은 많은 차이를 가져올 것이다. "시간은 금이다." "시간은 돈이다." 등등 시간의 중요함에 대해 많은 글들이 있다. 이제부터라도 의미 있는 시간을 보내며 무언가를 쌓아가는 사람이 되길 바란다. 큰아들은 이사를 잘하였는지 언젠가는 첫째와 둘째도 떨어져 살아야 될 것이다. 조금 일찍 독립을 한다고 생각하면 될 것이다. 오히려 너무 늦었는지 모르겠구나, 하여튼 둘째는 혼자만의 공간을 잘 활용해서 새로운 도약의 개기가 되었으면 한다.

오늘도 즐겁고 보람된 하루 되길 바라며 …

★ 보라 처녀가 잉태하여 아들을 낳을 것이요 그의 이름은 임마누엘이라 하리라 하셨으니 이를 번역한즉 하나님이 우리와 함께 계시다 함이라 (마태복음 1장 23절)

※ 1952년 7월 25일 762일 차 : 미 제8군 사령부 철원 서북방 불모고지 쟁탈전에서 격렬한 전투를 계속하여 온 부대는 미 제2사단이라고 발표, T-Bone 전투 프랑스군이 강원도 철원에서 전투, 제18차 비밀 휴전회담 본회담 공산군 측이 휴전협정초안 세칙 용어 토의 위한 참모상교회의 개최와 공개회의 재개 제의, 유엔군 전선사령부 "18차에 달한 비밀 회담이 전혀 성과가 없었다"라고 발표 - 비밀 회담에서 공산군 측 8만 3,000명 송환자원포로의 인도를 주장하는 유엔군 측 제의에 대하여 2만 명 중국포로 포함한 공산군 포로 11만 6,000명 강제송환 고집

보낸 날짜 : 2012년 06월 05일 화요일 오전 10시 58분 00초
받는 사람 : 사랑하는 두 아들(426회)

인생의 목표를 설정하는 것이 중요하다.

1. 첫 번째 단계

　목표를 설정하는 것이 먼저 선행되어야 한다.

- 측정 가능한 목표 설정

　목표는 절대로 꿈이 아니라 현실적인데 기반을 두면서 나름되로 측정 가능한
목표를 설정하는 것이 먼저 선행되어야 한다.

- 가고자 하는 방향 설정

　내가 가고자 하는 방향에 따라서 자동차가 움직이는 방향이 달라지는 것과 똑
같다.

2. 자기의 위치파악

- 실행할 수 있는 가능성

　목표를 정하면 장기목표를 중기와 단기로 나눠서 일단 실행 할 수 있는 가능
성을 최대한 나열해 보는 것이 중요하다.

- 자기의 능력 측정

　달성을 위한 전략을 세울 때 가장 중요한 것이 자기의 능력 측정을 해야 한다.

- 지키려는 최선의 노력

　현재 나의 입장에서 강점, 장점, 단점, 약점을 비교 분석해서 이 정도 위치에
내가 있으려면 이런 노력을 더 해야 되겠구나 하는 전략적인 위치 분석이 반
드시 뒤따라야 한다.

3. 실행계획 노력

　전략이 세워지면 그것을 달성하려는 실행방안이 나와 줘야 한다. 어떤 방향이
설정되면 첫걸음을 내딛는 노력을 해야 한다. 실행방안에 따라 가장 먼저는
쉬운 것부터 실행에 옮기도록 노력하자.

4. 성공 시스템 장착

성공시스템을 만들려면 전략적인 생각을 하면서 그쪽으로 갈 수 있는 방향을 압축시켜서 실행하겠다는 마음을 갖고 오늘 부터 실행에 들어가야 그것이 바로 목표를 달성할 수 있는 시스템을 장착하는 것이다.

똑같은 목표를 가지고 매일 그 방향으로 가겠다는 생각을 갖고 한 걸음 한 걸음 전진할 때 그게 바로 성공 시스템이다.

* 둘째 아들에게 부탁한다. 아빠는 둘째가 남은 인생을 어떻게 살아 갈 것인지 도저히 알 수가 없구나 나름대로 목표가 있을 것이라 믿지만 날이 가면 갈수록 걱정이 되는구나?

벌써 사회생활을 한지도 꾀 오래되었는데, 이해가 되지 않는구나 인생에 목표가 있는지?

그냥 하루하루 살아가는 하루살이처럼 살다, 늙어지면 어떻게 할 것인지 무척 걱정이 되는구나…

무언가를 하려면 종잣돈 이라도 마련하여야 할 것이 아닌가.

그런 것은 형님한테 배워야 할 것이다.

형님은 먹을 것 입을 것 기타 등등 아껴서 종잣돈을 마련해서 조금씩 조금씩 이루어 나가고 있는 것 같구나 둘째야! 자존심이란 자신이 경제력이 뒷받침이 될 때 자존심이 있는 것이다.

학원에 학생이 없어 시간이 있으면 형님 한데 이야기해서 아르바이트라도 하고, 형님 홈페이지를 보니 둘째가 도울 일이 무척 많을 것 같은데 그냥 시간만 보내면 미래가 보장되는 것은 아니다. 그렇다고 아빠가 돈이 많아 둘째 아들을 평생 먹여 살릴 수도 없는 것이고 형님도 장가가면 혼자 있을 때와 판이하게 달라 지기 마련이다. 모든 주위여건들은 세월이 갈수로 나빠질 것이라는 것을 왜 모를까? 이제부터라도 홀로서기를 제대로 하여 보아라 지켜볼 테니… 아빠는 둘째가 잘해 낼 것이라 믿는다.

보낸 날짜 : 2012년 06월 08일 금요일 오전 10시 04분 00초
받는 사람 : 사랑하는 두 아들(427회)

이 세상에서 가장 아름다운 것

이 세상에서 가장 아름다운 사람은 마음씨 따뜻한 사람입니다.

이 세상에서 가장 부유한 사람은 가슴이 넉넉한 사람입니다.

이 세상에서 가장 착한 사람은 먼저 남을 생각하는 사람입니다.

이 세상에서 가장 용기 있는 사람은 용서할 줄 아는 사람입니다.

이 세상에서 가장 필요한 사람은 삶을 성실히 가꾸는 사람입니다.

이 세상에서 가장 지혜로운 사람은 사랑을 깨달은 사람입니다.

이 세상에서 가장 훌륭한 사람은 이 모든 것을 행한 사람입니다.

– 좋은 글 중에서 –

오늘 하루도 상쾌한 발걸음으로 시작해 보자꾸나…

※ 1952년 7월 30일 767일 차 : 유엔군 전폭기대 전선일대의 공산군의 중요 거점을 계속 공격, 밴 플리트 미 제8군 사령관 기자회견 – "휴전은 적에게 가하는 군사적 압력과 직접 관련이 있으며 즉시 성립은 난망"이라고 언명, 이승만 대통령 AP기자 단독회견 - 휴전협상에 일정한 시간적 제한 부여하도록 주장하고 불 응시 전면 전투 재개 강조, 외무부 6월 23일 대마도 근방 공해상에서 발생한 일 본 경찰선의 한국 어선불법검거에 대하여 일본정부에 엄중하게 항의. 북한출신 민간인 억류자 500여 명 제3차로 석방되어 부산진 역전에서 석방환영회 거행

보낸 날짜 : 2012년 06월 12일 화요일 오후 14시 47분 00초
받는 사람 : 사랑하는 두 아들(428회)

얼굴을 펴면 인생길이 펴진다

사람을 만날 때 첫인상은 대단히 중요하다. 첫인상은 보통 3초 안에 결정된다고 한다. 첫인상에 대한 아주 흥미로운 연구가 캘리포니아 대학의 심리학과 교수인 알버트 메라비안에 의해서 행해졌다. 그는 커뮤니케이션에 있어서 언어적인 요소(말하는 내용)가 7%, 외모. 표정. 태도 등 시각적인 요인이 55%, 그리고 목소리 등 청각적인 요인이 38%를 차지한다고 했다. 이러한 원칙은 첫 만남에서 가장 강력하게 나타난다고 한다. 그의 연구를 웃음의 측면에서 보면 웃는 얼굴과 웃음소리가 첫 만남의 93%를 지배한다고 해도 무방할 것이다. "얼굴"이라는 책으로 베스트셀러작가 반열에 오른 미국의 과학 저널리스트 대니얼 맥닐은 그의 저서를 통해, 판사들은 재판에 임할 때 공평무사하게 판결을 내리는 것 같지만 실제보는 재판 중에 미소를 짓는 피고인에게 더 가벼운 형량을 선고한다고 밝혔다. 가장 객관적이고 논리적인 곳이어야 할 법정에서도 웃음과 미소가 최고의 변호사가 될 수 있다는 이야기이다. 누군가와 만날 때 그의 하는 말에만 집중을 하지말고 행동과 표정을 잘살피거라 그러면 그의 속내를 알수 있을거야

오늘도 즐겁고 보람된 하루 되길 바라며…

◆ 미군의 6.25 전쟁 중 귀국을 위한 점수제
 – 미군 병사가 전쟁에 참여한 뒤 귀국하기 위해선 '36점' 을 획득해야 했다.
최전선 전투부대는 한 달에 4점, 연대본부와 전선 사이(16km)는 3점, 한국의 후방 배치는 2점, 일본에서 근무는 1점을 부여하여, 정확하게 계산하여 교대해 주었다.
 – 총알이 빗발치는 전방 전장에서만 임무수행 할 경우 9개월이면 귀국이 가능하였다. 물론 전투 중 사망하면, 채우지 못하고 돌아갔겠지만…

보낸 날짜 : 2012년 06월 13일 수요일 오전 09시 48분 00초
받는 사람 : 사랑하는 두 아들(429회)

삶이 너무 맑으면 같이할 사람이 없다.

청명한 가을 하늘은 아름답고 좋지만 비가 온 후 하늘에 구름 한 점 없이 햇살이 너무 맑으면 눈이 부셔 하늘을 제대로 볼 수가 없듯이 손님을 맞이할 때 먼지 한 점 없이 깨끗하게 한다는 이유로 너무 톡톡 털 면 그 집에서 편안하게 앉아서 덕담을 나누며 오래도록 머무를 수가 없게 되고, 모든 것이 차고 넘치지 않을 정도가 좋은 법이다. 유리창이 너무 투명하게 깨끗하면 나르던 새가 부딪쳐 떨어지면 목숨을 잃을 수 있듯이 삶이 너무 깨끗하면, 그 집에는 사람 사는 냄새가 나지 않아 주변에 같이 어울려 더불어 살아가는 사람이 없게 된다. 흐르는 물에도 수초가 자라지 않고 물이 너무 투명하고 맑으면 물고기가 자기 몸을 숨길 수 없으니 물고기가 그곳에서 살지를 않고, 물에는 물비린내도 나고 수초가 적당히 있어야 물로서 제 몫을 다하는 생명이 살 수 있는 물이 된다.

나무도 가지가 하나도 없으면 새가 날아와 앉지도 않고 새가 그 나무에는 둥지를 틀수도 없고, 가지 없이 꼿꼿하게 자라면 오래 살아남지 못하고 도벌꾼에 의해 나무가 빨리 목숨을 잃게 되는 법이다. 나무에 시원한 그늘이 없으면 매미도 그 나무엔 앉지를 않는다. 나무에 가지가 없으면 바람도 쉬어가지 않고 흔들고 바로 지나간다. 나무에 가지가 없으면 꽃도 피지 않고 열매도 달리지 않는 쓸모가 없는 나무가 된다. 즉 다시 말해서 우리가 이 세상을 살아가는데 더불어 살아가는 방법을 배워야 하고 내가 쓰고 남으면 썩혀서 버리지 말고 모자라고 없는 사람과 나눌 줄 알고 베풀면 나의 행복은 두 배가 된다는 것을 명심하기 바란다.

오늘도 승리하는 삶이 되는 하루가 되길 바라며…

보낸 날짜 : 2012년 06월 20일 수요일 오전 17시 43분 00초
받는 사람 : 사랑하는 두 아들(430회)

플라세보의 효과란?

아래 그림을 가만히 바라보세요. 조금 있으면 머리가 맑아지는 게 느껴질 겁니다. 최근 네티즌들 사이에서 유행하고 있는 그림입니다. 작가는 '장성철' 교수(건국대학교 멀티세러피학과), 그리고 이 그림에는 항상 '머리가 맑아지는 그림'이라는 제목이 붙어 다니지요. 그림의 효과를 기대하는 네티즌들은 이 그림을 자신의 홈피에 옮겨 담기도 합니다. "정말 신기하네요. 진짜 머리 아픈 게 해소됐습니다." "그렇게 믿고 그림을 바라봐서 일까요.
정말 좋아지는 것 같습니다." "감기 초기여서 그림을 바라보고 있습니다. 솔직히 효과는 기대 안 하지만 기분 좋은 그림이니 나을 듯도 합니다." 그러나 위 그림을 두고, 단지 '플라세보 효과' 일뿐이라는 네티즌도 있다. '플라세보 효과' 란 의사가 의약품 성분이 전혀 없는 알약을 거짓으로 '아주 대단한 약' 이라고 환자에게 주면 그 약이 효과를 발휘하는 것을 말한다.
그런데 상당수가 이 엉터리 약에 효과를 본다고 한다. 이는 마음이 긍정적으로 돌아서면 몸도 그렇게 닮아간다는 원리를 이용한 것이라고 한다. 확신하는 마음과 믿음이 있다면 뭐든지 변화시킬 수 있다는 것이다.

오늘도 즐겁고 보람된 하루 되길 바라며…

★ 이 율법 책을 네 입에서 떠나지 말게 하며 주야로 그것을 묵상 하여 그 안에 기록된 대로 다 지켜 행하라 그리하면 네 길이 평탄하게 될 것이며 네가 형통하리라. (여호수아 1장 8절)

보낸 날짜 : 2012년 06월 21일 목요일 오후 17시 28분 00초
받는 사람 : 하나님께 기쁨을 드리는 두 아들(431회)

성공시스템을 만드는 밑바탕 세 가지

1. 정확성

   반드시 자기 스스로를 시스템 마인드 해야 한다. 늘 약속도 잘 지키고 아침에 일어나고 자는 시간도 정확하게 맞추는 습관을 갖는 사람이 그렇지 않은 사람보다 성공 확률이 높다.

2. 성실성

   어떤 재능에 어떠한 시스템을 만들더라도 성실하여야 한다. 목표를 향해 꾸준하게 성심을 다해 지속적으로 노력을 해야 한다.

3. 실천성

   좋은 시스템을 정착하기 위해서는 나름대로 실천성이 있어야 한다. 반드시 자기 나름대로 목표를 세우고 약속한 것이 있으면 실천하는 습관을 갖는 것이 대단히 중요하다.

정확성, 성실성, 실천성의 3대 요소가 밑에 깔리지 않고서는 어떠한 건물을 짓더라도 건물자체가 무너지기 쉽다.

오늘의 고사성어(古事成語)
당랑거철(螳螂拒轍) : 자기 힘은 생각지도 않고 무모하게 대항함을 비유한 말.

날씨가 벌써 무척 더워지기 시작하는구나 아침 저녁 일교차가 심하니 감기 조심하고 먹는 것 잘 챙겨 먹고 정당한 운동도 지속적으로 하면서 컨디션 조절을 잘 하여라,

★ 그런즉 믿음, 소망, 사랑, 이 세 가지는 항상 있을 것인데 그중의 제일은 사랑이라.(고린도전서 13장 13절)

보낸 날짜 : 2012년 06월 25일 월요일 오후 17시 28분 00초
받는 사람 : 하나님께 기쁨을 드리는 두 아들(432회)

참을 인(忍) 자의 비밀

참을 인(忍) 자는 칼도(刀) 자 밑에 마음심(心) 자가 놓여있다.
이대로 참을 인(忍) 자를 해석하자면, 가슴에 칼을 얹고 있다는 뜻으로 풀이된
다. 가만히 누워있는데 시퍼런 칼이 내 가슴 위에 놓여있다는 것이다. 잘못하다
가는 가슴위에 놓인 칼에 찔릴지도 모를 상황이다. 상황이 이런데 누가 와서 짜
증나게 건드린다고 뿌리칠 수 있겠는가? 아니면 자리를 박차고 일어날 수 있겠
느냐?
움직여봤자 나만 상하게 된다. 화나는 일이 생겨도, 감정이 밀어닥쳐도 죽은 듯
이 가만히 기다려야 한다는 것이다.
이렇듯 참을 인(忍) 자는 참지 못하는 자에게 가장 먼저 피해가 일어난다는 뜻
을 담고 있다. 그러므로 지기평정을 잘 유지할 줄 아는 것이 인내라는 것이다. 참
을 인(忍)자에는 또 다른 가르침이 있다. 사람의 마음속에는 때로는 죽순처럼
솟아오르는 것들이 많이 있다. 온갖 미움, 증오, 분노, 배타심 그리고 탐욕들이
그러하다. 이런 것이 싹틀 때마다 마음속에 담겨있는 칼로 잘라버리라는 것입니
다. 이렇듯 인내에는 아픔이 필요하다는 것이다.
그리고 결단력이 필요하다. 하지만 인고의 삶을 터득하는 사람에게는 그 누구도
범접할 수 없는 인격이 주어질 것이다.

오늘도 멋진 하루 되길 바라며 …

★ 모든 사람이 죄를 범하였으매 하나님의 영광에 이르지 못하였더니 그리스도
예수 안에 있는 속량으로 말미암아 하나님의 은혜로 값없이 의롭다 하심을 얻은
자 되었느니라. (로마서 3장 23절, 24절)

십일조의 비밀을 안 세계의 부자들(1)

벤저민 프랭클린 : 미국 초대 정치인으로서 미국 건국의 아버지 "나는 하나님이 살아 계시 다는 것을 한 번도 의심해 본 적이 없습니다" 나는 평생에 걸쳐 필라델피아에 단 하나 있는 장로교회와 그 교회의 목사님 그리고 집회와 예배를 후원하기 위해 규칙적으로 헌금하는 것을 잊지 않았습니다." "성공하고 싶다면 끝없이 독서하고 신앙을 가져라" 벤저민 프랭클린은 젊을 때부터 다음과 같은 13개 의 규칙을 스스로 정해놓고 지켜나가려고 노력했다.

1. 절제 : 배부르도록 먹지 마라, 취하도록 마시지 마라,
2. 침묵 : 나에게나 남에게나 유익하지 않은 말은 하지 마라, 쓸데 없는 말은 피하라.
3. 질서 : 모든 물건을 제자리에 정돈하라, 모든 일은 시간을 정해 놓고 하라
4. 결단 : 해야 할 일은 하기로 결심하라, 결심한 것은 꼭 이행 하라.
5. 절약 : 자신과 다른 사람들에게 유익한 일 외에는 돈을 쓰지 마라.
6. 근면 : 시간을 허비하지 마라 언제나 유용한 일을 하라.
7. 진실 : 남을 일부러 속이려 하지 마라 순수하고 정당하게 생각 하라, 말과 행동을 다르게 하지 마라.
8. 정의 : 남에게 피해를 주거나 당연히 돌아갈 이익을 가로채지 마라.
9. 청결 : 몸과 의복 습관상의 모든 것을 깨끗하게 유지하라.
10. 중용 : 극단을 피하라, 상대방이 나쁘다고 생각되더라도 홧김에 상처를 주는 일은 삼가라.
11. 침착 : 사소한 일 일상적인 일이나 불가피한 일에 흔들리지 마라.
12. 순결 : 건강에 해가 될 정도로 술을 마시거나 도박을 하지 마라.

13. 겸손 : 예수님과 소크라테스를 본받아라.

십일조는 하나님이 주신 계명이자 약속이다. 십일조는 하나님을 믿는 사람들이
수입이나 재산의 십 분의 일을 바치는 것을 말한다. 우리 두 아들은 십일조 생활
을 잘하고 있을 줄로 안다만 십일조의 비밀을 안 세계의 부자들 이란 책을 읽고
오늘부터 세계적으로 유명한 사람들의 십일조 생활에 대해 알아보고자 한다.

오늘의 고사성어(古事成語)
낭중지추(囊中之錐) : 주머니속의 송곳이란 말로, 유능한 사람은 숨어 있어도
자연히 그 존재가 드러나게 됨을 의미한다.

오늘도 즐겁고 멋진 하루 되길 바라며 …

※ 1952년 8월 2일 770일 차 : 미 항공모함 프린스턴 호 함재기 편대 장진 부근 폭
파. 유엔군 포병 및 항공대 불모고지 북방 중공군 진지에 파괴적 포격 계속, UN군
남색내 칠원 북방에서 공산군 52명 사살, 유엔군사령부 한국후방지구 사령부의 신
설 발표 - 초대 사령관에 토마스 W 헤렌 소장 임명 사령부는 대구에 설치 종래의 제
8군 후방기지사령부와 유엔군 포로수용소사령부를 관하에 두고 민간구세사입 통
활, 휴전회담 참모장교 회의 양군의 대표가 휴전협정용어문제에 관해서 완전한 의
견의 일치 달성 위해 노력 계속, 이승만 대통령 "부통령 입후보자 중에서 특정한 누
구를 지명한 일이 없다"라는 담화 발표, 제18회 국제적십자총회(토론토) "유엔군이
한국에서 세균전을 행하고 있다"라는 공산군 측의 비난에 대해 공평한 조사 요구하
는 결의 채택, 워싱턴에서 열린 극동무역국제회의 일본을 서유럽 경제통제기구에
참가시켜 일본의 대소련권 무역에 제한하기로 합의.

보낸 날짜 : 2012년 06월 28일 목요일 오후 17시 27분 00초
받는 사람 : 받는이 : 하나님께 기쁨을 드리는 두 아들(434회)

십일조의 비밀을 안 세계의 부자들(2)
〈하나님의 것을 먼저 오른쪽 주머니에 채워라〉

윌리엄 콜게이트

세계적으로 유명한 콜게이트 치약 등을 만드는 구강 전문회사 콜게이트사의 창립자, 가난한 가정에서 태어나 미국으로 건너가 콜게이트사를 세웠다. 사업하는 동안 철저한 십일조 생활을 하였다.

"저의 성공 비결은 십일조 생활에 있습니다. 저는 수입 중 십분의 일은 항상 구별하여 오른쪽 주머니에 넣어 두었고 나머지 십 분의 구를 가지고 사업에 투자했습니다. 그래도 사업은 더욱 번창했습니다. 한 때 하루 수입이 네 사람이 겨우 옮길 만한 무게의 큰 금덩어리만 했을 때도 십일조 바치기를 주저하지 않았습니다. 십일조가 제 복의 근원이었으니까요"

오늘도 주님 말씀 가운데 승리하는 삶 되길 바라며….

★ 너희가 열매를 많이 맺으면 내 아버지께서 영광을 받으실 것이요 너희는 내 제자가 되리라.(요한복음 15장 8절)

※ 1952년 8월 8일 776일 차 : F-86 세이버 제트기대 공산군 MIG-154대 격추 5대 격파. 유엔군 항공대 수도고지 북방 중공군 진지 공격, B-29 폭격기대 원산 남방 15Km 지점인 고산 조차장 폭격. 헤리슨 유엔군 휴전회담 수석대표 연락장교회담 통해 공산군 측에 서한 2통 전달 - 북한 포로수용소 표식에 관하여 상세한 설명 요구, - 지난 4일 유엔군기 1대가 중립지대 상공 침범했다는 공산군 측 항의 일축, 국무회의 8월 15일 거행될 대통령 취임식을 서울에서 거행하기로 결정, 한국농업재건단장 윌리엄스 박사가 농림부차관과 회담, 거제도 피란민들 미곡배급 감소에 항의 소요.

보낸 날짜 : 2012년 07월 04일 수요일 오전 11시 16분 00초
받는 사람 : 하나님께 기쁨을 드리는 두 아들(435회)

십일조의 비밀을 안 세계의 부자들(3)

〈기도가 가르쳐 준 부자가 되는 비결〉

존 워너메이커 : 미국 워너메이커 백화점의 설립자로 세계 백화점의 왕이라 불린다. 신문광고를 이용하는 상술, 정찰 판매제등 현대적인 고객문화를 처음으로 개척하였다.

"나는 늘 하나님 안에서 생각하고 하나님 안에서 노력하고 하나님 안에서 땀 흘리고 하나님을 신뢰했습니다. 그것이 내 인생의 목표였습니다." 존 워너메이커는 백화점을 지을 때마다 기도실을 따로 만들었습니다. 밖의 소리가 들리지 않도록 방음 시설을 하고 조용한 가운데 기도할 수 있도록 했습니다.

그리고 매일 아침 기도실에 들어가 하나님께 기도를 올리고 그날의 할 일에 대한 지혜를 구했습니다. 그는 단 한 번도 기도를 하지 않고 혼자서 사업상의 중요한 일을 결정한 적이 없었습니다.

가장 지혜로운 동업자 하나님이 그의 곁에 계셨으니까요.

회계직원이 "회장님 회장님이 내시는 헌금이 교회에서 제일 많을 텐데 이제는 십일조를 내지 않아도 되지 않을까요?

차라리 그 돈을 다른 사업에 투자하시면 사업이 더 번창할 겁니다."라고 했다. 워너메이커는 회계직원에게 이렇게 타일렀습니다.

"하나님의 것을 제일 먼저 때 놓지 않으면 잊어버리기 쉽네,

그래서 어릴 때 어머니는 내 옷에 주머니를 두 개 만들어 달아 주셨지 난 용돈을 받을 때마다 십분의 일을 계산해서 먼저 속 주머니에 넣어 두곤 했어 아무리 사업이 번창해서 많은 돈을 번다고해도 그 모든 것은 내 것이 아니고 하나님의 것이시 그렇게 생각하면 십 분의 일도 오히려 부족하지 않겠나? "

회계직원은 부끄러워 고개를 숙이고 돌아갔습니다.

십일조는 수입에서 제일 먼저 떼어놓은 후에 나머지 돈으로 생활을 해야 제대로 십일조를 할 수 있을 것이다.

오늘의 고사성어(古事成語)
단기지계(斷機之戒) : 짜던 베도 도중에 자르면 쓸모없이 되듯이, 학문도 도중에 그만두지 말고 꾸준히 계속해야 한다는 가르침을 뜻한다.

오늘도 즐겁고 보람된 하루 되길 바란다 …

◆ 유엔군의 재 반격
 - 1950년 10월 말 중공군이 투입된 이후 계속 후퇴만을 거듭하게 된 국군과 유엔군은 사기가 크게 떨어졌고 패배의식마저 만연해 있었다. 이를 간파한 리지웨이 미제8군 사령관은 장기간 작전에 참가한 미군 장병들에게 일본 등으로 휴가를 다녀올 수 있도록 조치했다. 제2차 세계대전의 경험을 살려 그는 공격작전의 성공을 통한 사기진작이 이러한 패배의식을 극복할 수 있는 길이라고 판단했다.
 - 서부전선에서는 울프하운드 작전을 실시하고 터키여단을 배속 받은 미 제25 사단이 1951년 1월 25일 선더볼터 작전을 하여 26일 김량장리와 신갈을 탈환했다.
 - 1월 31일 미 제25사단은 서울 탈환을 위한 주요 감제고지인 수리산(474 고지)을 공격하여 2월 6일 중공군 제150사단 117 연대가 강하게 저항하는 고지를 1주일간의 공격 끝에 탈환했다.
 - 중부전선에서는 국군 제3군단이 1월 15일 부터 제3사단과 제7사단을 남대리와 영월지역에 투입하여 대대적인 소탕작전을 전개하여 1월 22일경에는 북한군 제2군단의 조직이 와해되었다.
 - 미 제10군단은 중동부전선의 전략 및 전술적 요충지인 홍천을 양익 포위하여 적을 격멸하기 위한 라운드업 작전을 2월 5일 시작했다.
 - 콜린스 미 육군참모총장이 유엔군의 철군 문제를 검토하기 위해 한국전선을 방문한 가운데 유엔군의 사기가 올라가고 있고 위력(威力) 수색작전의 성과를 직접 목격한 미 육군참모총장이 워싱턴에 복귀하여 유엔군이 한국에 남아 계속 전투를 할 수 있다는 것을 보고함으로써 더 이상의 철군 논쟁은 진행되지 않았다.

보낸 날짜 : 2012년 07월 05일 목요일 오후 16시 25분 00초
받는 사람 : 하나님께 기쁨을 드리는 두 아들(436회)

십일조의 비밀을 안 세계의 부자들(4)
〈하나를 바치면 열의 축복을 주시는 하나님〉

존 록펠러 : 미국의 실업가 석유재벌 스탠더드 석유회사 설립, 자선사업에도 몰두하여 12개 종합대학과 12개의 단과대학을 세웠으며 4900여 개의 교회를 세웠다. 록펠러재단, 일반교육재단, 록펠러의학연구소 등을 설립하여 오늘날 자선사업의 길을 열었다. "하나님이 내게 돈을 벌게 해 주셨습니다. 나는 누구보다도 돈을 많이 벌어 보았습니다. 이제 나는 사람들에게 도움이 되도록 이 돈을 쓸 것입니다. 하나님은 내가 돈을 벌면 그것을 또 다른 사람들에게 나누어 주실 것을 아시고 나를 도구로 사용하고 계십니다. 나는 하나님의 도구일 뿐입니다." 세상 사람들이 미쳐보지 못한 한 가지 비결을 발견할 수 있습니다. 록펠러는 철저한 기독교 신자였고 십일조로 자신의 믿음을 평생토록 증명해 보인 사람이었던 것입니다.

*록펠러 어머니는 돌아가실 때 아들에게 다음과 같은 열 가지 유언을 남기셨습니다.

1. 하나님은 친아버지 이상으로 섬겨라.
2. 목사님을 하나님 다음으로 섬겨라.
3. 주일 예배는 본 교회에서 드리고 교회에 충성하라.
4. 예배시간에는 항상 앞에 앉아라.
5. 십일조를 반드시 하고 남은 돈을 사용하라.
6. 아무도 원수로 만들지 마라.
7. 아침에 목표를 세우고 기도하라.
8. 잠자리에 들기 전에 하루를 반성하고 기도하라.
9. 아침에는 꼭 하나님 말씀을 읽어라.
10. 그리고 남을 도울 수 있으면 힘껏 도와라.

이제 장마가 시작되는 것 같구나 양쪽 집다 비 새는 곳은 없는지 방에 습기가 많이 차면 가끔 보일러를 돌려서 습기를 없애주어라. 음식물도 조심하고 건강에 유의하여라. 요사이 옛날에 두 아들이 쓴 논제들을 보내고 있는데 잘 보이는지 아무 이야기가 없구나 잘 안 보이면 확대해서 보아라…

오늘도 멋진 하루 되길 바라며 …

★ 그가 태초에 하나님과 함께 계셨고 만물이 그로 말미암아 지은바 되었으니 지은 것이 하나도 그가 없이는 된 것이 없느니라. (요한복음 1장 2,3절)

◆ 맥아더 장군의 해임
 – 미국이 정치적으로는 통일 한국을 추구하지만 중공군이 북한을 지원하고, 유엔군을 지원하는 회원국 등이 한국에서의 군사작전을 38도선에서 평화적으로 종결되기를 희망하고 있었다.
 – 미국은 1950년 12월에 유엔 휴전위원회에 통보한 그 선에 따라 휴전을 추구 하기 위해 38도선 북으로 제한된 기습을 가할 수는 있으나 전면적인 진격을 하면 안 된다고 유엔의 전략이 바뀌었다는 전문이 3월 20일에 전달됨.
 – 맥아더 장군은 3월 24일 미 합참에 통보도 하지 않고 일방적으로 중국을 자극하는 성명을 발표 즉 우리 군은 지금 사실상 남한을 조직적인 공산군으로 부터 해방하기에 이르렀다.
 – 유엔군의 작전을 중국연안 지역이나 내륙기지까지 확대하도록 결정했더라면 중국은 반드시 절박한 군사적 붕괴의 위험에 처하게 될 것이다.
 – 한국에 있어서 유엔의 정치적 목적을 달성할 수 있는 그 어떤 군사적 수단을 찾기 위해 최선의 노력을 할 용의가 있다라고 하는 위협적인 성명이었다.
 – 미 국무부는 즉각 맥아더의 월권적인 발언을 비난하는 성명을 발표했고 미합참은 "지금부터 귀하가 발표하는 일체의 성명은 지난해 12월 6일의 명령에 따라서 사전에 조정되어야 한다."는 대통령 지령을 하달했다.
 – 1951년 4월 11일 새벽 01시 트루먼대통령은 이례적인 심야 기자 회견을 갖고 맥아더 원수의 해임을 발표했다.

십일조의 비밀을 안 세계의 부자들(5)
〈절망을 희망으로 바꾸는 십일조의 힘〉

알버트 알렉산더 하이드 : 세계적으로 유명한 의약품 멘소래담의 개발자 이자 기업인, 맨소래담으로 해외 선교 사업을 후원 하였는데 이는 제품을 세계로 알리는 기회가 되었다. 부도의 위기에 처했는데도 집을 팔아 십일조를 함으로써 신앙을 바로잡고 기업을 일으켜 세워 성공한 것으로 더욱 유명하다.

"사람에게 진 빚보다 하나님에게 진 빚이 먼저입니다. 사람이 어떻게 하나님의 것을 도적질 할 수 있겠습니까? 십일조는 해도 되고 안 해도 되는 선택사항이 아니라 하나님이 분명한 명령이지 이름다운 축복의 약속입니다. 우리가 명령에 넘치도록 순종할 때 하나님께서도 분명히 넘치도록 우리를 축복해 주실 것입니다."

"하나님만 두려워하는 사람은 하나님 아닌것에 대해서는 아무것도 두려워하지 않는다. 그러나 하나님을 누려워하지 않는 사람은 하나님 외의 모든 것을 두려워한다."

하나님의 것을 도적질 한 십일조를 집을 팔아서라도 다시 갚아드리고 반듯한 신앙으로 다시 섬으로써 축복의 하늘 문을 열 수 있었던 것이다.

오늘의 고사성어(古事成語)
독서상우(讀書尙友) : 독서를 통해서 옛 선현과 사상적인 공감을 하여 마치 살아 있는 인물과 만나 사귀듯 하는 것을 말한다.

사랑하는 두 아들도 온전한 십일조 생활로 하나님께 기쁨을 드리는 두 아들 되기를 바라며…

보낸 날짜 : 2012년 08월 01일 수요일 오후 15시 19분 00초
받는 사람 : 하나님께 기쁨을 드리는 두 아들(438회)

십일조의 비밀을 안 세계의 부자들(6)
〈하나님이 보여주시는 꿈의 비전을 따라〉

콘래드 니콜슨 힐튼 : 미국의 기업가 세계적인 기업 힐튼 그룹의 창업자는 젊은 시절 그는 작은 호텔에서 일하는 벨보이에 불과 했으나 하나님이 주시는 꿈의 비전을 따라 오랜 세월에 걸친 시련을 이겨내어 마침내 꿈을 이룰 수 있었던 것이다. 성공한 후에도 시련은 끊임없이 찾아왔습니다. 그때마다 나는 어머니가 가르쳐 주신 대로 더 많은 기도를 드렸습니다. 매일 아침 6시 반에 교회로 찾아가 기도를 드렸습니다. 아무리 밤늦게까지 일을 했다고 해도 다음날 아침이면 무릎을 꿇고 기도를 드린 다음 출근 했습니다. 기도를 하지 않고서는 하루 일을 시작할 수 없 었습니다. 기도는 어머니가 가르쳐 주신 첫 번째 성공의 열쇠였습니다. "교회로 가라, 가서 기도를 드려라. 하나님이 응답해 주실 거야 기도는 사람이 할 수 있는 최고의 투자라는 것을 잊지 마라." 힐튼은 자서전에서 성공적인 삶을 살기 위한 방법으로 다음과 같은 열 가지를 강조했습니다.

1. 매일 일관되게 열심히 기도하라.
2. 당신만의 특별한 재능을 찾아라.
3. 크게 생각하고 크게 행동하고 큰 꿈을 가져라.
4. 언제 어느 순간에도 정직하라.
5. 열정을 가지고 살아라.
6. 재물의 노예가 되지 마라.
7. 문제를 해결할 때 서두르지 말고 인내를 가지고 대하라.
8. 과거에 집착하지 마라.
9. 언제나 상대를 존중하고 업신여기지 말라.
10. 당신이 살고 있는 세계에 대해 자신이 할 수 있는 모든 책임을 다하라.

그중에서도 그가 평생에 걸쳐 실천하고 주변 사람들에게도 강조한 첫 번째가 바로 "기도생활"입니다. 힐튼은 일이 잘 될 때나 안 될 때나 기도가 성공을 위한 최고의 투자라는 것을 잘 알고 있었습니다. 하나님은 십일조를 하지 않는 것이 도적질이며 저주를 받게 된다고 경고하고 계십니다. 그 이유는 십일조를 범하는 것은 하나님의 주권을 부정하는 행위가 되기 때문이다.

요사이 날씨가 무척 덥구나 저녁에 잠은 제대로 자는지 큰아들, 둘째 아들 이번에 엄마 서울 갔을 때 그래도 자식 노릇을 제대로 하였더구나 이모들한테 채면도 세우고 엄마가 칭찬을 많이 하더구나 더운 날씨에 건강 조심하고 먹을 것 잘 챙겨서 먹도 록 하여라.

오늘의 고사성어(古事成語)
만고불변(萬古不變) · 영원히 변하지 않음.

오늘도 즐겁고 멋진 하루 보내길 바라며 …

★ 그러므로 형제들아 우리가 예수의 피를 힘입어 성소에 들어갈 담력을 얻었나니 그 길은 우리를 위하여 휘장 가운데로 열어 놓으신 새로운 살 길이요 휘장은 곧 그의 육체니라.(히브리서 10장 19절, 20절)

※ 1952년 8월 13일 781일 차 : 미 제5공군 소속 전폭기대 벙커고지 지구의 중공군 강타. 유엔공군 시베리아고지상의 중공군 공격, 미 해병대 벙커고지에서 중공군 1개 대대 격퇴. 거제도 포로수용 소장으로 보터너 소장 미 제4군부사령관으로 임명, 해리슨 유엔군 휴전회담 수석대표 연락회담회의에서 공산군 측에 서한 - 공산군 측 신포로 수용소 위치 명시 요구, 농림부 수입된 비료 할당과정에서 물의 발생, 국민방위군 사건과 거창사건 관련자 신성모 전 국방부장관 귀국 설유포, 「근로기준법」국회 통과, 유럽군참가 6개국 대표 유럽군에 속하는 각국 군대의 복무기한 문제 미합의.

보낸 날짜 : 2012년 08월 02일 목요일 오후 17시 02분 00초
받는 사람 : 하나님께 기쁨을 드리는 두 아들(439회)

십일조의 비밀을 안 세계의 부자들(7)

〈십일조의 꿈을 품을 때 하늘 문이 열린다〉

김종호 : 한국도자기(주)창업주 세계 속의 정상급 도자기 기업으로 성장시켰다. 또한 자선사업가로서 지역발전과 종교계에도 큰 기여를 했다. 충청북도 문화상을 수상하였고 그밖에 우수 업체 경영에 따른 포상으로 대통령표창과 재무, 내무 장관상을 받았다. "공장을 짓기 전에 하나님의 전을 먼저 지어라, 이스라엘에 갔을 때 똑같이 요단강 물을 받아먹더라도 갈릴리 호수는 살아 넘실 대는데 사해는 죽어가고 있는 걸 나는 똑똑히 보았다.

갈릴리 호수는 요단강에서 받은 물을 이스라엘 방방곡곡에 대어 주지만 사해는 요단강 물을 받아만 먹고 단 한 방울도 다른 데로 내주지 않는 고인 물이라서 죽어가는 것이다. 주님이 주는 요단강 물을 받아만 먹지 말고 하나님의 뜻에 따라 베풀 줄 알아야 한다!"

"화 있을 진저 외식하는 서기관들과 바리새인들이여 너희가 박하 와 회향과 근채의 십일조는 드리되 율법의 더 중한 바 정의와 긍휼과 믿음을 버렸도다, 그러나 이것도 행하고 저것도 버리지 말아야 할지니라."

– 마태복음 23장 23절 –

예수님은 십일조를 드리는 형식뿐만 아니라 어떤 마음으로 드리느냐가 더 중요함을 일깨우고 계신다. 이것도 행하고 저것도 버리지 말아야 한다는 것은 십일조의 율법적 형식과 정신을 모두 있지 말아야 한다는 뜻이다.

첫째와 둘째는 십일조 생활을 제대로 하면 필히 주님께서 채워 주신다는 것을 체험했을 것이라 믿는다. 혹시 체험하지 못하였다면 십일조 생활을 제대로 하지

않았다는 것일지도 모른다. 필히 체험을 해보도록 하여라

오늘의 고사성어(古事成語)
불변숙맥(不辨菽麥) : 콩과 보리도 구별하지 못할 만큼 세상물정에 매우 어둡
다는 뜻이다.

오늘도 즐거운 하루 되길 바라며 …

★ 그 주인이 이르되 잘하였도다 착하고 충성된 종아 네가 적은 일에 충성하였
으매 내가 많은 것을 네게 맡기리니 네 주인의 즐거움에 참여할 지어다.(마태복
음 25장 23절)

◆ 휴전회담 의제의 채택
 – 개전 1년이 지난 시점에서 양측은 힘에 의한 해결이 현실적으로 어렵다는 인식하
에 평화와 협상을 모색하게 된다.
 – 미국은 "한국에서의 전쟁이 소련과의 전면전으로 돌입하거나 주요 동맹국의 지
지를 얻지 못한 채 한반도를 벗어나 중국으로 확대되는 것을 피해야 한다."며 전쟁목
표를 제한했고 현 상황에서 명예로운 휴전을 모색하고 있음을 대, 내외에 표명했다.
 – 1951년 6월 13일 모스크바에서는 소련, 중국, 북한 간 3자 회담에서 38도선의 경
계선을 복구하는 조건에서 휴전이 유익하다는 결론을 내리고 휴전을 추진하기로
합의했다.
 – 1951년 7월 10일 개성에서 휴전회담을 개시했다. 양측이 제시한 의제를 조율 하
는데 회담이 순탄치 않았다. 양측은 지루한 설전 끝에 휴회와 협상을 반복하면서 7
월 26 다음과 같이 휴전회담 의제에 대해 합의했다.

 1. 정전의 기본조건으로 남북한 사이에 비무장지대를 설치할 수 있도록
    군사 분계선 설정
 2. 정전감시기관의 구성 권한 기능을 포함하는 정전 및 휴전을
    실천하기 위한 구체적인 조치
 3. 포로에 관한 조치
 4. 쌍방의 관계국 정부에 대한 건의

보낸 날짜 : 2012년 08월 08일 수요일 오후 17시 24분 00초
받는 사람 : 하나님께 기쁨을 드리는 두 아들(440회)

십일조의 비밀을 안 세계의 부자들(8)
〈주가 쓰시겠다면 모든 것을 바치리다〉

김광석 : 현 참존 화장품 회장 1966년 서울 중구에 피보 약국을 개설했고 1984
년 주식회사 참존을 설립, 불교 신자였던 그는 보건 관리법 위반으로 절에 숨어
지내던 중 하나님을 만나게 되어 새 삶을 찾았다. 소망교회 장로로 매일 새벽기
도회에 참석하여 삶의 에너지와 지혜를 얻는 다고 말한다. 국민훈장 모란장, 자
랑스러운 한국인대상, 납세의무 성실이행 유공 표창, 연세기업 윤리자 대상. "부
자가 되는 비결을 알고 싶으십니까? 저는 알고 있습니다. 그 첫 번째가 바로 십
일조입니다. 저는 십분의 일이 아니라, 십 분의 이조로 하나님을 시험한 사람입
니다. 아, 정말 무섭더군요, 하나님께서 소나기 같은 복을 퍼부어 주시는데… 십
일조가 가져다준 축복은 제가 감당하기 어려울 정도 였습니다."
"만군의 여호와가 이르노라 너희의 온전한 십일조를 창고에 들여 나의 집에 양
식이 있게 하고 그것으로 나를 시험하여 내가 하늘 문을 열고 너희에게 복을 쌓
을 곳이 없도록 붓지 아니하나 보라." 〈말라기 3장 10절〉
 그는 새벽기도를 통해 다섯 가지를 얻었다고 강조한다. 첫째가 '평강' 과 '희락'
의 열매입니다. 새벽 기도를 드리면서 마음에는 늘 평안과 감사가 넘치게 되었
고 사업이 잘되면 잘돼서 감사하고 안 되면 안 돼도 감사 하였습니다. 둘째가 "
가족의 안녕"과 "평화"입니다. 셋째가 "물질의 축복"이었고, 넷째는 "명예", 다
섯째는 "건강"이었습니다.

십일조의 비밀을 안 세계의 부자들 (8-1)에서 계속

오늘의 고사성어(古事成語)
만고풍상(萬古風霜) : 불경에 나오는 말로 사는 동안에 겪은 많은 고생(苦生).

★ 태초에 말씀이 계시니라. 이 말씀이 하나님과 함께 계셨으니 이 말씀은 곧 하

나님이시니라."(요한복음 1장 1절)

※ 1952년 8월 20일 788일 차 : UN군 세이버 제트기 MIG-15기와 5차례에 걸친 MIG기 1대 격추. 유엔공군 평양 부근의 공산군 보급품 집적소 공격, 전투, 이승만 대통령 중부전선 시찰, 국회 제17차 본회의「지방분여세법안」등 심의, 신태영 국방부장관 백선엽 육군총참모장 부산 시찰(각 부대 학교 병원), 신성모 전 국방부장관 국민방위군 및 거창사건 혐의로 일본 피신했다가 귀국.

◆ 지리산 공비토벌 작전

 – 1950년 말 국군과 유엔군의 인천상륙작전과 반격작전으로 퇴로가 차단된 북한군 패잔병들이 호남과 영남지역의 지방공비들과 합류하여 지리산 일대에서 게릴라전을 펴면서 지서를 습격하고 식량을 약탈하고 양민을 납치하는 갖가지 만행을 자행하고 있었나.

 – 지리산 지역 산간마을에는 소위 '해방구' 라는 것이 생겨 공비들이 현물세를 거둬들이고 '낮에는 대한민국, 밤에는 인민공화국'이라는 말이 나돌 정도로 치안이 불안해 주민들이 견디기 어려운 실정이었다.

 – 정부에서는 유엔군사령부와 협의하여 후방 지역 군사시설 보호와 치안질서를 위해 육본은 1951년 11월 25일 백 야전전투사령부(백야사)를 설치하고 사령관에 국군 제1군단장 백선엽 소장을 임명했다.

 – 토벌부대 이름을 사령관의 성을 넣은 '백 야전 전투사령부' (Task Force Paik)라고 명명하였다.

 – 백야전투사령부는 1951년 12월 2일부터 호남지역 공비토벌작전 일명 쥐잡기 (Rat Killer)작전을 4회에 걸쳐 실시했다. 지리산 공비토벌작전 결과 사살 되거나 포로로 잡히거나 귀순한 공비는 1만 6,000여 명에 달했고 노획무기도 3,000여정에 이르렀다.

 – 백야사의 공비토벌작전을 통해 호남지역 일대에서 후방교란, 약탈, 살인, 방화 등을 자행하던 남부군을 비롯한 북한군 패잔병으로 구성된 공비들의 주력이 섬멸됨으로써 남부지역은 안정을 되찾게 되었다.

보낸 날짜 : 2012년 08월 09일 목요일 오후 15시 03분 00초
받는 사람 : 하나님께 기쁨을 드리는 두 아들(441회)

십일조의 비밀을 안 세계의 부자들(8-1)

많은 크리스천 사업가들이 그에게 와서 사업이 어렵다고 고충을 털어 놓으며 김광석의 비결을 묻곤 합니다. "그 많은 빚더미 속에서 도대체 어떻게 일어 날 수 있었습니까? 사업 성공의 비결이 무엇입니까? 그것을 좀 가르쳐 주세요," "암요, 사업 성공의 비결이 있지요. 첫째는 철저한 십일조 입니다. 돈을 많이 벌수록 십일조가 쉽지 않습니다. 십일조 액수가 커지기 때문에 아까운 생각이 들죠, 그러나 인색한 마음으로 드리면 아무 복이 되지 않습니다.

아예 준비해 두었다가 드려야 합니다. 둘째 비결은 바로 새벽기도 입니다. 온전한 십일조를 하는데도 축복을 받지 못한다면 그 다음 대안이 바로 '새벽기도' 죠 기도시간에 하나님은 놀라운 지혜를 주십니다. 나는 예수를 믿어 복을 받은 사람입니다.

예수 믿어 저주를 받는다면 누가 예수를 믿겠습니까?

셋째 비결은 청지기 정신입니다. 모든 재물은 하나님 것이고 나는 청지기종에 불과합니다. 모든 걸 하나님께 맡기면 하나님이 책임져 주시니 걱정할 것도 없고 마음이 편안 합니다. 그러면 사업도 더 잘되죠, 십일조!, 새벽기도! 청지기 정신! 이 세 가지가 저의 성공 비결 입니다.

십일조의 비밀을 안 세계의 부자들(8-2) 계속

오늘의 고사성어(古事成語)
막전막후(幕前幕後) : 시작되고 끝나가는 과정에서 가려져 있던
숨은 뒷이야기나 숨가빴던 속사정을 말함

오늘도 즐겁고 멋진 하루 되길 바라며 …

보낸 날짜 : 2012년 08월 13일 월요일 오전 11시 14분 00초
받는 사람 : 하나님께 기쁨을 드리는 두 아들(442회)

십일조의 비밀을 안 세계의 부자들(8-2)

다음과 같은 자세로 온전한 십일조를 드리며 우리의 신앙고백을 하늘에 올려 드리 때 하나님께서는 기뻐 받으시고 우리를 향하여 하늘 문을 열어 주실 것이다.

- 고백하는 마음으로 인생의 주인이 내가 아니라 하나님임을 고백 하는 마음으로 십일조를 드려야 한다.
- 순종하는 마음으로 하나님의 계명에 순종하는 마음으로 드려야 한다.
- 감사하는 마음으로 이미 받은 은혜와 앞으로 부어주실 은혜에 감사하는 마음으로 드려야 한다.
- 기뻐하는 마음으로 인색하지 않고 기뻐하는 마음으로 드려야 한다.
- 주님의 몸 된 교회를 위하는 마음으로 하나님의 전인교회와 교회의 일을 돕는 마음으로 드려야 한다.
- 정해진 장소에 십일조는 아무 데나 갖다 내는 게 아니라 하나님이 정하신 장소인 성전에 드려야 한다.
- 규칙적으로 지속적으로 정해진 기간마다 드려야 한다.

* 하늘 문을 여시는 축복

우리가 십일조를 하는 것은 축복을 받기 위해서가 아니라 이미 받은 축복에 감사하기 위해서 이다. 그런데도 하나님은 우리에게 채워주실 미래의 축복에 대해 수많은 언약을 주셨다.

첫째 : 십일조를 함으로써 하나님과 동행하는 축복을 누릴 수 있다는 것이다.

둘째 : 물질의 축복을 약속하셨다.

셋째 : 보호의 축복을 누릴 수 있다.

넷째 : 자손들에게 까지 축복이 이어진다는 것이다.

이것으로 십일조의 비밀을 안 세계의 부자들에 대한 책 한 권을 마무리 하고자 한다.

큰아들은 특히 십일조가 아니라 십이조로 빠트리지 않고 일정하게 성심성의껏 십일조 생활을 하여야 할 것이다. 둘째도 마찬 가지이다. 교회에서 반주를 할 수 있는 것만으로도 하나님께 감사하여야 할 것이다. 십일조 생활을 둘 다 잘하고 있을 줄로 믿지만 노파심에서 다시 한 번 강조하니 꼭 지키도록 하여라.

오늘의 고사성어(古事成語)
무법천지(無法天地) : 제도와 질서가 문란하여 법이 없는 것 같은 세상을 말한다.

오늘도 즐겁고 보람된 하루 되길 바란다.

★ 믿음은 바라는 것들의 실상이요 보이지 않는 것들의 증거니 선진들이 이로써 증거를 얻었느니라. (히브리서 11장 1~2절)

※ 1952년 8월 27일 795일 차 : UN 폭격기 편대, 신안주–선천 간의 교통로 및 군사 시설 폭격. 유엔군 공격부대 북한강 동쪽에서 중공군과 교전, 공산군 2개 분대 금성 지역에서 탐색전. 유엔공군 서흥 경고 폭격. 제117차 휴전회담 회담 시작 33분 만에 1주일 휴회 결의, 남일 공산군 측 수석대표 - 유엔군 측의 포로대우 비난 8월 11일부터 23일까지 사이에 발생한 수용소 소요사건의 진상 규명 요구, 중석불 사건에 대한 정부 및 국회조사위원회 연석회의 국무 회의실에서 개 최, 국회 법제사법위원회「형법안」통과, 전국 병사구사령부 병무과장회의 징집 보류 학생규정 결정.

중석불 사건(重石弗 事件)
정부가 중석(텅스텐)을 외국에 수출하여 획득한 달러(중석불)를 민간 기업에 싼 값에 매각하여 비료와 밀가루를 수입하여 이를 농민에게 비싼 값으로 팔아 피해를 입힌 사건.

보낸 날짜 : 2012년 11월 13일 화요일 오후 17시 51분 00초
받는 사람 : 하나님께 기쁨을 드리는 두 아들(443회)

오래간 만에 글을 쓰게 되었네, 오늘이 꼭 3개월 만에 메일을 보내는 구나, 우리 두 아들은 그동안 아빠 메일이 오지 않아 마음이 홀가분 했을 지도 모르겠네, 3개월 동안이나 메일이 오지 않으면 외 그럴까 궁금했을 텐데 아무런 반응이 없으니 말이다.

그동안 회사 일이 바빠서 메일 보낼 시간이 없었다. 그 덕택에 세월이 너무나 빨리 지나가는 것 같구나 아무리 바빠도 오늘은 정말 기분 좋은 소식이 있어 메일을 보낸다.

다름이 아니라 둘째가 어떤 목표를 세워 열심히 노력하고 있다는 것을 엄마로부티 들었다. 목표를 세웠으니 최선을 다해 열심히 누력할 줄 믿는다 혹시 도움이 될는지 몇 자 적어 본다.

* 성공자들의 가장 큰 차이점은 무엇일까?

1. 초심을 잃지 않는 것

    처음에 결심한 대로만 믿고 산나면 이 세상에 싱공 못할 사람은 아무도 없다

    – 작심삼일 : 이상하게 사람들이 중간에 마음이 흔들리고 3일이 지나기 시작하면 작심삼일이라는 몹쓸 병이 올라온다.

    최근에 모든 심리학책을 보면 사람이 가장 견디기 어려운 것이 3일, 72시간이라고 한다.

2. 초심을 잃지 않는 첫 번째 방법

    – 각인효과 : 진짜 결심을 했다면 보이는 곳에 목표를 붙여 놓는다.

    초심(목표)이라는 글씨를 책상 앞에 적어 놓은 사람과 그렇지 않은 사람하고는 성공확률이 3배 이상 차이가 난다고 한다.

    – 자기의 자아를 자극 매일 써놓은 것을 들여다보거나 집안의 벽 같은데 붙어 있을 때는 자기도 모르게 움찔움찔하게 자기의 자아를 자극하게 된다는 뜻이다.

3. 결심을 이야기하자

   주변 사람에게 자기의 결심을 이야기하자. 후원자 그룹이 형성이 되어서 그 사람에게 후원자 그룹이 생긴다.

   둘째 아들은 이미 엄마에게 결심을 이야기했기에 벌써 엄마와 아빠는 아들의 목표가 달성될 수 있도록 후원자로 기도 하고 있다.

4. 자기에게 매일 다짐하는 시간을 갖자

   매일 저녁때나 나름대로 결심한 것이 제대로 이행되고 있는지 자기 점검을 하면서 반성하는 시간을 갖자.

   성공하는 사람은 대게 결심을 끝까지 밀고 가는 사람들이지만 실패하는 사람은 대부분 중간에서 포기하는 사람들이다.

벌써 서울에는 날씨가 무척 추울 텐데 따뜻하게 입고 감기 들지 않게 식사제때 하고 건강 잘 챙겨라. 둘째 아들 파이팅!!!!!

오늘도 즐겁고 보람된 하루 되길 바라면서…

★ 이사야가 그들에게 이르되 너희는 너희 주에게 이렇게 말하라. 여호와께서 이같이 말씀하시되 너희가 들은 바 앗수르 왕의 종들이 나를 능욕한 말로 말미암아 두려워하지 말라 (이사야 37장 6절)

※ 1952년 9월 1일 800일 차 : B-26 경폭격기대 동해안의 신창 폭격. 중공군 벙커 고지 탐색공격, 유엔군 철원 서쪽 불모고지를 공격하는 공산군 격퇴. 유엔 공격부대 고성 남쪽 공산군 진지 공격, UN 함재기 편대 한만국경(韓滿國境)에서 4km 지점에 있는 아오지정유소 및 두만강 남안의 무산철광(茂山鐵鑛) 대폭격. F-86 세이버 62대 MIG-15 제트기 58대와 국회 제23차 본회의 지방세 법 중 개정 법률안 통과, 한미 합동 경제위원회 미국 측 미곡 흉작 원인이 시비(施肥) 때문이라고 주장, 징병제 실시, 리 유엔 사무총장 제7차 총회에 제출할 연차보고 발표 - 유엔은 한국의 긴급 원조 비료로 2억 5,000만 달러 조달 한국부흥 장기계획 위해 2억 500만 달러 지원용의.

보낸 날짜 : 2012년 12월 18일 화요일 오후 14시 18분 00초
받는 사람 : 하나님께 기쁨을 드리는 두 아들(444회)

사랑하는 두 아들에게 오래간만에 메일을 보내는 구나

요사이 추운 날씨에 어떻게들 지내고 있는지 몸들은 괜찮은지 건강들 잘 챙기고 특히 둘째는 추위를 많이 타는데 잠잘 때 따뜻하게 보일러 틀어서 감기 들지 않도록 하여라. 아빠는 감기가 와서 한 달 정도 기침하고 몸이 좋지 않았다.

이제 겨우 정상적인 상태로 돌아온 것 같구나 서울에 온도가 지속적으로 영하권에 있을 때에는 수도꼭지에 물이 한 방울씩 떨어지게 하고 보일러는 외출로 해서 동파되지 않도록 하여라. 올해도 벌써 며칠 남지 않았구나 둘째 생일도 곧 다가오는데 좋은 스케줄은 있는지 좋은날 되길 바란다.

올해도 잘 마무리하고 무엇이 남있는지 돌이켜 보고 내년에도 멋진 한 해가 될 수 있도록 좋은 계획 세우길 바란다.

오늘도 즐겁고 보람된 하루 되길 바라면서…

★ 보라 내가 내 영을 그의 속에 두리니 그가 소문을 듣고 그의 고국으로 돌아갈 것이며 또 내가 그를 그의 고국에서 칼에 죽게 하리라 하셨느니라 하니라 (이사야서 37장 7절)

※ 1952년 9월 10일 809일 차 : 유엔군 폭격기 편대, 평양 근방의 북한군 기초훈련학교 폭격, 유엔 함재기대 부전 장진 발전시설 공격, 국군 수도 고지에 대한 공산군 공격 격퇴, UN 공군, 금성 및 수도고지 일대의 공산군 진지 공격. 국회 헌법 개정안 및 기타 중요안건 투표를 무기명으로 하는「국회법 개정안」통과, 국회 중석불 사건에 대한 특별조사위원회의 임무를 계속시켜 차기 회기에서 국회 입장 결정하기로 결의, 미국 영국 프랑스 3개국 유고에 대하여 총액 9,900만 달러의 경제군사원조 제공 결정, 카슈미르 분쟁에 관한 인도 파키스탄 양국 대표회의(제네바에서 개최) 미해결로 종료,

보낸 날짜 : 2012년 12월 24일 월요일 오후 15시 08분 00초
받는 사람 : 하나님께 기쁨을 드리는 두 아들(445회)

한 해를 돌아보며, 2012년 한 해도 나의 머릿속 에는 얼마간 남아 있겠지만, 나의 삶 속에서는 영원히 멀어져 간다.

일 년 동안 무엇을 하고 어떤 것이 남았는가를 생각해 볼 때 그리 생각나는 것이 없구나…

나 자신도 제대로 못하면서 자식들한테 또는 회사 직원 들게 인생을 조금 더 살았다는 핑계로 이러쿵 저러쿵 한 것이 부끄럽게 느껴지는 연말이구나. 그래도 돌이켜 보니 색소폰 부는 실력은 조금 나아졌는 것 같구나 처음에는 어떻게 내가 할 수 있을까 했는데 나 자신도 놀라운 마음이 든다. 엄마는 오카리나를 학원에 2개월 정도 다니고 혼자서 연습을 했는데 이제는 찬송가는 대부분 불 수 있는 실력이다. 내년에는 우크렐레에 도전을 해보려고 하는데?

엄마가 갔던 학원 원장이 30대 아줌마 인데 혼자서 피아노, 플루트, 오카리나, 우크렐레, 드럼 등 여러 가지 악기를 배워서 가르치고 있고 그 선생은 거기서 그치지 않고 가야금도 배워서 가르치겠다고 하는 모양이 구나 인간의 능력은 자기가 개발하면 무엇이든지 할 수 있는 것 같다. 이제 우리나라도 생활에 여유가 생기고 무언가를 하려고 하는 사람이 많아져서 음악학원도 괜찮을 것 같구나.

2013년에는 우리 모두 기억에 남는 한해,

무엇인가 거둘 수 있는 한 해가 되길 모두 함께 노력해보자꾸나

즐겁고 보람된 성탄절이 되길 바라며 …

★ 내가 주와 또 선생이 되어 너희 발을 씻겼으니 너희도 서로 발을 씻어 주는 것이 옳으니라 내가 너희에게 행한 것 같이 너희도 행하게 하려 하여 본을 보였노라.(요한복음 13장 14~15절)

보낸 날짜 : 2013년 01월 28일 월요일 오후 18시 14분 00초
받는 사람 : 하나님께 기쁨을 드리는 두 아들(446회)

오래간만에 메일을 보내게 되었네, 또 날씨가 추운데 몸들은 괜찮은지 둘째는 통
연락이 없구나 형님은 그래도 가끔 목소리라도 듣는데 어떻게 살아가는지 궁금
하구나 아빠가 직장생활을 한 40여 년간 하고 그만 둔지가 벌써 한 달이 다가오
고 있구나, 그동안 이 모양 저 모양으로 바쁘게 지내게 되어 메일을 보내지 못했
구나, 그중 큰 변화는 큰아버지(부암동)와 이 세상에서 함께할 수 없다는 것이 가
장 큰 충격이구나 이제 아빠 세대로 이 세상과 이별해야 하는 순서가 왔는가를 생
각하게 되어지는 시점이구나 언젠가는 헤어져야 하는 것이 이 세상에서 삶의 종
점이 되겠지. 어쩌면 앞서거니 뒷 서거니 하면서 헤어지는 연습을 반복하다 보면
자기 차례가 와 있다는 것을 느끼게 뇌셌지, 둘째는 요사이도 일주인에 두 번 정
도 학원가고 계속 집에 있는지 요사이 젊은이들은 결혼해서 둘이서 벌어도 먹고
살기 힘들다는데 둘째 아들은 재주도 좋다 일주일에 이틀만 벌어서 먹고 산다는
것이? ? ? 살면서 가장 경계해야 할 것은 이것도 저것도 아닌 미지근한 것이다.
어떻게 되겠지 자기의 삶을 수수방관하는 그런 행동의 결과는 모든 깃이 자기에
게로 돌아온다는 것을 깨닫길 바란다. 이 메일도 언제 볼지 모르겠구나 앞에 보
낸 메일도 보지 않았으니… 아빠, 엄마는 우리 두 아들을 위해 무엇을 해 주어야
할지를? 하여튼 과거에 집착하지 않고 현재에 충실하며 미래를 대비하는 큰아
들 작은아들이 되었으면 하는 바람이다.

오늘은 한 주간이 시작되는 월요일, 날씨는 춥지만 힘차게 출발하여 한 주간도
주님 말씀 가운데 승리하는 삶 되길 바라면서 …

★ 눈은 몸의 등불이니 그러므로 네 눈이 성하면 온 몸이 밝을 것이요
                                              (마태복음 6장 22절)

보낸 날짜 : 2013년 01월 31일 목요일 오후 15시 46분 00초
받는 사람 : 하나님께 기쁨을 드리는 두 아들(447회)

아빠의 직장 생활 40여 년을 마무리하는 마지막 송별식을 지난주 금요일 하였다. 아빠가 정년(2008. 9.30)을 하고 관련 협력사에 4년 3개월을 더 다녔더구나 인원은 얼마 되지 않지만(20명) 사업소를 운영하면서 많은 어려움도 많았지만 보람된 일도 많았던 것 같구나. 어려운 여건에서 특히 임금이 협력회사는 모회사의 1/2 수준 정도밖에 안 되고 복지 수준도 아주 나쁜 여건에서 어려운 일 더러운 일 도맡아 하면서 임금은 제대로 받지 못하는 실정이다.

그러나 그곳의 직원들 중 젊은 직원들은 일하면서, 좀 더 나은 직장을 가기 위해 열심히 공부하며 노력하는 모습이 정말 보기 좋았다. 그중에는 집안 형편이 여의치 못해 학교를 제대로 못 간 친구들이 대부분이고 극소수지만 게을러서 공부를 하지 않았는 친구도 있지만 대부분 열심히 하려고 노력한다.

아빠는 그런 친구들을 위해 최대한 시간과 공부하는데 도움을 주기 위해 배려하고 격려도 해서 아빠가 있는 동안 5명이 모회사 시험에 합격하고 3명은 좀 더 나은 직장에 합격하여 가게 되어 조그만 보람을 느꼈다. 또한 나이 드신 분들은 천직으로 여기고 묵묵히 열심히 일하는 분 들이였다. 아빠는 그분들께 최대한 도움을 주려고 많은 노력을 했지만 그래도 아쉬움이 남는구나. 아빠는 정년 후에 협력회사에 다닌 것이 정말 보람 있게 보낸 것 같구나, 송별식에서 직원들이 송별사를 하면서 눈물을 글썽이며, 또는 우는 이도 있었다. 내가 베푼 것이 너무나도 작은데 직원들이 받아들인 것이 너무 큰 것 같아 내가 너무 미안한 마음이었다. 어렵고 힘든 자들이 순박하고 상대방을 더 이해하는 것 같구나…

이 사회에 어렵게 일하는 사람들이 가진 자보다 더 순수하고 거짓이 없음을 느끼게 하는 시간이었다. 나보나 약한 자에게 더욱 겸손하고 배려하고 잘해야 하는 것이라 새삼 느끼게 되는구나…

아빠도 정년을 하고 덤으로 4년을 넘게 일하고도 그만두라고 하니 섭섭한 마음이 들 더 구나 옛사람들이 늙어 죽을 때까지 철이 안든 다는 말을 새삼 느끼게 하

는 시간이었다. 남들에게는 내려놓으라고 스스럼없이 이야기하면서 정작 본인은 내려놓기 싫어하면서 말이다. 우리 두 아들이 아빠 나이가 될 때는 어떠한 생각이 들지 모르지만 가능한 덜 후회하는 삶을 살기 바란다.

오늘의 고사성어(古事成語)
만산홍엽(滿山紅葉) : 단풍이 들어, 온 산이 붉게 물들어 있음을 의미하지민 속뜻은 사계가 다 아름다움을 말한다.

오늘도 많이 웃을 수 있는 하루가 되길 …

첨 부 : 명언모음

★ 너희가 나를 택한 것이 아니요 내가 너희를 택하여 세웠나니 이는 너희로 가서 열매를 맺게 하고 또 너희 열매가 항상 있게 하여 내 이름으로 아버지께 무엇을 구하든지 다 받게 하려 함이라.(요한복음 15장 16절)

※ 1952년 9월 17일 816일 차 : 유엔공군 16차례에 걸쳐 지형능선의 중공군 거점에 네이팜탄 공격, 미 극동사령부 해병대 소속 전투기 6대가 귀환 도중 추락한 사실 발표, 미 국방부, 한국전에서 희생된 미군 총수가 11만 7971명이라고 발표. 거제도 수용소 다시 소요 포로 17명 부상, 이승만 대통령 동부전선 시찰 후 터키 및 필리핀부대에 표창장 수여, 신익희, 장택상 국무총리와 민주협회 결성 등 논 의, 농림당국 금융조합연합회의 구호양곡 도정 및 관리전담에 대해 반대, 경인선 에서 기관차 폭발 사망 12명 부상 200명, 미 국무부 정보 조사국 원화와 달러화 의 교환 비율 문제 분석, 『프랑스』지 보도 중 소 회담 결과 소련이 티베트에서 전략적 폭격기지와 우라늄 광산 획득.

보낸 날짜 : 2013년 02월 04일 월요일 오후 17시 52분 00초
받는 사람 : 하나님께 기쁨을 드리는 두 아들(448회)

서울에 눈이 많이 내렸다고 하는데 별 문제는 없는지 걸어 다닐 때 장갑을 꼭 끼고 호주머니에 손 넣고 다니지 말고, 오늘이 벌써 절기상으로 입춘이구나, 봄은 벌써 우리 곁으로 다가올 준비를 하는 것 같구나, 올해도 벌써 한 달이 훌쩍 지나고 2월이다.

오늘은 부암동 큰아버지에 대해 몇 자 적어 보려고 한다.

할아버지 할머니 자식으로 4남 2녀 중 제일 맏이가 부암동 큰아버지다. 큰아버지는 외정시대(일본 식민지 시대)에 일본에 건너가 태어나서 1945년 해방이 되고(세계2차 대전 미국이 승리) 부산으로 나와 76년간 이 세상에 계시다 하늘나라로 가셨다.

내가 아는 바로는 아버지 형제들 중에서는 큰아버지가 머리가 가장 좋았다고 알고 있다. 초등학교 때는 반에서 1등을 하고 반장을 지속적으로 한 것으로 안다. 그때 그 시절에는 모두가 어려운 시절이었다. 나라도 많이 어렵고 경제도 제대로 굴러가지 않는 그런 어려움 속에서 1950년 6월 북한의 남침으로 한국전쟁이 일어났으니 정말 어려운 여건에서 어린 시절을 보내고 일찍부터 돈을 벌어야 하는 실정이었다.

고등학교는 직장을 다니며 독학으로 마쳤고, 아빠가 태어나(1950년 9월)중학교 갈 시점에는 큰아버지, 작은아버지(서울), 큰고모(마산), 작은 고모(서울)모두 직장을 나가던 시점이었다. 그래서 아빠는 학교를 편안하게 다닐 수가 있었다. 다음에 계속

오늘도 주님 말씀가운데 승리하는 하루가 되길 바라며 …

★ 대저 의인은 일곱 번 넘어질지라도 다시 일어나려니와 악인은 재앙으로 인하여 엎드러지느니라.(잠언 24장 16절)

보낸 날짜 ： 2013년 02월 05일 화요일 오후 17시 55분 00초
받는 사람 ： 하나님께 기쁨을 드리는 두 아들(449회)

그때(1950년~1970년) 어려운 시절은 그이 대부분의 사람들이 어려운 생활을 하였다. 할아버지 할머니는 일본에서 살다가 부산으로 나와서 특별히 할 것이 없어 여러 가지 장사를 했던 것으로 안다. 할머니께서 가끔 머리 꼭대기 부분이 헐어서 진물이 나곤 하였는데 그것은 젊을 때 물건을 머리에 이고 먼 길을 다녀서 그렇다고 하셨다. 모든 부모들이 고생해서 자식을 키웠겠지만 자식들은 부모가 살아계실 때는 잘 모르다가 이 세상에 안 계시면 가끔 생각나는 것 같구나, 아빠가 기억이 나는 것은 부암동 고개 그때의 길은 비포장으로 차가지나 가면 먼지도 많이 나고 하였다.

그곳의 옛 지명이 고대라는 곳에서 잡화상(과자, 상집 기디 등 등) 과 풀빵(요사이 붕어빵 종류)을 구워서 파는 장사를 하셨다.

그때 그곳에 가깝게 할아버지 동생분이 살고 있어 장사를 마치고는 비품 등을 그 집에 맡겨 놓고 했는데 내가 초등학교 들어가기 전에 도와준다고 의자를 들고 가다 한쪽 편을 잘 보지 못하고 건너다 군인 지프차에 치일 뻔하였다. 그 후로는 그곳에 못 따라가게 되었다. 집에서 막내 삼촌과 놀다가 할아버지 할머니가 올 때가 되면 장롱 속에 숨어서 할아버지, 할머니를 놀라게 하기도 하였다. 큰아버지는 무역회사에 다녔고, 작은아버지는 단추 등 생필품 만드는 회사에 다녔다. 큰고모, 작은고모는 방직공장에 다녔고. 그때 부산에는 신발공장, 방직공장이 가장 많았다. 우리나라 산업의 기초가 된 산업들이다. 큰아버지는 그때 동네에서 좋은 직장에 다닌다고 칭송을 받고 부산의 가장 번화가였던 광복동에 사무실이 있어 정장을 하고 출퇴근을 해서 모두들 부러워하였다. 아빠가 중학교 다닐 때 몸이 약하다고 큰아버지가 영양제도 사주시고 중학교 시험에 합격했다고 삶에 양식이 되는 책들을 사주시기도 했다.

그때 생각나는 책이 앙드레지드가 지은 좁은문이 생각나는구나 나에게는 아버지와 같은 존재였다. 할아버지께서 남긴 말씀 중에 기억하고 가슴에 새겨야 할 것이 있어 소개한다.

집 밖을 나가서 집으로 돌아올 때는 무엇을 들고 들어오든지 아니면 보고 듣고 하여 머릿속에라도 넣어서 들어오라고 하셨다. 이 말씀은 너희들에게도 전해 내려가길 바란다. (다음에 계속)

오늘의 고사성어(古事成語)
무상무취(無聲無臭) : 이름나지 않았거나 세상을 피하여 숨어 살므로 소리도 냄새도 없음 또는 하늘의 도는 알기 어려워서 들어도 소리가 없고 맡아도 냄새가 없음을 말한다.

오늘도 잘 마무리하고 내일을 위해 좋은 꿈꾸길 바라며 …

★ 사도들이 주께 여짜오되 우리에게 믿음을 더하소서 하니 예수께서 이르시되 너희에게 겨자씨 한 알만한 믿음이 있었더라면 이 뽕나무더러 뿌리가 뽑혀 바다에 심기어라 하였을 것이요 그것이 너희에게 순종하였으리라"(누가복음 17장 5절, 6절)

※ 1952년 9월 27일 826일 차 : 유엔군 폭격기 선천 공산군사령부 폭격. 화살머리 전투 프랑스군이 강원도 철원군에서 전투, B-29 폭격기대, 용미동 희천 등 3개소 철교 폭파. 유엔군 켈리고지 공격하는 중공군 격퇴, 클라크 유엔군사령관 한국 주변의 해상 방위 지역 설정 발표 - 해상방위지역 설치 목적은 공산군 스파이의 한국잠입 저지 및 한국해안선에 대한 공산군의 공격 저지 유엔군 보급선의 확보 밀수저지 등, 남일 공산군 측 대표 휴전회담 연락장교회담에서 유엔군의 포로 취급에 대한 항의 또다시 헤리슨 대표에게 전달, 자유당 중앙집행위원회 이승만 대통령의 당 기구 개정안 채택, 국방부 임시군무회의 개최 장병에 식량 및 부식에 관한 문제 검토,「장정소집에 관한 건_국무원 공고 제42호 공포 - 만 28세 이상 39세 미만 의사계 기술자 및 만 28세 이상 만 36세 미만 각종 기술자중 군에 필요한 수의 장정을 10월 1일부터 1953년 8월 31일 간 소집.

보낸 날짜 : 2013년 03월 05일 화요일 오후 17시 06분 00초
받는 사람 : 하나님께 기쁨을 드리는 두 아들(450회)

오래간만에 메일을 보낸나, 이제 봄이 성큼 다가오는 것 같구나

환절기에 감기 들지 않도록 조심 하여라. 449회 메일 연속으로 엄마(외갓집) 쪽에 어르신들께서 후손들에게 물려주신 좋은 것을 하나 이야기 해두고자 한다.

그 시절 어린아이들에게 야단을 칠 때 보통 죽일 놈, 망할 놈 못된 놈 등 부정적인 말로 야단을 많이 쳤는데, 크게 될 놈, 잘될 놈 등 항상 긍정적인 말로 야단을 쳤다고 한다. 부암동 큰아버지는 아빠가 중학교 2학년 때에 결혼을 한 것 같구나 큰아버지 나이가 아마 27세쯤에 결혼을 하였다.

왜 내가 기어을 하는가 하면 그때 큰어머님이 시집와서 며칠 되지 않아 한복을 입고 아빠가 수학여행을 간다고 새벽에 집을 나가는데 큰어머님이 따라 나오셔서 도련님 잘 다녀 오세요라고 하면서 배웅하는 것이 기억나는 구나 그 시절에는 시집와서 며칠 동안은 한복을 입고 아침에 시아버지 시어머니께 아침밥을 해서 문안 인사를 드리는 풍습이 있었다. 그때 집에 식구가 시동생 3명 시누 2명 시아버지, 시어머니 큰 어머니 포함 모두 아홉 식구였으니 시집살이가 어려운 것은 당연지사가 아니겠는가 살림도 넉넉하지 못한 상태에서 고생을 많이 하셨다. 그때 그 시절은 모두가 어려운 시절 이였다. 큰아들, 작은아들은 부암동 큰어머님에 대한 좋은 인상은 별로 없었을 것이지만 삶이 여유롭지 못하면 짜증스러울 수도 있으니 너희들한테 까지 너그럽게 베풀지 못하였을 것이다.

큰아버지가 친구와 같이 사업을 하려고 하다가 제대로 되지 않아 빚보증 때문에 많은 어려움이 있었다.

마산 큰고모는 집에서 구식(전통혼례식)으로 부암동 집 마당에서 결혼식을 올렸다. 그때는 결혼식을 하면 동네잔치였다 돼지를 잡고 국수, 잡채, 찌짐(전) 등을 해서 이웃들과 나누어 먹고 하였다.

또한 그 시절에는 명절이 되면 항상 부암동 아빠가 사는 집에 손님이 많았다. 항상 할머니께서 명절에는 사람이 북적 그려야 명절 같고 잘 산다고 하시면서 집

에 오는 손님들을 극진히 대접을 하여 큰집보다 우리 집에 항상 친척들이 많이 모이곤 했었다.

명절날 제사는 보통 여섯 군데 정도 돌아다니면서 하루 종일 제사를 지내곤 하였다. 우리 두 아들과 집안에 대한 이야기를 나누고 싶지만 이때까지 그런 시간 한번 못 가지고 살았는 것 같구나 메일 로라도 가끔 나누어 보자꾸나

오늘의 고사성어(古事成語)
수구초심(首丘初心) : 여우가 죽을 때 자기가 살던 굴 쪽으로 머리를 두고 죽는 다는 것으로, 고향을 그리워하는 마음을 일컫는다.

오늘도 즐겁고 보람된 하루 되길 바라며 …

★ 누구든지 여호와의 이름을 부르는 자는 구원을 얻으리니 이는 나 여호와의 말 대로 시온 산과 예루살렘에서 피할 자가 있을 것임이요 남은 자 중에 나 여호와의 부름을 받을 자가 있을 것임이니라. (요엘 2장 32절)

※ 1952년 10월 3일 832일 차 : B-29 폭격기대 함흥 남쪽 연포 비행장 폭격. 유엔군 연천 북서쪽 노리고지를 중공군이 후퇴한 후 저항 없이 탈환, UN군부대, 공산군의 공격으로 판문점 남쪽 3개 진지에서 철수. 유엔군 참모차장 슈스미스 영국 소장 대구 육군본부 방문 각급 지휘관과의 회견석상에서 한국군의 단기간 장족의 발전 치하, 유엔당국 남한의 재건부흥계획은 휴전여부와 관계없이 착수 한다고 발표, 일부 해병대와 상의군인 부산 시내 여러 곳에서 충돌사건 발생, 삼척 비료 공장 구체계획 안 작성, 오스트레일리아 서북 해상 돈테베로에서 영국 최초의 원폭 실험 실시, 유엔 남한 재건부흥 계획은 휴전 여부와 상관없이 곧 착수할 것이라 발표.

보낸 날짜 : 2013년 03월 21일 목요일 오후 16시 19분 00초
받는 사람 : 하나님께 기쁨을 드리는 두 아들(451회)

오늘은 꽃 샘 추위로 제법 쌀쌀 하구나 서울은 최저기온이 영하로 내려갔다고 하니 감기 들지 않도록 옷 따뜻하게 입고 먹는 것 잘 챙겨 먹어라. 아빠가 어릴 적에는 명절날이(설, 추석) 일 년 중 가장 즐거운 날이다. 이때가 되어야 옷이나 신발 등을 새로운 것으로 입고 신을 수 있으니 목욕도 일 년에 한두 번 정도 동네 공중목욕탕에 가는 날이었다.

그때에 비하면 요즈음 생활이 얼마나 편리하고 좋은지 그 시절을 몸소 겪지 않으면 느끼는 것이 많이 다를 것이라 생각이 든다.

설에는 세배를 해서 일 년에 이때가 용돈이라는 것을 손에 쥐어 볼 수 있는 유일한 날이다. 또 맛있는 음식을 실컷 먹을 수 있는 날이기도 하다. 그래서 명절날을 손꼽아 기다리곤 했다.

요사이 명절과는 큰 차이가 있지만 그래도 명절날은 부모 형제들이 만날 수 있는 날이기도 한데, 삶에 대한 여유로움에 따라 그렇게 즐거움만 주는 것은 아닐 수도 있었지만, 나이와 각자의 형편에 따라서 다르겠지만 그래도 명절은 즐거운 날이었다.

아빠 형제간들은 모두 운동을 잘하고 좋아했다.

부암동 큰아버지는 기계체조(철봉)를 아주 잘하셨고 서울 큰삼촌은 복싱을 하셨다. 프로까지 전향하여 밴텀급으로 몇 차례 시합을 하였다. 서울 작은 삼촌은 초등학교, 중학교 배구선수였다.

아빠는 다방면으로 운동을 좋아했다. 키라도 좀 컸으면 아마 운동을 시작했을지도 모른다.

아빠는 우리 두 아들이 운동을 좋아할 줄 알았는데? …

아빠가 초등학교 다닐 때 동네 공터 지금 옛 부암동 큰아버지가 사시던 집 삼거리 부근에서 4형제가 운동을 함께 하기도 하고 동네에서 운동을 하면 주도적인 역할을 하였다.

동네 동네끼리 야구 시합을 하면 아빠가 빠지면 안 될 정도였지 아빠 포지션이 피쳐였으니깐 …

그때 할머니가 손수 체육복 요사이로 말하면 운동복을 손수 만드셔서 똑같이 입고 운동을 하곤 했다.

그래서 동네에서 우리 집의 화목한 분위기를 모두들 부러워하곤 하였다. 요사이는 형제가 기껏해야 하나 둘 밖에 되지 않고 그런 분위기를 찾을 수도 없지만 사촌간이라도 자주 보고 만날 수 있으면 좋을 텐데 하는 생각이 드는구나 그러나 요사이 사회생활 구조가 그런 여유를 가질 틈이 없으니 말이다.

안타까울 뿐이다. 그러나 기회가 된다면 전화라도 하고 안부 정도는 서로 연락하며 지내는 것도 좋을까 싶은 생각이 드는구나 …

오늘의 고사성어(古事成語)
만신창이(滿身瘡痍) : 온몸이 상처투성이가 되거나 일이 아주 엉망이 됨을 비유적으로 이르는 말을 말함.

　　　　　　　오늘도 주님 말씀 가운데 승리하는 삶의 하루가 되었으면 한다.

★ 보좌에 앉으신 이가 이르시되 보라 내가 만물을 새롭게 하노라 하시고 또 이르시되 이 말은 신실하고 참되니 기록하라 하시고. (요한계시록 21장 5절)

※ 1952년 10월 11일 840일 차 : F-86 제트기 편대 북한 상공에서 공산군 MIG 제트기 5대 격추. 국군 제9사단 백마고지에서 10여 차례 고지 점령 철수를 거듭한 후 다시 탈환을 위해 진격 시작 북방의 고지 공격 타 부대와 함께 고지를 3면에서 포위 공격, 남일 공산군 측 휴전회담 수석대표 8일 일방적으로 휴전회담 무기휴회 선언한 해리슨 유엔군 수석대표에게 항의문서 전달, 최재유 보건부장관 제3회 서태평양보건회의에서 한국 공중보건관리사 양성 장학금 급여 결정했다고 발표, 외무부 일본인 기자의 후방 취재활동 범위 한계 명확히 규정 단속 언명, 일본인 하역 종사자 송환에 미군과 합의 도달.

보낸 날짜 : 2013년 04월 02일 화요일 오전 10시 24분 00초
받는 사람 : 하나님께 기쁨을 드리는 두 아들(452회)

이제 완연한 봄인 것 같구나, 우리 두 아들도 시간 내어서 아무리 바쁘지만 가까운 곳에 꽃구경이라도 다녀오려무나 바쁜 삶 속에서도 짬을 내어 새로운 에너지를 가끔 충전해야 될 것이다.

엄마, 아빠는 지난주 고난주일 특별 새벽 기도를 함께 하였다.

큰아들은 요사이도 목요일마다 새벽기도를 나가고 있는지 교회가 멀어서 아침에 일찍 일어나야 할 텐데 고생이 많겠구나,

그러나 하나님께서 그 수고보다 더욱더 많이 채워 주실 것이라 믿는다. 둘째는 요사이 시험공부는 잘되는지, 둘째가 가장 소중하게 여기는 것이 옷인지 요사이 혼자 생활을 하면서 마음대로 할 수 있어 좋은지 그러나 혼자 생활하면서 스스로 터득하며 생활의 지혜를 배우는 것이 오히려 내 것으로 될 것이라 믿는다. 옆에서 아무리 이야기해도 잔소리로 들리지만 실제로 체험하고 느끼면서 배워야 그것이 행동으로 옮겨질 것이다. 물건을 아껴 쓰는 것도 체험을 통해서 느껴져야 된다는 것이다. 조그만 예로 샴푸로 머리를 감는데 샴푸의 양을 조금만 해도 충분히 감겨 지는데 실제 우리들은 많은 양으로 감아왔다. 그러나 샴푸를 내가 사서 조금 밖에 없을 때 양을 줄여서 여러 번 문지르면 많이 쓸 때와 별 차이 없이 감기는 것을 느껴질 것이다. 또 한 환경오염을 줄이는데도 크게 기여할 수도 있을 것이라 생각된다. 하나의 조그만 예지만 모든 것이 스스로 몸소 체험하게 되면 자기 것으로 만들어 지기가 쉽다는 것이다. 우리 모두는 그저 자기 능력에 맞게 세상을 살아가는 미완성의 존재일 뿐이다 어느 정도는 마음을 내려놓고 편히 살아가는 방법도 좋은 삶이될 수도 있다고 생각 한다. 그러나 인생은 미리 대비 하지 않으면 나이가 들어 이미 늦다는 것을 깨닫는 것과 동시에 끝난다는 것을 알아야 할 텐데…

오래간만에 잔소리를 하게 되었구나 하여튼 무소식이 희소식이 되길 바라며 …

오늘의 고사성어(古事成語)
망망대해(茫茫大海) : 넓고 큰 바다

오늘도 즐겁고 보람된 하루 되길 바란다.

★ 교만은 패망의 선봉이요 거만한 마음은 넘어짐의 앞잡이니라. (잠언 16장 18절)

◆ 스탈린의 휴전협상 막후 역할

• 951년 6월 30일 리지웨이 유엔군 사령관이 최초 휴전회담제의, 원산항에 정박 중인 네덜란드 병원선에서 개최하고자 했다.

• 마오쩌둥이 스탈린에게 7월 15일 시작하고 회담 장소는 개성으로 제안하겠다고 건의했다. 스탈린은 즉시 마오쩌둥에게 "정전협상에서 어떻게 행동 할 것인가"라는 지침을 보냈다.

• 7월 3일 마오쩌둥은 휴전협상 전략의 5 가지 기본원칙을 다음과 같이 작성 하여 스탈린의 의견을 물었다.

  1. 쌍방이 동시에 전투중지 명령을 내릴 것
  2. 쌍방 병력은 38도 선을 따라 10 마일씩 밖으로 철수하고 38도선 기준 10 마일 이내 완충지대를 설치할 것
  3. 쌍방은 한반도 외부로부터 무기와 병력의 반입을 통한 무력증강 행위를 중지할 것
  4. 중립국 감시위원회 구성.
  5. 전쟁포로 송환과 관련하여 일대일 교환이 아닌 모든 포로의 일괄 교환을 고수해야함.

• 이에 대해 스탈린은 전투행위 중지와 38도선 군사분계선에 대해서만 동의했다. 스탈린은 휴전협상을 막후에서 일일이 지시하고 통제했으며 공산군 측은 그의 지시대로 움직였다.

• 휴전회담이 진행되고 있을 때 양측은 휴전 후 방어에 유리한 지역을 확보하 기 위해 치열한 전투는 계속하고 있었다.

• 1951년 11월 27일 양측은 당시 지상군 접촉선을 기준으로 한 잠정 군사분계선과 비무장지대에 대해 합의했다.

보낸 날짜 ： 2013년 04월 23일 화요일 오전 11시 20분 00초
받는 사람 ： 하나님께 기쁨을 드리는 두 아들(453회)

기도의 법칙

첫째 : 기도는 하나님께서 기도드리는 우리들을 위하여 무엇인가를 하시는 것이 아니라 우리들이 스스로 할 수 있도록 도와 주시는 것이다. 기도는 하나님께서 우리들이 스스로가 할 수 있도록 도와주시는 수단이다. 이것이 기도의 첫째 법칙이다.

둘째 : 기도는 상황을 바꾸는 것이 아니라 우리 자신을 바꾸신다는 법칙이다. 새로운 용기와 새로운 힘과 새로운 능력으로 그 상황을 극복하여 나갈 수 있도록 이끌어 주신다.

셋째 : 기도는 도피가 아니라 정복이요 후퇴가 아니라 전진이란 법칙이다. 기도는 우리가 직면한 어려운 처지에 정면으로 도전하여 이를 극복하여 나가게 하는 정복이다.

기도는 우리들이 살아가는 동안에 부딪치는 온갖 어려운 상황에서 그 상황을 피하게 하여 주는 도피처가 아니라 그 상황에 마주하여 그 상황을 극복하게 하는 힘이다.

넷째 : 기도는 물론 말하는 것으로 시작된다. 그러나 기도의 마지막은 듣는 것으로 마쳐야 한다.

요사이 날씨가 무척 변덕스럽구나 이럴 때 감기조심하고 새벽 기도 갈 때는 따뜻한 옷을 입고 가고 먹는 것 제때 잘 챙겨 먹고 잠도 제시간에 푹 자도록 하여라…

오늘도 주님 말씀 가운데 승리하는 삶이 되길 바라며…

★ 내 계명은 곧 내가 너희를 사랑한 것같이 너희도 서로 사랑하라 하는 이것이니라.(요한복음 15장 12절)

보낸 날짜 : 2013년 05월 06일 월요일 오후 15시 59분 00초
받는 사람 : 하나님께 기쁨을 드리는 두 아들(454회)

진심으로 대하는 법

진심으로 다른 사람을 대한다는 것은 상대방이 자기 자신을 자유롭게 표현하고 개성을 마음껏 펼칠 수 있도록 인정해 주는 것이다.

-"내가 내가 되는 책" 중에서-

온전한 그대로

민들레는 민들레로 살고 망초는 망초로 삽니다.
질경이는 질경이로 살지요,
거친 땅, 길에서 사는 질경이는 모질게 클 수밖에 없지만 기름진 땅에서는 또 다른 모습으로 기품 있고 의젓합니다.
이래도 저래도 제 모습 잃지 않고 온전한 질경이로 살아갑니다.

-이철수의 "밥 한 그릇의 행복, 물 한 그릇의 기쁨" 중에서-

좋은 글이 있어 몇 자 적어 보았다. 사랑하는 우리 두 아들은 요사이 잘 지내고 있는지 지금 이 시간 지나 가고나면 다시 오지 않는 시간이다. 그때그때 최선을 다하여 살아야 겠지만 즐길 줄도 알아야 한다. 또한 심신(心身)의 휴식도 필요한 것이다. 바쁘겠지만 가끔 쉬어 가면서 하게나.

오늘도 즐겁고 멋진 하루 되길 바라며 …

★ 우리가 이 소망을 가지고 있는 것은 영혼의 닻 같아서 튼튼하고 견고하여 휘장 안에 들어 가나니.(히브리서 6장 19절)

보낸 날짜 : 2013년 05월 18일 토요일 오전 09시 48분 00초
받는 사람 : 하나님께 기쁨을 드리는 두 아들(455회)

이순신 장군

집안이 나쁘다 탓하지 마라, 나는 역적으로 몰락한 가문에서 태어나 가난 탓에 외갓집에서 자랐다. 머리가 나쁘다 탓하지 마라, 나는 과거에 거듭 낙방하고 서른둘 늦은 나이에야 무과 시험에 겨우 급제하였다.

좋은 직위가 아니라 불평하지 마라,

나는 14년 동안 변방 오지에서 말단 수비 장교로 세월을 허송하였다. 윗사람의 지시라 어쩔 수 없다고 말하지 마라,

나는 불의한 직속 상관과의 불화로 수차례나 파면과 좌천을 거듭 하였다. 몸이 약하다 고민하지 마라,

나는 평생토록 고질병인 위장병과 전염병으로 병앓이를 하였다. 기회가 주어지지 않는다, 불평하지 마라 나는 왜적의 침입으로 나라가 위태로워진 후 마흔 일곱에야 겨우 시위관이 될 수 있있다.

조직이 없다 실망치 마라,

나는 스스로 논밭을 일구어 군자금을 만들었고 스물세 번 싸워 스물세 번 이겼다. 윗사람이 알아주지 않는다고 억울해하지 마라,

나는 임금의 끊임없는 오해와 의심으로 모든 공을 빼앗긴 체 옥살이에 고문을 당하였다.

자본이 없다 실망하지 마라,

나는 빈손으로 돌아온 전쟁터에서 12척의 낡은 배로 133척의 적선을 격침시켰다. 부모가 나를 사랑하지 않는다 말하지 마라,

나는 스무 살의 아들을 적의 칼날에 잃고도 다른 아들들과 함께 전쟁터로 나왔다. 죽음이 두렵다 말하지 마라,

나는 적이 물러나는 마지막 전투까지 목숨을 바쳐 싸워 승리를 이끌었다.

마음에 와 닿는 글이라 보낸다. 우리나라를 구한 이순신 장군의 일대기가 함축된 글인 것 같구나, 우리가 살아가면서 본받을 것들이 많이 있는 것 같다.

오늘의 고사성어(古事成語)
마중지봉(麻中之蓬) : 구부러진 쑥도 삼밭에 심으면 꼿꼿하게 자란다는 뜻으로, 환경에 따라 악도 선으로 고쳐짐을 말한다.

오늘도 즐겁고 보람된 하루 되길 바라며 …

★ 네게서 날 자들이 오래 황폐된 곳들을 다시 세울 것이며 너는 역대의 파괴된 기초를 쌓으리니 너를 일컬어 무너진 데를 보수하는 자라 할 것이며 길을 수축하여 거할 곳이 되게 하는 자라 하리라.(이사야서 58장 12절)

◆ 6.25 전쟁 참전 여군

 – 북한의 기습남침으로 일어난 6.25 전쟁은 특히 개전 직후 급속도로 사상자가 발생하며 단 한 명의 군인도 절실한 상황이었다. 이러한 위기에 전쟁 속에서 가족, 이웃의 참상을 보며 조금이라도 나라를 지키는 데 도움이 되고자 하는 마음이 여성들의 마음을 움직이기 시작한 것이다.

 – 이러한 여성들의 첫 번째 움직임은 해병대에서 나왔다. 1950년 8월, 제주도에서 모병한 해병대 4기, 1300명 중 126명이 여성이었다. 그들 여성 해병대 가운데 교사도, 대학생도 있었지만, 대부분은 중학생이었다. 어린 나이지만 전쟁을 극복하겠다는 열의만큼은 남자에게도, 어른에게도 밀리지 않았음을 보여준다.

 – 진해에서 진행된 훈련 과정에서 126명 중 72명만 군번을 받고 54명은 귀가를 해야 했다. 그리고 훈련 과정을 마친 72명 가운데 24명은 부산 해군본부에 배속되고 48명은 진해 해군통제부에 배속되어 활동을 시작했다.

 – 본격적인 여군의 시작은 1950년 9월 6일, 임시수도 부산에서 육군의 여성 의용군이 출범으로 보기도 한다(이날을 '여군의 날'로 기념하고 있다). 500명 모집에 수천 명이 지원했으니 역시 대단한 열기였다. 이 가운데 491명이 수료하여 전쟁에 참여했다.

 – 여군의 참여가 많았던 영역은 전상자(戰傷者)를 돌보는 간호장교였다. 전쟁기간 중 대략 1300여 명이 참여했을 것으로 보고 있다.

보낸 날짜 : 2013년 07월 03일 수요일 오후 15시 18분 00초
받는 사람 : 하나님께 기쁨을 드리는 두 아들(456회)

사랑하는 두 아들에게 오래간만에 글을 쓰게 되었구나, 지지난 일요일 목사님 설교에서 6.25에 대한 설교가 있었는데 내가 모르고 있었던 사실이 너무 많이 있었더구나. 그중 한두 가지만 소개하고자 한다. 영국이 참전할 때 예비역 육군 중장이 자진하여 영국군의 최고 책임자로 참전했는데 참전하는 군인 숫자가 육군 중장 직위에 맞지 않아 육군 중령으로 강등해서 참전했다고 한다.

기자가 왜 강등을 해가면서 참전을 하고자 합니까 라고 묻자 그는 자유를 지키기 위해서 참전하는데 계급이 중요한 것은 아니다 고 대답을 하였다고 한다.

미국군대가 중공군에게 포위되어 1개 사단 병력을 철수 시킬 때 민간인들이 몰려와서 그냥 두고 갈수가 없어서 그들을 수송선도 아닌 화물선으로 또한 인원이 너무 많아 탈수가 없어 배에 있는 모든 화물을 버리고 최대한 많이 태우고 27시간이나 걸려 거제도 까지 무사히 도착하였다고 한다.

또한 맥아더 장군은 인천 상륙작전을 성공하여 서울을 수복하여 중앙청에 미군들이 성조기를 게양하자고 했는데 그는 이렇게 말하었다고 한다. 우리는 자유를 수호하기 위해 유엔군으로 참전하였다. 당연히 태극기가 게양되어야 한다고 말했다.

그런 맥아더 장군 동상을 철거하자는 대학생들을 어떻게 생각해야 할지 대통령이란 자가 북한 가서 한 행동을 보면 아무것도 아닐지 모른다. 이번 6.25(화) 기념일에 시간도 있고 해서 엄마와 함께 유엔공원 묘지에 다녀왔다.

정말 잘 가꾸어 놓았더구나 그분들의 죽음에 얼마나 보답 될지는 모르지만, 그곳에는 가장 어린 참전 용사가 17세 어린 청년이 먼 이국땅에 와서 자유 수호를 위해 목숨을 바쳤는데 우리는 나라와 민족을 위해 무엇을 했는지 생각하니 부끄러울 따름이다.

우리 큰아들, 작은아들은 역사관이 바로 서 있을 줄 안다.

큰아들 작은아들 유치원 다닐 때 유엔묘지에서 찍은 사진이 기억나는구나 아마 그때 유치원 선생님이 설명을 잘해주어서 6.25에 대한 역사관은 제대로 갖고 있을 줄로 안다.

1950년 6월 25일 북한군이 새벽에 남침을 하였다. 아빠가 1950년 9월 달에 부산에서 태어났다.

그때쯤 맥아더 장군이 인천상륙작전을 성공하여 서울을 수복하고 중앙청에 태극기를 게양하고 북진을 할 때 중공군이 개입할 시점에 아빠가 이 세상에 태어난 것이다.

시간이 되면 역사 공부도 하면 삶에 도움이 될 줄로 믿는다.

오늘의 고사성어(古事成語)
순망치한(脣亡齒寒) : 입술이 없으면 이가 시리듯이, 이해관계가 서로 밀접하여 한 쪽이 망하면 다른쪽도 화를 면하기 어려움을 뜻한다.

오늘도 멋진 하루 되길 바라며 …

★ 우리가 너희와 함께 있을 때에도 너희에게 명하기를 누구든지 일하기 싫어하거든 먹지도 말게 하라 하였더니 (데살로니가후서 3장 10절)

※ 1952년 10월 21일 850일 차 : 국군 제9사단 부대 철마고지에서 공격개시 3차례 육박전 전개. 삼각고지 전투(10/21~10/25) 미 제7보병사단 등 연합군이 철원 김화 평강으로 한 철의 삼각지대에서 중공군 제12,15군단과 전투, 국군 2사단부대 저격능선의 핀포인트 고지에 대한 중공군의 야간 공격 격퇴, 기타 전선은 경미한 접촉, 이승만 대통령 한국군 단독으로 전선 유지 불가능 유엔 원조 필요 강조, 국회 본회의「조세특별법 중 개정법률안」「조세임시증징법 중 개정법률안」「임시조세조치법 중 개정법률안」가결.

보낸 날짜 : 2013년 07월 04일 목요일 오전 09시 44분 00초
받는 사람 : 하나님께 기쁨을 드리는 두 아들(457회)

오늘은 우리나라가 경제개발을 위하여 어려운 여건 속에서 어떻게 노력을 했는
지에 대해 알 수 있는 글이 있어 보낸다.

그 시절의 아픔을 기억하자 그대들은 조국을 위하여 과연 얼마만큼 땀과 눈물을
흘렸는가? 지금 여러분들이 누리는 풍요로움 뒤에는 지난날 5, 60대들의 피와
땀과 눈물이 있었다는 것을 5.16혁명 직후 미국은 혁명세력을 인정하지 않았다.
만약 그들을 인정한다면 아시아, 또는 다른 나라에서도 똑같은 상황이 발생할 것
이라는 우려에서 였다. 그때 미국은 주던 원조도 중단했다. 당시 미국 대통령은
쫀 에프 케네디, 박정희 소장은 케네디를 만나기 위해 태평양을 건너 백악관을 찾
았지만 케네디는 끝내 박정희를 만나주지 않았다.
호텔에 돌아와 빈손으로 귀국하려고 짐을 싸면서 박정희소장과 수행원들은 서
러워서 한없는 눈물을 흘렸었다. 가난한 한국에 돈 빌려줄 나라는 지구상 어디에
도 없었다. 지푸라기라도 잡고 싶은 마음에 우리와 같이 분단된 공산국 동독과
대치한 서독에 돈을 빌리러 대사를 파견해서 미국의 방해를 무릅쓰고 1억 4000
만 마르크를 빌리는 데 성공했다. 당시 우리는 서독이 필요로 한 간호사와 광부
를 보내주고 그들의 봉급을 담보로 잡혔다. 고졸 출신 파독 광부 500명을 모집하
는 데 4만 6천명이 몰렸다. 그들 중에는 정규 대학을 나온 학사 출신도 수두룩했
다. 면접 볼 때 손이 고와서 떨어질까 봐 까만 연탄에 손을 비비며 거친 손을 만들
어 면접에 합격했다. 서독 항공기가 그들을 태우기 위해 온 김포공항에는 간호사
와 광부들의 가족, 친척들이 흘리는 눈물로 바다가 되어 있었다. 낯선 땅 서독에
도착한 간호사들은 시골병원에 뿔뿔이 흩어졌다. 말도 통하지 않는 여자 간호사
들에게 처음 맡겨진 일은 병들어 죽은 사람의 시신을 닦는 일이었다. 어린 간호
사들은 울면서 거즈에 알코올을 묻혀 딱딱하게 굳어버린 시체를 이리저리 굴리
며 닦았다. 하루 종일 닦고 또 닦았다. 남자 광부들은 지하 1000미터가 넘는 깊은

땅 속에서 그 뜨거운 지열을 받으며 열심히 일했다.

하루 8시간 일하는 서독 사람들에 비해 열 몇 시간을 그 깊은 지하에서 석탄 캐는 광부 일을 했다. 가난한 한국에서 온 여자 간호사와 남자 광부들에게 찬사를 보냈다. '세상에 어쩌면 저렇게 억척스럽게 일할 수 있을까?' 해서 부쳐진 별명이 '코리안 에인절'이라고 불리었다. 몇 년 뒤 서독 뤼브케 대통령의 초대로 박 대통령이 방문하게 되었다. 그때 우리에게 대통령 전용기는 상상할 수도 없어 미국의 노스웨스트항공사와 전세기 계약을 체결했지만 쿠데타군에게 비행기를 빌려 줄 수 없다는 미국 정부의 압력 때문에 그 계약은 일방적으로 취소되었다. 그러나 서독 정부는 친절하게도 국빈용 항공기를 우리나라에 보내주었다. 어렵게 서독에 도착한 박 대통령 일행을 거리에 시민들이 플래카드를 들고 뜨겁게 환영해 주었다. 코리안 간호사 만세! 코리안 광부 만세! 코리안 에인절 만세! 영어를 할 줄 모르는 박 대통령은 창밖을 보며 감격에 겨워 땡큐! 땡큐! 만을 반복해서 외쳤다. 서독에 도착한 박대통령 일행은 뤼브케 대통령과 함께 광부들을 위로, 격려하기 위해 탄광에 갔다. 고국의 대통령이 온다는 사실에 그들은 500여 명이 들어갈 수 있는 강당에 모여들었다. 박 대통령과 뤼브케 대통령이 수행원들과 함께 강당에 들어갔을 때 작업복 입은 광부들의 얼굴은 시커멓게 그을려 있었다. 대통령의 연설이 있기에 앞서 우리나라 애국가가 흘러나왔을 때 이들은 목이 메어 애국가를 제대로 부를 수조차 없었다. 대통령이 연설을 했다. 단지 나라가 가난하다는 이유로 이역만리 타국에 와서 땅속 1000미터도 더 되는 곳에서 얼굴이 시커멓게 그을려 가며 힘든 일을 하고 있는 제 나라 광부들을 보니 목이 메어 말이 잘 나오지 않았다. 우리 열심히 일 합시다. 후손들을 위해서 열심히 일 합시다. 열심히 합시다 '눈물에 잠긴 목소리로 박 대통령은 계속 일 하자는 이 말을 반복했다. 가난한 나라 사람이기 때문에 이역만리타국 땅 수 천 미터 지하에 내려가 힘들게 고생하는 남자 광부들과 굳어버린 이방인의 시체를 닦으며 힘든 병원일 하고 있는 어린 여자 간호사들. 그리고 고국에서 배곯고 있는 가난한 내 나라 국민들이 생각나서 더 이상 참지 못해 대통령은 눈물을 흘렸다. 대통령이란 귀한 신분도 잊은 채⋯ 소리 내어 눈물 흘리자 함께 자리하고 있던 광부와 간호사 모두 울면서 영부인 육영수 여사 앞으로 몰려나갔다. 어머니! 어머니! 하며.. 육 여사의 옷을 잡고 울었고, 그분의 옷이 찢어질 정도로 잡고 늘어졌다. 육 여사도 함께 울면서 내 자식같이 한 명 한 명 껴안아 주며 '조금만 참으세요'라고 위로하고 있었다.

광부들은 뤼브케 대통령 앞에 큰절을 하며 울면서 '고맙습니다,

고맙습니다. 한국을 도와주세요. 우리 대통령님을 도와주세요.

우리 모두 열심히 일 하겠습니다. '무슨 일이든 하겠습니다' 를 수없이 반복했다. 뤼브케 대통령도 울고 있었다. 연설이 끝나고 강당에서 나오자 미처 그곳에 들어가지 못한 여러 광부들이 떠나는 박 대통령과 육영수 여사를 붙잡고 '우릴 두고 어디 가세요. 고향에 가고 싶어요. 부모님이 보고 싶어요' 하며 떠나는 박대통령과 육 여사를 놓아 줄 줄을 몰랐다. 호텔로 돌아가는 차에 올라탄 박대통령은 계속 눈물을 흘렸다. 옆에 앉은 뤼브케 대통령은 손수건을 직접 주며 '우리가 도와주겠습니다.

'서독 국민들이 도와주겠습니다'라고 힘주어 말했다. 서독 국회에서 연설하는 자리에서 박대통령은 '돈 좀 빌려 주세요. 한국에 돈 좀 빌려주세요. 여러분들의 나라처럼 한국은 공산주의와 싸우고 있습니다. 한국이 공산주의자들과 대결하여 이기려면 분명 경제를 일으켜야 합니다. 돈은 꼭 갚겠습니다. 저는 거짓말할 줄 모릅니다. 우리 대한민국 국민들은 절대로 거짓말하지 않습니다. 공산주의자들을 이길 수 있도록 돈 좀 빌려 주세요 를 반복해서 말했다. 당시 한국은 자원도 돈도 없는 세계에서 가장 못 사는 나라였다. 유엔에 등록된 나라 수는 120여 개국, 당시 필리핀 국민소득 170불, 태국 220불 등… 이때, 한국은 76불이었다. 우리 밑에는 달랑 인도만 있었다. 세계 120개 나라 중에 인도 다음으로 못 사는 나라가 바로 우리 한국이었다. 1964년 국민소득 100달러! 이 100달러를 위해 단군 할아버지로부터 무려 4,300년이라는 긴 세월이 걸렸다. 이후 그대들이 말하는 이른바 우리 보수 수구세력들은 머리카락을 잘라 가발을 만들어 외국에 내다 팔았다. 동네마다 엿장수를 동원하여 '머리카락 파세요! 파세요!' 하며 길게 땋아 늘인 아낙네들의 머리카락을 모았다. 시골에 나이 드신 분들은 서울 간 아들놈 학비 보태 주려 머리카락을 잘랐고, 먹고 살 쌀을 사기 위해 머리카락을 잘랐다. 그래서

한국의 가발산업은 발전하게 되었던 것이다. 또한 싸구려 플라스틱으로 예쁜 꽃을 만들어 외국에 팔았다. 곰 인형을 만들어 외국에 팔았다. 전국에 쥐잡기 운동을 벌였다. 쥐 털로 일명 코리안 밍크를 만들어 외국에 팔았다. 돈 되는 것은 무엇이든지 다 만들어 외국에 팔았다. 이렇게 저렇게 해서 1965년 수출 1억 달러를 달성했다. 세계가 놀랐다.

'저 거지들이 1억 달러를 수출 해? ' 하며 '한강의 기적'이라고 전 세계가 경이적인 눈빛으로 우리를 바라봤다. 조국 근대화'의 점화는 서독에 파견된 간호사들과 광부들이었다. 여기에 월남전 파병은 우리 경제 회생의 기폭제가 되었다. 참전 용사들의 전후 수당 일부로 경부고속도로가 건설되었고 이를 바탕으로 우리 한반도에 동맥이 힘차게 흐르기 시작됐다. 세계가 우리 한국을 무시하지 못하도록 국력을 키울 수 있었던 것은 그대들이 수구 보수 세력으로 폄훼하는 그때 그 광부와 간호사들, 월남전 세대가 있었기 때문이다. 그대들이 명심할 것은 그때 이방인의 시신을 닦던 간호사와 수천 미터 지하 탄광에서 땀 흘리며 일한 우리의 광부, 목숨을 담보로 이국 전선에서 피를 흘리는 우리 국군장병, 작열하는 사막의 중동 건설 현장에서, 일한 5,60대가 흘린 피와 땀과 눈물이 있었기에 그대들 젊은 세대들이 오늘의 풍요를 누릴 수 있다는 사실을 결코 잊어서는 안 된다. 반전과 평화 데모를 외치며 거리로 몰려나와 교통질서를 마비시키는 그대들이 과연 아버지와 할아버지 세대를 수구세력으로 폄훼 할 자격이 있는가…

그대들이 그때 땀 흘리며 일한 오늘의 5, 60대들을 보수 수구 세력으로 폄훼하기에 앞서 오늘의 현실을 직시하라. 국가경영을 세계와 미래라는 큰 틀 전체로 볼 줄 아는 혜안을 지녀야 하지 않겠는가? 보다 나은 내일의 삶을 위해 오늘의 고통을 즐겨 참고 견뎌 국민소득 4만 불대의 고지 달성 때까지는 우리들 신, 구세대는 한 덩어리가 되어야 한다. 이제 갈라져 반목하고 갈등하기에는 갈 길이 너무 멀다. 이제 우리 모두 한 번쯤 자신을 돌아보며 같은 뿌리에 난 상생의 관계임을 확인하고 다시 한 번 뭉쳐보자. 우리 모두 선배를, 원로를, 지도자를 존경하고 따르며, 우리 모두 후배들을 격려하고, 베풀고, 이해 해 주면서 함께 가보자. 우리 대한민국의 앞날에 더욱 밝은 빛이 비치어 지리니. 우리는 얼마나 그 시절의 아픔을 기억하며 살고 있을까?

나라가 위기에 처했을 때 먼~이국에 가서 목숨을 다하여 희생도 마다한 당신들이 있었기에 지금의 대한민국이 있습니다.

당신들이 흘린 땀과 눈물을 결코 헛되지 않도록 말로만 떠드는 애국이 아니라 행동으로 실천하며 살아야 할 것이다.   -옮긴글-

우리나라 경제발전을 위하여 1962년부터 경제개발 5개년 계획을 세워 7차까지 시행되었다. 1967년 제2차 경제개발을 돕기 위하여 서독 뤼브케 대통령이 한독 기술협력을 위해 우리나라에 와서 부산에 있는 금성사(라디오, TV 등을 생산 조립하는 공장)와 한독기술협력으로 건설되는 울산 영남화력 2호기 기공식에 참석하기 위해 부산에 왔을 때 아빠는 고등학생으로 도로변에서 뤼브케 대통령이 지나갈 때 태극기와 서독 국기를 들고 환영했던 기억이 나는 구나

한독 대통령은 청와대에서 회담을 마치고 공동성명을 발표했다.

- 한독 양국은 국토통일을 위해 긴밀히 결속하고 협력한다.

- 독일은 한국의 제2차 5개년 계획을 지원한다.

- 문화교류를 증진하여 서울에 "괴테"회관을 설립한다.

양국 정상회담에서 양국이 정치적 동반자임을 재확인하고 5일간의 방문을 마치고 돌아갔다. 제2차 세계대전 후 경제재건에 크게 성공한 독일은 국가발전과 경제부흥에 비상한 관심을 가지고 조국 근대화와 공업 발달의 기틀을 마련하고자 부단히 노력을 기울이고 있는 우리 정부를 이해하여 통상관계에 의한 경제협력은 물론 경제 고문단 파견 등 기술협력을 통해 우리나라 경제발전에 크게 도움을 받았다.

오늘은 박정희 대통령께서 나라를 어떤 방법으로 사랑하였는지를 다시 한번 되새기고 그의 업적을 돌이켜보는 날이 되었으면 한다.

★ 여호와의 말씀이 엘리아에게 임하여 이르시되 너는 여기서 떠나 동쪽으로 가서 요단 앞 그릿 시냇가에 숨고 그 시냇물을 마시라 내가 까마귀들에게 명령하여 거기서 너를 먹이게 하리라. (열왕기상 17절 2~4절)

※ 1952년 10월 23일 852일 차 : 고왕산 전투(10/23~10/24) 캐나다 제25여단이 경기도 연천에서 중공군을 급습하여 355 고지를 재탈환하였으나 전사 18명 부상 35명 실종 4명의 손실을 입었다, 국군 제2사단 부대 저격능선에 대한 공산군 1개 중대 공격 격퇴, 국군 제9사단 부대 백병전 치르고 백마고지 산정 탈환, 400고지 전투 에티오피아군이 강원도 김화에서 전투, F-86 제트기 편대, 북한 상공에서 공산군 MIG기 1대 격추. 중공군, 연천 서쪽 지브롤터 고지 야간 공격. 진헌식 내무부장관 인사의 공정과 행정쇄신 목적의 공무원 재배치 단행 언명, 벤플리트 미 제8군 사령관 한국군은 수적 열세로 공산군과 단독대전이 불가능하다고 언명.

보낸 날짜 : 2013년 07월 05일 금요일 오전 09시 23분 00초
받는 사람 : 하나님께 기쁨을 드리는 두 아들(458회)

장마철에 몸조심하고, 큰아들과 작은아들은 많은 사람들과 대화를 하는 직업이
니 항상 몸과 마음을 깨끗이 하고, 이번 7월 달부터는 이빨 스케일 제거하는 것도
일부 의료보험혜택이 있으니(2013년 7월부터 달라지는 것들을 요약 정리한 것
을 7월 2일 별도로 보낸 메일을 참조)
일 년에 한 번 정도는 하도록 하여라(본인부담 : 15,000원 정도)
한 주간 잘 마무리하고 멋진 주말 되길 바란다.

오늘도 주님 말씀 가운데 승리하는 하루가 되길 바라며…

좋은 그림과 글을 보내니 잠깐이라도 쉬어가는 시간이 되었으면 한다.
붙임 : 1. Wonders of Nature
　　　2. 가장 아름다운 인생
　　　3. 인생에서 꼭 필요한 5가지 끈

※ 1952년 11월 1일 861일 차 : 포크찹 전투(11/1~11/11) 미 제2사단의 태국대대는
연천 서북방 주저항선에서 중공군 2개 연대의 공격을 저지, 유엔군공격부대 사천강
(砂川江)의 중공군 고지 야간공격, UN군 세이버 제트기대 북한 상공에서 MIG 제
트기 2대 격추 4대 격파. 영국 항공모함 오오선호 한국 수역에서 임무 마치고 귀국,
유엔군 항공기대 삼각고지 및 저격능선 배후 포대 90여 개소 파괴, 미 제5공군 소속
제3폭격기대(B-29 폭격기대) 한국전선 출격 2만 회 기록 수립, 국무회의 판유리공
장건설안 의결 정부에서 189억 원 융자 결정, 신태영 국방부장관 공군총참모장 김
정렬 소장 건의에 따른 공군총참모장의 '기한부 책임제' 경질에 관하여 담화 - 김정
렬 공군참모장 대통령에 건의하여 12월1일부로 공군사관 학교장으로 전보 후임에
최용덕 소장 전보하기로 내정, 에니웨톡 섬에서 첫 수소폭탄실험

보낸 날짜 : 2013년 07월 08일 월요일 오전 09시 16분 00초
받는 사람 : 하나님께 기쁨을 드리는 두 아들(459회)

또 한 주간이 지나고 새로운 한 주가 시작 되는구나, 정말 세월이 무심하게도 너무나 빨리 지나가는 것이 두려울 정도로 지나가는 것이 느껴지는 아침이네? ? 그러나 우리에게 주어진 것들을 위해 이번 한 주간도 멋지고 하루하루가 보람된 나날이 될 수 있도록 기도한다. 바쁜 와중에 몸과 마음을 잠깐 쉬어 가는 시간 되길 바라며 …

오늘도 즐겁고 보람된 하루 되길 바라면서 …

붙임 : 1. 아름다운 유럽

2. 아름다운 충고

3. 마지막 편지

※ 1952년 11월 5일 865일 차 : B29폭격기대 평양동쪽 54.7Km 지점의 공산군 보급지역 폭격, 김화능선 전투 개시, 저격능선과 삼각고지 전투 종일 계속, 공보처 항간에 유포되고 있는 춘천시민 소개설은 낭설이라고 담화, 치안국 미 8군 헌병 사령부와 한국인 소유 미 군수물자 취체는 한국경찰에서만 맡기로 합의, 인도대표 한국 휴전회담의 정돈상태 해결 위해 결의안 작성, 미 대통령선거 결과 아이젠하워 원수 선거인 과반수인 266명을 압도적으로 초과 당선 부통령은 공화당 닉슨 당선.

※ 1952년 11월 14일 874일 차 : B-29 폭격기 편대 회창~군우리~진남포~원산지구의 군사목표 공격. 군인 승무원 44명 실은 미 복스카 수송기 서울 동북방 29Km 지점 산릉에 충돌하여 전원 사망, 국군, 중공군의 공격으로 한 달 동안 14번째로 핀포인트 고지에서 철수. UN공군 악천우(惡天候)로 횟수 현저히 저하. 유엔군 및 공산군 양측 휴전회담 연락장교 - 12일 문산~판문점 간 도로 161Km 이내 지점에서 공산군용 총탄으로 사살된 미군 간호원 사망사건 조사, 이승만 대통령 국무총리에 이갑성 지명하고 국회에 승인 요청, 국무회의 금년도 추곡매상 및 판매 가격 결의, 프랑스 월남 동맹군 송코이 강 삼각지대 동남쪽 파 트 디엠에 대한 월맹군 공격 격퇴.

보낸 날짜 : 2013년 07월 10일 수요일 오전 11시 17분 00초
받는 사람 : 하나님께 기쁨을 드리는 두 아들(460회)

삶에 너무 지치지 않도록 가끔 쉬어 가는 시간을 갖도록 하여야 할 것이다.
쉬어 간다는 것은 시간을 낭비하는 것이 아니라 다음 목표를 위한 준비 작업이라
생각하고 몸과 마음의 휴식은 꼭 필요한 것이라 생각 된다.

오늘도 즐겁고 많이 웃을 수 있는 날 되길 바라며 …

붙임 ; 1. Take Time(가고 싶은 곳)
      2. 엄마가 잠든 사이 3. 눈을 맑게 하는 멋진 사진과 명언

※ 1952년 11월 18일 877일 차 : 후크고지 전투(11/18~11/19) 영연방 1사단의 흑
시계부대 중공군과 전투에서 고지를 사수, 중공군 소지형 능선의 로키포인트 고지
점령, 미 항공모함 오리스카니 호에서 출격한 팬더 제트기대 3대 동해 상공에서 공
산군 MIG15기 2대 격추 1대 손상, 진헌식 내무부장관 정무 환노설 부인 - 징부 일
부 환도설은 환도가 아닌 분실(分室) 강화 정도이고 유언비어 단속 하겠다고 언명,
외무부 미국정부로부터 매년 한국인 이민자 100명을 입국시키겠다는 통고받았다
고 언명

보낸 날짜 : 2013년 07월 11일 목요일 오전 11시 07분 00초
받는 사람 : 하나님께 기쁨을 드리는 두 아들(461회)

한국사회의 미래는 매우 밝다.

이때까지 역사를 통해 옛 강대국들의 과거를 보면 삼박자가 맞아 떨어졌다고 한다.
첫째 : 외부환경
둘째 : 내부여건
셋째 : 국민들이 하려는 열정

위 삼박자가 우리나라는 맞아떨어진다. 선진국으로 갈려면 지하자원이 많거나, 인적자원이 아주 좋아야 하는데 우리 한국은 지하자원이 없는데 인적자원의 경쟁력이 좋다. 현재 전 세계 230개국 중 우리나라 경쟁력 순위가 22등 정도, 선진국이 약 20개국 정도, 그이 선진국 문턱에 와있다. 20개 선진국 중 8개 국가만 지하자원을 가지고 선진국이 되었고 나머지 12개국은 인적자원으로 선진국 됨, 우리나라는 외부환경이 좋고 내부여건이 성숙되고 국민들의 성공에 대한 의지가 강하기 때문에 굉장히 빨리 발전 중 500년 전에는 전 세계 10대 도시가 런던만 빼고는 9개가 동양에 있었는데 400~500년 동안 서양으로 갔다가 중국이 뜨면서 경제권이 동양으로 옮겨 오는 중이다. (인도, 한국, 일본, 중국) 앞으로 15년 후인 2025년에는 일인당 국민소득이 약5만 달러에 전 세계에서 7위권 안에 들어갈 것이라 보고 있다.
소득이 높아지면 오히려 상대적 빈곤이 더 크질 수 있다.
그러나 조금만 더 열심히 하고 사전에 대비를 한다면 멋진 삶이 이루어질 것이라 믿는다.

오늘도 멋진 하루 되길 바라며…

보낸 날짜 : 2013년 07월 17일 수요일 오후 15시 49분 00초
받는 사람 : 하나님께 기쁨을 드리는 두 아들(462회)

삶의 보편적인 규범

1. 너는 온유하여 네 힘으로 강포와 살인을 행치 말라.
2. 너는 겸손하여 너만이 옳다고 인정하는 교만의 우상에게 절하지 말라.
3. 너는 진실하여 어떠한 일, 어떠한 형편에도 거짓을 행치 말라.
4. 너는 근신하여 네가 이미 누린 것을 자랑하거나 더하지 말라.
5. 너는 절제하여 너의 지위를 오래 누리려고 욕심을 내지 말라.
6. 너는 공정하여 불의를 비호하거나 악을 두둔하지 말라.
7. 너는 평범하여 사회 정치적 지위에 타고난 또는 물려받은 특권이 있다고 주장하지 말라.
8. 너는 화평하여 생각이나 말이나 행동이 너와 다르다고 하여 남을 헐뜯거나 핍박하지 말라.
9. 너는 관용하여 종교나 출신이 다르다고 해서 남을 업신 여기거나 차별하지 말라.
10. 너는 범사에 정직하고 성실히 행하되 네 이웃을 네 몸과 같이 사랑하라.

-새벽을 여는 가슴으로 김 일 수 지음-

보낸 날짜 : 2013년 07월 18일 목요일 오전 09시 48분 00초
받는 사람 : 하나님께 기쁨을 드리는 두 아들(463회)

큰아들 축하 축하!!! 지하 강의실에서 지상 강의실로 올라가게 됨을 축하한다. 기도를 들어주신 하나님께 감사드리며 그동안 열심히 해서 준비한 아들이 자랑스럽게 느껴진다.

큰아들 고생 많이 했구나 아빠가 도움을 주지 못해서 미안 하구나 … 사람을 믿어야 되지만 가장 무서운 것이 사람이다.

그 모든 것이 돈 때문이다. 아무리 바쁘더라도 들어가는 건물 등기 관련 확인 및 전세등기 잊지 말고 하고 주인이 아무리 잘해 주드라도 일단은 확인할 것은 빠트리지 말고, 혹시 엄마 아빠가 도울 일이 있으면 이야기 하여라. 둘째 아들도 좋은 소식 있을 것이라 믿는다. 열심히 노력했으니 좋은 결과 있을 것이라 믿는다.

요사이 장마로 인해 후덥지근한 날씨 건강들 조심하고 먹는 것 잘 챙겨 먹고 습기 많은 날 음식 조심하고 배탈 나지 않도록 조심 또 조심 …

오늘의 고사성어(故事成語)
새옹지마 (塞翁之馬) : 화가 복이 되고, 복이 화가 되는 등, 길흉의 변화가 잦은 것을 비유하는 말이다.

오늘도 즐겁고 보람된 하루 되길 바라며 …

※ 1952년 11월 24일 884일 차 : B-29 편대 청천강 교량 및 인근 군부대 폭격. 유엔군 부대 저격능선 유엔군 진지에 대한 중공군의 새벽 공격 격퇴, B26경 폭격기 대 평양 양덕 원산에서 보급차량 80대 파괴, 중부전선 잭슨고지에서 전투 계속. 국회 본회의「경제조정특별회계법 중 개정 법률안」「국회의원보수에 관한 법률 중 개정 법률안」「외자특별회계법 중 개정 법률안」「재일교포대표 국회참석에 관한 결의안」가결, 5개국 위원회 한국 재건비 7,000만 달러 승인하고 계속 2억 5,000만 달러 제공 약속, 서울특별시장 언명 아이젠하워 원수 한국 방문에 대비한 경계준비 완료,

보낸 날짜 : 2013년 07월 22일 월요일 오후 16시 49분 00초
받는 사람 : 하나님께 기쁨을 드리는 두 아들(464회)

네트워크 마케팅

소개에 의해 조성된 판매망의 권리 수입을 성취하는 사업 또는 인터넷을 통한 지적인 권리를 활용해서 수입을 창출하는 사업

*사업의 두 가지 분류
1. 물통사업
   물통을 나르듯 지속적으로 일을 해야 수입이 발생하는 사업
2. 시스템적인 사업
   파이프라인처럼 준비된 시스템에 의해서 수입이 발생하는 사업
   이 시스템적인 사업이다. 이 세상을 살아가는 데 있어서 가장 좋은
   직업은 돈, 점포 없이, 하고 있는 일을 계속하면서 Side Jab,
   Double Jab, 등으로 병행하면서, 천천히 하고 시간이 갈수록
   평생 할 수 있으면서 뭔가 시스템적인 사업으로 자기 나름 되로
   끊임없이 펼쳐 나갈 수 있는 것이 있다면 가장 좋은 직업 일 것이다.

첫째가 하고 있는 일이 위에서 말한 시스템적인 사업에 유사한 직업이라고 생각이 되어진다. 홈페이지를 잘 활용해서 세계(중국, 인도, 동남아시아, 유럽)로 뻗어 간다면 또 첫째가 구상하고 있는 여러 가지 아이템을 잘 운용해서 키워 간다면 멋진 시스템적인 사업이 되어 질 것이라 믿는다. 둘째 아들도 그 좋은 재능을 형님에게 힘을 보태면 훨씬 빠른 시간 내에 본 궤도에 올라설 수 있을 텐데 아쉬운 마음이 드는구나 아직도 늦지 않다고 생각이 드는데 좋은 방향이 있다면 머리를 맞대고 한번 생각하는 시간이 있었으면 한다. 둘째 아들은 요사이 메일을 통 보질 않는데 그렇게 바쁘게 생활을 하는 것 보면 미래를 대비해서 무언가 열

심히 하고 있는 모양이구나, 그러면 천만다행인데 하여튼 믿어 봐야지…

★ 여호와여 내게 응답 하옵소서 내게 응답 하옵소서 이 백성에게 주 여호와는 하나님이신 것과 주는 그들의 마음을 되돌이키심을 알게 하옵소서하매 이에 여호와의 불이 내려서 번제물과 나무와 돌과 흙을 태우고 또 도랑의 물을 핥은지라 (열왕기상 18 장 37~38절)

◆ 유엔의 휴전 제의와 공산 측의 거부
– 유엔에서는 1950년 10월 중국의 참전으로 전쟁이 확대되는 것을 방지하기 위한 노력이 진행되고 있었고, 중공군과 북한군이 38도선 이남으로 남하하지 않도록 요청하고 38도선에서 휴전하는 방안에 대해서 양측에 의사를 타진함.
– 중국은 한국에서의 군사행동의 중지 조건을 다음과 같이 제시했다.
    1. 한국으로부터 모든 외국군의 철수
    2. 타이완 해협과 타이완 지역으로부터 미군철수
    3. 한국문제의 한국민족에 의한 해결
    4. 중국대표의 유엔참가와 타이완 정부의 유엔탈퇴
    5. 일본과의 평화협정 준비를 위한 4대 강국 외무장관 회의 소집
이 내용에 대해 12월 17일 소련의 스탈린은 전적으로 동의한다고 했지만 실제 유엔군 측이 수용할 수 없는 것들이었다.
– 유엔총회의 5단계 평화안 제시
    1. 전쟁의 즉각 휴전
    2. 평화를 촉진하기 위한 후속조치의 모색
    3. 한국으로부터 군사력의 철수와 함께 한국 국민의 자신들의 정부에 관한 희망을 표현할 수 있도록 적절한 장치 마련
    4. 한국의 통일 및 그곳의 평화와 안전보장의 유지를 위한 잠정협정체결
    5. 극동문제 타이완의 지위 중국 유엔대표권을 포함한 문제를 해결하기 위해 미국, 영국, 소련, 중국 대표를 포함한 기구 설치, 마오쩌둥은 승기를 잡은 상황에서 군사적으로 한반도 문제를 해결할 수 있다고 생각했다. 유엔의 평화안에 중국이 반대하였다.

보낸 날짜 : 2013년 07월 27일 토요일 오전 09시 43분 00초
받는 사람 : 하나님께 기쁨을 드리는 두 아들(465회)

감 사

감사라는 말은 매일 반복하면 뇌는 감사하는 조건 내용만을 받아들인다.

*양(陽) 감사 : 감사할 일에 감사하는 것

*음(陰) 감사 : 감사할 일이 없음에도 감사하는 것

양 감사는 음 감사를 죽었다 깨어나도 따라가지 못한다.

누구나 할 수 있는 감사가 아닌 어려움과 힘든 상황 속에서 그럼에도 불구하고 감사할 줄 아는 자세가 인생 성공의 열쇠다.

남의 탓 환경 탓을 하면 뇌는 언제나 낫을 하는 정보만을 받아들이고 자기 것으로 만든다. 성공의 가장 중요한 것은 감사이다.

주말 잘 보내고 다음 주일의 활력소를 만드는 시간 되길 바라며…

붙임 : 명언 모음

★ 밤이 깊고 낮이 가까웠으니 그러므로 우리가 어둠의 일을 벗고 빛의 갑옷을 입자 낮에와 같이 단정히 행하고 방탕하거나 술 취하지 말며 음란하거나 호색하지 말며 다투거나 시기하지 말고 오직 주 예수 그리스도로 옷 입고 정욕을 위하여 육신의 일을 도모하지 말라. (로마서 13장 12~14절)

※ 1952년 11월 28일 888일 차 : 동부전선의 문등리 서쪽과 연천지구에서 소규모 교전, B29 폭격기 49대 의주 신의주 지구 공산군 비행장 및 보급 교통 중심지 야간 폭격, 이승만 대통령, 밴 플리트 미 제8군 사령관 국군 수도 사단(國軍首都師團)시찰. 국회「국회법 중 개정법률안」통과, 박헌영 북한 외무상 평양방송 통해 한국 문제의 평화적 해결 위해 유엔정치위원회의 소련 제안 지지 한다고 성명, 저우언라이 중국 외교부장 한국문제 해결 위해 소련 제안이 유일한 방법이라고 성명.

행복 이란?

*행복은 작습니다, 거창하고 큰 것에서 찾지 말아라. 멀리 힘들게 헤매지도 말고 비록 작지만 항상 당신 눈앞에 있다.

*행복은 이기적이다, 자신을 돌보는 사람만이 가질 수 있다. 남의 시선 따위는 무시해 버리고, 스스로 행복하지 않으면 아무도 도울 수 없는 것이 행복이다.

*행복은 연습이다, 그냥 주어지는 행운의 복권이 아니다 부지런히 노력하고 연습해야 얻을 수 있는 열매다. 가는 길은 만 갈래지만 방법은 하나다.

*행복은 습관이다, 아는 길이 편하고 가던 길을 또 가듯이 살아가는 동안 몸과 마음에 베이는 향기이다. 하나씩 날마다 더해가는 익숙함이 행복이다.

*행복은 투자이다, 미래가 아닌 현실을 위해 남김없이 투자 하여라 지금 행복 하지 않으면 내일도 마찬가지이다. 행복은 내일로 미루어서는 얻을 수가 없다. 오늘을 온전하게 쓸 수 있어야 한다.

*행복은 공기이다, 때로는 바람이고 어쩌면 구름이다. 잡히지 않아도 느낄 수 있고 보이지 않아도 알 수 있는 것이다.

*행복은 선물이다. 어렵지 않게 전달할 수 있는 미소이기도 하고 소리 없이 건네줄 수 있는 믿음이기도 하다. 가장 달콤한 포옹이랍니다.

*행복은 소망이다, 끝없이 전달하고픈 욕망이다. 하염없이 주고 싶은 열망이다. 결국엔 건네주는 축복이다.

*행복은 당신이다, 지금 이 순간 존재하는 당신이다. 변함없이 사랑하는 당신이다. 이미 당신이다.

오늘의 고사성어(古事成語)
반신반의(半信半疑) : 얼마쯤 믿으면서도 한편으로는 의심함.

이번 한 주간도 주님 말씀 가운데 행복한 하루하루가 되길 바라며 …

※ 1952년 12월 2일 892일 차 : B-29 폭격기대 평양 부근 비행장, 유엔군 로키고지에 대한 공산군 공격 격퇴, 공산군 중부전선에서 국군고지 공격 포병부대 간에 일대 포격전 전개, 이승만 대통령 외국기자 회견 - 인도의 휴전타협 안에 반대 국경선까지 공산군 축출하도록 주장, 국회 전선에 위문단 파견 결의, 로버트 미 국방장관 기자회견에서 '강제 포로송환' 거부 승인,

◆ 김일성의 숙청 작업
- 김일성은 전쟁 당시 전술적 실패와 자신의 오류를 부하에게 전가하여 처형을 하거나 강등시키는 등 군 지휘관으로 자질이 의심케 하는 사례가 자주 있었다. 책임전가 성 문책은 전쟁 후에 더 잔인하게 나타났다.
- 전(前) 북한노동당 비서였던 임은(林隱)에 따르면, 6.25 전쟁에서의 무참한 패배는 김일성으로 하여금 '피의 숙청'을 단행케 한 계기가 됐다.
- 자신이 전략 안(戰略眼)이 없음으로 인해 패배한 전쟁의 책임을 군사령관에게 전가하고 개인 독재의 길을 여는 명분으로 삼았던 것이다.
- 당시 김일성의 숙청은 그 잔인함에 있어 스탈린을 능가하는 것이었다고 한다. 임은(林隱) 자신이 희생의 직전까지 갔다. 그에 따르면 6.25 전쟁 당시 장군 중 95%에 해당하는 70여 명이 학살 내지 처형되고 당·정·군의 간부급 20만 명이 숙청됐다.
- 강제수용소에서 살해된 사람들을 합하면 희생자 수는 무려 수백만 명에 달할 것이라고 한다.

보낸 날짜 ： 2013년 08월 29일 목요일 오전 09시 38분 00초
받는 사람 ： 하나님께 기쁨을 드리는 두 아들(467회)

긍정의 힘

1975년 여름 어느 날, 박정희 대통령이 현대건설의 정주영 회장을 청와대로 급히 불렀다. "달러를 벌어들일 좋은 기회가 왔는데 일을 못하겠다는 작자들이 있습니다. 지금 당장 중동에 다녀오십시오. 만약 정 사장도 안 된다고 하면 나도 포기(抛棄)하지요."

정 회장이 물었다. "무슨 얘기입니까?" "1973년도 석유파동으로 지금 중동국가들은 달러를 주체하지 못하는데 그 돈으로 여러 가지 사회 인프라를 건설하고 싶은데, 너무 더운 나라라 선뜻 일하러 가는 나라가 없는 모양입니다.

우리나라에 일할 의사를 타진해 왔습니다.

관리들을 보냈더니, 2주 만에 돌아와서 하는 얘기가 너무 더워서 낮에는 일을 할 수 없고, 건설공사에 절대적으로 필요한 물이 없어 공사를 할 수 없는 나라라는 겁니다."

"그래요, 오늘 당장 떠나겠습니다." 정주영 회장은 5일 만에 다시 청와대에 들어가 박정희 대통령을 만났다.

"지성이면 감천이라더니 하늘이 우리나라를 돕는 것 같습니다." 박 대통령이 대꾸했다. "무슨 얘기요?" "중동은 이 세상에서 건설 공사하기에 제일 좋은 지역입니다." "뭐요!"

"1년 12달 비가 오지 않으니 1년 내내 공사를 할 수 있고요." "또 뭐요?" "건설에 필요한 모래, 자갈이 현장에 있으니 자재 조달이 쉽고요" "물은?" "그거야 어디서 실어오면 되고요." "50도나 되는 더위는?" 천막을 치고 낮에는 자고 밤에 일하면 되고요." 박 대통령은 부저를 눌러 비서실장을 불렀다.

"임자, 현대건설이 중동에 나가는 데 정부가 지원할 수 있는 것은 모두 도와줘!"
정 회장 말대로 한국 사람들은 낮에는 자고, 밤에는 횃불을 들고 일을 했다.

세계가 놀랐다. 달러가 부족했던 그 시절, 30만 명의 일꾼들이 중동으로 몰려나 갔고 보잉 747 특별기편으로 달러를 싣고 들어왔다. 사막의 횃불은 긍정(肯定) 의 횃불이다.

긍정(肯定)은 모든 것을 가능하게 만든다.

긍정(肯定)은 천하를 얻고,

Positive thinking gains the whole world

부정은 깡통을 찬다.

Negative thinking is reduced to begging

오늘의 고사성어(古事成語)

백년지계 : '백년지계 막여수인(百年之計 莫如樹人).' 백 년의 계획으로 사람 을 기르는 것 만한 게 없다는 의미다. 교육은 백년지계' 등의 표현으로 많이 인용 된다.

★ 너의 하나님 여호와가 너의 가운데 계시니 그는 구원을 베푸실 전능자이시라 그가 너로 말미암아 기쁨을 이기지 못하시며 너를 잠잠히 사랑하시며 너로 말미 암아 즐거이 부르며 기뻐하시리라 하리라. (스바냐 3장 17절)

※ 1952년 12월 10일 900일 차 : 미 제5공군 발표 영국 비행사 그래함 F. 찰스 중 위 한-만 국경에서 Mig기 1대 격추 또 다른 1대 격파. 국군 제3887부대 최전선에서 부대 창설 4주년 기념식 거행, 공산군 측 탈주 기도한 포로 1명 부상당한 사건에 관 한 항의각서 유엔군 측에 전달, 재무장관 헨론 소장 유엔한국재건단 대표대리 한국 산업 부흥사업추진 위해 신설된 3인 위원회 개최, 유엔한국위원회 유엔 한국재건단 에서 제출한 7,000만 달러 부흥계획 승인 유엔총회에 통고, 9일의 폭설로 각처 송전 선 배전선 전주 파괴돼 송전 완전 단절 미국 공병 협조로 복구 착수, 유엔정치위원회 파키스탄대표가 제출한 튀니지대표 초청안 부결(24대 26), 나토군사위원회서 유럽 방위병력 목표를 98개 사단으로 결정.

보낸 날짜 : 2013년 09월 29일 일요일 오전 09시 38분 00초
받는 사람 : 하나님께 기쁨을 드리는 두 아들(468회)

2013년도 우수메일로 선정된 것 중 일부를 발췌 요약하여 보내니 읽어 보아라.

1. 만일 당신이 월급이 적다고 생각한다면?

 – 길거리에서 구걸하는 어린 소녀를 한번 생각해 보아라.

2. 무언가 포기하고 싶을 때에는?

 – 장애를 극복하고 열심히 살아가는 자들도 이사회에 많이 있다는 것을
   생각해 보아라.

3. 만일 당신의 생이 고통스럽다면?

 – 이 세상에는 네가 생각하고 있는 것보다 훨씬 더 많은 사람이
   고통을 받으면서 살아가고 있다는 것을 알아야 한다.

4. 당신이 사는 사회가 불공정하다면?

 – 나이 들어 폐지를 주어 힘겹게 지고 가는 노인을 상상해 보아라

 * 당신의 생이 어떠하든 그리고 그 생이 언젠가 되든지 즐기십시오
   타인에게는 좋지 않은 일들도 있고 우리에게는 좋은 일도 있답니다.

5. 공부하기가 싫습니까? 저들은 아닙니다.

 – 아직도 세계 여러 곳에 교육을 받을 형편이 안 되어 땅바닥을 종이삼아
   공부하려는 아이들이 있다는 것을…

6. 야채 햄버거가 싫습니까?

 – 아직도 굶주림에서 벗어나지 못하고 죽어가는 사람들도 많이 있다는 것을 …

7. 부모님의 보살핌이 귀찮으십니까?

 – 부모가 있어도 자식을 돌봐줄 여력이 없는 부모와 부모 없이 자라는
   아이들을 생각해 보아라.

8. 전자게임도 이제는 지루하지요?

 – 장난감도 없고 놀 장소도 마땅찮아 들판 아무 데서나 위생이
   좋지 않은 곳에서 노는 아이가 아직도 많이 있다는 것을?

9. 누구는 나이키 대신 아디다스를 골랐지!
 – 팻트병을 눌러서 끈으로 샌들처럼 만들어 신고 다니는 아이들이
   이 지구상에 있다는 것을 생각하여 보아라.
10. 잠잘 수 있는 침대나 이불이 있음에 감사하시 잖아요?
 – 길거리 아무데서나 잠자는 이들도 있다는 것을 생각하여 보아라.
* 삶에서 당신의 시선을 끄는 일은 많습니다. 그러나 당신의 마음을 끄는
  일은 별로 없습니다.
* 여러분은 아직도 불평하게 남아 있나요
* 여러분 주위를 살펴보십시오 잠깐 머무는 이 세상에 여러분이 가진
  모든 것에 감사해야 합니다.
* 우리는 필요한 깃보다 더 많아 가지고 있으니 행운입니다. 이 현대적이고
  발전적이고 발전적인 사회가 우리 형제자매들의 2/3의 사정을 잊고
  모르고 있는 낭비와 부도덕의 끝없는 순환을 조장하지 않도록 노력합시다.

이제 불평은 줄이고 더 많이 나누도록 합시다.

              오늘도 나를 다시 한 번 돌아볼 수 있는 보람된 하루 되길 바라며 …

※ 1952년 12월 16일 906일 차 : 국군 저격능선의 핀포인트 고지에 대한 공산군 공
격 격퇴, F86세이버 제트기 압록강 부근 상공에서 MIG 15 제트기 1대 격추, 유엔 공
군 청천강 이북에서 공산군기 180여 대와 접전 4대 격추, 249.4km 전선에서 탐색
전투, 공산군 측 대표 봉암도 포로사건 항의서 유엔군 측에 전달, 재무부 농림부 입
도선매(立稻先賣 : 아직 논에서 자라고 있는 벼를 미리 돈을 받고 팖) 부채 정리자
금 300억 방출합의.

보낸 날짜 : 2013년 11월 15일 금요일 오후 14시 52분 00초
받는 사람 : 하나님께 기쁨을 드리는 두 아들(469회)

갑자기 추운 날씨에 감기 들지 안 토록 따뜻하게 입고 아무리 바쁘더라도 시간을 내어서 식사는 제대로 하고 먹는데 너무 아끼지 말고 잘 먹도록 하여라. 잠은 가능한 6시간 이상은 자도록 하고 너무 늦게 자지 말고 일찍 자고 일찍 일어나도록 하는 것은 유치원에서 부터 배우는 것이니 지키도록 할 것. 좋은 말과 그림이 있어 보낸다 바쁜 와중에 잠깐 쉬어 가는 시간 되길 바란다.

오늘도 즐겁고 멋진 하루 되길 바란다.

붙임 : 1. 평생 간직할 말
       2. 그림과 같은 예술

※ 1952년 12월 22일 912일 차 : F-86 세이버 제트기 북한 상공에서 Mig기 3대 격추. 전 전선 전투 경미 선전전만 계속, 영국 제20 포병연대 도착. 클라크 유엔군사령관 국군을 가장한 무장공비 봉암도 포로수용소사건은 공산포로지도자들의 용의주도한 계획에 따른 것이라고 성명, 정부「국회법 중 개정법률안」공포, 유엔한국재건단 발표 한국전쟁 이후 25개 구호단체에 대한구호사업 인가, 북한 최고인민회의 상임위원회 행정구역 개편 결정 면 폐지 노동자구 설정.

◆ 영국항공모함 트라이엄프 호의 함상 사고

- 8월 29일 트라이엄프 함상에 큰 사고가 발생했다. 함재기 화이어플라이 기가 꼬리에 달린 정지 후크 없이 착륙하다가 항모 갑판을 미끄러져 안전벽에 부딪힌 사고가 발생했다. 나무 프로펠러가 떨어져 나가 함교로 날아가 작전실의 유리를 부수고 안으로 튀어 들어…맥라크란 중령을 후려쳤다. 맥라크란 중령은 제800 해군비행대의 대장이었다. 맥라크란 중령은 이 불운한 사고에서 얻은 부상으로 세상을 떠났다. 그는 한국 해역에서 의식(儀式)을 갖춘 장례식으로 수장(水葬)되었다. 그는 6 25 전쟁 중에 사망한 유일한 해군 조종사였다.

보낸 날짜 : 2013년 11월 17일 일요일 오후 12시 34분 00초
받는 사람 : 하나님께 기쁨을 드리는 두 아들(470회)

범사에 감사하라

오늘도 감사하며!! 큰아들, 작은아들, 항상 감사하는 마음으로 살아가길 바란다. 우리가 하나님께 받은 것들이 너무나 많음을 살아가면서 깜박깜박 잊어버리고 살아갈 때가 너무나 많은 것 같구나, 기쁜 일도, 슬픈 일도, 어려운 일도, 쉬운 일도 우리에게 주어진 모든 것들을 감사하는 마음으로 살아간다면 이 세상 삶이 더욱더 보람되고 즐거워질 것이라 생각되어지는데 큰아들 작은아들 요사이 십일조는 제대로 하고 있을 줄로 믿는다. 십일조는 수입이 있을 때마다 바로바로 챙겨 두었다가 빠트리지 말고 꼭 하도록 하여라. 오늘은 추수 감사 주일이구나, 이 모양 저 모양으로 감사 헌금도 할 수 있었으면 한다. 하나님께서 채워 주실 줄로 믿는다. 감기 걸리지 않도록 조심하고 다가오는 한 주일도 주님 말씀 가운데 하루하루 보람되고 승리하는 삶이 되길 바란다.

부산에시 아빠

붙임 : 멋진 자연 풍경

★ 내 것은 다 아버지의 것이요 아버지의 것은 내 것이온데 내가 그들로 말미암아 영광을 받았나이다. (요한복음 17장 10절)

※ 1952년 12월 30일 920일 차 : 미 전함 미주리호 청진에 함포 사격, B29 의주 안주에 200톤 폭탄 투하, 휴전회담 공산군 측 연락장교, 중립지대 침범 항의(中立地帶 侵犯 抗意)하는 서한 UN군 측 연락 장교에게 전달. 공보처장 이승만 대통령은 클라크 유엔군사령관이 알선하면 일본 지도자들과 회견을 거부하지 않을 것이라 언명, 귀속임야 국유화 결정, 손원일 해군총참모장 언명 미 해군은 국군 해군 요구에 적극 원조 의사 표명.

보낸 날짜 : 2014년 04월 01일 화요일 오전 11시 41분 00초
받는 사람 : 하나님께 기쁨을 드리는 두 아들(471회)

생 각

귀하다고 생각하고, 귀하게 여기면 귀하지 않은 것이 없고
하찮다고 생각하고, 하찮게 여기면 하찮지 않은 것이 없다.
예쁘다고 생각하고, 자꾸 쳐다보면 예쁘지 않은 것이 없고
밉다고 생각하고, 고개 돌리면 밉지 않은 것이 없다.
이제 완연한 봄 날씨로 아침, 저녁 온도 차가 심하니 감기 조심하고 아무리 바쁘
더라도 가끔은 자연과 더불어 쉬어가는 것도 좋을 것이다. 몸과 마음도 휴식이
필요할 것이다. 이왕이면 함께할 멋진 친구가 있다면 더욱 좋을 텐데…

오늘도 즐겁고 멋진 하루 되길 바라면서 …

붙임 : 믿을 수 없는 멋진 사진

★ 너는 가서 히스기야에게 이르기를 네 조상 다윗의 하나님 여호와께서 이같이
말씀하시기를 내가 네 기도를 들었고 네 눈물을 보았노라 내가 네 수한에 십오
년을 더하고 너와 이성을 앗수르 왕의 손에서 건져내겠고 내가 또 이성을 보호하
리라. (이사야서 38장 5,6절)

※ 1953년 1월 1일 922일 차 : 유엔군 포병대 우레 같은 야간포격으로 신년 축하,
야간부대 저격능선에서 공산군 탐색공격 격퇴, 이승만 대통령 남북통일 성업 완
수 강조하는 신년사 발표, 북한 최고인민회의 상임위원회 김두봉 위원장 신년사
발표, 중국 소련 정부 소련의 중국 장춘 철도 중국정부에 이양 공고 발표, 헝가리
유엔 유네스코 탈퇴.

보낸 날짜 : 2014년 04월 04일 금요일 오후 17시 50분 00초
받는 사람 : 하나님께 기쁨을 드리는 두 아들(472회)

선 택

빠른 선택이란? 가까이 있는 것을 잡는 것이 아니다. 가까이 있으면서도 확실한 것을 잡는 것이다. 정확한 선택이란? 좋은 것을 잡는 것이 아니다. 좋으면서도 내게 맞는 것을 잡는 것이다. 인생에서의 선택은 정말 중요한 것이다. 그러나 선택은 어느 누구도 결정해주지 않는다. 본인이 선택하고 책임을 져야 한다. 더욱더 중요한 것은 선택을 해야 할 시점에 이 통박 저 통박 재다가 선택할 시점을 놓치면 가장 큰 손실 일 것이다.

오늘의 고사성어(古事成語)
무용지물(無用之物) : 쓸모가 없는 사람이나 물건을 말한다.

한 주간 잘 마무리하고 멋진 주말 되길 바란다 …

붙임 : 봄의 전령 들

★ 여호와께서 사람의 걸음을 정하시고 그의 길을 기뻐하시나니 그는 넘어지나 아주 엎드러지지 아니함은 여호와께서 그의 손으로 붙드심이로다.(시편 38편 23~24절)

※ 1953년 1월 6일 927일 차 : F-84, F-80 미 공군 제트기 100대 압록강 남쪽 공산군 병력 및 보급중심지 맹공. 유엔군 북한강 동쪽 중부전선 내습한 공산군 4개 소대 격전 끝에 격퇴, 미 전함 미주리호 영국 순양함 버밍햄 항공모함 글로리호 서해안 해주반도의 공산군 진지 함포사격, 이승만 대통령 도일하여 클라크 유엔군사령관과 회담 후 요시다 수상과 회담, 정부「농업금융 특별회계법안」성안, 이승만 대통령 오전 유엔군사령부 방문 클라크 유엔군사령관과 회담, 서독 대변인 미국은 유럽군에 참가할 서독 12개 사단에 무기 무상공급 확약.

보낸 날짜 : 2014년 04월 18일 금요일 오후 17시 27분 00초
받는 사람 : 하나님께 기쁨을 드리는 두 아들(473회)

삶

흘러가는 흰 구름 그냥 바라보지만 말고 스스로 한번 그 구름이 되어 흘러가 보자. 흘러가는 강물 그냥 바라보지만 말고 스스로 한번 그 강물이 되어 흘러가 보자. 구름이 되고 강물이 되어 흐르다 보면 이 세상 아름답다는 걸 알게 될지도 모르지? 구름이 되고 강물이 되어 이 세상을 두루 살필 수 있는 여유로움을 느껴 볼 수 있는 시간을 가질 수 있는 시간을 갖는 것도 아무나 할 수 있는 것이 아닐 것이다. 도시에는 정신없이 바쁘게 움직이는 사람들 빌딩 숲 속에 다람쥐 채 바퀴 돌 듯이 생활하는 사람, 농촌에는 농부들의 때에 맞추어 씨 뿌리고 가꾸어야 하는 바쁜 일상, 바다에도 한가롭게 보이지만 파도와 싸우면서 어부들의 바쁜 손놀림 모든 것들이 바쁘게만 보이지만 그러나 가끔은 구름 되고, 강물 되어 한가로움을 즐기면서 살아가는 자들도 많이 있다.
이러한 여유를 느끼며 살아가기 위해서는 젊은 시절 헛되이 세월만 보내지 말고 열심히 노력하고 아끼고 알뜰이 해서 여유로운 경제적인 여건이 어느 정도 조성되고 마음도 안정될 때 가끔은 삶에 여유를 누릴 것이라 생각된다.

오늘의 고사성어(古事成語)
춘래불사춘 (春來不似春) : 봄은 왔지만 봄 같지 않다.

　　　　일교차 심한 날씨에 먹는 것 잘 챙겨 먹고 감기 들지 않게 조심하여라.

★ 생명으로 인도하는 문은 좁고 길이 협착하여 찾는자가 적음이라.
(마태복음 7장 14절)

보낸 날짜 : 2014년 04월 25일 금요일 오후 16시 45분 00초
받는 사람 : 하나님께 기쁨을 드리는 두 아들(474회)

오래 동안 앉아서 일할 때 가끔 몸을 풀어 주면 덜 피곤하고 몸에도 좋을 것이다.
아래 내용을 보고 실행을 한번 해 보아라

피로 풀기

제1 동작 (목 부위)
목뒤, 머리와 목이 연결되는 움푹 페인 곳을 꾹 누르면 통증이 있거나 기분이 좋은 반응을 느끼게 되는데 이곳에 자극을 가하게 되면 뭉쳐 있던 어깨와 목 근육들이 완화되어 통증이 빨리 해소된다

제2 동작 (어깨부위)
어깨뼈의 위쪽, 어깨뼈의 안쪽 가장자리와 쇄골 뼈가 만나는 움푹 파인 곳, 목이나 이깨가 겨리ㄱ 딱딱하게 굳어진 어깨를 편안하게 해 준다.

제3 동작 (귓볼 뒤)
귀 볼의 뒤에 오목하게 들어간 곳. 이곳을 누르면 눈의 피로가 풀어진다. 손끝으로 귓볼의 뒤를 반복하게 누른다. 목 아래의 기사 주변까지 근육을 따라서 가볍게 문지르면 시원해저 좋다.

제4 동작 (등 부위)
견갑골의 불룩 올라온 곳에서 안쪽으로 약간 움푹 파인 곳. 쉽게 말해서 한쪽 손을 반대쪽 어깨 뒤로 넘겼을 때 중지가 닿는 끝 부분. 이 누르는 동작을 하면 어깨와 등에 근육통증을 빨리 해소해 주는 효과가 있다.

제5 동작 (어깨 뒤 부위)
어깨 뒤 뼈 밑에 오목하게 들어간 부분. 쉽게 말해서 한쪽 팔로 반대쪽 팔을 잡았을 때 주물러 주는 느낌. 이 동작은 어깨와 팔 통증을 해소시켜준다. 이 지압과 어울러서 팔을 안쪽부분을 위에서 아래까지 잡듯이 주무르면 더욱 효과적이다.

제6 동작 (허리부위)

양손을 허리 위에 올린 후 엄지손가락이 닿는 끝부분을 자신이 직접 엄지로 눌러도 좋고 엎드린 상태에서 타인의 도움을 받아도 좋다. 이 동작은 허리통증에 도움을 준다.

스트레칭 요령(한 동작에 15초~20초 유지 및 5회 이상 반복)

내 건강을 위하는 일이니 따라 해보아라.

1. 양손 깍지 끼고 팔 들어올리기

   양손을 깍지를 끼고 고개를 숙이며 천천히 하늘 위로 들어 올리 고. 호흡은 코로 최대한 숨을 깊게 들이마시고 입으로 천천히 내 쉬며 반복.

2. 목을 누르기

   상체를 곱게 펴고 앞으로 천천히 고개를 숙이고. 양손을 깍지끼 어 정수리 부위에 얹고 내쉬는 호흡에 팔꿈치를 가슴 쪽으로 가 져가며 지그시 눌러준다. 호흡은 코로 최대한 숨을 깊게 들이마 시고 입으로 천천히 내쉰다.

3. 목 틀기

   좌/우 방향으로 고개를 돌려주세요.(이때 손으로 지그시 눌러주어 자극을 준다.) 호흡은 코로 최대한 숨을 깊게 들이마시고 입으로 천천히 내쉰다.

4. 어깨 돌리기 및 틀기

   양팔을 상체에서 살짝 띄어 벌리고. 어깨를 으쓱으쓱한다는 느낌으로 당겼다/내렸다를 반복한다. 열중쉬어 자세에서 왼손으로 오른팔목을 잡고 왼손을 최대한 왼 방향으로 당겨준다. 머리도 왼쪽으로 기울여 목선부터 어깨 주변의 근육이 함께 당겨지도록 한다. 몸이 옆으로 휘지 않도록 주의.

5. 팔을 펴고 당기기

   한 팔을 펴고 다른 손은 팔꿈치를 굽혀 힘을 잡아당겨 편다. 다른 팔을 펴고 같은 동작으로 팔꿈치 굽혀 당긴다.

보낸 날짜 : 2014년 04월 27일 일요일 오후 15시 30분 00초
받는 사람 : 하나님께 기쁨을 드리는 두 아들(475회)

오늘은 일요일인데 당직 근무라 회사에서 하루를 보내게 되었구나 … 큰아들, 작은 아들도 벌써 70세의 반을 넘어서는 세월을 살았구나. 한 번뿐인 인생 연습도 없는 인생 세월도 너무 빨리지나 가는 것을 너희들도 느낄 나이가 된 것 같은데 아직은 조금 이른 지도 모르겠지만 좋은 글이 있어 보낸다.

시간이 허락하면 한번 그냥 읽어 보아라 세월은 정말 빠르게 지나가는 것을 나이가 들면 들수록 빨라지는 게 사실인 것 같구나 …

오늘 일을 내일로 미루지 말고 열심히 살아가길 바란다.

한 주간 마무리 잘하고 또한 주간을 열심히 시작해 보자꾸나

붙임 : 인생의 비결 들(인터넷 참조)

★ 여호와의 말씀이 또 내게 임하여 이르시되 인자야 너는 막대기 하나를 가져다가 그 위에 유다와 그 짝 이스라엘 자손이라 쓰고 또 다른 막대기 하나를 가지고 그 위에 에브라임 막대기 곧 요셉과 그 짝 이스라엘 온 족속이라 쓰고 그 막대기들을 서로 합하여 하나가 되게 하라 네 손에서 둘이 하나가 되리라(에스겔 37장 15~17절)

※ 1953년 1월 12일 933일 차 : 유엔군 치열한 야포 박격포 집중사격 수도고지 공격한 공산군 격퇴, 국군 제12사단 분지대(盆地帶) 북동쪽 유엔군 진지를 새벽에 공격한 공산군 격퇴. B29전폭기대 신안주 주변 공산군 철도시설 폭격, 국회 본회의 창경호 침몰사건 조사에 관한 건 특별조사위원회 구성결의, 부산시 충무로 오후 3시 큰 화재 건물 250호 소실, 중공군 공군 중국 동북지역 침범한 미 공군기(B29) 격추, 중공군 유엔군의 스맥(Smack)작전 격퇴하고 승리(1/12~1/20), 인도지나 호치민군 사이공 남부에도 출현.

보낸 날짜 : 2014년 04월 28일 월요일 오후 13시 37분 00초
받는 사람 : 하나님께 기쁨을 드리는 두 아들(476회)

건강한 삶(Ⅰ)

나이가 들어서 건강을 챙기는 것보다 젊을 때 미리 챙기는 것이 더욱더 건강한 삶을 영위할 수 있을 것이라 생각 되어 인터넷에 건강 관련해서 좋은 경험이 있어 보내니 참고하길 바란다.

아빠는 요사이 실행 중에 있다. 외환은행을 퇴직한 모임인 '환은동우회'는 지난 1일 건강을 주제로 6월 강의를 진행했다. 경험 나눔으로 이뤄진 이날 강의에는 외환은행 이사 출신인 장준봉 국학원 상임고문이 강사로 나서 은퇴 이후의 건강 관리법으로 발끝 부딪히기를 소개했다. 장준봉 고문은 "나이가 들면서 다리가 많이 약해졌는데 우연히 단월드 수련하는 이에게서 발끝 부딪히기를 알게 되었다"며 "몸은 물론 정신적인 건강까지 얻게 되었다. 발끝 부딪히기는 앉아서도 누워서도 할 수 있는 가장 간편하고도 효과 만점인 심신수련법(心身修練法)"이라고 소개했다. 지난 7년 동안 하루에 적게는 1천 번, 많게는 5천 번 이상 발끝 부딪히기를 한다는 장 고문은 "31년 동안 써온 안경을 벗었는데 이에 대해서는 의사도 발끝 부딪히기의 효과를 인정한 바 있다"며 "무엇보다 중요한 것은 하나를 하더라도 꾸준히 하는 것"이라며 참석자들에게 꾸준한 건강관리를 강조했다. 강의가 끝나자마자 참석자들은 너나없이 장 고문에게 몰려 발끝 부딪히기의 자세와 방법에 대해 물으며 높은 관심을 보였다. 아래는 장준봉 고문이 강의한 '발끝 부딪히기' 강의록 전문. 발끝 부딪히기는 양발의 뒤꿈치를 축으로 삼고, 발끝을 좌우로 벌렸다 오므렸다를 반복하면서 엄지발가락 옆 부분을 서로 맞닿아 부딪히게 하는 것이다. 건강에 좋은 '발끝 부딪히기' 건강한 사람도 70대 고비를 넘기면 예외가 있긴 하지만 몸의 어딘가에 이상(고장)이 생긴다. 친구들을 보면 심장질환과 관절 등 하체가 약해진 경우가 많다. 그 밖에 당뇨병 고혈압 전립선비대증 등으로 고생한다. 또 불면증을 호소하는 경우도 적지 않다. 대부분의 경우 병원을

찾거나 약을 복용한다. 그러나 성인 특히 원로들의 신병은 심신 수련을 통해 혼자서도 고치거나 예방할 수 있다. 나는 우연한 기회에 건강에 좋은 수련법을 알게 되어 많은 도움을 받았고 또한 다른 분들에게도 도움을 주고 있다. 수천 년 전부터 내려오는 우리 조상들의 전통 심신수련법의 하나인 '발끝 부딪히기'가 그중 하나다. 내가 '발끝 부딪히기' 수련을 하게 된 것은 지난 2005년 늦 여름부터였다. 휴가 기간 중 3일 동안 친구들과 골프를 치고 집에 돌아와 자동차 트렁크에서 골프채를 꺼내 들고 오다 앞으로 넘어지듯 주저앉았다. 고희(일흔) 전후의 나이가 되면 무릎도 약해지고 다리 힘도 떨어진다더니 그게 남의 일이 아니었다. 계단을 오르내리는 일도 쉽지가 않았다. 한참을 낑낑대며 아파트 계단(2층)을 겨우 올라갔다. 마침 내가 원장으로 있던 국학원의 후원기관인 (주)단월드의 수련지도자 한 분이 '발끝 부딪히기'를 해 보라고 권해서 매일 200번씩 하기 시작했다. 200번씩 하는데 소요 시간은 2분 정도. 처음에는 그것도 지루하게 느껴졌다. 그래도 한번 시작했으니 효과를 볼 때까지 해보자는 마음으로 틈이 나는 대로 '발끝 부딪히기'를 계속했다. 두어 달쯤 지났을 무렵 무릎은 물론이고 다리 힘이 상당히 좋아져 행동도 민첩해진 것을 느낄 수 있었다. 나는 매주 수요일에 대학동기생들과 테니스를 하는데 운동을 하고 난 다음날엔 허벅지와 종아리가 땅기고 자주 쥐(경련)가 나곤했다. 그다음 날까지도 다리가 뻑뻑해서 애를 먹곤 했다. 그러던 것이 '발끝 부딪히기'를 계속하는 동안 3개 여 월이 지난 어느 때부턴가 그런 증상이 모두 사라졌고 잠도 잘 왔다. 또 다리 힘이 좋아지다 보니 골프의 비(飛) 거리가 10~15% 정도(나의 기준) 늘었다. 이렇게 몇 가지 효과를 몸으로 느끼게 되자 '발끝 부딪히기'를 하는 재미가 쏠쏠해졌다. '발끝 부딪히기'는 많이 할수록 좋다는 말에 200번에서 500번으로 그리고 5개월 뒤에는 1,000번으로 숫자를 차츰 늘려 나갔다. 7년차에 들어간 지금은 잠자리에 들면서 1,000번, 아침 잠자리에서 일어나기 전에 1,000번씩 규칙적으로 '발끝 부딪히기'를 한다. 가끔은 저녁 뉴스 시간에 TV를 시청하거나 라디오의 음악을 들으면서 '발끝 부딪히기'를 즐긴다. 이렇게 하면 천천히 해도 하루에 3,000번 정도는 족히 할 수 있다. 이제는 하루라도 발끝 부딪히기를 하지 않으면 몸이 찌뿌듯하고 뭔가 잊은 것 같은 느낌이 든다. 무릎 때문에 '발끝 부딪히기'를 시작했는데 지금은 무릎만 좋아진 게 아니라 그전보다 더 건강해졌다. 늘 배변이 잘 안 되어 고생했는데 그 문제도 해결되었다. 60대 후반 또는 일흔이 넘은 분들을 만나면 자연히 건강얘기를 많이 한다. 조찬이나 오찬 모임에 나가면 모처럼 만난 분들은 얼굴색이 밝아졌고 아주 건강해 보인다면서 무슨 좋은 일이 있느냐 또는 무슨 약을 먹느냐고 묻는다. 나는 그때마다 '발끝 부딪히기'를 한다면서 그 요령을 알려 준다. 처음 들어보는 건강법이라며 관심을 갖고 어떻게 하는 거냐고 시범을 보여 달라고 한다. 나는 단월드 사범으로부터 배운 대로 '발끝 부딪히기' 요령을 아래와 같이 알려주곤 한다. "다리와 팔을 편안하게 내려놓고 눈을 감는다. 어깨 팔다리 등 몸의 긴장을 푼다. 입으로 숨을 길게 '후~' 하고 토해내듯 내쉰다. 그리고 양쪽 발뒤꿈치를 모아 축으로 삼고 발을 벌렸다 모았다 하면서 엄지발가락 모서리를 툭툭 쳐 준다." 요즘은 친구와 지인들 사이에 소문이 퍼져 만나는 지인마다 '발끝 부딪히기'에 대해 묻는다. 나는 분위기가 되면 시범을 보이며 설명을 해주거나 발끝 부딪히기'에 관하여 나의 체험담을 쓴 졸고(拙稿)를 e메일 또는 팩스로 보내 준다. 이들이 제일 궁금해하는 것은 1,000번을 친다는데 어떻게 세느냐 힘들지 않느냐는 것이다. 100번마다 손가락을 곱으면서 세었으나 나중에는 핸드폰이 10분 후에 울리도록 시간을 맞춰놓고 '발끝 부딪히기'를 한다고 내가 해온 방식을 알려준다.

현재까지 '발끝 부딪히기'의 요령을 팩스나 프린트로 전해준 친구나 지인들이 2,000여 명이 넘는다. 하나 같이 그 효과에 감탄하며 부작용이 있다는 얘기는 들어보지 못했다. 한 친구는 2시간마다 화장실에 가고 싶어 여행도 가기 어려웠고 밤중에 잠을 자주 깨곤 했는데 요즘은 5시간 정도 숙면을 취한단다. 전립선질환에 효험이 있다 는 것이다. 또 어떤 친구는 머리가 맑아지고 집중력이 좋아져 머리 회전이 빨라진 것 같다고 했다. '발끝 부딪히기'로 혈액순환이 잘되기 때문이라고 생각된다. 내가 '발끝 부딪히기'로 얻은 효과를 몇 가지 소개하는 게 좋을 것 같다. 가장 큰 소득은 눈이 좋아진 것이다. 하루는 친구랑 바둑을 두기로 한 약속장소로 가려고 자동차를 몰고 나왔다. 뭔가 이상한 느낌이 들어 생각해 보니 안경을 두고 나온 것이 아닌가. 불안한 마음에 집으로 돌아가려고 교차로에서 신호를 기다리고 있었다. 그런데 평소엔 안경을 안 쓰면 잘 보이지 않던 길 건너편에 있는 도로표지판 글씨가 선명하게 보였다. 따로 시력을 재보지는 않았지만 나는 안경을 벗고 다닐 만큼 시력이 좋아졌음을 느낄 수 있었다.

'발끝 부딪히기'를 한 지 일 년 반이 지난 시기였나. 7년 가까이 '발끝 부딪히기'를 해온 지금은 시력이 더 좋아져 안경을 쓰지 않고 골프와 테니스는 물론 자동차 운전도 한다. 나는 1976년 여름부터 31년간 써오던 안경을 '발끝 부딪히기'를 한 지 2년도 안 돼서 완전히 벗어버렸다. 평소 책을 한 두어 시간 보면 눈이 흐릿해진다. 그럴 때 '발끝 부딪히기'를 300~500번 정도 하면 눈이 맑아진다. 내가 아는 분들 중에 '발끝 부딪히기'를 해서 안경을 벗었다는 얘기는 아직 듣지 못했으나 눈이 좋아졌다는 분들이 적지 않다. 중요한 것은 꾸준히 하루도 빠짐없이 하는 것이다. 나의 고등학교 선배 중에 90세가 된 원로 한 분이 있다. 80대 초반까지 스키를 타던 분인데 86세부터 잘 걷지 못해 골프를 칠때 캐디가 공을 앞에 갖다 놓아주어야 할 정도였다. 그리고 말도 더듬었다. 나의 권고에 따라 족욕과 '발끝 부딪히기'를 아침저녁으로 2시간 이상 꾸준히 했다. 4년여 동안 이 수련을 해 온 결과 지금은 걸어 다니면서 골프를 칠뿐만 아니라 이제는 말씀도 술술 잘한다. 지난 2009년 8월에 고등학교 동기생 및 후배 동문들이 함께 백두산 관광을 갔다. 중국에서 백두산에 오르는 길은 북파 서파 남파 3코스가 있다. 우리는 서파로 올라갔다. 북파는 자동차로 백두산 정상까지 타고 갈 수 있고 남파는 등산코스로 되어 있다고 한다. 우리가 택한 서파코스는 산 중턱까지 자동차로 이동하고 그곳서부터 1,236개의 돌계단을 걸어서 정상까지 가야 한다. 돌계단 한 개의 높이는 우리 지하철 계단의 1.5배나 되어 올라가는 게 녹록치 않았다. 중간에 2, 3분씩 서너 번 쉬고서 해발 2,744m의 정상까지 오르는 데 50분 정도 걸렸다. 일행 중 내가 가장 선배였다. 나머지는 8년 후배인 예비역 장군과 그 동기생들이었다. 이들은 혹시 내가 낙오하지 않을까 걱정하면서 뒤따라 올라왔다. 한참 올라오다 보니 그들 중 몇 명이 뒤에 쳐져 있었다. 정상에 도착하자 나이도 적지 않은 선배가 왜 그렇게 잘 오르느냐면서 비결을 묻는다. '발끝 부딪히기' 효과인 것 같다고 하자 그날부터 그들도 배워서 그 수련을 시작했다. '발끝 부딪히기'는 걷기나 마찬가지로 다리만 튼튼하게 해 줄 뿐 아니라 암의 발생을 예방하거나 악화를 억제하는 데 어느 정도 효과가 있다고 한다. 병원에서 암환자에게 걷기를 많이 하라고 권장하는 이유가 여기에 있다고 한다. '발끝 부딪히기'는 비가 오나 눈이 오나 실내에서 얼마든지 할 수 있어 걷기보다 하기 쉽고 효과도 더 클 것이라고 생각한다. 걷기도 하고 '발끝 부딪히기'도 한다면 상승효과를 볼 것이다. 나이가 들면 입안이 자주 마른다. 나는 언제부턴가 입안이 말라 물을 자주 마시곤 했다. 그런데 '발끝 부딪히기'를 한 지 2, 3개월 뒤부터는 입안에 침이 많이 고이는 현상이 생겼다. 또 늘 코를 풀어도 코 안에 코딱지가 굳어서 나오지 않아 손가락으로 파내곤 했다. 지금은 코가 뻥 뚫려서 기분이 상쾌하다. '발끝 부딪히기'로 하체의 찬 물 기운이 위로 올라오고 상체의 뜨거운 기운이 아래로 내려가는 수승화강(水昇火降) 현상이 일어나는 때문이라고 한다. 나는 '발끝 부딪히기'를 하루 1,000번 이상 하면 스트레스와 피로가 풀려 몸이 개운하고 머리가 맑아져 퍽 젊어진 기분을 느낀다. 나와 자주 만나는 분들도 인사치레 말이 아니라면서 퍽 젊어 보인다고 인사한다. 골프나 테니스를 하거나 육체적 정신적인 노동을 많이 한 날 밤에 '발끝 부딪히기'를 하면 다음날 아침에 몸이 거뜬해진다. 나이가 젊은 원로일수록 그 효과를 더욱 확실하게 느낄 수 있는바 50대 중반의 어느 공기업 전직 사장은 '발끝 부딪히기'로 부부간 금슬(琴瑟)이 좋아졌다면서 나에게 좋은 수련법을 가르쳐 줘 고맙다는 인사를 건넨 적도 있다. '발끝 부딪히기'는 뇌경색, 당뇨병, 신장병, 간경화 등에도 효험이 있는 것으로 나는 느끼고 있다.

나는 한동안 우측 머리가 아파(쑤셔)서 병원에 가볼까 생각했는데 솔직히 말해 겁이 나 '발끝 부딪히기'를 열심히 많게는 하루에 여러 차례 나누어 5,000번이나 했다. 그렇게 한 3개월이 지난 후 머리의 아픈 현상이 없어졌다. 당뇨도 심해서 발뒤꿈치가 터서 갈라지고 발톱이 검게 변하는 등 아팠으나 '발끝 부딪히기'를 계속하는 동안 깨끗해졌다. 신장병은 내가 은행에 있을 때 족욕을 해서 치유가 되었는데 그 후 '발끝 부딪히기'로 종목을 바꾸었으나 효과는 마찬가지로 좋았다. 간경화는 스트레스 해소로 자연히 치유 효과를 보고 있는 것으로 생각된다. '발끝 부딪히기'를 하면 우리 몸의 모든 기능이 되살아나는 것은 태어날 때부터 내면에 간직된 '내부의 힘' 이 작용하기 때문이라고 한다. 어떤 분은 이 내부의 힘을 자연치유력(自然治癒力)이 라고 한다. 어떤 수련이든지 마찬가지지만 특별히 효과를 많이 보는 사람이 있다고 한다. '발끝 부딪히기' 는 사람마다 체질에 따라 다르게 나타나는데 나에게는 여러 가지로 효과가 남달리 크다고 생각한다. '발끝 부딪히기' 는 앉아서도 할 수 있고 누워서도 할 수 있다. 나는 주로 잠자리에 들 때와 일어나기 전에 누워서 한다. 내 경험으로는 누워서 하면 허리와 어깨가 펴지고 또한 눈을 지그시 감고 함으로 명상효과도 있는 것 같다. 우리가 '발끝 부딪히기' 등 그 밖의 수련을 심신수련법(心身修練法)이라고 하는 것은 몸과 마음을 함께 단련(鍛鍊)시키는 효과가 있기 때문이다. 내가 '발끝 부딪히기' 를 지속적으로 해오면서 한 가지 터득한 것이 있다. 운동이나 수련도 이것저것 하면 좋겠지만 시간이 없으면 한 가시라도 인내심을 가지고 꾸준히 해줄 때 더 큰 효과를 볼 수 있다는 것이다.

나의 이런 체험이 다른 이들에게도 도움이 되기를 바라면서 도(道)를 전하는 마음으로 이 글을 섰다.

＊ 항상 건강하고 날마다 즐겁고 행복하소서 ＊

◆ 한국 헌정사상 최초의 의회(제헌국회)

- 1948년 5월 31일 개회하여 1948년 12월 18일까지 총 203일의 회기를 가진 한국의 제1대 국회이다.

- 국제연합의 결의에 따라 선거가 가능한 지역에서만 선거를 실시해 정치 세력 간에 많은 논란이 일어난 끝에 행해졌던 1948년 5·10 총선거 결과 헌법상의 국회의원 정수는 200명이었으나 제주도에 배정된 2명이 1948년 4월에 일어난 제주 4.3 폭동 사건으로 인하여 선거가 치러지지 않아 198명이 선출된 것입니다. 당선된 의원은 대한독립촉성국민회 54명, 한국민주당 29명, 대동청년단 12명, 조선민족청년단 6명, 대한독립촉성농민총동맹 2명, 기타 단체 11명, 무소속 84명이었다.

- 그래서 5월 31일에 제헌의회가 열렸습니다. 5천 년간 왕이 다스리는 군주 정치였으나 드디어 백성들의 대표가 헌법을 만들고 백성들이 뽑은 대통령이 다스리는 민주 정치가 시작된 것입니다.

- 1948년 5월 31일에 열린 국회를 제헌의회라 합니다. 헌법을 제정한 의회여서 그렇게 부릅니다. 제헌의회의 첫 순서인 임시의장을 선출하는 순서에서 이승만박사가 선출되었습니다. 의장으로 선출된 이승만 박사는 단상에 오르자 역사적인 발언을 하였습니다. 대한민국관보 1호 1면에 다음과 같이 기록되어 있습니다.

- "반만년 길고 유구한 우리 역사에 처음으로 민주주의시대를 개막하고 국회를 열게 된 것은 사람의 힘과 사람의 능력으로 된 것이 아니고 우리 민족을 사랑하사 대한민국을 탄생케 하신 하나님의 은혜와 도움으로 이루어진 것 입니다."

- 이어서 의장 이승만이 말하기를 "이윤영 의원 앞으로 나오시오. 하나님께 감사 기도 드려 주시오." 이윤영 의원은 종로에서 선출된 국회의원이자 목사 였습니다. 북한에서 목회하다 공산당에 쫓겨 월남하여 남산감리교회를 창립하고 목회하는 중에 국회의원으로 당선된 분이었습니다. 그래서 대한민국은 기도로 시작된 나라입니다.

보낸 날짜 : 2014년 04월 29일 화요일 오후 09시 23분 00초
받는 사람 : 하나님께 기쁨을 드리는 두 아들(477회)

건강한 삶(Ⅱ)

인체의 말초신경이 있는 손이나 발은 시간이 나는 되로 만져주면 건강에 많은 도움이 될 것이다.

주기적으로 신경을 써서 만져준다는 것은 어려울 것이나 버스나, 지하철을 타고 갈 때나 TV를 볼 때나 별할 일이 없을 때 가끔씩이라도 만져준다면 우리 몸의 혈을 잘 움직이게 되어 몸의 모든 기능에 도움이 될 것이다.

● 손 마사지 건강법

손을 수시로 눌러주거나 문질러주면 혈액순환을 도와 몸이 선강해진다. 엄지와 검지를 이용해 너무 세지 않은 강도로 문지르듯 마사지해 주는 것이 좋다.

1. 손톱 양옆 누르기 : 엄지와 검지로 손톱 양옆을 꼭 누른다. 열손가락을 모두 같은 방법으로 하고 특별히 더 아픈 부위를 시원한 느낌이 들 때까지 누른다. 목의 긴장을 풀어 뒷목이 편안해진다.

2. 손가락 뒤로 젖히기 : 손가락으로 반대편 손가락을 하나씩 뒤쪽으로 젖힌다. 손가락에는 몸 전체의 모세혈관이 많이 분포돼 있어 혈액 순환에 도움이 된다.

3. 손가락 사이 누르기 : 손가락 사이 갈라진 부위를 반대편의 엄지와 검지로 꼬집듯이 눌러준다. 임파선과 연결돼 있어 감기에 걸렸을 때 자주 하면 감기 예방과 치료에 도움이 된다.

4. 손가락 전체 젖히기 : 손가락을 가지런히 붙여 반대편 손바닥을 대고 손등 쪽으로 서서히 밀어준다. 컴퓨터 앞에 오래 앉아 있을 때 해주면 눈과 목의 피로가 풀린다.

5. 엄지 주무르기 : 엄지를 반대편 손가락 전체로 움켜잡고 꾹꾹 주무른다. 두통이 있을 때 하면 머리가 맑아진다.

6. 손목 바깥쪽 누르기 : 손목 가장자리의 움푹 들어간 곳을 수시로 눌러준다. 양쪽 모두 같은 방법으로 하고 특히 더 아픈 곳은 시간 날 때마다 꾹꾹 눌러준다. 생리통이나 허리통증 해소에 좋다.

7. 손바닥 중앙 문지르기 : 손목 중앙 바로 위부터 손바닥 중앙까지 엄지로 밀듯이 문지른다. 소화가 잘 안 될 때 반복하면 도움이 된다.

8. 새끼손가락 옆쪽 위아래로 문지르기 : 새끼손가락의 가장자리를 엄지와 검지를 이용해 위에서 아래로, 아래에서 위로 꾹꾹 눌러준다. 다리의 혈액순환에 도움이 된다.

9. 검지로 손등 마사지하기 : 손등의 손가락 뼈 사이사이를 검지로 누르면서 밀어 마사지한다. 스트레스를 받거나 가슴이 답답할 때 해주면 도움이 된다.

10. 손가락 아래쪽 누르기 : 손바닥과 손가락 경계선을 반대편 엄지로 꼼꼼히 눌러서 마사지 한다. 눈이 피곤하거나 귀에서 소리가 날 때 눌러주면 효과가 있다.

오늘의 고사성어(古事成語)

좌고우면 (左顧右眄) : 왼쪽을 바라보고 오른쪽을 돌아보다. 여러 갈래로 생각하고 자세히 살펴보는 것을 말한다. 또는, 결단을 내리지 못하고 망설이는 것을 비유하는 말.

오늘도 건강한 하루되길 바라며 …

★ 그러므로 형제들아 우리가 빚진 자로되 육신에게 져서 육신대로 살 것이 아니니라 너희가 육신대로 살면 반드시 죽을 것이로되 영으로써 몸의 행실을 죽이면 살리라. (로마서 8장 12절, 13절)

보낸 날짜 : 2014년 04월 30일 수요일 오전 11시 53분 00초
받는 사람 : 하나님께 기쁨을 드리는 두 아들(478회)

금수강산

우리가 대한민국에 태어났다는 것만으로도 하나님께 감사드려야 할 것이다. 산 좋고 물 맑은 이 강산에서 살아갈 수 있다는 것 도시에서 산다는 것은 이런 것들을 못 느끼며 바쁘게 살아갈지 모르지만 마음만 먹는다면 언제든지 산과 들, 강, 바다를 마음껏 보고 느끼며 삶의 세파를 잠깐이나마 잊어버리고 자연의 숨소리를 들을 수 있다는 게 얼마나 행복한 나라에 살고 있는지 고마움을 느껴야 할 것이다. 국립공원 사진전 파일을 첨부한다.
바빠서 가볼 시간이 없겠지만 사진이라도 보고 자연의 숨소리를 느껴보려무나 열심히 살다 보면 가볼 수 있는 시간은 얼마든지 있을 것이다.

오늘의 고사성어(古事成語)
진인사대천명 (盡人事待天命) : 사람으로서 해야 할 일을 다 하고 나서 하늘의 뜻을 기다린다.

오늘도 즐겁고 보람된 하루가 되길 바라면서 …

붙임 : 우리나라 국립공원 사진전

※ 1953년 1월 19일 940일 차 : 미 해병대 소속 전투기 편대 파파산고지 중공군 2개 연대 급습. 경 폭격기대, 평양~신안주 북쪽 공산군 보급로 야간 습격. 동부 전선 동쪽에서 치열한 탐색전 전개, 유엔군 전차부대 철원 동북쪽에서 중공군 벙커 74개 파괴, B29전폭기대 북한 내 공산군 보급소 2개소에 폭탄 110톤 투하, 이승만 대통령 한 일 관계에 대해 우호적 협의에 희망 가진다고 언명, 국회 본회의「국정감사법안」「국회에서의 증언 감정 등에 관한 법률안」가결, 인도지나 프랑스군 하노이 근방에서 호치민군 격멸 타이 빈 동방 9.7Km 지점에서 격전 중이라고 발표, 인도지나 프랑스군 월남공산군 공세로 안테 시까지 후퇴.

보낸 날짜 ： 2014년 05월 02일 금요일 오후 13시 36분 00초
받는 사람 ： 하나님께 기쁨을 드리는 두 아들(479회)

큰아들, 작은아들에게 벌써 여름이 성큼 다가온 것 같구나?

사이트 운영은 큰아들이 운영하고 있는 사업장이기도 하지만 하나님께 기쁨을 드리고 선교사업도 하고 하나님께 기쁨의 찬양을 드리는데 필요한 반주로 봉사하는 자들에게 도움을 주는 사이트로 알고 있는데 아빠가 제대로 알고 있는지 모르겠구나?

이미 큰아들이 구상을 하고 있는 계획이겠지만 혹시나 해서 아빠의 의견을 제시하고자 한다. 세계교회의 Initiative(주도력)는 유럽, 미국에서 아세아 그리고 아프리카로 넘어가고 있는 것 같다.

그런 점에서 기독교는 이제 서구 백인들의 기독교가 아닐뿐더러 서구 선진국들의 기독교가 아니다. 아세아, 아프리카, 남아메리카 등의 제3세계의 기독교가 앞으로 많은 발전이 기대된다.

그러나 아직도 제3세계는 경제적으로 어려움이 있고 지금 막 발전을 시도하려는 시점이다.

그래서 아빠 생각은 먼저 중국이나, 인도네시아에 파송된 선교사들에게 도움을 주면서 선교 활동을 한다면 어떨까 하는 생각이 드는구나, 우리나라에서 나오는 신디나, 전자올겐 등을 사모아서 그곳 어려운 교회에 보급하면서 선교 활동도 하고 큰아들 사업도 확장해 나간다면 하는 생각이 드는구나?

구체적인 내용에 대한 의견을 나눌 수 있는 기회가 되면 그때 하자꾸나 사업의 영역이 넓어지면 둘째도 적극적으로 형님을 도와야 될 것이라 생각이 되어 지는데. 그리고 빨리 장가들 가서 옆에서 도울 협력자들이 있으면 한결 쉽지 않을까 하는 생각이드는 구나

책 만드는 것은 진행이 잘되어 가는지 모르겠네 너무 급히 서둘지 말고 기초를 튼튼히 차근차근 쌓아가야 갑자기 허물어지는 일이 없을 것이다.

그런 면은 큰아들이 잘하고 있으니 아빠가 안심이 된다.

오늘의 고사성어(古事成語)
부화뇌동(附和雷同) : 자신의 뚜렷한 소신 없이 남이 하는 대로 따라가는 것을
말한다.

오늘도 즐겁고 보람된 하루 되길 바란다.

★ 내가 내 언약을 너희와 너희 후손과 너희와 함께한 모든 생물 곧 너희와 함께
한 새와 가축과 땅의 모든 생물에게 세우리니 방주에서 나온 모든 것 곧 땅의 모
든 짐승에게 니라.(창세기 9 장 9~10절)

◆ 영국 해군의 참전

- 영국항공모함(Triumph)은 한국 해역으로 출발하면서 기동함대를 구성했던
  영국함 들은 순양함 저메이카, 구축함 HMS 콘소트였다. 두 함들은 6·25전쟁
  중에 활발한 활동과 전과를 거두게 된다.

- 이 영국 함들에 호주 프리게이트 함 HMAS 슐하벤과 영국 급유함 웨이브 콘
  쿼러가 가세해서 6·25 전쟁참전 영연방 함대(英聯邦 艦隊)를 이루었다.

- 서해 작전해역에 도착한 트라이언프 항모의 함재기[제827 해군 항공대]들은
  미 함대와 합동 작전을 펴기 시작했다. 1950년 7월 3일 첫 출격이 있었다. 트라
  이엄프의 12기의 씨화이어와 9기의 Firefly기들이 출동하였다.

- 탑재한 로켓과 경량 폭탄으로 해주의 비행장과 격납고, 철교 등을 공격했다.
  북한군의 대공포화도 만만치 않았으나 노련한 영국 조종사들은 경미한 피해
  만 입고 전부 귀함 하는 데 성공했다.

- 미국 해군 순양함과 같이 동해안 해상에서 남파 병력 호송대를 호위하던 북괴
  군 어뢰정 세 척을 격침하는 전과를 올렸었다.

- 6·25 전쟁 중 영국 해군은 서해(西海)를, 미군은 동해(東海)를 맡아서 3년간
  작전했었다.

- 인천상륙작전 직전인 8월 후반~9월 초 때도 혹시나 나타날 수 있는 소련 잠수
  함 등을 경계한 대잠초계, 북한 서해안 도시에 대한 폭격 등으로 UN군의 작전
  에 많은 도움이 되었다.

보낸 날짜 : 2014년 05월 13일 화요일 오후 14시 40분 00초
받는 사람 : 하나님께 기쁨을 드리는 두 아들(480회)

무지개가 우리를 속여도
우리는 그 무지개를 좋아하고

그림자가 우리를 속여도
우리는 그 그림자를 항상 달고 산다.

자식이 부모를 속여도
부모는 원망하지 않고 언제나 걱정하며 산다.

돈이 우리를 속여도
우리는 그 돈을 벌기 위해 노력하고 좋아하며 살아간다.

자식이 부모가 어떻게 살아가는지 무관심해도
부모들은 자식이 어떻게 살아가는지 항상 걱정하며 살아간다.

희망이 우리를 속여도
우리는 그 희망을 향해 매일 끌어안고 산다.

자식들이 희망도 없이 아무렇게 살아가도
부모들은 자식들에게 희망을 버리지 않고 걸고 살아간다.

오늘의 고사성어(古事成語)
와신상담 (臥薪嘗膽) : 땔나무 위에 눕고, 쓸개를 맛보다.
원수를 갚기 위해 분발하는 것이나, 큰 뜻을 이루기 위해 분투하는 모습을 비유하는 말이다.

오늘도 즐겁고 멋진 하루 되길 바라면서 …

보낸 날짜 : 2014년 05월 15일 목요일 오후 14시 41분 00초
받는 사람 : 하나님께 기쁨을 드리는 두 아들(481회)

모난 마음으로 세상을 사는 사람은, 모난 숟가락으로 밥을 먹는 것과 같다. 참 불편하다. 비뚤어진 마음으로 세상을 사는 사람은 비뚤어진 젓가락으로 음식을 집는 것과 같다.

참 불편하다. 우리의 세상 삶은 내 생각대로 살아가기란 무척 힘든 삶이다. 삶은 양면적이라고 할 수 있다. 항상 좋을 수도 없고 항상 나쁠 수도 없다. 그것도 자기 스스로 노력하는데 따라서 나쁜 것 보다 좋을 때가 더 많아 질수도 있다. 세상과 함께 어우러져 살아갈 수 있는 지혜가 필요할 것이다. 항상 꿈과 희망을 갖고 양보하며 상대방을 배려하면서 어우러져 살아 간 다면 외로운 인생은 아닐 것이라 믿는다.

오늘의 고사성어(古事成語)
조삼모사 (朝三暮四) : 아침에 세 개, 저녁에 네 개. 잔꾀로 남을 속이는 것을 비유하는 말이다.

오늘도 보람되고 멋진 하루 되길 바라면서 …

★ 유월절 전에 예수께서 자기가 세상을 떠나 아버지께로 돌아가 실 때가 이른 줄 아시고 세상에 있는 자기 사람들을 사랑하시되 끝까지 사랑하시니라.
(요한복음 13장 1절)

※ 1953년 1월 25일 946일 차 : T-Bone 고지 전투 콜롬비아 군이 강원도 철원에서 전투, 유엔군 비행기 40대와 전차 수십 대 지원 하에 철원 서쪽 감자고지 4시간 공격, 미 중순양함 로체스터 호 고성 남쪽 공산군 보급지역과 벙커 진지 포격 벙커 진지 21개 격파, 무장간첩 20여 명 제주 중문리 침입 경찰과 교전 후 패주, 아이젠하워 미 대통령 취임 축하 국제친선 축구 전 부산 동래에서 거행, 월남 최초로 자유선거 실시.

보낸 날짜 : 2014년 05월 21일 수요일 오후 13시 43분 27초
받는 사람 : 하나님께 기쁨을 드리는 두 아들(482회)

인생은 대수롭지 않은 작은 것들에서부터 시작한다. 좋아하는 일이 있으면 그 일을 붙잡고 즐기고 열심히 하면 된다. 성공한 사람들 대부분은 처음에는 높은 목표를 세우지 않았다. 지금 손에 쥔 일을 열심히 하면서 자신의 능력을 보여주었을 뿐이다. 큰아들이 지금 하고 있는 일이 즐겁게 하고 있는 것으로 알고 있는데 둘째는 지금 하고 있는 일이 재미가 있어서 하는지는 조금 의문이 가는 것 같은데 혹시 아빠가 잘못 알고 있는지 모르겠구나, 현재 하고 있는 아주 사소한 일부터 좀 더 힘을 모아가는데 에서 해답을 찾아 가야 할 것 같구나 … 그러나 늘 기억해야 될 것은 모든 승부는 사소한 것을 어떻게 대처 해나가느냐 하는데서 승부가 결정된다는 것이다. 사소한 것을 얼마만큼 정성껏 할 수 있느냐에 따라서 아마 생의 큰 차이가 나지 않겠는가? 좋아하는 일이 있으면 그 일을 붙잡고 지금 싫어하는 일조차도 붙잡고 일할 수 있는 그런 마음가짐과 자세를 가질 수 있으면 얼마든지 삶을 일으켜 세울 수 있는 그런 계기가 되지 않겠는가 그렇게 생각되어지는구나, 벌써 날씨가 더워지는데 온도 변화가 심하니 건강 조심하고 먹는 것 잘 챙겨 먹도록 하여라 …

오늘의 고사성어(古事成語)
장삼이사(張三李四) : 특별하지 않은 평범한 사람들을 일컫는다.

오늘도 즐겁고 보람된 하루 되길 바라면서 …

★ 내가 진실로 너희에게 이르노니 누구든지 이산더러 들리어 바다에 던져 지라 하며 그 말하는 것이 이루어질 줄 믿고 마음에 의심하지 아니하면 그대로 되리라.(마가복음 11장 23절)

보낸 날짜 : 2014년 05월 25일 일요일 오후 14시 18분 28초
받는 사람 : 하나님께 기쁨을 드리는 두 아들(483회)

벌써 대구에 올라온 것이 7개월이 훌쩍 지나가네, 대구 집단에너지 플랜트 사업이 이제 막바지에 들어서서 이번 주말은 계속 회사에서 보내게 되었구나, 큰아들과 작은아들에게 고맙다는 말 전한다. 어버이날, 엄마 생일 모두 챙겨주어서 고맙구나. 살아가면서 실생활에 알아두면 편리한 생활 정보를 보내니 장기보관함에 저장해두고 필요할 때마다 활용 하여라.

★ 알아 두면 편리한 생활 정보
1. 궁금한 항목에 클릭하시면 답이 나옵니다,
2. 각종 얼룩 제거하는 방법
3. 대청소와 집 꾸밈 요령
4. 알아두면 편리한 생활의 지혜-I
5. 실생활에서 알아두면 편리한 생활의 지혜-II
6. 실생활에서 알아두면 편리한 생활의 지혜-III
7. 실생활에서 알아두면 편리한 생활의 지혜-IV
8. 숙취 제거하는 법
9. 생활에서 변비예방법
10. 신선한 식품 보관법
11. 에티켓(일상생활&접대)
12. 우리 서민들의 건강관리에 대한 상식
13. 서민생활 필요정보 나이스피아비~즈

오늘도 즐겁고 보람된 하루 되길 바란다.

★ 너를 축복하는 자에게는 내가 복을 내리고 너를 저주하는 자에게는 내가 저주하리니 땅의 모든 족속이 너로 말미암아 복을 얻을 것이라 하신지라,(창세기 12장 3절)

보낸 날짜 : 2014년 05월 29일 목요일 오후 14시 36분 39초
받는 사람 : 하나님께 기쁨을 드리는 두 아들(484회)

우리가 잃어버리고 사는 것들이 너무나 많은 것 같구나, 건물은 하늘을 찌르듯 높아져 가고 있지만 인격은 가면 갈수록 작아져 가고 있는 현실, 고속도로는 계속 넓어지고 있지만 우리의 시야는 더욱더 좁아져간다. 소비는 늘어가지만 더 가난해지고 더 좋고 많은 물건을 사지만 기쁨의 느낌은 줄어 가고 있다. 모든 것이 더 편리 해 지고 있지만 삶의 시간은 갈수록 더 부족하다. 학력은 높아졌지만 학식이나 상식은 부족하고, 지식은 많아졌지만 우리들의 판단력은 모자란다. 전문가들은 늘어났지만 문제는 더 많아졌고, 약은 많아졌지만 건강은 더욱더 나빠졌다. 너무 분별없이 소비하고 너무 사치는 커졌고, 너무 빨리 운전하고 너무 성급히 화를 낸다. 가진 것은 몇 배가 되지만 생각하는 가치와 행복을 느끼는 것은 세월이 가면 갈수록 더 줄어들고 있다. 말은 너무 쉽게 함부로 많이 하고 실천은 적게 하며 거짓말은 너무 쉽게 자주 한다.

생활비를 버는 방법은 배웠지만 어떻게 살 것인가는 잊어버렸고, 인생을 사는 시간은 늘어났지만 시간 속에 삶의 의미를 넣는 방법은 상실했다. 유혹하는 것은 더 늘었지만 열정은 더 많이 줄어들었다. 키와 몸은 더 커졌지만 인품은 보잘 것 없이 왜소해지고 있다. 이익은 더 많이 추구하지만 관계는 더욱더 나빠졌다. 여가시간은 더 늘어났어도 마음의 평화는 줄어들고 있다. 이 모든 것들이 풍요와 편리함을 우리들이 제대로 활용하지 못하고 있지는 않는지? 벌써 한 여름이 온 것 같구나 오늘 대구 날씨 최고 온도가 33도까지 올라 갔다. 여름은 자꾸 길어지고 온도는 높아지고 기후 변화가 심 하구나 일교차 심한 날씨에 건강 조심 하여라

오늘도 즐겁고 보람된 하루 되길 바란다.

공자와 안회의 일화

인안회(顔回)는 배움을 좋아하고 성품도 좋아 공자(孔子)의 마음에든 제자 중의 하나였다. 하루는 공자의 심부름으로 시장에 들렀는데 한 포목점 앞에 많은 사람들이 모여져 있어 무슨 일인가 해서 다가가 알아보니 가게주인과 손님이 시비가 붙은 것이다. 포목 사러 온 손님이 큰 소리로[3 x 8은 분명히 23인데 당신이 왜 나한테 24전(錢)을 요구하느냐 말이야~], 안회는 이 말을 듣자마자 그 사람에게 먼저 정중히 인사를 한 후[3 x 8은 분명히 24인데 어째서 23입니까? 당신이 잘못 계산을 한 것입니다]하고 말을 했다. 포목 사러 온 사람은 안회의 코를 가리키면서[누가 너더러 나와서 따지라고 했냐? 도리를 평가하려거든 공자님을 찾아야지, 옳고 틀림이 그 양반만이 정확한 판단을 내릴 수가 있다!], [좋습니다~ 그럼 만약 공사께서 당신이 졌다고 하시면 어떻게 할 건가요…?] [그러면 내 목을 내놓을 것이다, 그런데 너는?], [제가 틀리면 관(冠)을 내 놓겠습니다!]두 사람이 내기를 걸어 공자를 찾아갔었다. 공자는 사유 전 말을 다 듣고 나서 안회에게 웃으면서 왈: [네가 졌으니 이 사람에게 관을 벗어 내 주거라.]안회는 순순히 관을 벗어 포목 사러 온 사람에게 주었다. 그 사람은 의기양양히 관을 받고 돌아갔다. 공자의 평판에 대해 겉으로는 아무런 표현이 없었지만 속으로는 도저히 이해할 수가 없었다.]그는 자기 스승이 이제 너무 늙었고 우매하니 더 이상 배울 게 없다고 생각했다. 다음날, 안회는 집안일 핑계로 공자에게 고향으로 잠시 다녀올 것을 요청하였다. 공자는 아무 얘기도 하지 않고 고개를 끄덕이면서 허락하였다. 떠나기 직전에 공자에게 작별인사를 하러 갔었는데 공자가 일을 처리한 즉시에 바로 돌아올 것을 당부하면서 안회에게 "두 마디"게시를 해주었다··《千年古樹莫存身, 殺人不明勿動手》안회는 작별인사를 한 후 집으로 향해 달려갔다. 길에서 갑자기 천둥 소리와 번개를 동반한 급 소나기를 만나 비를 피 하려고 급한 김에 길옆에 오래된 고목나무 밑으로 뛰어 들어 갈렸는데… 순간 스승의 첫마디 인 (千年古樹莫存身)"천년 묵은 나무에서 몸을 숨기지 말라"는 말이 떠올라 그 래도 그동안 사제(師弟)의 정을 생각해서 한번 들어 드리자 해서 다시 뛰쳐나왔 는데 바로 그 순간에 번쩍하면서 그 고목이 번개에 맞아 산산조각이 되어버렸던 것이다. 안회가 놀라움에 금치 못하고 : [스승님의 첫마디가 적중이 되었고, 그러 면 두 번째의 게시에 의하면 과연 내가 살인을 할 것인가?] 한참 달리다 집에 도 착하니 이미 늦은 심야였다. 그는 집안으로 들어가 조용히 보검으로 아내가 자고 있는 내실의 문고리를 풀었다. 컴컴한 침실 안에서 손으로 천천히 더듬어 만져보 니 아니 침대 위에 두 사람이 자고 있는 것이 아닌가 순간 화가 치밀어 올라와 검 을 뽑아 내리 치려는 순간 공자가 게시한 [두 번째 말]이 생각이 난 것이다. (殺 人不明勿動手)"명확치 않고서는 함부로 살인하지 말라" 얼른 초불을 켜보니 침 대 위에 한쪽은 아내이고 또 한쪽은 자신의 누이동생이 자고 있었다. 안회는 다 음 날, 날이 밝기 무섭게 되돌아가 공자를 만나자마자 무릎 꿇고 하는 말이 [스승 님이 게시한 두 마디 말씀 덕분에 저와 제 아내와 누이동생을 살렸습니다, 어떻 게 사전에 그런 일이 일어날 수 있다는 것을 미리 알고 계셨습니까?] 공자는 안 회를 일으키면서 왈 [어제 날씨가 건조하고 무더워서 다분히 천둥번개가 내릴 수 가 있을 것이고 너는 분개한 마음에 또한 보검을 차고 떠나기에 그런 상황을 미 리 예측을 할 수 있었던 것이다.]공자는 이어서 왈 [사실 나는 이미 다 알고 있었 지 너 가 집에 돌아간 것은 그저 핑계였고 내가 그런 평판을 내린 것에 대해내 가 너무 늙어서 사리 판단이 분명치 못해 더 이상 배우고 싶지 않기 때문에 그런 것 이 아닌가?] [한번 잘 생각해 보아라. 내가 3 x 8 = 23 이 맞다 고 하면 너는 지 게 되어 그저 관하나 내준 것뿐이지만 만약에 내가 3 x 8 = 24가 맞다 고 한다면 그 사람은 목숨 하나를 내 놓아야 하지 않겠는가?], [너 말해봐라~! 관이 더 중 요하나 사람 목숨이 더 중요하는가~? !], 안회가 비로소 이치를 깨닫게 되어 " 쿵"하고 공자 앞에 다시 무릎을 꿇고 큰 절을 올리면서 말을 했다 [부끄럽기 짝 이 없습니다. 스승님은 대의(大義)를 중요시하고 보잘것없는 작은 시비(是非) 를 무시하는 그 도량과 지혜에 탄복할 따름입니다] 그 이후부터 공자가 가는 곳마다 안회가 그의 스승 곁을 떠난 적이 없었다. 우리가 한평생을 살아가면서 어떤 때에는 당신의 고집한 소위 자신이 옳다고 하는 도(道)를 억지로 이겨 내었지만 이로 인해 가장 소중한 것을 잃게 될 수도 있으며 매사에는 경중완급(輕重緩急)이 있는 법, 아무 의미 없는 체면, 쟁의, 분개 때문에 후회 막심한 일이 절대로 발생해서는 안 된 다고 본다.

오늘도 즐겁고 보람된 하루 되길 바라면서 …

◆ 사천강 전투
– 서부선선 상단(사천깅) 지구 전투는 6 · 25 전쟁 당시 서울을 수복한 해병대가 두 번이나 빼앗겼던 수도권을 휴전이 될 때까지 495일간 끝내 지켜낸 전투 이며 776명이 전사하고 3,214명이 부상할 정도토 6 · 25 전쟁 중 해병대의 가장 치열했던 전투였다.
– 당시 대한민국 해병대는 병력의 열세에도 불구하고 파주시 장단면 사천강 일대에서 중공군의 2차례에 걸친 기습공격과 3회에 걸친 야간공격을 막아내며 제1차 전투를 승리로 장식했나.
– 이후 '공격이 최선의 방어다'라는 전술로 적 대대규모의 공격을 역습으로 격퇴하며 중공군 공격기세의 예봉을 꺾으며 제2차, 3차, 4차 전투에서도 대한민국 해병대가 승리로 장식했다.
– 중공군의 전면 공격을 막아내며 적의 전투의지를 상실시키고, 이 기회를 이용해 최대의 반격작전을 가해 최대의 전과를 획득하며 '장단 · 사천강 지구' 전투를 승리로 장식하며 수도권 일대를 성공적으로 방어해 냈다.
– 중공군에게는 사망 14,017명, 부상 11,011명, 포로 42명이라는 엄청난 타격을 주었다.
– 이에 대한민국 해병대는 이승만 대통령으로부터 부대표창은 물론 대한민국국회로부터 감사장을 수여받는 등 전공을 인정받아 명실공히 '무적해병'의 전통을 이어가며 국민들의 신뢰를 한 몸에 받았다.

보낸 날짜 : 2014년 06월 13일 금요일 오전 11시 38분 25초
받는 사람 : 하나님께 기쁨을 드리는 두 아들(486회)

가장 큰 실수

가장 큰 실수는 포기해버리는 것,
가장 어리석은 일은 남의 결점만 찾아내는 것,
가장 심각한 파산은 의욕을 상실한 텅 빈 영혼,
가장 나쁜 감정은 질투 그리고 가장 좋은 선물은 용서다.

– 해암의 〈마음 비우기〉 중에서

우리가 인생을 살면서 실수를 안 하고 살 수는 없을 것이다. 사소하고 조그만 실수는 수없이 많을 것이다. 또한 인생의 중대한 고비를 맞을 수 있는 실수도 있을 것이다. 그러나 그러한 실수가 있어도 포기하지 않으면 얼마든지 또 일어설 수 있다는 것을 명심해야 할 것이다. 그러나 가장 큰 실수는 인생을 남에게 의지하고 맡기는 것이나, 아무 목표도 없이 희망과 꿈도 없이 될 되로 되겠지 하는 삶이 가장 큰 실수가 될 것이라 믿는다. 큰아들은 너무 많은 목표와 꿈이 있어 무엇부터 먼저 해야 할지, 일의 우선순위를 잘 모르는 상태는 아닌지 걱정이 되고, 둘째 아들은 아직도 어떻게 살아야 할지 무엇을 해야 할지, 희망과 목표가 있는지가 걱정이 되어지는구나, 이러한 것들이 아빠의 괜한 걱정이 되길 바랄 뿐이다. 그러나 이러한 문제는 본인들의 의지와 행동으로 옮겨 가는 데에 따라서 삶의 품격이 달라질 것이라 믿는다.

얼마 지나지 않으면 첫째와, 둘째도 곧 40대가 되고. 아빠, 엄마가 우리 두 아들의 인생에 대해 이렇게, 저렇게 하여라고 충고할 수 있는 시기는 지난 것 같구나 그러나 항상 부모로서 자식에 대한 애정과 걱정은 마음 한 구석에 자리 잡고 있다는 것을…

큰아들, 작은아들 파이팅!!!!!!

오늘의 고사성어(古事成語)

호사다마 (好事多磨(魔)) : 좋은 일에는 탈이 많다. 좋은 일에는 방해가 많이 따른다는 것을 비유하거나, 어떤 일을 실현하기 위해서는 많은 풍파를 겪어야 한다는 것을 비유한 말.

오늘도 즐겁고 보람된 하루 되길 바라면서…

※ 1953년 2월 1일 953일 차 : 미 해병대 소속 전투기 서부전선 배후 남천 공산군 터널 파괴. 김화 북쪽 유엔군 전초 진지에 대한 중공군 2개 소대 공격 격퇴, B-29 전폭기 편대, 북한 재령 공산군 보급중심지 폭격. 공산군 정찰대 평강 남쪽 유엔군 진지에 2차에 걸쳐 소규모 공격, 중공군 2개 소대 불모고지 근방 유엔군 외곽진지 야간 공격. 국립항공대학 설립, 일본 수산대표단 서울 도착하여 경무대로 이승만 대통령 예방 한 일 어업 문제 토의.

◆ 韓國勞務團(KSC; Korean Service Corps)

- 6.25 전쟁 당시. 지게를 지고 탄약, 음식물 등 보급품을 밤새도록 걸으면서, 졸고 쓰러지면서를 오르던 한국 사람들이 있었는데 이들을 가리켜 '지게 부대원'이라 부른 한국 노무단(韓國勞務團) 그들은 軍番도 階級章도 없는 民間人 身分의 勞務者들 미군들은 이들이 지고 있는 지게가 'A' 자와 같다 하여 'A frame Army'라고 부르기도 했다.

- 고(故) 김아귀 씨는 1951년 나이 마흔에 지게부대에 들어갔다. 아내와 3남 3녀의 아버지인 그는 강원도 양구군 일대 '피의 능선' 또는 '단장의 능선' 등 에서 보급품들을 나르면서, 고생을 하다가 '戰死' 하였다.

- 그의 유해가 지게부대원 가운데에서의 '遺骸發掘 첫 事例'가 일어나서 화제가 되고 있다. 그의 아들 학모(78)씨는 "어머니가 아버지를 평생 그리워하다가 7년 전에 돌아가셨다" 고 하였다.

- 미국 국립문서기록 관리청에 보관된 자료에 따르면 KSC 대원은 2,064명이 전사했고, 4,282명이 부상, 2,448명은 실종 처리됐다고 한다.

- 밴 플리트 미 제8군 사령관은 이들 KSC 대원들을 보면서 "만일 이들이 없었다면, 최소한 10만 명 정도의 미군병력을 더 파병해야 했었다고 했다.

보낸 날짜 ： 2014년 06월 17일 화요일 오후 16시 14분 48초
받는 사람 ： 하나님께 기쁨을 드리는 두 아들(487회)

새는 가벼워서 공중에 뜨는 것이 아니다. 날개 짓을 하기 때문에 뜨는 것이다. 치타는 다리가 길어서 빨리 달리는 것이 아니다. 있는 힘을 다해 달리기 때문에 빨리 달리는 것이다. 무슨 일이든 열심히 최선을 다한다면 남들보다 높이 뜰 수 있고 남들보다 빨리 달릴 수 있다. 우리의 삶이 이와 마찬가지 일 것이다. 주어진 일에 최선을 다하고 목표를 세워 열심히 노력하여야 할 것이다. 같은 종류의 가게라도 잘 되는 집이 있고 안 되는 집이 있다. 그것은 왜 그럴까 분명히 차이점이 있을 것이다. 운영에 문제가 있거나, 친절하지 못거나, 음식점이라면 맛이 없거나, 불결하거나, 가타 등등 잘되는 집과 비교해 보면 여러 가지 문제들이 있을 것이다. 현재 운영하고 있는 일을 잘 분석해서 이 정도의 규모와 장소, 시간 등을 감안해서 한 달 수입이 어느 정도는 들어와야 하는데 그렇지 못할 시는 나름대로 고민하고 분석을 해서 해결하려고 노력을 하여야 할 것이다. 해결하려고 노력은 하지 않고 장소 탓 주위에서 도와주지 않는 탓 등등 무사안일하게 허송세월 만 보낸다면 먼 미래가 어떻게 될지 뻔한 것이 아니겠는가 하는 생각이 되어 지는구나 서울에서 그런대로 생활을 해 나갈려 면 한 달 수입이 얼마나 되어야 할까 아빠의 생각으로는 삼백만 원 정도는 벌어야 그래도 조금씩이라도 저축을 할 수 있을 것 같은데? 아빠가 너무 쓸데없는 걱정을 하고 있는지 모르겠구나 기도는 매일 큰아들, 작은아들 십일조 천만씩 할 수 있도록 기도하면서 말이다. 그렇게 되길 바라면서 걱정이 되어 몇 자 적어 보낸다.

★ 시몬 베드로가 대답하여 이르되 주는 그리스도시여 살아계신 하나님의 아들 이시니 이다.(마태복음 16장 16절)

※ 1953년 2월 11일 963일 차 : B-29 편대 평양 남쪽 사리원 남서쪽 공산군 보급 기지 폭격. UN군 전차부대, 서부전선 공산군 진지 공격. 미 제8군 사령관 교대(신임 : 테일러 대장 구임 : 벤플리트 대장), 전 전선은 소강상태 유지, 유엔군 전차 부대 서부전선 공산군 진지공격, 이승만 대통령 중국해안 봉쇄 요구 성명, 완주군에서 여객 버스 전복 사고 사망 8명 부상 62명.

◆ 6.25 전쟁이 아이들에게 남긴 상처

- 이 땅에서 벌어졌던 6.25 전쟁은 당시 남북한 인구 3,000만 명 중 절반이 넘는 1,800만 명 이상이 피해를 입을 정도로 큰 상처를 남겼다. 국방부 군사 편찬연구소에 따르면 당시 민간인 피해는 250만 명에 전쟁으로 부모를 잃은 고아가 10만 명, 전쟁을 피해 살던 곳을 등져야 했던 사람이 370만 명이었습니다.

- 전쟁이 끝난 이후에도 아이들의 고통은 계속되었습니다. 1953년 당시 남한 인구 중 절반 이상이 20세 이하였으며 이들을 돌봐야 할 세대는 대부분 당장의 끼니를 해결할 힘도 부족한 할머니, 할아버지들이거나 돌봄을 받지 못 하는 아이들이었습니다.

- 전쟁 중 100만 명 이상이 피난을 온 부산은 상황이 더욱 심각했습니다. 난민촌에 사는 아이들, 부모를 잃은 아이들, 버려진 아이들… 수많은 아이들이 긴급한 보호를 필요로 하고 있었습니다.

- 구두를 닦으며 돈을 버는 아이, 거리를 떠돌며 구걸하는 아이들 극장가를 기웃거리며 돈을 청하는 아이들의 모습을 볼 수 있습니다. 갈 곳을 잃은 피난민들은 전쟁 중 임시피난소로 세워진 천막을 시봉 삼아 살았지만 그곳은 쥐와 이, 벼룩이 살고 길가의 오물이 들어오는 비위생적인 곳이었습니다.

- 가난해서 끼니를 거르기 일쑤인 데다 비위생적인 환경에 노출되다 보니 아이들의 건강도 좋을 리 없었으며, 이들이 갈 수 있는 병원도 많지 않았던 그시절, 무료 진료를 수행하는 보건소를 찾는 사람이 하루 1,200명에 달할 정도 였습니다.

- 영양실조로 면역과 근육에 장애가 나타나거나 성장이 부진한 아이들이 많았고 때로는 시력을 잃을 정도로 비타민A가 결핍된 아이도 있었다"는 기록을 남겼습니다.

- 괴정진료소를 비롯해 부산중앙진료소, 감천진료소, 임보관진료소 등 세이브더칠드런이 당시 부산에서 운영한 진료소에서는 이처럼 영양이 부족한 아이들을 위해 분유를 제공했습니다. 동시에 가족에게도 밀가루를 지원했습니다.

- 6.25 전쟁은 끝났고 한국은 원조를 받던 나라에서 도움이 필요한 곳에 손을 내밀수 있는 나라로 발전했습니다. 그러나 이렇게 오랜 시간이 흘렀음에도 여전히 세계 곳곳에는 전쟁의 아픔을 겪는 아이들이 있습니다.

보낸 날짜 ： 2014년 06월 18일 수요일 오후 17시 28분 51초
받는 사람 ： 하나님께 기쁨을 드리는 두 아들(488회)

'盛年不重來 歲月不待人'(성년부중래 세월부대인)이라?
'젊은 시절은 거듭 오지 않으니, 세월은 사람을 기다려 주지 않는다.'
오늘도 바쁘게 움직이는 두 아들에게 잠깐 쉬어 가는 시간 되길 바라며 …

눈이 맑아지는 풍경 속 명언

★ 행복한 가정은 미리 누리는 천국이다. 16.jpg

★ 영원히 살 것처럼 꿈을 꾸고, 오늘 죽을 것처럼 살아라. 1.jpg

★ 피할 수 없으면 즐겨라 [Robert Eliot] 17.jpg

★ 인생의 가장 큰 영광은 결코 넘어지지 않는 데 있는 것이 아니라. 넘어질 때마다 일어서는 데 있다. [Nelson Mandela] 2.jpg

★ 결혼은 작은 이야기들이 계속되는 기나긴 이야기다. [피천득]27.jpg

★ 동등하지 않은 관계를 동등하게 만드는 것은 사랑밖에 없다. [키에르 케고르] 13.jpg

★ 모든 일에 예방이 최선의 방책이다. 없앨 것은 작을 때 미리 없애고, 버릴 물건은 무거워지기 전에 빨리 버려라. [노자]30.jpg

★ 사람들은 자신이 하고 싶은 일을 할 수 없는 수천 가지 이유를 찾고 있는데, 정작 그들에게는 그 일을 할 수 있는 한 가지 이유만 있으면 된다. [휘트니] 4.jpg

★ 공짜 치즈는 쥐덫에만 놓여 있다. [러시아 속담] 15.jpg

★ 아무도 보지 않는다고 생각하고 춤을 추어라. 누구에게도 상처받지 않은 것처럼 사랑하라. 아무도 듣지 않는다고 생각하고 노래를 불러라.
마치 지상이 천국인 것처럼 살아라. [퍼키] 5.jpg

★ 새로운 것을 보는 것만이 중요한 게 아니다. 모든 것을 새로운 눈으로 보는 것이 정말 중요하다.[알베로니]24.jpg

★ 가장 큰 실수는 포기해 버리는 것. 가장 어리석은 일은 남의 결점만 찾아내는 것. 가장 심각한 파산은 의욕을 상실한 텅 빈 영혼. 가장 나쁜 감정은 질투. 그리고 가장 좋은 선물은 용서. [프랭크 크레인] 6.jpg

★ 정직한 사람은 모욕을 주는 결과가 되더라도 진실을 말하며, 잘난 체하는 자는 모욕을 주기 위해 진실을 말한다. [W. 헤즐리트] 19.jpg

★ 녹은 쇠에서 생기지만 차차 그 쇠를 먹어버린다. 이와 마찬가지로 마음이 옳지 못하면 그 마음이 사람을 먹어버린다. [법화경] 7.jpg

★ 인생에서 가장 큰 공백은 아는 것과 행동하는 것 사이에 있다. [딕 빅스] 18.jpg

★ 미련한 사는 자기의 경험을 통해서만 알려고 하고, 지혜로운 자는 남의 경험도 자기의 경험으로 여긴다. [프루드] 8.jpg

★ 사람들과 함께 있을 때 낭신이 그들과 전적으로 함께 있다는 느낌을 전하라. 절반은 그들과 함께 있고, 나머지 절반은 다음 약속을 미리 생각하고 있다는 인상을 주어서는 안 된다. [조지와인버그] 22.jpg

★ 어리석은 자의 특징은 타인의 결점을 드러내고, 자신의 약점은 잊어버리는 것이다. [키케로] 9.jpg

★ 보리 한 줌 움켜쥔 이는 쌀가마를 들 수 없고, 곳간을 지은이는 곳간보다 큰 물건을 담을 수 없다. 평생 움켜쥔 주먹 펴는걸 보니 저이는 이제 늙어서 새로 젊어질 때가 되었구나. [반칠환] 21.jpg

★ 구원의 길은 오른쪽으로도 왼쪽으로도 통해 있지 않다.
그것은 자기 자신의 마음으로 통한다. 거기에만 신이 있고, 거기에만 평화가 있다. [헤르만 헤세] 10.jpg

★ 지극한 즐거움 중에서 책 읽는 것에 비할 것이 없고, 지극히 필요한 것 중 자식을 가르치는 일만 한 것이 없다. [명심보감]14.jpg

★ 설탕물 한 잔을 마시고 싶을 때 내가 서둘러야 소용이 없다. 설탕이 녹기까지 기다려야 한다. 이 조그만 사실은 큰 교훈을 지니고 있다. 왜냐하면 내가 기다려야 하는 시간은 마음대로 더 늘릴 수도 없는 상대적이 아닌 절대적인 것인 까닭이다. 《창조적 진화》중에서 [베르그송] 11.jpg

★ 희망이 도망치더라도 용기를 놓쳐서는 안 된다. 희망은 때때로 우리를 속이지만 용기는 힘의 입김이기 때문이다. [부데루뻬그] 23.jpg

★ 우리는 흔히 삶의 소중함을 잊고 산다. 삶이 더없이 소중하고 대단한 선물이라는 것을 깨닫지 못한다. 그래서 생일 선물에는 고마워하면서도 삶 자체는 고마워할 줄 모른다. 《둥근 사각형의 꿈》중에서. [김광수] 12.jpg

★ 제 아이를 남들에게 비교하지 않고, 제 아이의 오늘을 어제와 비교하지 않고, 스스로를 타인과 비교하지 않는 마음은 곧 내 마음의 평화를 남의 손에 두지 않는 비결인 것이다. 《딸들에게 희망을》20.jpg

♡♥♡ 고맙습니다. 감사합니다. 사랑합니다. ♡♥♡

★ 이사야가 그들에게 이르되 너희는 너희 주에게 이렇게 말하라 여호와께서 이같이 말씀하시되 너희가 들은 바 앗수르 왕의 종들이 나를 능욕한 말로 말미암아 두려워하지 말라. (이사야 37 장 6절)

보낸 날짜 : 2014년 06월 20일 금요일 오후 17시 40분 21초
받는 사람 : 하나님께 기쁨을 드리는 두 아들(489회)

행복이란?

이 세상 모든 사람들은 행복하게 살기를 바란다. 또한 행복하기 위해 여러 가지 방법을 통해 행복을 추구한다. 행복은 추구의 대상이 아니다. 정작 행복한 사람은 행복을 추구해 본 일이 없다. 그저 열심히 살아가는 사람들 자기가 좋아하는 일, 의미 있는 일, 그냥 그 일 하면서 살아가는 것 자체가 행복인 것이다. 그래서 행복은 열심히 산 삶의 부산물일 뿐이다. 행복은 열심히 살다 보면 그냥 따라오는 부산물이니까, 열심히 사는 사람에겐 행복이 자연스럽게 주어지지만 열심히 살지 않는 사람에게는 행복은 절대 찾아오지 않는다. 수어신 각자의 삶을 얼마나 충실하게 열심히 살아가느냐에 따라 행복은 우리에게 주어질 것이라 믿는다. 큰아들과 둘째 아들은 지금하고 있는 일이 무언가 즐겁고 조금이라도 보람을 느끼고 있으면 정말 선택을 잘하였다고 생각한다. 그러나 일이 하기 싫어지고, 짜증 나고, 보람도 전혀 느껴지지 않고, 경제적으로 생활에 보탬도 되지 않으면 심각하게 생각을 해 보아야 할 것이다.

한 주간 잘 마무리하고 주말 멋지게 보내길 바란다.

★ 너희는 이전 일을 기억하지 말며 옛날 일을 기억하지 말라. (이사야 43장 18절)

※ 1953년 3월 1일 981일 차 : 나부리 전투 태국 군이 경기도 연천에서 전투, 유엔군부대 수도고지 부근의 유엔군 전초 진지에 1개 중대 중공군 공격 45분간의 교전 끝에 격퇴, 유엔군부대 케리고지 서쪽에서 공격해 온 중공군 1개 소대 격퇴, 제34회 3.1절 기념식 북진통일민족대회 서울중앙청에서 개최, 체신부 군 가입 전화 중 헌병대 병참부대 및 주요 부대 시외통화 취급.

보낸 날짜 : 2014년 06월 30일 월요일 오후 16시 04분 54초
받는 사람 : 하나님께 기쁨을 드리는 두 아들(490회)

벌써 오늘이 6월 30일, 6월 달도 지나가는 구나 7월 초순부터는 장마가 온다고 하니 건강들 조심하고 장위동 집 물새는 것이 괜찮아야 할 텐데, 둘째 아들 옷도 걱정이 되는구나? 제습기를 하나 사서 가끔 틀어두면 곰팡이 피는 것은 예방이 가능할 것이다.

큰아들 있는 집은 높은데 있으나 경사가 많이 진 곳이라 비가 갑자기 많이 올 때는 조심해서 다니고, 아빠는 6월 30일 부로 계약 만료되어 잘 마무리하고 부산으로 내려간다. 우리 두 아들들이 올해에 계획한 것들도 잘 진행될 것이라 믿는다. 올해도 이제 반이 훌쩍 지나가는 구나 남은 기간 동안 계획한 것들이 잘 이루어지길 바란다.

오늘의 고사성어(古事成語)
복마전 (伏魔殿) : 나쁜 일이나 음모가 끊임없이 행해지는 악의 근거지라는 말이다.

오늘도 즐겁고 보람된 하루 되길 바라며 …

★ 그 주인이 이르되 잘하였도다 착하고 충성된 종아 네가 적은 일에 충성하였으매 내가 많은 것을 네게 맡기리니 네 주인의 즐거움에 참여할 지니라 (마태복음 25장 21절)

※ 1953년 3월 10일 990일 차 : 180 고지 전투 콜롬비아대대가 연천 서북방에서 중공군의 전초기지를 기습하여 방어시설을 파괴, 서부전선 임진강 서쪽 유엔군 고지에 공산군 300명 공격 45명 살상당하고 후퇴, 남일 공산군 측 대표 판문점 정식 회담 재개 요청, 정부「학생군사훈련 실시 령」개정 공포, 중앙교육위원회 부산에 국립종합대학교 설치 안 가결 동양 계림 양 대학 설치안 부결 박사학위 종목 10과목으로 증가 결정, 이집트 정부 소련 불가리아 폴란드 3국과 소맥 면화 교환 하는 바터협정조인

보낸 날짜 : 2014년 08월 13일 수요일 오후 16시 24분 47초
받는 사람 : 하나님께 기쁨을 드리는 두 아들(491회)

건강검진

오래간만에 메일을 쓰게 되었네 이제 더위도 물러나는 모양이다.

더운 여름 날씨에 하루하루 바쁜 나날 보내느라 고생이 많았다.

오늘 아빠는 건강검진 받고 왔다. 큰아들, 작은아들은 국민건강보험공단에서 실시하는 건강검진을 받고 있는지 궁금해서 몇 자 적는다. 바쁘다는 핑계로 받지 않으면 혹시 병에 걸리면 의료보험 혜택도 받지 못한다는 것은 알고 있는지 모르겠구나 가능한 시간을 내어서 받도록 하여라, 아빠 검진 결과는 다음 주 수요일 나온다고 하는데 괜찮을 것 같구나 둘째 아들은 메일이 안 되는 것 같은데 다른 메일 주소 있으면 연락하여라. 좋은 글 있어 첨부하니 보아라

오늘도 즐겁고 보람된 하루 되길 바란다.

사는데 제일 중요한 7가지

1. 눈에는 - 총기

상대를 흡입하듯 바라보는 맑은 눈, 마음속의 평안, 기쁨, 정성을 보여주는 관심에 표현, 상대를 제압하고 이끌어가는 힘이 나타난다.

2. 얼굴에는 – 화기

웃음이 가득한 모습으로 대해야 웃음으로 돌아오는 법이다. 항상 스마일 한 모습, 자신감 있는 표정, 관리는 중요한 성공의 자세라는 것을 알고, 속으로는 울어도 얼굴로는 웃을 수 있는 자세로 사업에 임하는 것이 좋다.

3. 마음에는 - 열기

열정이 있어야 자신감이 생기는 법이다. 사업의 비전을 알고 뜨거운 열정을 느끼지 못하면 사업에 열중하여도 진행이 어려움을 느낄 수 있다. 매사에 뜨거운 열정으로 자신감 있는 성공의 자세, 그것만이 성공의 지름길로 가는 길이다.

4. 몸에는 - 향기

변하지 않으면 안 된다. 복장부터 최고의 복장으로, 몸가짐도 과거에 모든 것을 버리고 숙일 줄 알며, 존경할 줄 아는 마음 자세로써 항상 몸에서는 향기로 가득한 자세로 고객의 마음을 잡을 때 나의 변하는 모습을 보고 궁금증이 유발되어 시선을 끌게 되고 리쿠르팅이 잘된다는 것을 알아야 한다.

5. 행동에는 - 용기

죽기를 각오하고 싸움에 임하는 자는 살아남을 것이라는 말이 있다. 성공하고야 말겠다는 마음의 자세 또한 성공할 수 있는 자의 용기라 할 수 있지요. 부정을 버리고 긍정적인 자세로 어려움을 앞서 해결하고, 기다리지 않고 일을 찾아서 하는 것 또한 용기 있는 행동이다. 부지런한 사람에게 실패란 있을 수 없다. 후임사업자 보다 먼저 출근하고, 늦게 퇴근하는 직업정신 또한 용기 있는 자세이다.

6. 어려울 때는 - 끈기

어떠한 일도 어려움이 없이 성공할 수 있는 것은 없다. 누구나 슬럼프에 빠질 수도 있지요. 그러나 이겨낼 수 있는 자신감, 반드시 해내고야 말겠다는 마음자세와 끈기 있는 정신으로 이겨낼 때만이 성공할 수 있다는 것을 항상 마음속에 간직하고 그것만이 성공할 수 있다.

7. 자존심이 꺾일 때는 - 오기

자존심이 없는 사람은 아무도 없다. 우리 사업에서 가장 자존심이 상하는 것은 가족들의 외면, 친구들의 믿음을 저버리는 것, 가장 믿은 자가 나를 믿어주지 못할 때이다. 그러나 나의 생각과는 다른 그분들께는 반드시 오기심이 생겨난다. 오기심으로 반드시 성공의 모습을 보여주겠다는 마음자세 또한 성공의 지름길이 될 수도 있다.

- 좋은 글 중에서 -

오늘의 고사성어(古事成語)

우공이산 (愚公移山) : 우공(愚公)이 산을 옮기다. 어떠한 어려움도 굳센 의지로 밀고 나가면 극복할 수 있으며, 하고자 하는 마음만 먹으면 못 할 일이 없다는 것을 비유한 말.

오늘도 즐겁고 멋진 하루 되길 바라며 …

★ 그의 영광의 풍성함을 따라 그의 성령으로 말미암아 너희 속사람을 능력으로 강건하게 하시오며 (에베소서 3장 16절)

★ 여호와께서 그에게 이르시되 너는 네 길을 돌이켜 광야를 통하여 다메섹에 가서 이르거든 하사엘에게 기름을 부어 아람의 왕이 되게 하고 너는 또 님시의 아들 예후에게 기름을 부어 이스라엘의 왕이 되게 하고 또 아벨므홀라사밧의 아들 엘리사에게 기름을 부어 너를 대신하여 선지자가 되게 하라.

(열왕기상 19장 15~16절)

※ 1953년 4월 23일 1034일 차 : 국군 기습부대 판문점 남쪽 공산군 참호 기습 공격 공산군 20여 명 살상, 다니엘 소장 연락장교회담 종료 후 "공산군 측이 모든 상병 포로 송환을 약속했다"라고 발표, 이승만 대통령 고 이시영 옹 서거 애도 고인의 유가족 조문, 북진통일 국민 총궐기대회 국토 양단의 휴전반대 북진 절규하는 군중집회를 부산 충무로 광장에서 개최, 유엔 총회 한국에서의 세균전에 관한 공산 측 비난을 조사할 국제위원회의 설치 가결(51대5 기권4), 일본 정부 스가모 형무소에 수감 중인 A급 전범자 12명 중 70세 넘은 3명 석방을 8개국 연합국 당국에 요청, 아이젠하워 미 대통령 기자회견에서 한국 휴전 발언.

보낸 날짜 : 2014년 08월 14일 목요일 오후 16시 42분 01초
받는 사람 : 하나님께 기쁨을 드리는 두 아들(492회)

장마철

요사이 날씨가 좋지 않아서 생활하는 데는 괜찮은지 건강들은 잘 챙기고 있는지
모르겠구나. 둘째 아들 옷 방에는 장마 기간에 천정 물새는 것은 많이 새지는 않
는지 궁금하구나. 시간 되면 전화라도 한 번 하여라, 내가 어디서 태어났든, 어떻
게 태어났든지, 누구한테 태어났든지, 간에 내가 어떻게 살아가는가가 더욱 중
요하지 않을까 하는 생각이 드는구나. 꿈과 희망을 갖고 목표를 세워 열심히 살
아간다면 그래도 내가 잘 태어났구나 하는 생각이 들 때가 올 것이라 믿는다. 너
무 위로만 쳐다보지 말고, 또한 결혼할 사람으로는 미모에 너무 비중을 크게 잡
지 말거라 아빠가 이런 이야기 안 해도 잘 알겠지만. 아빠가 좋은 집에 좋은 차
에 갖출 것 다 갖추어 준다면 얼마나 좋을까 하는 생각은 아빠, 엄마도 생각은 마
찬가지이다. 아빠, 능력이 부족 하구나 그리고 아빠, 엄마 인생도 있으니 말이다.
하여튼 이 모양 저 모양으로 미안 하구나 너무 속상해하지 말고 너희들 하고 싶
은 데로, 마음 가는 데로 열심히 살아가면 좋은 결과가 있을 것이다. 나는 큰아들
과 작은아들이 스스로 잘 살아갈 것이라 믿는다. 가끔 인생을 즐기면서 살 거라
인생을 즐기는 방법에 대한 참고 할 만한 글이 있어 첨부한다.

오늘도 주님 말씀 가운데 승리하는 하루가 되길 바라며 …

人生을 즐기는 方法들

★ 활기차지는 법
1. 오디오 타이머를 이용 자명종 대신 음악으로 잠을 깬다.
2. 기상 후엔 바로 생수를 한잔 마신다.
3. 아침 식사를 거르지 않는다.
4. 즐거운 것을 많이 상상한다.

5. 가끔 고래고래 목청껏 노래를 부른다.

6. 편한 친구와 만나 툭 터놓고 수다를 떠는 시간을 가진다.

7. 출, 퇴근 시 가능한 걷고, 꾸준히 많이 걷는다.

8. 햇빛이랑 장미꽃이랑 친하게 지낸다.

9. 거울 속의 나와 자주 대화를 나눈다.

10. 박수와 칭찬을 아끼지 않는다.

★ 사랑스러워지는 법

1. 거울 속의 자신에게 미소 짓는 연습을 한다.

2. 사람들의 좋은 점을 찾아내 칭찬의 말을 자주 건넨다.

3. 상대방의 말에 맞장구를 팍팍 쳐주자.

4. 고맙고, 감사한 마음은 반드시 표현한다

5. 매 순간 누구에게나 정직하자.

6. 나 자신을 가꾸는 일에 게을러지지 않는다.

7. 아무리 화가 나도 넘지 말아야 할 선은 넘지 않는다.

8. 먼저 나 자신과 사랑에 빠져보자.

9. 갈등은 부드럽게 차근차근 풀려고 노력한다.

10. 소중한 사람들에게 진심 어린 편지를 쓴다.

11. 마주치는 것들마다 감사의 마음을 갖는다.

★ 행복해지는 법

1. 나 자신을 위해서 꽃을 산다.

2. 제일 좋아하는 향수를 집안 곳곳에 뿌려 둔다.

3. 하루에 세 번씩 사진을 찍을 때처럼 환하게 웃어본다.

4. 하고 싶은 일을 적고 하나씩 시도해 본다.

5. 시간 날 때마다 몰입할 수 있는 취미를 하나 만든다.

6. 음악을 크게 틀고 내 맘대로 춤을 춘다.

7. 매일 나만을 위 한 시간을 10분이라도 확보한다.

8. 고맙고 감사한 것을 하루 한 가지씩 적어 본다.

9. 나의 장점이 어떤 것들이 있는지를 헤아려 본다.

10. 멋진 여행을 계획해 본다.

★ 감사하는 법

1. 태어나 줘서 고마워요.

2. 무사히 귀가해 줘서 고마워요.

3. 건강하게 자라 줘서 고마워요

4. 당신을 만나고부터 행복은 내 습관이 되어버렸어요.

5. 이 세상 전부를 준대도 당신과 바꿀 순 없어요.

6. 당신이 내 곁에 있다는 사실 이보다 더 큰 행운은 없어요.

7. 당신은 나의 비타민 당신을 보고 있음이 힘이 솟아요.

8. 지켜봐 주고 참아주고 기다려 줘서 고마워요.

9. 내가 세상에 태어나 가장 잘한 일은 당신을 선택한 일.

10. 당신 없이 평생을 사느니 당신과 함께 단 하루 살겠어요

★ 발전하는 법

1. 매주, 매달 목표를 세우자.

2. 다른 분야의 사람들과 정기적으로 대화하자.

3. 신문과 잡지와 친하게 지내자.

4. 의논할 수 있는 상대를 곁에 두자.

5. 특별요리에 하나씩 도전해 보자.

6. 어린 사람과 친구가 되자.

7. 단 한 줄이라도 일기를 쓰자.

8. 한 번도 경험해보지 않은 일을 해보자.

9. 맨 처음 시작할 때의 초심을 잊지 말자.

10. TV 보는 시간을 줄이자.

★ 즐거워지는 법

1. 재미있게 말한다.

2. 콧노래를 부른다.

3. 즐겁고 열정적으로 일한다.

4. 무언가에 푹 빠져라.

5. 가장 하고 싶은 일을 한다.

6. 지금 하고 있는 일에 최선을 다한다.

7. 고통스러운 시간의 끝을 상상한다.

8. 매 순간이 단 한 번뿐이라고 생각한다.

9. 지금 하고 있는 일을 사랑한다.

10. 내가 먼저 큰소리로 인사한다.

11. 유머스러한 사람과 친하게 지낸다.

12. 부정적인 사람은 되도록 멀리한다.

★ 편안해지는 법

1. 잘해야겠다는 강박관념을 버리자.

2. 가방을 절반의 무게로 줄이자.

3. 기억해야 할 것은 외우지 말고 메모를 하자.

4. 부탁을 두려워하지 말자.

5. 빚을 시지 말자.

6. 중요한 일부터 처리하자.

7. 인생은 불완전하고 불안정한 것임을 인정하자.

8. 임무는 굵고 짧게 처리하자.

9. 한번 할 때 확실하게 마무리를 짓자.

10. 남의 눈치를 보지 말자.

★ 차분해지는 법

1. 해주고 나서 바라지 말자.

2. 스트레스를 피하지 말고 그대로 받아들이자.

3. 할 일을 내일로 미루지 말고 지금 시작해 놓자.

4. 울고 싶을 땐 소리 내어 실컷 울자.

5. 숨을 깊고 길게 들이마시고 내쉬어 보자.

6. 상처받는 것을 두려워하지 말자.

7. 인생은 혼자라는 사실을 애써 부정하지 말자.

8. 이대로의 내 모습을 인정하고 사랑하자.

★ 여유로워지는 법

1. 30분 일찍 일어나라.

2. 회사에 혹은 집에 휴가계를 내라.

3. 자가운전 대신 대중교통을 이용하라.

4. 천천히 걸어라.

★ 그러므로 우리가 낙심하지 아니하노니 우리의 겉사람은 낡아지나 우리의 속 사람은 날로 새로워지도다(고린도후서 4장 16절)

※ 1953년 5월 28일 1069일 차 : 후크고지 전투(5/27~5/28) 영국 제29 보병여단 웰 링턴 대대가 중공군 공격을 저지, 네바다전초 전투 터키여단이 경기도 연천군 매항 리 일대에서 중공군과 전투, 한국군대표 최덕신 소장 헤리슨 대표에게 휴전 회담에 대한 한국 측 견해 표명한 중요 서한 전달, 쌍방 연락장교 유엔군 측 제의로 회의개 최 행정적 문제 협의, 국회 대표단 해리슨 유엔군 측 휴전대표와 회견하고 유엔군 측 새 제안 즉시 공개 요구, 북진통일투쟁위원회 굴욕적인 유엔군측 새 제안 거부 담화.

◆ 저격능선 전투(Battle of Sniper ridge)

 - 중부전선의 김화(현재의 철원군 김화읍 주변) 지역에 배치되어 있던 국군 제2사 단이 중공군 제15군에 맞서, 6주간에 주저항선 전방의 전초 진지를 빼앗기 위한 공 방전을 벌인 전투이다.

 - 이 전투는 김화 북방 7Km 지점에 위치한 철의 삼각지대 중심부에 자리 잡은 오성 산에서 오른쪽의 김화지역으로 뻗어 내린 여러 능선 가운데 남대천 부근에 솟아올 라(해발고도; 590m 정도) 있는 능선의 크기는 1㎢ 정도의 장방형 무명능선이었다.

 - 저격능선이라는 명칭은 1951년 10월, 노매드(Nomad) 선을 목표로 진격작전을 전개한 미군 제25사단이 김화지역으로 진출하여 중공군 제26군과 대치하게 돼었을 때 이 능선 에 배치된 중공군이 538 고지로 진출한 미군을 저격하여 상당한 피해를 입히게 되었다.

 - 그러자 미군 병사들은 이 무명능선을 가리켜 '저격능선(Sniper Ridge)' 또는 '저 격병 능선'이라고 부르게 되었다.

보낸 날짜 : 2014년 08월 22일 금요일 오후 16시 37분 00초
받는 사람 : 하나님께 기쁨을 드리는 두 아들(493회)

과거의 경험들

과거는 과거 일 뿐이다. 이미 지나간 것 돌이킬 수 없다. 많은 일들이 생각대로 되는 것 이 그리 많지는 않을 것이다. 앞으로가 문제이다. 지난 과거의 경험들을 어떻게 잘 적용하느냐가 앞으로의 문제가 될 것이다. 지난 여러 가지 경험들을 기초로 해서 오늘부터!!! 지금부터!!! 다시 시작하는 것이 가장 중요한 것이다. 큰아들 너무 기죽지 말고 자신감을 갖고 지금 까지 해 온 네로 **목표를 향해 나아**가면 될 것이다. 가까이에는 동생도 있고 이곳 부산에서는 아빠 엄마가 응원하고 있으니 걱정하지 말고 파이팅!!! 올해 목표를 향해 나아가자꾸나 …

오늘의 고사성어(古事成語)
자가당착 (自家撞著) : 스스로 부딪치다. 자기가 한 말이 앞뒤가 맞지 않거나, 언행이 일치하지 않는 것을 말한다.

오늘도 즐겁고 멋진 하루 되길 바라며 …

★ 좋은 나무가 나쁜 열매를 맺을 수 없고 못된 나무가 아름다운 열매를 맺을 수 없느니라. (마태복음 7장 18절)

※ 1953년 6월 8일 1080일 차 : 양군 참모장교회의 2차에 걸쳐 비밀회의 개최 포로 교환문제에 관한 세목 토의, 이승만 대통령 전투 계속 결의 재 언명, 국회 본회의 「휴전에 대한 대기태세와 의안심의보류에 관한 동의」가결, 북한 최고인민회의 상임위원회 국가건설위원회 조직 도시건설성을 도시경영성으로 개칭, 한국 정전 담판 쌍방 대표단 판문점에서 '중립국송환위원회의 직권범위' 협의 서명, 양유찬 주미 대사 기자회견 – "만일 현 상태로 휴전이 성립되면 한국군은 한사코 전투를 계속할 것이다 '라고 언명.

보낸 날짜 : 2014년 10월 01일 수요일 오전 15시 15분 00초
받는 사람 : 하나님께 기쁨을 드리는 두 아들(493-1회)

만남과 헤어짐

만나면 좋고, 또 헤어질 때면 마음 한 구석에 무언가가 비어 있는 느낌이 들면서 섭섭한 마음이 들지만 또 만날 수 있다는 기약이 있어 섭섭한 마음을 뒤로하고 헤어질 수 있는 것 같구나 이번 추석에는 해동 용궁사 갔다가 함께 점심을 먹은 것이 기억에 오래 남을 것 같구나 점심 맛있게 잘 먹었다.

이제 추석 연휴도 끝나고 다시 일상으로 돌아와 다시금 열심히 뛰어야 할 시간이다. 힘내고 더욱 건강하고 행복한 나날 되었으면 한다. 이번 한가위 달은 더욱더 밝고 크게 보이더구나, 큰아들, 작은아들 마음도 이번 한가위 달과 같이 크고 밝으면 좋겠구나, 얼마 남지 않은 올해도 년 초에 세운 목표들을 다시 한 번 점검하고 잘 마무리하도록 하여라.

아빠는 큰아들과 작은아들에게 많은 것을 받았는데 너희들에게 해준 것이 별로 없구나, 큰아들한테는 MP3, PC모니터, 노트북, 색스포니아, 프린트, 기타 등등 작은 아들한테도 향수, 목도리, 면도기, 드라이기, 등을 받아 잘 쓰고 있다.

돈 버는 것이 얼마나 어려운 것인지 저축은 더욱더 어렵다는 것을 알았을 것이다. 그러나 미래를 위해서는 참고 견뎌야 할 것이다.

아빠 엄마가 너희들에게 해주어야 할 것은 건강하게 살아서 최소한 너희들한테 짐이 되지는 않아야 할 텐데 하여튼 엄마 아빠 살아가는 것은 너무 걱정하지 말고, 너희들 살아가는데 신경을 쓰도록 하여라, 아빠는 일할 수 있을 때까지 열심히 일할 생각이니 걱정하지 말고, 아빠, 엄마는 일하면서 틈틈이 시간 나는 되로 여행이나 하면서 건강 챙기며 얼마 남지 않은 여생 열심히 살아갈 생각이다. 큰아들, 작은아들 건강 잘 챙기고 하루하루 보람되고 즐겁게 행복한 나날 되었으면 한다.

오늘도 주님 말씀 가운데 승리하는 삶이 되길 바라며…

◆ 李承晩 대통령의 전선시찰(前線視察)

－6·25전쟁 때 이승만 대통령은 국군통수권자로서의 역할과 소임을 다했다. 80세를 바라보는 노령에도 불구하고 그는 매주 전선시찰을 통해 장병들을 격려하고 사기를 진작했다.

－그를 '한국 현대사의 가장 위대한 사상가·학자·정치가·애국자'라고 칭송했던 미 제8군사령관 밴 플리트 장군은 전쟁이 끝난 다음 이승만의 당시 모습을 이렇게 회고했다.

－내 재임 거의 2년간을 평균 1주일에 한 번씩 나와 함께 온갖 역경을 마다하지 않고 전방과 훈련지역을 시찰했다. 추운 날 지프를 타야 할 때면 죄송하다는 내 말에 미소로 답하고는 자동차에 올랐다. 목적지에 도달할 때까지 그의 밝은 얼굴과 외투 밖으로 보이는 백발은 검은 구름 위에 솟은 태양처럼 빛났다고 회고했다.

－그의 전선시찰은 계절이나 기후에 관계없이 노구(老軀)를 이끌고 전선 지역을 방문, 격려했나. 주변에는 적의 박격포가 떨어지는 상황이고 또 그는 1952년 10월 중부전선에서 백마고지(白馬高地)를 놓고 중공군과 혈전을 치르고 있는 국군 제9사단을 방문해 "귀관들이 막강한 미군사단들 못지않게 용감하게 싸워 국위를 선양하고 있기 때문에 내가 용기를 얻어 국정을 보살피고 있다"고 격려했다.

－김종오 사단장은 "노(老) 대통령이 내 손을 꼭 잡고 눈물을 적실 때 가슴이 메이였으며, 기필코 이 전투를 이기고야 말겠다는 각오를 다지게 됐다"라고 술회했다. 이 대통령은 백마고지 전투에서 국군9사단이 승리하자 이를 격려하기 위해 부슬비가 오는 궂은 날씨에도 아랑곳하지 않고 경비행기로 전선지역을 방문 사단 장병들을 감읍(感泣)케 했다.

－그는 1951년 9월 중동부전선의 최대 격전지인 단장의 능선 전투를 앞둔 장병들을 격려하기 위해 부산에서 양구까지 쌍발기와 연락기를 번갈아 타고 최전선지역을 방문했다. 부산으로 복귀할 때 기상악화로 부산에 착륙하지 못하고 연료 부족으로 대구로 회항하라는 지시를 받았으나, 그곳도 짙은 구름에 휩싸여 착륙할 수 없게 되자 할 수 없이 안개가 깔린 포항 근처 비행장에 불시착했다.

－그는 전선시찰을 통해 자칫 후방에서 망각할 수 있는 통수권자로서의 막중한 책무를 추스르는 한편, 죽음을 앞두고 작전에 투입될 장병의 사기를 앙양시키는 진정한 국군의 통수권자였다.

보낸 날짜 : 2014년 10월 18일 토요일 오전 09시 21분 00초
받는 사람 : 하나님께 기쁨을 드리는 두 아들(494회)

가족이란?

이번에 엄마가 수술하게 되면서 가족이 어떤 것인지 인간의 나약함이 어떤 것인지 대해 많은 것을 느끼고 보람과 아쉬움이 남는 구나, 지난번 아빠가 갑자기 어지럽고 구역질이 나서 병원에 갔는데 귀의 달팽이관에 문제가 있다고 했다.

그때 엄마도 진찰을 해보니 고막이 모두 녹아 내려서 귀에 물이 들어가면 안 되고 그냥 두면 청력이 나빠져서 안 들릴 수도 있다고 수술을 해야 될 것 같다면서 고막 이식수술 잘하는 병원을 소개받았으나 대구 올라가는 바람에 늦어져 이번에 하게 되었다.

가족이라는 공동체는 내가져야 할 짐을 내가 덜 지면 다른 가족이
더 많이 져야하기 때문에 서로 자신의 몫의 짐을 많이 지려고 나서는 것, 내 어깨에 올려 진 짐을 받아달라고 투정 부리기보다 다른 가족의 어깨에 올려 진 짐이 혹여 무겁지는 않을지 살핀다면 가족이라는 울타리는 더욱 튼튼해질 것이다.
그러나 자신의 몫의 짐을 자기 스스로 해결하지 못하고 내 어깨에 올려진 짐을 가족들에게 떠넘기면서 살아간다면 세월이 흘러 한 사람, 두 사람 떠나고 어느새 혼자가 되었다는 것을 느낄 때는 이미 끝난 인생이 될지도 모른다.
이번에 큰아들과 작은아들이 있다는 것이 아빠 엄마는 얼마나 든든한지 모르겠구나, 이 모양 저 모양으로 고맙구나!!
날씨가 벌써 아침저녁으로 쌀쌀해 졌구나 건강들 조심 하여라

오늘도 즐겁고 멋진 하루 되길 바란다.

보낸 날짜 : 2014년 11월 25일 화요일 오전 10시 58분 00초
받는 사람 : 하나님께 기쁨을 드리는 두 아들(495회)

인생은 짧다

오래간만에 메일로 안부를 물어보게 되는 구나 요사이 날씨가 제법 쌀쌀해지고
비도 자주 내리는데 건강은 괜찮은지 요사이도 계속 일상이 바쁘게 지나가는지
큰아들 작은아들 나이에 한가하게 보낸다면 좀 문제가 있지 않을까 하는 생각도
들지만 그래도 그 바쁜 와중에라도 가끔은 즐길 줄도 알아야 한다.
인생은 긴 것 같이 느껴질지 모르지만 지나고 나면 얼마나 짧은지 모른다. 자기
나이에 맞게 할 수 있는 것은 하면서 살아야 나중에 후회를 조금이나마 적게 할
것이다.
큰아들은 11월 29일(토요일) 강의 준비에 많이 바쁘겠구나
너무 잘하려고 하지 말고 있는 그대로 큰아들의 평소 실력으로 한다면 강의를 멋
지세 할 수 있을 것이라 믿는다. 큰아들 파이팅!!!
둘째 아들은 요사이 어떻게 지내는지 무언가 열심히 하고 있을 것이라 믿는다.
형님 책 만드는 원고는 계속하고 있는지 둘째가 많이 도와준다면 올해 내로 마무
리가 될 것 같은데 가능한 시간을 내어 책 만드는데 기여를 많이 했으면 좋겠다.
가능한 식사는 거르지 말고 제때 하도록 하고 감기 걸리지 않도록 조심하고, 감
기 예방을 위해 집, 학원에 양파를 껍질 벗겨내지 말고 한두 개를 두면 감기 예방
에 큰 효과를 볼 것이다.

오늘의 고사성어(古事成語)
점입가경 (漸入佳境) : 갈수록 아름다운 경치로 들어가다.
일이 점점 더 재미있는 상황으로 변해 가는 것을 비유하는 말이다.

오늘도 즐겁고 멋진 하루 되길 바라며 …

보낸 날짜 : 2014년 12월 09일 화요일 오전 11시 00분 00초
받는 사람 : 하나님께 기쁨을 드리는 두 아들(496회)

목표와 확실한 목적지

꿈과 희망, 미래의 목표가 있고 목적지가 분명해야 한다. 세상살이가 무턱대고 열심히 살아간다고 해서 되는 것이 아니다. 그렇다고 아무 생각 없이 기다린다고 해결되는 것은 더욱 아닐 것이다. 분명한 목표와 확실한 목적지를 정하고 열심히 일 할 때에 사람답게 살아가는 길이 열리게 된다. 성공한 사람, 성숙된 삶을 사는 사람들의 특성 중의 하나는 자신들의 결점에 정직하다는 점이다. 잊어야 할 것은 잊어야 한다. 지난 일을 잊지 못하고 버리지 못하는 사람은 미래를 차지하지 못한다. 지난날의 성공도 실패도 미련 없이 버릴 때 자유 함을 누리게 되고 자유 함에서 창조적인 미래를 열어나가게 된다. 미래의 목표를 분명히 세우는 것이다. 또 한 중도에 포기하지 말아야 한다. 큰 꿈과 소망을 품어야 한다. 소망이 없으면 믿음도 없다. 믿음이 없으면 하나님을 기쁘게 할 수 없고 우리 인생에서 펼쳐지는 하나님의 놀라운 능력을 경험할 수 없다.

마음에 희망의 불씨를 꺼뜨리지 말고 꿈을 포기하지 말고 끝까지 소망을 품고 살아갈 때 우리의 삶은 나름대로 보람을 느끼고 살맛이 날것이라 믿는다. 큰아들은 큰 꿈과 목표를 세워 한 발짝 한 발짝 나아가고 있는데 너무 소심한 것 같은 느낌이 들고 둘째 아들은 분명히 어떤 희망과 목표가 있을 텐데 잘 알 수가 없구나 …

둘째야 2015년도에는 엄마 아빠가 기도할 분명한 둘째 아들의 목표와 소망 한두 가지를 만들어 주었으면 한다.

올 한 해도 벌써 한 달이 채 남지 않았구나 남은 기간 잘 마무리 하고 날씨 추운데 감기(건강) 조심하여라 …

오늘도 즐겁고 보람된 하루 되길 바란다.

보낸 날짜 : 2014년 12월 13일 토요일 오후 18시 32분 00초
받는 사람 : 하나님께 기쁨을 드리는 두 아들(497회)

올해 마무리 및 내년도 목표 준비

이제 서울은 계속 영하권에서 추위가 심한데 잠자는 방에는 따뜻한지 모르겠구나, 학원에는 난방을 어떻게 하는지 불조심하고 너무 춥게 지내지 말고 20도 정도는 유지되도록 하고 감기 들지 않고 겨울을 보내어야 하는데, 걱정이 되는구나 춥다고 너무 움츠리지 말고 적당히 방에서라도 가끔씩 움직여 운동을 하여라, 우리는 자기 자신만의 고유한 능력 늘을 가시고 있다고 꼰다. 자기가 갖고 있는 능력을 잘 살펴보아야 할 것이다.

나만의 능력의 빛깔을 한 번도 발휘해 보지 않고 어영부영 세월만 보내는 이들도 많을 것이다. 무슨 생각과 어떤 마음으로 살아가고 있는지를 가까운 사람이 느끼지 못할 정도로 행동한다면 좀 문제가 있지 않을까 라는 생각이 든다.

요사이 젊은 친구들 중에는 그런 식으로 살아가는 이가 많이 있다는 것이 마음이 무거워지는 것 같다.

그러나 뚜렷한 목표를 가지고 열심히 살아가는 젊은이도 더 많이 있더구나 며칠 남지 않은 올해 다시 한번 돌이켜보고 내년의 목표도 생각해야 할 시점이 아닌가 생각이 드는 구나

내면에 있는 마음의 눈을 되도록이면 빨리 떠서 행동으로 옮겨야 할 것이다. 가장 안 좋은 말의 하나가 "나중에 하지" 라는 말일 것이다. 가장 안 좋은 습관 또한 지금 할 일을 나중으로 미루는 일

더욱더 안 좋은 것은 아무 목표도 없고 희망도 꿈도 없이 살아가는 것일 것이다. 목표를 세워 할 수 있다고 생각하고 말로도 하고 계속 반복하다

보면 습관이 되고 습관이 반복되면 그 습관이 자신의 삶과 운명을 바라는 곳으로 끌고 갈 것이라 믿어진다.

또 한 해가 저물어 가고 목표를 세워야 할 시점이 다가온 것 같구나 아빠의 잔소리가 길어지는 것 보니 한 해를 마무리할 시점이 다가온 것 같구나…

오늘의 고사성어(古事成語)
건곤일척 (乾坤一擲) : 승패와 흥망을 걸고 마지막으로 결행 하는 단판 승부를 비유한 말이다.

오늘도 멋지고 즐거운 주말 되길 바란다.

★ 예수 그리스도의 종 바울은 사도로 부르심을 받아 하나님의 복음을 위하여 택정 함을 입었으니 이 복음은 하나님이 선지자들을 통하여 그의 아들에 관하여 성경에 미리 약속하신 것이라.(로마서 1장 1절과 2절)

★ 자녀이면 또한 상속자 곧 하나님의 상속자요 그리스도와 함께 한 상속자니 우리가 그와 함께 영광을 받기 위하여 고난도 함께 받아야 할 것이니라.
(로마서 8장 17절)

※ 1953년 6월 17일 1089일 차 : 420 고지 전투 그리스 군이 강원도 김화에서 중공군과 전투, 클라크 유엔군사령관 휴전 후 설치될 합동군사휴전위원회 유엔군 대표에 브라이언 소장 임명, 휴전회담 본회담 재개 20분간 회합한 후 유엔군 측 요청으로 재차 휴회 - 한국 측 대표 최덕신 소장 의연히 회의 불참, 이승만 대통령 6월 6일 자 아이젠하워 미 대통령 서한에 한국은 휴전협정 수락할 수 없다고 답서, 진헌식 내무부장관 방공비상태세 포고문 공포하여 서울특별시 및 경기 강 원도 일대에 실시.

※ 1953년 7월 15일 1117일 차 : 사동전투 태국 군이 강원도 김화에서 전투, 크리스마스 고지 필리핀군이 강원도 양구에서 전투, 공산군 2개 대대 새벽에 문등리 서쪽 미군 진지 공격 점령, 중공군 호우를 이용해 중동부전선 돌출부에 증원부대 투입 공격 계속(중공군 최후 공세), 국회 본회의「국회의원 보수에 관한 법률 중 개정 법률안」가결, 백두진 국무총리 미 대통령 특사가 미국 정부에 한국경제원조 3개년 계획을 이미 권고하였다고 발표.

보낸 날짜 ：2014년 12월 27일 토요일 오후 17시 41분 00초
받는 사람 ：하나님께 기쁨을 드리는 두 아들(498회)

생일 축하

이제 2014년도도 5일 정도 남았구나, 오늘은 둘째 아들 생일이 구나 먼저 생일 축하!!!축하!!! 한다. 오늘은 마음을 주고받을 수 있는 좋은 친구들이랑 저녁이라도 먹는지 모르겠네, 친구들 중에 생일을 챙겨줄 수 있는 친구가 있는지 모르겠구나, 그런 친구 한두 명은 있어야 할 텐데, 우리 둘째 아들과 첫째는 그런 친구가 있을 것이라 믿는다.

인생을 살아가면서 내 주위에 마음을 털어놓고 함께 이야기하고 어려울 때 함께 할 수 있다는 친구가 있다면 그래도 인생을 그런대로 잘 살고 있다고 생각이 되는구나, 이제 2015년도를 맞이할 준비를 해야 할 시점이 되었네,

큰아들과 둘째 아들은 아빠 엄마가 내년도 기도할 제목을 몇 가지 만들어서 보내주면 열심히 기도라도 할 계획인데 내년에 꼭 이루어야 할 것들이 있으면 이 해가 가기 전에 알려주면 내년에도 열심히 기도 할게 우리 두 아들을 위해 해 줄 것이 기도 밖에 없구나, 얼마 남지 않은 올해 잘 마무리하고 또 새로운 각오로 새해 출발을 할 수 있도록 하여 보자꾸나

큰아들, 작은 아들 파이팅!!!!!!

오늘도 즐겁고 멋진 하루 되길 바란다.

※ 1953년 7월 24일 1126일 차 : 사미천 전투(7/24~7/26) 호주왕립연대 제22대대 외 제28 보병여단이 임진강 부근에서 중공군 제137 사단과 전투, 북정령 전투 그리스군이 강원도 김화에서 중공군과 전투, 한국군 공격부대 중동부전선 금성 지구에서 미명에 반격개시 1개 고지 탈환, 유엔군 및 공산군 금성 돌출부지구에서 북진고지 둘러싸고 일진일퇴 격전 전개, 공산군 측 휴전감시위원회 북한에 도착, 휴전협정 안에 한 미 합의.

보낸 날짜 : 2015년 01월 02일 금요일 오전 08시 30분 00초
받는 사람 : 하나님께 기쁨을 드리는 두 아들(499회)

새해를 맞이하며

큰아들아! 둘째 아들아! 또 새해가 밝았구나 … 2014년 무거운 짐들은 모두 벗어 버리고 새 희망 새 마음으로 새해를 힘차게 맞이하자 꾸나, 을미년(乙未年) 양의 해를 맞이하여 모든 일들이 순탄하게 흘러가는 멋진 한 해가 되기를 바라면서 … 새해 福 많이 받고 福도 많이 지어라 또 한 건강한 몸과 마음으로 한 해를 보낼 수 있길 바란다. 오늘이 있어야 내일도 있지 않겠느냐 내일은 보다 더 밝고 즐거 우며 감사한 날만 되기를 기원한다.

벌써 떨어져서 사는지가 10년이 넘었는 것 같구나, 멀리 떨어져서 사느라 고생 이 많겠구나, 그런데 큰 어려움 없이 잘 살아가고 있다니 고맙다. 이런 날 함께 있 으면 떡국이라도 같이 먹으면서 오순도순 이야기도 하면서 정을 나눌 수 있을 텐 데 하는 생각이 드는구나. 지난번 메일에 새해기도 제목을 보내주라고 했는데 아 직 연락이 없구나, 그래서 올해도 기도 제목은 엄마 아빠가 정해서 기도를 하려 고 하는데 혹시 큰아들과 작은아들이 바라는 기도 제목이 아니고 엄마 아빠가 바 라는 기도 제목이 될지도 모르겠구나, 혹시 늦게 라도 보고 아니면 연락 바란다.

기도 제목 :
1. 건강 관련.
2. 좋은 배필 만나 결혼 하는 것.
3. 책 출판해서 좋은 결과 얻는 것.
4. 주차 가능한 아파트로 이사하는 것.
5. 학원운영 관련 : 학원생 정성을 다해 잘 지도해서 좋은 소문나서
　　　　　　　　　지속적으로 학생들이 올 수 있게 하는 것,
6. 학원 확장 : 둘째 아들 학원 지하에서 지상으로 옮기는 것

7. 사업 홈페이지 관련 : 방문자 만 명, 등록자 천명 목표달성 등

8. 교회 관련 : 십일조 천만 원, 선교활동 등

9. 대학원 진학 : 둘째 아들

멀지 않아 이루어질 것이라 믿고 엄마 아빠는 열심히 기도할께 너무 부담 갖지 말고 지금 하는 데로 열심히 한다면 언젠가 목표에 도달해 있을 것이라 믿는다. 올해도 다 함께 노력해 보자꾸나

오늘의 고사성어(古事成語)
결초보은 (結草報恩) : 풀을 묶어 은혜를 갚다. 죽어서도 잊지 않고 은혜를 갚는다는 뜻이다.

　　　　　　　　오늘도 즐겁고 멋진 하루 되길 바라면서 새해 아침

★ 이 세상도, 그 정욕도 지나가되 오직 하나님의 뜻을 행하는 자는 영원히 거하느니라 (요한 1서 2장 17절)

※ 1953년 7월 27일 1129일 차 : 판문점에서 휴전협정 조인으로 전 전선 오후 10시를 기해 전투 중지, 유엔군사령부 휴전협정에 따라 정식으로 결정된 군사경계선 발표, 휴전협정 서명자 - 조선민주주의인민공화국 원수 : 김일성, 중국인민지원군 사령관 : 펑더화이 유엔군 총사령관 미 육군대장 : 마크 웨인 클라크(Mark Wayne Clark), 이승만 대통령 휴전 조인에 성명 발표 "통일목표는 기어코 성취되고야 말 것"이라고 강조, 유엔한국 통일부흥위원회 휴전 성립에 즈음하여 성명 발표 - 유엔한위는 평화적 방법으로 통일독립민주한국을 달성하는데 가능한 한 온갖 지원 준비, 아이젠하워 미 대통령 한국 구제기금 1회분으로 2억 달러 지출 의회에 요청, 모스크바 방송 모스크바 정부는 북한정권 정부에 대하여 통일과 부흥을 위한 노력을 보증한다고 보도.

두 아들에게 메일 500회를 보내면서

벌써 올해도 일 월달이 훌쩍 지나고 2월 달이구나, 시작이 반이다는 말이 실감 나는구나, 아빠가 큰아들과 둘째 아들에게 일방적으로 메일을 보낸 것이 500회가 되었네,

그동안 아까운 시간만 허비하였는지 삶에 조금이라도 도움이 되었는지는 모르겠구나, 바쁜 일상에 아마 볼 시간이 없었을 것이다.

나이가 좀 더 들어 여유가 생긴다면 그때라도 한번 읽어 보게나 이제는 아마 큰아들과 작은아들이 아빠보다 이 세상 돌아가는 것 또한 앞으로 어떻게 살아가야 할 것인지를 아빠의 경험이나 생각보다 더 많이 알고 있을 것 같구나 마지막으로 노후준비 관련해서 잔소리를 하고 메일 쓰는 것을 마무리하고자 한다.

이미 다 알고 실행하고 있을 것이라 믿지만 노파심에서 다시 한 번 이야기하고자 한다. 이제 우리나라는 평균연령이 80을 넘어서서 100세 시대로 가고 있다. 흔히 여유 있는 노후 생활을 위해서는 아들 셋이 필요하다고 한다.

첫째 아들은 쌀과 같은 기본적인 국민연금

둘째 아들은 반찬과 같은 퇴직연금

셋째 아들은 취미활동과 품위 유지를 위해 쓰일 개인연금이다.

하지만 이렇게 체계적으로 준비된 사람은 노인 중에서 얼마 되지 않을 것이다. 오래 산다는 것이 복이 아니라 또 다른 형벌일지도 모르겠구나, 아빠가 왜 벌써 우리 두 아들에게 이런 글을 쓰는가 하면 나이가 들어서 이런 노후 자금을 마련한다는 것은 이미 늦은 것이다. 한 살이라도 젊을 때부터 준비하여야 한다는 것이다.

아름다운 노후란 삶의 양보다 삶의 질을 더욱 걱정해야 할 과제다. 진정한 노후 준비란 아니 팔팔하게 살다가 하늘나라로 가려면 반드시 젊을 때부터 철저하게 준비해야만 아름나운 인생을 디자인 할 수 있다.

이를 위해서는 또한 건강이 뒷받침이 되어야 할 것이다.

첫째 : 육체의 건강관리다 – 규칙적인 생활 습관과 운동

둘째 : 정신건강관리다 – 긍정적인 생각과 스트레스 해소

셋째 : 가까운 이웃과의 관계이다 – 나 혼자만의 행복은 진정한 행복이 아니다
　　　 내 주위의 사람과 함께 행복해야 진정한 행복이다.

세월은 생각보다 빨리 지나간다. 얼마 있지 않으면 큰아들과 작은 아들도 40대에 들어서게 될 것이다.

삶을 완벽하게 살아갈 수는 없겠지만 나이에 걸맞게 해야 할 일 갖추어야 할 것들을 부족하나마 시기에 맞게 살아가기 위해 나름대로 노력하여야 할 것이다.

큰아들과 작은아들에게 아빠로서 해주어야 할 것들을 남들과 같이 해주질 못해 미안하구나, 그러나 우리 두 아들은 스스로 잘 극복해 나갈 것이라 믿는다.

이것으로 메일 보내는 것을 마무리하고자 한다.

　　　하루 하루 삶이 하나님 말씀 가운데 복되고 멋진 나날 되길 바라면서 …

◆ 맺음말

아이들과 주고받은 메일을 정리하면서 그리 오래되지 않은 세월이지만 많은 변화가 일어난 것 같다. 그때에 내가 아이들을 생각하는 것과 지금 책을 쓰기 위해 메일을 정리하면서 느끼는 내 마음은 많은 차이가 있음을 느낀다. 이는 큰 놈이 장가를 가고 아이를 낳고 주변 환경과 국, 내외 정세 등 많은 변화가 일어나고 세상도 너무 빨리 변하고 있으니 이 책이 독자에게 전하는 메시지가 제대로 전달이 될지 걱정이 되는 것이 사실이다.

나는 우리 아이들이 너무 돈에 대한 노예가 되지 않기를 바랄 뿐이다. 나이에 걸맞게 그때 그때를 즐기며 보람 있게 이 세상 삶을 효율적으로 살아가길 바란다. 그러나 너무 안일하게 살아가는 것을 바라는 것은 아니다. 주어진 여건에 맞게 열심히 살아가며 가장 중요한 건강을 잘 챙기며 살기를 바란다.

나는 체력이 약해 어릴 때부터 병치레를 많이 하고 자랐으며 한창나이(30대 중반)에 허리디스크로 인해 한 달 이상 누워 있었으며 어려운 삶을 살았지만 내 스스로 습관을 바꾸기도 하고 좋은 습관을 들여서 나이가 들어가면서 오히려 건강이 조금씩 좋아지게 되어 정년퇴직 후 세 번이나 젊은이들과 함께 입사 시험 면접도 보고 지금 까지 일을 할 수 있다는 게 얼마나 감사한지 하나님께 감사드린다.

이 세상을 살아가면서 어찌 순탄한 삶만 살아갈 수 있을까 좋은 일과 나쁜 일과 내가 바라는 것과 바라지 않는 것과 지속적으로 반복이 연속되는 삶이라고 생각되어진다. 이때까지 살아오면서 나름대로 내가 느낀점이다.

그래서 우리 인생은 2차 곡선의 반복적인 흐름이라고 생각되어지는데 그렇게 생각하지 않는 자도 있을 것이다. 부모 잘 만나서 어릴 때부터 아무런 어려움 없이 사는 자가 얼마나 될지 그런 자들도 그 나름대로 어려움이 있을 것이라 생각된다. 내가 터득한 인생의 경험은 좋은 일이 있을 때나 내가 바라는 것들이 이루어질 때 그 반대의 현상이 언제든지 일어날 수도 있다는 것에 대비하는 습관을 들여서 이 세상을 지혜롭게 살아가기를 바랄 뿐이다.

우리 자식들이 부모님들이 앞서 걸어왔든 길을 조금이라도 이해하려고 노력한다면 부모님들의 삶 중 좋은 것은 계승하고 잘못된 것들은 자기 삶에서 다시 일어나지 않도록 하는 것이 현명한 삶이 될 것이라 믿는다.

우리가 역사를 통해 교훈을 얻고자 하는 것은 뼈아픈 경험을 통해 미래를 예측하고 대비하는 지혜를 얻고자 함이라, 일제 36년 식민 통치 시대의 역사를 거쳐 6.25 전쟁을 겪은 20세기 우리나라의 역사에서 우리는 무엇을 배우고 교훈으로 삼아 살아야 하는 것인가?

대한민국이 어디에 있는 나라인지도 모르고 오직 자유와 민주주의를 수호하기 위해 이 땅에 와서 고귀한 생명을 바친 수많은 유엔군 장병들이 있다. 그들과 그 가족들의 기도와 헌신이 없었다면 오늘날 대한민국이 자유와 번영을 누릴 수 있을까를 생각하면 결코 잊힌 전쟁이 되게 할 수 없다. 오히려 우리가 잊지 말고 반드시 기억해야 하는 전쟁인 것이다. 6.25 전쟁은 우리 인류의 소중한 가치인 자유와 평화, 민주주의와 자유 시장경제 체제를 지키기 위해 얼마나 많은 희생이 있었는가 또한 이승만 대통령이 나라를 위한 업적에 대한 올바른 이해가 후세를 위해 반드시 지켜내야 한다는 것을 젊은이에게 어떤 방법으로라도 가르쳐 주고 싶어 사랑하는 두 아들에게 라는 책을 발간하면서 공간을 최대한 활용하려고 노력하였다. 지금도 북한은 끊임없이 도발을 계속함으로써 6.25 전쟁은 끝나지 않은 전쟁으로 우리의 후손들에게 제대로 알려주어야 이 전쟁을 마무리 할 수 있을 것이라 생각이 든다.

우리나라는 지정학적으로 강대국들의 국가이익이 충돌하는 지역에 위치하고 있다. 이에 따라 나라의 운명이 다른 나라의 선택에 의해 결정되기도 했다. 우리의 영토가 다른 나라의 전쟁터가 되기도 했다, (청일전쟁, 러일전쟁) 또한 구한말 외세를 끌어들여 왕조를 유지하려고도 했다. 세계는 산업혁명을 겪으면서 경제가 비약적으로 발전하고 있는데 우리는 이러한 시대적 흐름을 따라가지 못하고 조용한 아침의 나라에 머물러 있었던 역사를 다시 한 번 돌이켜 보면서 작금에 일어나고 있는 정치인들의 행태에 이 나라가 어떻게 될지를 걱정을 안 할 수가 없는 것 같다.

이 책을 통해 조금이나마 이 나라가 국제적 위상을 높이고 국민의 삶의 질이 향상되면 좋겠다는 생각을 해본다.

선물하기 좋은 책 시리즈

나 욕하고 사노

ⓒ 박태수 2024

1판 1쇄 2024년 9월 30일

지은이 박태수
편집 박재민
디자인 장영주

펴낸곳 참좋은 | 펴낸이 박철성
출판등록 2015년 8월 17일(제307-2015-46호)
대표전화 1833-7781
ISBN 979-11-956298-3-1 (03800)

참좋은 출판사의 다양한 서적 정보, 저자와 소통을 원한다면 홈페이지를 참고하여 주세요

www.realgood.co.kr